# 마리우스

도망자

Marius ou le fugitif
by François CÉRÉSA

World copyright © Éditions Plon S. A,, 2001
Korean translation copyright © 2010, Sodam & Taeil Publishing House
This Korean edition is published by arrangement with Éditions Plon S. A,
through Bookmaru Korea Literary Agency in Seoul.

# 마리우스 도망자

펴 낸 날 | 2010년 7월 12일 초판 1쇄

지 은 이 | 프랑수아 세레자
옮 긴 이 | 이원복
펴 낸 이 | 이태권
펴 낸 곳 | (주)태일소담
　　　　　서울시 성북구 성북동 178-2 (우)136-020
　　　　　전화 | 745-8566~7　팩스 | 747-3238
　　　　　e-mail | sodam@dreamsodam.co.kr
　　　　　등록번호 | 제2-42호(1979년 11월 14일)
　　　　　홈페이지 | www.dreamsodam.co.kr

ISBN 978-89-7381-586-9　03860

# 마리우스

## 도망자

### 코제트·마리우스 2

# Marius
# ou le fugitif

프랑수아 세레자 지음 | 이원복 옮김

소담출판사

알퐁스 부다르에게 바칩니다.

# 차례

# 1
# 납치된 코제트

테나르디에가 소모공장에서 책상 앞에 앉아 동전을 세고 있을 때 루푀르가 와서 남작부인의 문제를 잘 처리했다고 보고했다. 루푀르는 두 손으로 챙 달린 모자를 잡고 머리를 숙인 채 약간 당황한 모습으로 말했다.

"그런데 문제가 생겼어요. 어떤 신부에게 아기를 빼앗겼어요."

"신부라고?"

"신부가 굵직한 지팡이로 저를 때리기까지 했습니다."

테나르디에는 황급히 동전을 전대에 넣었다. 그는 화를 내지 않고 잠시 생각에 잠겼다.

"굵직한 지팡이라고? 모로가 지팡이를 갖고 다닌다고 제라르가 말해주었는데. 틀림없이 그놈일 거야. 카리뇰이 모로를 찾아서 체포해야 하는데. 우리는 이미 모로가 생쉴피스 성당 근처에 숨어 살고 있고 본당 신부와 좋은 관계를 유지하고 있다는 사실을 알고 있지. 그는 신학생들을 가르치고 있는 것 같아. 솔직히 나는 깜짝 놀랐어. 선생들까지 살인청부업자의 일에 손을 댄다면 우리는 뭘로 먹고살지?"

루푀르가 말했다.

"자초지종은 이렇습니다."

루푀르는 그때 마침 고아원 대문에서 나온 수녀가 가짜 신부의 공격과 도주를 목격했다고 설명했다.

테나르디에는 흐뭇한 미소를 지었다.

"좋아, 루푀르. 그 가짜 신부는 유괴범이 된 거야. 오히려 잘됐어."

테나르디에는 카리뇰 헌병 반장에게 이 사건을 조사하고 법적으로 처리하라고 부탁할 것이다. 경찰은 죽이든 살리든 모로를 체포할 것이다. 죽여버리면 더 좋고.

테나르디에는 사지를 떨면서 낄낄거렸다.

"꼽추나 제라르에게는 입도 뻥끗하지 마. 아무튼 지금은 때가 아니야. 뷔르뎅은 아이가 사라진 것을 알면 안절부절못할 거야. 겁을 먹은 공모자는 잠재적인 적이지."

루푀르는 단호한 태도로 노인을 안심시켰다.

"다브 데 그레프, 저는 당신을 선택했어요. 우리는 이미 한 배를 탄 겁니다."

"암, 그렇고말고."

테나르디에는 새로운 하수인을 맹목적으로 신뢰했다. 이 노인은 지금까지 다른 사람을 신뢰한 적이 없었다. 테나르디에는 직접 루푀르를 발굴하지 않았는가. 또 그에게 토끼장과 작은 안뜰 맞은편 1층 왼쪽에 있는 작은 방을 내주지 않았는가. 루푀르는 샤말랭 레스토랑과 소모공장의 회계에 관여할 수 있는 유일한 사람이 아닌가. 물론 루제에게도 그런 특권이 있었다. 하지만 그는 특권을 남용했다.

"내게 좋은 생각이 있어. 나는 루제에게 게일이 그의 아버지를 죽였다고 말할 거야. 자네는 게일에게 루제가 라파엘을 죽이려 한다고 말하게."

루피르는 자신의 이마를 치고 말했다.

"아, 다브 데 그레프, 루제에 대해서 한 가지 잊은 게 있어요!"

"아, 그래? 그게 뭐지?"

"가짜 신부가 뭐라고 했는데 이해할 수 없었어요. 아무튼 다이아몬드에 대한 얘기였어요."

테나르디에는 침을 삼켰다.

"다이아몬드?"

"그러니까 루제의 호주머니에 다이아몬드가 있다고 말했어요."

테나르디에는 벌떡 일어나더니 절망적인 한숨을 내쉬었다.

"제기랄! 나는 녀석을 자식처럼 먹여주고 키워주었는데!"

루피르가 깜짝 놀라며 물었다.

"그 보석이 당신 건가요?"

"그렇다고 말하지 않았어……."

테나르디에는 잡다한 물건 속에 파묻힌 작은 상자의 서랍을 열더니 권총 한 자루를 꺼내 루피르에게 주었다.

"자, 받아. 이 권총을 게일에게 주게. 그 비열한 두 녀석이 결투하도록 유도하게. 그때까지는 기막힌 생각이 떠오를 거야. 어떤 일이 있더라도 자네는 두 녀석의 목숨을 끊어버려야 해. 그리고 잊지 말고 루제의 호주머니를 뒤지게!"

그리고 시계를 보면서 물었다.

"코제트는 누구랑 있지?"

"뱅트되와 페가스가 그녀를 감시하고 있어요. 입에 재갈을 물리고 제 방에 가두었어요. 수면제의 효력이 떨어지고 있는 것 같아요. 정말 독한 여자예요!"

＊　＊　＊

코제트는 손발이 묶이고 눈이 가려진 채 앉아 있었다. 테나르디에가 통풍이 잘 안 되고 고약한 냄새가 나는 루푀르의 누추한 방에 들어오자 뱅트되와 페가스는 코제트의 눈가리개를 풀었다. 하나 있는 창살문을 통해 햇빛이 스며들었지만 방은 어두웠다. 코제트는 머리를 좌우로 격렬하게 흔들고 발뒤꿈치로 바닥을 구르며 외쳤다.

"당신들, 누구야? 원하는 게 뭐지? 내 아들은 어디 있어?"

테나르디에는 뱅트되, 페가스, 루푀르에게 눈짓으로 나가라고 지시했다. 그들은 말없이 물러갔다.

코제트 앞에는 키가 작고 마른 노인이 서 있었다. 고양이 가죽 모자를 눈까지 눌러쓴 노인이 비웃고 있었다.

"귀여운 종달새야, 테나르디에 아저씨를 몰라보겠니?"

차가운 전율이 온몸을 스쳐 지나갔다. 코제트는 유년 시절의 일부 추억을 기억의 어두운 구석에 방치하고 지냈다. 하지만 방금 고통스러운 추억이 고스란히 떠올랐다. 종달새……. 테나르디에는 어린 코제트를 그렇게 불렀다. 그는 그녀를 괴롭힌 괴물, 형리, 하피(아이들과 인간의 영혼을 먹고산다고 하는 새의 몸과 여자의 얼굴을 가진 괴물−옮긴이)였다. 그녀는 유년 시절을 회상하면서 사시나무처럼 떨기 시작했다. 파도처럼 밀려드는 경련을 억누를 수 없었다. 너무 놀란 나머지 숨이 막히고 알아들을 수 없는 말을 중얼거렸다. 머릿속이 몹시 혼란스러웠다. 테나르디에의 모습이 점점 더 흐려졌다. 그녀의 머리가 옆으로 기울어졌다. 그녀는 의식을 잃을 뻔했다.

"이봐, 종달새, 기절하는 건 아니겠지?"

코제트는 다시 눈을 떴다. 테나르디에는 웃으면서 그녀의 귓불을 꼬집었다. 모든 게 더욱 선명해졌다. 뒤엉켰던 추억이 하나씩 떠올랐다. 문득 몽페르메유에서 테나르디에가 운영했던 세르장 드 워털루(워털루의 하사) 여관이 떠올랐다……. 어린 코제트는 누더기를 걸치고 맨발에 나막신을 신은 채 벽난로 옆 식탁에 앉아 희미한 불빛 아래서 에포닌과 아젤마가 신을 양모 양말을 뜨개질했었다……. 테나르디에의 딸들. 심술궂은 그 아이들은 코제트를 비웃으면서 한쪽 구석에서 놀았다. 헌병처럼 사납게 생긴 테나르디에 아줌마는 털이 많았고 이가 툭 튀어나왔다. 그녀는 툭 하면 벽난로 옆의 못에 걸어놓은 가죽채찍을 휘둘렀다……, 그리고 샤일록(셰익스피어의 『베니스 상인』에 나오는 고리대금업자-옮긴이)과 볼포네(벤 존슨의 희곡 『볼포네』의 주인공-옮긴이)처럼 입에 파이프를 물고 검은 셔츠에 헐렁헐렁한 웃옷을 걸친 테나르디에는 욕설을 퍼붓다가 성호를 긋곤 했다.

"당신이 어떻게……."

테나르디에는 더 이상 성호를 긋지 않았다. 그는 이미 완전히 타락했다. 얼굴 둘레를 따라 기른 흉측한 잿빛 수염 탓에 가늘고 뾰족한 얼굴이 더욱 작아 보이는 노인의 모습은 거의 변하지 않았다.

코제트는 다시 비틀거렸다. 가슴이 짓눌린 듯 답답해져 그만 오열을 터뜨릴 뻔했다. 하지만 참았다. 노인을 기쁘게 해주고 싶지 않았다. 그녀는 숨을 크게 들이마시고 호흡을 가다듬었다. 이제 추억이 더욱 명료하게 떠올랐다.


그때 코제트는 여덟 살에 불과했다. 그녀는 증오와 이중인격을 품고 있는 이 비열한 노인의 따가운 눈총을 받으면서 빨래하고 솔질하며 마룻바닥을 문지르고 비로 쓸었다. 숨이 헐떡거릴 정도로 열심히 일했지만 꾸지람을 듣고 매를 맞았다. 어린 코제트는 불결하고 학대받는 아이, 허드렛일을 하는 하녀였다. 온갖 궂은일이 그녀의 몫이었다. 장 발장이 이 악랄한 부부의 손아귀에서 그녀를 해방시켜주었던 날까지……. 장 발장은 노예를 사듯 테나르디에에게 돈을 주고 코제트를 구출했다. 완전히 끝난 일이었다. 하지만 테나르디에는 더 많은 돈을 우려내기 위해 그들 뒤를 쫓아다녔다.

"선생, 천 에큐를 주지 않으면 코제트를 다시 데려가겠소."

테나르디에는 장 발장의 몽둥이를 보고는 당황하고 움직이지 않았다. 하지만 그는 포기하지 않고 다시 숲까지 따라왔다. 장 발장이 돌아섰다. 그의 시선이 어찌나 날카로웠는지 테나르디에는 흠칫 멈추지 않을 수 없었다. 코제트는 '카트린'이라고 이름 붙인 인형을 꼭 끌어안은 채 장 발장의 손을 잡았다. 노인은 발길을 돌렸다.


코제트가 용감하게 물었다.

"당신이 아직도 살아 있어요?"

"너는 내가 귀여운 종달새를 다시 만나기 전에 죽기라도 바랐니?"

테나르디에는 머리를 뒤로 젖히고 침을 튀기면서 히죽히죽 웃었다.

코제트가 말했다.

"나를 풀어줘요. 안 그러면 소리를 지르겠어요."

"물론이지, 나의 요정."

테나르디에는 호주머니에 들어 있는 작은 수면제 병을 확인하면서 코제트에게 다가갔다. 그는 제라르가 꽤 쓸 만하다고 생각했다. 비록 방탕한 생활을 하는 제라르를 좋아하지는 않았지만 적어도 두 가지 자질은 인정했다. 부탁한 물건을 제공하는 것과 별로 질문하지 않는 것. 루이데지레와 그는 제라르에게 약의 용도를 알려주지 않았다.

테나르디에는 코제트가 묶여 있는 의자 뒤로 가면서 말했다.

"동네방네 시끄럽게 하지 않고 얌전히 있겠다고 약속해. (그는 웃음을 터뜨리면서 덧붙였다.) 그래봤자 아무도 네 소리를 듣지 못할 거야."

테나르디에가 손목에 묶인 끈을 풀어주자 코제트는 장딴지를 묶었던 끈을 풀었다. 그는 한참 동안 코제트의 얼굴을 뜯어보았다. 젊고 아름다운 여인이었다. 예전에 그는 몽페르메유에서 여관을 운영했을 때 가끔 여종업원들을 건드렸다. 참다못한 테나르디에 부인은 젊은 여자들을 전부 해고해버렸다. 그 후로 그는 여자에 대해 관심을 끊었다. 하지만 이 귀여운 코제트는 자기 취향이라고 생각했다. 알맞게 살이 붙은 통통한 몸매, 사랑스러운 금발, 우아한 자태, 잘 어울리는 주름 잡힌 암홍색 원피스.

"나의 귀여운 종달새, 너는 어엿한 숙녀가 되었구나."

코제트는 허리에 손을 얹고 도전적인 자세로 노인을 노려보았다. 그리고 너무 더러워서 거울로 쓸 수 없는 유리창을 가리키며 소리쳤다.

"저기를 봐요! 당신 꼴이 얼마나 역겨운지! 테나르디에 씨, 당신은 쓰레기예요! 당신이 하는 짓이 얼마나 부끄러운 짓인지 알아요? 당신이 역겨워서 토할 것 같아요!"

"그럼 토해."

이 경멸적인 짧은 대답이 너무나 많은 추억을 떠올렸기에 코제트의 얼굴이 붉어졌다. 그녀의 가슴에서 분노의 외침이 솟구쳤다. 그녀는 테나르디에의 얼굴을 쥐어뜯기 위해 이를 악물고 달려들었다.

테나르디에가 외쳤다.

"제기랄! 어휴, 이 지긋지긋한 계집애!"

노인은 그녀를 피하려다가 비틀거리면서 넘어졌다. 그러자 코제트는 발로 그의 배를 차기 시작했다.

코제트는 울부짖으면서 말했다.

"테나르디에, 당신이 한 짓이 기억나?"

노인은 그럭저럭 얼굴을 막으면서 소리쳤다.

"애들아, 뭐해?"

루푀르, 뱅트되, 페가스가 달려왔다. 그들은 악착스레 테나르디에를 공격하는 코제트를 즉각 제압했다.

노인은 루푀르의 부축을 받아 일어나면서 내뱉었다.

"하피보다 더 지독한 년이야. 내 얼굴을 봐. 저년이 내 얼굴을 피범벅으로 만들었어! 나는 이 새침하고 까다로운 여자를 길들이고 말 테야!"

그리고 뱅트되와 페가스에게 지시했다.

"이 공주님의 옷을 벗기고 내가 준 누더기를 입혀!"

두 하수인은 즉각 지시에 따랐다. 코제트는 반항도 하지 않고 두 사람을 거만하게 노려보았다. 두 사람은 시선을 내리깔았다.

그러자 테나르디에가 쉰 목소리로 말했다.

"너희들, 뭘 망설이는 거야? 페가스, 네가 해봐!"

페가스는 남자용 누더기를 코제트에게 던졌다. 그녀는 조금도 얼굴을 찌푸리지 않았다. 그 대신 경멸의 시선을 던지면서 침착하게 바지와 셔츠를 입었다. 그녀는 몰래 수정을 빼서 바지 호주머니에 감췄다. 빨간 눈을 가진 흰둥이 뱅트되가 탐욕스러운 시선으로 그녀를 바라보았다.

테나르디에는 뼈다귀로 개를 유인하듯 뱅트되를 다루었다.

"진정해. 나중에 좋은 기회가 있을 거야……."

노인은 구부러진 더러운 집게손가락으로 코제트가 손톱으로 할퀸 뺨을 어루만지면서 뱅트뇌에게 수면제를 건넸다.

"당분간 코제트는 여기에 있을 거야. 적어도 일주일 동안. 빵과 물만 줘. 그런 다음 이 소모공장에서 며칠간 실습할 거야. 저 애는 지난 일을 다시 떠올리게 되겠지. 두고 보자고. 틀림없이 저 애는 다시 빗자루로 쓸고 걸레로 닦는 일을 그리워하게 될 테니까!"

노인은 루푀르의 어깨를 톡톡 치면서 웃음을 터뜨렸다.

코제트는 노인을 노려보았다. 그리고 침착하고 차가운 어조로 장담했다.

"나는 조만간에 복수할 거야. 내게도 친구들이 있어. 그들이 나를 찾아낼 거야. 두고 봐."

테나르디에가 비웃으면서 대꾸했다.

"그럴 리가 없어."

그리고 페가스에게 지시했다.

"이 더러운 년의 머리를 깎고 얼굴에 진흙을 발라. 그리고 수면제를 세 배로 늘려 먹게 해. 매일 세 숟가락씩! 그러면 저년은 조용히 있을 거야. 그래도 앙탈을 부리면 수면제를 듬뿍 먹여!"

코제트는 아들 장을 생각했다. 장은 안전한 곳에 있을까? 그녀의 눈에서 절망의 빛이 스쳐 지나갔다. 하지만 어떤 말도 할 수 없었다.

테나르디에는 코제트의 생각을 읽기라도 한 듯 이렇게 말했다.

"실은 네 아들도 납치되었어. 요즘 납치가 유행이거든! 하지만 누가 납치했는지는 몰라. 나의 귀여운 종달새, 인생은 냉혹한 거야."

아들의 납치 소식에 절망한 코제트는 심호흡을 하면서 애써 침착했다. 그녀는 천천히 숨을 쉬었다. 그녀의 차가워진 눈동자에서 날카로운 섬광이 번쩍였다. 그녀는 천천히 다가가더니 테나르디에의 얼굴에 침을 뱉었다. 그리고 나지막하게 말했다.

"나는 당신한테 애원하지 않겠어. 아버지가 지켜보고 계시거든. 테나르디에, 지옥에나 가버려!"

늙은 악당은 장 발장을 생각하면서 안색이 창백해졌다. 훼방꾼, 음모의 흥을 깨는 사람, 양아버지. 이 도형수가 아직도 살아 있단 말인가? 한번은 테나르디에가 고르보 누옥에서 시뻘겋게 달군 쇠로 장 발장을 고문하려는 순간 자베르와 그의 부하들이 현장을 포위하는 바람에 그 도형수는 줄사다리를 타고 사라졌었다.

테나르디에는 코제트의 뺨을 갈기고 싶었다. 하지만 이 면담을 끝내고 누추한 방에서 나가기로 결심했다. 조만간에 철저하게 복수할 것이다. 그것은 피할 수 없는 일이었다.

루피르는 노인과 함께 방에서 나오면서 물었다.

"왜 코제트가 당신을 테나르디에라고 부릅니까?"

"저년에게 직접 물어봐."

\* \* \*

베르자는 아기와 함께 은신처에서 지내고 있었다. 리예 신부가 매일 먹을 것을 가져다주었다. 베르자는 수염을 깎지 않았다. 어느 날 그는 신부에게 안경을 사달라고 부탁했다.

"신부님, 나이 탓입니다. 이곳에서는 책을 볼 수 없어요."

제의실과 붙어 있는 이 은신처—벽장 내부로 드나드는—는 상당히 안전한 곳이었다. 하지만 햇볕이 들지 않아 곰팡내가 지독했다. 벽은 초석으로 덮여 있었다. 베르자에게 좋은 생각이 떠올랐다. 초석은 화약만큼 무서운 무기가 될 수 있는 질산칼륨이 아닌가. 몇 가지를 혼합하기만 하면 된다. 리에 신부는 베르자의 요청에 따라 유황과 목탄을 가져다주었다. 베르자는 작업에 돌입했다. 보름 후 그는 두 봉지에 뭔가를 가득 담았다.

베르자는 어린 장과 함께 그럭저럭 지냈다. 독신 생활에 익숙한 늙은 베르자는 물을 끓여 젖병을 준비하고 타피오카(열대작물인 카사바의 뿌리에서 채취한 식용 녹말−옮긴이)를 만들고 식기를 닦고 방을 정리했다. 또 아기의 옷과 기저귀를 갈아주었다. 때때로 리에 신부가 마련해준 큰 광주리 안에서 잠든 아기를 한참 동안 바라보았다. 그에게는 자식이 없었지만 후회하지는 않았다. '어머니가 돌아가셨을 때 나는 너무 슬펐어. 나는 내 자식에게 이런 고통을 겪게 하고 싶지 않아. 아이를 만드는 것은 죽음의 운명을 만드는 거야.' 그는 형사가 됨으로써 그 깊은 슬픔을 이겨냈다고 생각했다. 하지만 지금은 고개를 저으면서 나지막한 목소리로 정정했다.

"혼자 살면 대체로 대인관계가 좋지 않지."

한밤중에 어린 장이 깨면 베르자는 우유와 꿀을 넣은 젖병을 데웠다. 태어난 지 열 달이 된 아기는 끊임없이 옹알거렸다. 베르자는 아기를 품에 안고 얘기했다. 아기는 그의 얘기를 들었고 베르자는 난생처음 들어보는 아기의 옹알이를 이해하려고 애썼다. 베르자는 오후에는 오렌지 주스를 탄 물을 젖병에 넣어 장의 입에 물려주며 중얼거렸다.

"너는 나처럼 타인들에게 좋은 영향을 미치는 기력과 활력이 넘치는 사람이 될 거야."

아기는 때때로 베르자의 품에서 잠들었다. 알브레히트 뒤러가 그린 「기사, 죽음과 악마」에 나오는 기사 같은 얼굴을 가진 이 남자가 지오반니 벨리니의 「쌍수(雙樹)의 성모자」에 나오는 아기 예수처럼 귀엽고 예쁜 아이를 흔들어 재우는 모습은 무척 감동적이었다. 어느 날 리예 신부는 빵과 우유를 가져다주러 왔다가 이 감동적인 광경을 목격했다. 그는 음식을 내려놓고 살며시 손뼉을 치다가 기도했다. 그리고 하늘을 바라보면서 중얼거렸다.

"정말이지 믿을 수가 없군요 ……."

베르자가 한쪽 눈을 뜨면서 말했다.

"뭐라고 하셨어요?"

신부는 당황했다. 그는 베르자의 신분에 대해 모르는 게 없었다. 사실 그는 강물에 빠져 의식을 잃은 베르자를 구한 후 옷을 갈아입히고 신분증까지 확인한 사람인데 어찌 그의 진짜 신분을 모르겠는가.

리예 신부는 오후의 일부를 베르자와 함께 보냈다. 오전에는 미사와 자선활동이 있었다.

베르자가 신부에게 물었다.

"코제트 소식은 없습니까?"

"전혀 없어요."

어느 날 카리뇰 헌병 반장과 두 명의 헌병이 신부를 찾아왔다. 베르자는 제의실 벽에 귀를 갖다대고 대화를 엿들었다.

"신부님을 난처하게 해드려 죄송합니다. 방문 목적을 숨기지 않겠습니다. 모로 씨를 체포하러 왔습니다."

헌병 반장의 말을 들은 베르자는 주먹으로 자신의 다른 손바닥을 쳤다. '나에게 원한을 품은 사람들이 결국엔 내 정체를 밝혀내고 말 거야.' 일이 꼬이고 있었다.

피보호자의 가명을 잘 알고 있던 리예 신부가 반박했다.

"저런! 대체 무슨 죄명으로 그를 체포한단 말입니까?"

"그는 유아를 유괴한 혐의를 받고 있습니다. 신부님, 상부의 지시입니다. 모로 씨는 어디에 있습니까?"

신부는 질겁한 표정으로 대답했다.

"그는 일주일 전에 떠났어요! 그가 투르농가를 떠났다는 사실을 몰랐나요?"

"투르농가요? 그자는 가랑시에르가에 살고 있다고 생각했는데……."

"가랑시에르가의 우편함에서 그의 이름을 확인했나요?"

"아니요……."

카리뇰 반장은 어떻게 된 노릇인지 이해할 수 없었다. 신부는 모로의 종적을 혼란하게 했다.

카리뇰이 당돌하게 물었다.

"모로 씨는 신학생들에게 강의를 하지 않습니까?"

신부는 퉁명스럽게 부인했다.

"내가 알기로는 아닙니다. 그는 처음에는 성당지기였다가 나중에 부제 (副祭)가 되었습니다."

"부제라고요?"

카리뇰은 부제가 무슨 뜻인지조차 몰랐다. 그래서 교황이나 주교처럼 아주 중요한 직책이겠거니 하고 짐작했다.

리예 신부가 물었다. 베르자는 벽 저편 은신처에서 우유를 마시고 있었다.

"누가 고소했습니까?"

카리뇰이 거드름을 피우며 대답했다.

"모든 면에서 존경할 만한 바롱 씨가 모로라는 사람에게 폭행을 당했다고 신고했습니다."

바롱은 루피르의 진짜 이름이었다.

베르자는 부랴부랴 메모했다. 그 역시 나름대로 조사할 것이다.

헌병 반장이 덧붙였다.

"앙페르가에 있는 고아원의 원장 수녀님도 똑같이 증언하셨습니다. 두 사람 다 모로가 아기를 안고 도망치는 것을 목격했습니다."

그러고는 가방에서 체포 영장을 꺼냈다.

"죄송합니다, 신부님. 우리는 성당을 수색해야 합니다."

"그렇게 하시오. 나는 내 친구 지스케 씨에게 당신이 성실하게 임무를 수행했다고 전하겠어요."

카리뇰은 침을 삼켰다. 파리 경찰청장 지스케? 제기랄, 왜 내가 제라르, 루피르, 다브 데 그레프의 말만 믿었지?

헌병들은 아무것도 찾아내지 못했다. 사실 그들은 열심히 수색하지 않았다. 카리뇰은 건성으로 임무를 해치웠다. 그는 형사가 조만간에 이 사건을 맡아 수사할 거라고 알려주었다. 리예 신부는 깜짝 놀랐다. 파리에서 실종된 아동은 수없이 많았다. 경찰은 아동 매매나 퐁토상주 교 근처에서 도둑질하는 아이들은 말할 것도 없고 아동 유괴나 유아 살해에 신경 쓰지 않았다.

벽 너머에서 카리뇰의 이야기를 들은 베르자는 격분했다. 경찰이 이 전직 베테랑 형사를 추적할 거라고? 그는 고개를 저었다. 어린 장이 옹알거렸다. 그는 광주리에서 아기를 꺼내 가슴에 안고 흔들었다. 아기는 딸꾹질을 하더니 마지막으로 트림을 했다. 베르자는 아기의 입을 닦아주었다. 아기는 입을 살짝 벌린 채 곧 태평하게 잠들었다. 베르자는 고개를 저었다. 어떻게 이런 행복을 놓쳤단 말인가? 아기를 안고 있으면 다른 것은 아무것도 중요하지 않았다.

베르자는 작은 거울에 비친 자신의 모습을 바라보았다. 한 손으로 아기를 안은 채 다른 손으로 수염을 쓰다듬었다. 그의 얼굴은 불도그의 콧방울처럼 주름투성이였다. 그는 억지 미소를 짓고 중얼거렸다. '나는 곧 성 프란체스코회의 수도사처럼 보이게 될 거야.' 그리고 인상을 찌푸리면서 생각했다. '이런 낯짝을 누가 좋아할까?' 그는 아기의 이마에 입을 맞추고 임시로 만든 요람에 아기를 눕혔다. 그리고 속삭였다.

"아가야, 잘 자라."

베르자는 걱정에 잠겼다. 코제트에게 무슨 일이 일어난 걸까? 틀림없이 테나르디에와 꼽추가 그녀를 납치했을 것이다. 대체 그녀는 어디에 있을까? 공범이 많은 테나르디에는 은신처 역시 많이 알고 있을 것이다. 코제트는 살아 있을까? 그는 최악을 생각하고 싶지 않았다. 디그랑드 후작에게 그녀의 실종을 알릴 수 있을까? 후작은 집사와 은밀히 공모하지 않았을까?

꼬리를 무는 의문으로 머릿속이 혼란스러웠다. 베르자는 어떻게 해야 할지 망설였다. 하지만 카리뇰 헌병 반장이 자신을 추적하고 있기 때문에 빨리 행동을 취해야 했다. 우선 악당들로부터 아기를 보호하고 안전한 곳으로 옮겨야 했다.

그날 저녁 리에 신부가 말했다.

"당신은 궁지에 빠졌군요. 모든 게 당신에게 불리해요. 나는 당신이 비난받을 일을 전혀 하지 않았다는 사실을 알고 있어요. 오히려 정반대지요. 그리고 헌병 반장은 몹시 불쾌한 인상을 주었어요. 그 사람의 말은 모두 거짓말처럼 들렸어요. 게다가 코제트에 관한 얘기는 조금도 언급하지 않더군요."

"신부님, 카리뇰은 코제트에 대해 아는 게 없기 때문에 언급하지 않은 거예요. 그는 무능한 앞잡이에 지나지 않아요. 특히 테나르디에에게 매수되었어요. 아무튼 그는 무능한 작자예요."

베르자는 더 길게 늘어놓지 않았다. 그는 신부에게 다음 날 저녁 파리를 떠나 파레르모니알로 가겠다고 말했다. 그러면서 권총 한 자루, 약간의 화약 그리고 마차를 구해달라고 부탁했다.

"하지만 우리는 감시를 받고 있어요!"

"한밤중에는 괜찮을 겁니다."

리예 신부는 폭넓은 인맥을 십분 활용해 베르자를 퐁텐블로까지 데려갈 마차를 구했다. 그곳에서 베르자는 합승마차를 타고 로안까지 달릴 것이다. 이어서 우편마차를 타고 파레르모니알까지 갈 것이다. 기나긴 여행.

* * *

다음 날 자정, 마차 한 대가 생쉴피스 성당 뒤쪽 세르방도니가에서 베르자와 아기를 기다리고 있었다. 사제복을 입은 베르자는 식량, 옷가지, 두 봉지의 초석이 든 배낭을 메고 있었다. 그는 성당 광장을 보고 깜짝 놀랐다. 조명 램프가 반짝였고 음악 소리가 들렸다.

신부가 공모자의 표정으로 속삭였다.

"학생들에게 깜짝 파티를 준비하라고 부탁했어요. 학생들 중에는 모로 씨의 옷을 입은 사람도 있어요. 당신은 무사히 떠날 수 있을 거예요."

베르자는 걷는 내내 다정한 눈길로 신부를 바라보았다. 친구 사이에는 말이 필요 없는 법이다. 신부와 베르자는 벽에 붙은 채 까치발로 마차에 다가갔다. 베르자는 외투 안에 어린 장을 숨겼다.

리예 신부가 말을 이었다.

"경찰청에 친구들이 있어요. 상황을 봐서 경찰에 사실대로 털어놓는 게 더 현명하지 않을까요?"

"신부님, 어떤 사실 말인가요?"

"당신을 이해할 수 없어요."

"경찰을 믿을 수 있다면 저도 그러겠어요."

베르자가 마차에 올라타자 신부는 권총과 화약을 건넸다.

"베르자 씨, 사제복을 입은 사람은 이런 물건들을 사용할 수 없다는 점을 명심하세요. 안경을 쓰고 수염까지 길렀으니 당신을 베르자 신부라고 불러야 할까요?"

"원하신다면요. 하지만 어느 정도 사건이 밝혀지고 이 아기가 안전해지면 저를 자베르라고 불러주세요. 그냥 자베르로요."

이윽고 마부는 채찍을 휘두르기 시작했다.

* * *

카리뇰 헌병 반장이 생쉴피스 성당의 제의실에 나타난 시각, 두 남자가 플뤼메가에 있는 코제트의 옛집에 도착했다. 첫 번째 남자는 콧수염을 약간 길렀다. 흥분한 시선이 반짝반짝 빛났다. 그는 노동자처럼 옷을 입었다. 비스듬히 쓴 챙 달린 모자, 밤색 작업복, 벨벳 바지, 장식용 징을 박은 반장화. 젊어보이는 얼굴에는 순진함과 엄격함이 동시에 나타나 있었다. 젊은 사람치고 무척 불안해하는 그에게서는 전투에 능숙하지만 진력이 난 노병들의 모습에서만 볼 수 있는 야성미가 발산되었다. 나이가 더 많아 보이는 동료 역시 노동자처럼 옷을 입었는데 왼손이 없었다. 시련의 흔적이 역력한 얼굴, 육중한 체구. 그는 모든 것과 모든 사람들을 경계하는 듯했다. 그들은 어깨끈 달린 가방을 메고 있었다. 각자의 가방 속에는 권총 한 자루와 단검 한 자루가 들어 있었다.

"마리우스, 이곳에서 우리가 볼일은 없는 것 같아."

대문에 세를 놓는다는 종이가 붙어 있었다. 집주인 쇼셀라 씨에게 문의해야 했다.

갑자기 나타난 기사 한 명이 두 사람을 보고 멈추었다. 그는 장식 단추 달린 파란색 상의, 클럽멘휘그 의상실에서 빌린 회색 조끼, 사슴 가죽으로 만든 짧은 바지, 위쪽이 접힌 승마 구두를 과시하고 있었다.

마리우스는 앙리 드 라 로슈드라공을 알아보았다. 전율이 온몸을 스쳐 지나갔다. 그는 가볍게 목례를 한 후 R음을 굴리면서 젊은 귀족에게 물었다.

"실례합니다, 선생님. 이 집의 옛 주인들이 어디로 갔는지 아십니까?"

앙리 드 라 로슈드라공은 채찍을 만지작거렸다. 그리고 두 사람을 머리부터 발끝까지 훑어본 다음 대답했다.

"퐁메르시 남작은 죽었고 남작부인은 적어도 6개월 전에 이사했소. 그녀가 어떻게 되었는지는 모르겠소. 나는 그녀와 좋은 관계를 유지하고 있지만 그녀는 새 주소를 알려주지 않았소. 그런데 왜 묻는 거요?"

앙리 드 라 로슈드라공은 경멸하는 시선으로 두 사람을 바라보았다. 왜 쓸데없이 천민들과 이런 이야기를 나눠야 한단 말인가.

마리우스는 다른 사람의 목소리를 내면서 거짓말했다.

"저는 남작부인 하녀의 남동생입니다. 저와 제 동료는 알제리에 파병되었다가 이제 막 귀국했습니다. 마들렌에게 인사나 전할까 했지요."

앙리 드 라 로슈드라공은 심사숙고하는 표정을 짓고 오른손으로 턱을 문질렀다. 그는 손톱 모양이 그대로 드러날 정도로 섬세한 가죽 장갑을 끼고 있었다. 노란 장갑. 그는 예전과 변함이 없었다. 얼마나 가소로운 일인가.

이윽고 젊은 귀족이 허세를 부리며 말했다.

"퐁메르시 남작에게 한 친구가 있었소. 아메데 디그랑드. 그 친구 역시 사라졌소. 자키클럽에서도, 시모어 경의 검술 도장에서도 그를 볼 수 없소. 그 가엾은 젊은이가 탕플 대로 쪽에 있는 싸구려 술집에 자주 드나들고 있다는 말은 들었소. 이상이오. 더는 말할 수 없소. 잘 가시오."

경박하고 건방진 젊은이는 하얀 넥타이를 풀었다. 그리고 힘차게 박차를 가하고는 돌아보지 않고 마구간까지 말을 몰았다.

마리우스는 앙리 드 라 로슈드라공의 뒷모습을 바라보면서 자문했다.

'내 모습이 그렇게 몰라볼 정도로 변했나?'

마리우스와 파르페타무르는 방투 산의 덤불숲에서 두 달 동안 밀수꾼처럼 숨어 지냈다. 두 사람은 프로방스의 소에서 멀지 않은 말로센과 바농 사이에서 산토끼와 붉은 자고새를 사냥하고, 나물, 장과(漿果), 과일로 끼니를 해결했다. 물과 꿀은 충분했다. 그들은 마을과 시장을 피했고 같은 장소에서 두 번 이상 야영하지 않았다. 어느 날 두 사람은 카바이용 근처에서 압트 출신의 어느 말 장수에게 에르즈베 형제의 두 말을 팔았다. 두 사람의 머리카락이 다시 자랐고 파르페타무르의 상처가 아물었다. 사람다운 꼴을 되찾자 파리로 출발하기로 결심했다. 아비뇽, 발랑스, 리옹, 디종, 트루아를 지나는 기나긴 여행이었다. 주로 걸었고 가끔 농부의 마차를 얻어 탔다. 큰길은 절대로 이용하지 않았다. 파르페타무르와 알렉상드르 틱시에는 도형장에서 도망친 죄수가 아닌가.

프랑스의 모든 경찰들이 두 사람의 인상착의를 알고 있었다. 두 사람은 어느 헌병대 지소 근처에서 레이노 경찰서장이 직접 도망자들을 체포하기로 결심했다는 사실을 알게 되었다.

파르페타무르가 초조하게 말했다.

"그래서 이곳에 오래 머물러서는 안 돼. 군인과 헌병이 평소보다 훨씬 많아."

두 사람은 미국으로 떠나기로 결심했다. 하지만 그전에 마리우스는 진상을 파악하고 싶었다. 코제트는 정말로 나를 잊었을까?

조금 전 마리우스는 플뤼메가에 도착했다. 큰 기대는 하지 않았지만 그래도 희망은 버리지 않았다. 코제트는 어쩌면 집에 있을 것이고 그에게 두 팔을 벌려 내밀 것이다. 곧 모든 것이 이전처럼 되돌아가고, 그는 진짜 신분을 되찾을 것이며, 법원은 사건을 재심할 것이다. 하지만 기적은 일어나지 않았다. 아무튼 마리우스는 변했다. 도형장에 들어갈 때는 나약하고 울먹였지만 나올 때는 강건하고 의연했다. 증오심 때문에 살아남지 않았는가. 우유부단한 젊은이는 침울하고 냉철한 사람이 되었다. 복수를 할 것인가? 복수는 그의 삶의 원동력이었다. 하지만 시간을 가지고 숙고할 것이다. 그는 급한 성질을 자제하는 법을 배웠다. 미국에 갔다가 돌아오면 자신을 불행에 빠뜨린 음모의 주역들을 한 명씩 응징할 것이다.

마리우스가 파르페타무르에게 말했다.

"도와줘요. 당신은 여기에 남아 망을 봐줘요."

거리에는 사람이 하나도 없었다. 앙리 드 라 로슈드라공은 귀가했고, 이 오후에 동네 부르주아들은 쓸데없는 일로 너무 바쁜 나머지 코빼기도 보이지 않았다.

마리우스는 대문을 기어올라 정원으로 뛰어내렸다. 그리고 곧장 돌 벤치로 갔다. 정원은 온통 가시덤불, 쐐기풀, 잡초로 뒤덮여 있었다. 그는 깊은 한숨을 내쉬었다. 그리고 인상을 찌푸렸다. 그는 냉혹한 사람이 아니었다. 단련이 되었을 뿐이다. 그는 절망에 빠진 코제트가 깨뜨린 두 조각상을 보고도 눈물을 글썽이지 않았다. 무릎을 꿇고 부서진 사랑의 잔해를 어루만질 뿐이었다. 이윽고 그는 몸을 일으켜 집을 둘러보았다. 온실은 반쯤 무너졌고 장밋빛 금어초가 돌 틈으로 삐져나왔다. 하얀 나비들이 꽃무와 무성한 잡초 사이에서 파닥파닥 날고 있었다. 덧창은 닫혀 있지 않았다. 풀밭은 씨가 맺힌 민들레로 넘쳤다. 마리우스는 한쪽 무릎을 꿇고 민들레 한 송이를 뽑아 입에 대고 불었다. 그의 인생의 모든 것이 한순간에 사라진 것처럼 민들레 씨는 모두 날아갔다.

마리우스는 한참 동안 생각에 잠긴 채 집을 바라보았다. 알 수 없는 힘이 행복의 보금자리였던 집 안으로 들어가라고 밀었다. 집 안에 들어가면 마음이 괴로울 것 같았다. 하지만 자신에게 고통을 주는 것은 때때로 도움이 되기도 한다. 그는 유리창을 깨고 집 안으로 들어갔다. 텅 비어 있었다. 그는 침실로 올라갔다. 코제트 방의 벽난로에 내려앉은 먼지를 입으로 훅 불었다. 그는 코제트를 버리고 다른 곳으로 도피하지 않았는가! 그는 자신이 얼마나 어리석었으며 타인에게 말을 걸고 이야기를 나누며 손을 내미는 일에 얼마나 서툴렀는지 깨달았다. 따지고 보면 이 모든 불행의 원인은 그에게 있었다. 그는 침실에서 서성거리다가 자신의 방에서 잠시 머물렀다. 장롱은 그대로 있었다. 그는 장롱을 열고 무의식적으로 맨 위 칸을 더듬었다. 박엽지로 싼 물건이 느껴졌다. 그는 그것을 창가로 가져가 펼쳐보았다. 천연 수정이 아닌가. 그는 비통한 슬픔에 사로잡혔다.

마리우스는 코제트가 모든 것을 잊고 모든 것을 버렸다고 생각하면서 중얼거렸다.

"이것조차……."

마리우스는 수정을 주머니에 넣고 급히 계단을 내려왔다. 이 집에서는 더 이상 알아볼 게 없었다. 그는 들어갈 때처럼 대문을 넘었다. 모든 것을 잊고 싶었다. 동시에 그는 자문했다.

'만일 코제트가 아메데와 함께 있지 않다면 대체 어디에 있을까?'

다음 날 아침 마리우스는 위험을 감수하고 아메데를 찾기 위해 탕플 대로로 갔다.

파르페타무르가 단호하게 말했다.

"좋은 생각이 아니야. 우리가 쫓기고 있다는 사실을 잊지 마. 조금이라도 발을 헛디디면 우리는 체포될 거야. 나는 툴롱으로 돌아가고 싶지 않아."

"나도 그래요. 만일 아메데를 찾게 되면 당신이 나서줘요. 내가 나설 필요는 없어요."

"싫어. 어쩌면 레이노가 이 근처에 있을지도 몰라. 그리고 자네는 그 꼬마 때문에 이처럼 무모한 생각을 품고 있는 거지?"

마리우스는 단호한 시선으로 파르페타무르를 노려보았다.

"나는 그 아이를 지옥에서 빼내주겠다고 약속했어요. 약속을 지킬 거예요. 당신은 나와 함께 가지 않아도 돼요."

"마리우스, 그런 쓸데없는 소리는 집어치워. 나는 자네와 함께 좋은 일을 했고 궂은일도 자네와 함께할 거야. 그 꼬마의 이름이 뭐지?"

"라파엘."

두 사람은 플뤼메가를 떠나 퐁토상주 교 쪽으로 향했다. 그들은 이미 이 다리 밑에서 버림받은 아이들이며 빈민들과 함께 하룻밤을 보낸 적이 있었다.

* * *

게일은 코제트를 보고는 여자 같은 얼굴에 섬세한 자태를 지닌 이 소년이 왜 이곳에 왔는지 궁금하게 여겼다. 신참은 공격적이기까지 했으며 표정은 언제나 몽롱해 보였다. 말을 걸면 긍정이나 부정으로만 대답했다. 그것도 알아들을 수 없을 만큼 작게. 또 자주 끙끙거렸다. 몸을 가누기도 힘든 것 같았다. 걸을 때는 머리를 좌우로 흔들고 다리를 질질 끌었다.

게일이 라파엘에게 말했다.

"저 신참 말이야, 말도 하지 않고 일도 하지 않아. 잠만 자며 시간을 보내고 있어."

페가스와 뱅트되는 초기에 코제트에게 수면제를 많이 먹였다. 다브 데 그레프가 세 숟가락의 수면제를 먹이라고 지시했지만 그들은 여섯 숟가락을 먹였다. 코제트는 선 채로 잠을 잤다. 그녀는 일주일 동안 루푀르의 어둡고 누추한 방에 갇혀 지냈다. 그들은 밧줄로 코제트를 묶은 다음 창살에 고정시키고 오직 빵과 물만을 먹였다. 그녀는 자신이 누구이고 어디에 있는지조차 몰랐다. 테나르디에의 지시에 따라 루푀르는 코제트를 루제에게 맡겼다. 코제트는 뱅트되와 페가스가 운영하는 시테 섬의 술집에 끌려가기 전에 일주일 동안 소모공장에서 지내야 했다.

테나르디에가 루푀르에게 말했다.

"코제트는 어려운 일부터 시작해야 해. 시간이 지나면 사람들도 그녀의 실종에 대해 관심을 갖지 않게 될 거야. 이익을 분배할 때가 되면 뷔르댕은 나를 고려하지 않을 수 없겠지. 그는 퐁메르시 남작의 재산을 혼자 먹을 수 없을 거야."

그리고 턱을 잡아당기면서 입을 비죽거렸다.

"나는 비열한 루제가 코제트를 환영할 거라고 믿어."

하지만 루제는 코제트를 환영하기는커녕 뺨을 때렸다.

"나는 반항적인 사람은 이런 식으로 길들이지!"

코제트는 조금도 반항하지 않았다. 짧게 깎은 머리, 검은 블라우스, 갈기갈기 찢어진 바지. 그녀는 깃털이 빠진 새처럼 보였다. 반항의 기미는 찾아볼 수 없었다.

루푀르가 놀려댔다.

"자, 종달새를 소개하겠습니다!"

젊은 여인은 종달새라는 별명으로 불리게 되었다. 루푀르가 정확히 정보를 전달했던 것이다.

처음 며칠 동안 코제트는 혹독한 고난을 겪었다. 밤이 되어 아이들이 중이층으로 기어 올라올 때쯤이면 그녀는 이미 잠들어 있었다. 그녀는 공장으로 내려가지도 않았다. 그녀의 상태로 보아 만일 내려왔다면 틀림없이 사다리에서 굴러 떨어졌을 것이다. 그녀는 낮에 가끔 출입구로 사용되는 둥근 창에 얼굴을 내밀었다. 사람들은 그녀가 뭔가를 바라보고 있다고 생각했다. 하지만 그녀는 아무것도 보고 있지 않았다. 페가스와 뱅트되는 루푀르와 함께 아침저녁으로 들러서 그녀에게 수면제를 먹였다. 그녀는 저항하지 않았다. 수면제는 그녀의 음식이 되었다.

어느 날 저녁 소모공장에서 소동이 일어났다. 다브 데 그레프(코제트와 뷔르댕을 제외하고 누구도 이 노인의 진짜 이름을 몰랐기 때문에 다들 다브 데 그레프 혹은 타르디에라고 불렀다.)는 게일과 루제를 따로 불러냈다.

다브 데 그레프는 계획대로 게일에게는 루제가 라파엘을 쫓아낼 궁리를 하고 있다고 말하고, 루제에게는 게일이 그의 아버지를 죽였다고 말하여 두 사람을 이간질했다. 그러니 공장 분위기가 어떻겠는가. 게일과 루제는 한바탕 몸싸움을 벌이기 일보 직전이었다.

루제는 복수하기 위해 라파엘을 두들겨 패고 랑티유 인형을 빼앗았다.

"너는 계집애처럼 인형을 갖고 노냐? 자, 네 인형이 어떻게 되는지 잘 봐!"

라파엘이 울면서 저항했지만 루제는 인형의 사지를 절단한 다음 하나씩 난로 속에 던져 태워버렸다.

"고소해 죽겠네! 이곳에서 바보는 필요 없어! 힘센 게 최고지!"

게일은 라파엘의 손을 잡고 위로했다. 그는 최대한 빨리 이곳에서 데리고 나가겠다고 약속했다. 그리고 루제에게 투덜거렸다.

"독사야, 너는 이미 사형선고를 받은 거야."

루제는 몇 단어밖에 듣지 못했기 때문에 게일의 말을 정확히 알 수 없었지만 자기 방식대로 응수했다.

"야, 말대가리, 한번 붙어볼까? 언제든 상대해주지! 다브 데 그레프의 특혜를 받고 있는 걸 다행으로 알라고!"

테나르디에는 두 사람에게 다음 날 저녁 만날 장소와 시간을 지정해주었다. 두 사람이 서로 만나게 될 거라고는 말해주지 않았다. 노인이 원하는 것은 두 바보가 서로 죽이는 것뿐이었다. 만일 한 사람이 살아남는다면 루푀르가 자기 방식대로 생존자를 살해할 것이다. 노인은 가능하면 루제가 살아남기를 바랐다. 녀석이 다이아몬드를 갖고 있지 않은가.

테나르디에가 루제에게 말했다.

"나는 너를 믿어. 게일을 제거해야 해. 내일이면 무슨 말인지 알게 될 거야."

게일에게도 똑같이 말했다.

"나는 너를 믿어. 루제를 제거해야 해. 내일이면 무슨 말인지 알게 될 거야."

약속 장소는 페르가에 있는 오그르 드 바르바리 술집이었다. 살인청부
업자들이 클랑 데스탱 술집이 없어진 후 애용하는 음산한 술집이었다. 불
길한 장소. 은밀한 난투극을 하기에 좋은 장소였다.

그날 저녁—마리우스가 플뤼메가에 들른 저녁—분위기는 험악했다.
루푀르는 루제와 게일을 감시하는 데 너무 신경 쓴 나머지 코제트에게 수
면제 먹이는 것을 깜박했다. 두 사람이 공장에서 서로 죽이면 곤란했다.

코제트는 수면제를 먹지 않았지만 여전히 정신이 몽롱했다. 하지만 아
이들이 자러 올라왔을 때 그녀는 자고 있지 않았다.

랑티유 인형을 잃고 몹시 상심한 라파엘이 코제트의 왼쪽에, 그리고 게
일이 오른쪽에 앉았다.

게일은 루푀르가 준 권총 손잡이를 만지작거리면서 농담했다.

"종달새가 약간 날개를 치는 것 같네요."

게일은 길게 농담하지 않았다. 하루 일과가 고된 데다 감정과 사건의
기복이 어찌나 심했는지 금세 곯아떨어졌다. 상황이 급박하게 돌아가고
있었기 때문에 몹시 심란했다. 더구나 다음 날 루제와 결투해야 한다는
생각에 얼이 빠져 있었다.

라파엘이 코제트에게 물었다.

"당신은 왜 말을 하지 않아요?"

"너무 피곤해서……."

"왜 피곤해요?"

코제트는 조용히 울먹이기 시작했다. 옆에 웅크리고 앉은 이 금발 소년
을 보니 아들이 떠올랐던 것이다. 그녀의 어린 장……. 이 모든 일이 어렴
풋하고 오래전에 일어났으며 도무지 이해할 수 없는 것처럼 보였다. 말을

하기가 힘들었고 기억을 정리하기도 어려웠다. 그녀는 어른거리는 단어들을 조리 있는 말로 만들기 위해 안간힘을 쓰면서 중얼거렸다.

"나는 이곳을 떠나고 싶어……."

그러자 라파엘이 맞장구쳤다.

"저도 조만간에 이곳을 떠날 거예요. 하지만 비밀이에요. 누구에게도 말해서는 안 돼요."

"떠난다고?"

"네, 게일과 함께요. 그는 루제가 나를 괴롭히는 게 싫대요. 루제는 심술궂은 인간이에요. 그는 툭 하면 나를 때려요. 게다가 내 랑티유를 망가뜨렸어요."

"랑티유?"

"그건 내 인형이에요. 루제는 제가 계집애 같다고 놀렸어요. 하지만 나는 여자가 아니에요. 그리고 랑티유(렌즈콩)는 군인 인형이었어요. 저는 눈 때문에 그 인형을 랑티유라고 불렀어요."

코제트는 아이의 말이 너무 빨라 이해할 수 없었다. 루제? 군인? 랑티유? 그녀는 이 단어들을 연결 지어 생각할 수 없었다. 하지만 소년이 인형을 잃었다는 사실은 이해했기에 바지에 손을 넣어 수정을 꺼냈다.

"자, 받아. 이건 행운의 상징이야……. 네 인형을 대신할 수 있을 거야……. 그리고 이걸……."

"누구에게요?"

코제트는 머리가 지끈거리는 것을 느끼며 반복했다.

"이걸……."

그녀는 풀썩 쓰러지더니 곯아떨어졌다.

* * *

    아메데는 한심한 상태였다. 밤마다 어쩌나 질펀하게 놀았는지 얼굴이 몹시 초췌했다. 낮에는 자고 밤에는 술집을 돌아다녔다. 주세페와 그의 여자 친구 니나와 어울려 압생트를 마셨고, 처음으로 맛보는 들척지근한 담배, 터키 담배, 아편 그리고 나른한 행복감을 주는 갖가지 말린 잎사귀를 피웠다. 마치 다른 세상으로 둥실 떠가는 듯했다. 악취를 풍기는 쾌락과 냉소가 뒤섞인 방탕 생활이 그의 몸에 배었다. 육체관계는 필수 과정이었다.

    아메데는 벌거벗고 땀에 흠뻑 젖은 몸으로 뒤엉킨 몸뚱이들에 걸터앉아 소리치거나 격분했다. 그는 이 방탕한 무리를 저주하고 그들의 몸뚱이에 토했다. 또 기대할 것은 '싱싱한 직장(直腸)'이라고 말했다. 그 말에 요란한 폭소가 터졌다. 음탕한 애꾸눈이 니나는 아메데를 끝없는 격전이 벌어지는 곳으로 데리고 다녔다. 젊은 악마들은 말없이 온갖 탈선과 파렴치한 행위에 몰두했다. 디아블블랑의 여사제 노릇을 하면서 새로운 향락과 강렬한 자극을 추구하고 고약한 음식과 흑마법을 즐기는 적갈색 머리의 음탕한 프로제르핀도 있었다. 몹시 흥분하고 기분이 흡족해진 아메데는 단조로운 가락을 흥얼거렸다. 그는 말을 하지 않기 위해 터무니없는 말을 내뱉었고 울지 않기 위해 억지로 웃었다. 그는 가면을 쓴 격정적인 대사제 제라르의 후원 아래 열정적으로 여자들의 엉덩이와 갖가지 약병을 어루만졌다.

    어느 날 아메데는 대사제 제라르에게 혀 꼬인 소리로 시비를 걸었다.

    "당신은 악당이자 거지야. 돈을 벌기 위해 생각한 게 고작 이거였소?"

    제라르가 대답했다.

"나에게는 적어도 한 가지 변명거리는 있소. 당신의 추잡한 짓이 얼마나 역겨운지 알고 있소?"

"악마주의 신봉자 양반, 그 변명이란 게 뭔지 말해보시오!"

주세페가 끼어들어 가면을 쓰고 검은 옷을 걸친 제라르와 머리가 헝클어졌으나 기품을 유지하고 있는 아메데를 떼어놓았다. 술에 취한 두 사람은 이 방탕한 연회가 벌어지는 곳에서 기괴한 꼴로 서로 검으로 찌르려 했다. 아무도 그들에게 신경 쓰지 않았다. 주세페는 간신히 두 사람을 진정시켰다.

아메데는 퇴폐적인 향락의 주최자인 주세페와 함께 가끔 정치와 왕정에 대해 얘기했다. 그것은 시즌의 화젯거리였다. 딸기와 아스파라거스의 시즌처럼.

주세페는 아메데에게 사향과 백단을 첨가한 향을 흡입해보라고 권하면서 전망했다.

"7월 말이 되면 국왕은 더 이상 자기 마음대로 못할 겁니다."

아메데는 주세페를 괴짜라고 생각하고 웃었다. 그리고 허풍을 떨었다.

"모든 게 도로아미타불이 될 것이오!"

꼬마 악마의 머리, ∧ 모양의 눈썹, 불쾌감을 주는 뒤틀린 입을 가진 주세페 피에스키는 마흔다섯 살쯤 되어 보였다. 돌처럼 차가운 시선을 지닌 이 코르시카인은 도덕과 상반된 것이면 무엇이든 좋아했다. 교활하고 과격하며 대담한 그는 일부다처주의자로, 절도죄와 문서 위조죄로 실형을 선고받았다. 또 여러 유흥업소를 전전했고 비밀단체에 침투해서 경찰에게 정보를 팔아먹기도 했으며 방탕한 상류층 사람들을 꼬드기는 파렴치한 짓을 하기에 이르렀다. 요컨대 그는 포주이자 사기꾼이었다. 그는 잔혹한 평판을 통해 이목을 끌었고 자신이 저지른 죄에 대한 징벌을 별로 두려워하지 않는 『에로스트라트』의 주인공처럼 기이한 허영심으로 가득한 사람이었다. 그가 허풍을 떨면서 흥분하고 몸짓을 섞어가며 말하는 꼴은 볼만했다. 여자들에게는 다정하고 익살스럽게 대하고 남자들에게는 현학적이고 딱딱하게 구는 이 어릿광대는 거드름을 피우며 언제나 과장조로 얘기했다.

"먼저 나에 대한 얘기부터 하죠!"

폐병에 걸린 주세페는 요염한 니나의 곁을 한시도 떠나지 않았다. 아양을 떨고 음란한 몸짓을 해대는 이 타락한 무녀는 아무때고 나신을 드러내곤 했다. 프로제르핀과 제라르는 그녀에게 마법의식 때 옷을 벗는 역할을 제안했다. 그녀는 받아들였다. 핑계는 그럴듯했다. 그녀는 이 마법의식이 부유하고 하릴없는 사람들을 위한 파티라는 사실을 즉각 깨달았던 것이다. 아메데는 주세페가 낮에 무엇을 하는지 몰랐다. 그는 허울뿐인 공화주의 사상을 숭배하는 것 같았다.

어느 날 저녁 주세페는 디아블블랑에서 아메데에게 말했다.

"7월 28일, 어떤 일이 있더라도 탕플 대로로 나와야 합니다. 당신이 축제를 좋아한다면 만족할 겁니다. 우리의 사랑하는 군주도 이 축제와 불꽃놀이에 특별한 관심을 갖고 있는 것 같습니다. 어떻게 하겠습니까?"

"당신이 그렇게 확신하니 가겠소."

"좋습니다. 깜짝 선물이 더욱 효과를 발휘할 수 있도록 당신은 내가 가리키는 건물의 출입문을 눈여겨보십시오. 하지만 누구도 그곳에 발을 들여놓아서는 안 됩니다."

아메데는 농담조로 대답했다.

"주인님 분부대로 하겠습니다."

주세페는 자신의 친구에게 코르시카어로 몇 마디를 건네면서 폐밀었다. 클레오파트라로 변장한 고급 창녀와 사랑놀이에 빠져 있던 아메데가 외쳤다.

"그런데 나를 침대에 묶어놓고 내 목을 타게 하는 이 경련을 치료할 수 있는 탕녀도 올까요?"

주세페가 외쳤다.

"수많은 암돼지들이 정육점으로 팔려나갔습니다! 섬광과 불꽃을 기대하세요!"

아메데는 약속을 지킬 작정이었다. 그처럼 열광적인 볼거리가 있는데 오후 5시에 일어나지는 않을 것이다. 그런 멋진 날을 놓치는 것은 말도 안 될 일이었다.

* * *

"이곳에 와서는 안 되었는데. 우리는 인파 속에 갇혀버렸어."

파르페타무르는 대중 연설가처럼 단어 하나하나에 힘주어 발음했다. 마리우스는 대꾸하지 않았다. 아닌 게 아니라 누군가를 찾기 위해 탕플 대로에 갔다면 날짜를 잘못 잡은 것이었다. 7월 28일, 파리는 바리케이드 전투의 1주년을 기념하고 있었다.

태양이 찬란하게 빛났다. 국왕은 왕자들과 화려하게 치장한 측근들을 대동하고 마들렌 대성당에서 바스티유 감옥까지 대로 양쪽으로 늘어선 4만 명의 국민병을 열병하고 있었다.

마리우스가 챙 달린 모자를 벗어 흔들면서 말했다.

"저기 좀 봐요. 국왕이에요. 눈에 띄지 않으려면 나처럼 해요!"

파르페타무르는 마지못해 마리우스의 말에 따랐다.

국왕과 수행원들은 방금 탕플 대로로 들어섰다. 시민들이 꽃과 삼색 리본을 흔들어댔다. 갑자기 국왕이 안장 위에서 몸을 꼿꼿이 세우고 한 건물의 4층 창문에서 솟구치는 연기를 가리켰다.

군중 속에서 누군가가 외쳤다.

"조심해!"

바로 그 순간 불덩어리 비슷한 것이 연달아 폭음을 터뜨렸다. 군중은 공포와 두려움의 비명을 내질렀다. 국왕 주위에 있던 수행원들이 총탄에 맞았다. 40여 명의 사람들이 길 위에 쓰러졌다.

경악과 공황. 말들이 울고 개들이 요란하게 짖었으며 여자들이 날카로운 비명을 내질렀다. 말에서 떨어진 기병들은 느닷없이 뒷발로 차며 질주하는 말의 등자에 매달린 채 끌려갔다. 국민병들이 열에서 벗어나 말들을 잡으려 허둥댔다. 총알이 날아온 건물 발치에서 한 남자가 얼빠진 모습으로 모자를 찾고 있었다. 그는 무슨 일이 일어났는지 이해하지 못했다. 그는 머리를 숙이고 손수건으로 얼굴을 가린 채 가증스러운 주세페와 같이 있었다. 주위에 있던 사람들이 개미집의 개미들처럼 전속력으로 몰려와서 서로 떼밀고 부딪치고 발을 밟았다.

파르페타무르가 빨리 이곳을 벗어나자는 손짓을 하면서 말했다.

"떠나자."

마리우스가 반박했다.

"절대로 움직이지 말아요. 봐요. 경찰과 군인이 쫙 깔렸잖아요."

파랑, 검정, 빨강 등 온갖 색깔의 부대들. 걸어서 가는 보병, 말을 타고 가는 기병, 마차를 타고 가는 군인. 군인들은 총알이 날아온 건물을 향해 돌진하고 있었다. 범행 현장은 푸줏간이었다. 포도에는 피가 흐르고 있었다. 도망치지 않은 사람들은 현장을 보려고 까치발로 섰다. 귀족원 의원이자 전쟁장관인 네 원수에 대한 재판을 거부한 사건으로 명성이 높아지고 존경받게 된 프랑스 제국의 원수인 모르티에가 저격당했다고 했다. 루이 필리프는 기적적으로 피습되지 않았다.

국왕은 세 명의 근위병에게 에워싸인 채 말의 고삐를 잡아당겼다.

한 부르주아가 외쳤다.

"국왕은 여전히 말을 타고 계신다! 국왕 만세!"

루이 필리프는 말을 세웠다. 화려하게 치장하고 팔팔한 국왕의 백마가 연달아 발길질을 해댔다. 하지만 국왕은 노련한 기사였다. 그는 말을 진정시키고 왕자들이 무사하다는 사실을 확인했다. 그리고 죽어가는 사람들을 둘러보았다. 그는 혼비백산한 모습이었다. 그는 따라오고 있던 브로글리 공작에게 총알이 뚫고 지나간 말의 귀를 가리키며 말했다.

"친애하는 공작, 계속 나아가야 하네. 갑시다."

국왕은 국민병과 시민들의 환호를 받으며 열병을 계속했다.

그러는 동안 내무부장관 티에르의 부하들이 총알이 날아왔던 건물 안으로 들이닥쳤다. 그들은 즉각 범행 무기를 발견했다. 튼튼한 목재 위에 파이프오르간의 파이프처럼 배치한 스물네 자루의 소총과 도화용 화약. 화약을 너무 많이 장전한 다섯 자루의 총신은 폭발과 동시에 파손되었다. 다른 부하들은 4층 창문에 걸려 있는 줄을 타고 도망치려는 범인을 체포했다. 모두 살인자를 보았다. 모자를 잃어버린 아메데는 살인자와 눈이 마주치기까지 했다. 범인은 머리를 흔들며 이렇게 말하는 것 같았다. '그래, 나의 귀여운 아메데, 바로 이게 깜짝 선물이야.' 아메데는 폭발의 여파로 피를 뒤집어쓰고 얼굴과 손을 심하게 다쳤다. 주세페 피에스키도 마찬가지였다.

군중이 외쳤다.

"죽여라! 죽여라!"

군중은 국왕을 좋아하지 않았지만 국왕을 시해하는 사람은 더욱 좋아하지 않았다. 프랑수아 라바이약(앙리 4세를 암살한 광신적인 가톨릭교도─옮긴이)과 로베르 프랑수아 다미앵(루이 15세를 시해하려다 미수에 그쳐 공개 처형되었다─옮긴이) 이후 조금도 변하지 않았다. 군중은 냉혹하고 변덕스럽다. 군중은 앙리 4세의 죽음을 애통해했고 루이 16세의 죽음을 즐겼으며 루이 필리프의 죽음을 걱정했다.

대혼란이 벌어졌다. 기마 헌병들은 경찰들과 범인을 에워쌌다. 군중은 현장에서 범인을 매달았다가 떨어뜨리는 형벌을 가하고 마차로 치거나 능지처참하고 엉덩이와 어깨를 베며 몸통에서 넓적다리가 떨어지는 꼴을 보고 싶어했다. 또 끈적끈적한 살 덩어리, 복부에서 뽑아낸 긴 창자 그리고 성기 부분을 탈취하고 싶어했다. 옛날처럼. 군중은 환호성을 내지르고 싶어 안달했다. 국왕 만세! 프랑스 만세! 형리들 만세! 그레브 광장에서 사형당한 사람들처럼 송진과 유황으로 태우고 고문해서 변형되고 페르슈산의 네 필의 말에 의해 능지처참을 당한 몸뚱이, 절단된 관절, 익은 과일처럼 터진 몸뚱이, 포석 위에 쓰러진 몸통, 축 늘어진 머리, 고약한 피 수증기가 올라오는 복부에서 흘러나온 창자, 부글거리는 붉고 푸르스름한 내용물을 보고 싶어했다. 얼마나 짜릿한 구경거리겠는가!

하지만 그렇지 않았다. 국민병은 소총을 휘두르며 군중에게 발포하겠다고 위협했다. 민주주의가 사형수를 보호했다.

푸른 하늘색 프록코트를 입은 젊은이가 우스꽝스러운 멋쟁이들이 가지고 다니는 길쭉한 지팡이를 휘두르며 외쳤다.

"또 공화주의자들의 짓이군! 재판 문제도 해결하지 못할 거면서 또 사고 쳤군!"

마침내 마리우스는 혼란스러운 군중을 떠나기로 결심했다.

파르페타무르가 투덜거렸다.

"자네는 골치 아픈 일만 찾아다니지."

두 사람이 생드니 구역으로 가기 위해 탕플가로 들어섰을 때 어떤 사내가 서둘러 걷다가 마리우스를 떼밀었다. 사내는 멈추지도 않았다.

마리우스가 소리쳤다.

"이봐, 앞을 보고 다녀!"

파르페타무르는 그들의 처지를 떠올리면서 마리우스를 달랬다.

"마리우스, 제발 침착하게. 주위를 보라고. 경찰과 군인들이 쫙 깔려 있잖아."

사내는 조금 더 가다가 돌아섰다. 마리우스는 검은 무리가 진 눈 둘레와 수척한 얼굴에도 불구하고 아메데를 알아보았다. 거리는 보행자들로 붐볐다. 사람들은 발길을 재촉했고 이름을 외치면서 서로 부딪쳤다. 아메데는 마리우스를 알아보지 못했다. 그는 조금 전 일어난 테러의 장본인이 난교 파티와 주연의 친구인 주세페라는 것을 깨달았다. 그는 공포에 사로잡혔다. 누군가가 그의 이름을 부르는 것 같아 그는 쏜살같이 도망쳤다.

마리우스는 삿대질을 하면서 욕설을 퍼부었다.

"놈이 도망쳤어, 비겁한 자식! 디그랑드, 이리 와!"

파르페타무르는 한 손으로 마리우스를 붙잡으며 진정시키려 했다.

"마리우스, 나는 한 손밖에 없어. 자네를 오랫동안 붙잡을 수 없어……. 제발 진정해. 도처에 경찰이 깔려 있어……."

결국 일이 터지고 말았다. 검은 옷을 입은 두 사내가 마리우스와 파르페타무르에게 달려왔다. 깜짝 놀란 파르페타무르는 인상을 찌푸리고 두

툼한 입술을 내밀었다. 경찰 하나가 물었다.

"어이, 누더기를 걸친 친구들, 왜 말썽을 피우는 거야? 지긋지긋하지도 않나? 유치장에 갇히고 싶어?"

마리우스가 노려보면서 대답했다.

"유치장? 기막힌 생각이네."

마리우스는 순종의 표시로 머리를 숙이는 척하다가 갑자기 고개를 들고는 주먹으로 첫 번째 경찰의 얼굴을 후려치고 두 번째 경찰의 배에 일격을 가했다.

"빨리 뜹시다, 파르페타무르!"

두 사람은 전속력으로 도망쳐 탕플가로 들어갔다.

경찰이 즉각 호각을 불었다. 1개 소대의 경찰이 두 도망자를 추격하기 시작했다. 마리우스를 가로막고 있던 헌병이 한 대 맞고 뒤로 벌렁 넘어졌다. 마리우스는 파르페타무르에게 달려드는 두 부르주아에게도 한 방씩 먹였다. 테러 사건 때문에 마차는 눈에 띄지 않았다. 네 필의 말이 끄는 파란 합승마차 한 대가 거리 중앙을 차지하고 있었다.

파르페타무르가 물었다.

"저 마차에 탈까?"

"안 돼요!"

갑자기 1두 이륜마차가 지나갔다.

마리우스가 외쳤다.

"이건 행운이야!"

파르페타무르는 자신을 붙잡으려는 방해꾼을 해치우면서 대꾸했다.

"더 이상 못 참겠어!"

마리우스는 이륜마차 뒤에 매달리기 위해 합승마차, 말, 행인들을 헤치고 갈지자를 그리며 달렸다. 그는 한껏 허리의 힘을 써서 마차의 문을 잡고 발판에 올라타는 데 성공했다. 파르페타무르는 혀를 내밀면서 달려왔다. 그는 붙잡을 만한 것을 찾을 수 없었다. 당황한 마부는 돌아서서 채찍으로 마리우스를 위협했다. 그가 휘두른 채찍이 마리우스의 팔에 감기었다. 마리우스는 채찍을 붙잡고 일어나 마차에 자리를 잡았다. 그리고 주먹으로 한 방 먹이자 마부는 긴 의자에 쓰러졌다. 마리우스는 여세를 몰아 고삐를 낚아채고 잡아당겼다. 말이 속도를 늦추었다. 쓰러지기 일보 직전이었던 파르페타무르는 마침내 마차에 기어올랐다. 그는 시뻘게진 얼굴로 숨을 몰아쉬면서 의자에 앉자마자 마부 위로 쓰러졌다. 바로 그때 총알이 마리우스의 귀를 스쳐 지나갔다. 마리우스는 고개를 돌려 멀리서 쫓아오는 기마 헌병대를 보았다. 그는 마차에 서서 채찍을 휘둘렀다. 말이 즉각 달리기 시작했다.

파르페타무르가 젊은 마부에게 말했다.

"우리가 없는 것처럼 행동해. 조금이라도 움직이면 죽여버릴 테야. 그리고 일반 채찍보다는 승마용 채찍이 더욱 근사하다는 걸 알아둬."

추격은 리볼리가의 네거리까지 계속되었다. 벌써 생트아부아가와 코키유가를 지났다. 군중과 미끄러운 포도 탓에 헌병들은 마차를 따라잡지 못했다. 그들은 무기 사용을 망설였다.

마리우스가 마차 주인에게 말했다.

"내 자리에 앉으시오!"

마부는 복종했다. 그는 고삐를 붙잡고 앞을 보면서 센 강을 향해 오른쪽으로 몰았다. 커브를 돌 때마다 뒷바퀴가 미끄러졌다. 포르오푸앵, 포르오뱅, 포르오블레, 포르오부아에서 멀지 않은 오텔드빌 광장에 도착했다. 그리고 제스브르 강변도로와 르펠티에 강변도로를 지났다. 마부는 계속 맹렬한 속도로 마차를 몰았다. 아찔한 질주. 마차는 옆으로 미끄러지면서 요동쳤다. 그리고 메지스리 강변도로에서 갑자기 오른쪽으로 비스듬히 돌아갔다. 그때 마리우스는 파르페타무르를 마차 밖으로 밀어내고 자신도 곧 뛰어내렸다. 두 사람은 강변도로의 방책으로 굴러 떨어졌다.

마리우스가 얼떨떨한 기분으로 몸을 일으켰을 때 파르페타무르는 어안이 벙벙한 표정을 짓고 있었다.

"자네, 미쳤어?"

마차는 멀어져갔고 헌병대는 다가오고 있었다. 산책자들과 상인들은 두 사람을 보지 못했다. 각양각색의 상품들을 늘어놓은 기이한 노점이 하나 있었다. 마리우스는 주위를 둘러보고는 재빨리 상황을 파악했다. 그는 파르페타무르에게 대답도 하지 않았다. 이곳은 예전에 피혁업자들의 터전이었다. 그들은 물, 재, 명반을 주성분으로 만든 가공품을 가지고 가죽을 무두질했다. 지금은 새 장수들과 장작 상인들이 이곳에 자리를 잡고 있었다. 마리우스는 센 강의 부두를 따라 통나무를 가득 실은 두 척의 너벅선을 발견했다. 부두에 접근할 수 있는 돌계단이 있었다. 그리고 몇 걸음 떨어진 곳에 새의 횃대로 사용되는 작은 막대기와 새장이 수북이 쌓여 있었다. 마리우스는 속이 빈 막대기 두 개를 훔치고 강물을 바라보았다. 헌병들이 다가오자 그는 파르페타무르를 흔들었다.

"헌병들은 우리가 마차에서 뛰어내리는 것을 보지 못했어요. 하지만 미리 대비하는 게 좋죠!"

마리우스는 두 팔로 친구의 허리를 붙잡고 난간을 넘어 계단에 이르렀다. 그들은 즉각 계단을 뛰어 내려갔다. 그리고 너벅선 근처에 도착했다.

"나처럼 해요. 물에 뛰어들어요!"

파르페타무르가 항의했다.

"하지만 나는 수영할 줄 몰라!"

"배우게 될 거예요! 자, 이것만 있으면 숨을 쉴 수 있어요!"

마리우스는 파르페타무르에게 속이 빈 막대기 하나를 건넸다.

두 사람은 제방과 배 사이의 좁은 틈 사이로 들어갔다. 운이 좋았다. 너벅선에는 아무도 없었다. 도로에서 구경꾼 몇이 눈을 크게 뜨고 구경하고 있었다. 잠시 후 두 경찰이 구경꾼들에게 다가갔다.

"무슨 일입니까?"

"두 사람이 강물에 빠졌어요……. 그런데 다시 나타나지 않았어요……. 틀림없이 익사했을 거예요……."

그사이 마리우스는 파르페타무르를 끌고 가면서 물속에 가라앉지 않으려고 안간힘을 썼다. 너벅선이 움직일 경우 두 사람의 몸은 짓눌릴 위험이 있었다. 전날 하룻밤 묵었던 퐁토상주 교가 멀리서 보였다. 너벅선에는 통나무가 가득했다. 마리우스는 물과 나무 사이에서 나오지 않았다. 도형장의 추억이 끝없이 떠올랐다.

파르페타무르가 기침을 하면서 말했다.

"나는 포기할 거야. 물을 엄청 삼켰어……."

입에 막대기를 문 파르페타무르는 시체나 뒤집어진 오리 같았다.

마리우스가 격려했다.

"당황하지 말아요. 입으로 숨을 쉬어요……."

저 멀리 포구 아래쪽 부두에 군인들이 있었다. 다행히 헌병들은 마차를 추격하고 있었다. 마리우스는 곰곰이 생각했다. 물론 그는 잠수해서 막대기로 숨을 쉬며 강 한복판까지 떠내려갈 수 있었다. 하지만 파르페타무르한테는 위험한 일이었다. 몇 미터 앞에 구멍이 있었다. 하수도 출구였다.

"파르페타무르, 조금만 참아요……."

마리우스는 친구의 턱 밑을 붙잡고 불안해하지 말라고 설득하고 안심시켰다. 그는 하수도 출구까지 헤엄쳤다. 파르페타무르는 돌로 만든 하수도 출구 끝에 몸을 기댄 채 한참 동안 숨을 몰아쉬었다. 입에 문 막대기가 부르르 흔들렸다. 그는 몸을 떨면서 강가로 다가갔다. 무릎까지 물이 찼다.

파르페타무르가 낙심한 얼굴로 물었다.

"이젠 어떻게 하지?"

마리우스는 여전히 물속에서 대답했다.

"들어가야죠."

"이건 어떻게 하지?"

창살이 있었다.

"선택의 여지가 없어요. 떼어내요."

마리우스는 좌우를 살폈다. 한쪽에서는 군인들이 다가오고 있었고, 다른 쪽에서는 구경꾼과 경찰들이 있었다. 그는 발각되지 않기 위해 머리를 물속에 넣고 막대기로 숨을 쉬었다.

시간이 촉박했다. 5분만 지체해도 붙잡힐 위험이 있었다. 파르페타무르는 거친 숨을 내쉬며 용을 써서 창살을 잡아당겼다. 한 번, 두 번, 세 번. 관자놀이와 목의 핏줄이 매듭과 따리 모양으로 변했다. 창살은 꿈쩍도 하지 않았다. 파르페타무르는 포기할 뻔했다. 그는 물속에서 작은 막대기를 보면서 툴롱을 생각했다……. 간수들, 채찍질, 해상 도형장……. 비열한 레이노 경찰서장과 사프리스티……. 그는 다시 한 번 근육을 긴장시키고 사력을 다해 창살을 잡아당겼다. 마침내 창살이 움직이기 시작했다.

그는 창살을 구부렸다. 한쪽만. 그래도 두 사람이 통과할 수 있는 틈이 생겼다.

파르페타무르가 막대기를 잡고 흔들었다. 마리우스가 곧 나타났다.

"어떻게 됐어요?"

"잘됐어. 나를 따라오게. 하수도 속으로 들어가자고."

마리우스는 물속에서 나와 파르페타무르와 함께 창살을 조금 더 구부렸다. 파르페타무르는 등과 손에 찰과상을 입었지만 하수도 안으로 들어갔다. 마리우스도 뒤따랐다. 그들은 목숨을 구한 것이다.

하수도는 넘쳐흐르고 있었다. 악취가 코를 찔렀다. 6월에는 비가 억수같이 쏟아졌다. 두 사람은 여전히 어깨끈 달린 가방을 멘 채 진흙탕 속에서 힘겹게 나아갔다. 그들은 이마에 스카프를 묶었다. 가끔 아무것도 보이지 않을 만큼 주위가 어두웠다.

상처가 주는 고통 때문에 파르페타무르는 의기소침해졌다. 배설물로 가득한 하수도에서 벌써 두 번이나 넘어졌다.

"이게 무슨 소용이 있을지 모르겠어. 경찰은 우리의 인상착의를 파악했을 거야. 그들은 출구에서 우리를 알아보고 체포할 거야."

길을 트고 있던 마리우스가 단호하게 말했다.

"경찰은 우리를 붙잡지 못할 거예요. 알겠어요? 우리는 이곳에서 빠져나가 꼭 해야 할 일이 있어요."

파리의 내장 속에 들어온 마리우스는 기억 속에 가물가물한 옛날 일을 떠올렸다. 장 발장은 그를 어깨에 둘러메고 이 어둡고 역겨운 긴 미로를 지나 그의 목숨을 구해주지 않았는가. 장 발장이 성공했으니 그 역시 해낼 수 있을 것이다. 그가 겪은 1년의 도형장 생활을 장 발장이 보낸 19년의 도형장 생활과 비교할 수는 없다. 그래도 정신은 단련되지 않았는가.

그는 더욱 젊고 더욱 건강해지지 않았는가.

마리우스는 파르페타무르의 손을 이끌고 비틀거리면서 나아갔다. 그리고 사람들이 본능만 남았을 때 무엇을 떠올릴지 생각했다. 그는 불결하고 끈적끈적한 덩어리, 쥐와 쓰레기를 걷어차면서 계속 걸었다. 자신의 분신과 함께 길을 트고 있다는 느낌이 들었다. 하수도는 한 도시의 의식이다. 하수도는 거짓말을 하지 않는다. 하수도는 인간의 반영이다. 세상의 시궁창에 천천히 합류하는 거대한 활주로. 악취의 진수. 모든 것이 다시 만나고 뒤섞이는 장소. 어떤 사람들은 이것을 썩은 고기의 향연이라고 부른다. 도시의 유령들이 자신들의 분신을 잡아먹는 곳. 장기(瘴氣)는 생명을 좋아한다. 장기는 생명의 본질이자 종말이다. 사람은 장기를 통해 태어나고 죽는다. 사람들이 하수도를 피하는 것은 자신들의 종말을 연상시키기 때문이다. 이 암흑은 존재의 진정한 빛이다. 구더기의 명석함. 배설의 수사학.

마리우스는 힘겹게 나아가면서 이런저런 생각을 했다. 그리고 모든 것이 끝났을 때 자신의 최후가 어떤 모습일지 상상해보았다. 그는 이 진창의 정직성에 분노하고 동시에 안심했다. 세상의 모든 분비액과 인간의 하찮은 체액이 이곳에 모여 있지 않은가.

마리우스는 발길을 재촉했다. 미지근하고 혐오스러운 것이 피부에 들러붙은 것 같았다. 그는 고통스러워하는 파르페타무르의 손을 더욱 세게 쥐었다. 쥐들이 두 다리 사이로 지나갔다. 그들은 어느 교차점에서 썩어 문드러진 어린아이의 시체와 부딪쳤다. 혼비백산한 파르페타무르는 뒤로 나자빠졌다. 그의 모습이 사라졌다. 물이 배꼽까지 올라오는 곳이었다. 소용돌이가 일어났다. 당황한 마리우스는 두 손으로 미친 듯이 진창을 휘저었다. 그는 손날로 죽은 어린이의 팔을 잘랐다. 썩은 물이 입안으로 들어왔다. 그는 자신이 발버둥치고 있는 진창과 흡사한 희끄무레한 물줄기를 내뱉었다. 이윽고 수색을 재개했다. 열광적으로. 절망적으로. 물살이 빨랐다. 그가 발길을 돌리는 순간 갈고리 같은 것에 부딪쳐 몹시 고통스러웠다.

마리우스가 울부짖었다.

"파르페타무르! 파르페타무르!"

대답이 없었다. 메아리만이 친구의 이름을 한없이 돌려보냈다. 마리우스는 두 손으로 벽을 짚고 두 차례 머리를 박았다. 그는 욕설하고 침을 뱉고 신과 인간을 저주했다.

마리우스는 발길을 돌렸다. 그때 다른 통로가 보였다. 조금 전까지 보지 못한 좁은 통로였다. 그의 눈이 어둠에 익숙해졌다. 그는 15분 남짓 이 통로를 걸었다. 그의 동작은 느리고 부자연스러웠다. 파르페타무르의 실종으로 제정신이 아니었던 것이다. 그는 탈옥, 친구의 잘린 손, 프로방스 지방에서의 여행, 파리 도착 등 자신이 겪었던 온갖 사건을 생각했다. 이 모든 것은 무엇을 위한 걸까? 그는 포기할 뻔했다. 바로 그 순간 희미한 불빛이 보이는 듯했다. 그는 발걸음을 재촉했다. 찰랑거리는 물소리가 소름을 돋게 했다.

갑자기 파르페타무르의 목소리가 들렸다.

"자네는 많이 늦었어! 조금만 늦었으면 나는 기다리다 지쳐버렸을 거야!"

마리우스는 꿈을 꾸는 것 같았다. 저쪽 부서진 작은 창 옆에 은은한 빛줄기에 드러난 파르페타무르가 축 늘어진 몸으로 앉아 있는 게 아닌가! 그는 친구에게 달려가 두 팔로 껴안고 들어올리면서 물었다.

"어떻게 된 거예요? 내가 얼마나 걱정했는지 알아요?"

파르페타무르는 십자형 통로까지 떠내려가다가 간신히 몸을 일으켰던 것이다. 천만다행이었다.

파르페타무르는 마리우스의 어깨를 톡톡 치면서 말했다.

"그래도 도형수들을 위한 신이 있는 모양이야."

두 사람은 완전히 탈진 상태였다. 하지만 재회의 기쁨이 그들에게 새로운 힘을 주었다. 그들은 작은 창을 기어들어갔다. 커다란 통들이 있는 곳과 연결된 기괴한 통로였다. 지독한 악취가 코를 찔렀다.

마리우스가 말했다.

"대변기들의 잔해예요. 그래도 더 환해졌어요."

두 사람은 뒤죽박죽으로 쌓인 부서진 대변기 속에서 한참 동안 쩔쩔맸다. 이윽고 뚜껑이 달린 교통호(壕)에 도달했다. 그들은 뚜껑을 밀어올린 다음 쥐들이 들끓고 뼈가 흩어져 있는 통로로 들어갔다.

파르페타무르는 인골을 보면서 말했다.

"이 사람은 우리와 달리 운이 없었군."

이윽고 두 사람은 어느 지하실에 도착했다. 이번에는 물기가 없는 곳이었다. 그들은 벽의 초석과 먼지에 몸을 비볐다. 출구를 찾아 두리번거리다가 천창을 발견했다. 마리우스가 칼로 천창을 깨뜨렸다. 그들은 천창을 통해 나가자마자 계단 아래로 굴러 떨어졌다. 조심스럽게 계단을 올라간 그들은 나지막한 문의 걸쇠를 벗겨내고 어느 안뜰에 도착했다.

아무도 없었다. 빛도 없었다. 두 사람은 건물에서 나와 주위를 살폈다.

파르페타무르가 미소를 지으면서 말했다.

"생소뵈르(구세주)가야."

마리우스는 기지개를 켜며 외쳤다.

"이름 한번 잘 지었네요!"

파르페타무르가 고개를 끄덕였다.

"퐁텐 데 이노상('결백한 자의 분수'라는 뜻. 퐁피두센터 옆에 있다—옮긴이)에 가서 세수를 하고 가방을 말려야 해. 권총 화약이 틀림없이 물에 젖었을 거야."

두 사람은 황혼에 젖은 음산한 거리를 걸었다. 장식 술처럼 늘어진 구릿빛이 허름한 건물들을 붉게 물들이고 있었다.

\* \* \*

게일이 먼저 오그르 드 바르바리 술집에 도착했다. 클랑 데스탱 술집이 고급 레스토랑으로 개조된 이후 오그르 드 바르바리는 동네 건달들이 꼬여들었다. 어둡고 후미진 곳에 자리 잡은 싸구려 술집이었다. 돼지의 방광과 작은 뼈로 만든 초롱에서 누런빛이 스며 나왔다. 온갖 부류의 불구자들과 파렴치한 범죄자들이 이곳에서 대향연을 벌이곤 했다. 손님들은 늦은 밤까지 술을 마시고 격렬한 지그 춤을 추었다. 헌병대는 절대로 그곳에 들어가지 않았다. 사람들은 이 술집을 쿠르 데 미라클('기적의 안뜰'이라는 뜻. 부랑자들이 모여 살았다—옮긴이)과 비교하곤 했다. 이곳에는 언제나 지갑을 훔치거나 칼로 견갑골 사이를 찌르는 살인청부업자가 서성거렸다. 인근의 골목길—지저분한 미로와 막다른 골목이 복잡하게 얽혀 있는—에서 사람들은 서로 싸우면서 시간을 보냈다. 그들은 1프랑이나 창녀를 얻기 위해 폐허나 잔해 속에서 서로 죽이곤 했다. 그들은 자신이 누구인지도 몰랐다. 할 일이 없어 싸웠다. 시간을 죽이기 위해.

게일은 다브 데 그레프를 찾을 수 없었다. 위험을 직감했다. 그는 칼, 가방, 그리고 루피르가 준 권총을 갖고 있었다. 그는 사냥을 나간 밤이면

10여 마리의 고양이를 잡아 소모공장으로 가져오곤 했다.

게일은 이 수상쩍은 술집에서 나와 밖에서 기다리기로 결심했다. 거지들과 농포투성이인 창녀들이 후미진 곳에서 얘기하고 있었다. 하늘은 어두웠고 바람에서 식초 냄새가 났다. 게일은 어둠 속에 몸을 숨긴 사내를 보지 못했다. 사내는 수달 모피로 만든 둥글고 불룩한 모자와 턱까지 내려오는 귀덮개를 쓰고 있었다. 그는 벽에 등을 기대고 두 다리를 꼰 채 코를 살짝 들어올렸다. 게일이 술집 안으로 들어가는 것이 보였다. 모든 게 계획대로 착착 진행되었다. 작은 낫을 어루만졌다. 잠시도 몸에서 떠난 적이 없는 흉기. 그리고 게일을 엄중히 감시했다. 루제는 늦지 않을 것이다.

실제로 루제는 도착하자마자 게일과 맞닥뜨렸다. 그는 심술궂은 미소를 지으며 말했다.

"너는 빌어야 할 거야. 내 편이라고 생각했는데 나를 배신하다니."

"네 편이라고? 꿈도 꾸지 마!"

게일이 뒤로 물러났다. 루제가 그를 따라갔다. 그들은 상대를 탐색하면서 교차로까지 갔다.

게일이 빈정대는 모습으로 말을 이었다.

"네놈이 다브 데 그레프의 방에 들어간 일을 영감에게 일러바치면 너는 싹싹 빌게 될 거야."

"주격틱, 너는 아무것도 모르는군. 다브 데 그레프는 내게 호감을 갖고 있어. 나는 그를 위해 이미 예수를 없앴지. 이번엔 네 차례야."

게일은 욕설을 억눌렀다. 그러니까 이자가 예수를 죽였단 말인가. 게다가 라파엘까지 살해할 계획이고?

"자, 따라와, 루제. 너를 기다리지. 나는 오래전부터 너처럼 엉큼하고 덩치가 큰 수고양이의 가죽을 무두질하고 싶었지!"

그러고는 어두운 골목길로 질풍처럼 달리기 시작했다.

루제는 칼을 꺼내면서 망설였다. 발자국 소리는 곧 잠잠해졌다. 멀리서 올빼미가 울어댔다. 루제는 골목길로 접어들다가 멈추었다. 그리고 크게 외쳤다.

"게일, 나는 너를 찔러 죽일 테야! 너는 나쁜 길을 선택했어! 막다른 골목길이야!"

루제는 칼을 쥔 채 살금살금 몇 걸음을 내디뎠다. 달빛이 흩어진 포석에 떨어지면서 흙덩어리와 부서진 울타리를 비추었다. 수달 모피 모자를 쓴 사내는 교차로에 자리를 잡았다. 목소리가 그곳까지 들려왔다. 하지만 아무도 없었다.

악취가 풍기는 구석진 곳이었다. 루제는 촛불도 갖고 있지 않았다. 그는 계속 나아갔다. 음산한 작은 건물 근처에 도착했다. 안뜰이 곧장 길과 연결되어 있었다. 그는 옆으로 비켜 서다가 망가진 말뚝 울타리에 부딪쳤다.

루제는 욕설을 억눌렀다. 발밑에서 끈적끈적한 게 느껴졌다. '또 하수도가 범람했군.' 수동식 펌프로 변소 안을 퍼내던 시절이었다. 사람들은 대체로 들통으로 퍼내거나 혹은 아예 방치했다. 그래서 똥오줌이 오두막, 안뜰, 거리까지 흘러갔다. 이곳도 그랬다. 계단에 인접한 변소에서 고약한 냄새가 풍겼다. 도관이 막히고 인분이 기둥처럼 쌓여 있었다. 게일은 1층 변소에 몸을 숨기기로 했다.

루제는 대담하게 어둠 속에 뛰어든 사람들처럼 목소리를 높여 물었다.

"내가 너를 찾아야 하나?"

"뚱보야, 나, 여기 있다!"

루제는 소리가 나는 쪽으로 가면서 말했다.

"냄새뿐이군. 이런 상황을 예상했어야 했는데. 이 깡패야, 우리 아버지를 어떻게 죽였지? 설명 좀 해봐!"

게일이 외쳤다.

"바퀴벌레처럼 죽였지! 썩은 두개골에 얼레빗을 박았더니 푹 들어가더라고! 한 가지 궁금한 건 너도 죽을 때 그렇게 징징댈까 하는 거야!"

게일은 변소 문 뒤에서 권총을 쥔 채 두 다리로 딱 버티고 기다렸다. 그는 대변기의 뚜껑을 열어놓았다. 루제를 죽인 다음 그 더러운 구멍 속으로 밀어넣을 참이었다. 그는 실수하지 않기 위해 바닥에 양초를 놓았다. 루제가 다가오면 양초에 불을 붙일 것이다. 그러면 뚱보 루제는 끝장이 날 것이다.

게일은 오래 기다릴 필요가 없었다. 잠시 후 루제가 다가오는 것이 보였다. 게일의 가슴이 두방망이질하기 시작했다. 그는 천천히 몸을 숙이고 양초에 불을 붙였다. 루제는 갑자기 불빛이 나타나자 두 손으로 얼굴을 가렸다. 그 틈을 이용해 변소 문 뒤에 숨은 게일이 총을 조준했다. 그리고 아주 가까이에서 쏘았다.

작은 총알이 루제의 배를 맞혔다. 루제는 칼을 떨어뜨렸지만 쓰러지지는 않았다. 그는 배를 움켜쥔 채 게일을 구석에 있는 변기통 쪽으로 몰아세우며 나아갔다. 게일은 겁을 먹었다. 그는 벽에 기댄 채 발길질로 루제를 물리치려 했다. 하지만 루제는 용케 잘 견뎌냈다. 마침내 그는 게일의 다리를 붙잡고 사력을 다해 밀었다. 게일은 몸의 균형을 잃고 더러운 똥통에 빠졌다.

"사람 살려!"

게일은 목까지 잠긴 채 변기 구멍의 가장자리를 붙들려고 애썼다. 하지만 루제는 발뒤꿈치로 그의 손을 밟아댔다.

"죽어버려!"

격분한 루제는 제정신이 아니었다. 배가 끔찍이 아팠지만 끝까지 싸울 힘은 있었다. 마침내 게일이 손을 놓았다. 꾸르륵꾸르륵하는 불길한 소리와 함께 그의 몸이 똥통에 가라앉았다. 그러자 루제는 기괴한 소리를 내질렀다. 그는 난폭하게 뚜껑을 덮고 돌로 눌렀다.

루제는 두 손으로 배를 움켜쥐면서 외쳤다.

"천천히 죽기를 바란다!"

루제는 변소에서 나와 비틀거리면서 골목길로 향했다. 길모퉁이에서 누군가가 망을 보고 있을 거라고는 추호도 예상하지 못했다. 루푀르가 작은 낫을 쥔 채 그를 기다리고 있었다.

하지만 손에 피를 묻힐 필요가 없었다. 루제는 길바닥에 얼굴을 처박고 쓰러졌다. 거칠고 쉰 목소리로 비명을 질렀으나 이윽고 조금도 움직이지 않았다.

루푀르는 낫을 집어넣고 두 방해꾼이 제거되었다고 생각했다. 그는 소모공장으로 돌아가 다브 데 그레프에게 보고했다.

\* \* \*

하지만 루제는 기절했을 뿐이었다. 의식을 되찾은 그는 배에서 끔찍한 통증을 느꼈다. 셔츠와 작업복이 피부에 달라붙었다. 상처 부위는 크지 않았지만 생명이 아주 천천히 빠져나가고 있었다. 그는 근육을 긴장시켜 일어났다. 그리고 스카프를 풀어 배에 대고 혁대로 조였다. 그의 입술에서 신음소리가 흘러나왔고 호흡이 자주 끊겼다. 공장까지 돌아갈 수 있다면 목숨은 구할 것이다. 루피르와 푸이예 아줌마가 보살펴주지 않겠는가.

루제는 주머니를 만져 다이아몬드를 확인했다. 찡그린 잿빛 얼굴에 희미한 미소가 번졌다. 그는 게일이 죽었는지 확인하기 위해 변소까지 몸을 질질 끌고 갔다. 가는 길에 울타리에서 말뚝 하나를 뽑아 목발처럼 사용했다. 그는 변소에 도착하자 변기 뚜껑을 열고 막대기로 똥통을 휘저었다. 시체는 없었다. 게일은 그렇게 흔적도 없이 사라졌다.

루제가 중얼거렸다.

"아니, 이럴 수가."

루제는 무릎을 꿇고 좀 더 자세히 수색했다. 똥통은 거대했고 도관이 여러 갈래로 뻗어 있었다. 그는 고통으로 얼굴을 찌푸리면서 다시 일어났다. 이마에 열이 났다. 그는 분노의 고함을 내지르고 발길을 돌렸다.

공장에 도착하기까지 루제는 두 번 비틀거렸고 두 번 쉬었다. 그는 공장 안으로 들어가 좁은 복도를 지나 문 앞에서 멈추었다. 그리고 열쇠를 자물쇠 구멍에 밀어넣었다.

그때 갑자기 들려오는 목소리에 루제는 소스라치게 놀랐다.

"계속해. 그리고 돌아볼 생각은 아예 하지 마."

루제는 목소리를 알아들을 수 없었다. 대체 누굴까? 머리를 옆으로 숙였을 때 허리춤에 차가운 칼날이 닿는 것을 느꼈다.

"앞으로 가!"

루제는 복종했다.

평소 그 시각에 공장은 밝지 않았다. 푸이예 아줌마는 냄비를 정리하고 있었다. 그녀는 세 사람이 다가오는 것도 보지 못했다. 그들 가운데 한 사람은 한쪽만 남은 손에 커다란 칼을 쥐고 있었다.

손이 하나인 사내가 공장을 슬쩍 쳐다보더니 루제에게 속삭였다.

"반항하지 마. 그렇지 않으면 찔러 죽일 테야."

아이들은 방적기에서 작업하고 있었다. 라파엘은 팔짱을 끼고 고개를 숙인 채 졸고 있었다. 아이는 양모 헝겊 모자를 쓰고 단추 없는 회색 셔츠를 입고 있었다. 풀어헤친 바지 밑단에서 거무스름한 딱지가 앉은 맨발이 보였다. 아이는 갑자기 고개를 들고 중얼거렸다.

"게일, 당신이에요?"

챙 달린 모자를 쓴 사내가 라파엘에게 다가갔다. 지저분한 작업복과 축축한 바지를 입은 사내는 어깨에서 허리로 비스듬히 가방을 둘러멨다. 그는 한쪽 무릎을 꿇고 말했다.

"꼬마야, 잘 지냈니? 나를 알아보겠어?"

아이는 순진한 눈으로 콧수염을 기르고 원기가 넘치는 얼굴을 바라보았다. 아이는 두 팔로 마리우스의 목을 껴안고 말했다.

"아저씨예요? 돌아오신 거예요?"

"그래, 너를 데리러 온 거야."

마리우스는 아이를 안고 들어올렸다.

아이가 물었다.

"게일은 어떻게 해요?"

게일에 대해 전혀 모르는 마리우스는 아무렇게나 대답했다.

"그는 벌써 떠났다."

라파엘이 루제를 가리키면서 말했다.

"저 사람이 제 랑티유 인형을 망가뜨렸어요. 게다가 아저씨가 준 멋진 외투도 빼앗았고요."

마리우스가 속삭였다.

"그래, 녀석을 혼내주마."

루제는 가만히 있었다. 이 젊은이는 툴롱에 있어야 하지 않는가. 상처 부위가 욱신욱신 아팠고 파르페타무르는 그의 허리에 칼을 대고 있었다.

마침내 루제는 두 남자로부터 동정심을 이끌어내기 위해 기어들어가는 목소리로 말했다.

"저는 죽어가고 있어요……."

파르페타무르가 중얼거렸다.

"그래, 너는 죽은 목숨이야."

고개를 돌린 루제는 클랑 데스탱의 옛 주인을 알아보았다. 그는 공포에 사로잡힌 채 털썩 주저앉았다.

"목숨만 살려주신다면 다이아몬드를 드리겠어요."

파르페타무르가 말했다.

"내놔."

루제는 주머니를 뒤지더니 박엽지에 싼 세 개의 다이아몬드를 꺼냈다.

파르페타무르는 다이아몬드를 주머니에 넣으면서 말했다.

"첫 번째 보상금이네. 이제 어떻게 할까? 죽여버릴까?"

마리우스가 손짓으로 뜻을 전했다.

파르페타무르는 칼끝으로 루제를 밀면서 명령했다.

"출구 쪽으로 가."

루제는 사시나무처럼 떨면서 걸었다.

"당신, 저를 죽이지는 않겠지요? 저는 아무 책임도 없어요……. 다브데 그레프가 그런 거예요. 그 비열한 노인네가 꾸민 짓이에요……."

파르페타무르는 출구 쪽으로 몰아세우면서 물었다.

"그럼 미욜뢰즈는? 그녀에게 무슨 짓을 했지?"

"저는 몰라요……. 그것도 다브 데 그레프가 한 짓이에요……."

마리우스는 라파엘과 함께 공장 한가운데서 잠시 머물렀다. 다른 아이들은 말없이 그를 바라보았다. 아이들의 해쓱하고 창백한 얼굴에서 두려움과 순종이 섞인 충격을 읽을 수 있었다. 마리우스는 주위의 소란 따위는 아랑곳하지 않고 일하고 있는 푸이예 아줌마에게 다가가 말을 걸었다.

마리우스가 촛불로 자신의 얼굴을 밝히고 말했다.

"아주머니, 혹시……."

그때 라파엘이 입술에 손을 대고 말했다.

"아줌마는 말을 하지도 듣지도 못해요. 귀머거리예요."

마리우스는 다시 공장과 아이들을 둘러보며 길게 한숨을 내쉬었다. 이곳 역시 도형장이나 다름없었다. 그는 불공정해 보이는 이 세상에서 자신이 생생하게 체험했던 일과 부의 분배라는 문제에 대해 생각했다. 흥분하고 격분한 그는 자신의 겨드랑이에서 혁명가, 자코뱅 당원, 산악당 당원의 날개가 돋는 것을 느끼면서 전혀 공평하지 않은 토대 위에 소유권과 정의가 세워졌다고 생각했다. 어떻게 이런 열악한 환경에서 아이들에게 노동을 시킨단 말인가. 이런 일이 뿌리를 내리고 널리 퍼져 관습이 되어버린다면 조만간에 가장 무서운 혁명이 일어나지 않겠는가. 마리우스는 이 공장에 있는 모든 것을 부수고 싶었다. 이 사회는 일촉즉발의 상태에 있었다. 그는 그렇게 확신했다. 더 이상 사상도 없고 어느 당에도 속하지 않은 그는 자신이 다시 서민과 빈민의 편이 되었다고 느꼈다. 지금까지 살아온 인생은 환상에 지나지 않았다. 누더기를 걸친 이 지저분한 아이들—남을 두려워하면서도 잘 따르는—을 바라보면서 모두 데려갈 수 없어 안타까워했다.

마리우스는 라파엘을 안고 천천히 출구 쪽으로 물러났다. 그는 눈을 들어 중이층을 바라보지 않았다. 둥근 창에서 머리를 짧게 깎은 얼굴이 그를 뚫어지게 보고 있었다. 충격에 휩싸인 얼굴, 납빛처럼 창백한 얼굴. 코제트는 방금 마리우스를 알아보았지만 입에서는 한마디도 나오지 않았다. 그녀는 마비되어 있었다. 머리가 지끈거리고 팔다리가 굳어버린 그녀는 죽었다고 믿었던 사랑하는 남편이 눈앞에 있는데도 이름조차 부를 수 없었다. 그녀는 너무 놀란 나머지 사시나무처럼 벌벌 떨기만 했다. 분명히 남편이었다. 마리우스는 살아 있었다!

코제트는 둥근 창으로 머리를 내밀고 자신의 모습을 보여주고 싶었다. 하지만 머리가 너무 어지러웠다. 머리, 천장, 바닥……. 그녀는 두 손으로 중이층의 나무를 긁어댔다. 두 다리를 움직였지만 너무 힘이 약해서 앞으로 나갈 수 없었다……. 간신히 낮은 신음소리를 내지르는 데 성공했다. 하지만 아무 소용이 없었다. 마리우스는 이미 그녀의 시야에서 사라졌다.

코제트는 밀짚 매트리스에 주저앉고 눈을 감지 않으려고 애썼다. 잿빛 솜털 뭉치가 그녀의 정신과 시야를 어지럽게 했다. 꿈을 꾸었을까? 아니다. 그녀는 의식을 되찾았다. 땅이 꺼지는 듯한 현기증, 더 이상 자유롭지 못하다는 가혹한 상황에도 불구하고 그녀는 몸부림쳤다. 남편은 살아 있었다. 마리우스는 살아 있었다!

코제트는 남아 있는 힘을 모아 반듯이 누워서 사다리 윗부분을 발로 찼다. 사다리는 요란한 소리를 내면서 떨어졌다. 그녀는 성공했다고 생각했다.

* * *

마리우스는 복도 끝에서 문득 걸음을 멈췄다. 사다리 떨어지는 소리가 나지 않았는가. 그는 발길을 돌려 공장으로 돌아갈 뻔했다.

파르페타무르가 재촉했다.

"시간이 없어."

마리우스는 라파엘을 내려놓고 아이의 손을 잡았다. 그는 벌컥 문을 잡아당기고 권총을 빼들었다. 그의 직감이 맞았다. 루퍼르가 반대편에서 기회를 엿보며 기다리고 있었다.

마리우스는 루퍼르의 이마에 총구를 들이대고 말했다.

"입도 뻥긋하지 마."

루퍼르는 오그르 드 바르바리 근처에서 루제의 시체를 찾아보았지만 보이지 않았다. 그는 루제가 남긴 핏자국을 따라 이곳까지 따라왔던 것이다.

마리우스가 말을 이었다.

"너는 누구냐?"

"나는 단지 노동자일 뿐이오."

그때 라파엘이 말했다.

"그 사람은 다브 데 그레프의 친구예요."

루퍼르는 라파엘, 루제, 파르페타무르를 차례대로 바라보았다. 그의 잔인한 얼굴이 더욱 차갑게 보였다. 대체 무슨 일이 일어난 것일까. 그는 믿을 수 없다는 눈길로 슬쩍 루제를 쳐다보면서 물었다.

"그럼 당신은 누구요?"

마리우스가 대답했다.

"알 것 없어."

마리우스는 여전히 루퍼르의 이마에 총구를 대면서 라파엘, 파르페타무르, 루제를 앞세웠다. 공장에서 멀리 벗어나자 마리우스는 테나르디에의 하수인의 얼굴에 총구를 더욱 세게 누르고 말했다.

"밤은 몹시 어둡고 아무도 없어. 어떻게 생각해?"

"나를 죽이려면 빨리 죽여."

"아냐, 나는 너를 죽일 생각은 없어. 이름이 뭐지?"

"루푀르."

"좋아, 루푀르. 네 주인에게 전해라. 내가 조만간에 돌아와 복수할 거라고. 명심해. 나는 한 번 본 얼굴은 절대로 잊지 않아."

"나는 한 번 맡은 냄새는 절대로 잊지 않지. 당신 몸에서 나는 냄새는 역겨워. 당신 이름이 뭐지?"

"예수. 다브 데 그레프에게 예수라고 전해. 그는 무슨 말인지 이해할 거야."

마리우스는 루푀르를 겨눈 채 뒷걸음쳤다. 그리고 재빨리 돌아서더니 이미 오브리르부셰가의 끝에 도착한 라파엘, 파르페타무르, 루제를 향해 달렸다.

마리우스 일행은 발길을 재촉했다. 루제는 고통으로 몸을 비틀었다. 하지만 파르페타무르가 칼끝을 겨누고 있었기 때문에 참고 걸을 수밖에 없었다. 5분 후, 어둡고 좁은 길모퉁이에서 파르페타무르가 걸음을 멈추더니 칼을 휘두르며 마리우스에게 물었다.

"이놈을 어쩔 셈이야? 죽여버릴까?"

"손을 더럽힐 필요는 없어요. 보세요. 그는 이미 딱한 상태예요. 게다가 괴상하게 생긴 루푀르가 우리를 추적하고 있을 거예요."

파르페타무르는 칼을 집어넣었다. 그리고 루제를 향해 느닷없이 돌아서서 주먹으로 상처 부위를 때렸다.

루제는 짐승처럼 비명을 지르며 두 팔로 배를 감싼 채 맥없이 바닥에 쓰러졌다.

"이 쓰레기 같은 놈아, 이것은 미욜뢰즈와 위중에 대한 벌이야. 나머지는 네 창조주와 해결해."

파르페타무르는 마리우스와 라파엘을 앞세웠다. 그들은 총총히 사라졌다.

루제는 넋이 나간 채 마리우스 일행을 바라보았다. 마치 돌팔이 의사가 그의 뱃속을 휘저은 것 같았다. 그는 한쪽 다리를 움직였다. 그리고 다른 다리도. 갑자기 발소리가 들렸다. 그는 몸을 돌렸다 루푀르였다. 루제는 미소를 지으려 했지만 얼굴이 퉁퉁 부어올라 찡그리는 것처럼 보였다. 그는 이제 살았다고 생각했다.

"아, 당신이군요……."

"그래, 나야."

루제가 손을 내밀자 루푀르는 그의 손을 잡고 일으켜 세웠다. 하지만 루제가 일어서자마자 루푀르는 손을 놓고 확 밀어버렸다. 루제는 다시 벌렁 나자빠졌다.

루제는 공포에 사로잡힌 눈으로 항의했다.

"무슨 짓이에요?"

루푀르가 대답했다.

"장난치는 거야. 나는 장난치는 걸 좋아하거든. 고양이가 생쥐를 갖고 노는 것처럼."

그리고 작은 낫을 꺼냈다.

"루제, 만일 다이아몬드를 내놓지 않으면 네게 멋진 넥타이를 만들어줄 테야."

루제는 공포에 질려 벌벌 떨면서 갈라지는 목소리로 대답했다.

"놈들이 다이아몬드를 빼앗아갔어요……."

"정말이야?"

"맹세해요, 루푀르……."

"루제, 그럼 너를 도와주지."

루푀르는 마치 겨드랑이 밑에 손을 넣을 듯이 루제 뒤에서 자리를 잡았다. 그는 무릎으로 등을 찍고 순식간에 루제의 턱을 들어올렸다.

"죽어버려, 루제!"

루제는 자신에게 무슨 일이 일어났는지 깨달을 시간조차 없었다. 루푀르는 낫으로 한쪽 귀에서 다른 쪽 귀까지 목을 잘랐다. 칼이 피부를 가르는 소리가 들렸다. 루푀르는 루제의 조끼로 흉기를 닦았다. 그리고 전문가의 미소를 짓고 단말마를 지켜보았다. 그는 최후의 발작을 좋아했다. 그는 손을 뻗어 루제의 호주머니를 뒤졌다. 다이아몬드는 없었다.

루푀르가 중얼거렸다.

"걱정 마. 우리는 네 공모자들을 찾아낼 거야. 그리고 다이아몬드도 회수할 거야."

# 2
# 파리로 돌아온 마리우스

테나르디에는 노여움을 가라앉히지 못했다. 그는 소모공장의 감독을 맡기기 위해 상당한 대가를 지불했지만 별 성과가 없다고 생각했다.

"제기랄, 내가 무슨 짓을 한 거지?"

유일한 성과는 루제와 게일을 해치운 것이다. 그런데 누군가가 그의 코앞에서 뷔르댕이 집착하는 라파엘을 납치해갔다. 더구나 그 사내는 예수의 이름을 들먹이며 다이아몬드까지 훔쳐가지 않았는가.

"루푀르, 자네는 팔짱만 끼고 있었나? 적어도 루제의 시체는 센 강에 던졌겠지?"

"물론입니다. 그런데 루제는 죽기 전에 예수가 다이아몬드를 훔쳐갔다고 말했습니다."

"예수라고? 그걸 말이라고 하나? 그는 툴롱 도형장에서 도망친 경박한 남작이야! 남작에게는 불행한 일이지만 그는 법률적으로 여전히 알렉상드르 틱시에야. 카리뇰을 데려와. 빨리! 경찰이 그를 추적하게 될 거야."

카리뇰 헌병 반장은 틱시에와 파르페타무르의 탈옥 소식을 듣고는 즉각 필요한 조치를 취했다. 그는 탈옥자들이 파리에 나타났다고 상부와 경시청에 보고했다. 경시청은 레이노 경찰서장에게 공문을 보냈다. 파리와 인근 지방에 수색 명령이 떨어졌다. 두 도형수는 결코 빠져나가지 못할 것이다.

"다브 데 그레프, 탈옥한 도형수는 반드시 붙잡혀요. 내가 직접 확인했어요. 도형장 경찰서에서 마리우스의 탈옥 사실을 알려주었어요. 툴롱에 레이노 경찰서장이 있어요. 내가 아는 형사들 말로는 레이노 경찰서장은 엄격하고 집요한 사람으로 유명해요. 그는 녀석들을 체포할 거예요."

"카리뇰, 그렇게 되기를 바라네."

테나르디에는 언제나 공모자들에게 협박이 담긴 무거운 암시를 사용했다. 그는 자신의 사업에 공모자들을 연루시킨 후 협박함으로써 그들을 붙잡아두었다. 카리뇰과의 관계는 더욱 복잡했다. 이 미련한 헌병 반장은 테나르디에의 범죄 범위와 불법 행위를 잘 알지 못했다. 그는 약간의 돈을 받고 불법 행위를 눈감아주었다. 한마디로 형편없는 헌병이었다. 사람들은 약간의 돈으로 그를 매수하곤 했다.

테나르디에가 말을 이었다.

"다른 녀석은 어떻게 되었소? 때로는 신부 노릇을 하고 때로는 교수 노릇을 하는 모로라는 작자 말이야."

"마찬가집니다. 내 정보원에 따르면 그는 파리를 떠나 어디론가 사라졌어요. 지역 헌병대에 합승마차 회사를 조사하라고 부탁해놓았어요."

마지막 문제는 코제트와 관련된 것이었다. 이 거만한 여자는 왜 사다리를 넘어뜨렸을까? 테나르디에는 즉각 대처했다. 그는 야밤에 코제트를 결박하고 눈을 가린 후 시테 섬으로 데려갔다. 그녀는 다른 사람들 대신에 희생을 치를 것이다. 어쩌면 그녀는 훌륭한 교환 조건이 될 수도 있을 것이다.

테나르디에는 페가스와 뱅트되에게 지시했다.

"너희들은 이 여자에게 힘든 일을 시켜도 좋아. 하지만 다치게 하거나 죽여서는 안 돼. 그리고 지나치게 괴롭히는 것도 안 돼. 무슨 말인지 잘 알 거야."

코제트는 되마르무세 술집의 부엌에 배치되었다. 그녀의 방은 창살이 달린 부엌 옆에 있는 악취 나는 골방이었다. 지저분하고 어두운 뒤뜰이 보였다. 감옥이나 다름없었다. 겨우 누울 수 있을 만큼 비좁았다. 루이 11세가 라 발뤼 추기경을 가두었던 쇠창살 새장처럼. 짚을 넣은 매트리스, 냄비, 하수구. 그뿐이었다. 가축 우리처럼 불쾌한 짚더미.

코제트는 이 더러운 곳을 보고 기절할 뻔했다. 게다가 자신이 어디에 있는지조차 몰랐다. 그녀는 한밤중에 눈이 가려진 채 끌려왔기 때문에 파리나 지방의 외진 곳일 거라고 생각했다. 테나르디에가 그녀에게 고생할 거라고 말하지 않았는가. 그녀는 몽페르메유를 떠올렸다. 세르장 드 워털루 여관. 악몽이 되살아났다.

코제트의 유일한 대화 상대는 페가스와 뱅트되였다. 둘 다 분별없고 상스러운 인간들이었다. 부엌문은 밖에서 자물쇠로 잠갔다. 문에 난 구멍을 통해 홀에 무슨 일이 있는지 볼 수 있었다. 두 감시꾼이 식재료를 구멍 속으로 들여보내면 그녀는 그것을 가지고 요리한 다음 다시 구멍을 통해 내보냈다.

일주일 후, 테나르디에가 코제트를 보러 왔다. 그녀를 협박하고 겁을 주기 위해서였다.

"도망칠 생각은 아예 하지 마. 요리를 내보내는 창구론 도망칠 수 없어. 만일 일을 하지 않으면 뱅트되가 너를 가만두지 않을 거야. 휜둥이 뱅트되가 마음에 드니? 더 이상 설명할 필요는 없겠지? 놈은 특히 소년 같은 아가씨를 좋아하지. 우리끼리 하는 말인데 녀석은 변태야."

테나르디에가 이렇게 얘기한 것은 코제트의 차림새 때문이었다. 작업복, 바지, 셔츠, 맨발. 그녀는 머리를 짧게 깎았고 얼굴이 섬세해 미소년으로 보였다. 그녀는 흰둥이가 무서웠기 때문에 온순하게 굴었다. 만일 이곳에서 도망칠 희망을 품지 않았다면 틀림없이 반항했을 것이다. 하지만 몸이 허약해서 도망칠 수 없었다. 수면제의 양이 줄어들긴 했지만 발을 내딛기도 힘들었다. 그래도 정신은 예전보다 맑았다. 머리는 덜 윙윙거렸고 생각을 정리할 수 있었다. 특히 마리우스를 본 이후로 힘을 되찾았다. 모든 게 이전으로 돌아갈 수 있지 않을까? 그녀는 스스로 맹세했다. 절대 약해지지 않겠다고. 언젠가는 기회를 엿봐서 아메데나 베르자에게 전갈을 보낼 수 있을 것이다. 그녀는 순종하는 척함으로써 자유롭게 행동할 것이다. 요컨대 신중한 태도를 보이는 것은 더 잘 싸우기 위해서였다. 그녀는 절대로 긴장을 풀지 않을 것이다. 철저하게 탈출 계획을 구상할 것이다. 물론 시간은 다소 걸리겠지만 성공할 것이다.

코제트의 일과는 7시에 시작되었다. 그녀가 '감옥'에서 나갈 수 있는 유일한 순간이었다. 그녀는 뱅트되의 감시 아래 선술집 바닥을 청소하고 식탁을 정리했다. 일이 끝나면 흰둥이는 그녀를 페가스와 함께 사용하는 방으로 데려갔다.

뱅트되가 물었다.

"우리 숙소가 마음에 들어?"

코제트는 말썽을 피하기 위해 고개를 끄덕였다. 그곳은 부엌 왼쪽에 있는 고약한 냄새가 나고 언제나 술병과 잡다한 물건이 산더미처럼 쌓여 있는 방이었다. 두 사람은 벽을 통해 코제트의 골방에서 무슨 일이 일어나는지 들을 수 있었다. 코제트는 밤낮으로 감시 당하고 있었다.

테나르디에의 방문 후 감시가 더욱 심해졌다. 페가스는 코제트의 발목에 쇠고리를 채웠다. 코제트가 청소를 끝내면 뱅트되는 그녀를 부엌으로 데려가 벽의 강철 고리에 고정된 쇠사슬에 묶었다. 쇠사슬의 길이는 160센티미터였다. 딱 그만큼이 젊은 여인의 행동반경이었다. 족쇄를 찬 코제트는 수치심을 느꼈다. 그녀는 미친 사람처럼 쇠사슬을 잡아당기면서 모든 사람들을 저주했다. 음산한 쇠사슬 소리가 끊임없이 들렸다. 스르륵, 스르륵, 스르륵. 이 소리는 그녀가 아버지와 함께 비세트르 감옥에서 쇠사슬에 묶인 죄수들이 출발하는 장면을 보았던 날을 떠올리게 했다. 마차들이 일렬로 지나가고 있었다. 통을 운반하는 이륜마차와 흡사했다. 그녀는 특히 덜그럭거리는 쇠사슬 소리를 기억했다. 그날 아버지는 한마디 말도 없었고, 짓눌린 듯이 보였다. 다음 날 그는 코제트의 기억에서 이 치욕스러운 광경의 흔적을 지우기 위해 샹드마르스 공원에서 벌어지는 풍자 희극과 센 강에서 벌어지는 수상 창 시합에 데려갔다. 하지만 그 광경은 마음속에서 사라지지 않았다. 특히 쇠사슬 소리.

코제트는 마리우스를 생각했다. 그녀는 시체 공시소에 갔을 때 마리우스의 시신을 확인하지 않았던 일을 후회했다. 또 사법기관과 접촉하지 않았던 일과 마리우스의 살해범으로 기소된 사람의 재판에 참관하지 않았던 일을 후회했다. 그러니까 마리우스는 도형장과 쇠사슬을 겪었단 말인가. 어떤 면에서 그녀는 남편이 겪었던 시련을 지금 자신이 견뎌내고 있다는 것이 자랑스러웠다. 마리우스는 여기서 멀리 떨어진 곳에 있을까? 이 시련은 두 사람을 더욱 가깝게 할 뿐이었다. 남편은 탈옥한 걸까? 그렇다면 그녀도 도망칠 것이다. 도형장의 간수들이 마리우스를 모욕하고 학대했던 것처럼 주위 사람들이 그녀를 모욕하고 학대했다. 그녀는 그들이 인류의 명예를 훼손한다고 생각하면서 마음을 달랬다. '비열한 짓을 일

삼는 테나르디에와 그의 하수인들이 마리우스나 베르자와 똑같은 부류라고 여길 수 있겠는가.'

코제트는 인간의 본성에 대해 회의를 느꼈다. 절망적인 분노를 느끼며 울었다. 아들은 어떻게 되었을까? 그녀는 아이를 데려간 사람이 다름 아닌 베르자일 거라고 믿는 것으로 만족했다. 그래야만 했다. 그렇지 않으면 모든 것이 무너지고 말 것이다. 테나르디에, 그 노인이 그 말을 하면서 약간의 분노를 드러내지 않았는가. 그녀의 직감은 틀리지 않을 것이다. 아들이 살아 있고 남편이 살아 있고 그녀도 살아 있었다. 이제 흩어진 세 사람이 모여서 일체가 되고 잃어버린 행복을 되찾기만 하면 되었다. 하지만 어떻게?

밤마다 코제트는 묘수를 찾기 위해 밀짚을 넣은 매트리스 위에서 수없이 돌고 돌았다. 만일 마리우스가 프랑스를 떠났다면? 경찰이 그를 쫓고 있을까? 그는 플뤼메가에 갔을까? 이런 생각들은 그녀를 침울하게 했다. 그녀는 어찌할 바를 몰랐다. 수면이 부족했다. 연속되는 불면증은 그녀를 자꾸만 불길한 생각으로 몰아넣었다. 언제나 암초, 장애물, 막다른 골목길이 있었다. 그녀는 너무 많은 것을 추측했다. 하지만 생각이 몽상으로 바뀌는 순간 결국에는 독과 음식을 혼동하기에 이를 것이다. 생각은 지성의 활동이고, 몽상은 지성의 휴식이다. 코제트의 머릿속에서는 이 두 가지가 뒤죽박죽이 되었다. 휴식은 그녀에게 금지된 사치였다. 아버지의 얼굴을 떠올리는 것만이 그녀를 진정시켰다. 힘이 생겼다. 그녀는 이 힘을 사용할 것이다.

저녁마다 코제트는 식사를 준비했다. 끔찍한 생각이 스쳐가기도 했다. 살인 계획, 독살. 하지만 독은 어떻게 구한단 말인가. 토끼 고기 같은 조각을 담은 대형 접시가 들어왔다. 한번은 접시에 얹어진 고양이 머리통을 보았다. 그녀는 흠칫 놀라며 뒤로 물러났다. 하지만 그녀는 스튜를 만들고 적포도주, 당근, 양파로 온갖 요리를 만들었다. 어느 날 저녁 그녀는 음식에 침을 뱉었다. 그리고 창구로 요리를 내보내면서 뱅트되에게 환한 미소를 지었다. 횐둥이는 이 여인의 온순한 태도에 의아해하면서도 미소로 화답했다. 코제트는 속으로 쾌재를 불렀다.

코제트는 벌을 받지 않고도 뭔가를 할 수 있다는 사실을 깨달았다. 그녀는 두려움에 사로잡힌 채 이렇게 생각했다. '만일 모든 인생이 이처럼 끔찍하다면?'

코제트는 양심의 가책을 느꼈다. 하지만 다음 날에도 음식에 침을 뱉었다. 되마르무세의 단골 악당들—교수형에 처해 마땅한—은 조금도 눈치채지 못했다. 그들은 게걸스럽게 먹었고 고래고래 소리를 지르면서 경비대 노래를 불러댔다. 코제트는 그들을 보지 않고 소리만 들었다. 가끔 구멍을 열고 홀을 살펴보았다. 페가스나 뱅트되로부터 따귀가 날아오지 않을 때는 홀을 자세히 보려고 애썼다. 문틈과 구멍으로는 홀이 잘 보이지 않았다. 하지만 거울을 통해 대충 홀의 윤곽을 살펴볼 수 있었다. 이 거울놀이는 그녀를 외부 세계와 연결시켜주었다. 그녀는 위치를 추측할 수 있는 실마리를 찾아내려고 애썼다. 하지만 홀은 너무 시끄러웠고 너무 어두웠다. 어떤 대화도 알아들을 수 없었다. 죄다 알아들을 수 없는 소리뿐이었다. 손님들은 모두 취해 있었다. 그들은 고함을 지르고 춤을 추며 소란을 피우고 시비를 걸며 날카롭고 불쾌한 소리로 여자들을 공유하고 서로 모욕하고 때로는 싸웠다. 늦은 밤이 되면 끙끙 앓으면서 먹은 것을 토했다. 어떤 손님들은 욕설을 퍼부으면서 자리를 떴고, 일부 손님들은 곯아떨어졌다. 그들은 오래 머무를 수 없었다. 페가스는 그들을 거칠게 밖으로 쫓아냈다. 그러면 뱅트되는 구멍 앞으로 달려와 외쳤다.

"종달새, 부엌을 정리해! 잠잘 시간이야!"

코제트는 견딜 수 없는 더위와 음식 냄새 속에서 잤다. 대체로 새벽 2시쯤에. 때로는 더 늦게. 다음 날 그녀의 일과는 7시에 다시 시작되었다.

* * *

코제트가 더러운 골방에서 슬픔에 빠져 있는 동안 테나르디에는 놀고 있지 않았다. 그는 공장의 감독 체계를 바꾸었다. 루제의 공모자인 모로가 부르고뉴 남부에 있다는 소식이 들렸다. 카리뇰에 따르면 모로는 퐁텐블로에서 오텡행 합승마차를 탔다. 더 이상의 소식은 몰랐다. 하지만 헌병대가 이 사건을 수사하고 있었다.

테나르디에는 고심했다. 만일 모든 게 들통 난다면 그는 유일한 범인으로 지목될 것이다. 그는 비탄에 빠졌다. 그는 코제트를 감금하고 있지 않은가. 또 그녀의 아이 유괴 사건에 직접 연루되어 있지 않은가. 또 예수, 루제 그리고 게일의 살해를 지시하지 않았는가.

테나르디에는 교수형감이었다. 이 모로라는 작자를 제거하지 않는 한. 그는 이 문제에 전념할 것이다. 그런데 뷔르댕은? 그는 아무 잘못도 없을까?

테나르디에는 중얼거렸다. '꼽추는 분명 나를 속일 궁리를 할 거야. 샤말랭에서 그는 이미 제라르와 함께 나를 속인 적이 있지. 지금 그는 마리우스의 재산을 독차지할 속셈이야. 모든 책임을 나에게 뒤집어씌우고 말야. 그를 더 경계해야 했는데. 코제트 말고도 그를 제압할 수단이 필요해. 그리고 점쟁이도 필요해.'

테나르디에는 루뢰르에게 뷔르댕을 만나 라파엘의 실종을 알리고 오후 2시에 약속을 잡으라고 지시했다.

"더 자세한 이야기는 하지 마. 라파엘이 게일과 함께 지방으로 떠났다고만 전해. 부르고뉴 지방의 오툉 근처로. 그리고 모로가 라파엘에게 몇 가지 사실을 털어놓았다고 전해."

뷔르댕과 만나기로 한 시각, 테나르디에는 공증인으로 분장하고 디그랑드 후작의 집으로 갔다. 왜 공증인의 차림으로? 그는 평생을 다른 사람들의 돈을 다루는 것을 꿈꾸었다. 그의 야망은 뷔르댕에 미치지 못할지언정 그의 탐욕은 공모자보다 더욱 컸다. 이제 퇴로를 마련할 때였다. 그리고 후작에게 경계심을 일깨울 때였다.

오후 2시, 테나르디에는 생피아크르가에 도착했다. 여러 차례 초인종을 누른 후에야 후작이 문을 열어주었다. 뷔르댕이 외출했기 때문이다.

아메데의 목소리는 부드럽지 않았다.

"누구세요?"

검은 옷을 입고 코에 안경을 걸치고 적갈색 수염을 붙인 테나르디에는 의심을 받을까 염려하여 겨드랑이에 공책까지 끼고 갔다. 후작이 신분을 물었을 때 그는 살짝 얼굴을 돌렸다. 아메데 디그랑드에게서 나는 알코올 냄새가 코를 찔렀기 때문이다.

"잠시 시간 좀 내주시겠습니까? 당신과 관련된 몇 가지 질문에 대답해 주시면 됩니다."

아메데는 몸을 떨었다. 그는 이 사내가 경찰이라고 생각했다. 주세페 피에스키가 저지른 사건이 그의 머릿속에서 떠나지 않았다.

테나르디에는 후작의 불안을 간파하고 그를 안심시켰다.

"안심하십시오. 저는 공증인입니다. 당신을 위해 일하는 종드레입니다. 루이데지레 뷔르댕 씨의 몇 가지 일을 맡고 있습니다."

아메데는 여전히 선 채로 품위 있는 어조로 말했다.

"때를 잘못 맞췄군요. 뷔르댕은 집에 없습니다. 더구나 당신에 대해서 들은 바가 없습니다. 내 일은 샹플롱 공증인이 맡고 있습니다."

테나르디에는 당황하지 않았다. 그는 검은 안경을 고쳐 쓰면서 말했다.

"바로 그 문제로 당신과 얘기를 나누고 싶습니다. 저는 샹플롱 공증인과 교류하고 있습니다. 하지만 뷔르댕 씨에게 제 이름을 언급해서는 안 되고 제가 방문했다는 얘기도 해서는 안 됩니다."

그의 말투가 아메데를 유혹했다. 아메데는 최악을 걱정했다. 갑자기 그는 들뜬 목소리로 말했다.

"들어오시죠."

아메데는 아무도 없는지를 확인하기 위해 강렬한 눈초리로 문 뒤를 둘러보았다. 그래도 완전히 마음을 놓을 수 없었다. 압생트와 아편이 피해망상증을 악화시켰기 때문에 모든 사람들이 적으로 보였다. 피에스키와 그의 끔찍한 무기의 환영이 사라지지 않았다. 항상 취해 있고 신경질적인 기벽으로 쉽게 흥분하는 그는 제대로 면도하지도, 먹지도, 자지도 못했다. 그는 자신을 죄인이라고 생각했다. 밤마다 식은땀에 젖은 채 깨어났다. 재판을 받고 단두대에 끌려가는 꿈을 꾸었다. 그는 몹시 고통스러운 사람처럼 방황했다. 특히 피에스키가 어떤 진술을 할지 두려워했다. 만일 그 코르시카 사람이 7월 28일 국왕 테러 사건에 자신을 연루시킨다면? 신문들은 주세페 피에스키가 예전에 절도와 문서 위조로 유죄 선고를 받았고 퇴폐적인 풍속의 밀고자로 유명하며 비열하고 파렴치한 사람이라고 떠들어댔다. 그는 비밀단체에 가입해서 경찰에게 정보를 팔아넘겼다. 또 이미 공모자들 가운데 몇 명을 고발했다. 고발당한 사람은 모두 공화주의자였다. 모레라고 불리는 마구 제조인, 페팽이라는 이름을 가진 생드니 구역의 식료품 장수, 하수인 노릇을 했던 부아로라는 노동자. 그들은 아직 체포되지 않았다. 사람들은 또한 주세폐 피에스키의 내연녀인 니나에 대해 얘기했다. 아메데는 디아블블랑에서 주세폐와 프로제르핀이 보는 앞에서 이 애꾸눈이 여인과 사랑을 나누었다. 만일 니나가 창녀와 방탕한 주연의 애호가인 후작의 품에 안겼던 일을 자랑한다면?

아메데는 만에 하나 그런 일이 벌어질까 두려워하며 떨었다. 얼마 전까지만 해도 그는 방탕한 생활에 빠지면 빠질수록 더욱 쾌락을 느꼈다. 하지만 이제는 끝난 일이다. 그는 암살자 혹은 암살자의 공모자로 체포될 거라는 생각—둘 다 터무니없는 추측이다—에 몹시 불안해했다. 또 그는 모든 사람들이 자신을 원망한다고 생각했다. 설상가상으로 코제트와 그녀의 아이가 실종되었다. 그는 아이의 대부였다. 마들렌에게 물었지만 그녀는 오열하면서 아무것도 모른다는 뜻으로 머리만 흔들었다. 루이데지레는? 그는 그런 상황에서는 언제나 그렇듯 충격을 받은 척했다. 그리고 주인에게 퐁메르시의 유산 문제를 결정하라고 부추겼다.

"후작님은 다음 달까지는 결정하셔야 합니다. 샹플롱 공중인은 낱낱이 알고 있습니다. 그에게 서류와 돈이 있습니다. 그게 코제트와 아이의 이권을 보호하는 길입니다. 두 사람이 곧 다시 나타날지 누가 알아요? 그들에게 깜짝 선물을 준비해놓지 않겠습니까?"

아메데는 점점 더 집사를 경계했다. 집사는 인정머리라고는 손톱만큼도 없었고 후작이 변할 때는 도와주지도 않았다. 어떤 변화 말인가? 아메데 자신도 몰랐다. 그는 술을 너무 많이 마셨다. 밤과 낮이 바뀌었다. 예전에 그는 고통을 겪지 않기 위해 사랑하지 않겠다고 맹세했다. 그것은 참으로 편리한 방법이다. 사랑을 나누지만 절대로 마음을 주지 않는 것. 이제 그는 자신의 잘못을 깨달았다. 조롱은 더 이상 상처를 가릴 수 없었다. 그의 실패는 어디에서 비롯된 걸까? 미치도록 코제트가 그리웠다. 예전처럼 냉정하고 잔인한 멋쟁이처럼 행동하고 싶기도 했다. 하지만 그렇게 할 수 없었다. 그는 무력감에 괴로웠다. 요컨대 그는 곧잘 싫증내고 불확실한 미래에 굴복하는 사람, 인생무상에 현혹되어 만사를 부정하거나 소홀히 하는 사람, 원하는 게 뭔지 모르는 사람, 자신에 싫증나고 모든 일을 귀찮게 여기는 사람이 되었다. 그는 더 이상 야망을 갖지 않으려 했다. 단 하나의 야망만 빼놓고. 하지만 그것은 그에게 너무 큰 야망이었다.

아메데는 제정신이 돌아왔다. 그리고 앞에 있는 늙은 구두쇠를 날카롭게 쳐다보았다. 종드레 공증인이라고? 그는 무엇을 기대하는 걸까? 돈? 차용증서?

"뭐 좀 마시겠소?"

"아닙니다. 하지만 후작님은 드십시오. 술을 즐기는 것은 좋은 겁니다. 젊음의 특권 아닙니까?"

아메데는 일어나 거실 찬장을 열고 럼주 병을 꺼냈다. 그는 자신의 잔에 술을 가득 따랐다. 테나르디에는 후작에게서 눈을 떼지 않았다. 이따금 노인은 이 젊은 귀족에게서 느껴지는 타락을 인정하기 위해 혹은 격려하기 위해 조용히 고개를 끄덕였다. 노인은 타인의 몰락이나 타락을 좋아했다. 클랑 데스탱에서 파르페타무르를 때려눕혔던 이 귀족은 분명히 변했다. 얼굴이 수척했다. 머리는 노래지기 시작했고 생기 있던 장밋빛 피부는 먼 추억에 속했다. 테나르디에는 이 귀족의 마음속에 의심의 씨앗을 뿌리기 위해 왔다. 또 그를 파멸시키기 위해. 또 자기 몫의 이익을 챙기기 위해.

아메데가 자리에 앉자 테나르디에는 입가에 환한 미소를 머금고 거침없이 공격했다.

"후작님, 당신 집사는 평생 변하지 않는 충직한 사람입니다. 다만 자신의 일에는 좀 답답하죠. 솔직히 말하면 저도 그렇습니다."

"그의 일이라니 무슨 뜻이죠?"

"대수롭지 않은 작은 거래 말입니다."

그리고 난처한 표정을 지으며 말을 이었다.

"후작님은 모르고 있었습니까?"

아메데는 노인의 코를 납작하게 해주고 싶었다. 그의 교활한 태도에 혐오감을 느꼈다.

아메데는 침착하게 대답했다.

"몰랐습니다."

테나르디에가 말을 이었다.

"잘라 말하면 저는 지방에서 한 어린이를 돌보고 있습니다."

아메데는 술잔을 가지고 놀면서 고개를 들었다. 테나르디에는 후작의 경망스러운 태도가 눈에 거슬렸다. 그는 곧장 본론으로 들어갔다. 루이데지레가 정확히 8년 전에 한 아기를 데려왔고—이건 거짓말이다—그 아기는 자신의 집에서 자랐다—이것은 부분적으로 사실이다. 라파엘이 소모공장에서 어떤 조건에서 2년 동안 머물렀는지 모두 알고 있다—고 말해주었다. 실제로 루이데지레는 살인청부업자로 만들 목적으로 라파엘을 테나르디에에게 맡겼었다. 집사는 이렇게 말했다. "업둥이에게 살인청부업자는 최고의 직업이지." 그는 그 아이가 주워온 아이인지 훔쳐온 아이인지는 언급하지 않았다. 뷔르댕이 자세히 설명하는 경우는 거의 없었다.

테나르디에는 서류를 훑어보는 척하면서 강조했다.

"그 아이의 교육비가 많이 듭니다. 이런 말씀을 드려서 죄송합니다만 뷔르댕 씨는 더 이상 아이의 교육비를 지원할 능력이 안 됩니다."

아메데는 안락의자에서 몸을 웅크렸다. 두 손이 떨리고 시선이 불안하게 움직였다. 그와 클레망스 사이에 태어난 아이일까? 믿고 싶지 않았다. 루이데지레가 그것마저 나를 속였단 말인가.

테나르디에는 똑같은 내용을 다시 설명해야 할지 망설였다. 그는 시간을 벌기 위해 후작의 관심을 다른 곳으로 돌릴 수도 있었다. 예를 들면 비록 아직은 모로가 정확히 어디 있는지 모르지만 그를 추적하게 유도할수 있었다. 하지만 위험이 따랐다. 뷔르댕은 즉각 그에게 등을 돌릴 것이다. 연막전술을 구사해야 했다. 모로의 위치가 파악되면 관련된 자들을 총동원해서 추적하게 만들 것이다. 그러면 이들은 미친 듯이 서로 죽일 것이다.

우선은 이 후작을 붙잡아둬야 했다. 후작이 얼마나 의심을 나타내는지 확인하는 것으로 충분했다. 사실 테나르디에는 라파엘이 누구인지, 왜 루이데지레가 그 아이에게 그토록 집착하는지 몰랐다. 가장 좋은 해결책은 그 아이를 제거하거나 있는 그대로 방치하는 게 아닐까? 하지만 한 가지 짚이는 게 있었다. 만일 라파엘이 다른 어떤 귀족과 신분이 낮은 여자 사이에서 태어난 게 아니라면 아메데 후작과 어느 여인의 풋사랑으로 태어난 사생아일 것이다.

테나르디에는 아메데의 입으로 듣고 싶었다. 하지만 후작은 아무 말도 하지 않았다. 그는 일어나 옆방으로 가더니 500프랑을 가지고 돌아왔다.

"자, 받으시오."

테나르디에는 머리를 숙이고 돈을 호주머니에 넣으면서 말했다.

"감사합니다, 후작님."

테나르디에는 그날 저녁 아메데와 루이데지레가 상반되는 정보를 놓고 대립할 거라고 생각했다. 한 사람은 아이가 종적을 감췄다고 할 테고,

다른 사람은 지방에 있다고 주장할 것이다. 생각만 해도 통쾌한 작전이었다. 이간질은 얼마나 고소한 일인가. 그다음에는? 두고 봐야지. 일단 벌레가 과일 속에 들어가면 결국 과일 전체가 썩게 마련이다. 놈들은 모두 죽게 될 것이다. 테나르디에는 유유히 빠져나갈 것이다. 이 모든 바보들은 부르고뉴 지방 어딘가에서 서로 죽이게 되지 않겠는가.

테나르디에가 말했다.

"아이를 위해 필요한 조치를 취하겠습니다. 아이가 어디에 있는지는 말씀드릴 수 없습니다. 하지만 두 달 후에는 자세히 아시게 될 겁니다. 저는 사업을 위해 파리를 떠나야 합니다. 다시 연락드리겠습니다."

테나르디에는 난관을 타개하고 음모를 꾸밀 시간을 벌었다. 그는 여러 차례 허리를 구부리면서 말했다.

"후작님, 고결한 처분에 대해 감사드립니다."

아메데는 경멸의 시선으로 노려보면서 퉁명스럽게 말했다.

"고결한 행동과 상스러운 행동의 공통점은 결국에는 언제나 후회한다는 겁니다. 잘 가시오, 종드레 씨."

"안녕히 계십시오, 후작님. 제가 이곳에 왔다는 얘기를 뷔르댕에게 절대로 해서는 안 됩니다."

불길한 빛으로 번득이는 그의 눈은 이렇게 말하고 있었다.

'두 사람이 서로 말싸움을 벌여 난처한 일이 연달아 일어나기를 바랍니다.'

\* \* \*

테나르디에가 예상했던 대로 아메데와 집사는 말다툼을 벌였다. 루피르를 통해 라파엘의 실종을 알게 된 루이데지레는 당혹스러움을 감출 수 없었다. 그에게 이 아이는 교환 조건으로 활용할 수 있는 돈이나 마찬가지였다. 하지만 그는 아메데의 추궁 앞에서 모든 것을 부인했다. 아메데는 정보 제공자의 이름을 밝히지 않았다. 두 사람의 대화는 귀머거리들의 대화였다.

루이데지레는 대체 누가 그런 얘기를 했냐고 물었다.

"신뢰할 만한 남자야. 붉은 수염이 난 공증인이지."

"저는 붉은 수염이 난 공증인은 모릅니다."

"하지만 매우 정확히 알고 있었어. 자네가 8년 전 그에게 아이를 맡겼다고 말했어."

"후작님, 거짓말입니다. 누군가가 후작님을 해치려는 겁니다. 아니, 우리를 해치려는 겁니다. 대체 어떤 아이를 말하는 걸까요?"

"내 아이."

루이데지레는 소스라치게 놀랐다. 아메데의 어조는 단조롭고 노기를 띠지도 않았다. 집사는 불안감을 숨기기 힘들었다.

아메데가 말을 이었다.

"당신은 그런 부류의 일을 하고 있소. 나는 그게 뭔지 모르고 알고 싶지도 않소. 게다가 당신은 빚까지 졌소."

아메데가 거리를 두고 싶을 때는 평소에 평칭을 사용했던 사람에게는 존칭을, 존칭을 사용했던 사람에게는 평칭을 사용했다.

"사실이 아닙니다, 후작님."

아메데는 술에 취했음에도 불구하고 매우 반듯한 자세를 취했다. 그는 거칠게 숨을 몰아쉬면서 말을 이었다.

"여러 상황을 종합해보면 당신이 내 신뢰를 남용했다고 생각할 수밖에 없소. 내가 지난번에 말했듯이 다시 한 번 경고하겠소. 당신은 나에 대해 어떤 권리도 없소. 나는 변했소. 당신이 내가 변한 모습을 좋아하지 않는다는 걸 알고 있소. 하지만 당신 의견을 묻는 게 아니오."

집사는 불쾌한 표정을 지었다.

"후작님은 잘못 생각하고 있습니다. 후작님은 저에게 막중한 임무를 부여하셨습니다. 하인의 고결한 임무는 잘 기억하는 겁니다."

아메데는 골이 나서 고함쳤다.

"당신은 잘못 기억하고 있소!"

물론 후작은 집사를 의심하고 있었다. 단지 증거가 없을 뿐이었다. 그리고 자신의 변화를 어떻게 설명하겠는가.

후작은 두 손으로 머리를 감쌌다. 성급함과 취기가 그를 서툴게 만들었다. 게다가 그는 루이데지레가 이해하지 못한 것이 당연하다고 생각했다. 집사는 언제나 책임을 회피하고 속임수를 쓰며 감추지 않았는가.

마침내 화가 머리끝까지 치민 후작이 퍼부었다.

"이제 모든 게 끝장이야! 무슨 말인지 알겠소? 나는 달라졌단 말이오! 나는 예전으로 돌아갔소. 나에게 나쁜 영향을 끼친 것은 바로 당신이오!"

그리고 더듬거리면서 덧붙였다.

"그 아이……. 당신이 그 아이를……."

깜짝 놀라고 당황한 루이데지레는 머리를 숙이고 떨리는 목소리로 반박했다.

"제가 후작님의 입장이었다면 그 아이를 없앴을 겁니다. 아무튼 당시에 후작님에게 말씀드렸고, 오늘도 거듭 말씀드리지만 그 아이는 사산아였습니다."

아메데는 집사의 얼굴을 뚫어지게 노려보았다. 그는 이제 집사를 믿지 않았다. 루이데지레의 비열함은 그에 대한 측은한 마음마저 사라지게 했다.

"루이데지레, 나는 당신이 뭐 때문에 아이를 유괴하고 숨겨 뒀는지 모르겠소. 어쨌든 이 해묵은 문제가 다시 대두된 것은 사실이오. 이유를 말해주겠소? 당신에게 적들이 있는 것이오? 아니면 당신이 주의를 소홀히 했기 때문이오? 어떤 경우든 나는 똑같은 결론에 도달했소. 우리는 헤어지는 게 낫겠소."

"후작님, 좋으실 대로 하세요. 저는 항상 후작님을 보호했습니다. 그리고 거짓말하지 않았습니다."

"맹세할 수 있소?"

"맹세합니다."

아메데는 목소리를 높이지 않고 말했다.

"이만 물러가시오."

아메데는 경멸의 손짓으로 작별 인사를 전했다. 집사는 문을 쾅 닫고 몹시 흥분한 채 4층에 있는 자신의 방으로 돌아갔다. 그는 계단에서 마들렌과 마주쳤다. 그녀는 여주인이 실종된 이후에도 변함없이 집을 지키고 있었다. 어떤 사람들은 아무것도 변하지 않았다는 것을 믿기 위해 묵묵히 일과를 수행한다. 하지만 그것은 추억을 간직함으로써 비탄을 회피하는 것에 지나지 않는다. 마들렌도 마찬가지였다.

마들렌이 애처로운 목소리로 인사했다.

"안녕하세요, 집사님."

루이데지레는 답례로 고개를 끄덕였다. 그는 다락방에 들어오자마자 철제 침대에 앉아 두 손으로 얼굴을 감쌌다. 이 냉정하고 계산적인 집사는 무장이 해제된 느낌이 들었다. 대체 누가 그와 주인을 쫓고 있는 걸까?

누가 감히 두 사람을 이간질하는 걸까? 집사가 애착을 갖고 있는 사람이 있다면 그것은 분명 아메데였다. 그의 친애하는 아메데. 다만 한계가 있었다. 후작은 배은망덕하고 비열하며 품위를 떨어뜨리는 처신으로 그를 궁지에 몰아넣었다. 집사에게는 후작과의 관계를 끊고 그를 떠나서 새롭게 살아볼 기회가 아닐까? 왜 아메데는 자신을 위해 모든 것을 희생한 사람에게 등을 돌렸을까?

냉혹하고 차분한 집사는 울기 시작했다. 그는 울면서 주인에게 헌신할 때 고상하고 도덕적이지 않았던 점을 자책했다. 그렇게 했더라면 무엇이 달라졌을까? 그는 머리를 들어올렸다. 그리고 중얼거렸다. "분명 아닐 거야. 사람은 변하지 않아. 애써 바꿔서는 안 돼."

집사는 냉혹하고 비장한 시선으로 아무것도 잃지 않았다고 확신했다. 하지만 아뿔싸! 그에게는 라파엘이라는 무기가 더 이상 없었다. 누군가가 비밀을 알아냈을 뿐만 아니라 이제 라파엘을 이용해서 후작을 꺾을 수도 없었다. 어쩔 수 없지. 하지만 포기하지 않을 테다. 그는 이 순간을 너무 오래 기다렸다. 분명 그는 퐁메르시 남작의 재산을 가로채지 못할 것이다. 하지만 주인은 합법적으로 남작의 재산을 가로채서 부자가 될 것이고 과거의 모습으로 돌아갈 것이다. 그의 의지와는 달리, 다른 사람들의 뜻과는 달리.

루이데지레는 다시 일어났다. 그리고 어둡고 먼지 많은 방에 유일하게 있는 거울에 비친 자신의 모습을 보았다. 그는 돌아섰다. 그의 가슴에서 한숨이 빠져나왔다. 왜 하느님은 나에게 이 혹을 주었을까? 그는 자문자답했다. '하느님이 존재하지 않기 때문이야.' 기분이 우울한 그는 창문을 열고 숨을 깊게 들이마시면서 몸을 일으켰다. 그의 모습을 보면 누구라도 동정심을 품지 않을 수 없을 것이다. 운명은 잔인하게도 그에게 혹을 주지 않았는가. 문제는 악의가 그의 마음속에 뿌리를 내렸다는 사실이다. 그는 자신이 겪는 고통을 다른 사람들도 겪어야 한다고 생각했다. 그는 저주의 손짓과 함께 물러나면서 불길한 생각을 품기 시작했다. '만일 내가 침몰해야 한다면 다른 사람들도 나와 똑같이 파멸해야 할 거야.' 먼저 그가 도움을 주었음에도 자신을 실패하게 만든 장본인인 테나르디에부터. 그는 제라르의 도움을 받아 테나르디에를 제거하기로 작정했다. 그 영감탱이를 생말로에서 썩게 내버려두었어야 했는데.

루이데지레는 중얼거렸다.

'나는 당신 때문에 위증을 했어. 나는 이제 그런 짓은 하지 않겠지만 아무튼 당신은 톡톡히 대가를 지불해야 할 거야. 제라르가 내게 좋은 독약을 주기만 하면 당신은 잔인한 고통을 느끼며 죽게 될 거야. 하지만 지금은 아니야. 만사가 해결된 후에. 테나르디에, 당신은 생말로에서 소매치기로 인생을 끝내지 않았던 것을 후회하게 될 거야.'

\* \* \*

여행은 길었다. 도시, 경찰 검문, 주요 도로를 피해야만 했다. 그건 언제나 되풀이되는 주의 사항이었다. 도망자가 되면 자신의 여건에 익숙해지게 마련이다. 도망자는 밤에 여행하고 낮에 잔다.

라파엘이 탈진했기 때문에 마리우스와 파르페타무르는 교대로 아이를 업었다. 그들은 루비에르의 역참에서 말을 훔쳤다. 헌병들이 그들을 쫓기 시작했다. 헌병들은 사흘 동안 작은 숲에서 추적한 후 리지외 근처에서 그들을 앞질렀다. 마리우스는 밭에서 허수아비를 뽑아 말의 안장에 꽂았다. 그는 나뭇가지, 웃옷, 모자로 허수아비를 마부로 장식하고 고삐를 느슨하게 쥐었다. 이제 반대 방향으로 말을 달리게 하면 되었다. 자, 가자! 흙먼지가 뽀얗게 일어나는 번잡한 교차로에서 마리우스는 말의 고삐를 놓아주고 그들의 종적을 흩뜨렸다. 두 남자와 아이는 발길을 돌려 가던 길을 돌아왔다. 그리고 캉으로 향했다. 파르페타무르는 라파엘을 말에 태우고 고삐를 잡았다. 마리우스는 지도를 갖고 있었고 그의 방향감각은 정확했다. 그들은 아르쿠르, 비르, 아브랑슈를 지났다. 빵과 비계는 충분했고 물도 부족하지 않았다. 밤에는 헛간에서 사과를 훔쳤다.

며칠간 강행군을 한 후 그들은 몽생미셸 내포를 지나면서 말을 버렸다. 그들은 캉칼까지 걸어갔다. 여전히 밤에만 해안을 따라 나 있는 '세관원들의 길(대서양 해안선을 따라 절벽 위에 난 좁은 길-옮긴이)'을 걸었다. 원뿔모자처럼 생긴 지붕, 꽃줄 장식처럼 늘어선 벽기둥, 크림처럼 하얀 벽이 있는 집들이 절벽 위쪽에 늘어서 있었다. 소금과 해초 냄새가 났다. 이윽고 생말로가 보였다.

마리우스 일행은 그로앵 곶의 반대쪽 크레바스에서 이틀간 야영했다. 그로앵 곶에 접근하려면 복부까지 차는 물을 건너야 했다. 다행히 바다는 잔잔했다. 추분 무렵에 부는 거센 폭풍은 9월에 불시에 닥칠 것이다. 세 명의 도망자들 앞에 장엄한 광경이 펼쳐졌다. 쾌청한 날씨 덕분에 갑, 해변, 바위는 물론 르맹가르 곶과 랑드 섬까지 보였다. 암초에 앉은 가마우지들이 소용돌이치는 물속을 노려보며 먹잇감을 채갈 기회를 엿보고 있었다. 파르페타무르와 마리우스는 굴을 따 먹었다. 라파엘은 구운 비계와 빵 그리고 경단 고동으로 배를 채웠다.

밤이 되자 마리우스는 생말로에 갔다. 샤토브리앙의 고향인 이 도시는 꿀과 커민 향기를 풍겼다. 그는 항구에 정박한 선박들을 살펴보았다. 특히 성조기가 펄럭거리는 '서배너호' 상선을 눈여겨보았다. 툴롱에서 수

많은 선박을 관찰했던 마리우스는 배의 장비에 관해서는 전문가가 되었다. 서배너호는 중앙 돛, 앞 돛, 사각 돛, 제1 기움 돛대의 돛, 선체 앞쪽에 비스듬히 설치된 돛대를 갖추었을 것이다. 마리우스는 열네 문의 대포를 알아보았다. 이 범선은 가벼워서 속도가 빠를 것이다.

마리우스는 원양어선 옆에 정박한 작은 정어리잡이 어선에서 세일러복과 헝겊 모자를 구입했다. 그는 즉각 세일러복을 입고 예전에 영국군이 파괴하겠다고 맹세했던 성벽으로 둘러싸인 위풍당당한 시내에 들어갔다. 그리고 선술집을 돌아다니면서 물었다.

"서배너호의 선장님이 어디에 계시는지 아십니까?"

마리우스는 생뱅상 대성당에서 멀지 않은 네 번째 선술집에서 한 선원을 만났다. 그 선원은 다섯 번째 선술집 라주아외즈 모뤼를 알려주었다. 마리우스가 고마움을 표하고 떠나려 하자 선원이 그에게 술을 사겠다고 나섰다.

"다음에 마시겠습니다."

선원이 고집을 부렸고 술병으로 마리우스를 위협하기까지 했다. 마리우스는 그를 밖으로 끌고 나와 무릎으로 그의 하복부를 찍었다. 선원은 소리 한 번 지르지 못하고 고꾸라졌다. 마리우스는 그의 술병을 가로챘다. 조금 멀리 골목길 모퉁이에서 해군과 세관원의 합동순찰대와 마주쳤다. 순간 등골이 오싹했다. 순찰대 속에 검은 옷을 입은 사내가 있었다. 마리우스는 그를 알아보았다. 레이노 경찰서장이 아닌가. 대체 무슨 일로 여기까지 왔을까?

해군 특무상사가 외쳤다.

"어이, 건달, 조심할 수 없어?"

마리우스는 머리를 숙이고 술병을 들었다. 그는 수염과 콧수염을 붙였기 때문에 아무도 그가 누구인지 알아볼 수 없었다. 레이노가 다가와서 중재자처럼 말했다.

"이 선량한 선원을 내버려두시오."

마리우스는 그의 목소리를 듣고 몸서리쳤다.

어둠 속에서 레이노의 예리한 시선이 느껴졌다. 그는 라주아외즈 모뤼를 발견하고는 안도의 한숨을 내쉬었다. 그리고 중얼거렸다. '이 나라를 하루빨리 떠나야겠어.'

마리우스는 선술집으로 들어가자마자 주위를 둘러보았다. 미국인 선장은 어디에 숨었을까? 한 선원이 알려주었다.

"저분이 서배너호의 선장일세."

선원은 풍채가 좋은 50대 남자를 가리켰다. 마리우스는 멀리서 그를 관찰했다. 하얀 와이셔츠는 금빛 단추로 장식된 두건 달린 외투와 대비를 이루었다. 오른쪽 얼굴의 깊은 상처가 하얀 보조개처럼 보였다. 그는 혼자였다. 마리우스는 달려가 그의 식탁에 앉고서는 프랑스어를 할 줄 아느냐고 물었다.

뾰족한 콧날에 푸른 라벤더색 눈동자를 가진 선장이 말했다.

"나는 프랑스 사람이네. 내 이름은 프레몽이지. 무슨 일인가, 선원?"

마리우스는 호주머니에서 트리플파트의 금화와 테나르디에의 다이아몬드를 꺼내면서 간청했다.

"선장님이 저희를 미국에 데려다주신다면 전부 드리겠습니다. 우리는 세 명입니다. 한 명은 어린아이입니다."

"자네 이름이 뭔가?"

"마리우스입니다."

프레몽 함장은 마리우스의 얼굴을 뚫어지게 바라보았다. 선장의 시선은 신뢰감을 주었다. 그는 배삯을 주머니에 넣고 말했다.

"내일 아침 5시까지 오게. 우리는 9시에 출항 준비를 할 거야."

선장의 환한 미소 때문에 그의 사각턱이 부드럽게 보였다.

"자네 일행은 세관과 해경을 피하는 게 좋겠지?"

"그렇습니다, 선장님."

"칼을 다룰 줄 아나?"

"조금요."

"밧줄은?"

"그것도 조금은요."

"요령껏 하면 될 거야. 요리사 조수가 필요하네. 아이가 조수 노릇을 하면 되겠군. 그런데 자네는 무슨 이유로 쫓기고 있지?"

"도형장에서 탈출했어요."

"솔직해서 좋군. 자네는 미국에서 행복을 발견할 거야. 자유의 나라이지."

선장은 마리우스의 어깨를 툭 치면서 물었다.

"싸울 줄 아는가?"

"네, 조금요."

"자네는 언제나 조금이라고 대답하는군! 좋아, '조금'을 '많이'로 바꾸도록 노력하게."

"선장님, 왜죠?"

"우리는 쿠바와 포르토리코(푸에르토리코의 옛 지명-옮긴이) 옆을 지나갈 거야. 그 인근에 해적이 들끓고 있지. 우리는 옷감과 비단을 운반하기 때문에 해적이 눈독을 들일 수 있네. 여권은 있는가?"

"없습니다."

"어쩔 수 없지. 그리고 요리사를 조심하게. 약간 이상한 녀석이니까. 자, 그럼 내일 보세."

"내일 뵙겠습니다, 선장님."

* * *

출항 전에 해양 경찰이 서배너호에 올라왔다. 동행한 검은 옷을 입은 사람이 구석구석 수색했다. 그는 포도주 선창에서 처음 세 통의 마개를 열어보았다.

프레몽 선장이 놀려댔다.

"당신은 충실히 임무를 수행하는군요."

레이노 경찰서장은 반듯하고 뾰족한 코를 들이대면서 응수했다.

"각자 자기 전문 분야가 있는 법이죠."

레이노는 경찰에게 다른 술통은 열지 말라고 지시했다.

프레몽 선장이 반대했다.

"열어보시죠."

"선장님, 나는 술을 찾는 게 아닙니다. 당신은 이 화물을 뉴올리언스로 운반하는 정직한 상인입니다. 내가 찾고 있는 것은 두 죄수입니다. 도형장에서 탈출했습니다."

"위험 인물인가요?"

"아주 위험한 놈들입니다. 이곳에 있다는 신고가 들어왔습니다. 선장님, 협조해주셔서 감사합니다. 배를 띄워도 됩니다."

레이노가 배에서 내리자 프레몽 선장이 머리를 들고 외쳤다.

"돛을 올려라! 시트(돛 아랫귀를 펴서 묶는 밧줄–옮긴이)와 밧줄걸이를 풀어라!"

마침내 배가 서서히 움직이기 시작했다. 선원들이 돛을 펼치기 위해 낮은 돛의 활대와 장루 돛대의 돛으로 올라갔다. 슈라우드(돛대 꼭대기에서 양 뱃전에 쳐서 돛대를 고정시키는 밧줄-옮긴이)를 붙들어 매야 했다. 마침내 고물 쪽에 사다리꼴 모양의 돛이 설치되었다. 선장은 바람 부는 쪽으로 비스듬히 항해하고 싶었다. 사각 돛을 펼치기 위해서는 돛 이음줄이 풀리게 내버려두고 시트를 끌어당기기만 하면 되었다.

선장은 선미루 갑판을 떠나면서 부선장인 스테그 항해사에게 조종 책임을 맡겼다. 그는 닭 똥구멍 같이 생긴 입을 가진 젊은 미국인 장교였다. 선장은 포도주 창고로 내려가더니 네 번째 술통에 다가가 톡톡 두드렸다. 뚜껑이 열리면서 마리우스의 머리가 개구쟁이의 머리처럼 솟아올랐다.

선장이 웃음을 터뜨렸다.

"큰일 날 뻔했네! 조금만 더 수색했더라면 그 서장이 자네를 체포했을 것이네!"

"다시 한 번 감사드립니다, 선장님."

두 사람은 다섯 번째 술통에 있던 파르페타무르와 여섯 번째 술통에 있던 라파엘을 꺼냈다. 그리고 모두 갑판으로 올라왔다.

잠시 후 세 명의 도망자는 착잡한 심정으로 연안 지대가 멀어지는 것을 보았다. 마리우스의 마음은 더욱 괴로웠다. 그는 운명을 감수했다.

"결국 이렇게 됐군. 아듀 프랑스!"

마리우스는 맑은 공기를 흠뻑 들이마시면서 라파엘의 어깨를 감쌌다.

돛이 바람에 부풀자 서배너호는 속도를 내기 시작했다.

솜으로 둘러싸인 듯 안개 낀 아침에 이어 반짝반짝 빛나는 태양이 나타났다. 마리우스는 단숨에 돛을 줄이는 일, 중앙 돛을 말아 올리는 일, 항로를 변경하는 법을 익혔다. 파르페타무르는 한 손으로도 돛을 다루는 데 놀라운 재간을 발휘했다. 툴롱에서 두 사람은 항해에 관한 몇 가지 기초 지식을 배웠다. 마리우스 일행은 요령껏 외국어를 배워야 했다. 선원들은 요리사를 제외하고 모두 미국인이었다.

프레몽 선장이 마리우스에게 말했다.

"미국에 가면 영어를 배워야 하네!"

마리우스는 어느 표결에서 간발의 차이로 미국이 영어를 채택한 사실을 아쉬워했다. 그는 이미 몇 가지 기초를 배웠다.

"뉴올리언스에 도착하면 셰익스피어의 언어로 말하겠습니다."

프레몽 선장은 마리우스에게 다가오더니 다이아몬드를 돌려주었다. 선장은 그를 신뢰하며 단순한 승객보다는 적극적인 승무원의 모습을 보고 싶다고 설명했다. 다른 승객들에 비하면 더욱 잘된 일이었다.

"알겠습니다, 선장님. 저는 이미 제 임무를 예상하고 있었습니다. 아무튼 다이아몬드를 돌려주셔서 고맙습니다."

"비록 훔친 것일지라도 나보다는 자네에게 더 필요할 것이네."

하루가 순식간에 지나갔다. 배는 비스듬히 순풍을 받으면서 나아갔다. 마리우스와 파르페타무르는 프레몽 선장과 스테그 항해사와 함께 저녁 식사를 했다. 갑판장을 선두로 선원들은 이미 당직 근무자들을 제외하고 공동 침실로 돌아갔다. 식사가 끝나자 마리우스와 파르페타무르는 선원들과 합류했다. 복도는 두 개의 승강구—하나는 닻을 올리고 내리는 양묘기(揚錨機) 근처의 앞 갑판에, 다른 하나는 식수와 절인 고기로 가득한 선창 옆 중앙 돛 밑에 있었다—를 통해 갑판과 연결되어 있었다. 복도의 가장자리에 열 개의 벽감이 있었고, 벽감마다 두 개의 매트리스가 포개져 있었다. 마리우스와 파르페타무르는 같은 벽감에 자리를 잡았다. 라파엘은 물렁물렁하고 하얀 피부를 가진 생말로 출신의 뚱뚱한 요리사와 같은 벽감을 사용하게 되었다. 짧게 깎은 머리, 납작코, 돼지처럼 작은 눈을 가진 요리사는 술을 많이 마셨다.

라파엘은 요리사를 무서워했다. 루제가 떠올랐던 것이다.

라파엘은 다음 날 아침부터 요리사와 함께 지저분하고 누추한 부엌에서 일했다. 항상 불이 켜져 있는 화덕에서 기름 탄 내와 썩은 생선 냄새가 진동했다. 라파엘은 생선을 싫어했다.

"생선은 끈적끈적하고 냄새가 고약해요."

"저런! 꼬마야, 하지만 행복한 줄 알아. 만일 뉴펀들랜드로 대구를 잡으러 간다면 생선 속에 파묻힐 거야! 끈적끈적한 생선이 너를 잡아 먹을 거야!"

요리사는 괴기스러운 웃음을 터뜨렸다. 마치 누군가가 뱃속에서 그를 흔들어대는 것 같았다. 그는 얼룩이 덕지덕지 붙은 더러운 셔츠에 가려진 뚱뚱한 배를 문지르면서 우스꽝스러운 꼴로 소년을 바라보았다.

"꼬마야, 네가 마음에 들어……."

일주일이 흘렀다. 마리우스와 파르페타무르는 정신없이 뛰어다녔다. 그래서 라파엘에게 자주 신경 쓸 수 없었다. 게다가 프레몽 선장은 스테그 항해사와 함께 사용하는 선장실로 그들을 초대하곤 했다.

프레몽이 파르페타무르에게 말했다.

"외팔이, 자네는 매우 건장하네. 장은 자네 같은 건장한 사내를 필요로 할 거야."

마리우스와 파르페타무르는 장이 누군지 몰랐다. 그들은 선장에게 묻지 않았다.

선장은 그들에게는 프랑스어로 말했다. 그리고 항해사나 갑판장에게 지시할 때는 영어를 사용했다.

선장이 웃음을 터뜨리면서 외쳤다.

"신사들에게는 프랑스어를, 천민들에게는 영어를!"

마리우스와 파르페타무르는 묵묵히 동의했다. 솔직히 그들은 불평할 이유가 전혀 없었다. 좋은 대우를 받고 있었고 식사도 훌륭했다. 그들은 다른 선원들의 비참한 꼴을 보지 않았는가.

라파엘은 즉시 요리사의 손아귀에 떨어졌다. 소년은 제대로 먹지 못했고 더러운 냄비를 닦으며 시간을 보냈다. 하지만 마리우스와 파르페타무르에게 고충을 털어놓지 않았다. 잠자는 시간에만 두 사람을 볼 수 있었다. 게다가 요리사가 전부 들을 수 있었다. 가끔 저녁식사 후 갑판에서 한 시간 정도 평온을 즐겼다. 밧줄 더미 아래 몸을 숨기고 하늘이 흐려지는 광경을 바라보았다. 배는 앞뒤로 부드럽게 흔들거렸고, 파도는 잠잠해졌다. 그러면 라파엘은 호주머니에 손을 넣고 코제트가 준 수정을 만지작거리면서 해적 이야기를 떠올렸다. 이 보물을 만지면 기분이 좋아졌다. 소년은 자신이 불행한 아이인지 행복한 아이인지조차 몰랐다.

다시 일주일이 흘렀다. 돌풍도, 폭풍도 없었다. 8월의 비스케이 만은 폭풍이 거의 불지 않는다. 배는 마데이라 섬을 향해 나아갔다. 요리사는 라파엘을 혹독하게 다루지는 않았지만 하인처럼 부려먹었다. 궂은 일은 라파엘 몫이 되었다. 소년이 실수를 저지르면 요리사는 소년을 떼밀거나 엉덩이를 걷어차는 대신에—만일 그랬더라면 마리우스와 파르페타무르가 가만히 있지 않았을 것이다—애무하는 기회로 삼았다. 그는 소년의 팔, 어깨 그리고 엉덩이를 쓰다듬었다.

요리사가 소년에게 말했다.

"혈액 순환에 좋은 거야."

요리사의 침대는 소년의 침대 바로 위에 있었다. 어느 날 밤 요리사는 손을 뻗어 라파엘의 얼굴을 어루만지며 물었다.

"꼬마야, 너는 나를 좋아하지?"

"네, 요리사 아저씨."

"고맙구나. 내일 초콜릿을 주마."

"초콜릿이 뭐예요?"

"아주 맛있는 거야. 귀한 간식이지. 잘 자, 꼬마야."

다음 날 저녁, 마리우스와 파르페타무르는 프레몽의 선장실에 초대받았다. 라파엘과 요리사는 갑판의 식량 창고에서 저녁식사를 했다. 요리사는 소년을 위해 특별히 양념을 넣고 석쇠에 구운 돼지 가슴살과 노릇노릇하게 구운 감자를 준비했다. 라파엘은 이처럼 훌륭한 식사를 해본 적이 없었다. 소년은 감자를 먹은 후 구역질을 느꼈다. 난생처음 맛보는 음식이라 잘 넘어가지 않았던 것이다.

"자, 이걸 마시면 음식이 넘어갈 거야."

뚱뚱한 요리사는 타피아 한 잔을 내밀었다. 소년은 증류주에 입술을 적신 후 전부 뱉어냈다. 요리사는 포복절도하면서 트림을 해댔다. 그리고 잔을 들고 단숨에 비웠다. 그리고 라파엘에게 초콜릿 한 조각을 권했다. 그는 와작와작 초콜릿을 씹는 소년을 바라보면서 부드럽게 속삭였다.

"보다시피 나는 네게 친절해. 너도 내게 친절하게 굴 거지?"

라파엘은 초콜릿을 맛보았다. 소년은 요리사가 원하는 것을 잘못 이해하고는 이렇게 대답했다.

"저는 아저씨에게 친절하잖아요. 항상 아저씨가 원하는 일을 하잖아요."

라파엘은 뚱뚱한 요리사의 눈동자에서 흥분한 섬광을 보고 몸을 떨지 않을 수 없었다. 요리사는 손을 내뻗더니 못이 박인 붉은 손으로 소년의 목덜미를 부드럽게 쓰다듬었다.

"정말이야, 꼬마야. 하지만 네가 정말로 친절해지고 싶다면 오늘 저녁 내 침대에서 나와 함께 자야 할 거야."

"왜요?"

"내가 추위를 타거든."

"이불도 없어요?"

요리사는 라파엘을 애무하는 손을 멈추더니 귀를 잡고 끌어당겼다. 그는 돌연히 거칠게 나무랐다.

"바보 같은 소리 하지 마! 네가 두 친구와 한 수작을 내가 모르고 있을 줄 알아? 이제는 내 차례야! 그렇지 않아?"

요리사는 축축한 입술을 비죽거렸다. 누런 치근에 제멋대로인 치열이 보였다. 그는 다시 타피아를 마시더니 갑자기 소년의 머리를 잡아당기려 했다. 라파엘이 저항했다.

"마리우스에게 말하겠어요!"

"나는 마리우스 따위는 우습게 여기지!"

요리사는 낄낄거렸다. 그의 웃음에는 증오와 경멸이 깃들어 있었다. 그리고 음흉한 표정으로 말했다.

"꼬마야. 누구에게도 말해서는 안 돼. 그렇지 않으면 앞으론 초콜릿을 먹을 수 없을 거야. 어디 그뿐이겠어. 너를 갈가리 찢어 비계와 생선과 함께 냄비 속에 넣어버릴 거야!"

요리사의 협박은 라파엘에게 공포심을 불러일으켰다. 소년은 의자에 깊숙이 앉아 발 하나를 허공에 두고서 도망칠 수 있는 출구를 찾아보았다. 요리사가 다시 손을 뻗어 소년을 붙잡았다.

"그럼 누가 나랑 자지?"

소년은 뚱뚱한 요리사의 손을 물었다. 그리고 의자에서 벌떡 일어나 평소에 자주 가는 밧줄 더미 밑으로 도망치기 위해 전속력으로 갑판을 향해 달렸다. 화가 난 요리사는 소년을 뒤쫓기 시작했다. 하지만 그는 취기가 올라오는 데다 뚱뚱하고 동작이 둔했기 때문에 사다리에 부딪쳐 엉덩방아를 찧고 말았다. 그는 일어나 칼을 쥐었다. 갑판으로 올라온 요리사는 거친 숨을 쉬었다. 그는 오른쪽과 왼쪽을 샅샅이 뒤졌다. 그리고 이를 악물고 칼을 휘두르면서 애써 상냥한 말투로 나지막하게 속삭였다.

"이 못된 녀석, 어디 있니? 나더러 찾아보라고 숨었니? 엉덩이를 까고 한 대 맞고 싶어?"

라파엘은 움직이지 않았다. 요리사와 칼의 그림자가 보였다. 가슴이 두방망이질치기 시작했다. 고물 뒤에서 일렁이는 거품을 보면서 파도에 뛰어들까 하는 생각도 했다. 머리를 치켜드는 순간 누군가가 그의 어깨를 붙잡았다.

"잠깐 얘기 좀 할까?"

라파엘은 공포와 혐오감으로 경련을 일으켰다. 요리사가 소년에게 얼굴을 들이댔다. 술과 돼지기름 냄새가 났다.

뚱뚱한 요리사는 소년의 어깨를 세게 누르면서 속삭였다.

"야외에 있으면 기분이 좋아지지. 몸을 따뜻하게 하자고. 얘기 좀 해봐. 두 사람과 어떻게 했어?"

요리사는 라파엘에게 입을 맞추려 했다. 하지만 소년은 손으로 입을 막았다. 소년은 두려우면서도 저항했다. 소리치고 싶었다. 하지만 요리사는 소년의 어깨를 놓고 손으로 입을 막았다. 바람이 불고 이슬비가 내렸다. 갑판에는 아무도 없었다.

"꼬마야, 너는 올가미에 걸렸어. 내가 힘이 더 세지. 두고 보면 알 거야. 말을 듣지 않으면 때려줄 테야."

요리사는 이상한 소리를 지껄였다. 소년은 짓누르는 협박에 아랑곳없이 몸부림쳤다. 숨을 쉴 수 없어 기절할 것만 같았다. 요리사는 온몸으로 아이를 짓눌렀다. 그리고 소곤소곤 말했다.

"네 목을 따는 게 좋겠어? 아니면 나한테 친절하게 대할 거야? 우리 둘이 함께 자자……."

갑자기 요리사가 몸을 부르르 떨었다. 그는 귀가 화끈거리더니 곧 끈적끈적한 뜨거운 액체가 목을 따라 줄줄 흘러내리는 것을 느꼈다.

요리사는 칼을 놓으면서 울부짖었다.

"내 귀!"

요리사는 벌떡 일어났다. 날이 어두웠기 때문에 잘 보이지 않았다. 하지만 곧 코앞에서 거대한 몸집이 나타났다. 파르페타무르였다.

파르페타무르는 피 묻은 큰 칼을 휘두르면서 말했다.

"쉿! 소리 내지 마."

그리고 요리사를 흉내 냈다.

"네 목을 따는 게 좋겠어? 아니면 우리한테 친절하게 대할 테야?"

외팔이의 얼굴은 악랄한 미소로 일그러졌다. 요리사는 돌처럼 굳어졌다. 그는 두 손을 비볐다. 그리고 아양을 부리며 더듬더듬 말했다.

"제가 아니에요. 저 꼬마가 그랬어요……. 꼬마가 초콜릿을 훔쳤어요. 그리고 저를 물고 도망쳤어요……."

요리사는 휘청거리면서 손을 보여주었다.

바로 그때 마리우스가 나타났다. 라파엘은 그를 알아보고는 밧줄 더미에서 뛰어나와 그의 품에 안겼다.

마리우스는 한 손으로 소년의 머리를 쓰다듬으면서 달랬다.

"안심하렴. 이제 괜찮아."

그리고 뚱뚱한 요리사에게 따졌다.

"이 애가 그랬다고? 이상하군. 그게 아닌 것 같은데. 요리사, 내 말을 잘 들어. 다시 한 번 이런 짓을 하면 나머지 귀도 무사하지 않을 거야. 알았어? 억울하다면 어디 선장한테 가서 의견을 물어볼까?"

뚱뚱한 요리사는 짐짓 감사하는 표정을 짓고 말했다.

"아닙니다."

"좋을 대로 해."

마리우스는 발길을 돌려 라파엘을 데리고 갔다. 그러는 사이 파르페타무르는 칼을 주워 호주머니에 넣었다. 그리고 요리사의 머리를 잡고 돛대를 향해 난폭하게 밀쳤다. 요리사는 옷 보따리처럼 털썩 쓰러졌다. 뭐든 짧게 말하는 파르페타무르가 한마디 내뱉었다.

"자고 싶다고 했지?"

\* \* \*

그 후 요리사는 얌전히 굴었다. 그는 오직 손짓으로만 라파엘에게 일을 시켰다. 갑판 사건이 일어난 다음 날 프레몽 선장은 요리사에게 족쇄를 채우겠다고 위협했다.

"주방장, 또다시 그런 짓을 하면 족쇄를 채우고 금주령을 내릴 거야."

요리사는 비굴한 태도로 복종했다. 하지만 속으로는 분을 삭이고 있었다. 틀림없이 외팔이와 건방진 젊은이가 선장에게 고자질했을 것이다. 그는 무슨 일이 있었느냐고 묻는 선원들에게 얼렁뚱땅 대답했다. 그는 이해하지 못한 척했다. 그의 귀는 붕대로 감싸고 있었다. 그는 한마디도 하지 않았다.

카나리아 제도를 지난 후 일주일 동안 배는 거의 나아가지 못하고 무역 풍을 기다렸다. 열대수렴대는 바다에서 가장 무서운 곳이다. 미풍도 없고 바람도 없었다. 까마득한 대서양. 잔잔한 바다.

이윽고 무역풍이 불기 시작했다. 서배너호는 5노트로 달리기 시작했다. 때때로 9노트로 달리기도 했다. 프레몽 선장은 마리우스에게 예고했다.

"아주 긴 거리야. 항해는 적어도 60일이 걸릴 거야."

마침내 60일이 거의 다 되었다. 마리우스와 파르페타무르는 몇 마디 영어를 배웠다. 그들은 뉴올리언스에서 최소한 까막눈은 되지 않을 것이다.

어느 날 저녁, 프레몽 선장은 선미루 갑판에서 석양을 바라보고 있었다. 당직 근무를 하고 있던 키잡이가 걱정스레 말했다.

"폭풍우가 올 것 같아요. 하늘에서 희미한 소리가 들립니다."

마리우스와 파르페타무르는 선장을 바라보았다.

선장이 투덜거렸다.

"나는 이런 노을을 좋아하지 않아."

선장은 다른 선원을 불러 키잡이를 도와주라고 지시했다. 그리고 마리우스와 파르페타무르에게 이 조치에 대해 설명했다.

"키가 원위치로 돌아가면서 선원들이 날아가는 광경을 본 적이 있지. 주의하는 게 좋아."

다음 날도 여전히 쾌청했다. 오후에 수평선이 붉어지기 시작했다. 멕시코 만에 도착했다. 뉴프로비던스를 지난 후 선장의 얼굴이 점점 더 어두워졌다. 선미루 갑판에서 끊임없이 서성거렸다. 옆에 있던 마리우스는 갑자기 일렁거리는 높은 파도를 바라보았다.

프레몽이 설명했다.

"이 높은 파도는 가벼운 바람 때문에 생긴 것만은 아니네. 폭풍이 불어올 조짐이야."

선장은 스테그에게 붐(돛의 아래 활대-옮긴이)을 이용해서 설치한 보조 사각 돛을 거둬들이라고 지시했다. 그리고 다시 마리우스에게 말했다.

"폭풍우가 불어닥칠 거야. 지독한 폭풍우. 9월에 멕시코 만에는 태풍이 불지. 우리는 그것을 '똥의 습격'이라고 부르지. 마음의 준비를 하게."

갑자기 바람이 세졌다. 보조 돛을 걷기 위해 돛대에서 내려온 선원들은 맨 꼭대기 돛과 두 번째 꼭대기 돛을 단단히 잡아매기 위해 다시 올라가야 했다. 파도는 더욱 거칠어졌다. 돛을 줄였음에도 불구하고 범선은 흔들리기 시작했다. 배가 오르락내리락했다. 선구(船具)를 가로질러 부는 윙윙거리는 바람소리는 더욱 거세고 날카로워졌다. 하늘은 동시에 어두워졌다가 환해졌다. 비가 가늘고 촘촘한 화살처럼 쏟아졌다. 파도가 앞 갑판에 몰아쳤다. 선원들은 선창의 널빤지를 보강하고 구조용 다이스 철판을 설치했다.

선장이 외쳤다.

"지랄 같은 돌풍이 몰아칠 거야!"

그리고 우렁찬 목소리로 외쳤다.

"모두 갑판으로 나와!"

마리우스가 파르페타무르에게 말했다.

"라파엘을 찾아주세요."

욕설과 함께 접시 깨지는 소리가 들렸다.

프레몽이 마리우스에게 물었다.

"주방장과 다른 문제는 없었어?"

"전혀 없었습니다."

선장은 눈 위까지 모자를 눌러쓰고 방수복을 입었다. 마리우스도 그렇게 했다.

그때 라파엘과 파르페타무르가 선미루 갑판에 도착했다. 주위가 밤처럼 어두웠다. 그림자밖에 보이지 않았다. 번개가 하늘을 찢고 있었다. 비가 억수같이 쏟아졌다. 선원들은 삼각돛, 장루 돛대의 큰 돛과 작은 돛, 이물의 심각돛의 폭을 줄였다. 윙윙거리는 바람 소리가 모든 소리를 집어삼켰다. 라파엘은 밧줄을 단단하게 움켜잡은 마리우스에게 매달렸다. 선원들은 큰 돛을 말아 올렸다. 어둠 속에서 큰 파도가 넘실거리는 갑판은 세상 종말의 광경이었다.

프레몽은 방수복의 깃을 올리며 외쳤다.

"폭풍의 대향연이야!"

사나운 파도가 뱃전의 울타리를 무너뜨리고 구명보트를 휩쓸어갔다. 보트는 지푸라기처럼 날아가더니 산산조각이 났다. 라파엘은 겁을 집어먹고 마리우스의 품에 파고들었다. 파르페타무르는 삼밧줄을 돛대에 묶었다.

"뭐해요?"

"너희들의 목숨을 구하는 거지."

파르페타무르는 선원들이 오디세우스를 아르고호의 돛대에 묶었던 것처럼 마리우스와 라파엘을 밧줄로 묶었다.

마리우스가 소리쳤다.

"나한테 복수하는 거요?"

파르페타무르가 약을 올렸다.

"자네라면 형제를 아프게 하겠어?"

마리우스는 다정한 시선으로 동료를 바라보았다. 정말이었다. 파르페
타무르는 마리우스를 형제처럼 좋아했다. 그가 없었더라면 어떻게 되었
을까?

그러는 사이 선장은 키 손잡이를 잡고 씨름하고 있었다. 키잡이와 선장
은 차가운 물세례를 받고 있었다. 그들의 발치까지 날아드는 격렬한 파도
는 승강구를 통해 줄줄 흘러내렸다. 모두 물에 흠뻑 젖었다. 라파엘은 딸
꾹질을 하고 토했다.

마리우스는 손으로 소년을 만질 수는 없었지만 입으로 격려했다.

"괜찮아. 이 폭풍은 곧 끝날 거야."

라파엘은 눈물을 흘리지 않았다. 소년은 고개를 돌려 지평선을 바라보
았다. 하늘은 완전히 막혔다. 흑백 그림을 보는 느낌이었다. 돛이 천둥 같
은 굉음을 내며 펄럭이는 소리가 들리자 라파엘은 마리우스에게 달려가
려 했다. 하지만 몸이 돛대에 묶여 있어 꼼짝할 수 없었다. 배가 좌우 앞
뒤로 기울어졌다. 끔찍한 흔들림. 감히 어림잡을 수도 없는 파고(波高). 선
체 앞쪽에 비스듬히 설치된 돛대만이 보였다. 그 돛대는 거의 수직으로
물속에 가라앉았다가 하늘로 치솟으며 요동을 치더니 마침내 요란한 소
리를 내며 쓰러졌다. 그와 동시에 갑판에서 삐걱거리고 진동하는 소리가
났다. 선원들은 자신의 눈을 의심했다. 배는 쪽배나 다름없었다. 모든 것
이 삐거덕거리고 뒤집어졌다.

선장이 외쳤다.

"이놈의 날씨가 고집불통이야! 진정되지 않아. 오히려 더 악화되고 있
어!"

선원들은 선구나 승강구 가로대에 매달렸다. 돛의 폭을 줄인 덕분에 배는 바람이 부는 대로 움직였다. 물에 흠뻑 젖어 추위에 몸이 얼어붙은 마리우스와 라파엘은 물보라 때문에 눈을 뜰 수 없었다.

갑자기 굉음이 들렸다. 장루 돛대의 사각 돛이 무너진 것이다. 돛은 종이처럼 찢어졌다. 이 상황에서 대체용 돛을 활대에 매다는 것은 불가능했다. 바다에 맞서는 대신에 순풍을 받아 도망쳐야 했다. 만일 이 위태로운 순간에 집채만 한 파도가 들이닥친다면 서배너호는 옆으로 기울어질 위험이 있었다.

다행히 항해는 순조로웠다. 하지만 이번에는 선체 앞쪽에 비스듬히 설치된 돛대를 고정시키는 밧줄이 끊어졌다.

선장이 파르페타무르에게 소리쳤다.

"이번에는 자네 차례야!"

"뭐라고요?"

"선체 앞쪽에 비스듬히 설치된 돛대에 가서 밧줄을 꼬아 잇게!"

"한 손으로요?"

"이빨이 있잖아! 자네는 할 수 있어!"

파르페타무르는 마리우스를 쳐다보았다. 그들은 툴롱에서 밧줄을 꼬아 이은 적이 있었다. 파르페타무르는 망설이지 않았다. 술에 취한 사람처럼 비틀거리면서 선체 앞쪽으로 돌진했다. 그는 파도가 한바탕 휩쓸고 지나간 갑판에서 미끄러졌다. 용총줄, 밧줄걸이, 슈라우드를 붙잡고 전진했다. 마리우스가 격려했다.

"조금만 더 가면 돼."

파르페타무르는 수없이 넘어지고 미끄러지고 차갑고 짠 바닷물에 샤워를 하면서 마침내 양묘기를 감고 있는 닻줄에 도달했다. 그는 선체 앞쪽 돛대의 하단에 이르기 위해 양묘기를 계단처럼 사용했다. 그곳에서 돛대 위에 누웠다. 배가 앞으로 기울어질 때마다 그의 모습이 바닷물 속으로 사라졌다. 하지만 그는 잘 견뎌냈다.

마리우스는 엄청난 재앙에 직면한 것을 보고는 자신을 묶은 끈을 풀었다. 그는 라파엘을 돛대에 단단히 묶고는 선장과 키잡이에게 소년을 돌봐 달라고 부탁했다.

마리우스가 라파엘에게 외쳤다.

"모든 일이 잘될 거야!"

마리우스는 파도에 부딪치면서 뒤쪽 승강구까지 굴러 떨어졌다. 그는 선구에 매달리고 마침내 선체 앞쪽에 비스듬히 설치된 돛대에 도착했다. 너무도 어두워서 세상이 사라질 것만 같았다. 배가 완전히 침몰하면 아무도 살아남지 못할 것이다.

마리우스는 난폭한 파도에 몸을 맞고 정신이 번쩍 들었다. 그는 배가 부서지는 줄 알았던 것이다. 파르페타무르는 펄럭이는 돛 때문에 손을 놓치고 바다에 떨어질 뻔했다. 천만다행으로 마리우스가 그의 손을 붙잡았다.

두 사람은 서로 다정하게 어깨를 쳤다. 그리고 즉각 임무에 착수해서 끊어진 두 밧줄을 연결했다. 파르페타무르가 마리우스의 두 다리를 붙잡고 있는 동안 마리우스가 밧줄을 동여맸다. 돛이 다시 팽팽해졌다.

그 순간 엄청난 파도가 몰아쳤다. 배가 격렬하게 요동치면서 두 사람은 바닥에 쓰러졌다. 선원 몇이 바다에 빠졌다.

마리우스는 몸에서 물이 줄줄 흘러내리고 배가 요동치는 가운데 큰 소리로 외쳤다.

"선원들이 바다에 빠졌어요!"

배는 항로를 바꿨다. 파르페타무르는 계주에 매달렸다. 마리우스는 안도의 한숨을 내쉬고 선미루 갑판을 보았다. 선장이 보이지 않았다. 키잡이도 사라졌다. 그리고 일순 바다가 잔잔해졌다.

마리우스가 파르페타무르에게 외쳤다.

"나는 선미루 갑판으로 갈게요!"

라파엘은 여전히 돛대에 묶여 있었다. 머리가 옆으로 처진 채 전혀 움직이지 않았다. 온몸이 흠뻑 젖었고 얼굴은 밀랍처럼 창백했다. 마리우스는 밧줄과 온갖 잔해 사이를 뛰어가 소년을 흔들었다. 라파엘이 신음소리를 냈다.

마리우스가 나지막하게 말했다.

"하느님 감사합니다."

마리우스는 라파엘을 풀어주고 선장을 찾아보았다. 아무도 없었다. 그는 상갑판의 난간으로 달려가 그곳에 기댔다. 그리고 몸을 기울여 슈라우드에 매달렸다. 선장은 그곳에 있었다. 뒤얽힌 밧줄 더미에 파묻힌 선장의 얼굴은 피투성이였고 한쪽 다리는 허공에 매달려 있었다. 그는 가까스로 선장을 끌어올려 갑판에 눕혔다.

선장이 입을 열었다.

"간발의 차이였어."

선장은 한쪽 다리가 부러지고 여러 군데 타박상을 입었다.

"키잡이는 어떻게 됐어요?"

"파도에 휩쓸려갔네……."

프레몽은 살짝 미소를 짓고 덧붙였다.

"고맙네. 자네가 내 목숨을 구했어……."

\* \* \*

다음 날 인원 점검이 있었다. 선원들은 기진맥진했다. 몇몇 선원들은 밤새도록 물을 퍼냈다. 대부분이 침수되었고 배가 위험할 정도로 기울어졌기 때문이다. 다섯 명의 선원이 보이지 않았다. 스테그 항해사는 서둘러 임무를 분배했다. 다리에 부목을 댄 프레몽은 정신이 혼미한 상태에서도 선미루 갑판에서 접이식 간이의자에 앉아 선원들을 지켜보았다. 태양이 뜨겁게 내리쬐고 있었기 때문에 그는 외투를 벗어 라파엘에게 빌려주었다. 마리우스와 파르페타무르는 좌우에서 라파엘을 에워싸고 폭풍이 남긴 잔해를 응시했다. 피해 조사는 신속히 이루어졌다. 현장(舷牆: 추락이나 물이 갑판 위로 올라오는 것을 막기 위해 뱃전에 설치한 울타리―옮긴이)도, 보트도 사라졌다. 갑판에는 둥근 목재들과 밧줄이 어지럽게 얽혀 있었다.

아침나절이 끝날 무렵 상어 한 마리를 잡았다. 상어는 격렬하게 몸부림 쳤다. 꼬리를 잘라야만 했다. 배를 가르자 머리 없이 참혹하게 훼손된 시체 한 구가 나왔다. 요리사는 발로 상어를 차면서 욕설을 퍼부었다.

"더러운 상어야!"

모두 고개를 돌렸다. 선원 몇이 불길한 징조라고 말했다. 결국 상어를 바다에 버렸다.

마리우스가 선장에게 물었다.

"이젠 어떻게 하죠?"

"사나흘 후 우리는 뉴올리언스에 도착할 거야. 우선 스테그가 나 대신 지휘할 거야. 그는 젊지만 유능한 항해사야."

요리사는 부엌과 식량 창고를 청소하기 위해 몇몇 선원을 동원했다. 라파엘은 용기를 내어 자기 몫의 일을 하겠다고 자원했다. 여전히 요리사를 경계하는 마리우스는 마지못해 허락했다.

오후에 선원들이 모두 갑판에 모였다. 라파엘과 요리사를 빼놓고. 선원들은 몸을 문지르며 물로 충분히 씻었다. 선장은 선미루 갑판의 승강구 옆에 자리를 잡고 앉아 지켜보았다. 그는 모든 것을 보고 모든 것을 확인하고 싶어했다. 그는 돛을 바람 부는 방향과 평행을 이루게 하라고 지시했다. 마리우스와 파르페타무르는 장루와 앞 돛대의 활대에서 갈매기처럼 오르락내리락했다. 선원들은 할 수 있는 모든 것을 수리했다.

한편 부엌에서는 생말로 출신의 요리사가 라파엘에게 집게손가락으로 지시했다. 그는 한마디 말도 하지 않았다. 하지만 소년을 바라보는 눈길에서 음흉한 계획을 포기하지 않았음을 읽을 수 있었다.

마침내 요리사가 침묵을 깼다. 라파엘은 꼼꼼하게 상자를 닦은 후 비스킷과 볶은 보리를 정리하고 있었다.

"선장의 외투가 너한테 잘 어울리네. 나도 한번 입어보게 빌려주지 않겠니?"

라파엘은 요리사의 기분을 상하게 하고 싶지 않았다. 그래서 두건 달린 외투를 벗어 요리사에게 건넸다. 요리사는 옷을 받자마자 입어보았다. 그리고 투덜거렸다.

"약간 작지만 괜찮네. 꼬마야, 어때?"

"잘 어울려요."

"잘 안 들려. 내 귀에 대고 말해봐."

이번에는 도망칠 통로가 없었다. 요리사가 갑판으로 올라가는 길을 막았던 것이다.

"네 친구들이 내게 어떤 짓을 했는지 보았지? 꼬마야, 반드시 보상해야 해. 옷을 벗어."

갑판에서는 부엌에서 일어나는 일을 전혀 알지 못했다. 갑판장과 장루 담당 선원들은 돛대의 도르래에 기름칠을 하고 있었다. 원숭이처럼 날렵한 마리우스는 큰 돛에서 여유를 부렸고, 몸집이 무겁고 서투른 파르페타무르는 동료를 따라할 수 없었다. 그는 팔 끝에 갈고리를 달았다. 무언가에 매달릴 때 훨씬 편리했다. 그럼에도 불구하고 여러 번 포기할 뻔했다. 하지만 그는 고집쟁이였다.

프레몽 선장은 여전히 선미루 갑판에서 두 사람을 즐겁게 지켜보았다. 둘 다 훌륭한 신입 선원이라고 생각했다. 때때로 그는 난바다를 바라보며 수평선에 어둡게 깔린 무거운 안개를 걱정했다. 이따금 눈을 들어 앞 돛대의 장루에 앉아 있는 망루 선원을 바라보았다. 특기할 만한 점은 없었다.

갑자기 돌풍이 불었다. 아주 짧게. 하지만 안개와 낮은 구름의 잔재를 흩뜨리는 데는 충분했다. 그때 망루 선원의 목소리가 들렸다.

"우현에 배가 있습니다! 삼각돛이 있는 범선입니다!"

프레몽의 얼굴이 어두워졌다. 그는 망원경을 들고 삼각돛이 보이는 범선을 보았다. 성조기와 두 손을 흔드는 얼룩덜룩한 옷을 입은 젊은 여인들을 보고서 안도의 한숨을 내쉬었다.

선장이 스테그에게 지시했다.

"저 부인들의 인사에 답례하게! 우리 깃발을 게양하게!"

그렇게 지시를 했지만 왠지 경계해야 한다는 생각이 들었다. 선장은 마리우스와 파르페타무르를 불렀다. 그리고 크지는 않지만 단호한 목소리로 선원들에게 지시했다.

"전투 준비! 무기를 분배하라!"

선원들은 즉각 갑판에서 걸리적거리는 물건들을 치웠다. 도르래와 둥근 재목이 전투원들의 머리에 떨어지지 않도록 상갑판 위에 그물을 설치했다. 선원들은 신속히 포신 구멍을 열고 포격 준비를 했다. 열다섯 명의 선원들은 도끼, 군도, 소총으로 무장했다. 모두 전투 준비를 마쳤다.

이 소란은 요리사의 행동을 중단시켰다. 팬티 차림의 라파엘은 수치심에 턱을 가슴에 붙이고 울음이 터지려는 것을 참고 있었다. 요리사가 손짓을 하며 말했다.

"꼬마야, 옷을 입어라. 나중에 다시 얘기하자. 사태가 심상치 않은 것 같다. 우선 여기에 머물면서 서로 돕자고."

그때 포성이 몇 차례 울리면서 부엌을 뒤흔들었다. 라파엘은 뚱뚱한 요리사의 품에 뛰어들었다.

요리사는 침을 흘리면서 칭찬했다.

"너는 참으로 친절하고 상냥하구나."

하지만 라파엘은 끝이 뾰족한 작은 칼을 빼앗아 휘둘렀다. 동시에 다른 손으로는 서둘러 바지와 셔츠를 입었다. 요리사는 미소를 지으면서 소년을 바라보았다. 그리고 크고 붉은 손을 흔들면서 외쳤다.

"별난 꼬마야, 무서워 죽겠네!"

그리고 험상궂게 인상을 찌푸리며 덧붙였다.

"꼬마야, 네 꼴을 보니 즐겁구나. 하지만 지금은 장난칠 때가 아니야."

여전히 프레몽의 외투를 걸친 요리사는 소년의 칼에 개의치 않고 벽장을 열더니 영국제 톱날 군도를 꺼내 휘두르기 시작했다.

"하하하! 꼬마야, 봤지? 이걸로 적의 배를 찌르면 즉사하는 거야! 피가 철철 흐르지!"

요리사는 털로 뒤덮인 삼중 턱과 뚱뚱한 배를 흔들며 웃어댔다. 그리고 군도를 들고 경박하게 덧붙였다.

"아마 가짜 경보였을 거야. 그럼……."

요리사는 라파엘에게 자신이 기대하는 게 뭔지 알아맞혀보라는 듯 말을 끊었다. 그리고 귀를 기울이며 말했다.

"꼬마야, 들어봐⋯⋯."

그때 아우성이 그들의 귀에까지 들려왔다. 비명과 포성. 범선이 서배너호를 향해 대포를 발사했던 것이다. 쇠사슬에 묶인 꼬챙이 달린 포탄이 서배너호의 돛을 찢었다.

프레몽은 격분했다. 그는 속은 것이다. 이 해적들은 틀림없이 안개 낀 내포와 암초에 숨어 있다가 나타났을 것이다. 상갑판의 여자들은 창, 칼, 나팔총으로 무장한 해적들이었다. 쿠바와 포르토리코에는 해적이 들끓었다. 당국이 해적을 소탕하기 위해 나섰지만 해적들은 언제나 유유히 빠져나갔다.

"각자 위치로!"

프레몽은 양손에 권총을 들고 대항하려 했다. 하지만 다리 부상 때문에 아무것도 할 수 없었다. 최악의 사태를 각오해야 했다.

선장은 일어나려고 애쓰면서 외쳤다.

"스테그, 키를 좌현으로 돌려! 제기랄!"

스테그는 당황한 나머지 선장의 지시와는 반대로 했다. 배의 충돌은 불가피했다. 함성이 들렸다. 이윽고 격렬한 소동이 벌어졌다. 상갑판 끝부분에 있던 선원들이 동시에 불을 뿜었다. 활대 끝에 있던 장루 담당 선원들은 해적선의 갑판에 유탄을 투척했다. 포수들이 포탄을 발사했지만 해적선에 피해를 입히지 못했다. 이 가증스러운 해적들은 용케도 포탄을 잘 피했다. 서배너호의 포격은 뒤 돛대 하나와 선체 앞쪽에 비스듬히 설치된 돛대 하나를 부러뜨렸을 뿐이었다.

프레몽 선장이 부르짖었다.

"아, 이럴 수가! 스테그, 내 말 들려?"

가엾은 스테그는 방금 배에 총알을 맞았다. 프레몽은 마리우스와 파르페타무르에게 고개를 돌렸다. 둘 다 양손에 군도와 권총으로 무장하고 있었다. 총알이 날아다니는 갑판의 모습은 전투를 방불케 했다.

서배너호의 몇몇 선원들이 외쳤다.

"가차 없이 죽여라!"

도처에 불똥, 폭발, 연기가 난무했고 신음소리가 들렸다. 마침내 해적들이 서배너호로 넘어오기 시작했다.

해적들이 으르렁댔다.

"비바 라 무에르트(Viva la muerte: 죽음을 찬양하라)!"

납빛처럼 창백한 프레몽은 다친 다리를 끌어당기면서 작은 사다리에 기댔다. 그리고 중얼거렸다.

"우리의 영혼을 하느님께 맡기자. 나는 이 해적들을 안다. 엘 디아블로(악마)의 해적들이야."

쇠갈고리가 양쪽 갑판에서 날아다녔다. 화승총의 집중 사격. 서배너호의 장루 돛대에 앉아 있던 선원들이 하나둘씩 쓰러졌다. 해적들이 함성을 지르면서 상갑판과 뒤 갑판 끝부분으로 몰려왔다. 보기만 해도 소름 끼치는 해적들. 거의 벌거벗은 몸, 터부룩한 머리, 헝겊 모자, 챙 달린 모자, 챙이 넓은 모자, 털이 난 가슴, 텁수룩한 구레나룻, 귀고리, 코걸이. 무장한 백인, 황인, 흑인 들이 온갖 언어로 고래고래 소리를 지르고 욕지거리를 해대며 사방팔방으로 날아다녔다.

잠시 후 포성이 잠잠해졌다. 두 선박 사이에 떨어진 몇몇 부상자들은 마른 과일처럼 으깨어졌다. 싸움은 너무 불공평했다. 해적은 쉰 명에 달했지만 서배너호의 선원은 열 명밖에 남지 않았다. 마리우스와 파르페타무르가 난투극에 돌진하려 했을 때 프레몽이 움직이지 말라고 명령했다.

"놈들이 우리를 너그럽게 봐주길 기도합시다."

마리우스는 라파엘을 생각했다.

"만일 놈들이 라파엘의 머리카락 한 올이라도 건드렸다면 나는 절대로 용서하지 않을 거야!"

마리우스는 파르페타무르의 권총을 빼앗아 자신의 혁대에 끼웠다. 그는 프레몽의 반대에도 불구하고 부엌으로 달려갔다. 도끼로 무장하고 너덜너덜한 조끼를 입은 거대한 몸집의 흑인이 그의 길을 막았다. 마리우스는 권총으로 그의 머리를 쏘았다. 조금 더 나아가자 이번에는 리본으로 몸을 장식한 추남이 양손에 언월도를 들고 달려들었다. 마리우스는 옆으로 몸을 날려 승강구 위에서 포복했다. 공격은 두 번밖에 주고받지 않았다. 레스트라드가 가르쳐준 비장의 전투 검술이 놀라운 위력을 발휘했다. 군도가 해적의 머리부터 배꼽까지 그었다. 마리우스는 다시 달리기 시작했다. 부엌 앞에 이르자 커다란 애꾸눈이가 나팔총으로 그를 겨누었다. 마리우스가 몸을 날려 그의 공격을 허사로 만들었다. 마리우스는 갑판에 엎드린 채 총을 쏘았다. 애꾸눈이는 이마 한복판에 총알을 맞고 앞으로 고꾸라졌다. 마리우스는 다시 일어나 해적의 총을 주워 혁대에 꽂았다. 그가 부엌으로 들어가려는 순간 스테그가 외쳤다.

"사격 중지!"

스테그는 간신히 서 있었다. 마리우스는 비난의 눈초리로 그를 쏘아보았다. 그리고 어깨를 부딪쳐 부엌문을 부수었다. 몇 계단 내려가다가 톱날 군도를 든 요리사와 마주쳤다.

"술고래, 또 너야?"

마리우스는 화덕 옆에서 무릎을 꿇고 바들바들 떨고 있는 라파엘을 보았다. 그는 즉석에서 요리사의 배를 가를 뻔했다. 소년이 그러지 말라고 애원하는 눈짓을 보냈다. 마리우스는 귀를 기울였다. 갑판에서 더 이상 소리가 들리지 않았다. 그는 군도를 집어넣고 권총을 꺼낸 다음 요리사에게 말했다.

"무엇이 너를 기다리고 있는지 알아?"

"모릅니다. 저는……."

마리우스는 요리사를 죽이고 싶었지만 망설였다. 그는 요리사의 톱날 군도를 압수하고 그의 관자놀이에 총구를 겨누었다.

"더러운 생각으로 가득한 네 머리통을 날려줄까?"

"안 됩니다. 제발 부탁이에요. 저는 아무 짓도 하지 않았어요. 꼬마에게 물어봐요……."

마리우스가 단호하게 말했다.

"두 손을 등 뒤로 돌려! 내 앞으로 와. 그리고 움직이지 마."

마리우스는 라파엘이 옷을 입을 때까지 기다렸다. 그때 무슨 목소리가 들렸다. 그는 요리사를 앞세우고 밖으로 머리를 내밀었다. X자로 두른 멜빵에 여러 개의 칼을 꽂은 경솔한 사내가 두 손을 허리에 얹은 채 선미루 갑판에 서 있었다. 기이하게 생긴 권총 한 자루가 혁대에 삐져나와 있었다. 등에는 일본도가 있었다.

사내가 외쳤다.

"아주 좋아!"

허세를 부리는 해적 두목이었다. 그는 깃 장식이 달린 이각모를 쓰고 빨간 프록코트를 입고 있었다. 해적 하나가 그에게 머리통이 꽂힌 창을 내밀었다. 그는 머리통을 높이 들고 흔들었다. 마리우스의 얼굴이 창백해졌다. 그것은 스테그의 머리였다.

팬티 차림, 맨발, 까만 눈동자, 코밑수염, 엉성한 면도질. 해적 두목은 스테그의 머리를 바닷물에 던지고 웃음을 터뜨렸다. 그리고 스페인어로 욕설을 퍼부으면서 듣기 싫은 콧소리로 부하들에게 일장 연설을 했다. 파르페타무르와 프레몽을 포함한 서배너호의 생존자들은 갑판에 모여 있었다. 해적들이 그들에게 화승단총으로 겨누면서 감시했다.

두목의 연설이 끝나자 해적들이 환호성으로 답했다. 일부 해적들은 옷감과 포도주 통을 가지러 선창과 중갑판으로 달려갔다. 그러는 사이 즉흥적으로 구성된 관현악단이 멕시코 음악을 연주했다. 갑자기 어설픈 연주가 멈추었다. 두목이 손을 들어 중단시켰던 것이다. 두목이 영어로 물었다.

"Where is the captain?(선장은 어디 있나?)"

대답이 없자 두목은 스페인어로 반복했다.

"Donde esta el captitan?(선장은 어디 있나?)"

아무도 대답이 없었다. 마침내 프레몽이 손을 들자 파르페타무르가 얼른 선장의 손을 끌어내렸다. 다행히 해적 두목은 보지 못했다.

두목이 배를 내밀면서 소리쳤다.

"엘 디아블로가 당신들을 두렵게 했소?"

두목은 권총을 꺼내더니 서배너호의 선원들을 향해 손이 가는 대로 총을 쏘았다. 넓적다리에 총을 맞은 선원이 비명을 질렀다.

엘 디아블로는 선미루 갑판을 치면서 다시 물었다.

"선장이 누구야?"

그때 마리우스가 요리사의 관자놀이에 총구를 누르면서 일어났다.

마리우스가 요리사에게 나지막하게 말했다.

"너는 공을 세우고 싶지? 지금이 바로 적기야. 너는 아이들에게 강한 놈이니까 저 해적들에게도 그런 용기를 보여줄 수 있는지 두고 보자고."

마리우스는 톱날 군도를 건네주었다.

"만일 거절하면 네 머리통을 쏘아버릴 거야. 너는 운이 좋을 거야. 자, 앞으로 가!"

뚱뚱한 요리사는 구슬땀을 흘렸다. 그는 군도를 잡고 프레몽의 외투를 벗으려 했다.

"그러면 안 되지. 자, 앞으로!"

뚱보는 벌벌 떨면서 갑판으로 나아갔다. 해적 두목이 그를 발견하고 외쳤다.

"이쪽으로 오시오, 선장 나리!"

요리사는 지지자를 찾기 위해 시선을 좌우로 돌렸다. 그는 프레몽의 눈과 마주치고는 횡설수설했다.

"저 사람이 선장입니다. 저는 요리사일 뿐입니다……."

해적 두목은 장교 외투를 걸친 사내를 보고 외쳤다.

"아, 드디어 오셨군! 용기가 대단한 분이군!"

요리사는 해적들의 야유를 받으며 선미루 갑판으로 나아갔다. 이윽고 엘 디아블로에게 가서 군도를 바쳤다. 두목이 눈짓을 보내자 두 해적이 요리사의 외투와 셔츠를 벗겼다.

엘 디아블로는 요리사의 늘어진 뱃살을 꼬집으면서 말했다.

"이 프랑스 선장은 잘도 먹어댔군!"

동시에 두목은 군도를 자세히 살펴보았다. 그리고 위엄 있는 얼굴로 덧붙였다.

"선장, 당신은 즉각 항복하지 않았소. 잘못한 거지. 아주 잘못했지."

두목은 군도 끝으로 정확하게 요리사의 흉골부터 배꼽까지 쨌다. 요리사는 무슨 일이 일어났는지 제대로 이해하지 못했다. 어리둥절하고 아연실색한 그는 공포에 질린 채 꼼짝하지 못했다. 그는 반사적으로 두 손을 앞으로 내밀어 내장을 붙잡았다. 사방에서 웃음소리가 터져 나왔다. 두 해적은 요리사가 쓰러지지 않도록 겨드랑이를 부축했다. 엘 디아블로가 다가가더니 손으로 내장을 뒤져 간을 꺼냈다. 그리고 악마 같은 웃음을 흘리며 말했다.

"선장, 이걸 먹어봐. 아주 싱싱해!"

요리사가 숨이 끊어지기 직전 짐승처럼 울부짖자 엘 디아블로는 아직도 팔딱거리는 간을 요리사의 입속에 처넣었다.

두목은 시선을 돌리고 빨간 웃옷에 손가락을 닦으면서 말했다.

"이 폭식가를 치워버려!"

두 해적이 요리사를 들어올려 배 밖으로 던져버렸다. 한바탕 박수소리가 요란했다. 이윽고 악당들은 배 안을 약탈하기 시작했다.

해적들은 천만다행으로 프레몽과 그의 선원들을 해치지 않았다. 그들은 마리우스와 라파엘을 붙잡아 발길질을 하며 앞 갑판으로 끌고 갔다. 그리고 나머지 선원들과 함께 가두었다. 마리우스는 엘 디아블로의 시선과 마주쳤을 때 이 궁지에서 벗어나면 반드시 복수하겠다고 맹세했다.

해적들은 돛과 선구를 잘라내고 부엌에 연료를 쏟아 붓고 불을 지폈다. 그리고 장작더미에 불과한 배를 버리고 떠났다.

마리우스는 고통스럽게 기다리다가 때가 되자 용감성을 발휘했다. 그는 가까스로 감옥에서 빠져나와 갑판으로 올라갔다. 그리고 선미루 갑판으로 달려가 해적선이 멀어지는 것을 보았다.

마리우스는 뒤따라온 파르페타무르에게 말했다.

"우선 불을 꺼야 해요."

두 사람은 앞 갑판으로 돌아와 즉시 프레몽 선장에게 상황을 보고했다.

선장은 선원들에게 영어로 지시했다. 스테그, 갑판장, 목수는 해적의 습격으로 사망했다. 파르페타무르가 돛대의 수리 책임자로 지명되었다. 다른 선원들은 갑판을 치웠다. 화재는 조금씩 진압되었다. 하지만 해적들을 속이기 위해 연기가 치솟게 내버려두었다. 마리우스, 프레몽, 라파엘 그리고 돛 수리를 맡은 선원은 긴 삼각 막대, 가죽 장갑, 돛을 펴기 위한 갈고리, 꿰맨 자국을 납작하게 두드릴 나무토막을 가지고 쓸 만한 돛을 손보기로 했다.

프레몽이 다리의 고통을 참고 말했다.

"이 사건이 다소 우스꽝스럽게 보이는군."

마리우스가 물었다.

"선장님, 무슨 뜻이죠?"

"나 역시 1820년과 1830년 사이에 멕시코 만에서 해적질을 했지. 하지만 우리는 살생을 즐기지는 않았어. 특히 프랑스인이나 미국인은 절대로 공격하지 않았지. 장은 그 점에서 완고했어. 우리의 적은 스페인 사람들이었어. 장은 미국 선박을 약탈하는 선원은 교수대에 매달았지."

선장은 머리를 흔들면서 덧붙였다.

"그런데 지금은 15달러 때문에 부모를 죽이는 이 악당들을 만나면 꽁무니를 빼고 있다니……."

마리우스가 위로했다.

"선장님은 도망치지 않았습니다."

그리고 바로 말을 이었다.

"그런데 선장님이 해적이었다고요?"

프레몽이 정정했다.

"우리는 임시 해안 관리자들이었지. 의적이었다고 할 수 있지. 여자와 어린아이는 절대로 죽이지 않았어."

"언제나 장과 함께 일했나요?"

"그랬지. 우리가 1815년 뉴올리언스에서 영국군의 침입을 물리쳤을 때 나는 처음으로 장과 함께 전투에 나갔지. 그때 우리는 지금 미합중국의 대통령이 된 앤드루 잭슨 장군의 휘하에 있었지."

"그런데 장이 누구죠?"

"조만간에 알게 될 거야."

* * *

서배너호는 처참한 꼴로 뉴올리언스에 도착했다. 배는 진로를 바꾸지 않고 곧장 미시시피 강을 거슬러 올라가 루이지애나 주의 주도인 배턴루지 하류에 있는 플라크민벤드에 이르렀다.

마리우스는 거대한 미시시피 강을 보고 입을 다물지 못했다. 뿌리째 뽑힌 나무들과 숫양들이 불그스름한 강물에 떠내려오고 있었다. 수십 척의 예선, 예인선, 뒤에서 배를 미는 동력선이 한없이 긴 부두에서 밤낮으로 분주히 일하고 있었다. 강이 물보라를 뿌려대는 가운데 거룻배들이 끝없이 강을 횡단하고 있었다. 하천용 증기선과 대형 적백색 외륜선도 있었다. 대형 선박들은 바람이 도와준다면 정박하는 데 30분 정도 소요되었다. 라파엘은 물살이 약한 곳에서 유난히 빠른 속도로 내려오는 통나무들을 보았다.

프레몽은 소년의 머리를 쓰다듬으면서 말했다.

"저 통나무들을 조심해야 해. 저것들은 악어야. 어떤 놈은 길이가 무려 5미터나 되지. 너 같은 꼬마를 한입에 잡아먹을 수 있어!"

라파엘은 몸을 부르르 떨었다. 요리사와 이 '살아 있는 나무' 중에서 더 무서운 것을 고르라면 자신을 통째로 삼키려는 악어를 꼽을 것이다.

서배너호는 바람이 불어오는 쪽으로 비스듬히 나아갔다. 돛이 바람을 비스듬히 받아 부풀지 않고 펄럭였고, 이윽고 뒤쪽부터 돛을 내리기 시작했다. 이제 돛은 별로 남지 않았다. 닻이 흙탕물 속에 떨어지면서 갑판에 물을 튀겼다. 마침내 상선은 강가로부터 약 100미터 떨어진 곳에 정박했다.

선박 검사 장교가 보트를 서배너호에 바싹 대고 배로 올라왔다. 장교는 프레몽과 악수를 나누었다. 선장은 즉시 사건을 보고했다.

장교는 피해를 확인하고는 단호하게 말했다.

"또 엘 디아블로와 그의 일당 짓이군. 그의 머리에는 현상금이 붙었습니다. 우리는 언젠가는 돈 페드로 기베르트(미국의 마지막 해적—옮긴이)와 베니토 데 소토(블랙조크호의 잔인한 선장—옮긴이)처럼 그를 교수형에 처할 겁니다."

장교는 서배너호의 도착 시간과 손해 상태를 메모한 후 선원들의 신분은 확인하지도 않고 떠났다. 마리우스는 또 한 번 위기를 넘겼다. 15분 후 두 척의 보트가 선원들을 태우러 왔다.

마리우스와 파르페타무르는 툴롱을 생각했다. 소란과 동요, 쇠사슬 소리를 들으니 쓸쓸한 감정이 밀려왔다. 화물이 산더미처럼 쌓여 있었다. 루이지애나 주와 미시시피 강 유역에서 생산된 목화였다. 사람들은 화물을 운반하고 싣고 내리기 위해 채찍을 휘두르며 수많은 노예들을 부리고 있었다. 쇠사슬의 끔찍한 음악이 귀에서 떠나지 않았다.

마리우스가 지적했다.

"매혹적인 지역이에요."

파르페타무르가 덧붙였다.

"색깔을 제외하고. 다른 나라에 온 것 같지가 않아."

풍경은 상당히 단조로웠다. 멀리 그리고 까마득히 먼 곳에 늪지, 쓸쓸한 거목들, 높은 집들, 거대한 채소밭처럼 보이는 푸른 풀밭이 보였다. 프레몽이 거대한 실편백나무, 조팝나무, 100년 묵은 참나무에 대해 얘기하지 않았는가. 부두에서 사람들이 냉차와 박하를 넣은 럼주를 마시고 있었다. 또 굴, 호두, 빵을 먹고 있었다.

프레몽 선장이 입을 열었다.

"당신들은 내 손님이오."

사륜마차 한 대가 기다리고 있었다. 흑인 마부가 커다란 가죽 모자를 벗고 선장에게 인사했다. 마리우스의 부축을 받아 마차에 오른 선장은 선원들에게 작별 인사를 했다.

"또 만나세. 실종된 선원들의 목록을 작성해서 나에게 전해주게!"

그리고 마부에게 지시했다.

"아게노르, 천천히 몰게. 내 친구들이 도시를 구경할 수 있게."

뉴올리언스는 활기가 넘쳤다. 흑인, 아카디아인(캐나다 남동부의 옛 프랑스 식민지 출신-옮긴이), 촉토족(미시시피 주 동남부에 거주하고 있는 북아메리카 인디언-옮긴이), 그리고 1775년 스페인 남부 카나리아 제도에서 이주한 주민들의 후손인 이스레뇨족으로 구성된 국제 도시였다. 구역의 4분의 1은 프랑스 사람들이, 4분의 3은 스페인 사람들이 살았다. 사륜마차는 구시가지, 즉 프랑스인 구역에 도착했다. 마차 문에 팔꿈치를 기댄 마리우스는 마치 파리에 온 것 같았다. 이곳에도 부르봉가, 도핀가, 부르고뉴가가 있었다. 그는 향수에 젖었다. 부르고뉴가는 플뤼메가 바로 옆에 있었는데……. 생제르맹 구역은…….

마부는 어떤 상점 앞을 지날 때 라파엘에게 박제된 악어를 가리키며 외쳤다.

"코코드릴(cocodril)이 나타났다!"

프레몽이 정정했다.

"북미산 악어야. 아게노르는 루이지애나 주에 사는 아카디아 출신의 프랑스인들처럼 발음하지. 아게노르, 악어야(crocodile)!"

라파엘은 마리우스 옆에 바짝 붙어 섰다. 마리우스는 소년과 함께 있으면 마음이 가라앉았다. 그는 포석을 깐 안뜰과 꽃으로 장식된 집, 수생 히아신스 수반, 커다란 버드나무를 가리켰다. 이오니아 양식의 기둥과 도리아 양식의 기둥, 스페인 양식의 테라스와 프랑스 양식의 지붕이 번갈아 나타났다. 불멸의 로마식 기와는 낭트와 르아브르에서 수입한 우아한 자재, 즉 비가 온 후에는 더욱 아름답게 보이는 초록의 납작한 기와와 이웃하고 있었다. 눈부시게 쾌청한 날씨였다.

사륜마차는 루아얄가에서 오른쪽으로 비스듬히 돌아갔다. 그리고 세인트루이스 대성당과 잭슨 광장 옆을 지나갔다. 주택은 벽돌 토대, 발코니, 아프리카 양식의 가로장과 지붕을 갖춘 구조였다. 드디어 마차는 하얀 대저택이 보이는 오솔길로 들어섰다. 건물 정면과 안뜰 둘레는 스페인식 발코니로 장식되어 있었다. 정문 위쪽에 대리석 사자상이 세워져 있었다. 좁은 통로를 지난 후 마차는 멈추었다. 두 명의 흑인 하인이 달려 나와 프레몽과 그의 손님들을 맞이했다.

선장이 마리우스와 파르페타무르에게 말했다.

"집처럼 편안하게 생각하게."

그리고 라파엘에게 말했다.

"우리가 네 교육을 책임질 거야."

＊ ＊ ＊

   다음 날 저녁 프레몽은 외과의사의 왕진을 받은 후 마리우스를 피유 뒤 세르장(하사의 딸)이라는 유명한 카페에 데려갔다. 파르페타무르와 라파엘은 집에 남아 휴식을 취하며 검보(루이지애나의 크리올 요리─옮긴이)를 맛보기로 했다.

   파르페타무르가 마리우스에게 즐겁게 외쳤다.

   "이번만이라도 얌전히 있게!"

   피유 뒤 세르장은 바생가에 있었다. 이곳은 난바다의 항해사들, 켄터키 주의 너벅선 선원들, 산토도밍고의 식민지 개척자들, 남미에서 추방당한 혁명주의자들, 해적단의 환심을 사려는 사나포선의 선장들, 미국 배신자들, 창녀들, 뉴올리언스 귀족들의 만남의 장소였다.

   마리우스가 걱정했다.

   "그 다리로 외출하는 게 좋은 생각인지 모르겠어요."

   마차에서 내린 선장은 목발에 의지한 채 피유 뒤 세르장의 문을 열었다.

   "며칠 동안 이렇게 보냈잖나? 왕년의 해적에게 이것보다 더 어울리는 것은 없지!"

   가죽소파를 갖추고 벽에 목재를 씌운 긴 홀에 들어서자 여송연 연기에 숨이 막히고, 탄성, 폭소, 와글거리는 소리에 정신을 차릴 수 없었다. 가벼운 옷차림을 한 아가씨가 셔츠 차림의 흑인 트럼펫 연주자와 피아노 연주자의 반주에 맞춰 연단에서 노래를 부르고 있었다. 발을 올려놓을 수 있는 단단하고 긴 가로대와 대리석 덮개로 이루어진 카운터가 있었다. 손님들은 카운터에 팔꿈치를 괴거나 나란히 앉아 술과 음료수를 마시고 있었다. 일부 손님은 탁자에 앉아 있었다. 사람들은 프랑스어, 영어, 스페인어를 사용했다.

프레몽은 바텐더에게 아는 척을 한 다음 마리우스의 팔을 잡더니 같은 탁자에 앉자고 제안했다. 그들은 프티 고아브를 주문했다. 바텐더가 럼주와 타피아 그리고 번석류 열매 주스를 섞은 이 음료와 굴과 악어 소시지를 가져왔다. 다른 손님들은 맥주, 다이커리 혹은 우라강을 마시고 있었다. 프레몽은 마리우스에게 칵테일이란 단어가 '코크티에(coquetier: 반숙된 달걀을 넣어 먹는 잔—옮긴이)'에서 유래되었다고 설명했다. 프리메이슨 친구들에게 코크티에 속에 브랜디와 소다를 섞은 음료를 주는 습관이 있던 뉴올리언스의 한 프랑스인이 이 단어를 영어식으로 발음하면서 '칵테일'이 되었다는 것이다. 프레몽은 미소를 짓고 파이프에 불을 붙였다.

"사람들은 도처에서 수많은 것들을 만들고 있지……."

그리고 두 번 연기를 내뿜은 후 말을 이었다.

"내일 장이 이곳에 올 거야. 장은 자네를 좋아할 거야. 그에게 미리 얘기해두겠네. 그가 자네에게 일자리를 찾아줄 거야."

마리우스는 주의 깊게 들었다. 빨리 일을 하고 싶었다. 그는 홀을 둘러보고는 카페를 세련되게 꾸몄다고 생각했다. 파리의 카바레와 전혀 달랐다.

"이 카페의 주인이 누굽니까?"

프레몽은 여러 차례 상체를 숙이고 그를 바라보았다. 선장의 눈이 반짝거렸다.

이윽고 선장이 대답했다.

"아주 우아한 여인이지. 젊고 아름다운 프랑스 여인. 조금 있으면 올거야. 우리가 왔다는 소식을 전했거든."

그리고 눈을 들면서 외쳤다.

"호랑이도 제 말 하면 온다더니!"

생기 넘치는 쉰 목소리가 정정했다.

"암호랑이죠!"

규방과 월하 향 꽃다발을 떠올리는 강렬한 향수 냄새가 나자 마리우스는 고개를 돌리고 프레몽에게 대답한 젊은 여인의 얼굴을 보았다. 보랏빛이 도는 검은 눈에 갈색 머리카락을 가진 여인이었다. 빨간 벨벳 치마, 속이 비치는 블라우스, 검은 담비 모피, 펠트 모자, 팔꿈치까지 올라간 검은 장갑.

"친애하는 선장님, 제가 부탁한 파리 드레스는 구해오셨나요?"

"유감이에요, 레이디 아(Lady A.). 멕시코 만은 여전히 해적들이 들끓고 있어요. 이 젊은이가 없었더라면 부러진 다리로나마 이 탁자에 앉아 있는 나를 볼 수도 없었을 거예요!"

레이디 아는 부채질하면서 마리우스를 바라보았다. 그녀는 천천히 눈썹을 치켜세웠다. 금줄이 새겨져 있고 초록빛이 어른거리며 섬광—풀밭의 유리 조각이 발하는 광채와 비슷한—이 흩뿌려져 있는 보랏빛 도는 검은 눈동자가 반짝반짝 빛났다.

마리우스가 일어나면서 말했다.

"부인, 당신의 아름다움이 이곳을 환하게 하는군요."

그리고 레이디 아의 손에 입을 맞추었다.

젊은 여인은 고개를 돌리면서 살짝 얼굴을 붉혔다. 그리고 살며시 명랑한 미소를 짓고 프레몽에게 말했다.

"제가 높이 평가하는 신사분이 있군요."

마리우스는 좀 더 자세히 그녀를 뜯어보았다. 늘어진 검은 속눈썹은 진회색과 엷은 보라색 사이에서 끝없이 흔들리는 빛깔의 커다란 눈동자를 반쯤 가리고 있었다. 자줏빛 입술, 가늘고 반듯한 코, 뾰족한 턱은 경탄을 자아낼 만큼 아름다웠다. 우아하고 날씬한 몸매, 가느다란 두 팔, 블라우스 안에서 오르내리는 풍만한 가슴. 마녀의 몸과 무녀(巫女)의 얼굴.

선장은 두 팔을 들면서 외쳤다.

"앉으세요! 마리우스! 레이디 아!"

마리우스는 약간 어색한 몸짓으로 앉았다. 하마터면 마룻바닥에 넘어질 뻔했다. 그는 프레몽이 빌려준 두건 달린 외투 속에 목이 파묻힌 것처럼 느꼈다. 머리털은 많이 자랐고 가느다란 콧수염은 열대 지방의 엽색가처럼 보이게 했다. 침울한 시선, 하얀 와이셔츠와 대조를 이루는 그을린 피부는 레이디 아의 시선을 사로잡은 듯했다. 그녀는 짓궂게 웃으면서 앉았다.

프레몽은 서배너호의 역사적 사건과 마리우스의 영웅적 활약을 얘기했다. 또 툴롱 도형장이라는 말이 튀어나오지 않도록 조심하면서 마리우스가 일을 찾고 있으며 재주가 많다고 자랑했다. 레이디 아는 킥킥 웃었다.

이윽고 레이디 아는 마리우스에게 손을 내밀었다가 곧장 잡아당기면서 입을 열었다.

"존 라플린을 소개시켜줘야겠어요."

프레몽이 맞장구쳤다.

"바로 그게 내 뜻이에요. 마리우스는 목공과 항해를 잘 알아요. 검도 상당히 잘 다루고요."

레이디 아는 푸른 레몬 껍질과 얼음 설탕을 넣은 레몬수를 주문했다. 잔에 담근 입술은 결정(結晶)이 된 산호 같았다.

레이디 아는 심사숙고하는 척하다가 입을 열었다.

"참 이상해요. 예전에 마리우스에 대한 얘기를 들었어요. 2, 3년 전 일이에요. 이름만 기억하고 있어요. 그때 저는 미국행 배를 타기 직전이었어요. 아주 오래된 일처럼 느껴져요."

프레몽이 지적했다.

"당신은 그만큼 빨리 성공했어요."

마리우스가 덧붙였다.

"당신은 무척 젊어 보입니다."

"프랑스를 떠날 때 열일곱 살이었어요."

계산은 간단했다. 그러니까 레이디 아는 열아홉 살이었고 뉴올리언스에서 유명한 카바레의 여주인이었다. 프레몽이 말했듯이 놀라운 성공이었다.

늦은 밤, 레이디 아는 무대로 올라가 샹송 한 곡을 불렀다. 마리우스는 눈을 떼지 못했다. 레이디 아는 노래를 부르면서 가끔 마리우스에게 시선을 던졌다.

노래가 끝나자 레이디 아는 마리우스와 프레몽의 자리로 돌아왔다. 그들은 부드러운 게와 미를리통, 즉 대앤틸리스 제도에서 크리스토핀이라 부르고 호박처럼 요리하는 배 모양의 채소를 먹었다. 프레몽이 샴페인을 샀다. 두 젊은이는 웃음을 터뜨리면서 한 잔을 놓고 함께 마셨다. 한참 시간이 흐른 후 프레몽은 카페에 매혹되어 일어설 줄 모르는 마리우스에게 나가자고 재촉해야만 했다.

레이디 아가 마리우스에게 작별 인사를 했다.

"우리는 존 라플린과 함께 다시 만나게 될 거예요. 만일 그가 당신을 도와주지 못한다면 저라도 당신 일자리를 찾아보겠어요. 당신은 버림받지 않을 거예요."

새벽이 게으른 도시를 조금씩 황금빛으로 물들였다. 햇살은 집의 방향에 따라 가느다란 능선이나 깔쭉깔쭉한 커튼 모양의 그림자를 만들었다. 마리우스는 마차에 오르면서 지평선을 관찰했다. 그의 시선이 카바레의 간판에서 멈췄다. 그는 기진맥진했음에도 불구하고 부르르 몸을 떨었다. 피유 뒤 세르장은 독특한 이름이었다. 하지만 이 이름은 어떤 기억을 떠올렸다. 과거가 그를 붙잡는 듯했다.

마리우스가 프레몽에게 물었다.

"레이디 아, 그 여신의 진짜 이름이 뭔가요?"

"특이한 이름이라네. 아젤마."

마리우스는 다시 한 번 몸을 떨었다. 정말로 과거가 그를 붙잡았다. 피유 뒤 세르장의 주인은 다름 아닌 아젤마 테나르디에였다. 그는 외투의 깃을 올리고 코제트를 생각했다.

# 3
# 코제트의 고난

코제트는 여전히 자신이 어디에 있는지 알 수 없었다. 단지 귀에 들려오는 짤막짤막한 대화를 통해 이곳이 파리 어디쯤이라는 것만 짐작했다. 그게 전부였다. 그녀의 부엌은 감옥이었다.

의심이 많은 테나르디에는 모든 칼과 식칼을 압수하게 했다. 코제트에게는 과일 껍질을 벗기고 야채를 자를 수 있는 주머니칼 하나밖에 없었다. 테나르디에의 걱정과는 달리 코제트는 조금도 반항하지 않았다. 그녀는 기회를 엿보고 있었다. 코제트의 정신력을 모르는 사람은 그녀가 자신의 처지를 비관하고 자신의 무기력을 한탄하고 있을 거라고 생각할 것이다. 하지만 그것은 그녀를 모르고 하는 소리다.

그날 아침 수세미, 모래, 찬물로 설거지하는 코제트의 모습은 보기 딱했다. 그녀는 맨발, 너무 큰 블라우스, 가는 끈으로 졸라맨 거친 천으로 만든 바지 차림으로 설거지를 하고 있었다. 여윈 얼굴은 도형수처럼 짧게 자른 머리 탓에 더욱 우울해 보였다. 그날 아침은 마침 머리를 깎는 날이었다.

테나르디에가 뱅트되와 페가스에게 지시했다.

"머리는 자라는 대로 밀어버려. 결국에는 자신이 여자라는 사실도 잊어버릴 거야."

두 살인청부업자는 그대로 지시를 이행했다. 코제트의 두개골은 당구공과 흡사했다. 때때로 그들은 면도기로 그녀의 머리에 상처를 내기도 했다. 머리에 딱지가 앉았다. 하지만 머리를 가릴 천 조각이나 스카프도 없었다. 테나르디에 일당은 그녀를 불결한 하녀로 전락시킬 속셈이었다. 도형수처럼 하루하루가 고단한 부엌데기.

"종달새, 준비됐어?"

언제나 똑같은 말. 페가스가 부엌문을 열면 뱅트되는 무게를 잡고 들어섰다.

"빨리 움직여!"

코제트는 쇠사슬에 묶인 발로 걸어서 누추한 방에 유일하게 하나 있는 의자에 앉았다. 페가스는 두 손으로 그녀의 머리를 붙잡고 꼼짝 못하게 했다. 일주일마다 되풀이되는 치욕.

흰둥이 뱅트되는 휘파람을 불면서 작업을 시작했다. 물기도 없이 머리를 깎는 것은 쉽지 않았다. 그래서 때때로 손바닥에 침을 뱉고 코제트의 두개골에 펴 발랐다. 그는 딱지도 조심하지 않았다. 피가 나면 양파 껍질을 붙이고 웃으면서 말했다.

"이렇게 하면 피가 멈출 거야. 네 머리에서 지독한 냄새가 나."

2주 사이에 코제트의 머리카락이 다시 자랐다. 털은 브러시의 털처럼 솟았다. 흰둥이는 가운데만 남기고 머리를 밀어버렸다. 그리고 코제트를 살짝 때리면서 웃음을 터뜨렸다.

"휴론족의 꼬마 같아. 너, 휴론족(캐나다 휴론 호 동쪽에 거주하는 캐나다 원주민-옮긴이)을 알아? 페가스, 너는?"

"물론 알지. 저 여자의 머리 가죽을 벗겨서 고문용 말뚝에 걸어놓을 까?"

흰둥이 뱅트되가 넌지시 말했다.

"나는 다른 고문을 더 좋아해. 종달새, 너는 어떻게 생각해?"

뱅트되의 손이 젊은 여인의 얼굴을 만지고는 목덜미 아래로 내려갔다. 그리고 순식간에 블라우스를 벌렸다.

"이 작은 꼭지는 누구 거지?"

코제트가 이를 악물고 말했다.

"다브 데 그레프가 한 말을 잊지 마."

"아이쿠! 이 더러운 년이 우리를 협박하네!"

코제트는 부엌에서 칼이나 도끼를 사용할 수 없었다. 고기는 잘게 썬 상태로 도착했다. 그녀에게 고기를 자를 기회를 줄 리 없었다. 하지만 포크, 숟가락, 주걱은 마음대로 사용할 수 있었다. 두 남자가 그녀의 방에 침입할 때마다 코제트는 두 개의 이빨이 달린 포크를 소매 속에 살짝 넣었다. 여차하면 그녀는 싸울 것이다. 물론 그녀의 발목에는 상처를 내고 곪게 하는 쇠사슬과 고리가 달려 있었다. 그녀는 감자 껍질을 달여서 상처를 소독했다. 그리고 도형수처럼 고리와 피부 사이에 천 조각을 끼워 넣었다. 그러면 상처를 조금이라도 보호할 수 있었다.

흰둥이 뱅트되는 코제트에게서 떨어져 문에 기댔다. 그리고 입을 비죽거리고 여인을 바라보았다. 그의 시선은 욕망으로 번들거렸다. 그는 몸을 좌우로 흔들면서 말했다.

"저년에게 예절을 가르쳐야겠어. 페가스, 어떻게 생각해?"

페가스는 고개를 저으면서 대꾸했다.

"어리석은 짓 하지 마."

흰둥이 뱅트되가 잘라 말했다.

"제기랄! 흥을 깨는군! 자네, 두고 보자고! 그리고 종달새, 너도!"

코제트는 눈썹을 치켜세우고 뱅트되가 음란하게 허리를 흔드는 꼴을 보았다.

흰둥이가 페가스에게 물었다.

"코제트가 내게 몸을 맡길 거라고 생각해?"

흰둥이는 인상을 찌푸리더니 신경질적으로 비웃고는 더욱 세게 몸을 흔들어댔다. 빨간 눈동자, 거의 하얀 머리, 잿빛 속눈썹, 물렁물렁한 회색 피부, 얇은 입술, 축 늘어진 어깨.

"종달새, 그럼 너는 저 늙은 뱅트되와 사랑을 나누고 싶니?"

흰둥이 뱅트되가 한 걸음 다가갔다. 코제트는 팔을 뻗어 포크를 잡았다. 흰둥이가 접근하는 순간 그에게 돌진해서 포동포동한 넓적다리를 찔렀다. 뱅트되는 끔찍한 비명을 내질렀고 입에 거품을 물고 욕설을 퍼부었다.

"아얏! 이 갈보야! 내 살 좀 봐! 페가스, 이거 봤어? 나를 붙잡아, 그렇지 않으면 저년을 칼로 찔러 죽일 거야! 내 말 들려? 나는 저 매춘부를 죽여 버릴 테야!"

페가스는 느닷없이 코제트를 움켜잡더니 작은 의자에서 일으켜 세우고 두 차례 따귀를 날린 다음 초라한 침대로 내던졌다.

뱅트되가 칼을 빼들고 소리쳤다.

"저년을 내게 맡겨! 저 시골뜨기를 처리하겠어! 내 말 안 들려? 아, 제기랄, 저년을 거꾸로 매달 테야!"

뱅트되는 그 자리에서 코제트를 죽일 기세였다. 그는 자신의 넓적다리에서 포크를 뽑고는 코제트에게 돌진했다. 다행히 페가스가 그를 붙잡고 문 쪽으로 밀어버렸다.

"너, 미쳤어? 제기랄! 노인네의 지시 사항을 잊지 마!"

"상관없어!"

뱅트되는 단념하지 않았다. 그는 까치발로 서서 칼을 휘두르면서 손을 내뻗었다. 그는 익은 통닭처럼 보였다. 페가스는 그를 진정시키기 위해 영악한 표정으로 뱅트되의 어깨를 붙잡고 밀었다. 그리고 한 손으로는 흰 둥이를 잡고 다른 손으로는 문을 열면서 말했다.

"조심해. 저 고약한 여자가 또 뭔가를 숨기고 있을지 모르잖아. 너를 죽일 수 있는 면도날이나 송곳 같은 것 말이야……."

"그럼 옷을 홀딱 벗겨보자고!"

"그만 둬. 다음에 혼내주자고."

결국 두 남자는 부엌에서 나간 다음 문을 잠갔다.

뱅트되가 투덜댔다.

"저년을 반드시 가지고야 말겠어!"

매트리스에 앉은 코제트는 차분한 모습으로 머리를 들었다. 거울이 있었다면 틀림없이 화들짝 놀라며 자신의 얼굴을 응시했을 것이다. 얼굴이 부어올랐지만 환하게 미소를 지었다. 코와 입에서 피가 났지만 기뻤다. 페가스와 뱅트되는 다시는 함부로 굴지 못할 것이다. 분명히.

코제트는 몇 주 동안 열심히 일했다. 부엌은 반짝반짝 빛났다. 배수구 쪽만 제외하고. 기름이 둥둥 뜬 물이 흘러들어가는 악취 나는 더러운 배수구.

쾌청한 어느 날, 테나르디에가 갑작스레 들렀다. 그는 불시에 들러 가게를 점검하고 코제트를 염탐하곤 했다. 코제트는 콧노래를 부르고 있었다. 구멍으로 코제트를 관찰하던 테나르디에는 고개를 끄덕이면서 조소

했다.

"좋아, 종달새. 너는 시키는 대로 하지 않는구나. 하지만 몇 달 후엔 다른 노래를 부르게 될 거야."

그는 뱅트뇌가 당한 일을 페가스에게서 전해 듣고 무척 만족했다.

뱅트뇌는 다시는 그런 짓을 감행하지 않았다. 아침에 홀을 청소할 때 그는 코제트를 노려보았다. 모욕이 저속한 방향으로 흘렀다. 가죽끈이 달린 곤봉이 그의 팔에 매달려 있었다. 그는 코제트가 조금이라도 꾸물거리면 때렸다. 따귀를 갈기거나 발로 찼다. 그러고 나면 화가 좀 풀렸다. 코제트는 불평하지 않았다. 하지만 언젠가는 이곳에서 빠져나가 이 흰둥이에게 복수할 것이다.

* * *

날이 추워지기 시작했다. 코제트는 이 와중에도 운이 좋았다. 밤에는 습하고 아침에는 손발이 곱고 몸이 꽁꽁 얼 정도로 추웠지만 화덕 덕분에 그럭저럭 지낼 만했다. 겨울이 온 모양이었다. 초겨울의 차갑고 짙은 안개. 새벽에 피로와 냄새로 얼얼하고 파김치가 된 채 침대에 쓰러지면 고약한 부엌일은 생각조차 하기 싫었다. 빨개진 손가락은 여기저기 벗겨졌다. 수면제가 여전히 효력을 발휘했다. 코제트는 하루에 두 번, 즉 아침과 저녁에 수면제를 먹어야 했다. 그녀는 창가에 가서 바깥 공기를 들이마실 힘조차 없었다. 사실 볼 것도 없었다. 안뜰은 어둡고 비좁았다. 아무도 그곳에 가지 않았다. 창살 너머로 네 개의 잿빛 벽이 보였다. 밤이나 낮이나 불빛은 지저분한 벽에 짓눌려 음산했다. 풀은 눈을 씻고 봐도 없었다. 아침에 새소리조차 들리지 않았다. 코제트는 피로에 지쳐 자리에 눕고 똑같은 상태에서 일어났다. 언젠가는 아들과 마리우스를 만날 거라는 희망이 그녀에게 용기를 주었다. 그녀는 완전히 끝났다고 생각하지 않았다. 그랬더라면 벌써 자포자기하고 죽어버렸을 것이다.

코제트는 자문하곤 했다. 지나친 응석받이는 당연히 벌을 받아야 하는 걸까? 그게 사실이라면 그녀는 지난날에 누렸던 행복의 대가를 혹독하게 치르고 있었다. 이상하게도 그런 생각이 그녀를 괴롭히기는커녕 마음속에서 구원의 희망처럼 꿈틀거렸다. 그녀는 다시 기도하기 시작했다. 가장 훌륭한 기도는 가장 은밀히 하는 것이라고 하지 않던가. 그녀는 애통해하는 사람들의 기도를 무시하는 사람은 사형 선고를 받을 거라고 생각했다. 마리우스에 대한 추억은 지하에 묻힌 왕의 미라보다 더욱 엄숙하게 그녀의 가슴속에 남아 있었다.

때때로 코제트는 이율배반적인 감정에 사로잡혔다. 마리우스는 분명히 살아 있었다. 하지만 그의 부재는 죽음과 흡사했다. 소중한 사람이 사라질 때 우리가 그리워하는 것은 그의 정신이 아니라 육신이다. 이 약점이 때때로 장점이 되기도 한다. 어떤 사람은 기억이 실제보다 더 아름답고 더 강렬하다고 생각한다. 그들은 "죽은 사람은 우리 마음속에 있다"고 말한다. 하지만 코제트는 그 정도는 아니었다. 스무 살의 젊은 여인에게 모두가 당신을 버리고 괴롭히는 것처럼 보이느냐고 물을 수는 없는 노릇이다. 코제트를 혼란스럽게 한 것은 그녀의 육신이었다. 그녀는 포기하지 않기 위해 아메데를 생각했다. 아메데처럼 냉정하고 무관심한 사람이 되려고 애썼다. 그녀는 중얼거렸다. '사랑한다는 것은 고통을 감내하는 거야. 정말 내가 파렴치하고 냉정한 사람이 될 수 있을까?'

하지만 장 발장의 딸은 그런 사람이 될 수 없었다. 그래서 더욱 화가 나 침대에서 발을 구르고 이불을 쥐어뜯고 조용히 흐느꼈다. 이윽고 다시 찾아온 일시적인 진정. 덧없는 순간들. 자신과 싸웠고 애덕의 이기주의나 미덕의 부패를 모르지 않는 그녀는 마리우스와 행복하게 지냈던 순간들을 회상했다. 그녀는 남편을 회상하고 느끼며 그의 목소리를 듣고 두 팔로 그를 껴안았다. 가느다란 햇살이 상처 입은 그녀의 마음속에 들어왔다. 바닥이 불쑥 솟구치고 순식간에 뒤집어지는 것처럼 보였다. 머리가 빙빙 돌고 가슴이 요동치기 시작했다. 그녀는 땅속에 파묻혀 장이 파열되는 것은 아닌지 생각하면서 주위를 돌아보았다. '나는 언제나 이곳에서 빠져나갈 수 있을까? 대체 언제쯤?'

코제트는 작은 단지 속에 비계 조각을 넣어 날짜를 셌다. 어느 날 아침 비계 조각이 사라졌다. 불길한 생각이 스쳐 지나갔다. 누가 비계 조각들을 가로챘을까? 뱅트되? 페가스?

코제트는 포기하지 않았다. 그녀는 작은 단지 속에 다시 비계 조각을 넣었다. 잠이 오지 않는 어느 날 저녁 바스락거리는 소리가 들렸다. 단지를 올려놓은 선반에서 들리는 소리였다. 그녀는 살짝 눈을 뜨고 큼직한 쥐 한 마리를 발견했다. 그녀는 혐오감에 질려 침대에서 꼼짝하지 않았다. 극복할 수 없는 혐오감. 그녀는 움직일 수도 소리를 지를 수도 없었다. 쥐는 움직이지 않았다. 녀석은 반짝이는 작은 눈으로 그녀를 응시했다. 녀석의 콧수염이 가볍게 흔들거렸다. 그렇게 한참이 흘렀다. 이윽고 코제트는 이 동물에 익숙해졌다. 그녀는 천천히 상체를 일으켜 짚을 넣은 매트리스에 앉았다. 그리고 쥐를 쓰다듬기 위해 손을 내밀었다. 쥐는 느닷없이 피가 날 정도로 그녀의 손가락을 깨물고는 잽싸게 부엌으로 달아났다. 코제트는 비명을 지르고 손가락을 입에 댔다. 손가락을 빨면서 쥐의 행동을 지켜보았다. 녀석은 배수구까지 기어가더니 멈추고는 도전적인 자세로 그녀를 노려보았다. 이윽고 녀석은 모습을 감췄다.

쥐에게 물린 상처는 상당히 깊었다. 코제트는 상처에 침을 바르고 천 조각으로 감은 후 다시 누웠다. 쥐의 앞니는 예리하다. 이 동물은 조개껍 데기나 비늘 같은 것도 어렵지 않게 잘라낼 수 있다. 어떤 쥐들은 철판이 나 벽돌 구멍을 뚫고 곡식 창고에 침입한다. 쥐들은 밤이 되면 소굴에서 빠져나와 교묘하게 도처에 침입한다. 이 동물은 유해하다.

다음 날 아침, 손가락이 퉁퉁 부었다. 감염이 된 것이다. 코제트는 감자 껍질을 달인 물에 손가락을 담갔다. 지독한 통증. 잠시 후 붕대로 손가락 을 감으면서 몽페르메유에서 보냈던 유년 시절을 떠올렸다. 테나르디에 부인은 쥐를 끔찍이 싫어했다. 그녀는 쥐가 농작물을 해치고 식품 저장고 를 거덜 내며 병균을 옮긴다고 말했다. 코제트는 공포심에 사로잡혔다. 만약 페스트나 콜레라 또는 다른 치명적인 균에 감염되었다면? 그녀는 쥐를 죽여야겠다고 생각했다.

밤이 되자 코제트는 배수구 주위에 비계 조각을 뿌려놓았다. 그리고 매 트리스에 앉아서 이가 두 개 달린 포크를 들고 두 눈을 부릅뜨고 기다렸 다. 하지만 밀려오는 피로를 견디지 못하고 포크를 쥔 채 잠들어버렸다. 아침에 눈을 떠보니 비계 조각은 흔적도 없이 사라졌다. 그렇게 일주일이 흘렀다.

여드렛날 저녁, 쥐가 다시 나타났다. 녀석은 반짝이는 작은 눈망울로 오랫동안 코제트를 응시했다. 그녀는 녀석을 해칠 수 없었다. 쥐는 뒷다 리로 일어서더니 구멍 속으로 도망쳐버렸다. 코제트는 포크를 내려놓고 미소를 지으면서 고개를 끄덕였다. 쥐의 몸짓은 인사나 감사 같이 느껴졌 다. 그녀는 더 이상 쥐를 탓하지 않았다. 상처는 아물었다.

쥐의 술책은 다시 일주일 동안 되풀이되었다. 녀석도 이제 두려워하지 않았다. 어느 날 밤 코제트가 앉아 있는데 녀석이 그녀의 두 발 사이에 웅크리고 앉았다. 그녀는 작은 고깃덩어리를 내밀었다. 쥐는 뒷발로 일어 서더니 앞발을 코제트의 장딴지에 얹고 고깃덩어리를 삼켰다. 코제트가 콧수염을 가볍게 건드렸지만 녀석은 싫은 기색을 보이지 않았다. 쥐의 낯 짝을 간질이기도 했다. 녀석은 뒷다리로 일어나 잠시 몸단장을 한 후 하 수구로 사라졌다. 그녀는 행복한 기분으로 자리에 누웠다. 친구가 생긴 것이다.

어느 날 아침, 코제트는 여느 때처럼 차가운 물병을 들고 대충 세수를 했다. 평소와는 달리 목과 이마에서 꺼칠꺼칠한 돌기를 느꼈다. 부스럼 같은 것이었다. 상당히 따가웠다. 그녀는 즉시 공포에 사로잡혔다. 쥐에 게 물린 상처 때문일까? 사실 그녀는 당분이 풍부한 감자만을 먹고 있었 다. 그래서 당뇨병을 앓고 있었고 그것 때문에 종기가 생겼다. 하지만 그 녀는 그 사실을 모르고 있었다. 설상가상으로 당분이 많이 함유된 수면제 까지 복용하고 있지 않은가. 만일 의학 상식이 있었더라면 왜 자주 갈증 을 느끼는지, 왜 종기나 염증이 생기는지 알았을 것이다.

대부분의 사람들은 알 수 없는 병에 걸리면 부끄럽게 생각한다. 특히 소시민들은 병을 숨긴다. 코제트도 감시자들에게 전혀 내색하지 않았다. 페가스와 뱅트되의 방을 청소할 때는 일부러 머리를 숙였다. 아무도 그 녀에게 눈길을 주지 않았기 때문에 그녀의 얼굴에 난 부스럼을 보지 못 했다.

코제트는 쥐를 원망하지 않았다. 그러기는커녕 계속 쥐에게 먹이를 주 고 나지막하게 말을 걸기도 했다. 벽 건너편에서 페가스와 뱅트되는 그녀 가 혼자 중얼거리는 소리를 듣곤 했다. 그들은 그녀가 정상이 아니라고 생각했다.

하지만 코제트는 미치지 않았다. 부스럼이 피부를 자극하여 욱신거렸지만 조금도 거북함을 느끼지 않았다. 고열도 없었다. 정신은 오히려 맑았다. 그리고 전보다 덜 피곤했다. 며칠 전부터 쥐는 몸집은 작지만 영악하고 탐욕스러운 두 마리의 쥐를 데리고 왔다. 녀석의 새끼들일 것이다. 코제트는 쥐 일가족을 환영했다. 그녀는 어린 장을 생각하면서 눈물을 훔쳤다. 아들은 어디에 있을까?

얼마 후 열두 마리의 쥐가 찾아왔다. 쥐들은 코제트의 매트리스 주위에서 우글거렸다. 잿빛 털로 뒤덮인 몸뚱이들과 두리번거리는 까만 눈망울들. 병에 걸리지 않을까? 그녀는 개의치 않았다. 쥐들은 공격적이지 않았다. 오히려 반대였다.

어느 날 아침, 코제트가 페가스와 뱅트되의 방을 마포 걸레로 닦고 있을 때 흰둥이 뱅트되가 무례하게 굴었다. 포크 사건 이후로 처음이었다. 그는 느닷없이 코제트의 목을 잡고는 고개를 치켜들었다.

"종달새, 또 포크를 갖고 장난치고 싶어?"

뱅트되는 순간 주춤했다. 손바닥에서 이상한 돌기를 느꼈다. 그는 코제트의 이마 한가운데 난 부스럼을 발견하고는 잔뜩 인상을 찌푸리면서 뒤로 물러났다.

"이게 뭐야? 페스트?"

코제트는 당황하지 않고 대답했다.

"맞아, 페스트야."

"뭐, 페스트라고? 나를 놀리는 거야? 혼나고 싶어?"

뱅트되는 손을 들고 그녀를 후려칠 기세였지만 코제트는 잠자코 있었다.

코제트가 단조로운 어조로 말했다.

"몇 주 전에 쥐한테 물렸어. 쥐는 질병을 옮기고 퍼뜨린다고 하지. 특히 페스트를. 어쩌면 콜레라일지도 몰라. 며칠 전에 토했어. 1832년에 파리에서 콜레라가 유행하지 않았어?"

뱅트되는 어깨를 움츠렸다. 그리고 미친 듯이 두 손을 바지에 닦았다. 옆에 있던 페가스는 스카프로 코를 가렸다.

휜둥이 뱅트되가 문을 가리키면서 외쳤다.

"저년을 방에 가둬! 저년을 죽였어야 했어!"

코제트가 일을 시작하기 전 두 감시자는 쇠사슬을 풀어주고 일이 끝나면 다시 쇠사슬을 묶었다. 하지만 페가스는 어찌나 흥분했던지 쇠사슬을 채우는 것도 잊고 방으로 밀어넣었다. 그의 이마에 땀방울이 맺혔다. 만일 뱅트되와 자신이 페스트에 감염되었다면? 이 병은 전염성이 강하지 않은가.

페가스가 중얼거렸다.

"그리고 언제나 치명적이지."

그의 얼굴이 불안으로 일그러졌다. 그는 문을 잠그는 것도 잊고 비틀거리면서 뒤로 물러났다.

페가스는 뱅트되와 부딪치면서 말했다.

"어떻게 하지?"

창백해진 뱅트되는 홀 가운데서 팔을 건들거리면서 안절부절못했다.

"불을 지르고 도망가자."

페가스가 짜증 냈다.

"그걸 말이라고 해? 다브 데 그레프가 오늘 아침에 이곳에 들를 거라는 사실을 잊었어?"

"아, 그렇군. 그럼 영감을 만나서 보고하자. 하지만 나는 이 불결한 곳에 1분도 있고 싶지 않아."

두 사람은 술집을 나왔다. 그리고 돌아서서 분개한 눈초리로 술집 정면을 노려보았다. 길모퉁이에 마차 한 대가 서 있었다. 그들은 마차 옆을 지나 시테가로 향했다.

검은 모자와 잘 어울리는 외투를 입은 사내가 마차 밖으로 머리를 내밀었다. 그는 테나르디에와 약속이 있었다. 시계를 본 다음 눈을 들고 노트르담 대성당의 뾰족탑을 올려다보았다. 무거운 안개가 주위에서 춤을 추고 있었다. 그는 살짝 미소를 지었다. 불그스름한 거리는 구름에 파묻힌 듯이 보였다.

* * *

코제트는 작은 의자에 앉아 있었다. 두 사람이 공포에 떠는 모습을 보니 기분이 나쁘지는 않았다. 그녀는 손으로 이마를 더듬고 엄지손가락과 집게손가락으로 부스럼을 만져보았다. 아팠다. 거울조차 없었다. 그녀는 일어나 자유의 순간을 음미했다. 그녀의 발목에는 쇠사슬이 채워져 있지 않았다. 귀를 기울였다. 아무 소리도 들리지 않았다. 그들은 정말로 떠난 걸까?

코제트는 문을 빠끔 열어보았다. 기적이 일어났다. 문이 열려 있지 않은가! 당황한 그녀는 잠시 손잡이를 잡고 까치발로 서 있었다. 그녀의 머릿속에서 자유의 희망이 싹트기 시작했다. 하지만 그녀는 술집 밖으로 달려가기는커녕 여전히 감시를 당하고 있는 사람처럼 조심조심 걸었다. '너무 멋진 일이야. 하지만 틀림없이 함정일 거야. 두 천민이 즐기는 놀이겠지.'

코제트의 가슴이 돌격 나팔을 불기 시작했다. 그녀는 초라한 옷차림도,

가운데만 남기고 바싹 자른 머리도 아랑곳하지 않았다. 반쯤 벌거벗은 그녀는 야생아(野生兒) 같았다. 그녀는 홀에서 나는 역겨운 냄새를 들이마셨다. 그녀를 감시하는 사람은 없었다. 그녀를 모욕하는 사람도, 학대하는 사람도 없었다. 정말이란 말인가. 이 술집에는 아무도 없단 말인가. 그녀는 잘난 척하는 공작부인처럼 상체를 뒤로 젖혔다. 그리고 출입문으로 향했다. 이윽고 문을 당겼다.

마침내 바깥 세상. 눈이 부셨다. 코제트는 눈을 뜰 수가 없어 두 손으로 눈을 가렸다. 아주 오래전부터 해를 보지 못했다. 누추한 방에서도, 홀에서 청소를 할 때도 덧창은 언제나 닫혀 있었다. 그녀는 혈거인처럼 살았다.

코제트는 햇빛에 눈이 익숙해지자 자신의 맨발을 내려다보았다. 발이 너무 더러웠기에 부끄러워서 차마 머리를 들 수 없었다. 만일 그녀가 고개를 들었더라면 쪽빛 하늘, 노트르담 대성당의 뾰족탑, 첨탑 위에서 끝없이 춤을 추고 있는 까마귀들을 보았을 것이다. 하지만 창피…… . 코제트는 머리를 숙이고 괴상한 풍뎅이를 닮은 마차가 서 있는 쪽으로 걸었다. 어느 집 앞을 지날 때 마드라스산의 무명 숄을 걸치고 황급히 뛰어오던 심술궂은 여자와 부딪쳤다.

"얘야, 앞을 보고 다녀!"

코제트는 사과의 말을 중얼거린 후 발길을 재촉했다. 등이 굽고 얼굴이 창백하고 여윈 코제트는 테나르디에 부부에게 맡겼던 사랑하는 딸을 보지도 못하고 1823년 몽트뢰이쉬르메르에서 쇠약으로 죽은 불쌍한 어머니 팡틴 같았다.

만일 그런 일이 되풀이된다면? 아니야, 그건 너무 부당하고 끔찍한 일이야. 코제트는 이 생각을 거부했다. 햇살이 반사되는 1층 이중창을 따라 걷다가 문득 걸음을 멈췄다. 억제할 수 없는 갈망이 일었다. 그녀는 유리창에 비친 자신의 모습을 보기 위해 돌아서서 코를 치켜세웠다. 그녀의 가슴에서 억눌린 한탄이 빠져나왔다. 가슴이 두근거리기 시작했다. 이게 내 얼굴이란 말인가? 악당들이 그녀의 모든 것을 빼앗아갔다. 아, 이럴 수가!

코제트는 비틀거리면서 길을 걸었다. 옛날 나병환자처럼 몸을 숨기고 싶었다. 그녀는 삯마차를 발견하고는 용기를 냈다. 저 마차는 자신을 집으로 데려다줄 것이고 그러면 이 모든 악몽이 끝날 것이다.

코제트는 힘껏 달렸다. 마부는 그녀가 쫓아오는 것을 보지 못했다. 그녀는 마차 문 가까이에서 멈추고 머리를 숙였다. 잠시 후 아메데 디그랑드의 집사를 알아본 그녀의 얼굴에 놀라움과 기쁨이 역력히 나타났다. 집사가 그녀를 구하러 왔단 말인가? 아메데가 직접 보내서? 그래서 두 악당 페가스와 뱅트되가 도망쳤단 말인가?

코제트는 삯마차의 문을 열고 올라타면서 말했다.

"하느님께서 당신을 보내셨군요."

뷔르댕은 깜짝 놀라 몸을 뒤로 젖히면서 인상을 찌푸리고 이 침입자를 노려보았다. 그는 지팡이로 코제트를 위협하면서 물었다.

"이 더러운 자식, 뭘 원하는 거야? 당장 이 마차에서 내려. 그렇지 않으면 두들겨줄 테야!"

코제트는 신이 은혜를 베푼 것도 아니고 신중하게 계획된 구출 작전도 아니라는 것을 깨달았다. 그럼 집사는 여기서 뭘하고 있던 걸까?

코제트는 당당하게 머리를 들고 말했다.

"나예요, 코제트. 퐁메르시 남작부인."

꼽추는 그제야 믿기지 않는다는 표정을 지었다. 그는 코제트를 알아보기 힘들었다. 창백한 얼굴, 짧게 깎은 머리, 이마에 난 혐오스러운 부스럼. 하지만 눈은 그대로였다. 그녀의 파란 눈. 분명히 새침하고 까다로운 코제트였다. 그는 속으로 분노했다. 대체 무슨 일이 일어난 걸까?

집사는 화들짝 놀란 척하면서 떨리는 목소리로 말했다.

"가엾은 코제트, 대체 무슨 일입니까?"

코제트는 맥없이 한숨을 내쉬고는 의자 구석에 앉았다. 무슨 말부터 시작해야 할지 몰랐다. 루이데지레는 푸르스름한 동맥이 비치는 손으로 젊은 부인의 팔뚝을 붙잡고 안심시키는 표정을 지었다.

"잠깐만 기다리세요."

집사는 문을 열고 마차에서 내리더니 마부에게 뭔가를 지시했다. 넌지시……. 그는 음모자의 눈길로 좌우를 둘러본 후 마차에 올라탔다. 그러자 마부가 채찍을 휘둘렀다.

"자, 무슨 일이 있었는지 말해보세요."

코제트는 집사를 믿고 자신의 납치, 아들의 납치, 지금까지 겪었던 학대를 털어놓았다. 그녀는 잠시도 밖을 내다보지 않았다. 어쩌면 그래야만 했다. 마차는 1834년부터 개축한 시테가를 따라 시테 섬을 한 바퀴 돌았을 뿐이었다.

루이데지레는 젊은 부인의 이야기를 다 듣고 말했다.

"끔찍한 일이군요. 당신을 불행에 빠뜨린 장본인이 테나르디에라고 했나요?"

"그는 타르디에 혹은 다브 데 그레프라고 불려요. 하지만 진짜 이름은 테나르디에예요. 예전에도 나를 괴롭혔어요. 그는 악마예요."

"어떻게 할 작정이에요?"

"디그랑드 씨에게 도움을 요청할 거예요."

루이데지레는 시무룩한 표정을 지었다.

"남작부인, 후작님은 지금 파리에 없습니다."

"그럼 나를 어디로 데려가는 거죠?"

"안전한 곳이죠."

"우리 집?"

"그건 절대로 안 됩니다. 당신을 보살피고 비밀을 지켜줄 수 있는 사람에게 데려다주겠습니다. 당신은 안정을 되찾아야 합니다."

"마들렌은 어떻게 되었어요?"

"마들렌 역시 떠났어요."

코제트는 집사의 눈동자를 탐색했다. 그녀는 경계하기 시작했다.

"어디로 떠났죠?"

"부르고뉴 지방으로요. 게다가 내 주인은 떠나기 전에 앙리 드 라 로슈드라공 씨를 만났어요. 앙리의 말로는 파리로 돌아온 마들렌의 남동생이 그녀를 보고 싶다고 했어요."

코제트는 눈살을 찡그렸다. 마들렌은 외동딸이었고 브르타뉴 지방 출신이었다. 루이데지레는 주세페 피에스키의 국왕 테러 사건 후 주인이 얘기한 것을 전하는 것으로 만족했다.

코제트가 말을 이었다.

"브르타뉴 지방으로 갔다고 했나요?"

"네, 그렇게 들었어요."

코제트는 즉각 베르자와 파레르모니알을 생각했다.

"더 자세히 말해줄 수 없나요?"

"더 이상은 몰라요. 후작님이 계시지 않기 때문에 나는 주인님의 일을 처리해야 해요. 그리고 당신의 일도."

코제트가 놀라 물었다.

"내 일이라고요?"

루이데지레는 자신만만한 태도로 눈썹을 치켜세웠다.

"남작부인, 돌아가신 부군의 편지 말입니다. 편지에 분명하게 기록된 내용을 모르지 않을 겁니다. 모든 권리는 내 주인에게 있습니다."

코제트는 집사에게 매몰차게 대할 처지가 아니었다. 그는 어떤 음모를 꾸미고 있는 걸까? 후작의 위임장을 갖고 있는 걸까? 그럴 리가 없다. 그녀는 아메데의 배신을 믿지 않았다. 아무튼 마리우스는 살아 있지 않은가. 모순되는 감정, 즉 평화와 이루 말할 수 없는 행복, 그리고 느닷없이 구렁 속에 빠질 때 덮쳐오는 아찔한 공포가 뼛속까지 스며드는 것을 느꼈다. 내면을 파괴하는 전율. 어떻게 일어날 법하지 않은 일에 맞서 싸운단 말인가. 이 갑작스러운 공포는 그녀가 무의식적으로 내뱉었던 말에서 비롯되었다. '마리우스는 살아 있지만 나는 어쩌면 다시는 그를 만날 수 없을 거야. 나는 끝없는 사막을 헤매는 운명을 타고난 거야.'

마침내 코제트는 짜증나고 동시에 공손한 말투로 말했다.

"그건 조금도 중요하지 않아요. 마리우스는 모든 것을 다시 되돌릴 거예요."

집사는 코웃음을 쳤다. 그리고 오만방자하게 말했다.

"마리우스라고요? 당신은 이성을 잃었군요! 마리우스는 죽었고 장례식까지 치렀잖아요!"

코제트는 그의 말투가 싫었다. 그녀는 허공을 바라보면서 단호하게 말했다.

"마리우스가 퐁메르시 남작임을 잊지 마세요. 당신이 그렇게 함부로 말하다니 용서할 수 없어요."

그리고 비웃음을 짓고 말을 이었다.

"내가 갇혀 있던 공장에서 마리우스를 봤어요. 그는 라파엘이라는 아이를 찾으러 왔었어요. 나는 수면제를 먹었지만 꿈을 꾸지는 않았어요."

코제트는 은밀히 꼽추를 관찰했다. 그녀는 일그러지는 창백한 얼굴을 보고 깜짝 놀랐다. 하지만 루이데지레는 입을 다물고 조용히 있었다. 그의 시선에서 잔인한 감정이 타올랐다. 그러니까 테나르디에가 또다시 그에게 거짓말했단 말인가? 이번에는 반드시 직접 일을 처리할 것이다. 그는 코제트의 하녀를 추적하지 않았는가. 제라르의 하수인이자 자신의 정보원인 그랑데의 말에 따르면 마들렌은 파레르모니알에 있었다. 누구와 함께 있을까? 아직은 몰랐다. 하지만 마들렌이 코제트의 아이를 납치한 모로라는 사람과 만났을 가능성이 높았다.

집사는 머리를 숙이면서 흔쾌히 대답해주었다.

"그렇다면 기쁜 일입니다. 그럼 남작은 어디에 있습니까? 어떻게 그런 일이 있을 수 있습니까?"

"나는 그를 보았지만 그는 나를 보지 못했어요. 그렇지 않으면 내가 이곳에 있겠어요?"

그리고 집사의 어조에서 적절한 조치와 후원 그리고 위로의 약속을 느끼고 덧붙였다.

"하지만 이젠 자유로워요. 우리는 싸움을 준비할 거예요. 그렇지 않나요, 루이데지레?"

"물론이죠, 부인. 그리고 예상보다 훨씬 빠를 겁니다."

집사는 밖을 내다보고 말했다.

"이제 도착한 것 같습니다."

마부는 집사의 지시에 따라 되마르무세 앞에 마차를 세울 준비를 했다.

코제트는 이번에도 조심하지 않았던 것이다.

코제트가 물었다.

"여기가 어디죠?"

"파리입죠, 부인."

마차가 멈췄다.

"내가 말한 분이 저기에 있습니다."

마차 문이 열리자 테나르디에의 찌푸린 얼굴이 나타났다. 코제트는 자신의 눈을 믿을 수 없었다.

"종달새, 네가 날개를 치며 도망쳤단 말이지?"

테나르디에는 물러나면서 페가스와 뱅트되에게 길을 내어주었다. 두 악당이 그녀의 입을 틀어막고 팔다리를 붙잡고 되마르무세 안으로 끌고 가 매트리스에 내던졌다. 코제트는 비명을 참았다.

루이데지레는 머리를 숙이고 테나르디에에게 물었다.

"제기랄, 이게 어떻게 된 일이오? 어떻게 저 더러운 년이 도망칠 수 있단 말이오?"

테나르디에는 초조한 듯이 한숨을 내쉬며 마차 문을 쾅 닫았다. 그리고 언짢은 기분으로 대꾸했다.

"각자 맡은 일을 하자고! 나중에 설명하겠네. 우선 제라르를 불러오게. 서두르게. 당장 코제트를 진찰해야 하네."

테나르디에는 일부러 코제트에게 손대지 않았다. 페가스와 뱅트되의 보고를 듣고 몸을 사렸다.

"바보 같은 년이 쥐에 물렸소. 그년의 목과 이마에 부스럼이 있네. 자네는 못 봤소?"

집사는 전율했다. 상당한 시간 동안 코제트 옆에 앉아 있지 않았는가.

그녀의 이마에서 큼직한 부스럼을 보고 불길하게 여기지 않았는가. 그는 좀 전에 코제트가 한 말에 대해 더 이상 숙고하지 않았다. 더욱 긴박한 일이 그를 괴롭혔던 것이다.

"제라르를 데려오겠네."

마차는 달리기 시작했다.

* * *

테나르디에는 술집 앞에서 뷔르댕을 기다렸다. 그는 코제트가 페스트나 콜레라에 걸리지는 않았을 거라고 생각했다. 만일 페스트였다면 '종달새'는 이미 죽었을 것이다. 적어도 죽어가거나 움직일 수 없을 것이다. 심한 열과 함께 몸져누웠을 것이다. 그래도 테나르디에는 부하들에게 그녀를 보살피게 했다. 어떻게 될지 누가 알겠는가.

테나르디에는 길에서 서성이면서 숙고하기 시작했다. 코제트는 분명 마리우스와 라파엘에 대해 낱낱이 털어놓았을 것이다. 테나르디에는 방어를 준비했다. 아니, 역습을 준비했다. 아무튼 모든 일이 잘되고 있었다. 루푀르는 소모공장의 아이들을 엄하게 감독하고 있었고, 되마르무세는 항상 손님들로 꽉찼으며, 돈이 끊임없이 들어왔다. 예수의 반지는? 그는 개의치 않았다. 루제가 죽은 마당에 아무것도 두려울 게 없었다. 다이아몬드는? 잃어버린 다이아몬드는 단념했다. 툴롱에서 탈옥한 두 죄수가 도형장의 경찰서장 코앞에서 미국으로 도망쳤다는 기사가 났다. 당분간은 두 도형수를 볼 수 없을 것이다. 게일? 그가 실종되는 바람에 고양이 가죽과 고기에서 들어오는 수익이 줄긴 했다. 하지만 게일은 욕심이 지나쳤다. 그의 영혼이 고이 잠들기를⋯⋯. 코제트의 아들을 납치한 정체불

명의 사내는 누굴까? 모로라는 작자일까? 카리뇰이 곧 찾아내 법에 따라 처리할 것이다. 루이데지레는? 그는 자신의 일을 하고 있었다. 디그랑드 후작은? 감감무소식이었다. 벨빌의 어느 갈보집에서 고주망태가 되었겠지. 관심 밖의 일이다. 남작 부부의 재산은? 당연히 그의 차지가 될 것이다. 조만간에!

테나르디에는 노트르담 대성당을 바라보면서 불공평하기 짝이 없는 전지전능한 신에게 감사드렸다. 만사가 잘되고 있었다. 신은 모리배, 협잡꾼, 방관자의 편이 아닌가. 시대에 맞춰 살아야 하지 않겠는가.

테나르디에는 화제가 되고 있는 근대화에 매료되었다. 부랑자들도 근대화되어야 한다. 세상일에 관심이 없는 테나르디에도 파리−생제르맹앙레 철도 건설에 관한 7월 1일의 법안에 관심을 가졌다. 그는 이미 청소년이 된 자식들의 장래를 예상하고 있었다. 그는 이 새롭고 기이한 교통수단을 이용하는 손님들의 호주머니를 털 것이다.

테나르디에는 걸으면서 두 손을 비볐다. 그는 무척 기뻐했다. 이 악랄한 변덕쟁이는 과연 천재였다. 타인을 해칠 수 있는 모든 일이 그를 기쁘게 했다. 한 달 전쯤, 정확히 9월 11일 테나르디에는 디츠의 증기자동차 시운전을 보았다. 얼마나 소란스럽던지! 게다가 연기는 얼마나 많이 났던지! 진짜 용 같았다! 구경꾼 몇몇은 걸음아 날 살려라 하고 도망쳤다. 유일하게 주목할 만한 사실은 이 기계가 32석짜리 합승마차를 파리에서 베르사유까지 1시간 15분 만에 끌고 갔다는 점이다. 흥미로운 사건이었다. 속도는 테나르디에를 기쁘게 하는 일이었다. '속도'는 이동하고 훔치고 온갖 중죄를 성취하는 데 중요한 요소가 아닌가.

테나르디에는 중얼거렸다.

'그래, 중요한 건 바로 속도야.'

테나르디에는 지팡이를 내저으며 「라파리지엔」의 가사를 흥얼거렸다. 그리고 멍청한 라스네르를 생각했다. 그때도 속도가 문제였다. 재판의 속도. 1835년 11월 14일, 재판의 세 번째 날이자 마지막 날 판결이 떨어졌다. 아브릴과 라스네르는 사형 선고를 받았다. 두 사람의 추락. 테나르디에는 성가신 존재를 해치운 셈이었다. 처형은 1836년 1월 9일로 예정되었다. 그에게 단두대는 짜릿한 즐거움을 주는 것이었다.

마침내 뷔르댕의 삯마차가 도착했다. 꼽추와 제라르가 마차에서 내렸다. 옛 군의관의 표정은 침울했다. 뒤로 묶은 회색 머리채, 뱀의 얼굴과 날카로우면서도 경망스러운 시선. 온통 검은 옷을 걸친 그는 손가방을 들고 있었다. 테나르디에는 제라르에게 반감을 품지 않았다. 샤말랭 레스토랑에 점점 더 오래 눌러앉고 있는 제라르는 뷔르댕의 위선적인 동의하에 레스토랑의 유일한 소유주가 될 계획을 품고 있었다. 테나르디에는 그 점을 의심치 않았다. 다만 이 어설픈 독살 전문가는 몇 가지 사실을 모르고 있었다. 그런 이유로 테나르디에는 근처에서 그를 만나려 하지 않았다. 제라르가 모르면 모를수록 더욱 좋았다. 그는 코제트에 대한 진실을 알게 되면 공범이 될 것이다.

테나르디에가 뷔르댕에게 은밀히 물었다.

"자네는 제라르에게 아무 말도 하지 않았겠지?"

"자네에게 병든 하녀가 한 명 있다고 했네. 그뿐이야."

그때 제라르가 테나르디에에게 물었다.

"환자는 어디에 있습니까?"

테나르디에는 짐짓 상냥하면서도 지나치게 예의를 갖춰 대답했다.

"저기에 있네. 내 친구들이 자네를 안내할 것이네."

그리고 대수롭지 않은 표정으로 덧붙였다.

"만일 임파선종창의 페스트라면?"

제라르는 발걸음을 멈추고 테나르디에를 노려보았다. 그의 눈에서 잔인하고 경멸적인 감정이 타올랐다.

"그럴 리가 없어요. 만일 그게 사실이라면 임파선종창을 도려내야 합니다. 그리고 일주일 후에 당신에게도 똑같은 일이 일어날 겁니다."

제라르가 페가스와 뱅트되의 안내를 받아 부엌으로 가는 동안 뷔르댕과 테나르디에는 홀에 남았다.

꼽추가 말했다.

"나는 이런 일이 싫어."

테나르디에가 대꾸했다.

"나도 마찬가지야!"

뷔르댕은 탁자에 기대고 경멸의 시선으로 공범을 바라보았다.

"자네는 내게 많은 것을 숨기고 있지. 그리고 코제트가 모든 것을 알고 있다는 사실을 깨닫지 못한 모양이야!"

"아니야, 알고 있네. 사실 나는 그 점을 즐기고 있지. 우리는 지금 같은 배를 타고 있어. 내가 쓰러지면 자네도 쓰러지는 거야."

"그래서?"

"아무것도 아니야. 내가 코제트를 제거할 거라고 생각한다면 오산이야. 하지만 자네가 몹시 걱정하는 것 같으니 자네에게 그녀의 목숨을 맡기겠네."

집사의 침묵이 의미심장했다. 그는 자신의 목적을 달성하려면 테나르디에 없이 일을 해야 할 것이다. 이미 선전포고를 한 셈이다.

제라르는 부엌에서 코제트를 진찰했다. 발에 족쇄를 채운 채 매트리스에 앉은 그녀는 말없이 몸을 맡겼다. 그녀는 루이데지레의 배신에 절망했다. 배신이 인간의 어휘 중에서 가장 애매한 단어이고 인간의 영혼에서 가장 명확한 행동임을 깨달았다. 포기하고 싶은 마음이 간절했다. 그녀는 비로소 사건의 전모를 깨달았다. 루이데지레는 분명 아메데 몰래 일을 처리했다. 그리고 테나르디에와 집사의 만남은 일종의 정상회담이었다. 악덕과 범죄의 결합. 비열함의 승리. 진행 중인 근대식 사회.

코제트는 일부러 어깨를 드러내어 돌팔이 의사를 당황하게 했다. 그녀는 순간적으로 이 의사를 이용하기로 마음먹었다. 제라르는 농포에도 불구하고 둥글고 탄력 있는 코제트의 몸에 반했다. 하얀 피부는 마법의식에 참여했던 아가씨들을 떠올리게 했다. 그는 상냥하고 관능적이며 겁이 많은 그 아가씨들을 좋아했다.

제라르는 감미롭고 동시에 떨리는 목소리로 물었다.

"아무것도 아닙니다. 이 모든 것은 음식 때문입니다. 무엇을 먹습니까?"

코제트는 단숨에 상대방을 파악했다. 여자들의 직감은 뛰어나다. 악당들은 그녀의 발에 쇠사슬을 채울 것이다. 이 돌팔이 의사는 비록 교활하고 계산적인 사람이지만 코제트의 매력에 빠졌다. 그것은 분명한 사실이었다. 그는 이 젊은 여인의 곤경을 기회로 삼고 싶었다.

코제트는 애처로운 목소리로 자신이 강하며 스스로를 보호하기로 결심했다고 털어놓았다.

점점 더 흥분한 제라르가 말을 이었다.

"당신에게는 약간의 당뇨가 있어요. 종기에 바를 연고를 줄게요. 곧 나을 거예요."

페가스와 뱅트되는 부엌 입구에서 걱정하면서도 눈요기를 하고 있었다. 그들은 제라르의 진단을 듣고는 신경질적으로 소리쳤다. 아무것도 아니라고? 전염병도, 심각한 병도 아니라고? 그들은 어쨌든 안도의 한숨을 내쉬었다. 그리고 웃음을 멈출 수 없었다. 의사는 그들을 노려보았다.

"밖으로 나가 문을 닫아주겠소?"

파충류를 연상시키는 교활한 시선에 두 사람은 움찔하며 웃음을 멈추었다. 그들은 따지지도 않고 밖으로 나갔다.

"옷을 입으세요, 아가씨."

코제트는 블라우스를 입으면서 물었다.

"당신은 분명 의사인가요?"

"네, 그래요."

"그럼 저 사람들과 함께 일을 하세요?"

제라르는 무뚝뚝한 모습을 취하고 거짓말을 했다.

"전혀 그렇지 않아요. 저 사람들이 불러서 왔어요. 나는 저들을 조금 알 뿐이에요."

"의사 선생님, 나는 본의 아니게 이곳에 붙잡혀 있어요. 죽을 위험에 처해 있다고요."

코제트는 다리를 뻗고 과도하게 상체를 뒤로 젖혔다. 순종과 유혹의 몸짓은 제라르의 피를 뜨겁게 했다.

제라르는 두개골을 가리키면서 중얼거렸다.

"잘 알고 있어요. 하지만 나는 당신을 위해 아무것도 할 수 없어요. 저 자들은 무기를 갖고 있어요. 게다가 저들은 내 눈을 가린 채 나를 이곳에 데려왔어요."

거짓말이었다. 그는 프록코트의 호주머니에서 명함을 꺼내 코제트에게 주었다.

"저들의 손아귀에서 빠져나오면 이 주소로 나를 찾아오세요."

코제트는 무기력의 뜻으로 두 팔을 내밀었다.

"하지만 어떻게 빠져나가죠? 그러니까 당신은 나를 버려두겠다고요?"

"지금은 어쩔 수 없어요. 하지만 나를 믿으세요. 나는 당신에게 유리하게 개입할 거예요. 이렇게 당신을 감금한 것은 치욕적이고 분노할 만한 짓이에요. 나를 믿어요. 당신을 도울 거예요!"

제라르는 주먹을 불끈 쥐면서 마지막 문장에 힘을 주었다. 그리고 혀끝으로 입술을 적셨다. 그는 이 여인의 속옷 차림을 상상하고 자극을 받았다. 무엇 때문일까? 슬프고 순수한 여인의 두 눈 때문일까? 비참하고 동시에 관능적인 모습 때문일까? 충격적인 대조 때문일까?

제라르는 젊은 여인의 손을 잡고 입을 맞춘 다음 이렇게 덧붙였다.

"나는 당신을 잊지 않겠습니다. 당신도 나를 잊지 마세요."

코제트는 아메데를 생각하면서 말했다.

"당신은 이 상황을 전해줄 만한 사람을 찾을 수 있을 거예요."

코제트는 즉각 입술을 깨물었다. 아메데는 파리에 없다고 루이데지레가 말하지 않았는가.

제라르가 물었다.

"누구 말인가요?"

코제트가 말을 바꾸었다.

"아니에요. 의사 선생님, 당신밖에 없어요."

제라르는 이미 그녀에게 영향력을 행사한다고 믿었다. 그는 경쟁자를 물리쳤다고 생각하고 무척 기뻐했다. 하지만 이 여자가 쾌락의 보물을 다른 사람들에게 아낌없이 준다고 생각하고 격렬한 질투를 느꼈다.

제라르가 나지막하게 물었다.

"당신 이름이 뭐죠?"

"저자들은 나를 종달새라고 불러요⋯⋯."

제라르는 고개를 끄덕였다. 그의 눈동자가 반짝거렸다. 이 여인이 마음에 들었다. 그는 이미 프로제르핀에게 싫증나지 않았는가. 하지만 어떻게 해야 할지 몰랐다. 이 여자는 누구일까? 창녀? 그녀는 세련된 말씨를 사용했다. 상류층 부인? 하지만 그녀의 태도는 겸손했다. 뷔르댕에게 물어보면 알 수 있을 것이다. 뷔르댕과 다브 데 그레프의 불화를 잘 아는 그는 두 사람의 관계를 이용할 수 있을 것이다. 어떻게? 그는 이 문제를 심사숙고할 것이다. 뷔르댕과 테나르디에가 주도하는 수익이 짭짤한 사업에서 언제나 배제된 그는 도박, 호사, 미식 따위의 탐욕에 빠지지 않았다. 미치도록 그를 열광시키는 유일한 욕망은 색욕이었다. 이 불순하고 자극적인 요인이 피를 끓게 하면 타오르는 육욕은 이성을 흐리게 했다. 그는 자제력이 부족했다. 코제트의 치욕적인 상황, 헐벗은 옷차림, 비탄, 짧게 깎은 머리. 이 모든 게 그를 혼란스럽게 했다. 거리를 두고 심사숙고할 필요가 있었다. 그는 일어나 손가방을 열고 뭔가를 꺼내 코제트에게 내밀었다.

"자, 받으세요⋯⋯."

의사의 비겁한 태도에 코제트는 짜증이 났다. 그는 아무런 도움도 줄 수 없단 말인가. 하지만 그의 손에서 작은 타원형 거울을 보고는 눈물을 글썽였다.

코제트가 더듬더듬 물었다.

"나한테⋯⋯ 주는 거예요?"

제라르는 상냥하게 속삭였다.

"당신의 아름다움을 되찾으세요."

코제트는 거울을 매트리스 밑에 숨겼다.

"내 아름다움이라고요? 이런 처지에서⋯⋯."

제라르는 물러나더니 젖은 손으로 잿빛 관자놀이를 누르면서 말했다.

"희망을 잃지 마세요. 나도 당신을 위해 노력할게요."

그리고 작별 인사를 했다.

제라르가 부엌에서 나가자 페가스는 문을 닫고 빗장을 걸었다.

페가스와 뱅트되의 보고를 받은 테나르디에와 뷔르댕은 안도의 한숨을 내쉬며 진찰 결과를 받아들였다. 제라르는 코제트와의 약속을 지키기 위해 몇 가지 요구를 했다. 즉 재발 위험이 있기 때문에 수면제를 복용해서는 안 된다고 경고했다.

"저 여인은 당뇨를 앓고 있습니다. 저 상태가 계속된다면 시력을 잃을 위험이 있습니다. 증세가 악화되면 더 이상 아무것도 할 수 없습니다."

제라르는 분명 과장했다. 그는 두 사람이 포로에게 얼마나 집착하는지 알고 싶었다.

테나르디에가 거세게 반박했다.

"별로 심각한 일이 아니야! 뷔르댕, 그렇지 않소?"

"맞소이다."

제라르는 침을 삼키면서 가볍게 머리를 숙였다. 두 악당은 조만간에 오만의 대가를 톡톡히 치를 것이다. 그는 마차로 돌아가기 전에 젊은 여인이 생명을 포기할 위험이 있다고 덧붙였다.

뷔르댕은 개의치 않았고 테나르디에는 항변했다.

"내가 필요한 조치를 하겠소."

제라르는 문을 열면서 결론을 내렸다.

"감자를 줄이고 고기를 더 줘야 합니다."

테나르디에는 마차를 향해 멀어지는 그를 바라보면서 중얼거렸다.

"고기는 비싼데……."

그러자 뷔르댕이 조롱하는 표정으로 물었다.

"풀어주는 게 어때? 손해를 많이 보는가?"

"손해라니?"

"자네는 내 말이 무슨 뜻인지 잘 알 텐데. 자네는 나 몰래 여러 가지 일을 하고 있더구먼. 마음에 들지 않아. 자네는 몰래 선수를 쳐서 이익을 가로채려 하고 있어."

테나르디에는 그의 눈치를 보며 말했다.

"뷔르댕, 자네와 나는 많은 사람들의 죽음과 관련이 있어. 우리의 이해관계는 밀접하게 연관되어 있지. 우리는 코제트의 재산을 가로챌 수 있는데 왜 내가 자네를 배신하겠는가?"

"자네는 밥먹듯이 배신을 일삼는 자가 아닌가. 하지만 조심하게. 손가락을 물릴 수도 있어."

뷔르댕은 조금 멀리 세워진 삯마차로 돌아갔다. 테나르디에는 어깨를 으쓱했다. 그리고 말발굽 소리가 들리자 지팡이를 휘둘러 탁자 위의 물병을 박살냈다.

"나를 협박하러 온 거야? 내 물건이 탐나는 거야? 꼽추, 두고 보면 알 거야. 자네는 잘못 생각한 거야."

테나르디에는 뷔르댕에게 욕설을 퍼부었다. 그리고 페가스와 뱅트뢰에게 몇 가지 지시를 한 다음 현장을 떠났다. 코제트는? 그녀의 얼굴은 쳐다보지도 않을 것이다. 그는 코제트를 경멸하는 기쁨도 잃었다.


* * *

코제트는 실망한 채 매트리스에서 쉬고 있었다. 그렇게 한참 동안 있었다. 우울하고 모순되는 온갖 상념이 그녀의 머릿속에서 맴돌았다. 그녀는 지쳤다. 실패하고 우롱당하고 자신의 주인이 될 수 없어 지친 것이다. 굴종은 그녀를 더욱 무모하게 만들었다. 그리고 더욱 명석하게. 성 프랑수아 드 살(제네바 주교, 기자와 작가의 수호성인—옮긴이)은 중상과 험담에 대한 경멸은 원망과 복수보다 훨씬 더 구원적인 치료책이라고 기록했다. 그녀는 그 구절을 잊지 않았다. 분노는 때때로 무기력의 고백이다. 따라서 그녀는 분노에 빠지지 않을 것이다. 하지만 자신이 겪은 모욕을 되갚아줄 것이다. 우선 그녀는 자고 싶었다. 죽음과 비슷한 달콤한 부재.

하지만 코제트에게는 잠에 빠질 자유가 없었다. 문이 거칠게 열리더니 페가스가 누추한 방으로 들어왔다. 그는 화덕에 커다란 고기 접시를 던지고 외쳤다.

"종달새, 일해! 너는 아주 건강하니까 두 배는 더 일해야 해!"

그리고 웃으면서 나갔다.

코제트는 침대에서 일어났다. 그녀는 쇠사슬을 잡아당기고 일을 시작했다. 절망에 빠져서는 안 되었다. 저 간수들에게 그런 기쁨은 주지 않을 것이다.

코제트는 여느 때처럼 스튜를 준비했다. 그녀는 살아남고 힘을 되찾고 다시 탈출을 시도할 것이다. 지금까지 그녀는 고양이 고기를 먹지 않았다. 그날 저녁 그녀는 등심을 모조리 먹어치웠다. 빵과 과일주 한 잔을 곁들여. 그녀는 홀에서 들려오는 사람들의 고함소리와 불평을 웃으면서 들었다.

뱅트되가 평소에 내뱉는 모욕적인 소리는 그녀의 귀에 들리지 않았다. 그녀는 노래를 부르면서 설거지를 했다. 수면제를 먹지 않게 되었으니 곧 몸이 좋아질 거라고 기대했다. 그리고 한 가지 착상이 떠올랐다. 악마적인 착상.

술집이 문을 닫으면 코제트는 곧장 매트리스에 쓰러졌다. 그녀는 하수구 입구에 약간의 고기와 감자를 가져다놓은 후 기다렸다. 이윽고 쥐의 주둥이가 나타났고, 이어서 다른 쥐, 그리고 또 다른 쥐가 나타났다. 그녀의 새 친구들이었다. 코제트는 두 손으로 자신의 머리를 감쌌다. 좋은 생각이 떠올랐다.

\* \* \*

마들렌이 집을 떠나겠다고 알렸을 때 아메데는 마음이 아팠다. 그는 하녀를 붙잡아두려 했지만 충실한 마들렌은 자신의 결심을 굽히지 않았다. 리에 신부가 그녀에게 편지를 전달했던 것이다. 누군가가 파레르모니알에서 그녀를 기다리고 있었다.

아메데가 물었다.

"당신은 뭔가 알고 있소?"

"아무것도 모릅니다, 후작님."

"만일 남작부인이 돌아온다면?"

"후작님은 이곳을 지킬 거잖아요."

"하지만 어떻게 당신에게 연락하죠? 어디로 가나요?"

"파레르모니알……."

마들렌은 이렇게 대답하고 곧장 후회했다. 리에 신부가 아무 말도 하지 말하고 당부했는데.

"죄송하지만 절대로 비밀로 해야 합니다."

착한 하녀는 음모나 유괴를 전혀 예상하지 못했기에 그렇게 말했다. 그녀는 아메데가 절망하는 모습을 보고 몹시 가슴 아팠다. 아메데가 정원에서 방황하거나 계단에서 비틀거리는 모습을 보았을 때, 넓은 아파트에서 신을 모욕하는 말을 하거나 혼자 중얼거리는 소리를 들었을 때 연민을 느꼈다. 그녀의 여주인은 후작에게 불리한 입장이 아닌가. 후작은 코제트를 위해 결투를 하지 않았는가. 그에게 비밀로 한다는 것은 잔인한 짓이다. 파레르모니알로 간다고 털어놓는 것이 그처럼 위험한 일일까?

마들렌이 말을 바꾸었다.

"후작님, 저는 돌아올 거예요. 잠시 여행을 다녀오는 거예요."

"모두 집을 떠나는군요……."

아메데는 루이 드 베르뉴를 찾아가거나 니나와 프로제르핀을 만나며 마음을 달랬다. 후작은 피에스키의 테러 사건으로 혼쭐이 난 후 디아블블랑에 가지 않았다. 하지만 시간이 흐르자 파리에서 가장 신분이 높고 가장 방탕한 사람들이 모이는 이 매음굴을 다시 찾기 시작했다. 마법의식은 강렬한 감정을 갈구하는 한량들을 유인하기 위한 구실에 불과했고 손님들은 이곳에서 샴페인을 마시며 비단 이불 속에서 섹스를 즐겼다. 루이는 처음에는 충격을 받았지만 결국 후작을 따르게 되었다. 그는 이 지하에서 쫓겨난 적이 있었다. 그래서 대사제 노릇을 하는 제라르에게 복수하겠다고 다짐을 했었다. 우선 그는 가면을 쓰고 차분한 자세로 아메데와 동행했다. 후작은 술을 마시고 방탕한 생활에 빠졌다. 체념이 분노를 진정시켰다. '나는 행복한 사람이 될 팔자가 아니야. 그러니 불행한 망나니가 될 거야.'

마들렌이 떠난 지 이틀 후 후작은 집사의 질문에 대답하지 않을 수 없었다.

"마들렌은 어디로 떠났습니까?"

"부르고뉴 지방 파레르모니알로 갔네. 며칠 전 여전히 잘난 체하고 겉멋을 부리는 앙리 드 라 로슈드라공 씨와 마주쳤는데 플뤼메가에서 마들렌의 남동생을 만났다고 했네. 두 남매는 고향으로 돌아갔을 거야. 하지만 그녀는 다시 오겠다고 내게 약속했지."

꼽추는 제라르와 상의한 후 두 하수인을 파레르모니알에 급파했다. 한 사람은 꼽추가 선호하는 첩자 그랑데였고, 다른 사람은 테나르디에의 무리에서 산적 노릇을 했던 클라크수였다. 고르보 누옥에서 살아남은 클라크수는 테나르디에가 라포르스 감옥에서 탈출한 후 1833년 1월경 궐석 재판에서 사형 선고를 받았다는 사실을 알고 있었다. 뷔르댕은 그 약점을 이용할 생각이었다. 그랑데가 발굴한 클라크수는 신이 보낸 선물이었다. 꼽추는 벌써 승리를 노래했다. 그의 활기찬 상념은 침울한 얼굴과 대조를 이루었다. 테나르디에는 그의 수중에 있었다. 그는 수익금을 나눠주기는 커녕 그를 교수대로 보낼 생각이었다.

어느 날 저녁, 루이데지레는 아메데에게 퐁메르시 남작 부부의 문제를 처리할 필요성을 환기시켰다.

럼주와 압생트를 많이 마신 후작이 대답했다.

"그럼 내 대자(代子)는 어떻게 하지?"

"후작님의 대자라니요?"

"장 말이야. 내가 그 아이의 대부라는 사실을 다시 말해야겠어? 왜 아직도 그 아이를 찾지 못했지?"

집사는 대답을 피했다. '아메데는 미쳤어. 후작 몰래 일을 처리해야겠어. 아무튼 마리우스의 재산을 상속 받고 관리할 사람은 나밖에 없어.' 집사는 이 문제를 언급할 때마다 주인에게 무례하게 굴었다. 주인은 더 이상 후작이 아니라 평범한 아메데일 뿐이었다. 유산 문제를 해결하기 위해 집사는 샹플롱 공중인과 계획을 짰다. 이 문제는 그의 방식대로 해결될 것이다. 그는 줄곧 이렇게 중얼거렸다. '어리석은 아메데는 본인의 뜻과는 달리 부자가 될 거야.'

* * *

베르자는 마들렌이 온 것을 기뻐했다. 그는 작은 집 예수회의 수도원장인 이폴리트 신부의 도움에도 불구하고 더 이상 어린 장을 키울 수 없었다. 하지만 기쁨도 잠시였다. 마들렌이 도착한 지 열흘 후 이폴리트 신부는 헌병들이 찾아왔다고 알려주었다. 그들은 갓난아기를 데려온 사내를 찾고 있었다. 베르자의 낯빛이 창백해졌다. 그의 얼굴은 일그러지고 피는 심장으로 역류하는 듯했다. 벌써 놈들에게 발각되었단 말인가? 가슴이 조이는 듯했다.

"도망쳐야 합니다."

이폴리트 신부의 말투는 엄숙했다. 여기저기서 떠들어댈 것이다. 설령 베르자가 아이와 함께 외출하지 않더라도, 농부이든 신자이든 결국에는 누군가가 말을 하게 될 것이다. 소문은 퍼지게 마련이다. 특히 헌병은 그 방면의 전문가가 아닌가. 현상금이 걸려 있을 경우 더욱 그렇다. 인간에게 고발은 제2의 천성과 비슷하다. 고발은 인간의 일상 음식이나 마찬가지다.

베르자는 밤에 여행했다. 마들렌과 장 그리고 베르자는 암노새 한 필이 끄는 수레를 타고 도주했다. 다른 교통수단을 이용하는 것은 불가능했다. 돈이 모자랐고 눈에 띌 염려가 있었다.

이폴리트 신부가 말했었다.

"스뮈르앙브리오네(부르고뉴 지방 손에루아르 도에 있는 면 소재지—옮긴이)의 마리시알 신부님께 가십시오. 성당지기를 보내 미리 말해두었어요. 마르시알 신부님이 마을에서 약간 떨어진 헛간에 당신네 숙소를 마련해 줄 거예요."

그리고 걱정스럽게 덧붙였다.

"수상해 보이는 두 사람이 우리 성당 주위를 배회하고 있어요. 그들은 나한테 와서 모로라는 사람을 아느냐고 물었어요."

"형사일까요?"

"형사는 아닌 것 같습니다."

"놈들은 어떻게 여기를 알고 찾아왔을까요?"

"제가 어떻게 알겠어요? 어쩌면 우연의 일치겠지요. 하지만 그들과 달리 올바른 신자들도 있습니다."

베르자는 흔쾌히 신부의 제안을 받아들였다. 그는 다시 한 번 리에 신부의 수단을 입고 여행했다. 성직자의 옷은 온갖 나쁜 일로부터 그를 보호해주지 않았는가. 범인들을 추적하는 데 인생의 대부분을 보냈던 베르자는 이제는 도망자의 처지가 되었다. 운명의 빈정거림. 추적자는 쫓기는 사람이 되었다.

베르자는 클뤼니 수도회의 수도원장이었던 위그 드 스뮈르의 고향인 스뮈르앙브리오네가 안전하다고 생각했다. 하지만 시골은 시골은 황량해 보이지만 사람들이 살고 있다. 사람이 없는 것처럼 보이지만 감시당하고 있다. 나무에도 귀가 있고 식물에도 눈이 있다. 식물의 배은망덕함은 자주 도시인을 웃음거리로 만든다. 도시인은 외딴곳에 있다고 판단하지만 이미 포위 당한 것이다.

베르자는 정착한 지 겨우 사흘 만에 다시 떠나야 했다. 마들렌이 무슨 일이 있어났으며 왜 사제복을 입었냐고 묻자 베르자는 대답을 얼버무렸다. 그는 비밀의 무게에 짓눌렸다. 그의 근엄한 얼굴은 악당들에 대한 경멸로 일그러졌다. 이번에는 빈정거림도 전혀 도움이 되지 않았다. 그는 예전처럼 싸워야만 했다.

베르자는 다시 떠날 준비를 하면서 코제트를 생각했다. 그녀는 어떻게 되었을까? 그는 코제트를 보호하겠다고 다짐했지만 그렇게 하지 못했다. 그는 다시 자베르가 되어야 했다. 악착같은 자베르, 영악한 자베르, 냉혹한 자베르.

베르자는 출발하기 전에 마르시알 신부에게 물었다.

"어떻게 이상한 낌새를 느끼셨어요?"

"낯선 두 사람이 의심스러웠어요. 그들이 마을 사람들을 찾아다니며 묻는다면 최악입니다. 더구나 그들은 무기와 말을 가지고 있어요. 조심하세요. 그들은 여러분을 추적하고 있어요."

베르자와 마들렌 그리고 장은 이그랑드 마을로 갔다. 코른루 씨—브리오네 지역에 방문했을 때 베르자를 안내해주었고 제르맹 라구트 하사를 만나게 해주었던 면장—가 그들을 이틀간 묵게 해주었다. 베르자 일행은 다시 떠나야만 했다.

베르자가 중얼거렸다.

'만일 그들이 나를 잡고자 한다면 결국엔 찾아내고 말 거야.'

하지만 그에게는 지팡이, 권총, 두 봉지의 초석이 있지 않은가.

비가 내리는 캄캄한 한밤중에 코른루 씨는 이그랑드 위쪽에 있는 어느 마을까지 그들을 데려다주었다. 약 8킬로미터 떨어진 안개 낀 고지대였다. 마을에 도착하자 성당 옆 우측에 버려진 사제의 저택이 있었다. 사제의 저택 앞에 곳간이 있었다. 뒤쪽으로는 포도밭이 끝없이 펼쳐져 있었다. 더 멀리로 작은 숲, 늘어서 있는 큰 나무들 그리고 보졸레 산이 보였다. 전설의 뱀과 야수가 뛰쳐나올 것만 같았다.

코른루 면장이 도와주면서 말했다.

"이 사제 저택은 1793년부터 우리 가족의 소유입니다. 조만간에 수도사들에게 넘겨줄 겁니다. 하지만 아직은 내가 주인이죠. 며칠간은 안전하게 머무를 수 있을 겁니다. 하지만 오래 머무를 수는 없어요. 당신들의 안전을 보장할 수 없어요."

베르자는 소형 이륜포장마차까지 면장을 배웅했다.

코른루 씨가 나지막하게 말했다.

"잊은 게 있군요. 포도밭 아래에 버려진 우물이 하나 있어요. 밧줄을 타고 밑으로 내려가면 지하도에 도달할 수 있어요. 지하도의 출구는 생쥘리앵드종지의 길과 만나요. 알아두면 좋을 거예요. 1793년에 주임신부님이 그곳을 통해 빠져나갔어요. 그 비상구를 사용할 일은 없을 테지만요."

베르자는 식량과 세심한 배려에 대해 감사했다. 인자한 면장은 고개를 숙여 답례를 하고는 조용히 자신의 말을 불렀다. 그는 소리를 내지 않기 위해 헝겊으로 말발굽을 감쌌다. 그리고 머리에 쓴 모자를 매만지고 소매 없는 망토를 걸친 다음 사나운 바람 소리와 삐걱거리는 불길한 소음 속에서 출발하면서 작별 인사를 했다.

"행운을 빕니다."

베르자는 곳간을 지나 사제의 저택에 도착했다. 그는 촛불을 켜고 주위를 둘러보았다. 지평선에는 한 점의 빛도 없었다. 달이 없는 뇌우의 하늘. 뒤얽힌 작은 산들, 건초와 습기 냄새.

마들렌은 헛간을 정리한 뒤 어린 장을 건초 더미에 눕혔다. 베르자와 마들렌은 나뭇가지로 대충 청소한 마룻바닥과 포석에 만족하기로 했다. 이불을 뒤집어썼는데도 추웠다. 바람은 도처에서 스며들었다. 덧창이 덜커덩거렸고, 통풍이 팔다리를 움츠리게 했다.

마들렌과 아이는 1층의 창문 없는 방에 있는 물통 옆에 자리를 잡았다. 베르자는 유리가 깨진 문과 벽난로가 있는 옆방에 머물렀다. 나선형 돌계단을 통해 포도밭이 내려다보이는 2층과 연결되어 있었다. 조금만 낌새가 이상해도 창문으로 도망칠 수 있을 것이다.

그렇게 이틀을 보냈다. 코른루 씨는 베르자에게 많은 양의 비계와 빵을 가져다주었다. 매일 아침 어떤 아둔한 사람이 우유 단지를 곳간 앞에 놓고 갔다. 사람들은 그를 브르댕이라고 불렀다. 그는 면장에게 헌신적이었다. 면장이 10년 전 루아르 강에 빠진 그를 구해주었기 때문이다. 커다란 두 귀, 사발 모양의 머리, 족제비 같은 얼굴, 돌출한 두 앞니 탓에 그는 무섭게 보였다. 그가 할 줄 아는 말은 '라다다, 라다다' 뿐이었다.

베르자만이 브르댕을 볼 수 있었다. 그는 우유를 놓고는 두 팔을 크게 흔들면서 돌아섰다. 어느 날 그는 신문지에 싼 달걀을 가져다놓았다. 멀리 떨어진 길에서 농부들이 한담을 나누고 있었다. 그들도 알고 있을까? 베르자는 더욱 경계했다. 그는 달걀을 쌌던 신문지를 펴고 몇몇 기사를 읽었다. 프랑스 여론은 전제군주를 격렬히 비난하고 메테르니히(오스트리아의 정치가―옮긴이)도 그 점에 대해 반대하지 않았으며 다르구 씨는 위망 씨를 대신해서 재무부장관직을 차지했다. 지역란에는 열흘 후 마콩에서 대규모 가축시장이 열린다는 소식이 실려 있었다. 베르자는 미소를 지으면서 지적했다.

"이게 진짜 정보지."

그는 날짜를 기억해두었다. 그것은 언제든 활용할 수 있는 정보였다.

비가 끊임없이 내렸기 때문에 시골 하늘은 물뿌리개로 물을 뿌리는 것 같았다. 만물은 온통 회색 풍경이었다. 숨기에 안성맞춤이었다.

나흘째 되는 날 베르자는 건초와 판자로 마네킹을 만들었다. 또 이웃집의 토끼장에서 토끼 세 마리를 훔쳤다. 한 마리는 마네킹 속에 가두었고 두 마리는 남겨두었다. 자정 무렵 이폴리트 신부와 코른루 씨가 찾아왔다. 이 헌신적인 두 사람은 말린 쇠고기와 우산 하나 그리고 갈아입을 옷을 가져왔다. 그리고 새로운 소식도 전해주었다.

코른루 면장이 말을 꺼냈다.

"헌병대가 이그랑드 마을에 왔었어요. 그중에는 파리에서 온 헌병 반장도 있었어요. 이곳을 떠나야 합니다. 그래서 이것들을 가져왔어요."

이폴리트 신부가 덧붙였다.

"말 한 필과 소형 이륜 포장마차를 빌려줄 수 있어요. 이틀 후에 올게요."

대화는 곳간에서 이루어졌다. 면장은 한 손으로 입을 가리고 마르시니에서 제르맹 라구트 하사를 다시 만났다고 속삭였다.

"하사는 마콩에 살고 있는 한 대령을 기억해냈어요. 생토샹 백작이에요. 그는 루이데지레 뷔르댕을 잘 알고 있을 거예요. 자, 이게 그의 주소예요. 그는 마콩 어귀에 있는 성에 살고 있어요."

베르자는 깊은 호의에 감동하여 어쩔 줄을 몰랐다.

"면장님께서 베풀어주신 배려에 어떻게 감사드려야 할지 모르겠습니다. 이틀 후에 떠나겠습니다. 소형 마차가 필요하고 몇 가지 준비할 게 있습니다."

베르자는 웃음을 잃지 않고 성호를 그었다.

신부가 미소를 지었다.

"수단이 당신에게 잘 어울립니다."

"알고 있습니다, 신부님."

"당신은 언제나 핍박받는 사람들을 보호했나요?"

"이번이 처음입니다, 신부님."

"하느님께서 보상해주실 겁니다."

두 사람은 빗속에서 집으로 돌아갔다. 베르자는 장 발장에게도 이처럼 소중한 협조자들이 있었는지 자문했다. '나 같은 사람에게 걸렸기 때문에 불가능했을 거야.' 그는 자신이 행복한 사람이라고 판단했다. 그리고 의미심장한 미소를 짓고 수단을 고쳐 입으면서 중얼거렸다. '이틀 후 놈들은 분명 이곳에 올 거야.'

\* \* \*

베르자 일행이 숨어 있는 고지대의 작은 마을 이름은 마이였다. 가옥 30여 채, 성당 하나, 빵집 하나, 작은 술집 하나가 있었다. 마이는 이그랑드와 생쥘리앵드종지 사이의 길목에 있었다. 베르자는 이 주변을 알고 있었다. 파레르모니알에 체류했을 때 자주 이 지역을 누비고 다녔다. 생크리스토프앙브리오네 방향으로 가면 마콩으로 가는 길이 나오거나 평행한 길을 만나게 된다. 후자가 더 나을 것으로 보였다. 더 길지만 더 안전한 길이었다.

베르자는 마네킹을 만드느라 분주했다. 헌병대가 그의 인상착의를 알아냈을 것이기 때문에 마네킹에게 자신이 입었던 수단을 입히고 모자를 씌워주었다. 그는 이폴리트 신부와 리에 신부를 생각하면서 중얼거렸다. '수단은 나한테 잘 어울려. 나는 이 옷을 유용하게 활용해야 해.'

베르자는 면장과 신부가 가져다준 옷을 입었다. 수염, 즈크제 바지와 작업복. 영락없이 농부의 모습이었다. 챙 달린 모자가 이 그림을 완성할 것이다.

베르자는 한나절 내내 방에서 부지런히 일했다. 그는 벽난로에 쉬지 않고 불을 지폈다. 사제의 저택을 눈에 띄게 하고 싶었다. 그는 병, 초석, 녹슨 못으로 마네킹의 배를 채우고 토끼를 넣었다. 그런 다음 의자에서 벽난로까지, 그리고 포도밭으로 열려 있는 문까지 화약 가루를 뿌렸다.

해가 질 무렵, 베르자는 곳간에서 발견한 술통 판자와 밀짚으로 흉갑을 만들었다. 그는 가슴에 흉갑을 걸어보았다. 훌륭했다. 그리고 다시 두 개의 마네킹을 제작했다. 첫 번째 마네킹은 여자의 모습이었고 두 번째는 아이의 모습이었다. 하나는 밀짚을 뺀 의자에, 다른 하나는 건초 더미에 놓았다. 그는 밀짚에 비계 조각을 섞었다. 각 마네킹 속에 토끼를 한 마리씩 넣었다. 그리고 이들 마네킹에게 마들렌과 어린 장의 옷을 입혔다.

마들렌이 물었다.

"베르자 씨, 왜 이렇게 하시죠?"

"마들렌, 우리의 목숨을 구하기 위해서예요. 내가 요청하는 것은 무엇이든 해야 해요. 우리는 위험 징후가 나타나면 즉각 도망쳐야 해요."

오랜 세월 동안 범죄 수사로 단련된 베르자는 제6의 감각을 지녔다. 밤이 되자 그는 곳간에 자리를 잡았다. 사실 별로 볼 게 없었다. 저녁식사 전 그는 농부로 변장한 두 사람의 동태를 살폈다. 그들의 얼굴은 볼 수 없었다. 브르댕이 그들을 안내하고 있었다.

브르댕이 곳간과 사제의 저택을 가리키면서 말했다.

"라다다, 라다다."

두 사람은 현장을 살펴본 후 떠났다. 베르자는 귀를 기울였다. 두 필의

말이 달리는 소리가 분명하게 들렸다. '내일 저녁에 다시 올 거야.'

다음 날 새벽, 베르자는 챙이 넓은 모자에 나막신을 신고 이그랑드 마을에 갔다. 그는 코른루 씨에게 자신을 헌병대에 고발해달라고 부탁했다.

면장이 질겁한 표정을 짓고 반문했다.

"뭐라고 하셨어요?"

"안심하세요. 밤이 되면 우리가 그곳에 있을 거라고 헌병대에 알려주세요. 굴뚝에서 연기가 피어오를 겁니다. 그다음 일은 운명에 맡길 수밖에요!"

"이해할 수 없어요."

"괜찮습니다. 면장님을 믿어도 되겠지요?"

"알았습니다. 헌병대에 알리겠어요."

"고맙습니다."

베르자는 세차게 내리는 비를 맞으며 마이 마을로 발길을 돌렸다. 그는 도착하자마자 우물로 갔다. 동아줄을 타고 우물 밑으로 내려갔다. 노란 점토질의 협소한 통로는 구불구불했다. 엉금엉금 기어서 끝까지 갔더니 작은 숲이 나왔다. 가장자리에 나무가 심어진 길이 있었다. 그 길은 생쥘리앤드종지로 가는 교차로와 연결되어 있었다. 그는 두 손을 비비면서 중얼거렸다. '성공 가능성이 커졌어.' 그는 서둘러 길을 되돌아왔다.

사제의 저택에 도착하자마자 벽난로에 기댔다. 불을 쬐니 기분이 한결 나아졌다. 그는 땀에 흠뻑 젖어 있었다. 밖에는 여전히 비가 내리고 있다. 곳간은 모든 게 질서정연해 보였다.

오후가 끝날 무렵, 베르자는 감시 초소에 자리를 잡았다. 이폴리트 신부가 약속한 소형 마차가 예정된 시각에 도착했다. 파레 성당의 성당지기가 마차를 끌고 왔다. 성당지기가 물러가자 베르자는 증류주 술병과 비계 조각을 챙기고 마차를 몰고 교차로까지 갔다. 커다란 호두나무 가지에 고삐를 묶고 다시 지하도에 들어갔다 나왔다. 그는 사제의 저택에 도착하면서 한숨을 내쉬었다. '내 나이에 어울리지 않는 일이지만 어쩔 수 없지.' 밤이 되었다. 한 시간 후 소리가 들렸다. 그는 황급히 곳간으로 달려갔다. 밖에 두 남자와 브르댕이 있었다.

베르자는 허공에 주먹질을 하면서 생각했다.

'그럴 거라고 예상했지.'

베르자는 사제의 저택으로 돌아가 마들렌에게 급히 따라오라고 했다. 그리고 나지막하게 말했다.

"꼭 필요한 것만 챙기세요. 이곳에 물건이 많으면 많을수록 그들은 더욱 의심할 겁니다. 그리고 아기가 울지 않도록 신경 쓰세요. 우리의 생명이 달린 문젭니다."

베르자는 마들렌에게 우산을 주면서 덧붙였다.

"우물에 가서 나를 기다려요."

마들렌은 장을 안고 세차게 내리는 빗속을 뚫고 포도밭을 가로질러 도망쳤다. 베르자는 두 사람이 멀어지는 모습을 바라본 다음 남아 있는 몇 가지 물건을 벽난로 주위에 흩뜨렸다. 그리고 곧장 배낭을 집어 회색 프록코트와 커다란 모자를 꺼내고 그 자리에 작업복과 챙 달린 모자를 집어넣었다. 그리고 판자와 촘촘하게 엮은 밀짚으로 만든 흉갑을 차고 그 위에 프록코트를 입은 다음 목까지 단추를 잠근 후 한참 동안 모자를 바라보았다. 손등으로 모자 모양을 바로잡았다. 그리고 잘 보이도록 모자를 벽난로 위에 놓았다. 그는 중얼거렸다. '모든 게 상징이야.' 그리고 권총의 작동을 점검한 다음 무기를 혁대 속에 밀어넣고 지팡이를 벽난로에 기대어놓았다. 모든 게 완벽했다.

베르자는 문을 열고 우물까지 달려갔다. 그는 아이를 안고 지하도까지 내려갔다. 그의 큼직한 두 손은 집게 같았다. 누구든지 그의 두 손 사이에 있으면 안전하다고 느낄 것이다. 그는 어린 장을 내려놓고 벽에 기대어 두 팔의 힘을 이용해서 다시 올라갔다. 우물 위로 올라오자 그는 곧장 동 아줄로 마들렌을 감고 천천히 줄을 풀었다. 밑에서 아이가 울고 있었다. 그는 마들렌에게 램프를 던져주고 지하도 출구에 숨어 있으라고 당부했다. 그리고 사제의 저택으로 돌아갔다.

관자놀이에서 피가 요동쳤다. 그는 기진맥진했다. 호흡이 가빴다. 얇은 입술이 벌어져 잇몸까지 보였다. 분노의 별이 두 눈 사이에 박혔다. 목자는 다시 늑대가 되었다.

별안간 베르자는 천연색 꿈을 꾸듯 몽트뢰이쉬르메르의 마들렌 시장이 포슈르방 영감의 가슴을 짓누르고 있던 수레를 들어올리는 장면을 떠올렸다. 1819년의 일이었다. 벌써 16년이 흘렀다. 그때 베르자는 마들렌 시장이 장 발장임을 알아보았다. 당시의 실수가 그를 괴롭혔다. 그 실수는 언제까지 그를 따라다닐까?

베르자는 숨을 가다듬고 모자를 썼다. 천천히 눈 위까지 눌러썼다. 그것은 전투를 준비하는 사람의 태도였다. 그는 황급히 지팡이를 들고 가슴에 안았다. 그를 불안하게 한 것은 소리의 부재였다. 두 남자는 이미 사제의 저택을 포위했을까? 그는 벽난로의 불길을 바라보고 흠칫 놀랐다. 예전 같으면 그렇게 놀라지 않았을 것이다. 이 독신자는 정의의 수호자가 아니었는가! 하지만 그는 이제 혼자가 아니었다. 한 아이를 책임지고 있었다.

베르자는 계획을 바꾸었다. 두 남자를 만나러 가는 대신 마들렌과 어린 장이 잤던 방에 매복했다. 헌병대가 무엇을 하고 있는지 궁금했다. 아궁이의 붉은 불빛이 두 방을 비추고 있었다. 그는 문을 살짝 열어두었다. 갑자기 그림자가 벽에 뚜렷이 나타났다. 그리고 두 발의 총성이 울렸다. 그리고 함성. 때가 온 것이었다.

베르자는 커다란 모자를 눈 위까지 눌러쓰고 목까지 단추를 잠근 뒤 불쑥 방을 나갔다. 처음에 그는 두 남자에게 공포의 씨앗을 뿌리고 즉각 화약에 불을 붙일 생각이었다. 하지만 계획을 바꿨다. 모욕을 당한 자존심이 그를 부추겼다. 그는 자베르가 아닌가.

베르자는 지팡이를 쥔 채 두 손을 허리에 얹고 외쳤다.

"여보게, 나를 찾고 있나?"

두 남자는 소스라치게 놀랐다. 그들은 그제야 마네킹에게 총을 쐈다는 사실을 깨달았다. 하지만 놀라움은 아직 끝나지 않았다. 한 사람은 턱이 작고 호랑이 웃음소리를 내는 자베르를 알아보고는 뒤로 물러나 구석에 웅크리며 말했다.

"아니, 당신이 죽었다고 생각했는데……."

"이 악당아, 악마가 그렇게 쉽게 죽을 리가 있나?"

베르자는 고적대장처럼 지팡이를 휘두르더니 정확한 동작으로 두 번째 강도의 목을 찔렀다.

"네 이름이 그랑데지?"

제라르의 첩자는 벌벌 떨었다. 그는 천천히 고개를 끄덕였다. 베르자는 지팡이로 위협하면서 조금씩 그를 이동시켰다.

"네 동료에게 가! 조심해, 칼에 손 대지 마!"

그리고 위풍당당한 모습과 무덤 저편에서 들려오는 듯한 목소리로 말했다.

"자베르는 불멸의 존재야! 너희는 누구를 죽이려 한 거지? 프랑스 국왕?"

자베르를 알아본 사내는 한마디도 내뱉을 수 없었다. 베르자는 그에게 다가가 손가락으로 벙거지를 떨어뜨렸다.

"클라크수! 넌 복화술사야? 고르보 누옥에서 체포된 후 어떻게 지냈지?"

"경감님, 저는 그때 결백했습니다."

"그럼 테나르디에는?"

"바로 그가 범인이었습니다."

"그렇겠지! 하하하!"

금속성 웃음이 베르자의 마지막 대사를 두드러지게 했다. 그는 옛날의 말버릇을 되찾게 되어 무척 기뻤다. 그는 징벌하는 도취와 공포로 얼어붙게 하는 쾌감을 되찾았다.

베르자는 아직도 형사인 것처럼 내뱉었다.

"경찰이 곧 도착할 거야. 누가 너희를 보냈지?"

클라크수가 대답했다.

"뷔르댕이라는 사람이 보냈습니다. 또 제라르가……."

"저런, 저런."

그때 베르자의 바지에서 연기가 솟구쳤다. 그는 살짝 머리를 숙였다. 그랑데는 무모함보다는 공포에서 벗어나기 위해 그 틈을 이용해 칼을 들고 베르자에게 달려들었다. 이 전직 형사는 예전처럼 날렵하게 대응하지 못했다. 칼이 그의 가슴에 박혔다. 흉갑을 차고 있었지만 살갗이 벗겨졌다. 그는 신음소리를 냈다. 앞에 있던 그랑데의 비죽거리는 입이 더욱 음험하게 벌어졌다. 그는 누구도 이길 수 없는 자를 꺾었다고 생각했다. 그것은 자베르를 모르는 소리였다. 전직 형사가 미소를 지으며 다시 일어나자 그랑데는 온몸의 털이 곤두서는 것을 느꼈다. 살인청부업자는 부들부들 떨면서 뒤로 물러났다.

"아니, 어떻게⋯⋯."

베르자는 즉각 거대한 지팡이로 그랑데의 배와 허리를 공격했다. 어안이 벙벙하고 공포에 질린 그랑데는 고꾸라졌다. 그리고 개처럼 깽깽거렸다. 그는 계속 깽깽거리고 비틀거리면서 공범이 있는 곳까지 뒷걸음쳤다. 칼은 여전히 베르자의 가슴에 꽂혀 있었다. 전직 형사는 상체를 앞으로 내밀고 웃음을 터뜨리더니 왼손을 구부려 칼자루를 잡고 단숨에 뽑았다.

"얘들아, 너희들은 내 적수가 못 돼! 나는 너희들보다 더욱 질긴 놈들을 상대했지!"

갑자기 곳간 쪽에서 소리가 들려왔다.

"도와주세요! 이쪽이에요! 나를 죽이고 있어요!"

그랑데와 클라크수는 몸이 얼어붙은 듯 꼼짝하지 못했다. 자베르는 정말로 악마였다. 그의 머리는 보통 머리가 아니라 뼈와 잔뼈를 신비하게 결합시켜놓은 것이었다.

베르자는 권총을 빼들고 안전장치를 풀었다. 그리고 정신착란자처럼 웃으면서 도화용 화약에 총을 쏘자 화약은 즉각 타올랐다. 그는 그랑데와 클라크수를 바라보았다. 도화선은 따닥따닥 소리를 내며 빠른 속도로 타들어갔다. 그때 밖에서 목소리, 명령, 발소리가 울렸다.

불은 이제 의자 밑과 마네킹으로 옮겨붙었다. 베르자는 마지막 순간까지 기다렸다가 껑충 뛰어서 문 쪽으로 돌진했다. 그가 밖으로 나가는 순간 엄청난 폭발음이 들렸다. 그는 포도밭을 가로질러 달렸다.

* * *

그랑데와 클라크수는 즉사했다. 한 사람은 목이 잘려 나갔고, 다른 사람은 유리 파편과 녹슨 못에 몸이 갈기갈기 찢어졌다. 두 개의 방이 거의 날아갔다. 벽 하나는 주저앉았고 벽난로의 상인방이 무너졌으며 벽에는 할퀸 자국이 났다. 그뿐만이 아니었다. 헌병들은 연기가 피어오르는 시체 더미를 발견했다. 그들은 산산조각 난 마네킹을 시체로 간주했다. 베르자가 마네킹 속에 토끼를 넣지 않았는가. 그들은 도망자들도 사망했다고 생각했다. 모든 정황이 그렇게 보여주고 있지 않은가. 하지만 헌병들은 갈피를 잡을 수 없었다. 희생자는 몇 명이고 누구일까? 머리 없는 시체도 있지 않은가.

이틀 후에야 다른 결론을 도출했다. 마르시니의 경찰서장, 카리뇰 헌병 반장, 그리고 황폐화된 이 집의 소유주인 이그랑드 면장이 힘을 모아 조사했다. 희생자는 두 명이었다. 도움을 요청한 사람은 틀림없이 도망쳤을 것이다. 두 희생자는 폭약을 터뜨리기 전에 그를 괴롭혔을 것이다.

카리뇰 헌병 반장이 으스대며 말했다.

"이건 브리오네판 피에스키 사건입니다!"

마르시니의 경찰서장과 코른루 씨는 고개를 들었다. 파리에서 급파된 이 바보 같은 헌병은 대체 누구일까?

카리뇰이 떠벌렸다.

"나는 특별임무를 수행 중입니다! 제가 쫓고 있는 용의자들이 도망친 것 같습니다!"

사고 처리는 지지부진했다. 수사본부가 마콩의 검사국에 마련되었다. 손에루아르 도의 경찰청장은 이 참혹한 사건을 보고받고 보좌관들에게

178

지시했다.

"사건을 철저히 규명하게! 그 집에서 발견된 두 사람은 노상강도가 아닐까?"

카리뇰 반장은 특무상사로 승진했다. 세상은 바보가 무능력을 입증하면 승진시켜준다. 그에게 기마 헌병대 소대를 맡기기조차 했다.

일주일 후 수많은 수색과 수사 끝에 우물과 지하도를 발견했다. 카리뇰이 다시 거드름을 피웠다. 하지만 베르자, 마들렌 그리고 어린 장은 이미 멀리 도망친 뒤였다.

\* \* \*

베르자는 마콩에서 조금도 위험을 느끼지 않았다. 행운은 그의 편인 것 같았다. 시골은 보물을 숨기고 있다. 베르자는 마이 마을에서 24킬로미터쯤 떨어진 쇼파이유 마을 어귀에 있는 버려진 농가의 헛간에서 삯마차를 찾아냈다. 그 덕분에 여행은 더욱 안락했다. 처음 도망칠 때보다 훨씬 꾀가 많아진 전직 형사는 보졸레 산악 지대에서 길을 선택하기로 결심했다. 생크리스토프앙브리오네 마을로 가는 길은 포기했다. 그리고 더욱 신중을 기하기 위해 밤에 이동했다.

클뤼니—이곳의 대성당은 라마르틴의 고향 발치에 좌초한 선박을 닮았다—근처에서 베르자는 농부로 변장하고 어느 농가에 들어가 작은 장롱에서 베송 부부의 여권을 훔쳤다. 난생처음으로 도둑질을 한 것이다. 예전에 가공할 재량권을 무제한적으로 행사했던 베르자에게는 짜릿한 경험이었다. 그는 악의 문턱을 넘는 모든 것을 경멸하고 혐오했었다. 그런데 이번에는 그가 이 숙명적인 문턱을 넘은 것이다.

베르자는 불쾌하고 동시에 도취적인 감정을 느꼈다. 그는 분명히 합법성의 선을 벗어났다. 두 손이 떨리고 머리가 뜨거웠다. 그는 떠나려는 순간 망설이다가 돌아섰다. 그리고 물웅덩이에 비친 자신의 모습을 보았다. 농부의 나들이옷을 입었는데도 여전히 의심을 버리지 못했다. 이게 분명 자신의 모습이란 말인가. 그는 다시 한 번 가벼운 죄로 유형을 받았던 장 발장, 코제트, 그리고 부모의 품으로부터 떨어진 어린 장을 생각했다. 예전 같으면 팔짱을 끼고 천천히 머리를 흔든 다음 웃고 말았을 것이다. 부당한 것처럼 보였던 모든 것이 정당했다는 생각이 들었다. 그는 한참 동안 가만히 서 있었다. 장 발장이 그에게 자유를 돌려준 날처럼 그는 자신이 무력하고 무일푼이며 갈피를 잡지 못하는 것처럼 느꼈다. 죄의 문제가 아니었다. 그는 다만 이렇게 생각했다. '나는 정말로 바뀌었을까?' 다른 사람이 되기 위해 너무 몰두한 나머지 대수롭지 않은 모습으로 변하는 데 성공했을 뿐이다. 정체성을 잃은 자베르. 당장 가까운 헌병대에 가서 모든 것을 밝히는 게 더 정직하지 않은가. 그것이 정의가 아닌가. 프랑스라는 국가 이름에 어울리는 정의가 아닌가. 도형수의 아들인 자신은 프랑스의 부지런하고 세심한 공복, 법의 잔인한 대리인이 아니었는가.

멀리서 어린 장이 옹알대는 소리가 들려왔다. 그는 장을 자식처럼 여겼다. 가족을 가져본 적이 없는 그는 이제 선택할 일이 생겼다. 조국인가? 아니면 입양하여 가족을 만들 것인가? 영웅적인 나폴레옹 시대와 아무 관계도 없는 배은망덕한 조국과 우연한 상황이 그의 인생길에 놓아준 '재구성된 가족' 사이에서 그는 망설일 게 없었다. 따라서 더 망설이지 않았다. 두 개의 여권을 호주머니에 넣고, 여세를 몰아 지하 저장실에 가서 염소치즈 세 개를 훔쳤다. 그는 짜릿한 미소를 지으며 생각했다. '만일 체포된다면 적어도 3년형이겠군.'

손에루아르 도의 도청 소재지 마콩에서 배송 부부로 위장한 베르자와 마들렌은 장에 나온 농부의 차림이었다. 오래된 생뱅상 대성당의 두 팔각형 탑 주위에서 헌병 한 명이 신분증을 검사했다. 베르자는 R 발음을 굴리면서 가축시장을 보러 왔다고 설명했다. 마이 마을에서 달걀을 샀던 신문에서 읽은 정보를 써먹은 것이다.

헌병은 마들렌이 안고 있는 아기의 턱을 집게손가락으로 만지면서 물었다.

"이 아기는?"

베르자는 무뚝뚝하게 대답했다.

"아들이 이틀 동안 우리에게 맡겼습니다. 14개월 된 예쁜 손녀죠. 아기 이름은 잔이에요!"

헌병이 가도 좋다고 손짓을 했다. 그러자 베르자는 그에게 코른루 씨가 준 종이를 내밀고 혹시 이분을 아느냐고 물었다. 헌병은 엄격한 표정으로 콧수염을 만지작거렸다.

"생토샹 대령 말입니까? 제기랄, 이 폭도를 압니까? 그러니까 당신은 나폴레옹의 사람들과 친분이 있단 말입니까? 맞습니다. 그는 경찰청장과 매우 친합니다. 죄송한 말씀입니다만 그는 이상한 사람입니다!"

베르자는 머리를 끄덕이며 대답했다.

"백작님이 6개월 전 내 암송아지를 끌고 가고선 아직까지 돈을 주지 않는군요. 마콩에 온 김에 빚이나 받아볼까 합니다."

헌병은 이해했다는 표정으로 멜빵을 잡아당겼다.

"쳇, 그는 모든 사람들에게 빚이 있어요."

그리고 더욱 진지하게 말했다.

"그는 투르뉘 방향의 도시 어귀에 살고 있어요. 길은 찾기 쉽습니다.

손 강에서 멀지 않은 작은 성채입니다. 외호와 뒤쪽에 하천이 있어요."

베르자는 헌병에게 고맙다고 인사한 후 말고삐를 잡고 알려준 방향으로 나아갔다.

한 시간 후 베르자는 생토샹 대령의 집에 도달했다. 성은 매우 작지만 인상적이었다. 현관과 포플러가 심어진 오솔길이 보였다. 멀리서 보면 중세와 루이 14세 양식이 아름답게 조화를 이룬 모습이었다. 베르자는 나폴레옹의 장교가 자신을 어떻게 맞을지 궁금해하면서 말을 몰아 정문을 지났다.

* * *

생토샹 백작은 극진히 환대했다. 백작은 정예병 제복의 두 사내와 삼색 옷을 입은 여자 요리사에게 시중을 들라고 지시했다. 베르자가 코른루 씨와 제르맹 라구트 하사의 추천으로 왔다고 말하자 백작은 반갑다며 어깨를 톡톡 쳤다.

"라구트라고요? 그는 언제나 분노를 폭발시켰지요!"

그리고 회계원처럼 진지하게 덧붙였다.

"그는 뛰어난 병사였어요! 이곳은 여러분의 집이나 마찬가집니다! 원하시면 언제까지나 머무르세요!"

베르자는 대령에게 자신이 경찰에게 쫓기고 있다는 얘기를 털어놓지는 않았지만 상황이 그다지 좋지 않다는 점을 이해시켰다. 그는 특히 마들렌과 어린 장을 생각했다. 그들은 이미 오래전부터 침대다운 침대에서 잠을 자지 못했다. 그랬기 때문에 대령의 제안은 그들이 절실히 기대했던 것이었다.

그날 저녁 대령은 대성당식 포석과 루이 16세식 벽난로가 있는 대형 홀로 베르자 일행을 초대했다. 열 개나 되는 은촛대가 장식이 없는 홀을 훤히 비추었다. 진열대 위에 나폴레옹 황제의 흉상, 군도 그리고 황금빛 독수리상이 있었다. 두 명의 정예병이 발뒤꿈치로 소리를 내면서 시중을 들었다. 한 병사의 이름은 란이었고 다른 병사는 라잘이었다.

대령은 자신을 재담꾼으로 여겨주기를 바라면서 소리쳤다.

"나의 두 L은 나를 날아오르게 합니다! 란과 라잘! 진정한 영웅들이지요!"

이 영광스러운 암시는 베르자의 마음에 들었다. 생토샹 대령과 같은 사람이 있기에 프랑스는 특색을 되찾고 있었다.

식사는 진수성찬이었다. 요리사는 파테, 잠두 수프, 브레스산 닭고기를 준비했다. 샴페인을 곁들인 향연.

대령은 끊임없이 얘기했다. 그는 두 손을 사용해서 루이 필리프—샤를 10세처럼 국민병(1789~1871)의 옷을 입었고 나폴레옹처럼 레지옹도뇌르 훈장의 리본을 착용한 오를레앙 공작—의 무능력한 왕권, 오래된 질병인 성직자 집단, 현대의 전염병인 교활한 투기를 비난하고 마음껏 자신의 의견을 피력했다. 그는 1800년 제1집정관이 된 나폴레옹에 대한 지지 표명으로 가족과 불화를 겪었다. 적대관계는 복잡하고 친구관계는 간결한 그에게는 귀족의 오만한 풍모를 찾아볼 수 없었고, 노인임에도 불구하고 족장의 하얀 수염도 없었다. 그는 파란 프록코트와 하얀 바지를 입었고 빨간 넥타이를 맸다. 세 가지 색깔의 의상을 갖춘 왜소한 대령은 상당히 길쭉한 두개골과 아주 짧은 시선을 가졌다. 그는 사는 내내 웃을 일이 별로 없었기 때문에 입가에 짧고 때때로 어색한 미소를 지었다. 두더지처럼 근시이면서도 안경을 쓰지 않을 만큼 멋을 부리는 사람이었다. 그는 곁눈질하는 인상을 주었다. 퉁명스럽고 신경질적인 말투는 이목을 집중시키고 싶은 외모와 어긋났다. 그는 전형적인 기병대 장교였다.

베르자가 그에게 물었다.

"경기병이었습니까? 아니면 엽기병이었습니까?"

"둘 다 아닙니다. 제16전선에 있었어요. 나는 앙드레 마세나 원수의 휘하에서, 특히 4군단 3사단을 지휘했던 몰리토르 장군의 휘하에서 오스트리아와 전투가 벌어질 때마다 참여했지요."

"몰리토르는 1823년 스페인 원정에서 이름을 빛내고 앵발리드 병원(상이군인을 위한 병원−옮긴이)의 감독관이 되지 않았습니까?"

대령이 맞장구쳤다.

"그렇습니다. 전문가를 만난 것 같습니다."

"조금 알 뿐입니다, 대령님."

"화끈한 것을 마셔볼까요?"

"좋습니다."

백작은 란과 라잘을 부르더니 란에게는 마들렌과 어린 장을 방으로 안내하라고 지시하고 라잘에게는 지하실에 가서 술을 가져오라고 명했다.

"좋은 걸로!"

베르자와 대령은 백병과 흉갑 군인들의 초상화로 장식되고 나폴레옹의 영웅적 무훈을 세공한 샤를 10세식 당구대가 설치된 옆방으로 자리를 옮겼다. 대령은 당구봉을 잡고 자세를 취하더니 연속 세 번을 쳤다. 당구공이 서로 부딪치는 동안 그는 당구봉으로 바닥을 치면서 밀어치기와 뒤로 끌기에 대해 얘기했다.

"이렇게 당구봉으로 바닥을 치면서 자화자찬하는 겁니다!"

그리고 웃음을 터뜨렸다.

이윽고 라잘이 두 개의 커다란 잔과 포도 찌꺼기를 증류한 화주 한 병을 담은 쟁반을 들고 왔다. 그는 목재로 장식된 벽난로 위에 쟁반을 놓고는 붉은 가죽 풀무로 불을 일으켰다.

라잘이 화주 병을 따면서 말했다.

"1805년도 산입니다, 대령님."

생토상이 외쳤다.

"아우스터리츠! 1805년에 가치 있는 것은 이 전투밖에 없지! 병사, '앵피투아야블(냉혹한)'을 대령하게!"

"알겠습니다, 대령님!"

두 남자는 공모의 눈짓을 교환했다. 정예병은 차려 자세로 성심을 다해 주인의 시중을 들었다. '앵피투아야블'이라고 부르는 술잔의 용량은 80센티리터였다. 정예병은 대령의 술잔에 반쯤 술을 따랐다. 좀처럼 감정을 드러내지 않는 베르자는 그 광경을 보고는 손을 내저었다.

"나한테는 아주 조금만 주게. 나는 술을 잘 못 마시네."

대령이 말을 끊었다.

"술을 잘 마시든 못 마시든 나와 축배를 들 때는 건배하는 겁니다."

대령은 두 시간 남짓 오스트리아 전투에 대해 떠들었다. 그는 술잔을 비웠다. 그는 빈을 점령했고 에슬링 전투에서 넓적다리에 부상을 입었다.

"제르맹 라구트처럼! 하지만 나는 다리를 잃지는 않았어요!"

대령은 베르자의 잔을 빼앗아 단숨에 마셨다. 그들은 벽난로 주위에서 마주 보고 앉았다. 불길이 천천히 사그라지면서 작열하는 숯불만 남았다. 대령은 에슬링 전투의 부상병들이 머물면서 군사산업 도시로 변모된 로바우 섬—후에 '나폴레옹 섬'으로 개칭되었다—을 떠올리면서 다시 잔을 들었다. 제르맹 라구트 하사가 말한 도시였다. 뷔르댕과 제라르는 바그람 전투(나폴레옹이 오스트리아와 싸워 승리를 거둔 전투—옮긴이) 전에 로바우 섬에 있었다.

베르자는 대령의 말을 끊고 진지한 목소리로 물었다.

"당신은 로바우 섬에 있었던 어떤 사람의 활동을 아실 거라고 들었습니다만."

"그의 이름이?"

"루이데지레 뷔르댕입니다."

대령은 안락의자에서 벌떡 일어났다. 그는 인상을 찌푸리고 집게손가락으로 베르자를 가리키며 말했다.

"제기랄! 당신이 그 악당, 시체 강도, 살인자, 탈영병, 음모자의 친구라는 말은 하지 마시오!"

베르자는 손짓으로 대령을 진정시켰다.

"안심하십시오, 대령님. 전혀 그렇지 않습니다. 오히려 나는 그 사람에 대해 조사하고 있습니다. 지금 이렇게 난처한 처지에 놓인 것도 어느 정도는 그 작자 때문입니다."

대령은 발을 뻗으면서 다시 앉았다.

"놀랄 일도 아닙니다. 온갖 사악한 짓을 해놓고도 아직도 살아 있나요?"

"네, 그렇습니다."

"아, 비열한 놈!"

생토상 백작은 베르자가 이미 알고 있는 것을 얘기해주었다. 뷔르댕이 저지른 권한 남용, 한 창녀와의 관계, 바그람 전쟁터에서 주워 모은 노획품, 프랑스가 공격할 때 도주…….

"나는 그 후 뷔르댕을 보지 못했어요. 아무튼 나는 부상을 당했어요.

나는 마르몽의 승인을 받고 그를 총살시키려 했어요. 그런데 마세나 원수는 뷔르댕의 공모자인 제라르를 보호했어요. 혼란은 총체적이었어요. 끔찍한 폭풍우가 불었어요. 우리는 베르크아젤에서 르페브르를 격파했던 안드레아스 호퍼의 유격대원들과 타협해야 했고, 클레나우, 벨가르드, 콜로브라트의 오스트리아 군단과 합류하려는 헝가리 군대를 막아야 했지요. 뷔르댕은 제라르와 함께 반지, 시계, 금붙이를 가득 넣은 가방을 갖고 적진으로 넘어갔을 거라고 들었어요."

대령은 탈영병이 많았다고 했다. 이야기는 계속 이어졌다. 츠나임 전투, 오스트리아의 붕괴, 영국의 발커렌 섬 작전 실패, 휴전협정, 맥도날드, 우디노, 마르몽의 원수 승진.

대령은 화주와 초콜릿 맛이 나는 알코올을 비교하면서 베르자에게 원하는 기간 동안 숙식을 제공하겠다고 했다. 대령은 통찰력이 뛰어난 사람은 아니었지만 배송이라고 소개한 이 사람의 일행이 위험에 처해 있다는 사실을 깨달았다. 그의 제안은 사심이 없었기 때문에 더욱 아름다웠다. 중세의 영주처럼 그는 자신의 성이 난공불락이라고 생각했다.

대령은 이야기를 끝낼 무렵 뷔르댕의 애인에 관한 일화를 떠올렸다.

"그녀는 로바우 섬에서 아이를 낳고 죽었다고 들었어요……. 확신할 수는 없어요. 너무 오래된 일이라서……."

베르자의 얼굴이 굳어졌다. 그의 입술에서 이상한 미소가 굽이쳤다. 그는 혼자 중얼거렸다. '아이라고? 만일 그 아이가…….'

베르자는 생토샹 백작에게 취침 인사를 하고 자러 갔다. 그는 거울을 응시했다. 그의 얼굴이 이처럼 평온한 적이 없었다. 그는 더 이상 자살에 실패한 것을 후회하지 않았다.

# 4
# 아젤마

마리우스가 레이디 아의 카페에 눌러앉아 있는 동안 파르페타무르와 라파엘은 프레몽 선장의 집에 남아 있었다. 매일 아침 가정교사가 와서 라파엘에게 읽기와 쓰기를 가르쳐주었다. 파르페타무르는 이 기회를 이용해서 영어 실력을 향상시켰다. 가정교사에 따르면 두 사람은 재능이 있었다.

어느 날 저녁, 프레몽은 피유 뒤 세르장 카페에서 마리우스에게 존 라플린을 소개해주었다. 반짝이는 까만 눈과 매혹적인 반원형 수염을 가진 키 163센티미터의 50대 남자였다. 그의 얼굴은 많은 식민지 태생의 백인들처럼 윤기가 없고 칙칙했다. 동그란 얼굴과 상냥한 표정. 라플린이 쾌활하게 말할 때 반짝이는 눈을 보면 그가 격분하면 얼마나 냉혹해질 수 있는지를 가늠할 수 있었다. 그는 공식적으로 무역업자이자 선주였다. 그의 주요 선박은 볼티모어에 있었고, 다른 선박은 필라델피아, 캠던, 브리지턴에 있었다. 그는 세인트루이스에서 아내와 두 살짜리 아들과 함께 살고 있었다. 완벽한 명사(名士)였다.

라플린은 다짜고짜 마리우스에게 말했다.

"솔직하게 말하겠소. 프레몽이 자네의 영웅적인 활약에 대해 얘기해주었네. 내 마음에 쏙 드네. 내가 싫어하는 것은 엘 디아블로가 우리 재산을 가로채는 방식이네."

푸른 프록코트에 조끼 없이 셔츠를 입은 라플린은 카랑카랑하고 딱딱 떨어지는 목소리를 가졌다.

마리우스가 의기양양하게 말했다.

"그자는 해적입니다."

라플린은 프레몽과 짧은 시선을 교환했다.

라플린이 말했다.

"젊은이, 나는 거짓말을 좋아하지 않네. 해적은 분명히 존재하지. 어떤 사람들은 그 용어로 나를 자주 썼었지. 아무튼 나는 이 나라에서 영웅 대접을 받고 있네. 20년 전쯤 나와 부하들은 잭슨(미국의 제7대 대통령. 미·영 전쟁을 승리로 이끌어 국민적 영웅이 되었다—옮긴이)을 도와 영국군을 물리쳤지. 내 이름은 존 라플린이고 프랑스어를 유창하게 구사하지. 왜 그럴까? 간단하네. 나는 프랑스인이네. 내 진짜 이름은 장 라피트라네."

마리우스는 프레몽이 서배너호에서 장에 대해 얘기한 이유를 비로소 이해했다.

마리우스가 물었다.

"해적이었다고요?"

"마음대로 생각하게. 자네는 탈옥한 도형수?"

"네, 하지만……."

라피트가 마리우스의 말을 끊었다.

"'하지만'이라고 말하지 말게. 프랑스 사법당국의 시각에서 보면 자네는 탈옥자일 뿐이네. 선택해야 하네. 자네의 운명을 불쌍히 여기든지, 아니면 계획을 바꾸든지. 미국은 용감한 사람들에게 기회를 제공하는 나라지. 자네는 명예를 회복할 수 있네. 이곳에서는 이름도 바꿀 수 있지. 내질문은 간단하네. 자네는 나와 함께 일하고 싶은가?"

마리우스는 망설이지 않고 대답했다.

"네."

"좋소. 프레몽이 설명해줄 것이네. 이제부터 자네는 하워드 스미스 선장이네. 자, 이게 자네 신분증이네."

라피트는 일어나 챙이 넓은 밀짚모자를 쓰고 프레몽에게 작별 인사를 했다. 그리고 떠나기 직전 마리우스에게 덧붙였다.

"자네는 많은 돈을 벌 수 있네. 그리고 엘 디아블로를 체포하면 한몫 잡게 될 거야. 행운을 비네."

라피트는 한 무리 흑인들의 호위를 받으며 떠났다.

마리우스는 프레몽에게 돌아서서 물었다.

"무슨 뜻인가요?"

"장이 자네에게 럼주, 곡식, 포탄용 화약을 운반하는 스쿠너선의 지휘를 맡기겠다는 얘기네. 일주일 후 자네는 쿠바의 수도인 아바나로 떠날 것이네."

마리우스는 입을 다물지 못했다. 이윽고 카운터 옆에서 아젤마를 발견했다. 어깨 아래서 나부끼고 알맞게 주름이 잡혔으며 백조 깃털처럼 하얀 원피스는 등나무처럼 유연하고 포동포동한 실루엣을 더욱 돋보이게 했다. 굵직한 진주 목걸이가 눈부시게 하얀 빛으로 목을 감싸고 있었다. 이처럼 세련되고 우아한 아가씨가 테나르디에의 딸이라는 게 믿기지 않았다. 하지만 모순은 더 이상 그를 놀라게 하지 않았다. 2년 전부터 그는 모순이 무엇인지 알게 되었다.

프레몽이 물었다.

"뭘 그렇게 쳐다보는가?"

마리우스는 대답하지 않았다. 그의 시선이 조금 더 높아졌다. 그는 아젤마를 자세히 관찰하고 있었다. 짙은 갈색의 땋은 머리는 양쪽 관자놀이에서 뺨 한가운데까지 둥글게 내려왔고 다시 귀 뒤쪽으로 올라가 마르모트 모피처럼 묶은 숄의 보송보송한 주름 속으로 사라졌다. 그녀는 한 폭의 그림처럼 아름다웠다.

"저 아가씨가 마음에 드는가?"

마리우스는 살짝 얼굴을 붉히며 중얼거렸다.

"아주 마음에 들어요."

프레몽이 일어나면서 말했다.

"그럼 이 기회를 이용하게. 나는 발이 근질근질하네."

"먼저 가시게요?"

"레이디 아와 함께 자네의 승진을 축하하게."

"저, 혼자서요?"

"그럼! 이 바보야!"

프레몽은 짓궂은 미소를 짓고는 절뚝거리면서 멀어졌다. 그가 카페를 나가자마자 아젤마가 마리우스에게 다가왔다. 그녀는 의자에 앉고는 마리우스를 똑바로 바라보았다.

마리우스가 말했다.

"일자리를 얻었어요. 소문이 사실이라면 아젤마, 당신에게 고마워해야 해요."

젊은 여인이 깜짝 놀랐다.

"어떻게 내 이름을 아시죠?"

"내 새끼손가락이 그렇게 말했어요."

"프레몽의 새끼손가락이겠죠. 그는 하고 싶은 말은 참을 줄 몰라요. 어떻게 하실 거죠?"

"배를 지휘할 거예요. 누군가의 보좌를 받았으면 좋겠어요. 항해는 내 장기가 아니거든요."

아젤마의 시선이 약간 어두워졌다.

"그러니까 당신은 우리 곁을 떠나겠다고요?"

"우리는 일주일 후에 출항해요."

"어디로 말인가요?"

"쿠바와 카리브 해."

젊은 여인은 억지로 미소를 지으며 말했다.

"이 기쁜 소식을 축하해야겠어요."

그러고는 종업원에게 손짓을 보냈다.

* * *

샴페인 병이 들어 있는, 황금 용이 새겨진 얼음통과 두 개의 수정 잔이 마리우스와 아젤마의 탁자에 놓였다. 두 사람은 모험과 태양에 대해 얘기하면서 마셨다. 마리우스는 아젤마의 미소에 매료되었고, 그녀는 마리우스의 시선에 녹아들었다. 그들의 손가락이 여러 차례 스쳤다. 두 사람은 어른들 틈에서 장난을 치며 즐거워하는 아이들처럼 생글생글 웃으면서 서로를 관찰했다. 수정 잔은 창백한 빛을 받아 무지개처럼 빛났고, 그들의 눈동자 속에서 예쁜 구슬이 달리고 있었다. 마리우스는 아젤마에게 과거에 대해 물었다. 그녀는 얘기하려 하지 않았다.

마침내 아젤마가 양보하고 입을 열었다.

"나는 다른 사람들보다 약간 빨리 영리한 사람이 되는 법을 배웠을 뿐이에요. 영리한 사람에게 가치의 척도는 쓸데없는 것이 되죠."

아젤마는 성공하기 위해 아버지의 돈을 훔쳤다고 고백했다. 그녀의 시선이 마리우스의 시선을 파고들었다.

아젤마는 살짝 시선을 내리깔고 말을 이었다.

"아버지는 어떤 관용도 받을 자격이 없어요."

"아직 살아 있어요?"

"그건 나한테는 별로 중요하지 않아요. 우리는 생말로에서 같은 배에 있었어요. 아버지는 도둑맞은 사실을 알아차리고 배를 떠났어요. 그 후 다시는 아버지를 보지 못했어요."

마리우스는 조금씩 취해가고 있음에도 불구하고 파르페타무르가 말해주었고 자신의 이름이 타르디에라고 주장하는 사람을 생각했다. 전율이 온몸을 스쳐 지나갔다. 타르디에는 테나르디에와 닮지 않았는가.

마리우스는 상냥한 태도를 유지하려 애쓰면서 말했다.

"아무튼 당신은 젊어요."

젊은 여인이 항의했다.

"무슨 뜻으로 하는 말이죠? 내가 카페를 운영하기에는 너무 어리다는 말인가요? 아니면 나의 덕성이 부족하다는 뜻인가요?"

"천만에요……."

아젤마가 말을 끊었다.

"아메리카는 프랑스가 아니에요. 이 나라에서 성공한 여자는 범죄자나 교수형에 처해야 할 사람으로 취급받지 않아요. 그저 유능한 여자로 여겨질 뿐이에요. 당신은 이 문제에 대해 장 라피트와 얘기해야 할 거예요. 이곳에서 혁명사상은 생각만으로 끝나지 않아요. 그것은 현실이 되죠. 실제로 현실이 된다고요."

마리우스가 방어했다.

"그런 뜻으로 말한 게 아니에요. 왜 화를 내죠? 나는 단지 당신의 젊음과 기질을 암시했을 뿐이에요. 아젤마, 당신은 아름다워요. 아름다움은 다른 문제를 가려주잖아요."

젊은 여인의 얼굴이 빛났다. 이 시끄럽고 떠들썩한 홀에 마리우스와 아젤마만이 있는 것처럼 보였다. 그녀는 주위에 남자들이 많았지만 사랑을 해본 적은 없었다. 그녀는 젊은이의 얼굴에 다가가더니 가볍게 입을 맞추었다. 뜨겁고 달콤하고 향기로웠다.

"마리우스, 당신을 사랑해요. 당신은 내가 기다렸던 사람이에요."

이 갑작스러운 고백이 젊은이의 마음을 뜨겁게 달구었다.

마리우스가 중얼거렸다.

"내가 배를 타러 가면 나를 생각해줘요."

아젤마가 고쳐 말했다.

"우리에게는 아직 일주일의 여유가 있어요."

아젤마의 고백은 일시적인 충동이 아니었다. 첫눈에 반한 사랑이 열정이 되려면 신중한 태도를 버려야 한다. 사랑은 임박한 미래다.

갑자기 들려온 목소리에 두 사람의 친밀한 분위기가 깨졌다.

"이보시오, 귀여운 프랑스 여인, 사업은 원하는 대로 잘되고 있소?"

프랑스어로 말을 건 사내는 환한 미소를 띤 거인이었다. 55세쯤 되어 보였다. 마리우스는 즉각 아젤마와 거인의 관계를 의심했다. 사내가 아젤마의 두 팔을 덥석 붙잡고 카운터까지 끌고 가자 마리우스의 얼굴이 일그러졌다. 손님들이 우레와 같은 환호와 갈채를 보냈다. 마리우스는 길을 트기조차 어려웠다. 그가 거인에 대해 묻자 사람들은 그의 귀에 대고 테네시 주의 하원의원이었고 뉴올리언스 점령 때 영웅처럼 싸웠다고 외쳤다. 마리우스는 분한 듯 머리를 흔들면서 중얼거렸다. '또 영웅 타령이군. 미국은 영웅으로 가득하단 말인가.'

관현악단이 스퀘어 댄스를 연주했다. 흑인 피아노 연주자, 이탈리아인 밴조 연주자, 스페인인 기타 연주자, 프랑스인 바이올린 연주자가 한 명씩 있었다. 이 4중주단을 중심으로 합창단이 즉석에서 만들어졌다. 아젤마는 한 손은 허리에 다른 손은 머리에 얹고 팝송을 불렀다. 그녀는 앙트르샤(공중에 떠서 양발을 서로 엇갈리게 하는 동작─옮긴이)와 함께 춤추면서 간혹 속치마와 목이 긴 구두를 드러냈다. 숨을 막히게 하는 담배 연기. 거인이 선창하자 모두 후렴을 따라 불렀다. 홀 안쪽에 미시시피 강가의 풍경을 담은 그림이 있었다. 여자 해적인 앤 보니와 메리 리드의 초상화와 뉴올리언스 초창기의 풍속화 아래서 손님들이 럼주와 타피아, 그리고 '피그 앤드 휘슬'이라는 향긋한 혼합주를 마시고 있었다. 종업원들은 시끌벅적한 분위기를 가라앉히기 위해 손님들에게 헬슬립 잔을 권하기 시작했다. 마리우스는 프레몽이 했던 말을 떠올렸다.

"2, 3일 동안 녹초로 만드는 강력한 수면제야. 레이디 아가 부두교(아이티로 팔려온 아프리카 흑인 노예들이 믿던 종교─옮긴이) 신자인 흑인 쿠냐 할멈에게 특별히 부탁해서 만든 거지. 지옥의 잠!"

마리우스는 미소를 지었다. 모든 시선이 아젤마에게 집중되었다. 육욕과 풍요에 굶주린 다소 꾸밈없는 여자, 부드러운 표범의 미소를 가진 갈색 무희. 그녀는 고통을 숨기고 무언의 친교를 즐기는 것 같았다. 마리우스는 그녀의 몸짓과 표정을 유심히 지켜보았다. 아젤마는 코제트와 정반대였다. 하지만 그녀는 코제트를 생각나게 했다. 사랑이 상상력의 종말이라고 믿게 하는 그녀의 거짓 순진함과 우아함 때문일 것이다. 잠시 후 아젤마가 그에게 아무것도 잊지 않겠다고 말할 테고, 자신은 그녀가 원하는 것이면 무엇이든 들어주겠다고 맹세할 거라고 예상했다. 마리우스는 그녀를 바라보면서 셰익스피어의 문장을 떠올렸다. "사랑해야 하는 사람은 첫눈에 사랑하게 되어 있다." 그는 사랑의 고통을 겪을까 봐 두려웠다. 돌연히 찾아온 사랑은 치유하는 데 시간이 걸린다. 하지만 사랑의 감정에 맞설 수 있을까?

마리우스는 주변의 웅성거림 속에서 중얼거렸다.

"나는 원치 않아요. 나는 사랑에 빠져서는 안 돼요……."

마리우스는 유혹될 정도로 취했지만 코제트와의 결속을 부인할 정도는 아니었다. 그는 자신이 어떻게 되었는지 숙고했다. 자신을 존중하고 사랑하면 결국 다른 사람들을 사랑하게 마련이다. 바리케이드의 시절 흥분을 잘하고 충동적이며 허세를 부리고 자존심이 강했던 마리우스는 이제는 추억 속에만 존재했다. 예전에는 행동이 너무 느리고 생각이 너무 빨랐지만 지금은 정반대였다. 모든 것이 바뀌었다.

아젤마가 두 번째 노래를 부르는 동안 마리우스는 탁자로 돌아와 자리에 앉았다. 그는 아프리카, 프랑스, 스페인, 이탈리아, 카리브 해 등에서 온 다양한 문화가 섞인 이 나라에 매혹되었다. 소음과 혼란의 와중에서 훈제한 소시지와 작은 새우튀김을 주문하는 데 성공했다.

마리우스는 요리가 나오자 게걸스럽게 먹어치웠다. 몹시 뜨거운 음식은 향신료를 많이 쳤고 매웠다. 그리고 지난 2년 동안을 회고하면서 혼자 웃었다. '나는 무능하고 보잘것없는 사람이었어.' 그는 식탁이 흔들릴 정도로 손바닥으로 접시를 치고 경련을 일으킬 정도로 호탕하게 웃었다.

그리고 크게 외쳤다.

"마리우스 퐁메르시는 몰인정하고 허약했으며 오만하고 전제적이었으며 허영심과 의심이 많고 화를 잘 냈으며 질투심이 강하고 침울한 사람이었다. 하워드 스미스 선장은 어떻게 될 것인가?"

그의 웃음 소리가 두 배로 커졌다. 그는 검을 잡으면 용감하고 전투에서 잔인하며 화해할 때는 공손한 자신의 모습을 생각했다. 갑자기 아메데 디그랑드의 모습이 떠올랐다. 마리우스는 더 이상 기뻐하지 않았다. 검을 쥔 그의 손이 떨렸다. 그 배신자와 화해할 가능성은 없었다. 꼽추와 테나르디에와도 마찬가지였다. 낭비가 심한 마리우스는 돈을 무시했다. 그랬다. 하지만 이제는 스스로 돈을 벌기로 작정했다. 장 발장과 외할아버지 질노르망은 그를 너무 애지중지 키웠다. 그는 어떤 일에 능력이 있는지 입증하고 보여주기로 결심했다. 예전에 그는 만사를 지루해했다. 하지만 지금 그에게 호기심을 불러일으키지 않는 것은 하나도 없었다. 코제트는? 그는 아내를 모른 척했고 홀대했으며 클레망스 드 라블리와 애정행각을 벌임으로써 배신했다. 그는 벌을 받아 마땅했다. 코제트는 살아 있을까? 아메데 곁에서 살고 있을까?

이 모든 의문이 마리우스를 괴롭혔다. 그는 호주머니에 손을 넣고 수정을 만졌다. 어리석은 미신이라고 생각하면서도 수정을 간직하고 있었다. 수정의 투명함이 그의 마음을 안심시켰다. 광물의 고독.

아젤마는 노래가 끝나자 다시 드레스 자락을 들어올리고 속치마를 흔들어댔다. 하얀 기퓌르 레이스 아래 까만 속옷을 걸친 넓적다리는 휘파람과 환호를 불러일으켰다. 거인은 아젤마의 허리를 잡더니 지푸라기처럼 가볍게 들어올렸다. 잠시 후 호탕한 웃음과 함께 내려놓았다.

거인이 모자를 벗으면서 인사했다.

"레이디 아!"

아젤마는 공손하게 머리를 숙이고 거인의 팔에 매달렸다. 그리고 플라멩코를 추는 무희처럼 턱을 올렸다 내렸다 하면서 그를 마리우스의 탁자로 데려왔다. 그사이 관현악단은 카드리유 춤에 가락을 붙이고 있었다. 아젤마가 귀에 대고 뭔가를 속삭이자 거인은 갑자기 웃음을 터뜨리고 주먹을 휘둘렀다.

거인은 아무에게나 말하듯 소리쳤다.

"스무 잔!"

손님들이 따라 외쳤다.

"스무 잔!"

종업원들이 사방에서 달렸다. 거인은 의자에 앉더니 다정하게 마리우스의 어깨를 쳤다. 마리우스는 아젤마에게 눈짓으로 물었다.

아젤마는 입술을 비죽 내밀며 대답했다.

"이분이 스무 잔을 주문했어요. 스무 잔의 대결이에요!"

마리우스는 카운터로 이어지는 자리에서 사슴 가죽옷을 입고 너구리 꼬리로 만든 모자를 쓴 세 사람을 발견했다.

마리우스가 아젤마에게 물었다.

"바이킹 같은 옷차림을 한 저 남자들은 누구죠?"

"모피 사냥꾼들이에요. 당신 앞에 앉아 있는 분이 그들의 대장이에요. 그는 여덟 달 만에 숲과 산에서 곰을 150마리나 사냥했어요. 그는 정치를 하기 전에는 그렇게 살았어요."

"지금은요?"

"그는 저항 중인 식민지에서 막 돌아왔어요. 그리고 당신에게 도전한 거예요."

"도전이라고요? 나는 저 사람을 몰라요!"

"바로 그거예요. 친교를 맺기 위해 도전한 거예요."

종업원이 스무 잔을 가져왔다. 거인은 종업원에게 고마움을 표한 다음 잔들을 두 줄로 정렬했다. 각각 열 잔씩.

무성한 갈색 구레나룻이 인상적인 거인이 마리우스에게 영어로 물었다.

"준비됐소?"

거인의 몸과 얼굴 역시 인상적이었고 유연성이 돋보였다. 몽상적인 미소를 지은 입술과 두 눈이 매혹적이었다.

마리우스는 나날이 향상되고 있는 영어로 대답했다.

"준비됐습니다."

그의 뒤에서 누군가가 말했다.

"선원, 조심하게. 자네 앞에 있는 사내는 바위처럼 단단한 사람이네. 그의 이름은 크로크타뉴이고 그의 가족은 프랑스 미디 지방 출신이지. 그는 '스무 잔 놀이'에서 무적이라네. 자네는 호적수를 만났어."

마리우스는 돌아보지 않았다. 탁자 주위는 혼잡했다. 구경꾼들은 불그스름하고 호기심에 찬 얼굴로 떼밀고 소리치면서 내기를 걸거나 손을 들고 온갖 언어로 서로를 불렀다.

구경꾼들이 박자에 맞춰 소리쳤다.

"술병! 술병!"

스무 잔을 가득 채우려면 두 병의 럼주가 필요했다. 거인은 프록코트와 셔츠를 벗었다. 그리고 관중을 기쁘게 해주기 위해 고구마처럼 굵은 이두박근을 자랑했다. 그리고 마리우스를 노려본 후 술을 마시기 시작했다. 연거푸 다섯 잔을 들이켰다.

거인은 트림을 한 후 말했다.

"자네 차례야."

마리우스는 그를 흉내 냈다. 다섯 번째 잔에서 잠시 멈추었다. 대체 어떤 고약한 일에 연루된 걸까? 그는 아젤마의 시선을 보고 안심했다. 그리고 술잔을 비우고 요란스럽게 트림을 했다. 그는 환호 속에서 잔을 뒤집어 탁자에 놓고 보란 듯이 손톱으로 잔을 쳐서 예리한 소리를 냈다.

거인이 믿기지 않는다는 듯 입을 비죽거리면서 말했다.

"이젠 내 차례군."

마리우스가 반박했다.

"아니요, 내 차례요!"

술에 취해 대담해진 마리우스는 손으로 거인을 밀었다. 구경꾼들은 그의 용감한 태도에 열렬하고 경탄 어린 환호성으로 화답했다. 마리우스는 거드름을 피우며 일어나 구경꾼들에게 인사했다.

"바로 그겁니다! 감사합니다!"

마리우스는 두 다리를 모으고 까치발로 앞뒤로 흔들거리면서 코를 막고 연거푸 석 잔을 마셨다. 그는 아젤마에게 시선을 고정시키고 이렇게 말하는 것 같았다. '두고 봐, 당신을 깜짝 놀라게 해줄 테야.'

몇몇 사람이 응원해주었다.

"영차! 영차!"

마리우스는 그들에게 감사했다. 눈꺼풀이 무거웠고 몹시 흔들거렸다. 환호하는 다양한 인종들이 오르락내리락하고, 창, 뿔나팔, 꽃줄, 쇠시리로 가득한 거대한 돛을 기어오르는 것 같았다. 서배너호에서 겪었던 폭풍이 떠올랐다. 그는 숨을 가다듬고 고개를 들었다. 바다와 천장이 지옥의 지그 춤을 추는 것처럼 보였다. 다섯 번째 잔을 마시고 토할 뻔했다. 구경꾼들은 장내가 떠나갈 듯이 박수갈채를 보냈다. 거인이 밀치는 바람에 마리우스는 바닥에 나동그라질 뻔했다.

이번에는 거인의 동료들과 지지자들이 박자를 맞춰 소리쳤다.

"데이비! 데이비!"

거인은 일어나 연거푸 다섯 잔을 마셨다. 다시 박수갈채.

거인이 소리쳤다.

"다른 술병을 가져와!"

종업원이 다른 술병을 가져왔다. 이번에는 병째 마셨다. 그는 체격이 좋음에도 불구하고 비틀거렸다. 시련의 흔적이 역력한 얼굴이 승리의 미소로 환해졌다. 그는 4분의 1쯤 마신 후 마리우스에게 병을 건넸다.

"프랑스인 친구, 자네 차례야!"

마리우스는 기적적으로 서 있었다. 시야가 흐릿했고 머리카락이 곤두섰다. 그는 병을 받아 입으로 가져갔다. 그리고 숨이 막힐 때까지 벌컥벌컥 마셨다. 이윽고 그는 비틀거리면서 술병을 탁자에 놓았다.

아젤마가 외쳤다.

"반절이나 비웠어!"

손님들이 열광적으로 발을 굴렀다. 거인은 마지막 4분의 1을 비워야만 했다. 그는 믿을 수 없다는 듯이 마리우스를 쳐다본 후 지지자들의 격려를 받으며 탁자에 기댄 채 술을 마셨다.

한 구경꾼이 소리쳤다.

"술병이 비었다! 술병이 비었어! 의자! 의자를 가져와!"

마리우스는 눈이 핑핑 도는 것 같았다. 그는 굳이 주위를 보지 않고도, 사람들의 말을 듣지 않고도 왜 이처럼 극단적인 시합을 하는지 깨달았다. 주위에 있는 음탕한 여자들이 그에게 현기증을 일으켰다. 그녀들은 디아나(달과 사냥의 여신)의 몸을 가진 냉정한 숫처녀를 닮았다. 그것은 부조리

한 싸움이었다. 성배에 따른 바쿠스의 포도주처럼.

"이 의자 앞에서 두 다리를 모으고 단숨에 등받이를 뛰어넘으세요."

말수가 적은 거인이 말했다.

"내가 먼저 하겠소."

관대한 거인이 앞으로 나왔다. 그는 똑바로 걷지 못하고 휘청거렸지만 친구들은 그의 승리를 의심치 않았다. 사람들은 테네시 주의 시골 영웅에게 환호성을 보냈다.

"데이비! 데이비!"

대담성과 계략을 갖춘 거인은 살짝 입술과 턱을 움직여 화답했다. 그는 자리를 잡았다. 독기를 품은 눈빛이 험악했다. 마침내 그는 팔을 흔들면서 벌떡 뛰어올랐다. 그의 발이 의자에 부딪쳤다. 쿵! 그는 요란한 소음을 내며 넘어졌다. 모두 실망한 눈으로 그 모습을 바라보았다.

친구들이 거인을 일으키려 했으나 헛수고였다. 이 거대한 모피 사냥꾼은 데이비드 럼주 탓에 쓰러진 것이었다.

그때 아젤마가 마리우스를 가리키면서 외쳤다.

"스미스 선장!"

손님들은 마리우스의 새로운 이름을 재창했다. 스미스. 듣기 좋은 이름이었다. 마리우스는 이제 자신이 어디에 있는지도 몰랐다. 그가 반대 방향으로 갔기 때문에 사람들은 그를 붙잡고 팽이처럼 돌려서 의자 앞에 세워야 했다. 그는 일단 자리를 잡자 다리를 구부리고 근육을 긴장시켰다. 구경꾼들도 마리우스처럼 다리를 구부리고 긴장했다. 마침내 마리우스가 벌떡 뛰어올랐다.

"성공이다! 와! 잘했어!"

사람들이 갈채를 보냈다. 많은 손님들이 그를 일으키고 헹가래를 쳤다. 하워드 스미스 선장의 이름이 입에서 입으로 전해졌다. 손님들은 그의 승리를 축하해주고 어깨를 톡톡 쳐주었다. 레이디 아가 모든 손님들에게 한턱내겠다고 알리자 손님들이 카운터로 몰려갔다.

마리우스는 아무것도 이해하지 못했다. 사람들이 그에게 말을 걸 때마다 그는 웃음을 터뜨렸다. 그는 내기에서 번 돈을 받자마자 공중에 뿌렸다. 하룻밤의 영웅이 된 그는 영원한 영웅이 되고 싶었다.

마리우스는 카운터에 팔꿈치를 기대고 성공을 음미했다. 아젤마가 그의 손에 키스하자 마리우스도 그녀의 손에 키스했다. 잠시 후 거인이 친구들의 부축을 받으며 그에게 왔다.

"나는 자네처럼 호탕한 사람이 필요하네."

마리우스가 대답했다.

"고맙습니다. 나는 하워드 스미스입니다. 스미스 선장."

거인은 다정하게 마리우스의 턱을 치고 말했다.

"나는 크로켓이네. 데이비 크로켓(텍사스 독립을 위해 활약했고 알라모 전투에서 전사한 미국의 영웅—옮긴이)."

마리우스는 그의 이름을 들은 적이 없었다. 아무튼 그는 아무것도 의식하지 못했다. 그는 구름 위에 있었고, 구름은 조금씩 그를 삼키고 있었다. 누구도 그에게 걷거나 앉으라고 요구할 수 없었을 것이다. 그는 사람들이 건네는 말, 소음과 알코올로 포화된 홀에서 일어난 모든 일을 이해한 척하면서 무거운 몸으로 멍하니 서 있었다.

아젤마가 다가와 손을 잡고 말했다.

"마리우스, 나와 함께 가요."

아젤마는 카페 바로 위층에 살고 있었기 때문에 그를 부축하며 계단을 오른 다음 자기 침실로 데려갔다. 그들은 마치 첫날밤을 맞이하는 신혼부

부처럼 침실 속으로 사라졌다. 아무도 그들을 방해하지 않았다.

* * *

갈색의 둥근 어깨와 헝클어진 까만 머리채가 시트 밖으로 나와 있었다. 마리우스는 여인의 나체를 발견하고 당황했다. 무슨 일이 일어난 걸까?

마리우스는 일어나려 했지만 두통으로 얼굴을 찌푸리면서 다시 쓰러졌다. 바이스가 관자놀이와 목덜미를 분쇄하는 것 같았다. 모래알이 들어간 듯 따가운 눈, 깔깔한 입안, 몸을 비틀거리게 하는 편두통.

젊은 여인은 바스락거리는 소리에 깨었다. 그녀는 기지개를 켜고는 마리우스 쪽으로 돌아누웠다. 그는 반짝거리는 까만 눈을 보고 흠칫 놀랐다.

마리우스는 약간 어리석게도 이렇게 물었다.

"잘 잤어요?"

아젤마는 두 눈을 비비고 시트를 제쳤다. 그녀의 풍만한 가슴이 마리우스의 시선을 끌었다.

아젤마가 미소를 짓고 대답했다.

"그럼요, 당신은요?"

마리우스는 지끈거리는 두통에도 불구하고 욕망을 숨기는 척하면서 아젤마에게 한쪽 팔을 내밀었다. 쑥스러운 상황이었다. 어제 저녁 승리감에 도취된 두 사람이 서로를 바라보는 눈길을 거두지 못할 때 마리우스는 아젤마가 존경심과 경탄을 고취시킨 다음 욕망을 불러일으키려는 부류의 여인이라고 생각했다.

마리우스가 입을 열었다.

"당신 덕분에 나는 푹 쉴 수 있었어요. 지금까지 이렇게 많이 마신 적이 없었어요. 미국은 정상이 아닌 나라처럼 보여요."

아젤마는 마리우스에게 다가가면서 단언했다.

"당신은 정말 영웅이었어요."

그리고 흥분으로 약해진 목소리로 덧붙였다.

"어젯밤 당신이 내게 한 얘기를 잊지 않았겠죠?"

"잊지 않았어요……."

"그럼 당신은 죽을 때까지 나를 사랑할 거죠? 당신은 하나도 잊지 않을 거죠?"

젊은 여인은 마리우스의 대답을 기다리지 않았다. 그녀는 마리우스의 가슴에 안겼다. 마리우스는 밀어내지 않았다. 그녀의 입술이 그의 입에 들러붙었다.

아젤마가 속삭였다.

"나는 잊지 않았어요. 당신을 사랑해요. 언제까지나 사랑할 거예요."

마리우스가 잊은 지 오래된 매혹적이고 강렬한 포옹이 이어졌다. 그는 다시 소생한 느낌이 들었다. 다정하고 열정적인 포옹. 그는 기도할 줄도, 울 줄도 모르면서 기도하고 울었다. 슬플 때와 기쁠 때 눈물과 기도는 때때로 유사하지 않은가.

아젤마가 신음소리를 내면서 말했다.

"당신은 내가 아름답다고 했어요."

아젤마의 속삭임은 영원과 관련된 단어, 발음이 불명료하고 일관성이 없는 단어로 가득했다. 그녀는 흥분이란 연장시켜야 할 순간이고 목소리 없는 외침이며 빛 없는 번득임이자 무한한 혼미이고 끝없는 떨림이라고 말했다. 또 이처럼 가슴이 뛰어본 적이 없다고 말했다. 마음이란 것은 무척 연약한 것이다. 이윽고 아젤마는 말을 잇지 못했다. 그녀는 물에 빠진 듯했다. 태양이 그녀를 번쩍 들어올렸다가 빠뜨리곤 했다. 그녀는 흥분한 몸을 비틀면서 살며시 마리우스의 배 위로 올라갔다. 마리우스는 자신이 보호를 받고 있다고 느꼈다. 사랑의 격정 속에서 뭔가 명령적이고 무한한 다정함을 느꼈다. 바로 그 순간 코제트의 모습이 눈앞에서 어른거렸다. 아젤마의 격정과 감미로움이 아내를 떠올리게 한 것이다. 그는 목덜미를 스쳐가는 전율, 탄탄한 복부, 움푹 파인 은밀한 곳을 좋아했다.

아젤마가 울면서 말했다.

"자, 나를 가져요. 어서요……."

젊은 여인은 황홀경에 빠져들었다. 마리우스 역시 절정에 이르렀다. 기진맥진한 그는 곧장 옆으로 떨어졌다. 머리를 둔하게 하고 이제는 척추까지 내려온 두통에도 불구하고 그의 얼굴에는 흡족함과 어두운 근심이 뒤섞여 있었다. 결국 어떻게 될까?

아젤마는 그의 몸에 달라붙고 속삭였다.

"마리우스, 당신은 내가 기다렸던 사람이에요. 어제도 말했지만 오늘 아침 다시 말하는 거예요. 나는 조금 두려워요. 하지만 적어도 이게 꿈은 아니죠. 꿈을 꾼 후 깨어나면 우리가 기만적인 영상의 대상이었다는 사실을 깨닫고 현실로 돌아오잖아요. 당신은 분명 여기에 있어요. 나는 당신 눈동자 속에서 나를 보고 있고요."

마리우스는 머리를 돌리고 등나무 탁자에서 커다란 물잔을 발견했다. 그는 여인의 손을 잡고 잔이 있는 곳으로 끌고 갔다. 아젤마는 미소를 지으며 물을 마셨다. 마리우스는 그녀의 손을 잡고 부드럽게 키스했다.

마리우스가 더듬거렸다.

"나도 두려워요. 레이디 아, 당신은 나의 요정이에요. 나의 요정은 귀여운 여인이에요."

* * *

아젤마와 마리우스는 일주일 동안 한시도 떨어지지 않았다. 그들은 시내에서, 항구에서, 미시시피 강의 얕은 곳에서, 폰차트레인 호수의 해변에서 산책했다. 햇살이 백련과 푸른 히아신스에 물을 튀기고 있는 듯했다. 두 연인은 사륜마차를 버려두고 실편백나무와 검은 떡갈나무 사이에서 숨바꼭질했다. 그들은 가끔 멈추고 포옹하며 웃음을 터뜨렸다. 공기는 훈훈하고 바람은 불지 않았다. 그들의 눈에서 초조와 흥분이 보였다. 그들은 금세 울음을 터뜨릴 것만 같았다. 만족하지 못하는 두 사람은 끊임없이 얼싸안고 키스하며 맹세와 약속을 되풀이했다. 그들은 눈을 들고 무한한 사랑과 끝없는 수평선을 비교했다.

아젤마는 뉴올리언스와 주변을 돌아다니면서 마리우스에게 크레올 요리와 케이준 요리를 맛보게 했다. 잠발라야, 검보, 꽁치와 게와 함께 먹는 머핀, 매운 소스를 친 메기, 악어 소시지, 이탈리아식 키슈, 감자튀김을 곁들인 굴.

마리우스가 출항하기 전날, 두 사람은 미시시피 강가에 앉아 갈색 강물을 가르는 외륜선 한 척을 바라보았다. 수레, 말, 돼지, 가금, 면화를 가득 실은 증기선. 아젤마는 슬퍼했다. 그녀는 이제 어떤 것에도 의욕이 없었다. 멀리서 베이스와 바리톤이 부르는 성가가 들려왔다. 미뉴에트. 사업에 실패한 사람들의 애절한 한탄. 묵묵히 사륜마차에 오른 두 사람은 플랜테이션 도로인 올드 리버 로드와 폰차트레인 호수를 향해 달렸고 마침내 고운 모래 해변이 나타났다. 10여 채의 작은 오두막집 근처, 눈에 잘 띄지 않는 곳에서 흑인들이 모닥불과 죽은 수탉 한 마리 주위에서 의식을 치르고 있었다. 그들은 땅을 밟고 머리를 사방으로 흔들면서 저주를 퍼붓고 있었다.

아젤마가 마차를 멈추고 말했다.

"부두교 신자들이에요."

두 사람은 마차에서 내린 뒤 몰래 나무 사이로 들어갔다. 아젤마는 마리우스에게 부두교가 최고의 신인 하느님은 물론이고 노동, 가족, 건강 등 지상의 일에 개입하는 수많은 신과 정령의 존재를 믿는다고 설명했다.

아젤마가 말을 이었다.

"마리우스, 사랑에 관여하는 정령도 있어요. 정령들마다 자신의 숫자, 열매, 색깔 또는 좋아하는 해와 날짜를 갖고 있고, 바람, 번개, 물, 동물 같은 자연의 힘 속에서 모습을 드러내요."

그리고 도전적인 모습으로 덧붙였다.

"자, 보세요."

아젤마가 불쑥 모습을 드러내자 부두교 신자들은 깜짝 놀랐다. 그녀를 알고 있는 듯한 노파가 파이프를 입에 물고 책상다리로 앉은 채 여러 번 고개를 끄덕였다. 아젤마는 짧은 외투와 타이츠 그리고 모자를 벗었다. 승마용 치마와 장화만 남았다. 그녀는 피부를 빨갛게 달구는 불빛 속에서 격렬하게 몸을 흔들며 춤을 추었다. 얼굴이 기름기로 반지르르하고 머리가 고불거리는 키다리가 작열하는 잉걸불을 보고 있다가 섬광을 발하는 작은 조각상을 꺼내고 일어났다. 마리우스는 경직되었고 아젤마는 최면 상태에 들어갔다. 파이프를 문 노파는 일어나서 그녀에게 다가가더니 수탉의 시뻘건 심장을 쥔 채 알 수 없는 소리를 내뱉었다. 아젤마는 즉각 멈추더니 헐떡거리면서 무릎을 꿇었다. 그녀의 머리카락이 얼굴을 가렸다.

마리우스는 달려가 두 팔로 그녀를 감쌌다. 그는 침묵하는 부두교 신자들이 지켜보는 가운데 그녀에게 옷을 입히고 사륜마차로 데려왔다.

"당신을 사로잡은 게 뭐죠?"

"마리우스, 부두교의 신은 거짓말하지 않아요. 당신은 언젠가 내 곁을 떠날 거예요."

"대체 무슨 얘기를 꾸며내려는 거죠?"

마리우스는 사륜마차의 고삐를 잡고 조금 가더니 호숫가에서 멈추었다.

아젤마는 마리우스의 품에 안기면서 말했다.

"나를 지켜줘요."

두 사람은 한동안 말없이 걸었다. 시원한 그늘이 커다란 떡갈나무의 짙은 보랏빛 잎사귀까지 내려왔다. 마리우스는 아젤마에게 하늘을 가리켰다. 그녀는 아랑곳하지 않았다. 그녀의 고집스러워 보이는 얼굴은 암시로 가득했다.

마리우스가 단호하게 말했다.

"당신은 부두교에 미쳤어요."

아젤마가 고쳐 말했다.

"나는 당신에게 미친 거예요."

"나를 따라와요."

두 사람은 무성하게 자란 풀밭 쪽으로 올라가 아직도 뜨거운 모래밭에 드러누웠다.

아젤마가 말했다.

"당신은 내 곁을 떠날 거예요. 수탉의 심장에 그렇게 쓰여 있었어요."

"어떻게 당신은 그런 터무니없는 말을 믿는 거죠? 아무튼 나는 돌아올 거예요."

"나는 당신 아내가 되고 싶어요."

마리우스는 난처한 표정을 짓고 중얼거렸다.

"나는 이미 결혼한 몸이에요."

"그럴 거라고 짐작했어요. 당신은 처음부터 거짓말했어요. 그녀 이름이 뭐죠?"

"그녀에게는 더 이상 이름이 없어요. 어쩌면 죽었을 거예요."

"만일 죽지 않았다면요?"

마리우스는 자신 없이 대답했다.

"아무튼 나는 이곳에 살고 있어요."

마리우스는 자신의 비겁함을 자책했다. 왜 남자들한테 용감한 사람이 여자에게는 비겁해지는 걸까? 그는 우연한 일이라고 치부했다. 아무튼 평범한 사람이라면 결코 얻을 수 없는 행운이었다.

아젤마가 말을 이었다.

"당신은 항상 그녀를 생각하나요? 만일 그렇다면 당신은 프랑스로 돌아가겠죠?"

아젤마는 낙낙한 자줏빛 치맛자락을 들어올려 얼굴을 가렸다. 마리우스는 다정한 눈길로 그녀의 무릎과 검은 장화를 바라보았다. 그리고 그녀의 손을 잡았다. 그녀는 우는 시늉을 하면서 그를 밀어냈다.

"마리우스, 프랑스는 당신을 원치 않아요! 당신은 탈옥한 도형수예요! 알겠어요? 만일 당신이 인생을 다시 시작해야 한다면 바로 이곳에서 나와 함께해요!"

아젤마는 그렇게 퍼부으면서 흐느껴 울었다. 레이디 아는 자신의 열정에 매달리는 소녀에 지나지 않았다. 마리우스는 대답하지 않았다. 그는 그녀의 얼굴을 보려 했지만 그녀는 완강하게 버텼다. 그러다가 갑자기 얼굴을 드러내고 웃음을 터뜨렸다. 그녀는 치마와 블라우스를 벗었다. 성급한 손길로 옷을 찢다시피 했다. 그리고 분노와 절망이 뒤섞인 목소리로 외쳤다.

"이 모든 게 당신을 위한 거예요!"

엷은 보랏빛 블라우스를 벗자 반드럽고 윤기 있는 피부가 드러났다. 창백한 밀랍색의 넓적다리도 드러났다.

"당신이 나를 사랑한다면 이리 오세요!"

아젤마는 마리우스를 잡아당기고 헐떡이는 목소리로 말했다. 하늘은 어두워졌고 바람은 돌풍을 일으켰다. 마리우스가 그녀를 껴안자 아젤마가 속삭였다.

"마리우스, 당신은 나를 사랑하나요? 나를 사랑한다고 말해봐요……."

마리우스는 그녀를 사랑한다고 말했다. 문득 자괴감이 들었다. 그는 열 번이나 반복했다. "당신을 사랑해, 당신을 사랑해, 당신을 사랑해……." 하지만 이 변덕스러운 여인의 얼굴 뒤에서 코제트의 얼굴이 보였다. 그것은 일종의 강박관념이 되었다. 그가 맞대고 있는 이 배는 아젤마의 것이 아니라 잃어버린 아내의 배였다. 그리고 그를 때리고 있는 이 팔과 그를 할퀴는 이 손톱은 코제트의 것이었다. 그는 자신이 코제트를 배신하고 아젤마를 속인 비겁한 배신자라고 느꼈다. 코제트와 아젤마를 동시에 사랑할 수 있을까? 일관적인 행동과 모습을 유지하는 것은 쉬운 일이 아니다. 그는 결코 일관성을 유지할 수 없을 것이다.

아젤마는 두 손으로 마리우스의 얼굴을 잡으면서 말했다.

"그 노파가 내게 뭐라고 했는지 알아요? 내가 자발적으로 희생함으로써 내 인생의 남자를 구할 거라고 말했어요. 우습지 않아요?"

격분한 마리우스는 여인을 껴안으면서 말했다.

"그럴 리가 없어요. 앞으론 그 마녀를 만나지 말아요."

"쿠냐 할멈의 점이 틀리는 경우는 거의 없어요."

그때부터 마치 전투를 치르는 것 같았다. 여인은 상처 입은 가슴을 껴안아달라고 요구했다. 마리우스는 그녀의 블라우스를 찢고 젖가슴을 드러냄으로써 묵묵히 임무를 실행했다. 그녀는 그를 탐욕스럽게 바라보았다. 감지되지 않는 전율이 그녀의 온몸을 휩쓸고 지나갔다. 고뇌의 외침은 곧 공격의 함성으로 변했다.

아젤마가 흐느끼면서 말했다.

"나는 당신 아내가 아니에요. 나는 그녀가 아니라고요!"

마리우스의 허리를 휘감은 그녀의 넓적다리는 봉헌물이자 집게였다. 그녀는 마리우스에게 섬기고 복종하라고 명령했다. 흥분하고 매료된 그는 승리를 단념했다. 아젤마의 몸이 부드러워지자 그는 여인의 얼굴을 응시했다. 그는 사시나무처럼 전율했다. 젊은 여인의 얼굴에서 테나르디에의 표정을 알아본 것이다. 겸손과 이중성으로 이루어진 행복한 미소. 사랑이 분노로 변할 뻔했다. 그는 그렇게 상상한 자신을 책망하고는 아젤마를 어루만졌다. 그녀는 마리우스의 애무에 감사하면서 울먹이는 소리로 자신을 변호했다. 갑자기 흥분한 두 사람은 뒤엉킨 채 모래밭에 쓰러졌다.

아젤마가 먼저 일어나 머리를 풀었다. 고개를 들자 빗방울이 얼굴에 떨어졌다. 이슬비가 떨어지기 시작했다.

아젤마는 얼굴과 목을 미지근한 빗물에 내맡기면서 말했다.

"당신은 내게 쾌감을 주었어요. 당신은 행복했나요?"

마리우스는 솔직하게 말할 수 없었다. 어떤 의미에서 그는 길을 잘못

들었다. 그는 제자리에서 깡충 뛴 다음 은밀히 고개를 끄덕였다. 그는 아젤마에게 손을 내밀어 그녀를 일으켰다. 소나기가 쏟아지고 있었다. 쾌락은 도망치는 것이기 때문에 마리우스는 행복하지 않았다. 그는 능선으로 뛰어올라 구덩이 속으로 사라졌다. 그는 아젤마를 소유하면서 코제트를 열망했다. 아젤마 테나르디에. 그는 사랑이란 단어, 사랑에 관련된 형용사와 능변을 증오했다. 또 자신의 배신을 증오했다. 하지만 아젤마는 사막 속의 보배였다.

마리우스는 빗속에 서서 주위를 둘러보았다. 아젤마는 그의 시선에서 혼란을 읽을 수 있었다. 그녀는 신비스러운 미소를 짓고 의젓한 걸음으로 멀어졌다.

"서둘러요. 우리는 흠뻑 젖게 될 거예요!"

두 사람은 빗속을 달려 사륜마차로 돌아왔다. 젊은 여인은 말없이 말을 몰고 마리우스를 프레몽의 집에 데려다주었다.

아젤마는 실망한 듯한 표정으로 손짓을 하면서 말했다.

"오늘 저녁 나를 보고 싶다면 오세요. 내가 어디에 있는지 알죠?"

마리우스는 마차에서 내려 슬프고 동시에 진지한 표정으로 그녀가 멀어지는 모습을 바라보았다. 감정의 착란보다 감각의 착란에 빠지는 것은 위험할 수 있다. 사실 그는 자신에 대해 흡족하지 못했기 때문에 아젤마에 대해 만족하지 못했다. 아무튼 그는 내일 항해를 시작할 것이다.

\* \* \*

펠리시타호는 두 개의 돛, 뾰족한 배 밑바닥, 16문의 대포를 갖춘 날씬한 스쿠너선이었다. 마리우스의 부관인 하퍼 항해사는 무성한 구릿빛 금발에 여자처럼 장밋빛 피부를 지닌 꺽다리 청년이었다. 그는 마리우스에게 라틴식 돛의 이점을 설명했다.

"스미스 선장님, 이 돛 덕분에 우리는 바람 부는 쪽으로 비스듬히 항해할 수 있습니다."

마리우스는 살짝 어깨를 으쓱했다. 그는 아직 자신의 새로운 이름에 익숙해지지 않았다. 몇 달 전만 해도 도형수였는데 지금은 배를 지휘하고 있지 않은가.

"스미스 선장님, 열병식장으로 안내하겠습니다."

하퍼 항해사는 우스꽝스럽고 매혹적인 억양으로 완벽하게 프랑스어를 구사했다. 미주리 주 출신인 그는 3년 전부터 존 라플린을 위해 일하고 있었다. 그는 여세를 몰아 마리우스에게 선원들을 소개했다. 체격이 좋은 30여 명의 호남아들이었다. 마리우스는 조금 전 보트를 타고 펠리시타호에 오면서 이들 선원들 중 몇 명을 보았다. 다양한 국적과 피부색을 가진 강인한 사내들이었다. 그는 이 사내들로부터 얻어낼 수 있는 이익을 생각했다. 이들은 해적을 닮았다. 엘 디아블로를 생포하는 데 안성맞춤이었다.

날씨는 다시 좋아졌다. 펠리시타호는 아침의 황금빛 햇살 속에서 선명하게 드러났다. 보랏빛의 육중한 선체. 선박 뒤쪽으로 햇살과 먼지에 휩싸인 뉴올리언스의 부두는 멀어져갔다. 군중과 짐꾼이 우글거리고 흑인 노예들이 노래를 부르며 사이렌과 증기선의 종소리가 울리는 중앙 부두에 지팡이를 든 한 남자가 작은 양산을 쓴 여자 옆에 서 있었다. 샹들리에와 현창으로 장식된 증기선 위로 하얀 연기가 치솟고 있었다. 어린 라파엘은 두 사람 사이에서 눈물에 젖은 눈으로 자신이 버려졌다고 생각했다. 아젤마와 프레몽 선장은 아이를 안심시키려 애썼다. 마리우스와 파르페타무르는 12월 말에 돌아올 예정이었다. 그동안 아이는 철자법과 셈을 배울 것이다.

"라파엘, 그렇지 않니?"

"네, 선장님……."

세 사람은 펠리시타호의 출항을 지켜보고 있었다. 그들은 마리우스에 게 똑같은 사랑은 아니더라도 똑같은 애정을 품고 있었다. 어제 저녁 마리우스는 아젤마에게 가지 않았다. 하지만 그녀는 그를 원망하지 않았다. 그녀는 사랑을 위해 자존심을 버릴 준비가 되어 있었다.

마리우스는 펠리시타호의 선미루 갑판에서 망원경으로 아젤마를 지켜보고 있었다. 그는 멀어지면서 벌써부터 그녀를 그리워했다. 하지만 아젤마는 코제트의 추억과 그의 상처를 되살아나게 했다. 이번에는 그가 선택해야 할 것이다.

펠리시타호 선원들은 돛을 감아올렸다. 배는 진로를 바꾸고 바람이 불어오는 쪽으로 뱃머리를 돌렸다. 그리고 위풍당당하게 순풍에 돛을 올렸다. 키를 잡고 있던 파르페타무르는 하퍼 항해사의 축하를 받았다. 하퍼는 웃음을 터뜨리면서 외쳤다.

"훌륭합니다, '완벽한 사랑' 님!"

항해사는 눈에 망원경을 들이대고 있던 마리우스에게 다가갔다.

부두에서 프레몽이 망원경을 들고 아젤마에게 물었다.

"마리우스를 사랑하나요?"

아젤마는 라파엘의 금발의 곱슬머리를 쓰다듬으면서 대답했다.

"관심이 없는 것은 아니에요."

그러자 프레몽이 미소를 지으면서 충고했다.

"그렇다면 그에게 사랑을 입증할 순간이에요."

아젤마는 망원경을 잡고 마리우스의 망원경을 발견했다. 아, 마리우스 역시 그녀를 바라보고 있지 않은가! 그녀는 두 팔을 흔들며 행복을 외칠 뻔했다. 하지만 그녀는 다른 것을 예상해두었다. 그녀는 작은 양산을 낮추고 프레몽에게 보여주었다. 우산 등에 연지로 이렇게 쓰어 있었다.

"아무것도 잊지 마세요."

아젤마는 바다를 향해 우산을 높이 들어올렸다.

프레몽이 살짝 손짓을 하며 말했다.

"마리우스도 보았을 거예요. 이제 양산을 그만 흔드세요. 그가 현기증을 일으키겠어요!"

마리우스는 하퍼 항해사에게 망원경을 맡기고 상갑판 난간으로 기어올라갔다. 그는 군도를 빼고 크게 원을 그렸다.

아젤마가 물었다.

"저게 무슨 뜻이죠?"

프레몽이 대답했다.

"마리우스가 당신을 잊지 않겠답니다."

아젤마는 양산을 내렸다. 그녀는 마리우스가 돌아오면 그를 위해 예쁘게 단장할 것이다. 그러면서도 한편으론 자신이 너무 직선적이고 마음을 다 드러내 보인다고 생각했다.

아젤마는 한숨을 짓고 말했다.

"하지만 누구도 운명을 거역할 수는 없어. 유일하게 존재하는 것이 운명이야. 마리우스는 내 운명이지."

아젤마는 라파엘의 손을 잡고는 자신의 인생 역정을 회상했다. 아버지의 돈을 훔쳐 뉴올리언스에 도착한 뒤 피유 뒤 세르장 카페를 운영하면서 어떤 감정적 실수도 저지르지 않았던 그녀였다. 그녀는 사랑은 오직 하나

뿐이라고 생각했다. 그녀는 열정에 휩쓸리지 않을 것이다. 혹은 제멋대로 굴지 않을 것이다. 마리우스는 앤틸리스 제도에서 돌아오자마자 그녀의 사랑을 깨닫게 될 것이다.

* * *

마리우스는 멕시코 만과 카리브 해를 누볐다. 그는 해적들의 섬인 뉴프로비던스와 커피, 양념, 카카오의 천국인 자메이카에 갔다. 아바나에서 싣고 간 상품을 설탕, 담배와 교환한 후 그는 플로리다 해협이 보이는 아바나 항구에서 끔찍한 체험을 했다. 서부 아프리카에서 출발하여 뉴욕 주의 롱아일랜드로 가고 있던 영국 선박에 500명의 남녀가 타고 있었다. 그것은 돛대가 둘인 스쿠너선이었다. 노예선.

마리우스와 파르페타무르가 부두에 있던 선원들과 합류했을 때 사람들은 좋은 상품에 대해 얘기하고 있었다. 다만 몇 가지 문제가 있었다. 승무원들은 보름 동안 항해하면서 55구의 시체를 바다에 버렸다고 했다. 마리우스는 한 영국 소위에게 압생트와 럼주 그리고 망고 주스를 사준 후 스쿠너선에 승선할 수 있었다. 소위가 그를 안내했다.

마리우스는 갑판을 돌아다니면서 고약한 냄새를 맡고는 목이 메었다. 죽음과 불행의 냄새. 그는 이 냄새를 잘 알고 있었다. 도형수의 쇠사슬, 땀, 소변, 대변 따위의 냄새가 아닌가. 툴롱과 해상 도형장의 냄새.

소위는 영어와 프랑스어를 섞어가며 설명했다.

"완벽하게 관리하고 있습니다."

마리우스와 파르페타무르는 끔찍한 시선을 교환했다. 그들은 황급히 뒤로 물러났다. 소위가 으스대며 걷는 동안 그들은 로봇처럼 걸었다. 이 배는 정말로 갤리선이었다. 노를 젓지 않는 갤리선. 아프리카 흑인들을 납치해서 미지의 땅에 팔아넘기는 갤리선. 노예들은 승강구 아래 철창 속에서 질식되고 있었다. 마리우스는 머리를 숙이고 줄을 지어 쪼그리고 앉아 있는 노예들을 보았다. 그들은 누울 수도 없을 만큼 빽빽이 모여 있었다. 소위는 손수건으로 콧물을 닦으면서 말했다.

"매우 안락합니다."

마리우스는 소위를 바다에 던지지 않기 위해 이를 악물고 참아야만 했다. 소위는 총명한 사내가 아니었다. 사람들은 영국식 유머에 대해 자주 얘기하지만 영국인들은 유머 감각이 없다. 그들에게는 단지 교활한 유연성만이 있을 뿐이다. 영국인들은 휘어지기는 하지만 결코 꺾이지 않는 익살꾼이다. 뼈를 발라낸 가금류처럼 얼굴이 불그스름한 이 영국인은 미국과 뉴올리언스의 상실을 아쉬워했다. 그러면서 이 노예들이 운이 좋았다고 우겼다.

"이 노예들은 운이 매우 좋습니다. 장담할 수 있어요!"

실제로 이 노예들은 '운이 매우 좋았다.' 노예들이 갇혀 있는 선실의 높이는 보통 45센티미터를 넘지 않았는데 이곳은 약 1미터였다. 또 남자 노예들은 대서양을 항해하는 동안 목과 다리에 쇠사슬이 채워져 있었는데 이 노예들은 그렇지 않았다.

"그 이유를 아십니까?"

마리우스는 그 이유를 몰랐고 더 알고 싶지도 않았다. 그러니까 이게 노예제도란 말인가. 매도자들과 매수인들이 검은 피부를 가진 빨간 고기를 매매하는 거대한 가축 시장.

마리우스는 황급히 노예선을 떠났다. 장 라피트를 생각했다. 그 역시 노예상인이 아닌가. 따지고 보면 모든 사람이 노예상인이 아닐까? 이제 프랑스 노동계에서는 사람이 기계를 돌리는 게 아니라 기계가 사람을 돌리고 있었다. 그는 자문했다. '그럼 나의 공화주의 이상은? 샹브르리가의 바리케이드는? 1832년에 총살된 앙졸라와 쿠르페락의 죽음은? 그리고 1789년의 대혁명은? 자유롭게 활동할 수 있는 인권은? 이 모든 게 이 지경에 이르기 위한 걸까?'

파르페타무르가 지적했다.

"자네가 알고 있는지 모르겠군. 자네는 레이디 아와 달콤한 말을 속삭이느라 정신이 없었을 테니까. 뉴올리언스는 가장 큰 노예시장 중의 하나야."

"몰랐어요. 관심도 없고……."

마리우스는 부하 선원들을 만나자마자 돌아서서 토했다. 그는 토하면서 비참한 사람들을 생각했다. '언젠가는 다시 혁명이 일어날 거야.'

조금 멀리 돼지고기와 순대를 굽고 있던 화덕 옆에서 귀고리를 하고 햇볕에 그을린 사내가 기타로 멕시코 노래를 연주하고 있었다. 낭랑하고 또렷한 목소리와 부드러운 억양은 유혹적이었다. 하지만 어느 것도 마리우스를 유혹할 수 없었다.

\* \* \*

마리우스는 화약통이 가득 실린 작은 보트를 타고 육지에 갈 때는 언제나 파르페타무르와 완전무장한 여섯 명의 부하들을 데리고 갔다. 그는 존 라플린이 반란이나 반역을 선동하지 않았을까 자문했지만 결코 자신의 임무를 소홀히 하지 않았다. 그는 깃털 장식을 한 흑인들, 수상쩍은 포르투갈인들, 냉소적인 푸에르토리코 사람들, 농담을 잘하는 쿠바인들, 프랑스나 영국 출신의 옛 해적들과 협상했다. 대부분이 음흉한 사람들이었다. 마리우스는 때때로 군도를 꺼내 들곤 했다. 제때에 돈을 지불하지 않는 상인들과는 거래하지 않았다. 용감하면서도 온건한 이 젊은 선장은 존경심을 불러일으켰다. 누구도 그의 눈을 속일 수 없었다. 눈동자에서 단호한 섬광이 빛났다.

진홍색 프록코트를 입었고 볕에 그을리고 수염을 기른 파르페타무르의 모습도 인상적이었다. 그는 한 손이 없는 몸 탓에 신중하게 처신했다. 그는 권총으로 30보 떨어진 과녁을 맞혔다. 칼싸움은 무적이었다. 그는 더욱 강한 인상을 심어주기 위해 두 다리 사이에 대포를 끼워넣고 들어올렸다. 미국 포수(砲手)들이 감탄했다. 그는 식인귀처럼 포효하면서 바닷가재와 멧돼지를 게걸스럽게 먹었다.

어느 날 마리우스는 쿠바 근처에서 대금 지불을 거부하는 스페인 사람과 다투었다. 이 사건은 후벤투드 섬에 있는 누에바헤로나에서 일어났다. 커다란 기둥으로 둘러싸인 하얀 집 앞에 내포가 불쑥 나와 있었다. 기름기 많은 뚱뚱한 스페인 사람이 마리우스와 그의 동료들을 비웃었다.

"꼬마야, 나는 아무 빚도 없어."

마리우스가 침착하게 반박했다.

"존 라플린 씨에게 빚을 갚아야 합니다."

소총으로 무장한 세 명의 부하와 칼로 장난치는 험상궂게 생긴 쿠바인을 대동한 스페인 사람이 쩌렁쩌렁하게 웃었다. 그리고 목걸이 모양의 수염을 긁고 방심한 표정으로 말했다.

"꼬마야, 하지만 너는 라플린이 아니잖니."

"나는 스미스 선장입니다. 라플린의 대리인입니다."

스페인 사람은 동료들을 증인으로 삼고 R음을 불명확하게 발음하면서 말했다.

"해적의 대리인에게 돈을 준다고? 스미스 선장, 대체 나를 뭘로 보는 거야? 너는 정말로 해적이야?"

마리우스는 짜증을 내지 않고 반박했다.

"내가 해적이라고 누가 말했소? 만일 대금을 주지 않는다면 당신이 바로 해적이오."

마리우스는 짜증내지 않았지만 파르페타무르와 부하들은 신경을 곤두세웠다.

파르페타무르가 마리우스의 귀에 대고 속삭였다.

"저놈들을 죽여버릴까?"

"절대 안 돼요. 저놈들에게 나는 꼬마에 불과해요. 하지만 아이들은 고집이 세죠."

그러는 사이 쿠바인이 대열에서 빠져나왔다. 그는 더욱 심하게 칼 장난을 치면서 스페인 사람의 귀에 대고 뭔가를 속삭였다.

스페인 사람이 마리우스를 자극했다.

"옛날에는 분쟁이 생기면 대검으로 해결했지. 잔인한 시대였지. 하지만 잔인함은 때때로 효과가 있어. 꼬마야, 어떻게 생각해?"

마리우스가 대답했다.

"당신 뜻대로 하겠소."

스페인 사람이 낄낄거렸다. 그리고 손가락으로 소리를 냈다. 부하들 가운데 한 명이 집으로 달려가더니 포석을 깐 안뜰을 지나 작은 상자를 들고 돌아왔다.

스페인 사람이 작은 상자를 가리키며 말을 이었다.

"나는 도박꾼이야. 저기에 돈이 있지. 하지만 싸워야 해, 꼬마야."

마리우스가 군도를 꺼내면서 말했다.

"좋소. 그렇게 끝냅시다."

스페인 사람이 두 팔을 올리며 말했다.

"아이쿠! 나와 붙겠다고? 꼬마야, 그건 안 되지! 나는 싸움질은 하지 않거든. 하지만 이 친구가 나 대신에 싸울 거야."

쿠바인은 포효하면서 발로 땅을 문질렀다.

스페인 사람이 약을 올렸다.

"이 사람은 진짜 황소야. 꼬마야, 어떻게 생각하냐?"

결투 심판자가 땅바닥에 원을 그리고 두 적수에게 무기를 선택하라고 지시했다. 마리우스는 군도를 선택하고 쿠바인은 칼을 선택했다. 싸움이 시작됐다.

쿠바인이 흥분한 짐승처럼 돌진했다. 그는 선술집에서의 싸움질에 익숙한 건달 같았다. 마리우스는 가까스로 상대의 공격을 피했다. 상대는 비틀거리면서 원 밖으로 나갔다. 그는 제자리로 돌아와 투덜거리면서 발을 구르고 먼지를 일으켰다. 마리우스와 스페인 사람의 부하들이 두 사람을 둥글게 에워싸고 말없이 지켜보았다. 규칙에 따르면 두 적수 중 한 사람이 싸움을 포기하면 다른 사람이 대신할 수 있었다. 하지만 누가 마리우스 대신에 이 괴물에 맞서 싸우겠는가?

싸움은 격렬했다. 원 안에 먼지구름이 일었다. 숨을 쉴 수 없을 정도였다. 갑자기 마리우스가 빙글빙글 돌면서 반격에 나섰다. 피할 수 없는 공격. 그는 쿠바인의 손을 잘라버렸다. 대경실색한 쿠바인은 땅바닥에 떨어진 자신의 손을 응시했다. 그리고 짐승처럼 울부짖으면서 다시 달려들었다. 이번에는 공격에 성공했다. 그의 머리가 마리우스의 팔에 부딪쳤던 것이다. 마리우스는 균형을 잃고 뒤로 넘어질 뻔했다. 다행히 쓰러지지는 않았다. 하지만 그는 혼미한 상태에 빠졌다. 파르페타무르가 한 팔을 올리고 말했다.

"자네, 뭐하는 거야?"

파르페타무르는 주먹으로 마리우스의 관자놀이를 쳤다. 마리우스는 제자리에서 빙 돌더니 원 밖에서 푹 쓰러졌다. 교체할 순간이었다. 쿠바인이 다시 공격했다.

파르페타무르가 원 안으로 뛰어들면서 외쳤다.

"이 친구야, 내 손을 봐. 너와 나는 똑같은 조건이야!"

그러면서 면도칼처럼 예리한 식칼을 꺼냈다.

쿠바인은 공격을 지체하지 않았다. 팔뚝에서 피가 줄줄 흘렀지만 칼을 휘두르며 파르페타무르에게 달려들었다. 하지만 황소는 물소에게 저지당했다. 둔탁한 소리가 들리는 엄청난 충격. 의식이 돌아온 마리우스 앞에서 두 사람이 마주 보고 있었다. 무릎을 꿇고서. 두 사람은 잠시 서로를 탐색하다가 박치기를 시도했다. 한 번, 두 번, 세 번. 충돌이 땅을 흔들었다. 두 사람은 상대의 두개골을 박살낼 태세였다. 이마에서 피가 흐르고 얼굴이 퉁퉁 부은 두 사람은 서로를 노려보았다. 이윽고 쿠바인이 벌떡 일어나 즉각 공격했다. 하지만 파르페타무르는 마리우스처럼 교묘하게 방어했다. 그리고 마리우스처럼 일어나 응수했다.

쿠바인이 울부짖었다.

"개자식!"

쿠바인의 오른손에서 피가 분출했다. 그는 무릎을 꿇은 채 헐떡거리고 끙끙거리면서 믿을 수 없다는 듯 고개를 저었다. 상처에서 피가 철철 흘러나왔다. 이마가 깨지고 햇빛에 눈이 부신 그는 최후의 순간을 맞이하는 황소처럼 처참한 꼴로 누워 있었다. 매캐한 악취가 공기를 오염시키고 있었다. 파르페타무르는 쿠바인에게 다가가 칼끝으로 목을 겨누었다.

마리우스가 스페인 사람에게 물었다.

"돈을 낼 거야?"

스페인 사람은 구슬 같은 땀을 뻘뻘 흘렸다. 그는 멀리, 저 멀리 집 아래쪽에 있는 청록색 바다로 뛰어들고 싶었을 것이다. 그의 부하들 가운데 한 사람이 거총을 하다가 이마 한가운데에 총알을 맞았다. 마리우스가 손에 들고 있는 권총으로 명중시킨 것이다.

그것은 일제사격의 신호였다. 경계하고 있던 펠리시타호의 선원들은 가까이에서 사격을 개시했다. 챔피언의 패배에 질겁한 스페인 사람의 부하들은 아연실색한 채 가만히 있었다. 대항하는 것은 불가능했다. 그들은 차례대로 쓰러졌다. 단 한 사람만이 서 있었다. 작은 금고를 들고 있던 사람.

한동안 침묵이 흘렀다. 당황한 스페인 사람은 넋이 나간 시선으로 주위를 둘러보았다. 뚱뚱한 오뚝이처럼 보이는 그는 말문이 막혔다. 쿠바인은 이 순간을 이용해서 파르페타무르에게 최후의 박치기를 시도했다. 하지만 그의 목이 상대의 식칼에 찔리고 말았다. 그는 딸꾹질을 하면서 쓰러지더니 요란하게 경련을 일으켰다.

파르페타무르는 쿠바인이 걸친 빨간색의 낙낙한 웃옷에 칼을 닦고 마리우스에게 신호를 보냈다. 마리우스는 지나칠 정도로 공손하게 금고를 향해 손을 뻗은 스페인 사람에게 다가갔다.

스페인 사람은 떨면서 말했다.

"선장님, 지불하겠습니다……."

그는 금고에서 마리우스에게 지불해야 할 돈을 꺼내 천천히 세고 나서 더욱 비굴한 태도로 건넸다.

마리우스는 군도를 들고 명령했다.

"벌금도 내야 해. 감히 나한테 꼬마라고 부르다니."

마리우스는 금고를 압수했다. 그리고 정확한 동작으로 무기를 휘둘렀다. 스페인 사람이 날카로운 비명을 지르면서 손으로 뺨을 어루만졌다.

마리우스는 군도를 칼집에 넣으면서 말했다.

"다행인 줄 알아. 목숨은 살려주지. 하지만 너는 영원히 흉터를 간직하게 될 거야. 그리고 이제는 스미스 선장이 누구인지 알 게 되겠지."

얼마 후 카리브 해의 사람들은 모두 스미스 선장을 알게 되었다.

\* \* \*

두 달 후 펠리시타호의 선창이 비었다. 모든 상품을 인도하고 현찰을 받아냈다. 스쿠너선은 멕시코 만을 향해 전진했다. 때는 12월 말이었다. 마리우스는 하퍼 항해사 덕분에 많은 항해술을 배웠다. 하지만 성공은 자신의 노력 덕분이었다.

항해를 하다 보면 돌발적인 사건에 부딪히게 마련이다. 펠리시타호는 유카탄 반도에서 쿠바 해안을 따라 항해하고 있었다. 그곳에는 내포와 암초가 많았다. 동이 트기 시작했다. 한 시간 후 하퍼 항해사는 항로를 바꾸라고 지시했다. 망을 보는 선원이 반대편 돌출부에서 두 척의 배가 싸우고 있다고 외쳤다. 두 개의 돛이 있는 범선과 상선 같았다.

마리우스가 물었다.

"범선이라고 했소?

"그렇습니다, 선장님."

"항해사, 자네가 배를 지휘하게. 돛 줄임줄로 아래 돛을 졸라매서 돛으로 앞부분을 가린 다음 배를 멈추게."

마리우스는 선미루 갑판을 떠나 작은 보트를 바다에 띄우라고 지시했다. 그는 작업복을 벗고 권총 두 자루를 챙겼다. 한 가지 생각이 머릿속에서 떠나지 않았다. 그는 싸움에 능한 선원 열 명을 골랐다. 그리고 파르페타무르에게는 배에 남아 있고 하퍼에게 항해를 계속하라고 지시했다.

마리우스가 항해사에게 설명했다.

"달아나는 척하게. 우리가 스쿠너선을 포위하면 권총 두 발을 쏘겠네. 그게 신호네. 그때까지 배를 정지시켰다가 두 척의 배를 향해 질주하게. 두 척 가운데 한 척이 공격하는 배일 거야. 아마도 범선일 것이네. 해적선이지. 그때부터는 자네 차례야."

"명령에 따르겠습니다, 선장님."

하퍼는 고개를 끄덕였다. 그리고 양손을 나팔처럼 입에 대고 말했다.

"전투 준비! 모두 자기 위치로! 포수는 각자의 대포로!"

마리우스는 더 지체하지 않고 작은 보트에 올랐다. 부하들은 군도, 권총, 쇠갈고리로 무장하고 몸을 숨겼다.

마리우스가 지시했다.

"우리는 공격할 거야. 쇠갈고리를 준비하고 포격에 유념해."

마리우스 일행은 노를 저으면서 펠리시타호가 좌현으로 질주하는 것을 보았다. 우현에는 육지의 돌출부, 뾰족한 산, 암초가 있었고, 반대편에는 범선과 상선이 있었다.

마침내 그들은 내포에 도착했다. 상선에서 연기가 치솟고 있었다. 포성은 한 번도 들리지 않았다.

마리우스가 외쳤다.

"힘껏 노를 저어! 그리고 놈들이 우리를 발견하지 않기를 기도해."

마리우스는 보트에 웅크린 채 조심스럽게 앞에서 벌어지고 있는 광경을 관찰했다.

다행히 두 척의 배는 그들의 출현을 눈치 채지 못했다. 무슨 일이 일어난 걸까? 마리우스는 최악을 걱정했다. 상선은 무장하지 않았다. 범선이 상선 위쪽을 포격해서 의장품을 파괴했다. 두 척의 배에 다가갈수록 신음소리가 더욱 크게 들렸다.

작은 보트가 범선에 닿았을 때 그것은 신음소리가 아니라 사방에서 반복되는 비명소리였다. 마리우스는 범선의 해적들이 상선을 점령했다고 생각했다. 그의 생각은 틀리지 않았다. 마리우스 일행이 갑판에 침투했을 때는 이미 한 사람도 없었다. 얼룩덜룩한 옷을 입은 두 사람만이 커다란 판자 위에 축 늘어진 채 트림을 하며 중얼거리고 있었다. 마리우스는 선박을 살폈다. 검은 배였다. '만일……' 그는 개머리판으로 두 해적을 공격한 다음 즉각 결박하고 입에 재갈을 물렸다. 그는 부하들을 분산시켰다. 모두 포복으로 상갑판의 난간까지 나아갔다. 그들은 납작 엎드린 채 대포가 없는 원양 항해선인 상선에서 무슨 일이 일어나고 있는지 관찰했다. 상선은 범선에 붙어 있었다. 여장한 해적들은 술병을 흔들고 비틀거리면서 춤을 추고 있었다. 앞 갑판에서 열 명가량의 해적들이 반쯤 벌거벗은 여자들을 겁탈하고 있었다. 여자들은 파렴치한 해적들의 맹렬한 공격을 받으며 신음을 토하고 있었다.

부하들 가운데 한 명이 마리우스에게 물었다.

"상선의 선원들은 어디에 있을까요?"

"그들은 틀림없이 선창 구석에 있을 거야."

마리우스는 도끼로 무장한 다섯 명의 해적을 발견했다.

"저자들은 상선의 선체에 구멍을 뚫으려고 하는 것 같아."

마리우스는 다섯 명의 해적 중에서 한 명을 알아보았다. 갈색 피부, 까만 머리, 반바지, 맨발, 등에 비스듬히 걸친 일본도, 혁대에 꽂힌 이상한 권총. 엘 디아블로는 춤을 추면서 폭소를 터뜨렸다. 그러자 모두 춤을 추고 웃으면서 비단을 짓밟았다.

마리우스가 중얼거렸다.

"세상 참 좁군. 이 강도는 샴페인을 너무 일찍 터뜨렸어. 녀석은 달아나는 편이 좋았을 텐데."

포성이 들리지 않은 것으로 봐서 해적들은 두 시간 전부터 이곳에 있었을 것이다. 놈들은 분명 꼭두새벽부터 공격했을 것이다. 마리우스는 임무를 분배했다. 누구도 총을 쏘아서는 안 되었다. 백병전을 감행할 것이다. 그는 급습의 효과를 노렸다. 앞에 다섯 명, 뒤에 다섯 명. 그는 엘 디아블로를 맡을 것이다.

마리우스는 고개를 돌렸다. 그는 멀리서 성조기가 펄럭이는 펠리시타호를 알아보았다. 해적의 두목도 스쿠너선을 본 모양이었다. 그는 펠리시타호가 횡풍을 받고 달아났다고 생각하고 아쉽다는 듯 넓적다리를 쳤다. 원숭이를 닮았고 이베리아 억양을 가진 세 명의 난쟁이들이 벌거벗겨진 채 돛에 묶여 몸부림치는 여인을 강간하는 광경을 즐기며 도끼를 휘두르고 있는 엘 디아블로는 걱정할 이유가 조금도 없었다.

공격은 전격적으로 실시되었다. 마리우스의 부하들은 뒤 갑판에서 가차 없이 해적들을 해치웠다. 그들은 여자로 변장한 해적들의 목을 베고 앞 갑판으로 달려왔다. 그리고 신나게 칼싸움을 벌였다. 모든 일이 순식간에 이루어졌다. 해적들은 수적으로 우세했음에도 불구하고 제대로 싸우지 못했다. 강간범들은 칼에 찔려 무참히 살해되었고, 다른 해적들은 돛을 기어오르거나 바다에 뛰어들거나 그들의 배로 돌아가려 했다.

엘 디아블로는 군도와 권총을 꺼내며 외쳤다.

"저주를 받아라!"

엘 디아블로는 마리우스 일행이 보는 앞에서 돛에 묶여 있던 가엾은 여인의 목을 잘랐다. 세 명의 난쟁이들은 처음에는 어리둥절하더니 괴성을 지르며 마리우스 일행에게 달려들었다. 엘 디아블로는 갑판에 굴러 떨어진 불쌍한 여인의 머리통을 보고 외쳤다.

"기쁘도다!"

엘 디아블로는 길을 트기 위해 한 무리의 선원들에게 권총을 겨누고 다섯 발이나 쏘았다. 이 마법의 무기는 공포와 경악을 불러일으켰다. 총알을 장전하지 않고 연달아 다섯 발을 쏠 수 있다니! 마리우스의 부하 두 명이 즉사했다. 엘 디아블로는 이 공황의 순간을 이용해서 선미루 갑판으로 도망쳤다. 세 명의 난쟁이들이 두목을 따라가자 화승단총으로 무장한 두 명의 해적도 뒤따라갔다.

충격을 받은 마리우스는 천천히 두 자루의 권총을 꺼냈다. 그리고 도망자들을 겨누고 연달아 두 발을 쏘았다. 난쟁이 한 명이 치명상을 입고 고꾸라졌다. 다른 해적들은 이미 선미루 갑판 위로 뛰어 올라갔다. 그들은 갑판의 장애물들을 치우면서 총질을 해댔다.

마리우스는 밧줄 더미 뒤에 숨어 있던 부하에게 명령했다.

"가서 선창에 갇힌 선원들을 풀어줘."

그 부하는 즉각 명령을 이행했다. 5분 후 스무 명가량의 선원들이 창과 곤봉으로 무장한 채 갑판으로 올라왔다. 모두 복수심에 불타 있었다. 그들은 머리통이 날아간 알몸의 여인이 돛대에 묶여 있는 것을 보았다. 유일한 문제는 그들에게 총이 한 자루도 없다는 사실이었다.

마리우스가 물었다.

"소총도 권총도 없습니까? 왜죠?"

장루 선원이 대답했다.

"그것은 선주의 종교적, 도덕적 신념에 어긋나기 때문입니다. 우리는 모두 네덜란드 사람입니다."

마리우스가 권총으로 선미루 갑판을 가리키면서 말했다.

"그 결과를 보시오. 당신네 선장은 어떻게 되었습니까?"

"선장과 항해사는 바다에 던져졌습니다."

장루 담당 선원과 다른 선원들은 마리우스에게 의견을 묻지도 않고 선미루 갑판을 공격하기 시작했다. 맹포격이 그들을 기다리고 있었다. 다섯 명이 쓰러졌다. 지나친 신중함과 지나친 용맹은 때때로 무익한 법이다. 선원들은 해적들의 정확한 사격에 혼비백산하여 물러섰다.

마리우스는 우현을 바라보았다. 그는 하퍼에게 두 발을 쏘겠다고 말했었다. 하지만 적어도 30발을 쏘았다. 펠리시타호는 항로를 바꿔 전속력으로 달려오고 있었다. 잠시 후 대포가 불을 뿜기 시작했다. 신속히 처리해야 했다.

마리우스가 외쳤다.

"밧줄을 끊어라!"

두 선원이 이 명령을 수행하다가 죽었다. 범선에서 떨어진 상선은 물결치는 대로 천천히 움직였다. 두 척의 배가 V자를 이루었다. 선미루 갑판에 있는 엘 디아블로와 그의 부하들은 자신들의 배로 돌아갈 수 없게 된 것을 알고 격분했다. 마리우스가 중얼거렸다. '놈들은 자신들이 저질렀던 것과 똑같은 죽음을 맞게 될 거야.' 그는 여자들, 네덜란드 선원들 그리고 다섯 명의 부하들을 피난시켰다.

엘 디아블로는 선미루 갑판에서 무턱대고 총질했다. 그의 부하들은 총알이 부족했다. 마리우스는 엘 디아블로를 죽이고 싶어 혈안이 되어 있었다. 갑자기 그는 불길한 위험을 예감했다. 고개를 돌려 펠리시타호를 보았다. 하퍼 항해사는 능숙하고 대담한 조정으로 집중사격을 퍼부을 수 있는 위치에 배를 대었다.

이윽고 하퍼가 영어로 명령했다.

"발사!"

마리우스는 재빨리 돛 받침대에 납작 엎드렸다. 펠리시타호에서 날아온 7문의 대포가 상선을 불바다로 만들었다. 모든 것이 흔들리고 갈라졌다. 선미루 갑판은 컵받침처럼 산산조각이 났다. 선체, 중앙 돛, 키가 파손되었다. 엄청나게 큰 뱀을 닮은 마룻줄, 밧줄, 슈라우드가 바람, 돛, 상갑판의 난간을 채찍질하듯 후려치면서 요란한 소리와 함께 끊어졌다.

해적선에 오른 마리우스의 부하들이 외쳤다.

"스미스 선장님!"

마리우스가 고개를 들었을 때 엘 디아블로와 그의 부하들이 보이지 않았다. 녹초가 된 그는 간신히 몸을 일으켰다. 그리고 자신의 모습을 바라보았다. 화약으로 온통 검게 그을렸고 두 귀가 막혀 있었다. 주위에는 타박상을 입고 갈기갈기 찢긴 몸뚱이들이 널브러져 있었다.

마리우스는 두 손을 메가폰처럼 만들고 울부짖었다.

"범선에 생존자들이 있다!"

그리고 날렵한 걸음으로 파괴되지 않은 선미루 갑판으로 갔다. 돛, 도르래, 둥근 목재의 잔해를 성큼성큼 넘고 있을 때 누군가가 그의 장딴지를 움켜쥐었다. 그는 벌렁 자빠졌다. 다행히 밧줄 더미에 넘어져 충격이 덜했다. 그는 일어나자마자 엘 디아블로와 마주쳤다. 해적은 왼손을 등 뒤에 숨기고 있었다. 마리우스는 권총의 탄알이 떨어졌기 때문에 군도를 꺼내 방어 자세를 취했다.

엘 디아블로가 소리쳤다.

"너는 내 손아귀에 잡혔어! 네놈이 저지른 죄의 대가를 지불해야 해!"

마리우스가 프랑스어로 대답했다.

"그렇게 생각하나?"

엘 디아블로는 잽싸게 왼손을 내밀었다. 마리우스는 탄창이 있는 권총을 보고는 맥이 빠졌다. 엘 디아블로가 방아쇠를 당겼다.

총성 대신에 찰카닥거리는 소리만 들렸다. 빈 격발. 엘 디아블로는 스페인어로 욕설을 내뱉으면서 권총을 마리우스의 얼굴에 던졌다. 불시에 공격을 받은 마리우스는 다시 갑판에서 데굴데굴 구르면서 군도를 놓치고 말았다. 엘 디아블로는 마리우스에게 달려들어 그의 어깨를 바닥에 짓누르고 걸터앉았다.

"이봐, 애송이 선장, 한판 붙어볼까?"

마리우스는 눈에서 섬광을 발하는 일그러진 얼굴에서 악취를 풍기는 입김을 느꼈다. 관자놀이에 상처를 입고 타박상을 입은 그는 해적 두목의 손아귀에서 벗어나기 위해 발버둥을 쳤다. 엘 디아블로가 웃음을 터뜨렸다. 연기는 점점 더 두터워지고 있었다. 마리우스의 몸 위에 걸터앉은 해적 두목은 누구도 이 광경을 볼 수 없다는 사실을 알고 있었다. 그는 온몸으로 마리우스를 짓누르면서 무릎으로 오른손을 꼼짝 못하게 하고 뼈마디가 굵은 왼손으로 목을 조였다. 마리우스는 숨이 막혀 발버둥을 쳤다. 이대로 최후를 맞이해야 한단 말인가. 그는 자유로운 왼손으로 해적의 얼굴을 후려쳤다. 아무런 효과도 없었다. 저승사자가 그를 굽어보고 있는 듯했다. 그 순간 중앙 돛대의 스팽커 붐(고물 쪽의 세로돛을 매는 아래 활대-옮긴이)의 마룻줄이 흔들리는 것이 보였다. 도르래는 여전히 제자리에 있었다.

엘 디아블로가 욕설을 퍼부었다.

"네 영혼을 악마에게 부탁하시지!"

그때 포성이 다시 울렸다. 귀를 멍하게 하는 엄청난 포성에 엘 디아블로는 불안을 느끼고 손을 늦추었다. 그는 머리 바로 위에 있는 마룻줄의 끝을 보지 못했다. 마리우스는 왼손으로 마룻줄을 붙잡고 온 힘을 다해 당김으로써 상대를 밀쳐내는 지렛대로 사용했다. 동시에 그는 벌떡 일어나 마룻줄로 해적의 목을 감고 힘껏 조였다. 상대는 혀를 내밀고 비틀거렸다. 얼굴은 선홍색으로 변했다. 마리우스는 상대의 얼굴에 주먹을 날렸다. 그리고 마룻줄을 놓고 캡스턴의 밧줄로 해적의 목을 감고 외쳤다.

"엘 디아블로, 나는 네게 사형을 선고한다! 그리고 즉각 처형하겠다!"

마리우스는 밧줄의 다른 쪽 끝을 붙잡았다. 그리고 중앙 돛대의 발치에 몸을 기대고 스팽커 붐의 도르래를 이용해서 깃발을 올리듯 잡아당겼다. 엘 디아블로는 두 손으로 목을 움켜잡고 허공에서 발버둥을 쳤다. 그는 오랫동안 몸부림쳤다. 털이 많은 두 다리는 격렬하게 요동쳤다. 이윽고 완전히 잠잠해졌다.

마리우스가 중얼거렸다.

"아멘."

마리우스가 마룻줄을 놓자 해적의 몸뚱이는 둔탁한 소리와 함께 갑판에 떨어졌다. 조금 멀리 떨어진 곳에 그의 권총이 있었다. 마리우스는 권총을 주워 혁대에 꽂았다. 그리고 다시 해적 두목에게 돌아와 그의 시체를 어깨에 둘러메고 범선으로 갔다. 그는 이렇게 생각했다. '이중 노획이군. 배와 선장. 라피트가 좋아할 거야.'

두꺼운 연기가 두 배의 갑판을 뒤덮었다. 상선과 펠리시타호의 선원들이 마리우스를 알아보고는 환호성을 질렀다. 그러는 사이 펠리시타호는 축포를 쏘았다. 상선이 앞으로 기울기 시작했다.

* * *

마리우스 일행은 의기양양하게 뉴올리언스에 도착했다. 군중이 펠리시타호와 범선을 기다리고 있었다.

놀랍게도 엘 디아블로는 죽지 않았다. 하지만 그는 사람 노릇을 할 수 없었다. 목을 다쳐 말을 할 수 없게 되었고 두 다리는 몸뚱이를 지탱하지 못했다. 그는 완전히 불구자가 되었다. 식물인간. 분노로 이글거리는 두 눈만이 뭔가를 말하려는 듯했다. 마리우스는 엘 디아블로를 선실에 가두고 펠리시타호의 두 선원에게 감시를 맡겼다. 해적들에게 농락을 당했던 세 명의 여인과 네덜란드 선원들이 해적선의 선장을 처단하기를 원했기 때문이다. 그는 마리우스의 개입 덕분에 목숨을 부지했다.

마리우스는 해적선의 선장실을 조사하면서 두 개의 보석 자루를 발견했다. 그것은 책상과 필기대로 사용되는 해상용 가구 밑의 비밀 서랍 속에 들어 있었다.

마리우스가 해적선의 두목에게 물었다.

"전투 노획품인가?"

엘 디아블로가 고개를 끄덕였다. 그는 할 수 있다면 즉석에서 마리우스를 죽였을 것이다.

마리우스가 권총에 손을 대면서 말했다.

"넌 분명 내 내장을 꺼내고 싶겠지? 하지만 어쩌지? 나는 무장을 하고 있는데. 어떻게 생각하나?"

마리우스는 혁대에서 권총을 꺼내 몇 바퀴 돌리고는 여러 각도에서 살펴보았다. 탄창에는 '1835년 9월. Pat.' 총신에는 '콜트'라고 새겨져 있었다. 총열, 실린더, 접을 수 있는 방아쇠로 구성된 콜트 패터슨 권총이었다.

마리우스가 물었다.

"실험용 무기? 누구한테 훔쳤지? 콜트 씨에게서?"

엘 디아블로는 고개를 끄덕였다. 침대에 누워 침을 흘리고 트림을 하는 그는 마치 민달팽이 같았다. 마리우스는 그에게 총을 겨누고 말했다.

"나는 쓸데없는 고통을 면해줄 수도 있지. 서배너호의 요리사와 네가 목을 자른 여인을 기억하지? 엘 디아블로, 나는 서배너호에 있었어. 너는 우리를 전부 죽였어야 했어. 너는 교수형에 처해질 거야."

엘 디아블로는 만신창이였음에도 불구하고 신속한 재판 끝에 사형 선고를 받았다. 미국 법정은 돈 페드로 기베르트와 베니토 드 데 소토에게 혼쭐이 난 터라 해적에게 관용을 베풀지 않았다. 축 늘어진 머리와 흐물흐물한 몸으로 들것에 실려온 엘 디아블로는 뉴올리언스에서 처형되었다.

같은 날 마리우스는 프레몽과 장 라피트에게 자신의 성과를 알렸다.

해적 출신 장 라피트가 칭찬했다.

"역시 자네야. 지대한 공헌을 세웠으니 한 달간 유급휴가를 주겠네."

미국 정부는 마리우스에게 뉴올리언스의 명예시민증과 훈장을 수여했다. 미국이 하워드 스미스 선장을 받아들인 것이다. 마리우스는 1만 파운드나 되는 포상금도 받았다. 행운의 여신이 그에게 미소 지었다.

프레몽 선장이 축하해주었다.

"역시 자네는 사나이 중의 사나이야! 자네는 영광의 절정을 맛본 거야."

마리우스가 대답했다.

"아직은 아닙니다."

그는 코제트와 프랑스를 생각했다.

\* \* \*

라파엘과의 재회는 처음에는 냉랭하고 거리감이 느껴졌다. 다른 집에 맡겨진 고양이처럼 아이는 마리우스의 오랜 부재를 원망했던 것이다. 라파엘은 프레몽과 흑인 하인 아게노르에게 달라붙어 떨어지지 않으려 했다. 자존심과 마음에 상처를 입은 아이는 마리우스보다는 파르페타무르에게 더 많은 애정을 나타냈다. 하지만 마리우스가 아이를 안고 높이 들어올리자 아이는 행복의 눈물을 터뜨렸다. 마리우스는 아이를 잊지 않았다. 그는 아버지나 다름없지 않은가.

마리우스가 라파엘에게 약속했다.

"다음번에는 너를 데리고 가마."

마리우스는 라파엘에게 엘 디아블로의 일본도를 선물로 주었다. 아이는 두려움을 갖고 무기를 쓰다듬더니 안정을 되찾았다.

아젤마는 달랐다. 모든 일은 그녀가 예상했던 대로 이루어졌다. 마리우스 일행이 뉴올리언스에 도착하던 날 그녀는 제일 먼저 부두에 나왔다. 그리고 뉴올리언스의 모든 명사들이 보고 있는 것도 아랑곳하지 않고 그의 품에 달려들었다. 사람들은 두 사람을 지켜보면서 수군거리더니 축하해주었다. 그것은 두 사람의 관계를 공식화하고 인정하는 방식이었다.

마리우스는 아젤마의 격정적인 행동에 즉각 굴복했다. 그는 긴 여행 동안 아젤마를 그리워했다. 그녀의 미소와 삶의 기쁨이 그리웠다.

그날 저녁 마리우스는 일부러 아젤마에게 쌀쌀하게 대했다. 하지만 두 사람의 싸움은 칼로 물 베기였다. 피유 뒤 세르장 카페와 비외카레에서 대규모 축제가 열릴 예정이었다. 마리우스는 그녀의 곁을 떠나지 않았다. 명사들은 가는 곳마다 그들이 손을 잡고 있는 것을 볼 수 있었다. 두 사람의 관계는 인정된 것처럼 보였다.

아젤마가 마리우스에게 털어놓았다.

"나는 당신 아내가 되고 싶어요."

"나도 당신 남편이 되고 싶어요. 하지만 해결해야 할 게 너무 많아요."

"프랑스에서요?"

"맞아요."

"그럼 당신과 함께 가겠어요."

"그럼 카페는 어떻게 하고요?"

"마땅한 지배인을 찾아보죠."

"적절하지 않아요. 나는 프랑스에 혼자 갈 거예요. 진실을 밝혀야 해요."

"마리우스, 진실의 추구는 쓸데없는 일이에요. 당신이 프랑스에 갔다가 돌아오지 않는다면?"

"그럴 리가 없어요."

"불가능한 것은 없어요. 이름이 바뀌면 추억도 바뀌는 법이에요."

"어쩌면 그럴 수도 있어요. 아젤마, 하지만 영혼을 바꿀 수는 없어요. 아무튼 꼭 돌아올게요."

음악과 샴페인이 넘치는 축제가 한창 무르익고 있었다. 아젤마는 속았을 뿐만 아니라 배신을 당했다고 느꼈다. 그녀는 안절부절못했다. 감정에 솔직한 그녀는 마리우스에게 솔직한 마음을 요구했다. 그녀는 마리우스가 불안감, 당혹, 망설임과 타협 따위의 이미지를 보여준 것을 괴로워했다. 만일 프랑스에서 아내를 되찾게 된다면 그는 결코 돌아오지 않을 것이다. 그렇게 생각하니 마음이 몹시 상했다.

늦은 밤, 마리우스는 루제에게 훔친 세 개의 다이아몬드를 아젤마에게 선물했다. 그는 아젤마의 마음을 달래고 싶었다.

"당신 이는 상앗빛 눈물이고, 당신 눈은 검은 진주예요. 이 다이아몬드는 당신의 마음과 미소를 위한 거예요. 아젤마, 나는 당신을 사랑해요. 그리고 언제나 사랑할 거예요."

"정말이에요?"

잠시 후 두 사람은 아젤마의 방에서 서로 마주 보고 얼싸안았다. 그녀는 마리우스에게서 욕망을 느끼고는 행복과 갈망의 비명을 내질렀다. 하지만 불길한 생각이 들어 다시 비명을 질렀다. 거부감. 그녀는 자기 의지 없이 선택되고 또 버려지고 싶지 않았다. 조금 전 "정말이에요?"라고 물었을 때 마리우스는 대답하지 않았다.

아젤마는 무릎을 꿇고 주저앉으면서 흐느꼈다.

"당신은 약속했어요. 내가 당신의 요정이며 당신의 귀여운 여인이라고 말했어요. 당신은 많은 것을 약속했어요……."

"하지만……."

"나는 당신이 싫어요!"

마리우스는 무릎을 꿇고 그녀를 안으려 했다.

"싫어요!"

아젤마는 일어나 안방에 가서 복슬복슬한 하얀 실내복을 입었다. 그리고 마리우스의 옷을 집어 그의 얼굴에 던졌다.

아젤마는 시선을 어디에 둬야 할지 몰라 머리를 흔들면서 말했다.

"나는 자신의 감정과 품위를 돌보지 않고 남자들의 기분을 전환시켜주는 창녀가 아니에요."

마리우스가 반박했다.

"나는 당신을 그렇게 여긴 적이 없어요."

마리우스는 옷을 입었다. 젊은 여인은 억지로 웃으면서 손으로 문을 가
리켰다.

"모든 도형수들처럼 당신도 거짓말쟁이에요!"

마리우스는 분노가 치밀었다. 그는 머리를 숙이고 말없이 문으로 향했
다. 그가 손잡이를 잡는 순간 아젤마가 달려와 주먹질을 해댔다. 그는 피
하지 않았다. 죄책감 때문일 것이다.

아젤마가 절망적인 어조로 소리쳤다.

"당신은 반응조차 하지 않는군요! 당신 심장엔 무엇이 있죠?"

마리우스가 이를 갈면서 빈정댔다.

"돌이 있지. 도형수의 돌."

마리우스는 문을 열고 떠났다.

아젤마는 발로 차서 문을 닫았다. 그녀는 다시 눈물을 쏟으면서 중얼거
렸다.

"내 사랑……."

그리고 발을 구르면서 외쳤다.

"다이아몬드로 나를 살 수는 없어요!"

아젤마는 흥분한 눈과 풀어헤친 머리로 아파트에서 서성거렸다. 그녀
는 발코니로 나와 마리우스가 돌아오기를 기다렸다. 연거푸 물을 두 잔
마셨다. 그는 돌아오지 않았다. 그녀는 침대에 몸을 던지고 너무 일찍 그
에게 몸을 허락한 것을 후회했다. 너무 일찍 몸을 맡기는 여자는 쉬운 여
자로 취급되지 않는가. 그녀의 솔직함이 그녀를 배신했다. 하지만 어떤

여자가 마리우스처럼 멋지고 침울하며 신비스러운 남자에게 끌리지 않을 수 있겠는가.

아젤마는 후회했다.

'나는 몸을 맡기지 않았어야 했는데.'

기다리다 지친 아젤마는 일어나 버들가지로 만든 흔들의자에 앉았다. 등받이에는 장미꽃이 그려져 있었고, 팔걸이는 고대의 돌상을 떠올리게 했다. 그녀는 밀려드는 의심을 물리치려 애썼다. 언제부터 그를 사랑했을까? 몇 달 전부터? 아니면 아주 오래전부터? 그녀는 두 눈을 감았다. 눈을 감으면 많은 것이 보이는 법이다. 불행히도 그녀는 아무것도 보지 못했다. 그러자 그녀는 두 귀를 막았다. 마리우스가 돌아온다 해도 그의 목소리를 듣고 싶지 않았던 것이다. 하지만 그는 돌아오지 않을 것이다. 그는 너무 자존심이 강하고 너무 오만했다. 그녀는 두 다리를 꼬았다. 그리고 갑자기 쓴웃음을 짓고 구체적으로 생각하기 시작했다. 마리우스는 프랑스로 돌아가고 싶은 걸까?

아젤마는 두 주먹을 불끈 쥐고 큰소리로 말했다.

"당신은 결코 프랑스로 돌아갈 수 없을 거야. 나는 당신을 잃느니 차라리 죽어버릴 거야!"

# 5
# 알라모 전투

    1836년은 통쾌한 해였다. 마리우스와 아젤마의 의견 대립은 사라졌고, 그 대신 다정하고 동시에 냉정한 관계가 성립되었다. 아무튼 많은 사건이 일어났기 때문에 두 사람은 싸울 시간이 거의 없었다. 1835년 초부터 텍사스에는 전운이 감돌았다. 미국 남부 정부의 공식 기관지 「루이지애나 일보」는 텍사스 마을에서 일어나는 사건을 자세히 다루었다. 1835년 6월, 한 무리의 광신자들이 아나우악 요새(멕시코 아스텍 문명의 심장부─옮긴이)를 점령했다. 테네시의 옛 총독인 새뮤얼 휴스턴(멕시코와 싸워 텍사스를 미국 영토로 편입시킨 미국의 군인이자 정치가─옮긴이)과 스티븐 오스틴(텍사스 공화국을 세운 미국의 정치가─옮긴이)의 이름이 자주 회자되었다.

    프레몽이 마리우스에게 설명했다.

    "텍사스는 독립을 원한다네. 텍사스는 미합중국에 병합되기를 희망하지만 멕시코인들이 놓아줄 리가 없지."

    멕시코의 독재자 산타안나 장군은 반란이 확산되는 것을 원치 않았다. 그는 반격할 것이다. 그의 군대는 전투 태세를 갖추고 있었다. 그의 매제인 마르틴 페르펙토 드 코스 장군은 이미 500명의 부하를 이끌고 텍사스의 마타고르다 만에 상륙해 있었다.

코스 장군이 말했다.

"텍사스는 멕시코 땅이야."

그러자 텍사스 독립주의자들이 반박했다.

"텍사스는 우리 땅이지."

1835년 10월, 텍사스 민병대는 총체적인 혼란에 빠진 곤잘레스 시를 점령했다. 휴스턴은 워싱턴에 도움을 요청했다. 미국 수도의 정치가들로부터 신중하고 정중한 답변이 왔다. 잭슨 대통령의 신중한 태도. 그들은 멕시코인들을 자극하지 않도록 조심했다.

1835년 12월, 코스 장군은 벡사르 마을에서 패배했다. 기쁨에 들뜬 텍사스 사람들은 자신들이 그 지역의 유일한 주인이라고 선언했다. 텍사스의 모든 대도시에서 승리를 외쳤다.

피유 뒤 세르장 카페에서 사람들은 여러 가지 억측을 하고 있었다. 스페인 사람들을 제외하고 모두 텍사스 독립을 지지했다.

마리우스가 단호한 어조로 말했다.

"프랑스 같으면 이런 상황은 상상조차 할 수 없어요."

아젤마가 대답했다.

"하지만 이곳은 프랑스가 아니에요. 이곳에서 민주주의는 쓸데없는 단어가 아니죠. 내가 여기에 완전히 정착하겠다면 어떻게 생각할 거죠? 법의 보호를 박탈당한 도형수인 당신이 반동적이고 보수적인 정부와 맞을 거라고 생각해요?"

아젤마는 마리우스를 짜증나게 했다. 그녀는 무엇이든 척척 대답했다. 그는 오만하고 거리낌 없는 말투로 프랑스에서는 여자들의 발언권이 없다는 사실을 상기시켰다.

아젤마는 그를 비웃으면서 소리쳤다.

"당신이 정말로 혁명가인가요? 진보는 남자와 관계가 있고 퇴보는 여자와 관련이 있단 말인가요? 남자들에게는 특권이 있고 여자들은 무조건 복종해야 한다고요? 우스꽝스러운 생각이네요. 당신네 사회주의자들이 그렇게 생각한다고 듣긴 했지만요."

"사람들이 당신에게 잘못 알려준 거예요."

합리적인 것을 좋아하는 마리우스는 어처구니가 없다는 듯 어깨를 으쓱했다. 역경 속에서도 그는 '예'라고 말해야 할 때 '아니오'라고 말하는 법, 혁명가에게는 보수주의자, 보수주의자에게는 혁명가임을 보여주는 법을 배웠다. 그는 자유주의자의 말투로 자유를 예찬하면서 역설을 음미하고 즐기는 것은 반대하기를 좋아하는 성미였기 때문이다. 하지만 그는 건방지고 수다스러운 여자일지라도 양식과 경험 그리고 모종의 미덕을 갖췄다면 자신에게 맞서고 입을 다물게 할 수 있다고 생각했다. 그는 진지하게 설명했다. 하지만 그럴수록 아젤마는 더욱더 웃었고, 그것이 다시 마리우스의 기분을 더욱 상하게 했다.

마침내 마리우스는 소매를 걷어올리고 말했다.

"나도 그게 뭔지 알아요! 1832년 나는 바리케이드에서 싸웠어요! 많은 친구들이 총살당했어요! 이런 내게 민주주의, 사회주의, 인권을 설명하는 것은 당치 않아요!"

아젤마는 똑똑한 여자였다. 마리우스가 화를 내자마자 그녀는 울음을 터뜨렸다. 마리우스는 당혹해하며 거듭 사과했다. 그녀를 달래기 위해 포옹하고 키스하려는 순간 그녀가 고개를 돌렸다. 그는 입술을 훔치는 대신 눈물로 얼룩진 볼에 키스하고 말았다.

아젤마가 미소를 지으면서 말했다.

"당신은 너무 심술궂어요."

어느 날 저녁, 마리우스는 여성 해방과 민주주의에 관한 강의를 들었다. 강의를 한 사람은 라피트였다. 아젤마는 약간 비웃는 듯한 표정을 지었다. 웃었다가 우는 것은 그녀의 장기였다. 마리우스는 간신히 화를 억눌렀다. 그는 환상에서 깨어났다. 노예제도 지지자로 유명한 장 라피트는 뻔뻔하게도 진보주의적 사고를 과시했다. 마치 프레데릭 리볼리에의 말을 듣고 있는 것 같았다. 대서양 건너편에서 루이 블랑과 오귀스트 블랑키의 지지자를 만난 것 같았다.

라피트가 말을 이었다.

"하지만 이 사상밖에 없네."

마리우스의 고용주는 지금까지 자신의 인생 역정에 대해 얘기한 적이 없었다. 프레몽 역시 매우 신중한 태도를 보였다. 그들은 뉴올리언스의 방어와 영국군에 대한 승리를 언급했을 뿐이다.

그날 저녁 라피트는 자신의 젊은 시절에 대해 털어놓았다. 사실 그는 나폴레옹 지지자였다. 1821년 라피트의 명령을 받은 부관 도미니크 얀은 나폴레옹을 납치하기 위해 쾌속범선을 무장했다. 그런데 출항 사흘 전 나폴레옹 황제의 사망 소식을 들었다. 영국인들이 황제를 독살했던 것이다. 그 후 라피트는 영국의 억압으로부터 쿠바인들을 해방시키려 했다. 하지만 포기하지 않을 수 없었다. 「루이지애나 일보」가 비난하고 있는 산타안나 장군이 도와주었더라도 패배했을 것이다. 그는 특히 왜 자신이 해적이 되었는지 설명했다.

"해적질은 기성체제에 맞선 반란이야. 보통 범선의 선원은 비인간적인 근무 여건에 따르지 않을 수 없지. 선원들은 독재 권력을 가진 선주의 엄격한 통제를 받게 마련이야. 선주의 유일한 관심사는 최대한 이익을 얻는 것이지. 선원들은 오늘날 노동자들이 겪고 있는 혹독한 노동력 착취를 경험하지. 그래서 배는 압제적 체제에 대항하는 장소가 되고 있어. 이 싸움에서 선원들은 집산주의, 평등주의, 연대 등 체제를 부인하는 가치를 추구하지. 선원들은 반항함으로써 배척받는 사람이 되는 거야. 그런데 보수주의 사회를 방해하는 사람은 교수형이나 도형을 선고받지. 선원들은 일단 해적이 되면 사회주의 세상의 참신한 발상을 알리려 하지. 해적들은 전리품을 나누는 것과 마찬가지로 위험도 함께해. 해적은 오랜 숙원인 부자가 됨으로써 기성질서를 전복시켜야 하지. 그다음엔 무슨 짓이든 할 수 있다고 상상하지. 폭력과 일탈. 엘 디아블로처럼 미쳐 날뛰는 잔혹한 해적들."

마리우스는 생각에 잠긴 모습으로 라피트의 이야기를 들었다. 라피트는 귀감이 될 만했다. 마리우스 역시 도형장에서 탈출한 후 야수로 변할 뻔했다. 그는 가슴에서 활활 타올랐던 증오 덕분에 살아남지 않았는가. 잔혹하게 헝가리 형제를 죽이지 않았는가. 그가 서배너호의 요리사를 엘 디아블로에게 넘겨주었을 때, 엘 디아블로의 목을 졸랐을 때처럼 기회가 주어지면 거역할 수 없는 폭력의 필요성을 느끼지 않았는가.

마리우스는 다짐했다.

'다시는 그런 짓을 하지 않을 테야.'

그런데 마리우스는 정말로 변했을까? 도형수 시절은 그의 머릿속에서 지워지지 않았다. 비록 지금은 그때와 상황이 다르긴 하지만 모든 것이 생생하게 떠올랐다. 숙고하는 일은 더 이상 생소하지 않았다. 그는 상황을 정확히 판단하는 법을 배웠다. 그리고 장 발장, 레스트라드, 파르페타무르, 그리고 지금 장 라피트와의 교제로 한층 성숙해졌다.

마리우스는 이렇게 생각했다.

'고결한 마음은 우정을 필요로 한다. 고결한 마음이 우정을 예찬하면 우정은 경탄의 대상이 된다.'

축제가 절정에 이르렀을 때 라피트의 시선이 마리우스의 허리춤에서 멈췄다. 그는 실린더가 있는 권총을 발견하고 물었다.

"자네 것인가?"

마리우스는 웃으면서 대답했다.

"전리품입니다. 엘 디아블로는 특이하게 생긴 두 개의 무기를 갖고 있었어요. 일본도와 이 5연발 권총이죠."

라피트는 고개를 끄덕였다. 탁자 주위에 프레몽, 파르페타무르, 아젤마, 라파엘이 있었다. 한 흑인이 무대에서 노래하는 여가수를 위해 피아노 반주를 해주고 있었다. 애절한 노래였다. 한 여인이 사랑하는 남자를 위해 호화스러운 생활과 안락을 버리고 희생한다는 내용이었다. 이 슬픈 이야기의 일부는 미시시피 강을 따라서 운행하는 외륜선에서 일어났다. 프레몽과 아젤마는 함께 후렴을 불렀다.

라피트가 마리우스에게 말했다.

"이 권총을 발명했던 사람이 떠올랐네. 그의 이름은 콜트, 새뮤얼 콜트라네. 나는 보스턴에서 그를 만났지. 그는 콜카타로 가는 배의 타륜(舵輪)이 돌아가는 것을 보고 이 권총을 발명했다고 하더군. 상당히 기발한 발명품이야."

마리우스가 맞장구쳤다.

"매우 위력적이기도 하고요."

그리고 의미 있는 표정을 지으며 덧붙였다.

"만일 혁명가들에게 이런 무기가 있다면 세상의 비참함과 불의는 줄어들 겁니다."

라피트가 어깨를 으쓱하고 말했다.

"정부는 새뮤얼 콜트의 제안을 수용해서 그의 리볼버를 대량 생산하기로 결정했다네. 이 무기가 세상을 바꿀 거라고 생각하는가? 자네는 실망할지 모르겠지만 무기로 혁명을 할 수 있다면 사상으로 정신 구조를 혁신시킬 수 있겠지."

흥이 난 라피트는 자본주의와 프랑스에서 횡행하고 있는 극단적인 투기를 비난했다. 그는 사회주의와 자본주의가 싸우고 있다고 말했다.

1848년 멕시코 만의 해적 출신이자 잭슨과 함께 뉴올리언스의 구원자인 라피트는 『공산당 선언』의 인쇄비를 후원할 정도로 프리드리히 엥겔스와 카를 마르크스와 우정을 맺게 되었다.

마리우스는 라피트의 연설과 사상에 깊은 인상을 받았다. 그는 맥주 잔을 흔드는 프레몽에게 그것을 숨기지 않았다. 다만 노예 거래가 라피트를 난처하게 했다.

프레몽 선장이 알려주었다.

"라피트는 바뀌었네. 그는 사람들의 우애를 믿는 일종의 신비주의자라네. 자네 역시 그의 우애를 이용하지 않았는가. 그는 자네를 신뢰하지 않았는가. 또 자네에게 엘 디아블로의 전리품을 넘겨주지 않았는가. 어떤 사상에 찬동하려면 그 반대까지 사랑해야 하네."

프레몽의 말은 마리우스의 머릿속에 새겨졌다. 아젤마는 생각에 잠긴 마리우스를 보고는 그의 손을 잡아주었다.

아젤마가 속삭였다.

"당신을 사랑해요."

속내를 숨길 줄 모르는 아젤마 역시 라피트의 주장에 찬성했다. 마리우스의 눈에 그것은 상식과 어긋나는 일이었다. 부자들은 교묘하게 가난한 사람들을 부려먹고 있지 않은가.

라피트가 말했다.

"가난한 사람들은 고통을 겪고 있지. 하지만 바뀔 거야. 언젠가 그들이 인생을 방관하는 게 아니라 스스로 개척해야 한다는 사실을 깨닫게 되면 모든 게 바뀔 거야. 그들은 결국에는 행동할 거야. 만일 그들이 아무런 행동도 하지 않는다면 어떻게 그들의 무위(無爲)를 정당화할 수 있겠는가?"

어느 날 저녁 피유 뒤 세르장 카페에서 소란이 벌어졌다. 서른 명가량의 사람들이 카페에 난입했던 것이다. 일부는 제복을 입고 있었다. 그들은 고함을 치고 공중에 총을 쏘아댔다. 손님들은 겁을 먹고 달아났다. 두목은 제임스 보위였다. 그는 벡사르 공략에 참여했었다. 그는 데이비 크로켓처럼 아젤마와 친분이 두터운 듯했다. 하지만 아젤마가 그를 알게 된 것은 그가 라피트의 통제구역인 캄페체에서 흑인 노예를 매매했기 때문이다. 그는 잠시 뉴올리언스에 들러 라피트에게서 화약을 건네 받고 텍사스로 떠날 예정이었다.

아젤마가 마리우스를 소개하자 제임스 보위가 물었다.

"엘 디아블로를 체포했던 하워드 스미스 선장이오? 물론 나는 당신 얘기를 들었소."

40대, 균형 잡힌 몸매, 적갈색 머리, 훤칠한 키. 제임스 보위는 프랑스어를 유창하게 구사했다. 단호하고 품위 있는 얼굴, 파란 눈, 위인다운 풍채. 그는 인디언 혁대를 차고 있었다. 혁대에는 검이 꽂혀 있었다.

제임스 보위는 마리우스에게 무기를 가리키면서 설명했다.

"내가 직접 만든 것이오. 21센티미터의 날을 가진 결투용 단도. 인상적이지 않소?"

"상당히."

마리우스는 자신의 권총을 보여주었다. 보위는 경탄의 휘파람을 불었다. 보위의 무기도 여러 발을 쏠 수 있었다. 하지만 그것은 소총이었다.

보위는 권총의 실린더와 총열을 쓰다듬으면서 말했다.

"이런 무기가 대량으로 생산되지 않는 게 유감스럽군요. 이것만 있으면 멕시코 사람들을 당장 이길 수 있을 텐데!"

부하들이 럼주를 마시고 검을 휘두르면서 걸핏하면 "자유 텍사스 만세!"와 "산타안나를 죽여라!"고 외치는 동안 보위는 마리우스와 함께 탁자에 앉아 자신의 인생에 대해 얘기해주었다. 그는 예전에 해적, 도박꾼, 아파치족의 거주지를 떠돌아다니는 은광 탐색가였고 지금은 텍사스 민병대의 대령이었다.

"무슨 일을 할 겁니까?"

"스미스 선장, 전쟁이네. 텍사스는 산타안나의 독재를 인정하지 않는 멋진 고장이네. 텍사스를 아는가?"

"전혀 모릅니다."

"나는 내일 벡사르로 돌아가네. 같이 여행하지 않겠소?"

"안 될 것도 없죠. 하지만 단순한 호기심 때문입니다, 대령님."

보위가 웃으면서 대답했다.

"이해하네. 내 부하들은 지원병이네. 농부들, 상인들, 몇몇 모험가들. 우리는 강제로 징집하지 않지. 내가 이런 제안을 하는 것은 무엇보다도 내게 소중한 이 지방을 보여주고 싶어서라네. 또한 우리의 투쟁 동기를 이해해주었으면 하고 바라네. 텍사스는 미국의 영토가 되어야 하네."

마리우스는 입을 열지 않았다. 세심한 보위는 마리우스에게 약속 장소만 알려주었다.

"도시 동쪽 배턴루지로 가는 길에서 보세. 우리는 정오에 출발할 거라네. 당신이 우리와 동행하기를 바라네."

아젤마는 이 대화를 하나도 놓치지 않았다. 뜻밖의 행운이 아닌가. 그녀는 마리우스에게 다정하게 굴었다. 모욕적인 말이나 빈정대는 말은 삼갔다. 여자가 올가미를 치고 유인할 때 남자는 상당히 미련해진다. 남자가 뭔가 냄새를 맡을 때는 이미 사로잡힌 거나 마찬가지다. 마리우스는 자진해서 아젤마의 올가미에 걸려들었다. 그녀는 아주 진지해 보였다.

아젤마는 마리우스를 데리고 밖으로 나갔다. 파르페타무르와 프레몽은 이미 떠나고 없었다. 밤이 눈물처럼 떨리며 무르익고 있었다. 그 어느 때보다 매혹적이고 반짝반짝 빛나는 아젤마가 눈을 흘기고는 한숨을 지었다.

"아, 마리우스. 만일 당신이 알고 있다면!"

그뿐이었다. 여자들은 생략과 묵언으로 남자들을 지배한다. 아젤마는 싸움을 좋아했다. 그녀에게 사랑은 원초적인 행동이었다. 마리우스는 그녀의 손을 잡았고, 두 사람은 잠시 서로 깍지를 낀 채 가만히 있었다. 이윽고 마리우스는 자존심이 상한 듯 몸을 부르르 떨었다. 만일 코제트가 바로 이 순간에 다른 남자와 똑같은 짓을 하고 있다면? 그는 그런 생각을 떨쳐버렸다. 하지만 자리를 박차고 떠나기는커녕 벤치에 앉아 아젤마를 무릎 위로 끌어당겼다. 그리고 손등으로 달빛에 반짝거리는 새까만 머리카락을 쓰다듬었다.

마리우스가 감미로운 목소리로 말했다.

"나는 텍사스에 가고 싶어요. 보위의 말을 들으니 멋진 여행이 될 것 같아요. 하지만 지금 그곳에 간다는 것은 미친 짓이죠."

아젤마가 맞장구쳤다.

"당신 말이 옳아요. 지금 준비하고 있는 것은 터무니없는 짓이에요."

마리우스는 그녀의 귀에 대고 인생에서는 때때로 현실보다 몽상이 더 좋다고 속삭였다.

"그래야 실망이 덜하잖아요."

젊은 여인의 목덜미는 그의 애무에 일렁거렸다. 그녀는 입을 열지 않았다. 그는 그녀가 수줍어서 그런가보다 하고 생각했다.

마리우스는 뭔가를 보상해주고 싶다는 태도로 말했다.

"오늘 밤, 함께 보냅시다."

마리우스는 술을 상당히 많이 마셨기 때문에 툴롱 도형장, 레이노 경찰 서장, 본의 아니게 사용하게 된 가짜 이름에 대해 털어놓았다.

"나는 살인죄로 20년형을 선고받은 알렉상드르 틱시에였어요. 혹은 수인 번호 9430번이었죠. 하지만 나는 오심의 희생자였어요."

마리우스는 고백에 가까운 어조로 심정을 토로함으로써 미래의 잘못을 용서받는다고 생각했다. 자신과 관계없는 여자에게 속내 이야기를 하는 것은 치명적인 결과를 초래하지 않는다. 마리우스는 자신의 탈출, 파리 생활, 바리케이드 전투를 얘기했다. 그 모든 일은 혼란 속에서 지나갔다. 코제트와 테나르디에를 제외하고, 아젤마는 그의 어깨에 기댄 채 한마디도 놓치지 않고 들었다. 그녀는 모든 것을 기억해두었다. 마리우스가 이야기를 끝내자 그녀는 그의 몸에서 떨어졌다. 그리고 의미심장한 미소를 지었다.

아젤마는 일어나면서 동정하는 표정으로 속삭였다.

"나의 가엾은 마리우스, 당신은 틀림없이 고통스러웠을 거예요."

마리우스는 조용히 머리를 끄덕였다. 이 여인은 마리우스를 누구보다 잘 이해하기에 그가 떠나더라도 덜 괴로워할 것이다. 그는 아젤마가 질투심이 강한 여인이라는 사실을 몰랐다. 상처받은 자존심에서 비롯된 질투. 그들의 만남은 첫눈에 반한 게 아니었는가. 그에게는 다른 여인이 있었기 때문에 마리우스는 지금의 사랑을 무시하고 부자연스럽게 자신의 불행을 털어놓았다. 그는 아젤마를 속내 이야기를 할 수 있는 여인, 좋은 여자 친구, 그리고 어쩌면 한 번도 가져본 적이 없는 어머니로 여겼다. 하지만 아젤마는 그런 여자가 아니었다. 마리우스는 즉각 그 사실을 깨달았다. 그녀는 쓰고 난 후 버리는 사소한 물건이 아니었다.

아젤마가 카페 쪽으로 몇 걸음을 옮기자 마리우스는 두 팔을 내밀고 어디로 갈 거냐고 물었다.

"곧 돌아올 거예요."

아젤마는 카페로 들어가더니 여전히 카운터에 팔꿈치를 기대고 있던 보위에게 다가갔다. 그녀가 귀에 대고 속삭이자 보위는 웃음을 터뜨렸다.

보위는 두 팔을 벌리면서 대답했다.

"안 될 이유도 없어요."

아젤마는 어두운 시선으로 맞장구쳤다.

"그럼요, 안 될 이유도 없죠."

아젤마는 한 종업원과 얘기를 나눈 후 사륜마차를 가진 피아니스트에게 프레몽 집에 다녀오라고 부탁했다. 마지막으로 카운터의 여종업원에게 모든 손님들에게 돌릴 술잔을 준비하라고 지시했다. 한 잔은 특별하게 만들어질 것이다.

"쿠냐 할멈이 만든 헬슬립을 넣어서."

쿠냐 할멈은 아젤마가 잘 아는 부두교 마녀였다. 이 흑인 노파는 마리우스가 출발하기 전날 그녀의 운명을 예언해주었다.

여종업원이 중얼거렸다.

"술꾼들과 싸움꾼들에게 '지옥의 잠'을 준다고요? 정말이에요?"

아젤마는 그녀의 어깨를 톡톡 치면서 말했다.

"충분히 넣어요."

여종업원이 지시를 이행하는 동안 아젤마는 밖으로 나갔다. 그녀는 마리우스를 향해 제자리에서 빙 돌고는 발레리나처럼 손을 들었다.

"이리 와요. 보위가 아직도 있어요. 그는 마지막으로 우정의 술잔을 나누고 싶대요."

마리우스는 기꺼이 응했다. 술잔이 이미 카운터에 진열되어 있었다. 아젤마는 마리우스를 안내하고 직접 잔을 건넸다. 보위가 아젤마에게 눈짓을 보냈다. 마리우스는 아무것도 눈치 채지 못했다. 그는 깜짝 놀랄 일을 겪게 될 터였다.

* * *

마리우스는 술에서 깨어났을 때 덜거덕거리는 합승마차 안에 누워 있었다. 입안이 말라 혀가 잘 돌아가지 않았다. 그는 머리를 치켜들었다. 아젤마, 파르페타무르, 라파엘이 맞은편에 앉아서 연민의 시선으로 그를 바라보고 있었다.

"대체 여기가 어딥니까?"

아젤마가 대답했다.

"버밀리언빌이에요."

아젤마는 거칠게 창문 커튼을 젖히고는 언짢은 말투로 덧붙였다.

"우리는 걱정했어요. 당신은 벌써 이틀째 자고 있었거든요!"

마리우스는 눈을 크게 떴다. 그는 희생자에서 죄인의 신분으로 바뀌었다. 그는 밖을 바라보았다.

루이지애나의 주도였던 버밀리언빌은 1844년 유명한 프랑스 후작이었던 라파에트의 방문을 기념해서 라피엣으로 개명되었다.

"내가 이틀 동안 잤다고요? 누구 탓이죠?"

마리우스는 벌떡 일어나 창문을 열었다. 합승마차는 천천히 달리고 있었다. 눈부신 태양 아래 오두막집들과 기둥이 있는 하얀 집들, 그리고 프랑스어로 한담하는 방직공들, 나무 조각가들, 대장장이들의 가게가 보였다. 마리우스는 몸을 뒤로 젖히고 자신의 이마를 쳤다. 그리고 비난의 시선으로 아젤마를 노려보고는 무서운 어조로 물었다.

"대체 어디로 가는 겁니까?"

"텍사스. 당신이 텍사스에 가고 싶다고 했잖아요. 일주일 후 우리는 기차를 타고 샌안토니오에서 멀지 않은 벡사르에 도착할 거예요."

"하지만 나는 벡사르에 가고 싶지 않아요!"

마리우스는 머리를 내밀고 밖을 둘러보았다. 그가 타고 있는 합승마차 앞에 30여 명의 기병이 가고 있었고 뒤로는 또 다른 합승마차 한 대가 따르고 있었다. 그는 털썩 자리에 주저앉았다. 그리고 차례대로 아젤마, 파르페타무르, 라파엘을 바라보면서 물었다.

"이 계략을 짠 것이 당신들이오? 그럼 내 일자리는? 라피트와 프레몽은?"

아젤마는 손톱을 바라보면서 건성으로 대답했다.

"그들은 잘 알고 있어요. 무슨 생각을 하는 거예요? 우리는 아무것도 꾸미지 않았어요. 며칠 전에 당신은 피유 뒤 세르장 카페에서 텍사스를 보고 싶다고 했어요. 나는 당신이 원하는 것을 미리 알아서 조처했을 뿐이에요. 당신은 억지를 부리고 있어요."

라파엘과 파르페타무르는 시선을 내리깔고 있었다. 마리우스는 팔짱을 끼고 어깨를 으쓱했다.

"목이 말라요."

아젤마가 호리병박을 내밀었다.

"자, 여기 있어요."

마리우스는 단숨에 마셨다.

"보리 음료 같아요."

마리우스가 갑자기 멈추었다. 그리고 의심에 찬 시선으로 호리병박을 바라보았다. 마차에서 내려서 돌아가고 싶었다.

마리우스는 호리병박을 아젤마의 코 밑에 대고 물었다.

"이게 뭐죠?"

"헬슬립을 탄 물이에요. 당신이 며칠 전 저녁 보위와 그의 부하들과 함께 마셨던 '지옥의 잠'이에요."

\* \* \*

텍사스는 아름다운 지방이었다. 남동부의 평원과 서부의 고원 지대와 함께 푸르고 풍요롭고 광대했다. 제임스 보위는 노르망디 지방과 비슷하다고 말했다. 그는 그곳 고향 땅에 2만 에이커의 땅을 소유하고 있었고, 멕시코 아내가 그를 기다리고 있었다.

마리우스는 깨어난 지 하루가 지난 후 합승마차 밖으로 머리를 내밀고 그렇게 생각했다. 텍사스가 얼마나 아름다운 지방인지 그는 혼자 여행하고 싶었다. 자발적으로. 하지만 아젤마는 그에게 하기 싫은 일을 억지로 시켰다. 두 번이나 연달아 수면제를 먹이지 않았는가. 뉴올리언스와 버밀리언빌에서. 무려 5일 동안이나 잠을 잤다. 그는 비세트르 감옥과 툴롱 여행 때부터 마약을 싫어했다. 특히 마취제와 수면제를.

마리우스는 권총 손잡이를 만지작거리면서 투덜거렸다.

"빌어먹을 헬슬럽."

어젯밤 마리우스는 말을 타고 뉴올리언스로 돌아갈 뻔했다. 하지만 이미 너무 먼 길을 달려왔다. 게다가 아젤마, 파르페타무르 그리고 라파엘까지 그를 설득하려 했다. 그는 마지못해 체념했다. 경치를 보고 있는데 보위가 말을 타고 달려오는 것이 보였다. 그 역시 똑같은 말을 늘어놓았다.

"스미스 선장, 당신이 떠나는 것은 자유네. 하지만 내가 당신이라면 아무것도 아닌 일로 역사의 한 페이지를 장식할 수 있는 기회를 놓치지 않을 것이네. 당신이 타고 있는 합승마차의 의자 밑을 보게나. 전부 화약이네. 당신 친구 장 라피트가 얼마나 이 축제에 동참하고 싶어하는지 알겠소? 그 화약은 존 라플린 회사의 선물이네! 텍사스의 자유를 위한 선물!"

보위는 서둘러 떠났다. 의자 밑을 본 마리우스는 전율했다. 이들은 모두 공모자가 아닌가. 그는 몹시 당황했다.

마리우스가 아젤마에게 물었다.

"정말로 화약이에요?"

"네, 진짜 화약이에요. 만일 화약이 터지면 우리 모두 함께 죽는 거죠. 멋지지 않아요?"

이 무모한 계획에 깜짝 놀란 마리우스는 할 말을 잃었다. 아젤마가 그의 옆자리에 앉았다. 그녀는 마리우스의 까만 머리, 건장한 어깨, 오만하면서도 몽상적인 시선을 사랑했다. 긴 머리를 가진 마리우스는 총사처럼 보였다. 사실 그녀는 근위기병을 본 적이 없었다. 어느 날 저녁 마리우스는 그녀에게 현실보다 몽상이 더 낫고 실망이 덜하다는 말을 했었다. 그녀는 마음을 다해, 전력을 다해 인생을 사는 것을 더 좋아했다. 마리우스는 아젤마를 바라보면서 그녀의 의도를 파악하려 애썼다. 그녀는 진정으로 마리우스를 사랑했다. 그녀의 감정은 진지했다. 그는 존재하지 않는 여인, 사라진 여인을 더 좋아함으로써 커다란 실수를 하고 있는 게 아닐까?

마침내 마리우스는 목소리를 가다듬고 대답했다.

"그래요, 멋진 일이에요……."

\* \* \*

일주일간의 여행 후 보위 일행은 마침내 벡사르에 도착했다. 그들은 열렬한 환영을 받았다. 보위가 화약을 싣고 왔다고 알리자 환호성이 터졌다.

벡사르의 시장 겸 재판관—텍사스의 독립에 호의적인 멕시코인—이 말했다.

"알라모는 방어할 수 있을 겁니다."

마리우스가 물었다.

"알라모가 뭡니까?"

보위가 그를 바라보고 말했다.

"스미스 선장, 당신이 직접 보게 될 거네."

때는 1836년 1월 19일. 태양은 작열하였고 거리에서 판당고가 들려왔으며 술집은 손님들로 넘쳤다.

보위 일행은 알라모 요새로 향했다. 뉴올리언스의 신문들이 떠들어댔던 요새였다. 파르페타무르와 아젤마와 나란히 말을 타고 가던 마리우스는 파손된 요새를 보고는 놀라움을 금치 못했다. 서둘러 막은 담장 틈으로 사방에서 바람이 들어왔다. 석조로 지어진 소성당의 지붕은 일부만 남아 있었다. 열주회랑이 사라진 안뜰. 두 개의 목재 내벽 사이에 쌓여 있는 흙더미. 군데군데 붕괴된 벽으로 둘러싸인 함정.

마리우스가 보위에게 물었다.

"이게 알라모입니까? 이곳이 정말로 잘 훈련되고 잘 무장한 적군을 막아낼 수 있는 요새입니까?"

"스미스 선장, 패배주의자처럼 말하지 말게. 나는 새뮤얼 휴스턴의 특명을 받았네. 우리는 이 방어선을 지킬 걸세."

"대포에 맞설 수 있어요?"

보위가 자신만만하게 인정했다.

"물론 대포에 맞설 것이네. 알라모는 이미 상징이네."

마리우스는 회의적인 얼굴로 말의 목을 어루만졌다. 상징만으로 전투를 승리로 이끌 수 있을까?

소성당 옆에 깃발 하나가 바람에 펄럭이고 있었다.

보위는 모자를 벗고 가슴에 붙였다. 그리고 자랑스럽게 경례했다.

"론스타(The lone star. 푸른색 바탕에 황금색 별 하나가 있는 국기-옮긴이). 독립 텍사스의 상징."

파르페타무르가 투덜거렸다.

"상징이라고? 웃기고 있네."

보위는 구세주처럼 환대를 받았다. 반은 미국인, 반은 멕시코인이고 독특한 제복을 입은 장교가 다가오더니 원한다면 적의 초소와 초병들을 알아낼 수 있다고 장담했다. 그는 뒤꿈치로 소리를 내면서 경례했다.

"저는 닐 중령입니다. 대령님도 아시다시피 휴스턴 장군님이 트레비스

대령이 도착할 때까지 저에게 이 사명을 맡겼습니다. 대령님의 명령에 따르겠습니다."

그러는 사이 활과 화살로 무장한 인디언들이 화약통을 옮기고 있었다. 닐 중령의 보고와 보위의 부하들이 인원을 점검한 결과 104명이 임무를 수행하고 있었다. 대부분 사냥꾼이거나 농부들이었다. 무기는 소총, 칼, 큰 도끼뿐이었다. 규율은 엉망진창이었다. 보위가 사열했을 때 그들은 차려 자세조차 할 수 없었다. 그들은 몸을 움직이고 엉성한 대열을 이룬 채 큰 소리로 벡사르의 정복자이자 휴스턴이 신뢰하는 보위에게 경례했다.

마리우스, 파르페타무르, 아젤마, 라파엘은 이 사열에 참여하지 않았다. 그들은 말을 타고 주변을 돌며 여러 각도에서 지형을 살폈다. 그들은 한 우물가에서 멈췄다. 그리고 말에서 내리지 않고 초라한 요새를 관찰했다.

파르페타무르가 멕시코산 안장에 팔꿈치를 기대고 두 발을 등자 밖으로 내민 채 내뱉었다.

"이건 자살 행위야. 보병, 기병, 포병을 갖추고 게다가 실전 경험이 많은 군대와 맞서면 순식간에 결판이 날 거야. 한차례의 공격이면 끝장날 거야."

마리우스가 중얼거렸다.

"미친 짓이야!"

승마복 차림의 아젤마가 마리우스의 손을 잡더니 강렬한 시선으로 바라보면서 속삭였다.

"맞아요. 하지만 우리는 함께 있잖아요."

마리우스는 아젤마에게 손을 맡긴 채 투덜댔다.

"이보다 더 무모한 짓은 없을 거예요."

그날 저녁 그들은 벡사르에서 다시 보위를 만났다. 그들은 시내에 있는 텍사스 플라워 호텔에서 묵었다. 호텔 뒤에는 꽃으로 장식되고 색색의 물줄기를 뿜어대는 분수대가 있었다.

아젤마는 숨을 가다듬을 여유도 주지 않고 마리우스에게 속삭였다.

"당신의 꽃은 나예요."

젊은이들이 광장 쪽으로 나 있는 방을 차지했고, 라파엘과 파르페타무르는 가끔 사육장이 내려다보이는 방을 잡았다.

보위는 한낮보다는 덜 낙관적인 모습을 보였다. 알라모와 주위를 살펴본 결과 몇 가지 취약한 점이 드러났고, 특히 병력이 부족했다. 하지만 그는 동부 텍사스 침략을 저지할 수 있는 남쪽 요충지라는 이유로 벡사르를 반드시 지켜야 한다고 상부에 역설하지 않았는가. 휴스턴이 군대다운 군대를 조직할 수 있는 시간을 벌기 위해 산타안나의 발목을 붙잡아두어야 했다.

보위는 호텔 식당에서 비장하게 말했다.

"우리는 그 멕시코 황소에 비하면 모기나 다름없습니다. 하지만 우리가 저항하면 그는 힘을 잃게 될 겁니다. 그는 틀림없이 승리하겠지만 다시는 일어서지 못할 겁니다."

마리우스가 지적했다.

"우리에게는 대형 대포 한 문과 소형 대포 몇 문이 있을 뿐입니다."

보위가 웃기 시작했다.

"알고 있네, 스미스 선장. 하지만 패닝 대령의 부대가 우리를 도와주러 올 것이네. 우선 테킬라를 마시세."

마리우스는 깊은 감명을 받았다. 이 남자는 죽을 위험이 닥쳤는데도 웃고 있었다. 미국은 정말 영웅들의 나라란 말인가.

                          * * *

　마리우스는 혼란에 빠졌다. 그는 아버지를 생각했다. '나는 아르네르 뒤크에서 열 명의 러시아 기병을 검으로 베었고 워털루 전투에서 훌륭하게 임무를 수행했던 아버지에게 부끄럽지 않은 사람일까?'

　아버지와의 비교는 아들의 인생에서 잔인한 요소다. 하지만 퐁메르시 대령은 죽었다. 마리우스는 아버지에게 아무것도 입증할 수 없었다.

　어느 날 저녁 파르페타무르가 말했다.

　"자네는 망설이는 것 같아."

　3주가 흘렀다. 두 사람은 매일 아침 5시에 우는 수탉을 찾아내려고 가금 사육장을 돌아다녔다.

　마리우스가 대답했다.

　"당신이 이 모험에 말려드는 것을 원치 않아요. (그는 빨간색의 큰 날개깃을 가진 작달막한 수탉을 가리켰다.) 저 수탉이 우리가 찾고 있는 가수네요."

　파르페타무르가 화를 냈다.

　"제기랄, 나는 이 수탉에 관심 없어! 자네는 이 미치광이들과 함께 전투하고 싶나? 마리우스, 이건 우리의 전쟁이 아니야!"

　"나는 미국 시민이에요."

　"그건 좀 더 쉽게 프랑스로 돌아가기 위한 방편일 뿐이지."

　"프랑스는 나를 원하지 않아요."

　파르페타무르는 마리우스의 멱살을 잡았다.

　"우리끼리 하는 말인데 이건 생사가 걸린 문제야. 자네는 이 위험한 전투에 참가하면 안 돼. 내 말 알겠어? 복수를 잊었어? 그리고 자네가 귀가 닳도록 얘기한 아메데 디그랑드는 어떻게 할 거야? 그리고 코제트는?"

"파르페타무르, 나는 지쳤어요. 이제 복수하고 싶지도 않아요. 프랑스는 나를 죄인, 배신자, 사회의 쓰레기로 취급했어요. 당신의 미욜뢰즈처럼 코제트는 나를 잊었을 거예요. 여자들은 일단 잊기로 결심하면 쉽게 잊어버려요. 여자의 마음을 끌려면 쾌락이나 호의호식, 안전 같은 새로운 행복을 보여주기만 하면 돼요. 여자들은 전날 밤까지도 좋아했던 것을 잊어버려요. 여자 문제는 한번 돌아서면 완전히 끝난 거예요."

"마리우스, 자네는 너무 단순해."

"단순하다고요? 아젤마만 봐도 알 수 있어요. 그녀는 나를 갖기 위해서라면 시간과 안락을 희생하더라도 무엇이든 할 각오가 되어 있어요. 하지만 앞으로는 어떻게 될까요?"

"앞으로는? 만일 코제트가 존재하지 않는다면 자네는 언제든지 아젤마를 갖게 될 거야."

"아, 당신은 그렇게 계산해요? 당신은 한꺼번에 두 마리 토끼를 쫓을 수 있다고 생각해요? 내가 단순한 사람이라면 당신은 순진한 사람이에요."

파르페타무르는 마리우스를 놓아주고 가끔 사육장에서 서성거렸다. 그의 발길질에 놀란 돼지가 꿀꿀거리며 도망쳤다.

파르페타무르가 재차 설득했다.

"자네는 왜 생각을 바꿨지? 라파엘을 이 집단 자살에 끌어들이기 위해서? 아젤마를? 나를? 그거야? 우리 모두가 죽기를 바라는 거야? 저 용감한 사람들을 위해? 텍사스를 구하기 위해? 아니면 방금 도착해서 우리를 마치 부하처럼 여기는 저 무례한 트레비스를 위해? 제기랄, 정신 차려, 마리우스! 툴롱을 기억하라고! 이 함정에서 벗어나야 해!"

마리우스는 요지부동이었다. 그는 대수롭지 않은 어조로 반박했다.

"바로 그거예요. 트레비스는 보위를 다소 무례하게 대우해요. 트레비스는 보위의 칼을 보고는 그를 칼잡이로 취급했어요."

파르페타무르가 외쳤다.

"그건 우리 일이 아니야! 그들끼리 해결하게 내버려둬!"

그리고 누그러진 말투로 덧붙였다.

"한마디 더할까? 마리우스, 자네는 아젤마에게 농락당한 거야. 그녀는 자네를 손아귀에 넣기 위해 이곳으로 유혹한 거야. 그녀는 자네 혼자 프랑스로 돌아가버릴까 봐 두려운 거야. 내 말만 믿어. 그녀는 알라모에서 죽고 싶은 생각이 추호도 없어!"

마리우스는 아젤마 이상으로 라파엘을 생각했다. 그는 라파엘을 텍사스 한복판에 버리기 위해 루제와 다른 사람들의 발톱에서 구해냈단 말인가. 단지 영웅적인 죄의식이나 고리타분한 연대감 때문에 고집을 피우는 걸까?

3주가 지나자 마리우스는 몹시 지루해했다. 아젤마는 그를 사랑했고 마리우스도 그녀를 좋아했다. 어떻게 그녀에게 이 사실을 설명할 수 있을까? 그는 전투에는 용감했지만 사랑에는 별로 그렇지 못했다. 아젤마와 그는 옥수수 팬케이크를 먹고 용설란 술을 마시며 벡사르의 남쪽에 있는 대농장들을 방문했다. 또 말을 타고 산에 가고 호수로 이어지는 작은 시내에서 벌거벗은 채 물놀이를 했다. 그들은 자주 함께 웃었다. 그것만으로도 이미 상당한 것이었다. 하지만 마리우스는 지루해했다.

때마침 멕시코 군대가 도착했다는 소식이 전해졌다. 적군이 리오그란데(미국과 멕시코의 국경을 이루는 강—옮긴이)를 건넜다고 했다. 아젤마와 파르페타무르가 재촉했지만 마리우스는 어떤 결정도 내리지 못했다. 그는 떠나기를 거부했다. 보위를 실망시킬까 두려워서인지 비겁한 사람으로 취급될까 두려워서인지 자신도 몰랐다. 그는 애매한 태도를 보였다. 그리고 자신의 동요를 숨기기 위해 텍사스의 폭포, 거대한 나무들, 한가로이 풀을 뜯는 엄청난 소 떼에 대해 얘기했다. 그는 대규모의 산림과 목장에 매료되었다. 프랑스는 아주 작아 보였다.

어느 날 저녁 마리우스는 편지를 쓰고 있던 아젤마에게 다가갔다. 그녀는 마리우스를 보더니 편지를 블라우스 속에 숨기고 개폐식 책상을 닫았다. 그의 머릿속에 조금씩 의심이 생겼다. 사랑에 빠진 여인은 어떤 일이라도 할 각오가 되어 있지 않은가. 남자는 부분으로 나누어서 생각하고 여자는 전체를 생각한다. 남자는 나누고 여자는 모은다. 남자는 분리하고 여자는 결합한다. 마리우스는 어떻게 생각해야 할지 알 수 없었다. 하지만 어쩌면 아젤마는 단지 자신의 미래만을 걱정하고 있을지도 모른다.

아젤마가 나지막하게 말했다.

"이곳에서 우리는 구경꾼에 불과해요. 왜 당신은 텍사스 사람들을 위해 싸우려는 거죠? 당신은 나를 놀라게 하고 싶어요?"

마리우스는 느닷없는 엉뚱한 질문에 깜짝 놀랐다. 그는 즉각 변호했다.

"나는 아무것도 결정하지 않았어요. 나를 이곳에 데려온 것은 당신이에요. 당신은 유언장을 썼나요? 두렵나요?"

"마리우스, 나는 당신을 사랑해요. 당신이 나를 사랑하는 것보다 더 많이. 그렇기 때문에 당신이 생각하는 것과는 반대로 나는 당신이 죽는 모습을 보고 싶지 않아요."

"파르페타무르가 당신에게 얘기했어요?"

"맞아요, 퐁메르시 남작님."

마리우스는 소스라치게 놀랐다.

"그가 당신에게 내 진짜 이름을 말했군요!"

아젤마는 그의 품에 뛰어들고는 흐느꼈다.

"마리우스, 나는 처음부터 당신이 누구인지 알고 있었어요……. 당신은 고르보 누옥을 기억하고 있죠? 커다란 눈으로 당신을 바라보던 연약하고 병든 소녀를 기억하나요? 나의 언니 에포닌과 나는 당신을 사랑했어요……. 당신 이름은 마리우스 퐁메르시였고 공화주의자이자 반항적인 대학생이었어요……. 바리케이드 전투와 콜레라가 지나간 후 당신이 아버지에게 몇 프랑을 적선했다고 들었어요……. 나의 아버지는 광폭하게 구는 미치광이였어요……. 나는 아버지를 혐오했어요……. 나는 아버지와 함께 미국에 가고 싶지 않았어요."

마리우스가 빈정댔다.

"2만 프랑을 적선이라고 생각해요?"

"마음대로 생각하세요……. 아버지가 그렇게 얘기했거든요……. 나는 아버지에게서 그 2만 프랑을 훔쳤어요. 그것은 나의 장사 밑천이 되었어요……. 아무튼 내 성공은 당신 덕분이에요……. 나를 안아줘요……."

마리우스는 그녀의 이마와 입술에 키스를 해주었다. 5분 전만 해도 그는 아젤마가 자신을 배신하고 음모를 꾸미고 있지 않을까 의심했다. 그는 거짓말을 하지 않은 것을 후회했다. 고통을 주기 위해서? 진실과 비슷한 거라면 언제나 거짓말을 해야 할 것이다.

아젤마는 마리우스의 품에서 벗어나면서 말을 이었다.

"나의 아버지는 사악한 사람이었어요. 아버지가 당신에게 못된 짓을 많이 했다고 생각해요. 코제트를 괴롭혔던 것처럼. 왜 당신은 내 아버지의 이름을 언급하지 않았어요?"

마리우스는 흠칫 놀랐다. 그러니까 아젤마는 모든 것을 알고 있었단 말인가.

아젤마가 말했다.

"내가 어찌 모를 수 있겠어요? 코제트는 에포닌 언니와 동갑이고 나보다 한 살 많아요. 게다가 코제트는 몽페르메유에 있는 우리 집에 5년 넘게 살았어요. 내가 잊어버렸으면 했어요? 아니면 내가 모르고 있었으면 했어요?"

마리우스는 아젤마에게 다가가 두 손을 잡았다.

"아젤마, 미안해요. 나는 바보였어요."

"당신은 여전히 나를 사랑하나요?"

"나는 당신도 사랑해요."

"어떻게 동시에 두 사람을 사랑할 수 있죠?"

"사랑을 제대로 받지 못했다고 느낄 때는 모두를 사랑할 수 있을 만큼 넓은 마음을 가질 수 있어요."

"말로는 쉽죠. 아무튼 나는 그런 사랑을 말하는 게 아니에요."

마리우스는 시선을 내리깔았다. 그는 결코 논쟁에서 이길 수 없을 것이다.

아젤마가 말을 이었다.

"당신은 나를 믿지 못해요? 코제트 얘기를 해도 될까요? 자주 울던 금발 소녀가 기억나요. 나의 어머니는 그녀를 때렸고, 아버지는 거의 쳐다보지도 않았어요. 나폴레옹 전투와 허풍을 들어주는 청중이 있으면 아버지는 다른 사람들은 안중에도 없고 오직 자신에게만 관심이 있었죠. 그런 처신 덕분에 아버지는 언제나 궁지에서 빠져나올 수 있었지요. 다른 사람들을 염려하는 것은 아버지에게는 죽는 법을 배우는 것이죠. 마리우스, 나도 그 정도는 알아요. 나는 에포닌과 가브로슈를 보았어요. 코제트는 자주 구석에 숨었어요. 사람들은 코제트를 비웃었어요. 그녀는 지저분했고 누추한 옷을 입었으며 항상 울먹거렸어요. 아이들은 잔인해요. 아이들은 조롱의 대상을 발견하면 합세해서 괴롭혀요. 그것은 놀이가 되죠. 어린이는 폭군이예요. 그때 나는 아무것도 몰랐어요. 나중에야 후회했어요. 그리고 나 자신이 부끄러웠어요."

마리우스는 오랫동안 아젤마를 응시했다. 그는 조국으로부터 수만 킬로미터 떨어진 텍사스 한복판에 있었다. 그리고 사랑하는 아내와 함께 유년기를 보냈던 여인에게 달려들 뻔했다. 그는 아내가 어쩌면 변했을 거라고 씁쓸하게 생각했다. 어쩌면 죽었을지도 모른다. 그는 살짝 회한의 몸짓을 나타냈다. 이번에는 아젤마를 포옹하고 영원한 사랑을 맹세하고 싶었다.

하지만 어떤 이상한 힘이 그렇게 하지 못하게 했다. 아젤마는 테나르디에의 딸이 아닌가. 워털루 전쟁터에서 마리우스 아버지의 호주머니를 강탈하려다가 구원자로 자처했던 테나르디에의 딸이 아닌가. 그녀의 가족은 대체 어떤 족속에 속할까? 아젤마는 진솔한 걸까? 그녀가 숨긴 편지에는 어떤 내용이 담겨 있을까?

마리우스는 자신을 비난했다. 언제쯤이나 그는 낙관주의에서 곧바로 회의주의로 넘어가는 것을 멈출 것인가? 그는 너무 자주 의견을 바꾸었다. 이 변덕쟁이는 스스로 길을 잃었던 것이다. 그는 생각했다. '하지만 개가 고양이를 낳을 수는 없는 법이다. 그동안 다른 사람들에게 너무도 많이 당해서 경계하지 않을 수 없어.' 문득 테나르디에가 떠올랐다. 그렇다. 넥타이 속에 파묻힌 턱, 녹색 안경, 눈썹에 닿을 듯 이마까지 내려온 반들반들하고 납작한 머리털을 가진 남자, 정직한 사람으로 변장하고 장발장을 고발하러 그의 집에 왔던 남자를 떠올렸다.

마리우스가 속삭였다.

"그는 장 발장을 고발하면서 내 옷자락을 보여줬어요. 요컨대 하수도에서 나를 등에 업고 내 생명을 구했던 사람을 고발한 거죠. 그는 테나르라는 이름으로 자신을 소개했어요. 나는 그의 이름이 종드레트라는 것을 알고 있었어요. 지금은 어떤 이름을 사용하고 있을까요?"

마리우스의 감정에 민감한 아젤마가 대답했다.

"내가 어찌 알겠어요. 한 번도 연락하지 않았으니까요. 내 아버지이긴 하지만 나는 그를 경멸해요. 그리고 어쩌면 죽었을 거예요. 코제트처럼."

마리우스는 아젤마를 쏘아보았다. 그녀의 표정이 굳어졌다. 그녀는 사랑하지 않겠다고 맹세했지만 사랑에 빠졌고, 냉정을 유지하겠다고 다짐했지만 이성을 잃고 말았다. 어떻게 마리우스로부터 자신을 지켜낼 수 있을까? 마리우스는 그녀의 예상과는 다르게 대응했다. 그녀의 생각은 이상하고 이해할 수 없는 것처럼 보였다. 그는 아젤마의 표정을 보면서 자기 방식대로 해석했다. 비열한 방식으로. 그는 도처에서 악을 보았다. 게다가 그녀는 편지를 숨겨두었던 블라우스에 손을 올려놓았다. 그는 주먹을 불끈 쥐었다. '그녀의 달콤한 말에 더 이상 넘어가지 않을 거야.' 그는 그 편지가 고발장이라고 확신했다. 그는 아젤마에게 레이노 경찰서장에 대해 얘기하지 않았는가. 그녀는 하워드 스미스 선장이 다름 아닌 알렉상드르 틱시에라고 쓰지 않았을까? 만일 이 신분으로 프랑스로 돌아간다면 그는 스스로 무덤을 파는 꼴이 될 것이다. 문득 복수심이 사라졌다. 그는 엄청난 무력감에 빠졌다. 도형장에서처럼 다시 한 번 모든 것이 무너졌다. 암울한 생각이 몰려들었다. 아젤마는 어떤 여자일까? 사기꾼일까? 코제트는 어떻게 되었을까? 만약 살아 있다면 더 이상 그를 생각하지 않을 것이다. 아메데는? 아주 멀리 떠났을 것이다. 루이데지레는? 악마가 잡아갔기를 바랄 뿐이다. 파르페타무르와 라파엘은? 그들은 뉴올리언스로 돌아가기만 하면 되었다.

그때 아젤마가 말했다.

"내일 저녁 데이비 크로켓이 이곳에 도착할 거예요."

"데이비 크로켓?"

마리우스는 생각에 잠겼다. 알라모에서 보위와 크로켓은 위대한 영웅으로 통했다. 그들 옆에서 죽는 것도 괜찮지 않을까?

\* \* \*

보위와 트레비스는 서로 좋아하지 않았다. 닐 중령이 특별휴가를 받고 알라모를 떠나자 두 사람은 즉각 대립했다. 보위는 규율을 경멸했고, 트레비스는 원칙에 엄격했다. 언쟁은 거칠었다. 두 사람은 상대방을 성(姓)으로 불렀다. 정규군 장교인 트레비스 대령이 보기에 보위는 조심성 없는 부랑아, 도덕도 법도 모르는 모험가였다. 보위의 눈에 트레비스는 남부연합군 장교, 명예와 권위로 가득하고 낡은 규정을 존중하는 멋쟁이에 불과했다.

한 사람이 "해명하시오!"라고 소리치면, 다른 사람은 "원한다면 언제든지!"라고 응수했다.

테네시에서 열두 명의 동료와 함께 도착한 데이비 크로켓이 두 사람을 떼어놓았다. 그들은 결투를 원했다. 크로켓은 자신의 영웅담 덕분에 시샘 많은 두 남자로부터 신뢰를 얻고 있었다. 그는 두 사람을 화해시키지 않고 그들의 어리석은 태도를 비난했다. 그는 수비대에게 구세주 같은 존재였다. 사람들은 그를 전적으로 신뢰했다. 그는 언제나 자유를 사랑하고 즐겼기 때문에 명령을 거부하고 대신 최후의 일전을 준비하는 데 몰두했다.

다음 날 저녁, 연기로 가득한 벡사르의 한 선술집에서 손님들은 트럼펫과 바이올린 연주를 들으며 옥수수 팬케이크를 먹고 스코틀랜드 위스키를 마시고 있었다. 크로켓은 피유 뒤 세르장 카페에서 술 마시기 시합에서 자신을 이겼던 마리우스를 발견했다.

크로켓은 한 손으로 그를 바닥에서 들어올리고 물었다.

"우리와 함께하겠소?"

마리우스는 고개를 끄덕였다. 탁자 하나 떨어진 곳에서 아젤마와 파르페타무르가 보위와 다른 두 명의 전문 사냥꾼과 이야기를 나누고 있었다.

크로켓이 미소를 지으면서 말했다.

"이번에는 럼주 마시기나 의자를 뛰어넘는 놀이가 아니네."

크로켓은 흔히 '올드 베치'라고 부르는 긴 소총을 들이댔다.

마리우스가 말했다.

"알고 있습니다."

"몇 살이오?"

"스물여섯 살입니다."

"죽기에는 너무 젊군. 특히 본인과 상관없는 전투에서. 나는 쉰 살이네."

마리우스가 대답했다.

"나이는 먹을 만큼 먹었습니다. 나폴레옹 제국 치하에서 라잘이라는 기병대 장군은 서른 살까지도 살아 있는 경기병은 망나니라고 했습니다."

"스미스 선장, 자네에게는 아직 4년이 남았구려."

"당신은 기한을 넘겼습니다."

크로켓이 소총을 내려놓고 말했다.

"재미있는 말이군. 그런데 레이다 아를 어떻게 했소? 그리고 데리고 다니는 아이는? 다시 말하지만 이건 자네 싸움이 아니네."

크로켓은 위스키를 채운 맥주 잔을 단숨에 비우고 말을 이었다.

"자네가 원한다면 우리는 기꺼이 자네를 맞이하겠네. 우리에게는 이미 영국인들, 아일랜드인들, 그리고 프랑스인도 한 명 있네. 보면 알게 될 걸세."

마리우스는 거칠고 사나운 모습으로 말했다.

"이미 전부 보았습니다."

* * *

다음 날부터 멕시코 군대는 벡사르와 그 주위에 자리를 잡았다. 아젤마, 파르페타무르 그리고 라파엘에게 알리지 않고 벡사르를 떠났던 마리우스는 묵묵히 삼색기가 야영지 위에서 펄럭이는 것을 보았다. 그것은 프랑스기를 닮았다. 다른 점이 있다면 파란색 대신 녹색이라는 것이었다. 희망의 색깔일까? 마리우스는 멕시코인들이 친구들을 잘 대우해주었는지 궁금했다. 고개를 돌리자 소성당 위에서 텍사스 깃발이 보였다. 멕시코 국기와 같은 색깔이었다. 다만 하얀색에 숫자 24가 새겨져 있었다. 그는 이 지방에서 아무것도 이해할 수 없었지만 굳이 물어보지도 않았다.

아침이 끝날 무렵, 크로켓과 마리우스는 스무 명가량의 기병을 이끌고 멕시코 부대의 야영지를 기습했다. 경포(輕砲) 1문을 파괴했고 열 명의 병사를 죽였다. 텍사스인은 한 명도 죽지 않았다. 그들은 여세를 몰아 가축 열 마리와 화약 네 통을 훔쳤다. 시작이 꽤 좋았다.

이틀 후 멕시코 창기병 한 명이 백기를 들고 알라모로 달려왔다. 벡사르 마을의 동쪽과 서쪽에서 멕시코 부대가 분주하게 움직였다. 창기병이 통신문을 읽었다. 산타안나 장군이 알라모 수비대에게 항복을 권고하는 내용이었다. 트레비스는 대포를 쏘아 대답했다.

보위가 나지막하게 지적했다.

"우리의 귀여운 트레비스만큼 경박한 멋쟁이는 없지."

다음 날 벡사르 마을의 성당 종루에 빨간 깃발이 게양되었다. 때는 2월 23일이었다.

마리우스가 크로켓에게 물었다.

"저게 무슨 의미입니까?"

"병영이 없다는 뜻이네."

멕시코 포대는 샌안토니오 강 건너편에서 포격 태세를 취했다. 포격은 다음 날 아침까지 계속되었다.

마리우스는 2년 2개월 전쯤 도형장에 끌려갔을 때처럼 잠을 이룰 수 없었다. 그는 동료들을 바라보았다. 모두들 사기가 충천했다. 트레비스는 패닝 대령이 지원해줄 거라고 약속하지 않았는가.

오후 늦게 군악대 소리가 들렸다. 수비대원들이 바리케이드로 몰려갔다. 병사들이 무수히 많았다. 적어도 4천 명. 회색 군복을 입은 창기병 연대, 빨간색 군복을 입은 용기병(龍騎兵) 연대, 잘 어울리는 원통형 군모를 쓴 하얀색, 파란색, 빨간색 군복을 입은 보병 연대. 색깔의 전쟁이었다. 군악대의 연주 소리가 정신을 사납게 했다. 잠시 후 기병대와 보병대가 알라모 요새를 삼면에서 포위하기 위해 산개했다. 군악대의 시끄러운 나팔 소리와 병사들의 함성이 들려왔다.

마리우스가 물었다.

"대체 저게 무슨 음악입니까?"

트레비스가 지휘소에서 군도를 쥔 채 즉각 알려주었다.

"데겔로(deguello)라네. '살인자'를 뜻하는 스페인어지."

"그들은 우리를 살인자라고 부른단 말입니까?"

트레비스가 놀려댔다.

"그들의 주장에 따르면 그렇다네. 그래도 저 곡은 아름답네. 죽고 싶은 마음을 불러일으키지."

트레비스는 발길을 돌려 서쪽 성벽으로 갔다. 포격전이 다시 시작되었기 때문이다.

하늘은 순식간에 섬광의 장으로 변했다. 멕시코 부대는 동맥이 뛰듯 규칙적으로 포격했다. 마리우스는 작전 중인 부대를 바라보는 일이 싫증나지 않았다. 작전은 그럴듯해 보였다. 그는 아버지를 생각했다. 특히 이각모를 쓰고 말을 탄 산타안나와 그의 참모장을 보면서. 발포할 때마다 금으로 치장한 제복이 반짝거렸다. 깃발이 바람에 나부꼈다. 총소리가 날카로운 소리를 내며 윙윙거리는 것으로 보아 멕시코 사격수들이 매우 가까이 다가온 모양이었다. 마리우스는 발을 굴렀다. 이게 전쟁이란 말인가?

"발사!"

트레비스는 포격 명령을 내렸다. 그는 화약을 너무 많이 잡아먹는 장거리포를 아꼈다. 그는 간격을 두고 몇 발만 발포하게 했다.

트레비스가 외쳤다.

"놈들이 우리를 괴롭히려 하니 우리도 놈들에게 따끔한 맛을 보여줍시다. 기병 서른 명은 나를 따르라!"

마리우스는 지원했다. 요새의 문이 열리고 서른 명이 세 그룹으로 나뉘었다. 목표는 분명했다. 적의 사수들이 방공호로 사용하는 초소 근처의 작은 건물들을 파괴하는 것이었다.

신속한 공격 덕분에 작전은 성공했다. 마리우스는 칼을 빼들고 네 명의 멕시코 병사를 죽였다. 수류탄이 놀라운 위력을 발휘했다. 적의 보병들이 도망치자 마리우스는 추격하려 했다. 조금 더 멀리 참호와 창기병 중대가 있었다. 마리우스는 급히 말을 세우고 권총을 꺼내 창기병들을 겨누었다. 네 번 쏘아서 네 명을 쓰러뜨렸다. 장터 축제의 사격 놀이에서처럼. 기병들이 동요하기 시작했다.

트레비스는 마리우스에게 돌아오라고 명령했다.

"스미스 선장, 즉각 돌아오시오!"

마리우스는 즉각 명령에 따랐다. 텍사스인들은 나팔 소리를 듣고 가던 길을 돌아왔다.

멕시코 창기병들이 마리우스의 일행을 추격했다. 요새 앞에서 창기병들을 맞이한 것은 맹포격이었다. 그들은 무질서하게 후퇴했다. 환호성이 울렸다. 소규모 교전과 전투가 뒤섞였다.

그날 저녁 특공대를 조직했다. 다행히 전령들은 쉽게 전선을 넘었다. 배식을 하고 있는데 네 명의 기병이 도착했다. 그들은 요새로 돌진했다.

트레비스가 명령했다.

"문을 열어라!"

마리우스는 기병들을 알아보고 얼굴이 창백해졌다. 아젤마, 파르페타무르, 라파엘이 아닌가. 산타안나를 증오하는 멕시코 민병대 스강 대위와 함께.

수비대가 그들을 맞이했다. 그들이 말에서 내렸다.

멕시코인 대위가 차려 자세를 취하고 말했다.

"더 이상 패닝 대령과 지원군을 기대해서는 안 됩니다. 그들은 골리아

드에서 패했습니다. 포로들은 모두 처형당했습니다."

트레비스는 발뒤축으로 땅을 짓이겼다. 그것은 절망의 표시였다. 낙마로 다리에 부목을 댄 보위는 큼직한 칼로 손톱을 다듬고 있었다. 크로켓은 총을 든 채 씁쓸한 미소를 지었다.

크로켓은 자신이 모르는 것은 인정할 수 없다는 표정을 짓고 말했다.

"우리가 겁쟁이가 아니라는 사실을 보여줍시다."

두려움을 암시하는 것일까?

트레비스가 선언했다.

"우리의 유일한 희망은 휴스턴입니다. 휴스턴이 성공적으로 군대를 모집했기를 바랄 뿐입니다. 그렇지 않으면……."

상황이 악화되는 것을 원치 않은 보위가 말을 끊었다.

"그렇지 않으면 뭡니까? 놈들이 우리 모두를 학살할 거라는 말인가요? 우리가 이곳에 있는 이유가 뭡니까? 상징적인 의미 때문 아닙니까?"

트레비스는 군도를 꺼내 바닥에 지도를 그렸다.

"우리는 분명 오래 견디지 못할 겁니다. 놈들은 이곳에서 우리의 전선을 무너뜨릴 겁니다. 하지만 내 말을 믿으십시오. 놈들의 승리는 패배보다 더 큰 희생을 치를 겁니다!"

그러는 사이 마리우스는 친구들과 재회의 기쁨을 나누었다. 인생은 좋은 점도 있었다. 그는 절박한 상황에서 그 점을 깨달았다.

* * *

세 명의 지휘관은 마리우스에게 의견을 묻지 않고 결사항전을 결정했다. 1836년 2월 28일 아침, 적군은 포위망을 좁혀왔다. 멕시코 포대가 요

새의 북쪽을 겨냥하고 위협했다. 트레비스는 밈을 데라곤 휴스턴밖에 없
었다.

　트레비스가 보위와 크로켓에게 말했다.

　"일주일 이상은 견딜 수 없을 겁니다. 다시 휴스턴에게 연락을 해야 합
니다. 누가 알겠어요? 장군이 군대를 성공적으로 모집했는지도 모릅니
다."

　크로켓이 제안했다.

　"프랑스인과 그의 친구들을 보냅시다."

　보위가 목발처럼 소총에 기댄 채 눈짓을 하면서 찬성했다.

　"좋은 생각입니다. 매혹적인 레이디 아는 이곳에서 더 이상 할 일이 없
습니다."

　마리우스가 즉각 소환되었다. 그는 그 제안을 듣자 자랑스럽게 대답
했다.

　"나는 여러분과 함께하겠습니다."

　트레비스가 퉁명스럽게 대꾸했다.

　"당신은 어리석군요. 첫째, 이 수비대는 생존이 불투명하고, 둘째, 당신
에게는 여자와 아이가 있습니다."

　크로켓과 보위는 마리우스의 용기를 높이 평가하면서 승낙의 신호로
고개를 끄덕였다. 그날 저녁 밀사를 파견할 예정이었다. 마리우스는 선
택의 기로에 서 있었다.

　트레비스가 결론을 내렸다.

　"오늘 저녁까지 숙고하세요. 오늘 저녁이 지나면 너무 늦습니다. 당신
이 밀사로 가지 않겠다면 다른 사람을 보낼 겁니다. 특혜는 전혀 없습니
다."

마리우스는 아젤마와 파르페타무르에게 이 제안을 털어놓지 않았다. 그는 이렇게 생각했다. '아젤마는 내 곁에서 죽기를 원해. 그렇게 되면 그녀의 소원이 이루어지는 거야. 파르페타무르는 키가 너무 커서 밀사로 갈 수 없을 거야.'

그날 오후 마리우스는 라파엘과 함께 남쪽 성벽에 있었다. 아이는 경탄의 눈길로 멕시코 기병대의 움직임을 바라보고 있었다. 깃발, 기병대 행진, 팡파르. 축제의 풍경.

마리우스가 물었다.

"우리가 죽을 거라고 생각하니?"

마리우스는 방책에 소총을 세워놓고 아이의 어깨를 감쌌다. 그리고 자신도 모르게 거짓말했다.

"상상조차 할 수 없는 일이지."

마리우스는 회한에 휩싸였다. 누가 감히 이 아이의 생사여부를 결정할 수 있단 말인가. 그는 도형장에서 탈출한 후 용감하고 대담하며 단호한 모습, 간혹 헝가리 형제와 쿠바에서 스페인 상인에게 했던 것처럼 잔인한 모습을 보여주었다. 또 그는 신중하게 재간을 발휘한 적도 많았다. 문득 자신이 사람 노릇을 충분히 하고 있는지 의구심이 들었다. 우리가 사랑하는 사람들은 우리가 떠나도 된다고 확신하는 순간부터 잘 견뎌낼 것이다. 그러니 너무 신중할 필요는 없지 않을까? 장 발장이 다시 떠올랐다. 장 발장은 코제트를 구했는데 자신은 라파엘을 잃을 준비를 하고 있지 않은가. 장 발장은 헌신적으로 코제트를 구했는데 자신은 자존심 때문에 라파엘을 버리고 있지 않은가. 눈물이 맺혔다. 영혼의 흑진주인 눈물.

라파엘이 눈살을 찌푸리면서 말했다.

"아무튼 저는 죽을 수 없어요."

"아, 그래? 무엇 때문에?"

아이는 주머니를 뒤지더니 뭔가를 꺼냈다.

"이것 때문이에요."

마리우스는 비틀거렸다. 코제트의 수정과 꼭 닮은 돌이 아닌가. 그는 라파엘의 손목을 잡았다.

"아파요⋯⋯."

"미안해, 라파엘. 그런데 이거 어디서 났지? 아주 중요한 문제야."

"공장에 새로 온 사람이 줬어요. 머리를 짧게 깎았고 줄곧 잠만 잤어요. 여자 같았어요. 이 수정이 더 이상 필요하지 않다고 말했어요."

여자 같은 신입 노동자? 마리우스는 숨을 깊게 들이마셨다. 틀림없이 코제트일 것이다. 그녀는 파르페타무르가 말한 적이 있는 타르디에, 즉 다브 데 그레프의 포로가 되었단 말인가. 마리우스는 라파엘을 안고 두 볼에 뽀뽀해주었다.

"네 말이 맞아. 우리는 죽지 않을 거야."

그리고 그 역시 호주머니에서 수정을 꺼냈다.

"자, 보렴, 나도 보호를 받고 있어. 이것도 천연 수정이야. 마법의 돌이지. 우리는 죽지 않을 거야. 우리는 오늘 밤 이곳에서 빠져나갈 거야. 약속할게."

\* \* \*

마리우스 일행은 기적적으로 요새에서 빠져나왔다. 그들은 벡사르 마을 근처에서 적의 공격을 받았지만 무사했다. 산타안나와 그의 부하들은 알라모에 너무 집중한 나머지 네 명의 탈영병에 신경을 쓸 수 없었다. 아무튼 멕시코 총사령관은 걱정하지 않았다. 그는 텍사스 군대가 없다는 사실을 알고 있었다. 이번 전투에 그의 명예가 걸려 있었다. 그리고 멕시코의 명예도. 그는 몇몇 장교들의 반대에도 불구하고 알라모를 전멸시키기로 작정했다. 어떠한 희생을 치르더라도. 공격 날짜는 3월 15일로 정했다.

마리우스는 산펠리페 데 오스틴에서 휴스턴 장군을 만나고 실망했다. 곰보 자국, 입에 문 여송연, 인디언 복장의 거인. 휴스턴은 아무것도 할 수 없었다. 지원자들이 몰려와 부대에 합류했지만 아직 충분치 않았다.

거인이 술이 달린 가죽옷을 흔들면서 외쳤다.

"이 날씨, 이 고약한 비를 보세요! 4월이 되기 전에는 아무것도 예측할 수 없어요."

마리우스가 항의했다.

"장군님, 184명이 죽게 될 겁니다!"

휴스턴이 진지한 표정을 짓고 대꾸했다.

"그들의 희생은 헛되지 않을 겁니다."

장군들은 다른 사람들의 희생에 대해 언제나 진지한 표정을 짓고 그렇게 말한다. 마리우스는 거짓으로 동정하는 이 곰보 거인을 노려보면서 생각했다. '불평등을 없애자. 하지만 정당이나 이처럼 적나라한 위선자들과는 절대로 함께 투쟁하지 말자.' 얼마나 꼴불견인가.

휴스턴이 다정하게 마리우스의 어깨를 치면서 말했다.

"우리는 이길 겁니다."

휴스턴은 텍사스 독립이 투표로 가결되었고 군대가 서쪽으로 진격해서 멕시코 군대에게 혹독한 참패를 안겨주어야 한다고 설명했다.

마리우스는 충격을 받았다. 그는 알라모 요새로 돌아가기로 결심했다.

최소한 포위당한 사람들에게 임무가 실패했다는 사실을 알려줘야 하지 않겠는가. 파르페타무르는 그를 미친 사람으로 취급했고, 아젤마가 그를 만류했지만 아무 소용이 없었다.

마리우스가 거만하게 말했다.

"나는 여러분에게 함께 가자고 강요하지 않겠습니다. 여러분이 원하는 대로 하세요."

파르페타무르는 투덜거렸고 젊은 여인은 어깨를 으쓱했다.

라파엘이 머뭇거리며 말했다.

"마리우스는 바보예요."

아젤마가 맞장구쳤다.

"진실은 아이들의 입에서 나오는 법이죠."

그들은 길을 나섰다.

마리우스는 일단 벡사르에 도착하면 혼자 알라모 요새에 가기로 합의했다. 아젤마, 파르페타무르 그리고 라파엘은 샌안토니오 근처에서 마리우스를 기다릴 것이다.

벡사르에서 10킬로미터쯤 떨어진 곳에서 라파엘이 마리우스에게 돌아서서 물었다.

"수정을 가지고 있어요?"

"그럼. 다시는 바보 같은 소리 하지 않을게."

마리우스는 아젤마에게 코제트에 관한 얘기를 꺼내지 않았다. 그는 이 비굴한 처신에 괴로워했다. 하지만 어떻게 아젤마에게 코제트 얘기를 꺼낸단 말인가.

그들은 거친 가시덤불을 가로지른 후 자갈길에 도달했다. 이 길은 솔잎이 섞인 좁고 긴 회색 모랫길과 연결되었다. 이 부드러운 길에서는 발소리가 울리지 않았다. 숨소리, 안장의 삐걱거리는 소리, 모기를 쫓아내기 위해 말이 머리를 흔들며 내는 가벼운 콧바람이 바람 소리와 뒤섞였다. 길모퉁이에서 농부들과 마주쳤다. 양쪽 모두 멈추었다. 첫 번째 마차에 탄 농부들이 겁에 질려 있었다. 아젤마가 이유를 물었다.

"알라모 요새는 무너졌고 군인들은 모두 전사했습니다. 멕시코 군인들이 산펠리페 데 오스틴으로 가면서 닥치는 대로 불을 지르고 있습니다. 그들은 150명의 시체를 현지에 방치했고 산타안나 장군은 광분해서 제정신이 아니었습니다."

마리우스 일행은 이 소식에 가슴이 철렁 내려앉았다. 아젤마는 즉각 텍사스 해안으로 가서 배를 타자고 제안했다.

"마타고르다로 가야 해요. 그곳에 가면 적어도 멕시코 군인들과 마주치지 않을 거예요."

마부가 말에 채찍질을 하기 전에 반박했다.

"조심하세요. 멕시코 군인들이 도처에 있어요. 이 지역은 탈영병, 약탈자, 배신자로 가득해요. 하느님께서 당신들을 보호해주시길!"

이윽고 농부의 행렬이 움직이기 시작했다.

파르페타무르와 마리우스는 애통한 시선을 교환했다. 도망치는 것 이외는 다른 도리가 없었다.

이틀 후 마리우스 일행은 촌락과 서쪽으로 돌아가는 멕시코 군인들을 피한 후 콜로라도 강 상류에서 잃어버린 에덴동산 같은 곳에 도달했다. 그들의 발치에 옅은 안개에 파묻힌 계곡이 펼쳐져 있었다. 불그스름한 계곡은 조용하고 평온해 보였다. 따분할 정도로 황량한 계곡. 세상이 얼마나 광대한지를 보여주는 전경은 매혹적이었다. 네 사람은 언덕에서 말없이 전경을 바라보았다. 소리 하나 들리지 않았다. 마리우스는 움직일 수 없었다. 그는 계곡의 광활함에 경이로움을 느꼈다. 자신이 이전에 다른 곳에서 살았는지, 어떻게 파리 오페라가의 한복판이나 툴롱에서 군중과 함께 있을 수 있었는지, 세상 도처에 사람들과 고함으로 우글거리는 도시들, 촘촘히 모여 사는 주민들, 역동적인 국가들이 있었는지 의구심이 들었다. 그들은 물, 대지, 바위, 숲, 늪 등 위풍당당하고 고요한 대자연에서 우주의 태곳적 모습을 보고 있는 것 같았다. 마리우스는 몸을 떨었다. 자신이 초라하게 느껴졌다. 의미가 있는 것은 더 이상 존재하지 않았다. 갑자기 과거, 현재, 미래라는 요란한 희극이 커튼에 가려졌다. 뒤쪽에서 웃음소리, 냉소, 재잘거리는 소리가 반복해서 들리는 것 같았다. 온갖 비웃음.

네 사람은 계곡을 우회하고 길을 재촉했다. 마리우스가 앞장섰다. 뒤에서 아젤마는 강렬한 햇빛 속에서 나아가는 마리우스의 모습을 바라보았다. 그녀는 그가 정말로 자신의 인생의 남자라고 생각했다.

평야를 지나자 작은 호수와 엘캄포라는 마을이 나왔다. 나팔 소리가 들렸다. 네 사람은 우측으로 비스듬히 돌아서 마타고르다를 향해 달렸다. 그들은 이제 해안에서 10여 킬로미터 떨어진 곳에 있었다.

마리우스 일행은 그다지 높지 않은 바위 바리케이드와 마주쳤다. 바리케이드 중앙에 비좁은 통로가 뚫려 있었다. 사람이 지나가기 힘든 협로였다. 파르페타무르는 앞쪽으로 달려와 말을 멈추었다. 그는 경계의 눈초리로 주위를 살폈다. 머리털이 머리와 어깨 주위에서 헝클어져 있었다. 역광을 받은 그의 머리 둘레에 불그스름한 후광이 생겼다. 의혹을 떨쳐버리지 못한 듯했다. 그는 라파엘을 데리고 좁은 통로로 말을 몰았다.

마리우스는 안장에서 소총을 꺼내 어깨에 대고 라파엘과 파르페타무르의 실루엣을 따라가기 시작했다. 아젤마는 옆에 있었다.

마리우스가 속삭였다.

"당신은 갔어야 했는데. 나는 이런 정적을 좋아하지 않아요. 새소리조차 들리지 않아요."

"당신을 내버려둘 수 없어요."

파르페타무르와 라파엘이 사라지자 마리우스는 몇 분 동안 가만히 있었다.

파르페타무르의 목소리가 들려왔다.

"좋아!"

마리우스는 소총을 집어넣고 말에 박차를 가했다. 아젤마와 그는 협로로 향했다. 아주 천천히, 속도를 재촉하지 않았다. 바위 바리케이드에서 50미터 지점에 도달했을 때 여러 차례 폭음이 울렸다. 마리우스의 말이 뒷발로 일어서더니 옆으로 고꾸라지고 말았다. 마리우스는 말에서 떨어졌다.

마리우스가 외쳤다.

"아젤마!"

다시 두 번의 총소리가 울렸다. 마리우스는 일어나 말 뒤에 숨었다. 아젤마 역시 즉사한 말 뒤에 몸을 숨겼다.

아젤마가 물었다.

"괜찮아요?"

"넓적다리에 약간 찰과상을 입었을 뿐이에요."

마리우스는 얼굴을 내밀고 네 명의 멕시코 군인들을 주시했다. 그들은 바위 사이에 흩어져 있었고 챙이 넓은 펠트 모자와 빨간 제복을 통해 쉽게 알아볼 수 있었다. 그들은 더 이상 숨지 않았다.

한 사람이 콧소리로 외쳤다.

"친구들, 항복하라! 그러면 조금도 다치지 않게 하겠다. 우리는 단지 엘 카바요(말)를 원할 뿐이다!"

마리우스는 보위와 크로켓의 죽음을 생각하면서 퉁명스럽게 대꾸했다.

"말을 원한다고? 와서 찾아가라!"

멕시코 군인들이 즉각 응사했다. 네 발의 총알이 두 사람의 귓가를 스쳤다. 그리고 정적. 총알을 재장전해야 했다. 갑자기 마리우스의 일행만이 알 수 있는 날카로운 호루라기 소리가 들렸다. 파르페타무르가 보낸 신호였다. 마리우스는 고개를 돌려 아젤마의 말을 보았다. 말은 겨우 몇 걸음 떨어져 있었다.

마리우스가 아젤마에게 말했다.

"여기에 가만히 있어요. 내가 말을 붙잡겠어요."

마리우스는 완전히 몸을 돌리고 말을 향해 포복하기 시작했다. 다시 총격. 마치 채찍질을 하는 것 같았다. 마리우스는 바닥에 코를 박았다. 총알이 튀면서 그의 이마를 스쳤다.

아젤마가 소리쳤다.

"마리우스, 다쳤어요?"

이마에 빨간 상처를 입고 망연자실한 마리우스는 고통스럽게 머리를 들어올렸다. 그리고 은신처로 돌아왔다.

아젤마가 손수건으로 그의 이마를 닦아주었다.

마리우스가 한숨을 내쉬었다.

"아무것도 할 수 없어요."

마리우스는 손수건을 빼앗아 이마를 동여매고 죽은 말의 엉덩이에 등을 기댔다. 그때 멕시코 군인들 뒤에 있는 파르페타무르가 보였다. 그는 배후를 공격할 참이었다. 그는 두 명을 제압할 수 있다는 손짓을 보냈다. 마리우스는 권총을 확인했다. 그리고 아젤마에게 소총을 건네달라고 부탁했다.

아젤마는 소총을 건네면서 중얼거렸다.

"당신, 프랑스로 돌아갈 거예요?"

"아니에요."

"거짓말하지 마세요."

"어떻게 알았어요?"

"당신 눈을 보면 알 수 있어요."

마리우스는 소총을 장전했다.

"그럼 당신은 내 눈에서 당신도 데려갈 거라는 것도 보았어요?"

아젤마가 말했다.

"정말이에요? 마리우스, 당신은 거짓말이 서툴러요. 내 생각에⋯⋯."

아젤마는 말을 끝낼 틈이 없었다. 근처에서 두 발의 총성이 들렸다. 이
윽고 다시 두 발의 총성. 마리우스는 고개를 들고 두 명의 군인을 발견했
다. 노출된 그들은 뒤쪽을 가리키면서 등을 돌렸다. 파르페타무르는 두
명을 처리했다. 마리우스는 즉각 이 순간을 이용했다. 그는 군인 한 명을
겨누고 방아쇠를 당겼다. 멕시코 군인이 제자리에서 빙 돌더니 두 바위
사이에서 고꾸라졌다. 뒤에서 난데없는 공격을 받고 당황한 다른 군인이
무턱대고 총을 쏘아댔다. 놈은 총알이 떨어졌는지 뒤로 총을 던져버렸
다. 이어 욕설하는 소리가 들려왔다. 놈은 제멋대로 날뛰더니 바위 사이
로 달려가 바리케이드 아래로 뛰어내렸다. 그리고 권총을 빼들고 마리우
스에게 덤비라는 신호를 보냈다. 마리우스는 권총을 쥔 채 천천히 일어
났다.

아젤마가 일어나면서 만류했다.

"당신, 미쳤어요?"

"몸을 숨기고 가만히 있어요!"

멕시코 군인이 총을 겨누자 마리우스가 먼저 방아쇠를 당겼다. 하지만 총알이 빗나갔다. 멕시코 군인이 휙 돌아섰다. 동료들을 죽였던 사람을 경계하고 있었던 것이다. 하지만 마리우스는 눈에 띄지 않았다. 아무튼 놈은 이 거리에서 파르페타무르를 맞힐 수 없을 것이다. 그러자 놈은 환하게 웃고는 두 손가락 끝으로 챙이 넓은 펠트 모자를 들어올렸다.

"이젠 내 차례야."

마리우스는 여전히 적을 겨누고 있었다. 놈은 시선을 마리우스에게서 아젤마로 옮기면서 자신 있는 걸음걸이로 다가왔다. 놈의 관자놀이에서 땀이 흘러내렸다. 협로는 화약 냄새로 가득했다.

멕시코 군인은 10보 전방까지 다가오더니 짧은 군도를 꺼내고 권총의 총열을 약간 숙였다. 그리고 마리우스의 무기를 응시하면서 말했다.

"텍사스 친구, 자네는 사격이 서툴군."

"멕시코 친구, 자네는 말이 너무 많군."

싸움이 시작될 찰나 멕시코 군인이 마리우스의 권총을 보고는 군도를 떨어뜨렸다. 두 눈이 휘둥그레졌다. 놈은 그런 권총을 본 적도 없고 그런 무기가 있을 거라고는 상상조차 하지 못했던 것이다. 하지만 너무 늦게 깨달았다. 놈은 방아쇠에 손가락을 댄 채 옆으로 고꾸라졌다.

파르페타무르의 목소리가 들렸다.

"잡았어?"

마리우스가 대답했다.

"성공했어요!"

"건너편에서 기다릴게!"

마리우스는 아젤마의 말까지 달려가 껑충 뛰어 올라탔다. 그는 고삐를 낚아채고 파르페타무르를 향해 소리쳤다.

"갑니다!"

마리우스는 아젤마에게 다가가서 상체를 숙이고 손을 내밀었다. 그녀는 마리우스의 손을 잡으면서 말했다.

"먼저 키스해줘요."

마리우스는 그녀에게 키스해주었다. 그때 아젤마는 땅바닥에 쓰러져 있던 멕시코 군인을 보았다. 놈이 최후의 힘을 모아서 마리우스에게 총을 겨누고 있었다.

"안 돼!"

아젤마는 마리우스를 보호하기 위해 껑충 뛰어올라 말의 목덜미를 붙잡았다. 총알이 발사되었다. 마리우스는 몸을 돌려 아젤마의 허리를 잡고 끌어올렸다. 그녀는 마리우스 뒤쪽 안장에 올라탔다. 마리우스는 군도를 꺼내고 죽어가는 군인에게 다가가 목숨을 끊어버렸다.

파르페타무르의 목소리가 다시 울렸다.

"무슨 문제라도 생겼어?"

마리우스가 대답했다.

"전혀요! 죽기를 거부하는 놈이 있어요!"

그리고 아젤마에게 물었다.

"괜찮아요?"

"네, 괜찮아요."

아젤마는 마리우스의 허리를 껴안았다. 마리우스는 군도의 납작한 면으로 말 등을 때렸다. 두 사람은 협로의 출구에서 파르페타무르와 라파엘과 합류했다. 친구들이 축하해주었다. 그들은 지체하지 않고 해안 쪽으로 말을 몰았다.

* * *

한 시간 후 마리우스 일행은 바닷가에 이르렀다. 작은 해변에 서너 채의 오두막과 한 척의 낚싯배가 있었다. 초현실적인 색깔들. 반쯤 벌거벗은 남자가 책상다리로 앉아서 어망을 수리하고 있었다. 그는 일어나더니 마리우스 일행에게 다가왔다. 인디언의 얼굴에 검투사의 근육을 가지고 있었다. 파르페타무르는 바로 용건을 말했다.

어부가 투덜거렸다.

"동향인끼리 도와야죠. 뉴올리언스에 데려다드리겠소."

마리우스는 말에서 내려 아젤마에게 두 팔을 내밀었다. 아젤마는 얼굴이 창백했고 몸을 떨었다. 그녀는 마리우스의 품에 쓰러졌다.

파르페타무르가 말에서 펄쩍 뛰어내리면서 물었다.

"무슨 일이야?"

마리우스는 아젤마의 몸을 더듬고는 끈적끈적한 액체를 느꼈다. 아젤마는 입술을 비죽거리면서 야릇한 미소를 지었다. 젊은이는 여자를 모래밭에 내려놓고 이마에 입을 맞추었다.

갑자기 마리우스가 울부짖었다.

"파르페타무르! 아젤마가 다쳤어요!"

그리고 어쩔 줄 모르는 모습으로 말했다.

"오, 내 사랑. 오, 내 사랑……."

파르페타무르가 달려와 상처를 확인했다. 등 아래쪽에 총을 맞았다. 마리우스의 얼굴이 일그러졌다. 조금 전 아젤마는 말의 목덜미로 몸을 날려 그의 목숨을 구해주었던 것이다. 그녀는 사랑하는 남자를 위해 그렇게 자신을 희생했다. 부두교 마녀의 예언이 떠올랐다. 그는 오열을 터뜨릴 뻔했다.

인디언의 머리를 가진 사내가 말했다.

"그녀를 우리 집으로 옮깁시다. 내 아내가 돌봐줄 겁니다."

흰색과 밤색의 오두막이었다. 다른 오두막보다 약간 컸다. 부서진 테라스, 매달려 있는 어망, 칸막이 벽에 핀으로 꽂혀 있는 불가사리. 이상야릇한 냄새가 진동했다. 삼 부스러기를 넣은 매트리스에 아젤마를 눕혔다. 마리우스는 그녀를 어부의 아내에게 맡기고 밖으로 나왔다. 얼굴이 문피시처럼 생긴 어부의 아내는 희끄무레한 탕약을 아젤마에게 먹였다. 그리고 옷을 벗기고 상처 부위를 깨끗이 닦아주었다. 총알은 빼낼 수 없었다. 두 척추뼈 사이에 박힌 것 같았다. 어부의 아내는 해초와 말린 풀로 갠 반죽을 천에 싸서 상처에 붙였다. 마지막으로 붕대로 감았다. 그것은 붕대라기보다 코르셋 같았다.

어부의 아내가 나오자 마리우스가 물었다.

"어떻습니까?"

"그녀는 극복해낼 거예요. 하지만 강한 의지가 필요하고 뉴올리언스에 도착하자마자 수술해야 해요."

마리우스는 다시 태어난 느낌이 들었다. 더 이상 코제트를 생각하지 않았다. 그는 오두막 안으로 들어가 아젤마가 누워 있는 침대 밑에 몸을 던졌다. 그녀는 앓는 소리를 내지 않았다. 단지 마리우스를 보고 이렇게 말했다.

"쿠냐 할멈의 예언을 기억해요? 만일 내가 죽어야 한다면 뉴올리언스에 있는 내 집에서 죽겠어요."

마리우스는 아젤마의 손을 잡아 자신의 가슴에 대고 말했다.

"누가 당신이 죽는다고 했어요? 우리는 당신을 뉴올리언스로 데려가 수술을 받게 할 거예요. 나는 반드시 당신을 구할 거예요."

"그다음엔 어떻게 할 거예요?"

"프랑스로 데려갈 거예요."

"당신의 수정은 어디에 있어요?"

마리우스가 얼버무렸다.

"마리우스, 라파엘한테 전부 들었어요. 당신을 나무라는 게 아니에요……. 당신은 두 여자를 감당할 수 있겠어요?"

\* \* \*

사흘 후 어부의 배가 미시시피 강의 삼각주에 있는 호마의 앞바다를 달렸다. 호마에서 배를 갈아타고 맹그로브, 히아신스, 수련을 헤치며 늪지를 지나가야 했다. 파르페타무르는 악어에게 남은 손마저 잃어버릴 뻔했다. 다시 합승마차를 타고 한나절을 달려 뉴올리언스에 도착했다.

아젤마는 체력의 한계에 이르렀다. 마리우스는 밤낮으로 이동하는 내내 그녀의 손을 잡아주었다. 질투심이 다소 누그러지긴 했지만 여전히 그녀의 마음을 아프게 했다. 사랑이 강렬한 욕망과 함께 마음속 깊이 침투했을 때는 약간 맹목적이 되는 게 낫지 않을까?

마리우스는 아젤마를 그녀의 집으로 데려갔다. 프레몽 선장의 주치의와 유명한 외과의사가 달려왔다. 그들은 서둘러 상태를 살폈다. 진단은 유보되었다. 분명한 것은 당장 수술해야 한다는 사실이었다. 시간을 끌지 않았다. 아젤마의 집과 피유 뒤 세르장 카페에서 일하는 사람들이 모두 협력했다. 온수, 알코올, 깨끗한 리넨과 붕대가 준비되었다. 카페의 여종업원들이 여기저기에 동백꽃을 가져다두었다. 또한 유칼리나무의 잎을 태웠다. 레이디 아에게 아름다움과 좋은 향기가 필요했기 때문이다. 마침내 수술이 시작되었다. 아젤마는 많은 피를 흘렸다. 외과의사는 총알을 꺼내는 데 성공했다.

마리우스가 근심 어린 얼굴로 물었다.

"의사 선생님, 아젤마는 이겨내겠지요?"

"그녀는 강한 여자입니다. 하지만 총알이 뚫고 지나간 부분이 크게 다쳤습니다."

의사는 더 언급하지 않았다.

마리우스는 밤새도록 아젤마를 간호했다. 다음 날 아침 그녀는 눈을 뜨고 쓸쓸히 미소를 지었다.

"나의 마리우스……."

뒤쪽으로 반쯤 굽은 팔 하나가 유연하고 창백한 식물 줄기처럼 놓여 있었다. 마리우스는 그녀의 팔에 입을 맞추고 연인의 이름을 불렀다. 그녀는 하녀를 불러달라고 부탁했다.

"마리우스, 잠시 자리를 비워줘요……. 당신은 가서 쉬세요……."

"나는 피곤하지 않아요."

하지만 마리우스는 그녀의 말에 따랐다. 하녀가 들어오자 아젤마는 사고 당일에 입었던 옷을 가리켰다.

"저 블라우스의 호주머니에 두 통의 편지가 있어. 거기에 적혀 있는 주소로 보내줘."

다음 날 아젤마의 상태가 악화되었다. 열이 났고 다리를 움직일 수 없었다. 머리맡을 지키고 있던 마리우스의 얼굴이 창백해졌다.

아젤마가 속삭였다.

"저 서랍장에 돈이 있어요. 당신 거예요. 당신이 우리 아버지에게 주었던 것을 갚는 거예요. 나는 이제 돈이 필요 없어요……."

마리우스가 반박했다.

"그런 말은 하지 말아요."

아젤마는 머리를 흔들며 마리우스의 손을 잡았다. 그녀는 아무 말도 하고 싶지 않았다. 사랑하는 사람의 가슴에서 열기와 힘을 느끼고 싶을 뿐이었다. 그녀는 점점 더 숨쉬기 힘들어했다. 아래층 카페에서 모두 초조하게 서성대고 있었다. 외과의사의 예측은 낙관적이지 않았다. 사람들은 회복할 수 없을 거라고 얘기하기 시작했다.

아젤마가 머리를 들었다. 이마가 몹시 뜨거웠다. 심장의 박동이 약해지면서 생명이 그녀의 몸에서 서서히 빠져나가고 있었다.

"당신은 선택의 여지가 없을 거예요……."

"안 돼, 아젤마, 제발 떠나지 말아요. 너무 억울하잖아요……."

아젤마는 잠들었다. 마리우스는 친구, 종업원, 파르페타무르, 라파엘을 내보내고 혼자 그녀의 곁을 지켰다.

마리우스가 중얼거렸다.

"공기가 상쾌해야 해."

한밤중, 공기가 무거워졌다. 마리우스는 아젤마의 생명이 꺼져가고 있음을 깨달았다. 오직 영혼만이 공기보다 가볍고 투명하며 만질 수 없는 심장의 형태를 유지한 채 남게 될 것이다.

"내 사랑, 제발 기다려……."

"마리우스, 우리는 좋은 세상에서 다시 만날 거예요……. 사랑해요……."

그게 아젤마 테나르디에의 마지막 말이었다. 그녀는 깊은 혼수상태에 빠졌고 새벽에 심장이 멈추었다. 마리우스는 울지 않겠다고 맹세했지만 결국 울음을 터뜨리고 말았다. 아젤마는 건물은 프레몽 선장에게, 유동자산은 마리우스에게 물려주었다.

한 달 후 마리우스, 파르페타무르, 라파엘은 아젤마의 유언을 이행한 후 프랑스행 배에 올랐다. 라피트와 프레몽이 부두까지 나와 배웅해주었다. 감미로운 향신료 향이 풍기고 반짝이는 뉴올리언스는 슬픔에 젖어 있었다.

라피트가 마리우스에게 말했다.

"다시 일하고 싶으면 언제든지 돌아오게. 대환영하겠네."

라피트는 다른 말은 하지 않았다. 그는 이해하고 있었다. 거칠고 명석한 라피트는 스미스 선장에게 행운을 빌어주었다. 프레몽은 마리우스, 파르페타무르, 어린 라파엘을 정열적으로 포옹했다.

"다시는 잡히지 말게!"

항구에서 부드러운 구레나룻과 바람에 휘날리는 긴 머리카락의 마리우스는 마치 해적 같았다.

# 6
## 코제트의 탈출

코제트는 사람다운 모습을 되찾았다. 머리카락이 다시 자랐고 딱지는 사라졌다. 하얀 셔츠와 헐렁한 바지를 입은 그녀는 재판을 기다리는 잔 다르크 같았다. 무엇보다 다행인 것은 뱅트되와 페가스가 그녀를 덜 괴롭힌다는 사실이었다. 코제트의 태도가 두 사람을 어리둥절하게 했다. 그녀가 어찌나 온순한 태도와 고상한 눈길로 대하고 모든 일을 담담하게 받아들이던지 그들은 순종과 이중성, 수동성과 반항 정신을 구별하지 못했다. 이 야생녀는 더 이상 거칠지 않았다.

코제트는 단지 힘을 비축하고 있었을 뿐이었다. 시간이 너무 길고 너무 단조롭게 느껴졌다. 그녀는 마리우스처럼 인생의 고통을 겪었다. 저녁에 피로에 지쳐 자리에 누울 때마다 엄청나게 속았다는 느낌이 들었다. 마리우스와 아들을 다시 만날 수 있다는 희망이 약해졌다. 대체 그들은 어디에 있을까? 그녀는 똑같은 질문을 수없이 되뇌었다. 하지만 대답은 들을 수 없었다.

아침에 청소를 할 때마다 홀은 난투극의 무대였던 것처럼 보였다. 탁자 밑에서 물웅덩이가 반짝였고 딱딱해진 쓰레기는 바닥에 널려 있으며 유리잔은 끈적끈적했다. 연기로 그을렸고 언제나 닫혀 있는 커튼은 빛을 완전히 차단했다. 코제트는 비로 쓸고 마포로 닦은 후 부엌에 앉았다. 그녀는 아연한 모습으로 두 손을 바라보았다. 부엌일과 설거지로 살갗이 벗겨지고 빨개진 이 두 손은 언제쯤이나 다시 고와질 수 있을까? 제라르 의사가 준 거울 조각 덕분에 부분적으로나마 얼굴을 볼 수 있었다. 얼굴 전체를 볼 수는 없었다. 거무스레한 무리가 진 눈, 움푹 들어간 볼, 깡마른 얼굴이 언제쯤이나 마음에 들 수 있을까?

코제트는 거울을 대야에 던졌다. 자신의 어리석음에 짜증이 났던 것이다. 자신의 아름다움을 생각한다고? 그것은 이기적이고 부질없는 짓이 아닌가. '나는 몸을 아끼고 경박하게 아양을 떠는 여자가 아니야.'

코제트는 마리우스를 생각했다. 남편에게 품고 있는 사랑이 억눌린 감정을 고조시켰다. 예전에 그녀는 사랑을 받고 있다고 느꼈지만 이제는 사랑을 믿지 않았다. 불행하게도 하는 일마다 과거를 떠올리게 했다. 그녀는 끔찍한 고독 속에서 몸부림쳤다. 자신의 감정들을 깊이 헤아려보았지만 찾고 싶은 것을 발견할 수 없었다. 몽페르메유에서 보냈던 유년기를 다시 체험하는 것 같았다. 더욱 좁아진 생활환경, 더욱 커진 비탄, 현재의 고통에 덧붙여진 과거의 아픈 추억. 그녀는 표면적으로는 좋아졌지만 마음속에서는 유년기의 상처가 되살아났다. 그때 받았던 학대와 고통이 되살아나는 듯했다. 그녀는 자아를 찾으려 했지만 온갖 걱정에 사로잡혀 어찌할 바를 몰랐다.

코제트는 우울한 회의주의에 빠져 이렇게 생각했다.

'나는 아무런 가치도 없어. 사실 나는 가치 있는 사람이 되어본 적이 한 번도 없었어.'

하지만 코제트는 자신을 과소평가하면서도 외부에서 희망의 빛이나 도움의 손길을 찾고 있었다. 그녀는 감시자들에게 영혼의 고통을 감춘 환한 얼굴을 보여주면서 꿋꿋하게 버텼다. 무서운 생각이 싹트기 시작했다. 조만간에 그녀는 이 계획을 실행할 것이다. 적어도 시도해볼 것이다.

\* \* \*

코제트는 잠을 줄였다. 두 달 전부터 골방에서 되도록이면 많이 걸으려고 애썼다. 마리우스가 툴롱에서 했던 것처럼 그녀는 체력을 단련했다. 발걸음에 맞춰 좋은 생각이 떠올랐다. 계획은 조금씩 구체화되었다. 독창적이고 동시에 끔찍한 계획. 하지만 지나친 몽상은 자제해야 했다. 대신 실현 가능한 계획을 치밀하게 세워야 했다.

코제트는 감자 껍질을 벗기다가 이 계획을 떠올렸다. 어쩌면 샤를 페로의 『엄지 소년』의 이야기를 생각했을 것이다. 그리고 엄지 소년의 쥐 친구들도.

코제트는 처음에는 불을 지르려고 했다. 그렇게 했다면 자신이 가장 먼저 희생될 것이다. 그다음에는 감시자들을 두렵게 하기 위해 손목의 정맥을 자를까 생각했다. 하지만 자신에게 벌을 줌으로써 다른 사람들을 징벌할 수 있을까? 그녀는 저녁마다 일하면서 땀방울을 흘리고 화덕의 불길로 얼굴이 빨갛게 달아올랐다. 그녀는 흐뭇한 기분으로 모든 것을 예측해보려 애썼다. 쥐 친구들이 물러간 후 늦은 밤 그녀는 두 손에 얼굴을 묻었다. 자신이 더럽고 끈적끈적하며 꾸미지 않는 사람이라고 느꼈다. 거울조각 속 자신의 모습을 볼 때마다 의기소침해졌다. 또 깜박깜박 잠이 들 때마다 악몽을 꾸었다. 악마들, 그리핀(사자의 몸통에 독수리의 머리와 날개와 앞발을 가진 전설의 동물−옮긴이), 하피, 잔혹한 형리들…… . 놈들이 어둠 속에서 천천히 나타나더니 침대를 에워쌌다……. 놈들은 기어서 다가왔다……. 어디에서 왔을까? 황혼녘에만 나타나는 놈들이 자신을 비웃고 있었다. 음산하고 말없이. 부리, 발톱, 송곳니, 박쥐의 날개, 두 갈래 진 꼬리로 치장하고. 놈들은 상상력을 자극하는 장밋빛 사암이나 망각을 상징하는 거무스름한 갈탄으로 만들어졌을까? 때때로 놈들은 뒤로 물러났다. 초병일까? 용병일까? 단정하기가 어려웠다……. 코제트는 땀에 흠뻑 젖은 채 깨어났다. 침대 주위를 둘러보았다. 쥐들밖에 없었다.

쥐들이 코제트의 장딴지와 손가락에 다리와 낯짝을 자주 비비댔기 때문에 그녀는 증류주로 몸을 씻는 버릇이 생겼다. 발, 다리, 팔뚝에 증류주를 발랐다. 이 알코올 냄새는 역겨웠다. 하지만 그녀는 예방하는 편을 택했다. 시궁쥐가 온갖 병원균을 옮긴다고 제라르 의사가 경고하지 않았는가. 특히 페스트와 수많은 전염병.

어느 날 아침 테나르디에의 목소리가 문틈으로 들려왔다. 그는 알코올 냄새가 난다고 말했다.

테나르디에가 뱅트되에게 물었다.

"코제트가 술을 마셔?"

"밑 빠진 독처럼 술을 마십니다. 일주일에 적어도 한 병을."

테나르디에가 소리쳤다.

"좋은 소식이네!"

테나르디에는 두 하수인에게 술을 두 배로 줘도 좋다고 말했다. 그답지 않게 후한 배려였다. 종달새는 이제 수면제를 먹지 않기 때문에 마르멜로 열매로 만든 술이라도 마셔야 한다고 생각했던 것이다. 알코올 중독은 수면제와 같은 효과가 있었다.

코제트에게는 좋은 기회였다. 그녀는 테나르디에 일당을 속일 수 있다는 사실을 깨달았다. 그래서 뱅트되와 페가스의 은밀한 냉소를 기쁘게 받아들였다. 그녀는 그들의 방심을 역이용할 참이었다.

그날 저녁, 되마르무세의 손님들은 평소보다 일찍 자리를 떴다. 코제트는 증류주로 입안을 가셨기 때문에 술 냄새를 풍겼다. 페가스와 뱅트되는 이 기회에 코제트를 농락하려 했다. 그들은 부엌문을 열고 다른 술병을 주었다.

뱅트되는 뜨거운 눈길로 코제트를 바라보면서 알렸다.

"오늘은 파티를 할 거야. 설거지를 끝내고 홀로 와."

코제트는 남자들이 좋아하는 순종적이고 아양을 떠는 모습으로 말했다.

"원하신다면 두 분을 위해 춤을 추겠어요."

두 남자는 무척 만족했다.

"좋지, 종달새! 하지만 먼저 편도선에 기름칠을 해. 행복과 쾌락! 우리가 요구하는 것은 바로 그거야!"

흰둥이 뱅트되는 개수대에 몸을 구부리고 있던 코제트에게 다가가 주름진 하얀 손으로 허리를 톡톡 쳤다. 코제트는 움찔했지만 곧 취한 사람처럼 킥킥 웃었다.

뱅트되가 페가스에게 돌아서서 말했다.

"이상해! 종달새가 나긋나긋해졌어! 너도 봤지?"

뱅트되는 신중하게 문을 닫고 백포도주 한 병을 가지고 페가스에게 갔다. 바닥에는 온갖 부스러기와 쓰레기가 널려 있었다. 그는 털썩 주저앉더니 두 손을 비볐다.

"오늘 저녁 그녀는 우리 것이야."

페가스는 동료만큼은 흥분하지 않았지만 어쨌든 이에 동의했다.

"서두르지 마."

뱅트되는 술병을 흔들고 주먹으로 탁자를 내리쳤다.

"좋았어! 분위기를 띄우려면 우리도 마셔야 해!"

그는 페가스가 가져온 두 개의 유리잔을 가득 채웠다.

코제트는 부엌에서 분주히 움직였다. 그녀는 바지 호주머니에 주머니칼과 작은 거울을 넣고 머리를 긁적였다. 2, 3주 전부터 머리를 자주 긁었다. 이 때문일까? 딱지가 떨어지는 걸까? 머리카락이 새로 돋아나느라 그런 걸까? 그녀는 개의치 않았다. 일을 끝낸 코제트는 두 감시자를 기다리게 해서 즐거웠다. 그녀는 하수구 주위에 평소보다 많은 음식물을 쌓아놓았다. 고양이 스튜 요리는 더 많이 남았다. 오늘 저녁에는 손님이 별로 없었다. 쓰레기를 치워야 했다.

잠시 후 코제트가 주걱과 냄비를 정리하고 있는데 쥐들이 나타났다. 녀석들은 제 집처럼 행동했다. 코제트는 주둥이와 머리를 쓰다듬어주었다. 녀석들이 코제트 주위에서 긴 꼬리를 둥글게 말았다. 이 쥐들은 정말로 길들여졌다. 코제트가 붙여준 별명을 부르면 어떤 녀석들은 고깃덩어리나 치즈 조각을 달라고 뒷다리로 서기도 했다. 상황이 뒤바뀌는 일도 벌어졌다. 쥐들이 고양이 고기를 먹었다.

쥐는 영악한 동물이다. 코제트는 여러 번 그 사실을 깨달았다. 쥐는 먹이를 주는 자를 따르고 위협하는 자를 공격한다. 신속하고 탐욕스럽고 위험하고 번식력이 강한 쥐는 위험이나 집합을 알리는 소리를 낸다. 쥐의 소리는 주파수가 너무 높아서 인간의 귀에 잡히지 않지만 분명히 존재한다. 코제트는 저녁마다 쥐들을 길들이고 관찰하고 손으로 먹이를 주면서 녀석들이 서로 대화를 나눈다는 것을 알았다. 어떤 날에는 그녀의 골방에 수백 마리의 쥐들이 오기도 했다. 움직이는 양탄자. 땅콩을 밟았을 때처럼 소음을 내는 움직이는 털뭉치. 악몽의 광경. 하지만 코제트는 익숙해졌다. 특히 쥐들이 그녀에게 익숙해졌다.

코제트는 성호를 그었다. 그녀는 마르멜로 열매로 만든 증류주로 입안을 가시고 앞치마에 먹이를 모았다. 그리고 작은 고깃덩어리를 쥐들에게 던져주었다. 뜻밖의 성찬에 흥분한 쥐들은 사방에서 서로 싸우고 날뛰었다. 이윽고 그녀는 문을 열고 머리를 내밀면서 두 남자에게 말했다.

"불을 줄여요."

뱅트되와 페가스는 즉시 실행했다. 이제 탁자에는 두 개의 촛불밖에 남지 않았다. 어둡고 악취 나는 홀 중앙에 마련된 불길한 제단처럼 보였다.

코제트는 단단히 마음을 먹었다. 그녀는 뒷걸음질로 살금살금 나왔다. 뒷걸음질하면서 체질하는 여자처럼 천천히 그리고 규칙적으로 앞치마의 내용물을 하나씩 떼어냈다. 두 남자는 젊은 여인의 일렁이는 동작을 홀린 듯이 지켜보았다.

페가스가 속삭였다.

"종달새는 말처럼 통통하지만 몸매는 끝내주네."

뱅트되가 입을 헤 벌린 채 즐거워했다.

"갖고 싶어!"

코제트는 뱅트되의 말을 듣고는 더욱 크게 허리를 흔들었다. 이걸 원한다고? 물론 갖게 될 것이다! 새로운 춤을 춰볼까? 두 녀석은 대체 무엇에 입맛을 다시는 걸까? 그들은 어둠 속에서 그녀의 실루엣만을 볼 수 있을 뿐이었다. 더욱 잘된 일이었다.

"그래, 좋아. 계속해!"

뱅트되의 장밋빛 눈은 습관적으로 인상을 찌푸리는 장난꾸러기 요정처럼 탁자를 내려다보는 것 같았다. 그는 팔꿈치로 페가스를 치면서 제안했다.

"종달새, 네가 바지를 벗으면 예쁜 드레스를 사줄게."

페가스가 덧붙였다.

"완전히 벗으면 나는 숄과 블라우스를 사주지."

뱅트되가 질 수 없다는 듯이 소리쳤다.

"너를 만질 수 있게 해주면 신발도 사줄게!"

두 남자는 테나르디에의 지시를 잊어버렸다. 그들은 의자에 올라가 발을 구르고 발로 차며 술병을 주고받았다.

코제트는 골반을 흔들면서 그들에게 다가갔다. 그녀는 일종의 광기에 사로잡혔다. 그녀는 두 사람을 마음대로 할 수 있다고 생각했다. 그래서 홀 중앙에서 벨리댄스를 추고 머리를 뒤로 젖혀 목선을 돋보이게 했다. 하지만 여전히 앞치마 자락을 붙잡고 근육을 긴장시켰다. 뱅트되와 페가스는 자신들의 눈을 믿을 수 없었다. 술병은 거의 비었다.

두 사람이 서로 부추겼다.

"저기 좀 봐. 종달새가 옷을 홀딱 벗을 거야!"

흥분한 두 사람의 눈에 가슴의 둥근 윤곽, 배꼽, 넓적다리의 솜털이 보이는 듯했다. 코제트는 계속 뒷걸음질로 다가왔다. 그리고 탁자에서 몇 걸음 떨어진 곳에서 별안간 몸을 돌렸다. 그녀는 두 손을 풀고 한 팔을 들어올렸다. 바닥이 그녀를 끌어당기는 것 같았다. 바닥에 이마를 찧을 뻔했다. 플뤼메가의 침실 창가에서 이런 유혹을 느낀 적이 있었다. 현기증에 사로잡혔었다. 마리우스가 죽었다는 소식을 들었을 때였다. 그녀는 이것이 절망이라는 걸 알고 있었다. 다른 사람들은 그것을 허공의 유혹이라고 부른다.

"종달새, 정말 아름다워. 그러다가 쓰러지겠어!"

코제트는 다시 정신을 차렸다. 근육은 느슨해지기는커녕 더욱 긴장되었다. 그녀는 어떻게 할까? 그녀는 한쪽 발끝으로 한 바퀴 반을 돌았다. 자유로운 손은 뱅트되의 손을 살짝 스쳤다. 파충류를 만진 느낌이었다. 흰둥이는 의자에서 몸을 비틀며 손을 내저었다.

"너는 점점 더 친절해지는군. 네게 향수를 가져다줄게. 네 몸에서 역겨운 냄새가 나거든."

뱅트되는 코를 틀어막는 동료에게 종달새가 하수도 냄새와 기름 탄내를 풍긴다고 말하고는 비웃었다.

코제트는 뱅트되를 쏘아보고는 다른 손을 놓았다. 앞치마가 열리면서 음식 찌꺼기가 뱅트되의 발치에 흩어졌다. 코제트는 이 남자가 불러일으키는 끔찍한 혐오감을 견디며 그에게 몸을 비비고 나서 물러났다.

흰둥이 뱅트되가 낄낄거렸다.

"잘 선택한 거야."

흰둥이가 허리를 붙잡으려 하자 코제트는 피했다. 그는 온갖 술주정을 부리면서 여러 차례 머리를 흔들었다. 그리고 더 이상 참을 수 없었는지 조끼 단추를 풀었다. 그는 목표에 도달했다고 생각했다. 코제트가 다시 피하자 그는 몹시 화를 냈다. 그는 탁자에 놓인 술병을 집어들고는 남아 있던 백포도주를 단숨에 들이켰다. 그리고 트림을 하고 옷소매의 속옷으로 입을 닦았다.

흰둥이 뱅트되가 페가스에게 속삭였다.

"저년을 갖고 말 테야."

흉측하게 마른 얼굴이 흔들거리는 희미한 촛불에 더욱 끔찍하게 보였다. 광대뼈는 붉게 물들어 있었다. 그는 점점 빠른 속도로 몸을 떨었고 간간이 경련을 일으켰다. 그의 앙상한 손은 뜨거웠고 배는 아팠으며 입술은 축축했다. 그는 의자에서 일어나려 했다. 하지만 다리를 모으고 벌떡 일어나는 순간 뭔가가 우글거리는 것을 느꼈다. 그는 본능적으로 물러났다. 탁자의 다리가 바닥을 거칠게 긁었다. 그는 취했음에도 바닥을 내려다보았다. 그리고 깡충 뛰어올랐다.

"쥐다! 수백 마리야!"

공황에 사로잡힌 흰둥이는 발로 탁자 아래를 찼다. 그의 발에 차인 쥐 한 마리가 벽에 부딪쳐 으깨졌다. 페가스도 의자에서 벌떡 일어났다. 코제트는 황급히 흰둥이의 품으로 돌진했다. 자발적으로. 그녀가 예상했던 대로 흰둥이의 발길질이 쥐들을 자극했던 것이다. 뱅트되는 거칠게 코제트를 밀어냈다. 그녀는 옆 탁자에 부딪쳤다.

"이 천한 매춘부야, 저리 떨어져!"

그때 쥐 한 마리가 뱅트되의 얼굴로 달려들었다. 그리고 다른 쥐도. 쥐들이 밀물처럼 몰려와 공격했다. 어떤 녀석들은 탁자와 의자 위로 기어올랐다. 겁에 질린 페가스는 팽이처럼 빙빙 돌면서 마구 발길질을 했다. 그의 눈은 지팡이나 빗자루를 찾고 있었다. 페가스 역시 술에 취했기 때문에 흔들거리고 비틀거리다가 마침내 더러운 바닥에 미끄러졌다. 코제트는 홀 구석의 칸막이 벽에 기대고 어깨를 웅크린 채 오들오들 떨었다. 이 비현실적인 광경에 소름이 돋았다. 쥐들의 작고 노란 눈, 혼란스러운 도약, 파충류처럼 꾸불꾸불한 잿빛 꼬리가 보였다. 두 남자는 광적으로 지그 춤을 추고 있는 것처럼 보였다. 그들은 사방팔방으로 달렸다. 비명이 들렸다. 쥐 한 마리가 누군가를 물어뜯었던 것이다. 쥐는 끔찍하게 물어뜯는다. 코제트는 쥐의 이빨을 알고 있었다. 날카롭고 뾰족한 앞니는 작은 단도나 다름없었다.

갑자기 흰둥이가 균형을 잃더니 둔탁하게 쓰러졌다. 그의 머리는 탁자

다리에 부딪쳤다. 실신해 있는 사이 쥐 떼가 그를 덮쳤다. 이를 가는 소리가 끊임없이 들렸다. 딸꾹질, 오열, 울부짖음. 뱅트되가 단조롭고 날카로운 목소리로 울부짖었다.

"살려줘……. 나를 버리지 마……."

쥐들이 뱅트되의 옷을 찢고 살을 물어뜯었다. 그의 몸은 거의 보이지 않았다. 엄청난 수의 쥐 떼. 그는 몸을 비틀고 침을 흘렸다. 그의 배는 끓는 물처럼 출렁거렸다. 페가스는 구석에서 옴짝달싹 못한 채 촛불을 들고 발만 동동 구르고 있었다. 그는 쥐 떼의 공격을 받으며 자기 방까지 물러났다. 그는 문 앞에서 무릎을 꿇고 한 아름의 밀짚과 잔가지를 긁어모았다. 쥐가 뺨을 무는 바람에 촛불을 놓치고 말았다. 촛불은 밀짚에 떨어지면서 금세 타올랐다. 쥐들이 사방팔방으로 요란하게 뛰어오르면서 물러났다. 페가스는 작업복에 불이 붙자 황급히 일어나 옷을 벗었다. 그는 불붙은 옷을 뱅트되에게 던지고 외쳤다.

"쥐는 불을 두려워해!"

기름이 묻은 바닥에 불이 번졌다. 하지만 쥐들은 뱅트되를 놓아주지 않았다. 끔찍한 악취가 홀에 퍼졌다. 불은 점점 더 빨리 번졌다. 불길 때문에 뱅트되의 모습이 더욱 잘 보였다. 그는 이제 끈적끈적하고 붉은 살덩어리에 불과했다. 조금 전까지도 그는 끔찍한 비명을 내질렀지만 이제는 들리지 않았다. 숨통이 끊어진 것이다.

불은 어느새 가구에 옮겨붙었다. 페가스는 악마처럼 검은 머리를 뒤로 젖히고 울부짖었다. 그는 정신없이 불을 끄고 있었다. 불길이 벽에서 널름거렸고 들보까지 번졌다. 그는 두 팔을 내저으면서 물을 찾았다. 숨이 막혀 콜록거리며 코제트에게 구원을 요청했다. 하지만 코제트는 움직이지 않았다. 그녀는 매케한 연기 속에서 이렇게 생각했다. '지금 이웃 사람들이 오면 곤란해.' 그녀는 두 사람이 죽기를 바랐다. 그래서 뱅트되의 죽음을 보고도 잠자코 있었다. 뱅트되의 몸이 최후의 경련을 일으키며 튀어 올랐을 때 그녀는 입을 삐죽이며 혐오감을 나타냈을 뿐이다. 아직 한 사람이 남아 있었다. 페가스의 고함소리가 들렸다.

"제기랄! 종달새, 어디 있어?"

연기는 점점 더 짙어졌다. 들보 하나가 무너지면서 가느다란 각재들과 벽토가 떨어졌다. 코제트는 앞치마를 벗어 코와 입을 가렸다. 밖에서 사람들의 고함소리와 소음이 들려오는 것 같았다. 문 쪽으로 돌진하려는 순간 쥐 한 마리가 달려와서 그녀 앞에 멈추었다. 녀석은 그녀에게 인사라도 하듯 뒷다리로 섰다. 그리고 날카로운 소리를 지르면서 부엌 쪽으로 사라졌다.

이제 불길이 맹위를 떨치고 있었다. 대낮처럼 홀을 훤히 볼 수 있었다. 두 개의 들보가 무너졌다. 코제트는 페가스는 안중에도 두지 않고 문 쪽으로 돌진했다. 문을 열자 끔찍한 돌풍이 불어왔다. 두 창문이 산산조각 났다. 뒤에서 우레와 같은 소리가 들렸다. 천장의 일부가 무너진 것이다. 거의 동시에 종소리가 울렸다. 노트르담 대성당의 종탑에서 떨어지는 맹렬한 주명종소리는 다른 모든 소리를 압도했다.

코제트는 포도를 달리면서 외쳤다.

"불이야! 불이 났어요!"

몇몇 이웃 주민들이 길을 비켜주었다. 그들은 되마르무세의 지붕을 쳐다보느라 정신이 없었기 때문에 코제트가 술집에서 빠져나오는 것을 보지 못했다. 하늘이 온통 붉게 타오르고 있는 듯했다.

"소방대는 시테가에 있어요! 사슬을 만드세요! 양동이를 가져오세요!"

코제트는 오텔디외(수도사들이 운영하던 병원—옮긴이)가 보이는 클루아트

르노트르담가에 도착하자 더 이상 달리지 않았다. 아무도 그녀에게 신경 쓰지 않았다. 그녀는 자유의 몸이었다.

* * *

코제트는 퐁토상주 다리 밑에서 밤을 보내기로 결심했다. 그녀는 이미 고통을 견디는 것에 익숙해져 있었다. 아무튼 선택의 여지가 없었다. 아는 친구에게 숙식을 부탁할까? 어떤 친구? 이 괴상망측한 옷차림으로? 리예 신부를 찾아갈까? 그것은 위험한 일이었다. 생피아크르가로 갈까? 그것은 생각조차 할 수 없는 일이었다.

셴 강은 아주 어두웠다. 코제트는 강을 따라 걸었다. 멀리서 아코디언을 연주하며 쉰 목소리로 리토르넬로를 부르는 소리가 들려왔다. 코제트는 다리 근처에 도착했다. 다리 밑에서 반짝이는 작은 모닥불들은 화로 같았다.

챙 달린 모자를 쓴 난쟁이가 말했다.

"불길을 낮춰. 그렇지 않으면 경찰에게 발각될 거야!"

코제트는 누더기를 입은 불쌍한 거지들에게 다가갔다.

"이봐, 신참이야? '때끼'야, '접시'야?"

거지들이 은어로 코제트에게 소매치기를 하는지, 아니면 상인들을 속여 물건을 빼앗는지 물었다. 그녀는 무슨 말인지 도통 알아들을 수 없었다. 그녀가 이해한 것은 거지들이 자신을 소년으로 본다는 사실이었다. 그녀는 바보처럼 미소를 지었다. 질문을 던진 아이는 벌써 달아나고 없었다. 그녀는 모닥불에 다가가 두 손을 내밀었다. 그리고 주위를 둘러보았다. 아이들은 한결같이 얼굴이 해쓱하고 피부가 거무스름하며 딱지가 덕지덕지 붙어 있고 코를 흘리며 몸이 온전치 않았다. 이들은 절도와 동냥으로 살고 있었다. 몇몇 아이들은 기아와 쇠약으로 죽었다. 아이들의 사체는 공동묘지에 묻히지 않으면 실험용으로 사용되었다. 의학이 한창 발전 중이었다.

아이들 옆에서 한 불쌍한 노인이 신문을 보고 있었다. 노인은 바르베스와 블랑키의 이름을 인용하며 두 손을 흔들고 큰 소리로 말했다. 그는 정부의 정책과 사회의 부정을 비난했다. 누구도 그의 말을 듣지 않았다. 아이들은 그를 미치광이로 취급했다. 권위에 상처를 입은 노인은 모자를 푹 눌러쓰고 절뚝거리면서 멀어져갔다.

코제트는 노인을 바라보면서 프레데릭 리볼리에를 떠올렸다. 질 것을 뻔히 알면서도 싸우는 프레데릭. 목이 멘 그녀는 그동안 견뎌냈던 모든 일을 떠올렸다. 비참한 생활, 자아 부정, 위르생가의 누옥에서 보낸 8개월. 그녀는 스물한 살이지만 늙어버린 것 같았다. 너무 피곤한 나머지 팔다리를 움직이기도 힘들었다. 심술궂은 운명이 걸핏하면 그녀의 의지를 시험하는 것 같았다. 이 여인은 자신이 어떻게 될지 모르고 있었다.

코제트는 오한을 억눌렀다. 미친 노인이 사라지자 그녀는 자신이 어떤 나라에 살고 있는지 자문했다. 어느 날 그녀는 되마르무세 술집에서 한 대화를 엿들었다. 손님들은 영국산 금속과 양모의 관세율 인하에 대해 얘기했다. 또 애국심을 고취하기 위해 개선문을 만들었다고 했다. 티에르 총리가 이끄는 프랑스가 번영하고 있다고 했다. 하지만 불평등 역시 심화되고 있었다. 누군가가 부자가 되면 될수록 다른 사람은 더욱 가난해졌다. 야금술, 증기기관, 철도와 선박의 건설, 농기계의 개발, 불행과 기아의 감소에 대한 얘기도 있었다. 가난한 사람들을 제외하고 모든 사람의 여건이 나아질 것이다. 사람들은 가난뱅이들에게는 관심조차 없었다.

코제트는 눈살을 찌푸렸다. 말레, 델레세르, 오팅게르, 오디에, 베른 등 은행가들의 재력과 투기가 지배하는 이 새로운 사회에 대해서 장 발장은 어떻게 생각할까? 그녀는 테나르디에에게 붙잡히기 전 생제르맹 구역의 몇몇 주민들이 내뱉은 파렴치한 말을 떠올렸다. "부자들이 있으려면 반드시 가난한 사람들이 있어야 해." 그녀는 브로글리 공작의 지지자들, '노란 장갑들', 새로운 귀족들이 주장하는 것을 기억하고 있었다. 중요한 것은 경쟁력과 생산성 그리고 매출이었다. 석탄 생산은 두 배로 늘고 있지 않은가. 방적공장에 고용된 노동자와 제조공장에서 일하는 노동자의 수가 가사노동자의 수를 넘지 않았는가. 양모산업은 기술 혁신의 첨단을 달리고 있지 않은가. 다른 산업들도 종이, 유리, 수정, 도자기 등 혁신되고 있는 전통 산업, 혹은 가스와 화학 등 새로운 산업을 모방하여 발전하고 있지 않은가. 이러한 산업 발전은 사회적 안정과 경제적 균형을 깨뜨리고 있었다. 티에르는 산업 발전을 자랑스럽게 여겼다. 그는 좌파와 제3의 당(좌파와 우파를 아우르는 정치집단. 중심인물은 앙드레 뒤팽—옮긴이)에 의지해서 단호하게 내각을 이끌었다. 그는 "나는 의원들을 수족처럼 부리고 있다."고 공언하고 "우리는 장밋빛 약속으로 시민들을 먹여 살리고 연설로 그들에게 옷을 입히고 있다."고 덧붙였다.

코제트는 빈민의 궁핍한 생활을 보고 분노했다. 그녀는 체념한 듯 머리를 숙였다. 그녀는 예전에 몽페르메유에 있었던 테나르디에의 집에서처럼 여전히 비참한 생활을 하고 있었다. 이 궁지에서 벗어날 수 있을까? 현재는 과거와 결탁해서 그녀가 잊었다고 생각한 비참한 세계로 그녀를 몰아넣었다. 여덟 살 때는 일어나는 모든 일이 정상이라고 생각하고 아무것도 요구하지 않는다. 아이는 모든 일을 즐겁게 받아들인다. 혼란스러운 일조차. 인생과 존재가 별로 다르지 않기 때문이다.

장 발장은 정의로운 사람 중에서 가장 정의로운 사람이었다. 치욕의 시간을 지울 수 있는 유일한 사람. 하지만 상처는 쉽게 도지는 법이다. 상처를 살짝 건드리기만 하면 된다. 그러면 궁핍과 치욕의 추억이 격류처럼, 폭포처럼 쇄도한다. 코제트는 생각했다. '그러니까 불행이 결코 멈추지 않을 거란 말인가. 불행할 때는 행복할 권리도 없단 말인가.'

코제트는 오줌과 토사물 냄새가 나는 퐁토상주 다리 밑에서 마리우스와 아들을 생각했다. 시간이 멈춘 것처럼 보였다. 아무것도 존재하지 않았다. 다시 보게 된 비참한 생활. 빈곤은 결코 사라진 적이 없는 듯했다. 반복되는 현상. 사람들은 자신의 일 외에는 전부 잊는다. 먹고 싸우고 살아남아야 한다. 특히 참고 견뎌내야 한다. 이 모든 것은 잘 사라지기 위한 것이다. 인생은 잔인한 소극이다.

코제트는 종이 더미 위에 누웠다. 종이는 온기를 유지해준다. 날이 어두웠다. 숯불의 빨간 눈만이 밤을 지새우는 것 같았다. 아이들이 그녀의 소지품을 빼앗으려 했다. 짧은 머리와 맨발 탓에 아이들은 그녀를 남자로 여겼다. 양털 모자를 쓴 코흘리개 아이가 셔츠를 빼앗으려 하자 코제트는 주머니칼을 쥐고 벌떡 일어났다. 입을 열 필요는 없었다. 코흘리개는 어깨를 움츠리더니 고양이 가죽 모자를 보란 듯이 과시하는 홀쭉한 청년 뒤에 숨었다. 틀림없이 두목일 것이다.

두목은 허리에 두 손을 얹고 빈정거리는 표정으로 말했다.

"셔츠를 주기 싫다고? 게다가 칼로 장난을 치려고?"

코제트는 두목의 커다란 턱과 억센 손을 보았다. 누군가가 떠올랐지만 이름은 알 수 없었다.

두목은 위협적인 태도로 그녀에게 다가왔다. 아이들이 두 사람 주위를 에워쌌다. 코제트는 고개를 저으며 주머니칼을 주머니에 넣었다. 그녀는 양털 모자를 쓴 코흘리개를 가리키면서 말했다.

"나는 칼을 쓰지 않을 거야."

두목이 코제트의 얼굴을 손가락으로 튀기며 대꾸했다.

"아, 그래? 때를 기다리겠다는 거야? 왜지?"

"어떤 꼬마가 생각났거든. 꼬마는 금발이고 이름은 라파엘이야."

"무슨 말을 하는 거야?"

깜짝 놀란 청년은 코제트에게 가까이 다가갔다. 그는 한 아이에게 횃불을 달라고 지시했다.

청년이 소리쳤다.

"당신을 알아보겠어! 당신은 타르디에가 마지막으로 고용한 사람이지? 나를 몰라보겠어?"

청년은 타오르는 횃불을 자신의 턱 밑으로 옮겼다. 불빛에 비친 그는 유령처럼 보였다.

코제트는 고개를 흔들었다.

"모르겠어."

코제트는 거짓말하지 않았다. 그녀는 소모공장에 머물렀을 때 수면제를 너무 많이 복용해서 누구도 알아볼 수 없었다. 이 청년은 게일이었다.

게일이 호의적으로 이해해주었다.

"맞아. 당신은 제정신이 아니었어."

게일은 그녀의 손을 잡고 몇 걸음 옮기더니 꺼져가는 모닥불 주위에 앉으라고 권했다. 그리고 어떻게 루제와 싸웠고 어떻게 똥통에서 빠져나왔는지 얘기해주었다. 그는 똥통 속으로 잠수해서 하수도의 한 지류를 통해 빠져나가 목숨을 구했다.

"바스토슈 하수도 지류……. 온통 똥투성이였지……. 그 고약한 냄새가 내 몸에서 떠나지 않을 것 같았어……."

게일은 다시 몸서리쳤다. 그는 그날 한밤중에 루제의 시체와 마주쳤다. 돼지처럼 목이 찔려 있었다. 그는 위험을 직감하고 소모공장에서 도망쳤다.

"이제 나는 밤에만 생활해. 언젠가는 그 늙은 바퀴벌레를 죽이고 말 테야."

게일은 몇 달 전부터 타르디에에게 복수한다는 일념으로 거리에서 근근이 살아가고 있었다.

"당신도 알겠지만 소모공장에는 고참들이 있어. 라파엘은 사라졌고……."

코제트는 누군가가 어린 라파엘을 데려갔다고 알려주었다.

게일이 안도의 한숨을 내쉬었다.

"그러니까 라파엘이 무사하단 말이지? 안전한 곳에? 다브 데 그레프를 죽일 수 있는 이유가 추가되었군. 이제 나는 혼자가 아니야. 저 아이들을 봐."

"어린아이들이잖아."

"물건을 훔치고 장물아비에게 팔고 단도로 칠면조를 찔러 죽이고 함정을 팔 줄 아는 아이들이야. 타르디에 영감탱이는 몸을 사려야 할 거야."

코제트가 정정했다.

"테나르디에야."

"타르디에 또는 테나르디에라고 하지. 그는 우리를 착취하고 악당으로 만들려 했어. 그런데 당신은 어떻게 된 노릇이지?"

코제트는 자신이 겪은 끔찍한 시련을 조금도 빠뜨리지 않고 털어놓았다. 게일은 깜짝 놀랐다. 앞에 있는 사람이 여자라고? 게다가 누군가를 살해하고 매장해서 이 가엾은 여인의 남편으로 꾸몄다고? 그 멋쟁이 남편을? 루제의 말이 떠올랐다. 그렇다면 놈들은 예수를 죽였던 것이다.

게일이 중얼거렸다.

"이제 다브 데 그레브와 결판을 지어야 할 이유가 두 가지예요."

그리고 진지하게 물었다.

"어떻게 하실 작정이에요?"

"왜 갑자기 존댓말을 쓰지?"

게일은 모자의 챙을 만지작거리면서 대답했다.

"당신은 부인이잖아요……."

"정말 그렇게 보여?"

코제트는 청년이 불안해하는 것을 보고서 즉각 말을 이었다. 그녀는 테나르디에의 부하들이 자신을 추적할 것이라고 생각해 집으로 돌아가지 않았다. 경찰에 신고할까? 그것은 아들, 베르자 그리고 어쩌면 마리우스의 목숨을 위태롭게 할 수 있었다. 우선 깨끗한 신발과 옷이 필요했다.

게일이 찬성했다.

"맞아요."

코제트가 덧붙였다.

"남자 옷이 필요해."

게일이 휘파람을 불자 두 아이가 달려왔다. 그가 아이들의 귀에 뭐라고 속삭였다. 아이들은 즉각 물러갔다.

게일이 코제트에게 설명했다.

"이곳은 부랑자들이 만나는 장소예요. 거지들, 장애인들, 고아들, 그리고 조금 전에 보았던 노인처럼 정신이 이상한 사람들이 와요. 거지와 부랑자들이 모여 사는 곳이죠. 저녁이 끝날 무렵 낮에 훔친 물건들을 배분

해요. 배분이 끝나면 다음 날의 일을 의논하죠. 그리고 총총한 별 밑에서 잠을 자요."

게일이 왼쪽을 가리켰다. 다리 건너편 좌안에 물건을 숨겨놓는 창고가 있었다. 그들은 그곳에 옷가지, 금속 제품, 부서진 도구, 구리 조각 그리고 온갖 고철을 쌓아두었다.

게일이 씁쓸하게 결론지었다.

"우리는 한두 푼밖에 벌지 못해요. 가짜 증명서를 만들면 큰 벌이를 할 수 있어요. 우리는 싸구려 식당의 쓰레기로 목숨을 연명하고 있어요."

코제트가 말했다.

"나는 네 도움이 필요할 거야. 조만간에."

* * *

코제트는 옷을 얻었다. 고급 옷은 아니었지만 지난 8개월 동안 입고 있던 누더기보다는 편한 옷이었다. 초봄의 햇살과 더불어 기분이 한결 나아졌다.

게일이 코제트의 주위를 돌면서 칭찬했다.

"근사한데요!"

코제트는 거무스름한 프록코트와 기운 바지를 입고 군화를 신었다. 대충 목에 두른 얼룩덜룩한 스카프는 깃 없는 셔츠와 반점이 있는 가죽조끼까지 내려왔다. 사발형 머리 탓에 정말로 남자처럼 보였다. 금방이라도 울음을 터뜨릴 것만 같은 아이처럼 우수어린 얼굴이 그나마 여성스러운 모습을 자아냈다.

게일이 코제트에게 챙 달린 모자를 씌워주면서 말했다.

"자, 이 모자를 쓰면 더 멋질 거예요. 이제 가야 해요. 나의 부하가 주소를 파악했을 거예요. 녀석이 당신을 몽마르트르가로 안내할 거예요."

코제트는 게일에게 고맙다고 말했다. 이제 그녀는 어디에서 게일을 만날 수 있는지 알고 있었다. 아무튼 두 사람은 연락을 주고받을 것이다.

게일은 울먹이는 목소리로 말했다.

"행운을 빌게요, 부인!"

코제트는 어깨를 으쓱하고는 우안으로 향했다.

코제트는 약속대로 좌뇌르가와 생피아크르가의 교차로에서 멈추었다. 그녀는 자신의 집을 보면서 신경질적인 미소를 지었다. 자신의 집이 바로 코앞에 있는데 상스러운 악당처럼 몸을 숨겨야 하다니! 분노가 치밀었다. 그녀는 땅바닥에 굴러다니는 신문지를 집어들었다. 가슴이 고동쳤다. 신문은 마리우스가 일했던 「르나시오날」이었다. 1면에 야당에 대해 얘기하고 있었다. 기자는 첫줄부터 칼을 빼들었다. 아르망 카렐이 서명한 비방의 글이었다. 그는 '가장 모욕적인 정적인 티에르를 총사령관으로 받아들인 제3의 당과 전제적인 좌파의 교활한 사람들을' 야유하고 있었다. 카렐은 이렇게 덧붙였다. "주둔군으로부터 투항자로 인정받은 야당은 무기를 버리고 함락된 도시로 들어가 밖에 있는 사람들에게 자신들이 이곳의 주인이라고 외치는 탈영병들의 무리와 비슷하다."

코제트는 살며시 미소를 지었다. 몇 달간 홀연히 사라졌다가 갑작스레 나타났지만 하나도 변하지 않았다. 무변화의 현기증은 가혹했다. 똑같은 투쟁, 똑같은 연설, 똑같은 교만.

누군가가 코제트의 팔을 잡았다. 머리를 들었다. 게일의 무리에 속하는 아이였다.

"왜 그러니?"

"후작님은 파리에 없어요."

"꼽추가 그렇게 말했니?"

"아뇨, 마부가 그랬어요. 그는 후작님이 아주 오래전에 파리를 떠났다고 했어요."

아이는 작별 인사 대신 모자의 챙에 두 손가락을 대고는 몽마르트르가로 달려갔다.

화가 난 코제트는 신문을 땅바닥에 던져버렸다. 모두가 결속해서 자신에게 맞서는 것 같았다. 그녀는 낙담한 상태로 한참 동안 서 있었다. 실컷 울었다면 속이라도 시원할 텐데. 그녀는 발길 닿는 대로 걸었다. 루이데지레와 테나르디에의 얼굴을 떠올렸다. 적개심이 활활 타올랐다. 그녀는 어떤 항복도 받아주지 않을 것이다.

게일의 부하처럼 코제트는 다시 몽마르트르가로 향했다. 어떻게 할까? 뷔르댕과 테나르디에를 만나면 무슨 일이 일어날지 몰랐다. 체념과 같은 부류인 불행은 때때로 불행이 뭔지를 알려준다. 우리는 결코 불행을 길들일 수 없다. 우리를 포로로 붙잡는 것은 불행이다. 하지만 불행의 쓰라린 체험은 우리에게 경계하는 법을 가르쳐준다. 코제트는 더 이상 순진하지 않았다.

코제트는 생퇴스타슈 성당 옆을 걷다가 나중에 루브르가로 개칭되는 오를레앙생토노레가로 접어든 다음 빅투아르 광장과 프티샹가로 향했다. 그녀는 앞치마와 케이프를 두른 하녀를 발견하고는 마들렌을 생각했다. 충직한 하녀 마들렌은 어떻게 되었을까? 그녀는 두 손을 호주머니에 넣었다. 챙 달린 모자를 눌러쓰고 머리를 숙인 채 성큼성큼 걸었다. 자신의 숨소리만 들렸다. 호흡은 독기를 품을 때마다 끊겼다. 마리우스와 아들을 떠올릴 때마다 괴로웠다. 그녀는 자유의 몸이 된 이후로 마리우스와 아들만을 생각했다. 갇혀 있을 때는 자유만을 생각했는데, 풀려난 지금은 추억의 포로가 되었다. 너무 격분한 나머지 관자놀이가 팔딱팔딱 뛰었고 심장이 격렬하게 요동쳤다. 그녀는 거리도, 사람들도 보고 싶지 않았다. 마리우스와 어린 장을 너무 생각한 나머지 머리가 지끈거렸다. 만일 그들에게 불행한 일이 일어났다면 그녀는 무슨 일이든 할 각오가 되어 있었다. 뱅트뢰는 쓰라린 경험을 통해 그녀가 어떤 사람인지 깨닫지 않았는가. 그녀는 어떤 어려움 앞에서도 물러서지 않을 것이다.

오페라 극장 근처에 도착한 코제트는 분노가 서서히 끓어오르기 시작했다. 마리우스가 으스대며 걸었던 거리가 혐오감을 일으켰다. 그녀는 우아한 사람들이 알쏭달쏭한 은어를 사용하며 으스대고 걷고 있는 이탈리아 대로에서 합승마차에 치일 뻔했다.

마부가 욕설을 퍼부었다.

"이 망나니야, 비세트르 감옥에 가고 싶어?"

코제트는 대꾸하지 않았다. 그녀의 얼굴에서 불안의 기색은 조금도 읽을 수 없었다. 그녀는 살인적인 증오심에 이끌려 행동했다. 아버지에 대한 추억도 그녀의 결심을 꺾을 수 없었다.

코제트는 호주머니를 뒤져 쪽지를 꺼냈다. 제라르 의사의 주소가 적힌 쪽지였다. 왜 이 쪽지를 생각하지 못했을까? 이 의사에게 도움을 받을 수 있을 텐데. 제라르가 진찰하러 왔을 때 그녀는 그의 시선을 느꼈다. 열정으로 달아오른 뜨거운 시선. 그녀는 제라르를 이용하기로 했다.

\* \* \*

코제트는 서두르지 않았다. 먼저 콜베르가를 찾아냈다. 그것만으로 충분했다. 하지만 정문 앞을 지나면서 디아블블랑이라는 간판을 보고 의아심이 생겼다. 아무튼 그녀는 밤이 될 때까지 기다렸다가 초인종을 누를 것이다. 다른 사람들의 눈에 띄지 않는 편이 좋을 것이다.

오후, 코제트는 이탈리아 대로를 성큼성큼 걸었다. 그리고 카페 드 파리와 뱅쉬누아 극장 앞을 지나갔다. 그녀는 아르디 카페를 알아보고는 마리우스와 함께했던 마지막 저녁식사를 떠올렸다. 그녀의 눈이 휘둥그레졌다. 푸른 구름이 그녀를 에워싸고 있었다. 그녀는 진열창이 아름답게 장식된 카페들을 보고 당황했다. 언제나 상류층 사람들로 붐비는 카페들. 그녀는 생각했다. '테나르디에에게 납치된 후 이 모든 것은 나에게 금지되었지.' 문득 아메데를 찾을 수 있다는 희망이 스쳤다. 외젠 쉬와 루이 드 베르뉴도. 하지만 한 사람도 만나지 못했다. 아무튼 어떤 카페에도 들어갈 수 없었다. 꿈틀거리는 콧수염과 침울한 시선을 가진 몇몇 '노란 장갑들'이 그녀의 우스운 꼴을 보고 빈정거렸다. 그녀는 인상을 찌푸리지 않았다. 이들도 나름대로 좋아하는 색깔과 모양이 있지 않겠는가.

초저녁, 코제트는 근처에서 먹을 것을 훔쳤다. 그녀는 엘더가와 쇼세당탱가의 진열대를 샅샅이 뒤졌다. 행인들이 많았다. 배가 고파 죽을 지경이었다. 호주머니에는 한 푼도 없었다. 그녀는 이탈리아 대로로 돌아가 토르토니 카페 앞에서 멈추었다. 그녀는 난생처음으로 훔치고 싶다는 생각이 들었다. 먹을 것을.

테라스는 몹시 붐볐다. 앉아 있거나 서 있는 사람들은 옷차림이나 머리 모양에 대해 서로 칭찬하고 있었다. 코제트는 혼잡한 틈을 이용해 먼저 신문지를 슬쩍했다. 앞쪽 탁자의 접시에 큼직한 브리오슈 빵이 있었다. 그녀는 탁자에 다가가서 신문지를 펼쳤다. 그리고 자신도 놀랄 만큼 차분하고 자연스럽게 브리오슈 빵을 싸서 카페에서 벗어났다. 그녀는 발걸음을 재촉하면서 중얼거렸다. '별로 어려운 일이 아니네.' 능숙한 도둑은 들키지 않는다. 능숙한 도둑은 서두르지도, 조급해하지도 않고 한가롭게 돌아다니는 척하면서 훔친다. 불행히도 코제트는 몇 걸음 걷다가 돌아섰다. 그녀는 브리오슈 빵이 있던 탁자에 앉아 비웃는 표정으로 자신을 지켜보는 회색 옷 여인의 눈과 마주치고 몹시 당황했다. 여인은 검은색의 풍성한 머리가 아니라면 남자로 보였을 것이다. 여인은 낙낙한 프록코트에 큼직한 승마화를 신고 있었다. 코제트는 그 자리에 서서 돌처럼 굳어졌다. 감히 움직일 수가 없었다.

여인이 코제트에게 살며시 손짓을 했다. 가운뎃손가락과 집게손가락 사이에 큼직한 여송연이 끼워져 있었다. 그녀 옆에서 아담한 외모를 가진 여자가 호밀 이삭으로 장식한 모자를 쓰고 거드름 피우며 말하고 있었다. 당황한 코제트는 고개를 돌리고 테부가까지 도망쳤다. 그녀는 다시 멈추고 게걸스럽게 빵을 먹었다. 숨이 막힐 뻔했다. 그녀는 주위를 둘러본 후 나무에 기대어 신문을 봤다. 「가제트 데 팜」지였다. 1830년대부터 여성지가 많이 창간되었다. 코제트가 훑어본 기사는 여성의 자유직 허용, 이혼 권리, 미혼모와 사생아의 권리를 요구하고 있었다.

코제트는 신문지를 접었다. 브리오슈 빵은 가벼운 식사에 지나지 않았다. 식욕은 배가되었다.

갑자기 누군가가 그녀에게 물었다.

"여성 신문에 관심이 있나요?"

코제트는 돌아서서 회색 옷을 입은 부인과 마주쳤다.

"조금……."

"그건 내 신문이에요."

코제트는 거친 태도로 신문을 건넸다.

반짝이는 검은 눈이 웃음과 근엄함을 동시에 자아내는 미지의 여인이 소리쳤다.

"아니에요, 농담이에요!"

그리고 곧 말을 이었다.

"이 브리오슈 빵은 당신 입맛에 맞나요?"

코제트는 목멘 소리로 대답했다.

"죄송합니다."

미지의 여인이 코제트의 얼굴을 뜯어보았다. 그녀는 높고 불쑥 나온 이마, 푸른 눈 그리고 둥근 콧날을 지닌 이 소년이 매우 멋지다고 생각했다.

미지의 여인은 보란 듯이 여송연을 피우면서 물었다.

"당신은 살기 위해 훔쳤나요? 아니면 재미로?"

"이틀 전부터 먹지 못했어요……."

미지의 여인은 깜짝 놀라더니 진지한 표정으로 말했다.

"뭐라고요? 그럼 진작 말했었어야죠! 자, 나를 따라와요. 거리에서 당신을 납치하는 거예요!"

미지의 여인은 코제트의 팔을 잡고 다시 이탈리아 대로로 데려갔다. 두 여인은 토르토니 카페와 손님들 앞을 지나갔다. 손님들은 분노와 용서가 뒤섞인 눈길로 코제트를 바라보았다. 미지의 여인은 삯마차를 부르고는 따라오라고 말했다. 코제트는 머리를 숙이고 삯마차에 올라탔다. 이번에는 상황이 좋아질 것 같다는 느낌이 들었다.

* * *

삯마차는 센 강가의 말라케 강변도로에서 멈추었다. 코제트는 마음이 아팠다. 플뤼메가에서 그다지 멀지 않은 곳이었다. 예전에 그녀는 생쉴 피스 성당에 가기 전에 자선사업을 위해 이 길을 따라 뒤박가에 갔었다.

미지의 여인이 19번지의 문을 열었다. 그녀는 이 건물이 1640년 프랑 수아 망사르가 건축한 바지니에르 호텔의 별관이라고 설명해주었다. 두 여인은 긴 회랑과 작은 안뜰을 지난 후 정원이 보이는 작은 건물에 도착 했다.

미지의 여인이 코제트에게 속삭였다.

"나는 4층에 살아요. 솔직히 말하면 지금은 이곳에 살고 있지 않아요."

땅딸막한 젊은 하녀가 코제트와 미지의 여인을 맞이했다.

하녀가 물었다.

"마님, 어디에 식사 준비를 할까요? 응접실인가요? 침실인가요?"

"쥐스틴, 내 손님들을 잊었어? 응접실에 식사를 준비해, 이 바보야!"

미지의 여인이 웃음을 터뜨렸다. 그리고 코제트에게 말했다.

"베리(프랑스 중부의 앵드르 도와 셰르 도를 포함하는 역사·문화 지역—옮긴이) 여자들에게는 수없이 반복해야 해요. 우리와 함께 저녁식사를 하지 않겠 어요?"

코제트의 얼굴이 새빨개졌다. 조금 전 삯마차에 타면서 과도하게 상체 를 숙인 나머지 셔츠의 깊이 파인 부분에서 한쪽 유방이 드러났다. 미지 의 여인은 그 모습을 놓치지 않았다.

코제트는 거짓말했다.

"나는 중요한 약속이 있어요."

"약속을 연기할 수 없나요?"

"아쉽지만 안 됩니다, 부인."

"그럼 그 옷차림으로 약속 장소에 갈 건가요?"

"이게 내가 갖고 있는 유일한 옷이에요, 부인."

"수선해드릴게요. 성함이 어떻게 되죠?"

"외프라지입니다, 부인."

"좋아요, 외프라지. 하지만 나를 부인이라고 부르지 마세요. 부인이라고 부르면 내가 백 살이 된 느낌이 들거든요. 오로르예요. 조르주라고 불러줘요. 당신과 나는 남장을 하는 같은 취향을 갖고 있군요. 도발적인 취향이죠. 당신은 왜 남장을 하죠?"

코제트는 억누른 목소리로 대답했다.

"내 모습을 숨기기 위해서예요."

유명한 소설가 조르주 상드 앞에서 약간 위축된 코제트는 자신의 불행을 털어놓지 못했다.

카지미르 뒤드방 남작과 이혼을 준비하고 있는 조르주 상드가 재차 물었다.

"한 남자 때문인가요?"

코제트가 정정했다.

"여러 명."

"여러 명이라고요? 당신을 충분히 이해할 수 있어요!"

조르주 상드는 코제트를 살펴보고는 하녀를 불렀다.

"쥐스틴, 욕조에 물을 받아줘."

그리고 두 팔을 코제트의 허리에 두르고 말했다.

"편하게 있어요. 그리고 당신 얘기를 해줘요."

몇 분 후 코제트는 욕조에 들어갔다. 여덟 달 만에 느끼는 상쾌한 기분이었다. 쥐스틴이 비누칠을 해주었다. 그녀는 케케묵은 때를 벗기고 라벤더와 재스민 향을 들이마셨다.

쥐스틴은 조르주 상드가 지켜보는 가운데 코제트의 등을 밀어준 다음 말했다.

"저는 저녁식사를 준비하러 갈게요."

조르주 상드가 커다란 수건을 펼치면서 말했다.

"우리 친구를 위해 내 검은 옷을 꺼내 침대 위에 놓아줘. 그리고 샴페인 병을 따줘."

조르주는 장딴지부터 시작해서 코제트의 몸을 닦아주었다. 코제트는 벌거벗은 상태였다. 눈부신 몸매가 경대의 거울을 빛나게 하는 것 같았다. 코제트의 선명하고 반짝이는 금발은 갈색 머리의 상드에게 강한 인상을 주었다. 『앵디아나』의 작가인 상드의 차분하고 강건한 얼굴은 농부의 기질을 드러냈다. 프로스페르 메리메는 상드가 움푹 들어간 턱과 황소의 눈을 가졌다고 말하지 않았는가.

"당신은 굉장히 아름다워요."

코제트가 미소를 짓고 대답했다.

"다시 살아난 느낌이에요."

코제트는 애교를 부려 머리를 숙이고 흰색의 커다란 수건으로 몸을 감았다. 조르주 상드는 그녀를 침실로 데려가더니 의견도 묻지 않고 침대에 가지런히 놓인 옷을 입으라고 했다.

코제트는 옷을 입으면서 자신이 겪은 몇몇 시련을 털어놓았다.

조르주 상드가 놀라며 물었다.

"당신이 결혼했다고요?"

"아이도 있어요. 남자아이……."

"그 못된 남자들이 당신을 힘들게 했단 말이죠? 당신 남편에게 정부가 있나요?"

코제트는 노기등등한 시선으로 노려보았다. 하지만 조르주 상드는 대답할 틈을 주지 않았다. 그녀는 코제트의 배를 쓰다듬고 프록코트를 입혀준 다음 말했다.

"이 옷차림에 티투스식으로 모자를 쓰면 분명 남자들의 마음을 사로잡을 수 있을 거예요. 내 경험을 믿어줘요. 나는 남자들에게 힘든 일을 시켜야 한다고 생각해요. 남자들의 돈을 쓰세요. 그들의 유치함을 이용하세요. 우리는 남자들보다 강해요. 남자들은 비겁하고 허영심 덩어리인 데다 소심해요. 당신이 이 신문에서 읽은 것처럼 언젠가는 우리도 남자들과 똑같은 권리를 갖게 될 거예요. 그들은 실패할 수밖에 없어요. 남자들은 여자에게 자신의 인생의 여인이라고 말하면서 쉽게 우리를 배신해요. 좋을 대로 하라지요. 우리는 확신을 갖고 남자들을 속여요. 그들은 더 이상 인생의 남자가 아니니까요. 우리는 남자들을 때려눕힐 거예요."

새 옷을 입은 코제트는 곡마사 같았다. 검은 프록코트, 갈색 벨벳 바지, 연회색 넥타이. 그리고 장화. 조르주 상드가 지적한 것처럼 장화는 끝이 지나치게 뾰족한 작은 구두가 숨 막힐 듯이 발을 죄는 것과 달리 발을 편하게 해준다.

조르주 상드는 코제트의 얼굴을 어루만지면서 말을 이었다.

"아무튼 우리 같은 3류 작가들은 당신 이야기에 열광할 거예요."

상드의 손길이 떨어질 줄 몰랐다. 코제트는 상드의 눈에서 난처한 뭔가를 읽었다. 그녀는 상드의 손에 입을 맞추면서 말했다.

"어떻게 감사드려야 할지 모르겠어요."

상드는 몸을 부르르 떨면서 대답했다.

"외프라지, 세상에서 가장 자연스러운 일이에요. 내 친구가 되어줘요."

코제트는 감사의 뜻을 표한 후 생기를 되찾았다. 상드는 그녀를 어린애처럼 대하면서 얼굴에 뽀뽀해주었다. 두 여인은 샴페인을 마시기 위해 팔짱을 끼고 거실로 갔다. 코제트는 모처럼 포식할 수 있었다. 쥐스틴이 오리고기 테린, 로스트비프, 그리고 버터와 육두구 열매를 넣은 감자 퓌레를 내놓았다.

식사가 끝날 무렵 초인종이 울렸다.

조르주 상드가 물었다.

"내 친구들을 소개해드릴까요?"

"관심 없어요."

"좋아요. 하지만 문까지는 배웅해드릴게요."

두 여인은 포옹했다. 조르주 상드는 코제트에게 빨리 소식을 달라고 부탁했다.

"만일 내가 이곳에 없다면 남편 문제 때문이에요. 이혼 문제가 잘 풀리지 않고 있어요. 오텔 드 프랑스로 오면 나를 만날 수 있어요."

상드는 코제트에게 오렌지를 내밀고 관능적인 어조로 속삭였다.

"이걸 먹으면서 나를 생각해요."

코제트는 몹시 아쉬워하면서 상드와 작별했다. 그녀는 계단을 내려오면서 오렌지의 무게를 가늠하고 베르자를 생각했다. 그녀는 제라르를 찾아가기로 결심했다. 뷔르댕과 테나르디에에 관한 정보를 입수하고 싶었기 때문이다. 만일 제라르가 아무런 도움을 주지 못한다면 다시 조르주 상드를 찾아갈 것이다.

* * *

코제트는 상당히 늦게 콜베르가에 도착했다. 디아블블랑의 초인종을 누르자 과도한 화장에 교묘하게 덧댄 얇은 보라색 새틴 옷을 입은 여인이 문을 열어주었다. 살짝 열린 블라우스에서 풍만한 가슴이 엿보였다. 문 틈으로 웃음소리와 고함소리가 새어나왔다.

코제트가 당황한 표정으로 말했다.

"제가 집을 잘못 찾아온 것 같군요."

코제트가 발길을 돌리려는 순간 여인의 목소리가 울렸다.

"누구를 찾으시죠?"

"제라르 선생님."

"기다리세요, 선생님이 계신지 알아볼게요."

여인이 발길을 돌렸다. 셔츠 차림의 거인이 다가왔다. 그는 맨 팔뚝에 식인귀 같은 수염을 가지고 있었다. 손, 목, 이삿짐을 옮기는 사람처럼 건장한 어깨, 황소의 목덜미 등 온통 털투성이였다. 조끼 차림의 골리앗. 코제트는 씩씩한 사내처럼 석재에 기댔다. 문에는 들여다보는 구멍이 있었다. 그녀는 슬쩍 뒤를 보았다. 어두운 길에서 모자를 눌러쓴 행인들이 천천히 걷고 있었다. 사람들은 그녀를 남자로 보았을 것이다.

"무슨 일이죠?"

목소리는 상냥하지 않았다. 몸을 돌린 코제트는 되마르무세 술집에서 자신을 진찰했던 남자와 마주쳤다. 그는 거인을 돌려보냈다. 회색 머리, 뒷머리 리본, 뱀의 얼굴. 제라르는 감히 자신을 불러낸 건방진 젊은이를 쏘아보았다. 샤말랭 레스토랑에서 늦게 퇴근한 그는 기분이 상해 있었다. 누군가가 그를 방해할 때는 그럴 만한 이유가 있어야 했다.

코제트는 이름을 밝히지 않고 말했다.

"나예요."

"나라니요?"

코제트는 챙 달린 모자를 벗고 얼굴을 밝은 곳으로 내밀었다. 제라르의 표정이 바뀌었다.

"아, 당신이 어떻게?"

제라르는 아연실색했다. 뷔르댕의 말로는 뱅트되는 되마르무세의 화재로 사망했고 페가스 혼자 간신히 빠져나왔다고 했다. 그 수상쩍은 술집의 부엌데기는 화염 속에서 죽었다고들 했다. 더구나 부엌에서 불에 탄 뼈가 나왔다고 하지 않았는가.

제라르는 긴장을 풀었다. 물론 그는 자신을 감동시키고 동시에 흥분시켰던 이 젊은 여인을 잊지 않았다. 그는 이 여인의 소원을 들어줄 수 있는 방법을 찾지 않았다. 이 여인이 죽은 것으로 간주된 이상 누구도 그가 상상하는 음모를 방해하지 못할 것이다.

제라르가 약간 떨리는 목소리로 말했다.

"들어와요."

그러더니 곧 생각을 바꾸었다.

"아니, 기다려요. 금방 나올게요. 이곳은 적절치 않아요. 2층에 작은 아파트가 있어요. 그리로 갑시다. 당신은 안전할 거예요."

코제트는 머리를 숙이고 넓은 현관을 통해 술을 마시고 얘기를 하는 사람들을 보았다. 남자들의 무릎에 앉아서 가슴을 드러낸 채 아양을 떠는 여자들이 과장해서 웃고 있었다. 블라우스에 뜰장미 다발을 꽂고 맨다리에 뾰족구두를 신은 여자들이 경쾌하게 이리저리 돌아다니고 있었다.

코제트가 중얼거렸다.

"의사가 살기에는 이상한 장소야."

코제트는 의심이 생겨 도망치려 했다. 하지만 그때 제라르가 케이프와 실크해트를 걸치고 다시 나타났다. 그는 문을 잡아당기고 코제트의 팔을 붙잡았다.

"기다리게 해서 미안해요. 우리끼리 하는 말이지만 당신이 나한테 와서 정말 다행이에요."

제라르는 디아블블랑의 입구 옆에 있는 다른 문으로 그녀를 데려갔다. 그러는 사이 코제트에게 문을 열어주었던 적갈색 머리의 여인이 문구멍으로 두 사람이 떠나는 것을 보고 있었다. 음흉한 미소를 짓고.

\* \* \*

암홍색의 두꺼운 양탄자와 새 가구를 들인 2층의 아파트는 매우 안락했다. 세 개의 방 가운데 하나는 안뜰로 향해 있었다. 제라르는 공주를 모시는 시종처럼 정중하게 방을 보여주었다. 그는 코제트가 겁먹지 않도록 부드러운 표정을 짓고 말했다.

"아무도 당신을 찾으러 이곳에 오지 않을 거예요."

코제트는 이제 누구도 두려워하지 않으며 스스로를 보호하기로 결심했다고 대답했다.

제라르는 실크해트를 톡톡 치면서 말했다.

"당연합니다. 하지만 어떤 방식으로?"

코제트는 주머니칼을 꺼내 의사의 코 밑에 들이대면서 대답했다.

"이것으로요."

제라르는 살짝 미소를 지었다. 그는 이 여인의 결의와 예리한 칼을 보고 심사숙고했다. 이 여인이 악당들을 두려워하지 않는다면 또한 퇴폐적인 사람들도 두려워하지 않을 거라고 생각한 그는 상냥하고 선의로 가득한 모습을 보여주었다.

"방이 마음에 들어요? 안심하세요, 임시로 머무는 겁니다. 하지만 당분간 외출은 하지 않는 게 좋겠어요. 우리 카바레에서 일하는 믿을 만한 롤랑이 당신을 보살필 겁니다. 아주 건장하고 헌신적인 부하예요."

코제트는 고개를 끄덕였다. 조금 전 그녀는 그 거인을 보았다. 우선 방과 가구를 자세히 살펴보았다. 암홍색 벽지, 역시 암홍색 침대 커튼에 은은한 빛을 발산하는 반사경 달린 램프, 작은 타원형 탁자, 불(앙드레 샤를 불. 루이 14세 시대의 가구 제조업자─옮긴이) 서랍장, 장롱, 두 개의 의자. 그녀는 만족스러운 한숨을 내쉬었다. 모자를 벗고 침대에 대자로 누웠다. 제라르는 혼란스러웠다. 그는 이 여인의 선정적인 자태를 보고 내심 기대하는 마음이 생겼다. 그녀가 몇 차례 앉았다가 일어나면서 침대의 탄력성을 확인하는 동안 그는 뜨겁고 강렬한 벽지의 색조와 뚜렷이 대조를 이루는 여인의 얼굴을 관찰했다. 그리고 남성복 속에 숨어 있는 그녀의 몸매를 상상했다. 그는 되마르무세에서 반쯤 벌거벗은 그녀의 몸을 보지 않았는가. 지금 코제트의 얼굴은 더욱 둥글고 더욱 붉으며 더욱 관능적이었다. 정말로 천사 같았다. 천사의 눈과 몸을 가진 반남반녀(半男半女)의 천사. 눈이 부셨다. 코제트는 자신이 이 사내에게 미치는 매력을 눈치 채고는 더욱 과장된 몸짓으로 방을 돌아다녔다. 그는 이 매혹적이고 사랑스러운 여인이 수줍음을 탄다고 생각했다. 그는 여인이 눈치 채지 못하게 바라보면서 전략을 짰다.

"선생님은 어디서 주무세요?"

"걱정하지 마세요. 나는 언제나 당신 곁에 있을 겁니다. 현관문 위에 외부 빗장과 내부 빗장이 있어요. 게다가 롤랑이 복도와 정문을 감시할 겁니다. 당신은 조금도 걱정하지 않아도 됩니다. 다시 말씀드리지만 당신이 외출을 삼갈수록 더욱 안전할 겁니다."

코제트는 제라르의 무뚝뚝한 말투를 흉내 내면서 애교를 부렸다.

"나는 포로인가요?"

"말도 안 돼요. 나는 다만……."

코제트는 손짓으로 그의 말을 끊었다. 그리고 조르주 상드가 준 프록코트를 벗으면서 말했다.

"나도 그러고 싶어요. 하지만 생각 좀 해봐야겠어요."

그리고 제라르의 눈을 응시하면서 물었다.

"아래층에 있는 디아블블랑은 어떤 곳이죠?"

제라르는 쓸데없이 의심을 피하기 위해 과장된 어조로 약간 특별한 집이라고 말했다. 디아블블랑이 엄선된 손님만을 받고 악마의식과 난잡한 파티를 벌이는 갈보집이라고 고백하면 이 굴러 들어온 행운을 놓칠 수 있었다.

코제트는 가슴을 내밀고 매몰차게 몰아붙였다.

"약간 특별한 집이라고요? 당신은 나를 바보로 여기나요?"

코제트는 주머니칼을 꺼내 신속한 동작으로 제라르의 목에 칼끝을 대었다.

"당신은 꼽추와 타르디에라고 불리는 영감과 함께 사업을 하고 있죠?"

제라르는 두려움 때문에 감히 움직일 수 없었다. 그는 코제트의 시선을 보고 몸을 떨었다.

"하지만……."

"의사 선생님, 서로 뜻이 맞았으면 좋겠어요."

코제트는 머리를 흔들고 칼을 넣었다. 그리고 상체를 숙이면서 한쪽 가슴을 드러내자 제라르는 흥분했다. 그는 여전히 어색한 태도로 서 있었다. 그는 이 여인을 위해 무슨 일이든 할 각오가 되어 있었다. 뷔르댕을 배신하고 전부 털어놓기로 결심했다. 그는 자신에게 무슨 일이 일어났는지 깨닫지 못했다. 그녀에게 첫눈에 반한 것일까? 그는 코제트의 상체에서 눈을 떼지 못했다.

마침내 제라르가 물었다.

"대체 당신은 누구시죠?"

코제트가 놀라며 반문했다.

"그들이 말해주지 않았나요?"

"나는 당신 이름도 몰라요……."

"곧 알게 될 거예요."

"그들은 당신이 화재로 죽었다고 했어요. 페가스는 당신을 계속 찾고 있어요. 아무튼 나는 당신을 보호해주겠어요."

"당신은 나를 도와줄 준비가 되어 있나요?"

코제트는 이 남자가 무엇이든 들어줄 거라고 생각했다. 그래서 과장해서 아양을 떨고 스스럼없이 굴면서 순진한 척 하기로 했다.

제라르가 입을 열었다.

"네……."

"그럼 이제 물러가줘요. 나는 자야겠어요."

코제트는 제라르를 밖으로 밀어냈다. 그가 손을 잡으려고 하자 그녀는 즉각 반항하면서 위협적인 태도를 보였다.

"조심해요, 제라르 선생! 조금이라도 딴마음을 품으면 가만히 있지 않을 거예요! 뱅트되가 어떻게 당했는지 들었죠?"

코제트는 더 말하지 않았다. 이 같은 위협은 온갖 배신과 저속한 짓에 익숙해져 있는 이 사내에게 청천벽력과 같은 효과를 발휘했다. 그는 자신이 어떤 사악한 뮤즈를 데리고 있는지 자문했다. 그는 당황하면서도 이 돌발 행동을 마음에 들어했다. 그는 두 사람이 근사한 짝을 이룰 수 있다고 생각했다. 뷔르댕과 다브 데 그레프의 손아귀에서 벗어나서. 악마 같은 한 쌍.

제라르는 공모자의 미소를 짓고 말했다.

"내일 아침 식사를 갖고 다시 올게요. 필요한 게 있으면 종을 세 번 치세요. 롤랑이 달려올 겁니다."

제라르는 바깥 문을 꼼꼼히 잠그고 나왔다. 그는 이 문의 열쇠를 갖고 다녔다.

* * *

일주일이 흘렀다. 제라르는 코제트의 아름다움에 홀딱 빠졌다. 낮에 본 그녀의 모습은 더욱 눈부셨다. 아침마다 끓어오르는 격정에 어쩔 줄 모르는 그는 코제트의 몸매와 미모에 대해 감탄하지 않을 수 없었다. 코제트는 그 점을 즐겼다. 그녀는 제라르를 괴롭히고 유혹하며 때로는 놀려댔다. 게다가 소득이 있었다. 몇 가지 정보를 입수했던 것이다. 그녀는 테나르디에의 주소와 카리뇰 헌병 반장의 양다리 작전을 알게 되었다.

"카리뇰은 위험한 인물인가요?"

"보잘것없는 인간이에요. 원하는 대로 갖고 놀 수 있어요. 돈만 약간 주면 돼요."

어느 날 코제트는 벽장 구석에 숨겨놓은 작은 상자를 부수고 플라스크를 발견했다. 그녀는 소스라치게 놀랐다. 몇 달 동안 테나르디에 일행이 자신에게 강제로 먹였던 것과 똑같은 플라스크가 아닌가. 플라스크를 세어보았다. 열두 개. 그녀는 서둘러 내용물을 비우고 물, 설탕, 사과주스를 섞은 음료를 채워 넣었다. 꼬리표에 해골 표시가 있는 플라스크를 제외하고.

어느 날 제라르는 코제트에게 권총을 주고 사용법을 알려주었다. 코제트는 그에게 감사를 표했다. 하지만 그녀는 권총을 돌려주었다. 무기는 언제나 그녀에게 깊은 혐오감을 불러일으켰기 때문이다.

"권총이 필요하면 언제든지 말하세요."

코제트는 호주머니에서 손수건을 꺼내 두 손가락으로 흔들었다.

"그래도 나는 어느 정도는 당신에게 얽매어 있어요. 당신이 저녁마다 나를 가두고 있고 나는 외출할 수 없어요. 당신이 나를 배신하지 않을 거라고 누가 보장하죠?"

"나는 결코 당신을 배신하지 않을 겁니다."

"친애하는 의사 선생님, 내 계획을 위해서 나는 나가야 해요."

제라르의 표정이 굳어졌다. 코제트가 이 아파트를 떠난다는 것은 그로서는 참을 수 없는 일이었다. 그는 젊은 여인의 경솔하고 쌀쌀한 태도 때문에 괴로워했다. 그의 고통은 기이하게도 감미로움으로 바뀌었다. 그는 견딜 만한 이 고통을 발견하고는 이렇게 생각했다. '고통을 겪는다는 것은 상쾌한 일이야.' 또 그는 씁쓸한 위안을 느꼈다. '그녀가 이곳에 있는 한 그녀는 누구에게도 속하지 않을 거야.' 그는 이 여인을 위해 엄청난 돈을 지출하지 않았는가. 종달새의 인상착의와 일치하는 젊은 여인의 사체가 반쯤 그을린 채 센 강에서 발견되었다고 뷔르댕과 테나르디에에게 말할 필요가 있을까? 그는 건물 앞을 지키고 코르셀레 가게에서 고급 식사를 가져다주는 롤랑에게 돈을 지불하지 않는가.

코제트는 명랑하고 선정적인 모습으로 말했다.

"당신의 롤랑은 나를 즐겁게 해줘요."

제라르는 격노했다. 그날 그는 플라스크를 생각했다. 비록 그는 면허는 없지만 여전히 의사 노릇을 하고 있었다. 만일 코제트가 스스로 몸을 맡기지 않는다면 강제로라도 그녀를 취할 것이다.

코제트는 제라르가 예전의 악당들과 관련이 있다고 생각하고 그를 싫어했다. 그녀는 절망적으로 제라르를 잡고 있다는 사실을 알기 때문에 그를 경계했다. 그녀는 조르주 상드의 충고를 잊지 않았다. 나머지는 현장에서 배우게 될 것이다. 이 연극은 그녀가 아버지로부터 받았던 교육과 원칙과 상반되었다. 하지만 이것도 일종의 힘이 아닌가. 아버지로부터 이 힘을 물려받지 않았는가. 그녀가 필요한 것을 말하면 부리나케 달려오는 제라르를 보는 것은 가슴속에서 끓고 있지만 최대한 숨기고 있는 절망을 보상해주었다. 그녀는 타인에게 자신의 슬픈 모습을 보여주지 않았다.

며칠이 흘렀다. 코제트는 고통을 감추고 계획을 세웠다. 게일의 도움으로 테나르디에의 자백을 받아내고 베르자와 아들을 찾아내며 미국행 배를 타고 마리우스를 찾겠다는 계획. 모든 게 다소 혼란스러웠다. 하지만 그녀는 이 계획을 실행하고 제라르를 속이기 위해서 사랑하는 사람들만을 생각하기로 했다. 이제 그녀는 완전히 회복되었고 행동에 옮겨야 한다고 되뇌었다.

제라르는 다른 생각을 하고 있었다. 코제트의 타오르는 눈빛은 의미심장하지 않은가. '나는 무심하게 그녀를 내버려두지 않을 거야.' 그렇게 결심하자 마음이 평온해졌다. 하지만 그녀와 정정당당하게 겨루어야 했다. 코제트는 속이거나 능욕할 대상이 아니었다. 발랄하고 총명하며 생명력이 강하고 단호한 여인이었다.

어느 날 저녁 제라르는 샤말랭 레스토랑에 가기 전에 코제트에게 진수성찬을 가져다주었다. 푸아그라, 얼린 연어, 커스터드 크림을 바른 잎을 포개놓은 모양의 케이크.

제라르는 식탁에 투명하고 짙은 황색 술병을 놓으면서 말했다.

"당신의 아름다움을 돋보이게 해줄 상세르 포도주예요."

코제트는 그에게 반감을 불러일으키지 않기 위해 맞장구를 쳐주고 황홀한 척했다. 자신이 제라르에게 발휘하는 영향력에 흡족해하며 그를 안심시키기 위해 다소곳이 앉아 포크로 푸아그라 조각을 찍으면서 기뻐하는 척했다. 그녀는 마음만 먹으면 그를 도취시킬 수 있었다.

잠시 후 코제트는 한숨을 내쉬었다.

"하지만 나는 나를 믿듯 당신을 믿어야 해요. 뷔르댕과 테나르디에는 노련한 자들이에요. 만일 당신이 좋은 친구로 밝혀지면 나는 당신에게 호의를 베풀 거예요……."

뒷짐을 진 채 서 있던 제라르는 목이 바싹바싹 탔다. 황홀함에 사로잡힌 사람은 결국 이성을 잃게 마련이다. 그런 사람은 아무것도 의심하지 않는다. 제라르는 비슷한 경험을 떠올리지도 않았다. 그는 코제트를 만나면 어린아이처럼 무장해제 되었다.

마침내 제라르는 작전을 개시했다.

"꺼낼 서류가 있어요."

제라르는 벽장이 있는 방으로 들어가 작은 상자 앞으로 갔다. 그는 휘파람을 불면서 상자를 열고 수면제 플라스크를 꺼냈다. 그는 상자가 열린 사실을 눈치 채지 못한 것 같았다. 그의 욕망이 너무 커서 세심히 살펴보지 못한 것이다.

제라르는 몰래 상세르 포도주 병에 플라스크의 내용물을 넣었다. 코제트는 못 본 척했다. 그녀는 얼굴을 돌리고 푸아그라를 맛보았다.

제라르는 술책에 몰두한 나머지 코제트의 취향에 신경 쓰지 않고 말했다.

"멋진 저녁이 될 겁니다."

제라르는 잔에 술을 따르고 코제트에게 건넸다. 그는 아파트를 둘러본 다음 정중하게 작별 인사를 했다. 그는 지팡이와 모자를 집고 물러나면서 다시 인사했다.

"멋진 저녁이 되길 바랍니다."

코제트는 그의 격정을 부추기면서 대꾸했다.

"나도 그렇게 되길 원해요!"

제라르가 떠나자마자 코제트는 황급히 달려가 작은 상자의 문을 열고 플라스크를 세어보았다. 열하나. 그녀는 고개를 뒤로 젖히고 실컷 웃었다. 제라르는 설탕물과 사과주스를 넣은 플라스크를 선택했던 것이다. 그녀는 스트리키닌(마전 종자에서 추출한 맹독성 알칼로이드—옮긴이) 플라스크를 집어 호주머니에 넣었다. 그리고 중얼거렸다.

'멋진 저녁이 될 거야.'

* * *

제라르는 두 시간 후 돌아오자마자 코제트가 자고 있는지부터 확인했다. 그는 안락의자에 쓰러진 젊은 여인을 보고 안도의 한숨을 내쉬었다. 그리고 극도의 흥분에 사로잡힌 채 중얼거렸다.

"잠시만 기다려."

제라르는 너무 서두른 나머지 문만 닫고 빗장을 지르지 않았다. 코제트는 살짝 눈을 뜨고 일어나 층계참으로 달려갔다. 그녀는 머리를 숙이고 제라르를 지켜보았다. 그리고 그의 뒤를 밟아서 비밀을 캐기로 작정하고 살금살금 내려갔다.

1층에 도착한 제라르는 지하 계단에서 두 개의 디딤판을 내려가더니 오른쪽으로 비스듬히 돌아갔다. 그곳의 작은 문은 틀림없이 디아블랑의 응접실과 인접한 종업원 휴게실과 연결되어 있을 것이다. 그는 다시 계단을 내려갔다. 무딘 발소리가 났다. 코제트는 주머니칼을 쥔 채 그의 뒤를 바짝 따라붙었다. 제라르는 술이 달린 회색 커튼을 열어젖힌 다음 빨간색과 검은색 벽지로 장식된 궁륭형 지하실에 도착했다. 그곳은 그의 사무실이었다. 벽에 고정된 촛불로 훤히 밝혀진 일종의 조제실이었다. 까치발로 뒤따르던 코제트는 커튼으로 몸을 둘렀다. 히브리어 문자, 원, 오각형의 별이 보였다. 그녀는 귀를 기울였다.

제라르가 물었다.

"손님이 많아?"

의식용 도구를 준비하고 있던 롤랑이 대답했다.

"평소와 같습니다."

제라르는 몹시 들떠 있었다. 그는 오한에 걸린 것처럼 몸을 떨었다. 두 눈동자는 어둠 속에서도 반짝였다. 평소에 그는 정확하게 처신했다. 하지만 지금은 어찌나 들떠 있는지 하는 일마다 칠칠치 못했다. 그는 조끼의 깃을 매만졌다. 얼마 전부터 코제트가 불러일으킨 욕망에 사로잡힌 나머지 샤말랭 레스토랑에서 맡은 일조차 잊었다. 그는 샤말랭에 늦게 출근해서 일찍 퇴근했다. 전에는 꼼꼼하게 했던 계산도 얼렁뚱땅 넘어갔다. 최근에 벌어진 몇 가지 사건으로 신경이 예민해진 테나르디에는 이런 변화를 눈치 채고 제라르를 심하게 꾸짖었다. 하지만 제라르는 온통 코제트 생각뿐이었다. 그는 모든 것을 포기하고 샤말랭을 떠날 준비가 되어 있었다.

제라르가 중얼거렸다.

"그녀는 천사야. 얼마나 아름다운지……. 나는 누군가를 이렇게 사랑한 적이 없어……. 그녀는 나를 미치게 해……."

코제트는 두려움에도 불구하고 살짝 미소를 지었다. 제라르의 변덕에 무릎을 꿇는 척하면서 모든 것을 얻어내고 있지 않은가.

롤랑이 머리를 저으면서 대답했다.

"주인님, 그렇게 해서는 안 됩니다."

"뭘 말이야? 너, 끼어드는 거야? 누구도 그녀를 보아서는 안 돼!"

"주인님, 프로제르핀이 이미 그녀를 봤어요. 첫날 저녁 디아블블랑의 문을 열어주었던 사람이 바로 프로제르핀이에요."

"그래서?"

"사람들이 수군거리고 있어요. 프로제르핀은 주인님이 그 여자에게 매혹되어 그녀를 방에 가두고 있고, 그 때문에 자기 역할을 소홀히 하고 있다는 소문을 냈어요."

제라르가 소매를 걷어올렸다.

"내 역할? 마법의식에 참석하기 위해 돈을 내는 그 바보들에게? 자네도 나를 비난하고 싶겠지?"

"그렇지 않습니다, 주인님."

"잘됐군."

그리고 강압적인 태도로 지시했다.

"프로제르핀을 불러와. 오늘 저녁은 그녀가 내게 옷을 입혀줄 거야."

롤랑이 물었다.

"그럼 니나는요?"

"니나는 필요 없어. 그녀를 쫓아낼 궁리를 해야 할 거야. 주세페 피에스키의 정부였던 그 애꾸눈이 여자 때문에 우리까지 위험해질 수 있어."

롤랑이 사라졌다.

5분 후 샤말랭 레스토랑의 홀 담당 종업원이자 디아블블랑의 지배인 노릇을 하는 프로제르핀이 제라르의 사무실 앞에 나타났다. 굽이 높은 반장화에 얇고 가벼운 베일만을 두른 그녀는 몸을 좌우로 흔들면서 다가왔다. 그리고 선정적인 태도로 물었다.

"나를 불렀나요?"

프로제르핀은 머리채로 얼굴을 가린 채 과도하게 허리를 흔들고 풍만한 가슴을 돋보이게 하면서 제라르 앞에 섰다.

제라르가 휘파람을 불었다.

"프로제르핀, 당신은 고약한 여자야!"

적갈색 머리 여자는 동의의 의미로 고개를 끄덕였다.

"틀림없어요, 대사제님. 하지만 내가 당신 것이고 당신이 내 것이라는 사실을 절대로 잊지 마세요."

제라르는 대답 대신 따귀를 호되게 갈겼다.

"이곳에서 명령하는 사람은 나야! 내 옷을 줘!"

프로제르핀은 반발하지 않았다. 다만 복종하기 전에 속삭였다.

"어디 한번 두고 봅시다……."

프로제르핀은 제라르에게 주홍색의 긴 드레스를 입혀주고 빨간색과 하얀색 끈으로 허리를 묶어주었다. 그 위에 아래쪽으로 향한 머리가 그려진 빨간 십자가를 수놓은 검은 수단을 걸쳤다.

프로제르핀은 억눌린 목소리로 속삭이듯 물었다.

"그 여자가 그렇게 마음에 들어요?"

"당신 일이나 잘해! 내가 말했지, 이곳에서는 내가 지시한다고. 만일 당신이 훼방을 놓는다면 후회하게 될 거야."

프로제르핀은 오래전부터 제라르의 정부였다. 제라르는 그녀가 너무 타락하고 너무 돈을 좋아하며 너무 쉽게 몸을 굴린다고 비난했다. 그녀를 제거해야겠다는 생각이 싹트기 시작했다.

프로제르핀은 제라르에게 커다란 뿔이 달린 가면을 건넸다. 그는 목신의 사제와 같은 몸짓으로 모자를 썼다. 그리고 굵고 낮은 목소리로 말했다.

"시간이 됐어."

코제트는 숨은 곳에서 움직이지 않았다. 그녀는 칼자루를 쥔 채 머리를 빼꼼히 내밀었다. 제라르, 롤랑 그리고 프로제르핀은 지하실로 들어갔다. 프로제르핀은 관통된 성체(聖體)와 뒤집어진 성배의 상징을 알아볼 수 있는 제단에 누웠다. 코제트는 단단히 마음먹었다. 그녀는 긴장을 하고 빨간 벽걸이 천이 있는 곳까지 걸어갔다. 그녀는 무엇을 보게 될지 두려웠다. 의식. 끔찍한 의식.

\* \* \*

코제트는 경악했다. 참가자들은 비단과 금박으로 단장했다. 그들은 긴 의자에 누워 있거나 기둥 사이에 흩어져서 최음제를 마시고 설탕에 절인 호두를 주워 먹고 있었다. 여자가 더 많은 것 같았다. 반들거리는 두 흑인 남자가 한 발로 서서 검은 양초에 불을 붙였다. 지하실의 음탕한 악취에 역청과 송진 냄새가 더해졌다. 제단 뒤쪽에 피곤한 손으로 금빛 횃불을 들고 있는 두 무녀가 제라르의 사무실 입구를 가리는 빨간 벽걸이 천에 뚜렷이 드러났다.

금갈색 디오니소스의 가면을 쓴 젊은 남자가 멀찌감치 떨어져 있었다. 그가 머리를 숙이고 사람들을 밟고 지나가자 여기저기서 신음소리가 새어 나왔다. 파란 천으로 허리를 묶은 연약한 젊은이가 기둥에 기대어 대사제를 지켜보고 있었다.

제라르가 투덜거렸다.

"너는 아직도 어떻게 해야 할지 몰라? 혼이 나봐야겠군."

그때 빨간 벽걸이 천이 살짝 벌어졌다. 코제트의 얼굴이 나타났다. 그녀는 이 광경을 보고는 공포의 비명을 억눌렀다. 디아블블랑은 지하실에서 마법의식과 통음난무를 하는 음탕한 곳이 아닌가. 그녀는 역겨움을 느꼈다. 사악한 의사 제라르가 이 악마의식을 거행하는 사제란 말인가. 혐오감으로 그녀의 얼굴이 일그러졌다. 그녀는 물러나면서 주머니칼로 허공을 찔러댔다. 그리고 두려움에도 불구하고 위층의 아파트로 돌아갔다. 그렇다. 싸우려면 어쩔 수 없었다. 만일 제라르가 조금이라도 음탕한 짓을 한다면 그의 몸에 칼을 꽂을 것이다. 그녀의 칼날에는 1개 연대를 쓰러뜨릴 만한 스트리키닌이 묻어 있었다.

천만다행으로 아무도 코제트를 보지 못했다. 한 젊은이를 빼놓고. 그는 그녀를 알아보고는 균형을 잃을 뻔했다.

젊은이가 더듬거렸다.

"아, 남작부인…… 남작부인이야……."

젊은이는 제단으로 돌진해서 벽걸이 천을 제치고 젊은 부인을 찾았다. 하지만 위험한 일이었다. 그가 아메데와 함께 처음으로 디아블블랑에 왔을 때 이곳 사람들은 그를 매몰차게 내쫓았다. 제라르는 그를 죽이겠다고 협박까지 했다. 젊은이는 지하실로 눈길을 돌렸다. 신을 더욱 경외하기 위해 악마를 숭배하다니! 그는 눈에 띄지 않게 조심하면서 출구로 향했다. 그리고 코제트의 짧은 머리와 야윈 얼굴을 떠올렸다. '남작부인은 분명 이 괴물의 포로가 됐을 거야. 아메데에게 도움을 구해 그녀를 빼내고 말 테야.' 조금 전 입구에서 다음 마법의식은 보름 후에 열릴 거라고 알려주었다. 루이 드 베르뉴는 두 손을 비볐다. 그는 석 달 동안 디아블블랑에 들락거렸지만 소득이 없었다. 하지만 이번에는 목적을 달성했다. 그는 코제트를 되찾았을 뿐만 아니라 제라르에게 복수할 것이다.

* * *

코제트는 아파트로 돌아와 안락의자에 앉았다. 모든 게 혼란스러웠다. 이 저주받은 장소에서 도망치고 싶었다. 하지만 제라르는 그녀에게 홀딱 반했고 뷔르댕과 테나르디에를 찾아줄 수 있는 사람은 그뿐이었다. 요령껏 처신한다면 그를 마음대로 조종할 수 있을 것이다.

제라르는 늦지 않았다. 그가 문턱에 나타나자 코제트는 눈을 감았다. 그는 이미 옷을 바꿔 입었다. 그는 잠든 여인을 보고서 모자를 놓고 이 매혹적인 그림을 물끄러미 바라보았다. 이윽고 더 이상 참지 못하고 몸을 숙여 여인에게 키스하고 껴안았다.

코제트는 거칠게 밀어냈다.

"한 번 더 그러면 당신은 죽은 목숨이에요. 내 칼끝에 스트리키닌이 묻어 있어요. 50밀리그램이면 사망에 이를 수 있다는 사실은 말할 필요도 없겠죠?"

제라르는 돌처럼 굳어졌다. 그리고 중얼거렸다.

"잠들지 않았어요?"

코제트는 그의 멱살을 잡고 조용히 말했다.

"당신은 현명한 사람이죠?"

그녀는 칼끝을 그의 목에 댔다.

"나는 당신을 죽여야겠어요. 당신이 나를 속였으니까요. 이 칼을 당신 목에 밀어넣기만 하면 돼요. 그러면 당신은 죽어요."

제라르는 칼을 피하려 하지 않고 대답했다.

"해봐요. 그럼 나는 세상의 무게로부터 해방되는 거예요."

"당신은 또 거짓말하고 있어요."

제라르는 자신의 목을 칼날에 들이대며 소리쳤다.

"내가 거짓말을 한다면 죽어도 좋아요!"

그리고 원통한 표정으로 덧붙였다.

"내가 상자에서 플라스크가 바뀌었다는 사실을 눈치 챘다고 하면 내 말을 믿겠어요?"

코제트는 야릇한 표정으로 제라르를 바라보았다. 그리고 앙상하고 털이 많은 손가락을 만지며 물었다.

"당신은 나를 사랑해요?"

"나는 당신을 위해 모든 것을 희생할 준비가 되어 있어요."

제라르는 난생처음으로 열렬히 사랑하는 여인의 상큼한 피부와 접촉했다. 불안감이 엄습했다. 그의 가슴속에서 신음소리가 빠져나왔다. 그는 코제트의 손가락 끝에 입술을 대었다. 코제트는 손으로 제라르의 손가락을 감쌌다. 그녀는 혐오감을 숨기기 위해 입술을 깨물었다. 억지로 웃기까지 했다.

이윽고 코제트가 일어나 물었다.

"범행을 저지를 수도 있어요?"

"네."

"그 정도는 요구하지 않겠어요. 다음 의식은 언제 있죠?"

"보름 후에요. 당신이 옳아요. 이 모든 것은 비열하고 혐오스러워요. 나는 전부 포기할 생각이에요……."

코제트는 그의 눈을 똑바로 바라보면서 말을 중단시켰다.

"아직 아니에요. 뷔르댕을 이곳에 데려와서 당신이 나를 잠들게 하려 했던 것처럼 그를 잠들게 해요."

제라르는 조금도 주저하지 않고 장담했다.

"보름 후 그는 이곳에 있게 될 거예요. 하지만 당신은 지하실에 있어야 해요."

코제트는 자신이 목격했던 것을 떠올리고 분개했지만 동의했다.

"그렇게 하겠어요. 우리는 결국 서로 뜻이 맞을 거예요."

제라르는 희망에 부풀었다. 그는 결연한 표정을 지으며 모든 적을 제거 하겠노라고 맹세했다.

제라르가 나지막하게 말했다.

"나는 다브 데 그레프도 처리하겠어요."

코제트가 자신 있게 대답했다.

"당신을 믿겠어요. 하지만 지금은 당신을 붙잡아두지 않겠어요."

코제트는 보름 안에 게일에게 연락할 방법을 찾아야 했다.

코제트는 환한 미소를 짓고 말했다.

"당신이 약속을 지킨다면 우리는 몇 가지 문제에 대해 다시 얘기할 수 있을 거예요……."

제라르는 공손하게 인사를 한 다음 물러나 빗장을 걸었다. 그는 장밋빛 인생을 상상했다. 뷔르댕과 테나르디에가 사라지면 그는 샤말랭 레스토 랑의 유일한 주인이 될 것이다. 그리고 디아블블랑을 롤랑에게 팔아넘기고 프로제르핀을 제거할 것이다. 또한 코제트와 협력하면 순식간에 유력한 인사가 될 것이다. 그러면 당연히 조수 역할은 끝날 것이다. 코제트와 그는 파리의 명사가 될 것이다. 아름다운 인생…….

# 7
# 자베르 경감

자베르는 가끔 과거를 돌아보았다. 좋은 과거는 기억하고 나쁜 과거는 지우고 싶었다. 예전에 그는 권력을 가지고 있었다. 권력을 지닌 사람은 결국에는 잘못을 저지르게 마련이다. 권력자는 성공하기 위해 월권행위를 하고 거짓말을 하며 설득하기 위해 속임수를 쓴다. 권력은 그가 손대는 것마다 더럽힌다. 권력은 손에 쥔 한줌의 축축한 모래처럼 잠시 견고할 수도 있다. 하지만 모래가 마르면 아무리 세게 쥐더라도 흘러내리고 흩어지게 마련이다. 한때 전부였던 권력은 아무것도 아닌 것이 된다.

자베르는 권력의 속성을 잘 알고 있었다. 그는 사법권을 쥐고 있었다. 하지만 장 발장이 그를 풀어줬을 때, 그 잔인한 도형수가 그를 죽이기는커녕 목숨을 살려주었을 때 그가 손에 쥐고 있던 모든 것은 사라져버렸다. 자베르는 마음을 달랬다. 환상을 버림으로써 오히려 더욱 풍요로워지지 않았는가.

자베르는 마콩에서 코제트의 아들을 맡아 아버지처럼 길렀다. 그는 아이와 함께 들판을 산책하면서 티티새와 나이팅게일의 떨리는 울음소리를 들려주고 마들렌이 보는 앞에서 아이를 두 팔로 안고 흔들어주었다.

그러면 아이는 두 팔을 흔들다가 앙증맞은 손으로 자베르의 코를 잡고 얼굴을 꼬집었다. 자베르가 멀어지면 아이는 울어댔다. 그러면 자베르는 모자를 벗고 부리나케 돌아와 아이를 안고 자장가를 불러주면서 흔들었다. 아이는 소리 내어 웃었다. 자베르는 마들렌에게 진지하게 물었다.

"이 아이가 나를 알아보는 걸까요?"

"그럼요, 자베르 씨. 당신은 이 아이의 아빠나 마찬가지예요."

"정말로 그렇게 생각해요?"

자베르는 자부심을 느끼며 뿌듯해했다. 그는 딸꾹질을 할 때까지 아이를 간질였다. 그는 모든 것을 잃을까 봐 걱정했는데 조금은 안심이 되었다.

마들렌이 아이를 광주리에 내려놓고 생토샹 대령의 성 뒤에 있는 사제(司祭)의 정원의 버찌나무나 마르멜로의 그늘에서 낮잠을 재우면 자베르는 과수원까지 걷곤 했다. 풍성한 턱수염, 윤기 없는 긴 회색 머리카락, 밝은 색깔의 작업복, 부드러운 모자. 그는 전원을 즐기는 할아버지 같았다. 혹은 화가처럼 보였다. 그는 여전히 큼직한 지팡이를 갖고 다녔다. 그것은 그가 자베르임을 입증할 수 있는 유일한 물건이었다. 그는 젊은 시절, 실수, 잃어버린 시간을 회상했다.

도형수와 카드 점술가의 사랑으로 감옥에서 태어난 자베르는 일찌감치 선과 악을 구분하는 법을 배웠다. 그는 의심을 품고 판단하고 구형했다. 그는 진실을 파악하기도 전에 피의자들을 절망시켰다. 겉으로 드러난 사실만 가지고 판단했던 것이다. 법은 그의 인생이었고 형법은 그의 가족이었다. 그는 모든 것을 철저히 분석했다. 너무 철저히 분석한 나머지 다른 것은 보지 못했다. 이렇듯 의무를 중시하는 그의 태도는 사랑의 고통에서 비롯되었다. 세월이 흐름에 따라 그의 얼굴은 영혼의 거울이 되었다. 엄정성을 위한 불굴의 의지.

어느 날 베르자는 생토샹 성의 외호 가에 앉았다. 그는 진지하게 꽃을 관찰했다. 예전에는 꽃이 어떻게 이루어져 있고 겉모양의 아름다움 뒤에 무엇을 감추고 있는지를 보기 위해 꽃을 꺾었다. 그리고 이미 지나간 아름다움을 발견하기 위해 꽃잎을 하나하나 뜯었다. 그럴 때면 실망이 밀물처럼 몰려왔다. 그는 그런 식으로 사람들을 다루었다. 언제나 선이 아니라 악만 보았다.

베르자는 갑자기 염세주의가 되었다. 이상한 우수가 선과 악 사이에 끼어들었다. 경탄과 조롱의 혼합. 한편으로는 새로운 눈으로 꽃을 경탄할 수 있었고, 다른 한편으로는 이 경탄이 덧없다는 것을 절실히 느꼈다. 이 역설은 나름대로 위엄이 있었다.

쉰여섯 살 때 자베르는 모든 일에 실패했다는 자책감에 남을 감시하는 일에 환멸을 느꼈다. 그에게는 친구가 없었다. 우정과 진실이 양립할 수 없다고 믿었기 때문이었다. 범인들과 무언의 대화를 나누는 것만이 유일한 보람이었다. 그에게는 아내도 자식도 없었다. 그는 가정이란 남자를 옭아매고 능력을 발휘할 수 없게 하는 장애물이라고 생각했다. 오만방자하게도 자신이 신을 찾아가는 게 아니라 신이 자신을 찾아와야 한다고 생각했다. 결국 자베르에게는 아무것도 없었다.

몇 달 전만 해도 자베르는 자신이 가난한 외톨이라고 느꼈다. 때때로 사는 것이 부끄러웠기 때문에 죽음에 익숙해지기 위해 잠을 청했다. 잘 때마다 꿈을 꾸었다. 항상 같은 꿈. 장 발장이 계단 꼭대기에서 손을 내밀었다. 그는 계단을 올라갔지만 어느 지점에 도달하면 몸이 굳어졌다. 더 이상 올라갈 수 없었다. 이번에는 그가 손을 내밀었다. 장 발장은 사라지고 없었다……. 자베르는 소스라치게 놀라며 깨어났다. 쇠사슬 소리와 간수들의 욕설이 그를 괴롭혔다. 잡념으로 잠을 이룰 수 없었다. 불면증은 그의 비탄을 감시하고 있었다. 불면증은 비탄이 사라지지 못하게 막고 있었다.

얼마 전부터 자베르는 잠을 잘 잤다. 장 발장의 추억이 그를 약하게 했지만 코제트의 아들이 그를 강하게 했다. 언제나 냉정하고 신중하며 한결같았던 그는 더 이상 자신을 알아볼 수 없었다. 결국 그는 자신이 좋은 일을 하고 있다고 느꼈다. 타인에 대한 염려와 열정.

자베르는 다른 자질도 가지게 되었다. 실수에 대한 두려움. 그래서 디그랑드 후작에게 편지를 쓰기 전에 심사숙고했다. 그는 마리우스와 코제트를 끝내 만나지 못할 경우 자신이 어린 장을 키울 생각이었다. 자신의 아이처럼. 장 발장이 코제트를 키운 것처럼.

어느 쾌청한 날 아침, 생토샹 백작은 헌병들이 마콩과 그 주위를 수색하고 있다고 알려주었다.

"그들은 어린아이를 데리고 있는 남자를 찾고 있어요. 언젠가 이곳에도 올 거예요. 하지만 우리는 그들을 따돌릴 수 있습니다!"

백작은 곧 포위 공격과 영웅적인 저항에 대해 얘기했다. 워털루에서 피에르 캉브론 장군처럼.

"바보 같은 자식들, 엿 먹어라!"

자베르는 처음에는 떠날까 생각했다. 그는 디그랑드 후작에게 편지를 썼다. 드디어 가면을 벗을 기회였다. 그는 짧고 명백한 편지를 썼다.


후작님께


나는 당신에게 퐁메르시 남작부인의 실종에 관한 정보를 알려드리고 자 합니다. 마콩 출구에 있는 생토샹 성으로 오십시오. 최대한 신중하게 처신하시길 바랍니다. 내가 당신에게 밝힐 내용은 극히 중요합니다. 당신과도 관련된 일입니다…… 이곳에 오시면 내 이름도 알게 될 겁니다. 극도의 신중함이 요구됩니다. 주위의 많은 사람들이 우리에게 피해를 끼치려 하고 있습니다. 당신을 기다리겠습니다.

당신에게 호의를 바라는 어느 친구 드림

\* \* \*

디그랑드 후작이 마콩에 갔기 때문에 루이 드 베르뉴는 아메데를 만날 수 없었다. 그리고 놀라운 소식이 후작을 기다리고 있었다.

그날 아침, 자베르는 평소보다 일찍 일어났다. 그는 방에서 내려오다가 상의를 벗은 생토샹 백작과 마주쳤다. 이 훌륭한 사람은 목각을 하기 위해 작업장에 갈 준비를 하고 있었다.

백작은 다정하게 자베르의 어깨를 치면서 소리쳤다.

"목각이 내 취미입니다! 수작업은 마음의 짐을 덜어주죠! 내가 작업하는 것을 보여드릴까요?"

자베르가 대답했다.

"물론입니다."

가죽조끼에 승마 장화를 신고 혁대에 두 자루의 권총을 꽂은 한 정예병이 두 사람을 안내했다.

자베르가 물었다.

"왜 이렇게 무장을 합니까?"

"나는 모두를 경계합니다! 나는 이 지방에서 유일하게 믿는 사람은 손에루아르 경찰청장입니다. 그의 아버지는 워털루에서 내 부하였어요!"

작업실은 마구간 옆에 있었다. 대령은 도착하자마자 일을 시작했다. 그는 가늘게 판 홈, 구형과 반월형 부품으로 구성된 안락의자 다리를 만들고 있었다. 달리는 말의 편자 밑에서 마른 흙이 날리듯 작업실의 기계에서 먼지가 일었다. 동작은 정확하지 않았고 절단도 깔끔하지 않았다. 하지만 그는 무척 즐거워했다. 자베르는 시선을 떼지 않았다. 어떤 면에서 그는 대령이 부러웠다. 전쟁과 영광을 경험했던 대령은 극복하기 쉬운 일을 통해 지성을 자극하고, 몽상과 전혀 관계없는 작품 활동을 통해 완전한 행복을 누리는 듯이 보였다. 그는 인간이 하찮은 일을 통해서도 위대해질 수 있음을 입증하고 있었다. 자베르는 소일거리조차 없었다. 그는 두 손을 호주머니에 찌른 채 대령을 관찰했다. 오벨리스크처럼 자세가 반듯한 대령은 턱을 숙이고 콧구멍을 벌름거리며 미소를 지었다. 그가 일을 할 때는 다른 어떤 것도 중요하지 않았다. 대패질처럼 소박한 행복.

정예병이 자베르에게 마콩산 백포도주를 권했다. 그는 로트에가론의 억양으로 말했다.

"피는 백혈구를 필요로 합니다."

자베르는 술잔을 받고 작업실에서 나왔다. 그는 사제의 정원으로 향했다. 조금 더 멀리 실개천과 인도교가 있었다. 그는 에메랄드빛과 금갈색이 조화를 이루고 브리오네 지역을 떠올리게 하는 풍경을 감상했다. 휴식을 주는 아늑한 풍경. 시냇물은 바람에 전율했고 태양이 아침 이슬을 삼켰으며 꿀벌이 배나무와 복숭아나무 주위에서 윙윙거리고 있었다. 갑자기 오솔길에서 말이 달리는 소리가 들렸다. 분명히 후작일 것이다.

아메데 디그랑드는 말에서 내리자마자 소음이 나는 쪽으로 다가왔다.

그는 톱밥 색깔의 노란 콧수염에 웃옷을 입지 않은 남자와 두 자루의 권총으로 무장한 문지기와 부딪치자 깜짝 놀랐다. 후작이 자신을 소개했다.

대령이 일손을 놓고 맞이했다.

"우리는 당신을 기다리고 있었습니다!"

대령은 먼지를 털고 상체를 내밀면서 자신을 소개했다. 아메데는 당혹스러운 시선으로 곡선으로 도려내야 할 부분이 움푹 파인 안락의자의 다리를 본 다음 가볍게 상체를 숙였다. 대령은 아메데가 허리에 검을 차고있는 것을 보았다. 그는 환하게 웃으면서 외쳤다.

"후작, 우리는 별로 신중하지 못합니다! 따라오세요! 라잘, 자네도!"

아메데는 그 이름을 듣고서 깜짝 놀랐다. 바그람 전투에서 사망한 장군의 이름이 아닌가.

세 사람이 인도교 근처에 도착했을 때 자베르는 등을 돌리고 있었다.

"자베르 씨, 우리가 기다리던 손님이 도착했습니다!"

그 이름은 아메데에게 아무것도 떠올리게 하지 않았다. 하지만 그 이름을 가진 사람의 얼굴을 보고 깜짝 놀랐다.

"당신이 자베르 씨입니까?"

자베르가 손을 내밀며 대답했다.

"그렇소."

자베르는 혈기 넘치는 젊은이의 손을 잡으면서 범죄와는 무관한 사람이라고 느꼈다.

자베르가 대령에게 말했다.

"실례 좀 하겠습니다."

"그러시죠."

자베르는 라잘에게 술잔을 돌려준 다음 아메데를 인도교로 데려갔다.

한 시간 후 두 사람은 나란히 돌아왔다. 아메데는 이마에서 불을, 눈썹에서 따끔따끔한 아픔을, 피부에서 얼음처럼 차가움을 느꼈다. 그는 자베르의 이야기를 듣고 입을 열 수가 없었다. 그는 몹시 흥분해 있었다. 신이 악착스레 그를 추적하고 있는 것 같았다. 그는 2년 만에 모든 것을 잃었다. 명성, 친구, 사랑. 그리고 지금은 이름과 명예까지. 그는 자신을 질식시키는 증오를 즐기면서 빠른 걸음으로 걸었다. 창백한 얼굴, 떨리는 몸, 분노.

아메데가 마구간에 도착하자 대령이 작업실에서 나와 불렀다.

"후작님, 백포도주 한잔하겠습니까?"

아메데는 즉각 멈췄다. 그리고 격분하고 동시에 애원하는 목소리로 외쳤다.

"흰색은 더 이상 나와 관계없는 색깔입니다!"

그리고 쓰라림이 담긴 목소리로 덧붙였다.

"후작이라고 했나요? 저는 천한 평민에 지나지 않습니다. 아시겠습니까? 천한 평민이라고요!"

아메데는 검을 뽑더니 넓적다리 위에 올려놓고 거칠게 부러뜨렸다.

"이제 디그랑드 후작은 없습니다! 이 모든 일은 제 실수 탓에 일어났습니다! 저는 비열한 인간입니다!"

그러고는 기절해버렸다.

* * *

아메데는 두 시간 후에 깨어났다. 하지만 말을 전혀 할 수 없었다. 이런 상태는 오후 중반까지 계속되었다. 그는 2층 응접실로 옮겨졌다. 자베르가 옆에서 간호했다. 두 개의 대형 그림이 벽에 걸려 있었다. 하나는 마렝고 전투를 그린 것이었고, 다른 하나는 모스크바 입성을 그린 것이었다. 마들렌이 어린 장을 안고 들어왔다. 아메데가 머리를 들어올렸다. 두 눈에 눈물이 맺혔다.

아메데는 갈라진 목소리로 입을 열었다.

"적어도 이 아이는 빼앗길 수 없어요. 나는 이 아이의 대부입니다. 그렇지 않습니까, 자베르 씨?"

"물론이네."

마들렌은 후작에게 인사한 후 아이를 내밀었다. 아메데는 두 손으로 아이를 받고 꼭 껴안았다.

아메데가 자베르에게 살며시 말했다.

"나는 불행 중에도 이 아이의 아버지가 살아 있다는 소식을 들었어요. 그를 되찾아야 합니다."

"후작, 우리는 노력할 것이네. 다만 우리는 지금 쫓기고 있네."

아메데는 마들렌에게 아이를 돌려주고 날카로운 어조로 말했다.

"자베르 씨, 저를 후작이라고 부르지 마세요. 저는 이제 이 작위와 상관없습니다."

"자네는 귀족이 뭔지 정말로 알고 있는가? 자네는 고귀한 마음을 갖고 있네. 중요한 것은 그것이네. 이곳에서 자네는 언제나 디그랑드 후작이네."

그리고 나지막하게 덧붙였다.

"내가 자네에게 말한 것은 비밀로 해야 하네."

마들렌과 아이가 나갔다.

아메데가 일어나면서 말을 이었다.

"제가 눈치 챘어야 했어요. 집사는 저를 위해 모든 것을 희생했어요. 자신의 명예까지도. 그는 제 아버지이지만 저는 그의 아들이 아니에요. 그는 제 아버지가 에슬링 전투에서 전사했고 아버지의 유언에 따라 나를 맡았다고 줄곧 말했어요. 이제 어떻게 살아야 하죠?"

"거짓말을 조금 줄이게. 내가 무슨 일을 했는지 알고 싶은가?"

아메데는 「마렝고 전투의 승리」를 바라보다가 돌연히 자베르에게 돌아섰다.

"그게 무슨 말씀이죠?"

자베르는 안락의자를 잡고 자신이 앉아 있던 의자 옆으로 옮겼다.

"흥분하지 말고 내 옆에 앉게. 다른 이야기를 들려주겠네. 인생의 상당 부분을 잃었지만 결국 한 가지 의미를 찾게 된 사람의 이야기라네."

베르자는 아메데에게 장 발장과 자신의 이야기, 마리우스와 코제트, 테나르디에와 다른 사람들의 이야기를 들려주었다. 코제트는 아버지가 도형수였다는 사실을 전혀 몰랐다. 그는 처음으로 자신의 심정을 토로했다. 젊은 후작의 비탄을 보고 고통의 짐을 덜어주기 위해 속내 이야기를 했던 것이다. 아메데는 베르자의 얘기를 듣고 깜짝 놀랐다. 자베르가 테나르디에의 모습을 묘사하자 아메데는 집사의 활동을 경계하라고 말해 준 공증인이 떠올랐다.

"그는 종드레트라고 했는데……."

"바로 그 사람이네. 테나르디에는 무서운 위선자이지. 그는 테나르디에, 종드레트, 테나르, 타르디에 등 수시로 이름을 바꿔 사용했네. 그는 언제나 뜻하지 않은 순간에 나타났지. 코제트는 틀림없이 그의 손아귀에 있을 거야. 제일 먼저 그놈을 잡아야 하네. 모든 불행의 장본인이지."

"뭐부터 해야 하죠?"

"아직 모르겠네. 자네는 먼저 아버지 문제를 해결해야 하네."

자베르는 말을 멈추고 정정했다.

"뷔르댕 씨."

"경감님, 더 이상 나를 괴롭히지 마세요. 나는 어떻게 처신해야 할지 압니다."

아메데는 코가 납작한 자베르의 어두운 얼굴이 환해지는 것을 보면서 물었다.

"왜 웃으시죠?"

"사람들은 오래전부터 나를 경감이라고 부르지 않았거든."

* * *

다음 날 아침, 자베르와 후작은 마콩을 떠나기로 결심했다. 그들은 어둠이 내리면 대령의 마차를 타고 출발할 것이다.

점심식사를 할 때, 아메데는 권총 사격을 연습하고 싶다고 말했다. 자베르와 대령이 그와 합류했다. 세 남자는 마구간 앞을 지나갔다. 두 정예병이 마차를 준비해놓았다.

대령이 설명했다.

"이 마차는 마구간에 오랫동안 처박혀 있었어요. 란과 라잘이 광을 냈습니다. 또 가죽의 때를 벗기고 용수철에 기름칠을 하고 가슴 띠를 조절해야 합니다."

아메데는 자베르가 감히 할 수 없었던 질문을 했다.

"왜 두 정예병을 란과 라잘이라고 부릅니까?"

"란은 에슬링 전투에서, 라잘은 마렝고 전투에서 전사했네! 영웅들이지! 진정한 영웅! 집무실에서 편히 지내는 탐욕스럽고 불충한 원수들과는 달리 이들에게는 배신할 시간조차 없었네! 젊은이, 나는 그들의 이름을 발음하는 것만으로도 기분이 좋아지네. 내 얘기가 자네의 말문을 막히게 하는가?"

"아닙니다, 백작님."

대령은 사격 자세를 보여주면서 말을 이었다.

"무슨 문제라도 있는가?"

"전혀 없습니다. 그냥 살펴보았을 뿐입니다."

자베르는 리에 신부가 주었던 권총을 갖고 있었고, 아메데와 대령은 각자 두 자루의 권총을 소지하고 있었다. 자베르의 권총은 1811년 모뵈주에서 제작한 헌병용 권총으로 황금색 호두나무로 만든 손잡이와 황동으로 만든 장식이 있었다. 대령의 권총은 생테티엔 프랑스 제국 무기공장에서 제작한, 부싯돌로 점화하는 기병대용 권총으로 총열에 검인이 새겨진 모델 An XIII이었다. '플레룽'이라고 서명된 아메데의 권총은 공이치기가 백조의 목처럼 생겼고 동양식 장식이 새겨져 있었다. 이들 권총은 소유자들을 위해 특별히 제작된 것이었다.

세 사람은 권총에 총알을 장전했다. 표적은 말뚝 표지판의 못에 고정시킨 하얀 모표였다. 말뚝 뒤에는 사고를 예방하기 위해 흙더미를 쌓아 놓았다.

대령이 말했다.

"세 개의 모표가 필요해요! 각자 자기 모표에 사격하는 겁니다!"

아메데는 손수건을 찢어서 대충 표적을 만들고 말뚝 표지판의 다른 두 개의 못에 고정시켰다. 세 사람은 스무 걸음 물러나 권총을 들었다.

대령이 말했다.

"발사 명령은 내가 합니다! 장전, 발사!"

세 발의 총성이 동시에 터졌다. 대령이 표적으로 달려갔다. 그는 기뻐서 어쩔 줄 몰라했다.

"자베르 씨와 나는 과녁을 맞혔습니다! 후작은 과녁이 빗나갔네!"

아메데는 권총을 어깨에 올리고 천천히 나아갔다. 그리고 난처한 표정으로 말했다.

"대령님, 군주제의 상징을 쏠 수 없습니다."

"군주제? 어떤 군주제 말인가? 투기꾼들을 위한 천민 기업인 부르주아 왕정 말인가? 내 주장을 산술적으로 입증해야겠소? 귀에 못이 박히도록 반복해야겠소?"

"저는 못이 박히게 했습니다, 대령님."

늙은 군인은 자신의 넓적다리를 치면서 자베르에게 말했다.

"이 경박한 젊은이가 하는 소리를 들었습니까? 감히 그런 말을 하다니. 얼마나 건방지고 뻔뻔합니까? 이 젊은이의 말에 따르면 게으름이 모든 미덕의 어머니가 아닌가! 귀에 못이 박히게 말했다고? 아, 얼마나 뻔뻔한 짓인가!"

자베르가 아메데의 표적에 다가갔다.

"후작이 옳습니다, 대령님. 직접 확인해보세요."

대령이 다가갔다. 그는 눈살을 찌푸리고 질겁한 눈으로 확인했다. 정말로 목표가 아닌 못에 총알이 박혀 있지 않은가. 그는 허리에 손을 얹고 외쳤다.

"틀림없네요! 이런 사격 솜씨는 본 적이 없습니다!"

대령이 다정하게 아메데의 어깨를 톡톡 치고 덧붙였다.

"자네 같은 젊은이들이 있었다면 워털루에서 블뤼허 군대를 박살낼 수 있었을 텐데. 축하하네, 후작!"

　세 사람은 사용하지 않는 굴뚝 소제용 막대기와 편자 위에서 총알을 장전해가며 사격 연습을 계속했다. 들판에는 폭음이 연달아 울렸다. 자베르와 대령은 많은 얘기를 나누었다. 아메데는 사격 연습에 참여했지만 약간 물러나 있었다. 두 사람의 모습을 보고 가슴이 훈훈해졌다. 그가 절망을 드러내지 않을 만큼 용기를 되찾은 것은 진정한 우정이 있는 곳에 있다는 느낌이 들었기 때문이다. 그는 경박한 멋쟁이로 보낸 과거를 생각했다. 또 교만이 넘치고 쾌활했던 자신을 떠올렸다. 그는 모든 일이 잘되었을 때 결코 만족하지 않았고, 모든 일이 잘되지 않았을 때 환멸을 느꼈다. 컬페이퍼로 곱슬머리를 만들고 하얀 장갑을 끼고 귀까지 모자를 눌러쓴 그는 샴페인과 아편 그리고 여인들에게 정신을 팔았다. 배은망덕한 그는 동료들의 명예를 비웃었다. 모두가 풍자화의 좋은 대상이었다. 너무 일찍 권태를 느낀 이 방탕한 젊은이는 다정하고 예민한 집사와 함께 살고 있었다. 그는 오늘 깨달았다. '사람들은 방탕을 경시하지 않지. 내 영혼은 육신의 원한을 이겨낼 수 없을 거야.' 그는 코제트와 마리우스를 통해 가족이라는 것을 발견했다. 그는 두 사람을 알게 되었을 때 그 명백한 사실을 인정하지 않았다. 자존심이 부르주아적인 충동에 굴복하지 말라고 명령했다. 한 사회의 우스꽝스러운 면과 기괴한 결점에만 신경을 쓰다 보면 나머지를 보지 못하는 법이다. 그의 우스꽝스러운 짓은 비극적이었다. 그는 자신이 귀족이 아니라는 사실을 알고는 품위를 잃은 느낌이 들었고 아버지의 수치스러운 활동을 알고는 끝장이라고 생각했다. 하지만 그는 살아 있었다. 실망의 도취라는 추가적인 무기를 갖게 되었고 왠지 해방된 느낌이 들었다.

　갑자기 말발굽 소리가 들렸다. 즉시 정예병이 달려왔다.

"대령님, 헌병대가 찾아왔습니다!"

대령은 자베르의 어깨에 손을 얹었다.

"우리가 바보 같은 짓을 했습니다. 총성을 듣고 달려왔을 겁니다. 도망쳐야 합니다. 인도교 뒤쪽에 오솔길이 있어요."

자베르가 반박했다.

"이번에는 도망치지 않겠습니다."

"항복할 겁니까?"

"더 좋은 방법이 있습니다. 기마 헌병대를 붙잡고 계세요. 옷을 갈아입을 시간이면 됩니다. 그리고 아메데, 당신은 모로라고 말해요."

대령과 후작은 어리둥절한 시선을 교환했다. 정말로 옷을 갈아입을까? 왜 아메데에게 이 괴상한 이름을 사용하라고 했을까?

아메데는 자베르가 성 안으로 들어가는 것을 보고서 투덜댔다.

"저는 정말로 평민이 되는 겁니다."

아메데와 대령은 헌병들에게 속아 넘어가지 않겠다고 단단히 결심하고 현관 앞의 낮은 층계로 갔다.

말에서 내린 헌병들은 두 번째 정예병과 얘기를 나누고 있었다. 대령은 도착하자마자 자신의 신분과 경력을 밝혔다.

"나는 에슬링과 바그람 전투에서 부상당한 제16연대 대령이자 생토샹 백작이며 워털루 전투로 레지옹도뇌르 훈장을 받은 사람이오! 그런데 무슨 일이오?"

헌병소대를 지휘하는 특무상사는 차려 자세를 취했다. 카리뇰이었다. 이 비굴한 인간은 경의의 표시를 통해 자신을 과시하는 기회를 놓치지 않았다. 명예는 그와 어울리지 않았다.

"총성이 들렸습니다, 대령님."

"우리는 사격 연습을 하고 있었네."

카리뇰이 너그러운 미소를 지었다.

"대령님, 저는 위험한 악당들을 찾고 있습니다. 그들이 대령님 댁에 피신하고 있다고 마콩에서 근무하는 한 헌병이 알려주었습니다."

대령은 숨이 막힐 뻔했다. 그는 콧수염을 곤두세우고 당당하게 물었다.

"어떻게 그런 소문을 믿을 수 있소?"

"대령님, 소문이 아니라 사실입니다. 모로라는 사람이 여자와 아이를 납치했습니다. 그는 며칠 전 포위망을 가까스로 벗어났습니다."

아메데는 그제야 자베르가 자신에게 모로라는 이름을 사용하라고 한 이유를 깨달았다. 그는 한 걸음 나아가 말했다.

"당신이 찾는 사람이 바로 나요."

카리뇰이 인상을 찌푸렸다. 이 젊은이는 용의자의 인상착의와 달랐다.

"당신이 모로라고요?"

"그렇소."

"몇 살입니까?"

아메데가 놀리듯 대답했다.

"대답할 수 없소. 내 나이는 수시로 바뀌니까."

카리뇰이 두 부하에게 신호를 보냈다.

"이 젊은이를 체포해. 감옥살이를 경험하고도 이런 말장난을 할 수 있는지 두고 보자고."

아메데는 항의하지 않았다. 그는 자베르를 신뢰하고 그의 지시를 따랐다. 아무튼 그는 어떻게 대답해야 좋을지 몰랐다.

대령이 흥분했다.

"제기랄! 경찰청장에게 항의하겠소! 란, 말을 타고 당장 경찰청장님을 모셔와!"

정예병이 즉각 움직였다.

카리뇰은 깜짝 놀란 표정으로 권위 있는 이름을 지닌 병사가 대령의 명령을 수행하기 위해 달려가는 모습을 바라보았다.

그때 굵고 낮은 목소리가 울렸다.

"무슨 일이오? 왜 나한테 알리지 않소?"

모두 소리가 나는 쪽을 바라보았다.

목까지 단추를 잠근 회색 프록코트에 가장자리가 처진 낙낙한 모자를 쓴 홀쭉한 남자가 굵직한 지팡이를 짚고 서 있었다. 그는 깔끔하게 면도를 했다. 그는 분명 자베르였다. 전성기 때의 모습 그대로였다. 자베르 경감. 프랑스와 나바르에서 가장 치밀하기로 유명한 형사.

불안해진 헌병이 동료의 귀에 대고 속삭였다.

"자베르 경감? 죽었다고 생각했는데……."

자베르는 그 소리를 들었다. 좋은 생각이 떠올랐다. 그는 카리뇰 반장을 노려보면서 그들에게 다가갔다. 좁고 뾰족한 입, 두 눈 사이의 불꽃 튀는 분노……. 그의 모습은 공포감과 동시에 존경심을 불러일으켰다. 공권력을 열렬히 옹호하고 공무집행을 방해하는 것을 증오했던 이 남자는 예전의 태도, 즉 완전무결을 지향하는 사람의 태도를 취했다. 죄를 벌하는 운명의 사자. 걸어 다니는 정의.

자베르는 어떤 임기응변의 대답도 용납하지 않는 목소리로 말했다.

"그 사람을 풀어줘. 그는 내 포로야. 내가 수사하고 있는 사람이야."

카리뇰은 당신이 누구이며 무슨 근거로 이 용의자를 가로채느냐고 물었다. 자베르의 태도는 의연했다. 그를 알아본 헌병이 다가와서 말했다.

"반장님, 자베르 경감입니다."

아메데와 대령은 잠자코 있었다. 자베르의 신중한 태도는 그들에게도 깊은 인상을 주었다. 이 순간에 누구도 자베르의 정당한 주장을 반박할 수 없었다. 납작코, 깊은 콧구멍, 풍성한 구레나룻은 그에게 잔인한 모습을 부여했다. 늑대인간 같았다.

카리뇰이 전전긍긍하면서 지시했다.

"풀어줘라."

자베르를 알아본 헌병이 머뭇거리다가 물었다.

"경감님, 모두 당신이 죽었다고 믿고 있습니다……. 신문에 경감님이 사망했다는 기사가 났었습니다. 저는 1832년 바리케이드 전투 때 당신 휘하에 있었습니다……."

자베르는 그 헌병에게 돌아서서 야수처럼 그의 냄새를 맡았다.

"망자들은 때때로 진실을 밝히기 위해 다시 나타나지."

헌병은 오싹한 두려움을 느끼고 침을 삼켰다. 잔인한 눈. 자베르가 말을 이었다.

"나는 특별임무를 수행 중이야. 아주 특별한 사명."

그리고 차갑고 날카로운 시선으로 카리뇰을 노려보며 말했다.

"나는 몇 달 동안 파리 살인청부업자들의 세계에 잠입했지. 그리고 그들 가운데 한 사람처럼 행동했지. 마침내 나는 질서와 정의를 대표하는 사람들이 이 죄인들과 은밀하게 공모하고 있다는 결론을 도출했지."

갑자기 얼굴이 창백해진 카리뇰이 중얼거렸다.

"그것은 정말로 끔찍한 일입니다."

자베르가 대령에게 말했다.

"모로 씨와 함께 들어가세요. 곧 따라가겠습니다."

엄격한 생활이 자베르의 몸에 배어 있었다. 그는 칼뱅(종교 개혁가―옮긴이)과 푸키에 탱빌(프랑스 혁명 때 혁명재판소의 검찰관-옮긴이), 토르케마다 (스페인의 종교재판소장-옮긴이)의 결합이었다. 그런 사람에게 반항하고 싶은 사람은 거의 없었다.

자베르가 카리뇰에게 말했다.

"따라오시오."

자베르는 무거운 걸음으로 보조를 맞춰 걸으면서 대령의 작업실 옆으로 카리뇰을 데려갔다. 그는 루제가 카리뇰에 대해 털어놓았던 것을 잊지 않았다. 자베르는 하나도 잊지 않았다. 그는 걸음을 멈추고는 왼팔 밑에 지팡이를 끼고 뒷짐을 지었다. 그는 예전에 이런 자세를 취하고 진실을 알아내기 위해 집요하게 거짓말을 늘어놓았다. 그러면 피의자들은 한결같이 마음이 약해졌다. 장 발장을 제외하고.

자베르는 인도교와 실개천을 바라보면서 말했다.

"자네는 승진했더군."

무성한 풀 사이에서 굽이치는 시냇물은 번득이는 거대한 뱀을 닮았다. 카리뇰은 놀라움과 동시에 만족을 드러냈다. 어떻게 이 사람은 자신의 승진 사실을 알고 있을까?

"경감님, 희생과 봉사는 언제나 보상을 받습니다. 그런데 어떻게……."

자베르가 말을 끊었다.

"나는 모든 것을 알고 있지. 모든 것을 말이야."

카리뇰은 본의 아니게 인상을 찌푸렸다. 그는 자베르와 그의 암시적인 말투를 좋아하지 않았다. 그는 태연한 척하기 위해 이각모를 고쳐 썼다.

"경감님, 무슨 말씀입니까?"

"타르디에를 알고 있나? 카리뇰, 부인하지 말게. 루제라는 사람이 자네가 타르디에와 함께 있는 것을 몇 차례 보았다고 알려주었지. 또 게일이라는 젊은이도 확인해주었고. 트랑스농냉가에 대해서 말해볼까?"

자베르는 호주머니에서 예수의 반지를 꺼내 헌병의 코앞에서 돌렸다.

"이 반지는 알렉상드르 틱시에라는 사람의 것이지. 그는 예수라는 별명으로 더 잘 알려져 있지. 라스네르가 타르디에에게 데려다준 젊은이. 무슨 말인지 알겠어?"

카리뇰은 고개를 끄덕였다. 그의 표정이 일그러졌다.

자베르가 말을 이었다.

"트랑스농냉가의 총격 사건 때 사람들은 퐁메르시 남작을 예수로 꾸몄지. 루제가 예수를 죽이고 그의 얼굴을 짓이긴 다음 남작의 옷을 입혔잖아. 자네 친구 타르디에의 공모자, 즉 뷔르댕이라는 꼽추가 제공한 마취제를 복용한 남작은 예수의 신분으로 도형장에 끌려갔고, 자네 카리뇰 특무상사도 공모자 가운데 한 명이지."

카리뇰은 후회하는 것처럼 보여서 동정을 사기 위해 자베르의 시선을 잡으려 애썼다. 하지만 아무 소용이 없었다. 자베르는 눈길조차 주지 않았다.

"하지만 저는 두 사람이 거리에서 싸우는 것을 보았어요……."

"카리뇰, 자네는 아무것도 보지 못했어. 누군가가 와서 보라고 요청한 것을 보았을 뿐이지. 그다음에 일어난 사건을 얘기해볼까?"

"하지만……."

"변명하지 말게!"

자베르가 매섭게 카리뇰을 노려보았다. 카리뇰은 머뭇거리다가 사자들에게 버려진 순교자처럼 이각모를 가리키며 애처롭게 말했다.

"저는 사법기관을 대신해서……."

"사법기관이라고? 경찰청에 함께 가서 이야기해볼까? 자네는 테나르디에의 범행을 덮어주고 유모와 아기를 살해하기 위해 찾아다니는 것이 헌병의 임무라고 생각하나?"

카리뇰이 변명했다.

"저는 모로를 추적해서 체포하라는 명령을 받았습니다…… . 그는 어린 이 유괴범으로 고소되었습니다. 그리고 저는 테나르디에를 모릅니다……."

"타르디에와 테나르디에는 동일인물이야."

"몰랐습니다……."

"그런 자네가 참수형을 당할 수 있다는 것도 모르나? 퐁메르시 남작부인이 테나르디에에게 납치되었고 또 테나르디에가 조만간에 자네 상관들에게 자네를 고발할 거라는 사실도 모르나?"

이 새로운 사실은 카리뇰에게 엄청난 충격을 주었다. 그는 사시나무처럼 떨었다. 파리하게 굳어진 입술에서 말이 제대로 나오지 않았다.

"저를…… 저를 고발한다고요? 하지만…… 하지만 왜죠?"

"테나르디에는 자네가 침묵해주는 대가로 자네에게 관대한 태도를 보여주지 않았나? 카리뇰, 자네는 너무 성가신 증인이 된 거야. 그래서 테나르디에는 여느 때처럼 자신의 이름이 거론되기 전에 자네를 버릴 거야. 자네는 그가 언제 뒤통수를 칠지 모를 테지."

카리뇰은 구슬땀을 흘렸다. 그는 이각모를 벗고 손등으로 이마를 닦은 후 딱한 모습으로 말했다.

"죄송합니다, 경감님. 제게는 아내와 아이들이 있습니다. 이해하십니까? 사실입니다. 저는 몇 가지 사소한 일을 눈감아주었습니다."

자베르는 반장의 멱살을 잡았다.

"몇 가지 사소한 일이라고? 아동 매매가 사소한 일이야? 아이들이 노예

상태로 전락했는데도? 살인 청부가 사소한 일이야? 무고한 사람을 도형장에 보낸 게 사소한 일이야? 한 여인과 유아를 살해할 계획이 사소한 일이라고?"

자베르는 그를 놓아주었다. 카리뇰은 우는 시늉을 했다.

"카리뇰, 자네는 매수되었고 부패했어. 명예를 잃으면 가족도 잃게 돼. 나는 당국이 자네를 어떻게 처리할지 몰라. 나는 아직 보고서를 보내지 않았어."

카리뇰이 차려 자세를 취하고 애원했다.

"경감님, 속죄하고 싶습니다. 기회를 주십시오. 맹세합니다. 헌병다운 면모를 보여드리겠습니다. 제가 어떻게 해야 합니까?"

"좋아, 카리뇰. 하지만 농간을 부려서는 안 돼. 조금이라도 허튼 수작을 부리면 자네를 체포할 거야. 그러니까 잘 들어."

* * *

대령은 출발 전 아메데에게 군도와 칼집을 주었다.

"자네는 자네 검을 부러뜨렸네. 그 검은 더 이상 쓸모가 없어. 이 군도를 잘 간수하게. 상당히 날카로운 군도야."

아메데는 당황한 표정을 짓고 손을 내저었다.

"아닙니다⋯⋯."

대령이 호통을 쳤다.

"아무 말도 하지 말게! 자네는 나를 모욕할 셈인가!"

차고 앞에서 자베르는 마들렌과 어린 장이 마차에 올라타도록 도와주었다. 라잘이 마부 역할을 할 것이다. 얼룩덜룩한 마의를 걸친 두 필의 거세된 말이 마차를 끌 것이다.

아메데는 두 손으로 군도를 쥐고 마차에 올라탔다. 그는 다시는 프랑스 제국의 군인들을 헐뜯지 않을 것이다.

대령이 자베르에게 다가왔다. 두 사람은 악수를 나누었다.

대령이 나지막하게 물었다.

"당신은 어떻게 저 헌병을 속였습니까?"

"가장 훌륭한 헌병이 되려면 어떻게 해야 하는지 알려주었죠."

대령은 자신의 넓적다리를 쳤다. 그리고 파리까지 마차를 호위할 헌병대를 가리키면서 웃음을 터뜨렸다;

"후작과 당신 그리고 나는 멋진 팀을 이루었어요! 우선 나는 당신의 일과 현명하게 처신하지 못한 그 어리석은 악당들에 대해 경찰청장 친구에게 말할 겁니다. 그는 오늘 저녁에 우리 집에 들르겠다고 했어요. 나는 그에게 몇 가지 할 말이 있습니다!"

자베르는 안도의 신호를 보냈다.

"대령님, 너무 무리하지는 마세요. 친구들과 돈독한 관계를 유지하세요. 우리 작전의 성공 여부는 각자의 신중함에 달려 있습니다."

갑자기 대령의 얼굴이 침울해졌다.

"언제 다시 올 겁니까?"

"꼭 다시 오겠습니다, 대령님. 나는 이 친절한 지방에 정착하고 싶습니다."

그리고 커다란 모자를 쓰면서 덧붙였다.

"대령님, 어떻게 감사드려야 할지 모르겠습니다."

"적을 완전히 격파하면 됩니다!"

생토샹 백작은 마차 문에 얼굴을 내민 아메데에게 우정의 손짓을 보내면서 두 말의 엉덩이를 때렸다.

"친구들, 즐거운 여행이 되기를!"

* * *

여행은 나흘간 계속되었다. 길고 힘거운 여행이었다. 어린 장의 이가 나기 시작했기 때문이다. 감초 막대사탕만으로는 충분하지 않았다. 자베르는 좋은 치료법을 찾아냈다. 어느 날 저녁, 그는 여관 주인에게 정향(丁香)을 부탁했다. 그는 정향을 갈아서 아이의 잇몸을 마사지해주었다. 이의 화기는 사라졌다. 아이는 별로 상냥하지 않은 얼굴을 가진 이 구원자에게 두 팔을 내밀었다.

사흘째 저녁 자베르 일행은 상스에서 멈추었다. 저녁식사 후 여관의 벽난로 주위에 모였다. 서먹서먹했던 자베르와 아메데는 서로 가까워진 느낌이 들었다. 실망한 사람들은 때때로 정신을 차리게 된다. 자베르의 실망은 능동적인 것이었고, 아메데의 실망은 수동적인 것이었다. 아메데는 클레망스 드 라블리, 그녀가 마리우스에게 했던 역할, 그녀가 앙주로 떠난 것에 대해 얘기했다. 그리고 주세페 피에스키와 함께했던 모험도 털어놓았다. 그는 방탕의 장소인 디아블블랑에서 피에스키를 만났다. 국왕 테러 사건이 일어났던 날 그는 현장을 목격하고 소스라치게 놀랐었다.

"저는 비극의 현장에 있었어요. 어느 날 피에스키는 웃고 마시면서 그날 놀라운 일이 일어날 거라고 말해주었거든요. 제가 예상만 했더라도……. 저는 그가 경찰에 체포되는 모습을 보고 겁이 나서는 쏜살같이 집에 들어가서 나오지 않았어요."

"피에스키는 1월 말에 처형되었네."

"알고 있어요."

"자네는 어떤 결론을 도출했지?"

"특별한 것은 없어요. 겉보기에 평범한 생활을 하는 사람도 실수를 저지를 수 있어요."

"후작, 그게 인생의 짜릿한 맛이네. 다만 기이한 사건도 일어날 만한 이유가 있지 않을까?"

"경감님도 그런 말을 하세요?"

"내가 직접 겪었고 지금도 체험하고 있기에 하는 말이네."

"그러니까 사람은 바뀔 수 있다 말인가요?"

"내가 살아 있는 증거 아닌가."

아메데는 경박하고 건방진 자신의 옛 모습을 생각했다. 원한은 많이 누그러졌다. 지금은 코제트를 사랑한다고 공언할 수 있었다. 어떤 것도 이 다정한 감정을 손상시키지 못할 것이다.

아메데는 마리우스의 귀환을 생각하고는 걱정스러운 표정으로 물었다.

"하지만 이미 저지른 잘못에 대한 대가를 치러야 하지 않을까요?"

"후작, 사람은 언제나 실수할 수 있는 권리가 있네. 실수하지 않는 사람은 불행한 사람이네. 무슨 말인지 알겠나?"

아메데는 자베르를 좋아했다. 경감은 자신의 귀감처럼 보였다. 그는 지금까지 귀감으로 삼을 만한 사람을 발견하지 못했다.

"경감님, 저는 당신의 친구입니까?"

"아메데, 자네는 내 친구네."

자베르는 인생에서 결단을 내리지 못한 사람들은 망설임, 비열한 짓, 양심의 가책 속에서 살아야 할 거라고 설명했다.

"아메데, 자네는 더 이상 그런 부류가 아니네. 어느 날 마리우스가 돌아온다면 자네는 변한 모습을 보여줄 수 있을 거야. 다만 자네의 과거도 설명해야 하네."

"제 아버지에 관한 일을 말하는 건가요?"

자베르는 오렌지 껍질을 벗기면서 말했다.

"그가 정말로 당신 부친일까? 나는 모든 것을, 진실조차 의심하는 법을 배웠네."

아메데는 살짝 어깨를 으쓱했다. 그는 자베르의 섬세한 배려 덕분에 다소 마음이 가벼워졌다.

"경감님, 제가 무엇을 해야 하는지 알고 있습니다. 저는 최근 며칠 동안 대령님과 경감님, 두 분과 함께 지내면서 나쁜 거짓말이 아니라 선의의 거짓말을 하면서 살 수 있다는 사실을 깨달았어요."

"아메데, 자네는 격정적인 사람이네. 절제하며 지혜롭게 처신할 수 있도록 노력하게."

"베르자처럼 혹은 자베르처럼 말인가요?"

"예전의 자베르에게는 제압하고 징벌할 권리가 있었지. 새로운 베르자는 더욱 관대한 사람이 되기를 바라네."

다음 날 베르자 일행은 파리 시문에 도착했다. 도시 전체가 큰 구름으로 덮여 있는 듯이 보였다. 지붕에서 피어오르는 열기가 모든 것을 천천히 붉게 물들이고 하늘에 복슬복슬한 동그라미를 그리고 있었다. 5월의 마지막 날들은 아름다운 여름을 예고했다.

카리뇰 특무상사는 자베르에게 자신의 결심을 밝혔다. 그는 거수경례를 하며 말했다.

"저는 약속대로 처신하겠습니다. 그런데 경감님을 만나려면 어떻게 해야 합니까?"

"내가 자네에게 연락하겠네. 자네는 생메리 구역에 살고 있지. 나는 모르는 게 없네."

카리뇰이 짐짓 상냥한 미소를 짓고 물었다.

"정말 경감님 댁까지 모셔다드리지 않아도 되겠습니까?"

"특무상사, 이 모든 게 비밀이라는 사실을 잊었소?"

"아닙니다, 경감님."

카리뇰이 말에 박차를 가하자 헌병대는 마차로부터 멀어졌다.

자베르가 아메데에게 말했다.

"그런 우리는 자네 친구의 집에 갈까?"

아메데는 따뜻한 눈길로 마들렌과 어린 장을 바라보았다.

"저는 이 아이를 책임지겠어요."

\* \* \*

루이 드 베르뉴는 바렌가, 정확히 말해서 박가와 셰즈가 사이에 위치한 플랑슈가에 살고 있었다. 명문가들이 살고 있는 근사한 대저택 구역은 조금 멀리 떨어져 있었다. 마레 저택과 생테냥 저택 사이에 있는 루이의 집은 12번지였다. 군주제 지지자인 루이의 아버지는 1793년 잠시 프랑스를 떠났다. 이 왕당파 영웅은 1804년—나폴레옹이 즉위한 해—까지 공화주의자들과 싸웠다. 미라보의 경기병 대령이었던 그는 용감한 비트레 장군과 매우 친했고 그를 존경했다. 군주제가 공화제로 바뀌면서 베르뉴 백작의 재산은 압수되었다. 하지만 우여곡절 그는 끝에 플랑슈가의 커다란 아파트를 되찾았다. 1823년 프랑스군이 페르디난트 7세를 복권시키기 위해 스페인에 원정 갔을 때 왜 그가 버럭 화를 냈는지 알 수 없었다. 쉰 살이 넘은 그는 나폴레옹 황제군의 장교 출신인 오베르 장군—그의 침착하고 정의로운 성격을 만인은 높이 평가했다—이 지휘하는 1군단 4사단 비트레 장군의 휘하에서 다시 군복무를 했다. 청색과 백색의 군복을 입은 예전의 적들은 백합꽃으로 장식한 깃발 아래서 나란히 싸웠다. 베르뉴 백작은 전투 중에 죽을 기회가 없었다. 이 무뚝뚝하고 신경질적인 귀족은 고혈압을 앓고 있었다. 그는 칸타브리아 산맥에서 발원하는 에브로 강 유역의 로그로뇨 포위 공격을 앞두고 혈압으로 쓰러졌다. 그는 부인과 아이 하나를 남겨두고 사망했다.

라그라스에서 태어난 베르뉴 백작부인은 혼자 외아들을 키웠다. 허약한 루이는 오직 한가로운 생활을 즐기기 위해 군직과 외교관직을 피했다. 그는 소년들에 대한 취향 문제로 중학교 친구들로부터 비웃음과 모욕을 당해 정신적 외상을 갖고 있었다. 그는 책 속으로 도망쳤다. 글솜씨도 없으면서 작가들을 자주 만났다. 탁월한 재담꾼인 그는 미켈란젤로를 찬양하는 시를 지었다고 자랑했지만 아무도 읽어주지 않았다. 그는 명사들을 성이 아닌 이름으로 불렀지만 당사자들은 그의 성조차 몰랐다. 하지만 그는 행운의 마스코트이자 식객이었다. 또 그는 매력적인 손님이자 섬세한 문인으로서 수많은 일화를 알고 있었고, 사람들은 그의 해학과 박식을 높이 평가했다.

1830년 샤를 10세가 왕위에서 물러나고 베르뉴 백작부인이 협심증으로 사망했다. 루이는 망연자실했다. 그는 플랑슈가의 아파트와 작위를 승계했다. 상당한 액수의 현금도 물려받았다. 생제르맹 구역의 한 축제에서 아메데 후작을 처음 만났다. 새로운 친구는 만나자마자 그에게 돈을 마구 쓰게 했다. 이 천박한 신사들은 샴페인과 아편을 좋아했다. 루이는 이 금발 청년에게 반했다. 아메데는 멋진 외모와 제복의 위엄 그리고 멋을 지녔다. 그는 알제리에서 부르몽 백작의 휘하에서 소위로 근무했었다. 그는 루이에게 모호한 우정을 적선했다. 루이는 수없이 겪었던 부당한 일과 냉대를 잊을 수 없었다. 그는 결코 잊지 않을 것이다. 기억력과 의리의 남자. 그는 끝없이 자신을 과거로 돌려보내는 현재도, 때때로 자신을 들어오지 못하게 하는 과거도 잊지 않을 것이다. 마침내 누군가가 그에게 관심을 보였다. 그는 더 이상 혼자가 아니었다.

루이는 비록 아메데가 변하긴 했지만 그의 숙식 요청을 거부하지 않을 것이다. 그는 모든 사람들을 알고 있지만 아무도 그를 모르는 이 세속인의 집에 은거하는 것은 한 가지 장점이 있었다. 보안을 유지할 수 있다는 것. 현 상황에서 가장 필요한 예방 조치가 아닌가.

아메데, 자베르, 마들렌 그리고 어린 장이 불시에 들이닥치자 자고 있던 루이는 깜짝 놀랐다. 일주일에 세 차례 방문해서 빨래와 살림을 해주는 늙은 파출부를 제외하고 손님을 받지 않았던 루이는 극진히 아메데 일행을 맞이했다. 자베르는 눈썹을 치켜세우고 머리부터 발끝까지 그를 훑어보았다. 겉늙고 거의 대머리에 황달까지 않고 있는 이 경박하고 건방진 젊은이는 공화주의자들이 초췌한 미소를 띤 젊은 불한당들과 함께 바리케이드 쪽으로 몰아붙이자 겁에 질려 벌벌 떨던 부르주아들을 떠올리게 했다. 자베르는 마리우스의 장례식장에서 그리고 플뤼메가의 코제트의 집에서 루이를 본 적이 있었다.

몇 개의 머리카락이 곤두서 있고 단정치 못한 실내복을 입은 루이 드 베르뉴가 물었다.

"베르자 씨?"

경감이 대답했다.

"그렇습니다. 하지만 이제는 자베르라고 불러주세요."

루이는 마들렌에게 어머니의 방을 가리키면서 말을 이었다.

"이름을 바꿨습니까?"

자베르는 분위기를 해치지 않기 위해 상냥하게 대답했다.

"우연히 그렇게 되었습니다."

루이는 더 묻지 않았다. 이 이상한 사람은 그를 주눅 들게 했다. 하지만 중요한 것은 건강하게 살아 있는 친구와 재회하고 최대한 빨리 그에게 디아블블랑에서 목격한 것을 말해주는 일이었다.

아메데가 물었다.

"우리가 자네를 방해하는 건 아닌가?"

"이곳은 여러분의 집입니다. 저는 노총각 같이 살고 있습니다만 이제 이 짓도 그만두고 싶습니다. 이 집은 생기가 필요해요."

실제로 모든 게 낡고 먼지가 쌓여 있었다. 출입구부터 각 방으로 연결되는 어두운 복도, 현관과 다소 초라한 부엌, 볼품없는 세 개의 방과 식당에서 돼지기름과 나프탈렌 냄새가 지독히 풍겼다. 전체적으로는 그럴듯해 보였다. 어쨌든 상류층의 저택이 아닌가. 고급 가구, 오뷔송산 양탄자, 몇몇 고가품, 회색 비단 커튼. 하지만 몹시 쓸쓸해 보였다. 백년 묵은 밀랍 냄새와 신맛이 나는 악취가 밴 공기는 노인들이 은거하는 어둡고 지저분한 곳을 떠올리게 했다. 푸르스름한 대리석 추시계가 응접실에 놓여 있었다. 돌로 만든 벽난로—깨끗한 화덕은 오래전부터 불을 피우지 않았음을 입증했다—위에 시든 꽃이 꽂혀 있는 두 개의 대형 화분이 놓여 있었다. 갈색 눈물 무늬 내장재를 두른 응접실은 얼마 전에 저녁식사를 했는지 곰팡내를 풍겼다. 하지만 루이는 응접실에서 식사를 한 적이 없었다.

마들렌이 큰 방에 아이를 내려놓기 전에 말했다.

"제가 청소를 하고 덧창을 열면 훨씬 나아질 겁니다."

아메데는 어린이용 철제 침대가 놓여 있고 오줌 냄새가 나는 작은 방을 가리키면서 말했다.

"나는 저기서 자겠네."

루이가 반대했다.

"내 방을 쓰게."

"그럼 내 친구 자베르 씨에게 자네 방을 주게."

친구 자베르라고? 루이는 이 엉뚱한 표현을 놓치지 않았다. 아메데에게 무슨 일이 일어났을까?

루이가 머뭇거리며 말했다.

"하인용 방도 있네."

아메데는 언짢은 기분으로 말했다.

"좋아, 그럼 자네가 결정하게!"

마침내 모두가 자리를 잡았다. 엄격한 생활에 익숙해진 자베르는 루이의 방을 거절했다. 그는 넓은 공간보다는 협소한 공간, 빛보다는 어둠을 선호하는 고행자의 생활을 선택했다. 그리고 송악과 회양목으로 덮인 작은 정원이 내려다보이는, 아파트 구석에 위치한 하인용 방으로 들어갔다.

아메데가 루이에게 말했다.

"중요한 것은 코제트의 아들이 안전한 곳에 있는 것이네. 위험하고 해로운 사람들이 우리를 노리고 있네. 자네는 나를 도와줘야 하네."

루이는 살짝 상체를 내밀고 대꾸했다.

"자네를 내게 보낸 것은 신의 뜻이네. 나 역시 자네에게 전할 소식이 있네. 코제트와 관련된 일이야."

\* \* \*

코제트는 초조하게 한낮을 기다렸다. 뷔르댕을 당황시킬 생각을 하니 짜릿했다. 사람들은 그녀를 하찮은 사람으로 취급했다. 하지만 이 낭만적인 여자는 의지가 강하고 정열적인 여인으로 드러났다. 동시에 무서운 여인으로 밝혀졌다. 내면적인 힘은 가장 혹독한 상황에도 적응하게 했다. 가장 위험한 난관을 극복하기 위해 새로운 위장술과 본능적인 민첩성이 결합되었다. 마침내 그녀는 자신의 유혹의 힘을 발견하면서 자신도 남자들을 지배할 수 있다고 생각했다. 코제트가 깊은 혐오감을 품고 있는 타락한 돌팔이 의사는 그녀에게 꼼짝도 못 하지 않았는가. 제라르는 그녀에게 진수성찬과 옷을 선사하지 않았는가. 물론 그녀는 고집스럽게 조르주 상드가 준 옷만을 입었다.

제라르는 극심한 고통을 겪고 있었다. 그는 통찰력을 잃고 코제트의 이중성을 의심하지 않았다. 남을 괴롭혔던 그는 이제 희생자가 되고 있었다. 예전에 그는 술수와 집요함으로 음흉한 계획을 실행했다. 하지만 이제는 코제트의 시선에 마음이 누그러졌고 그녀의 목소리에 도취되었으며 그녀의 해맑은 웃음에 어쩔 줄 몰랐다. 그녀가 어떤 요구를 하더라도 그는 전부 들어주었다. 그녀가 자유롭게 외출하는 것을 제외하고.

코제트가 그를 비난했다.

"당신은 나를 별로 사랑하지 않아요."

"그렇게 말하지 말아요. 당신은 내 마음을 사로잡고 뜨겁게 타오르게 해요. 하지만 당신이 조금이라도 위험한 일을 겪는 것은 싫어요. 당신은 뷔르댕을 잘 몰라요."

코제트는 상냥하게 웃었다. '사기꾼과 더 악질적인 사기꾼이라니 아주 재미있는걸.'

상황이 바뀌었다. 제라르는 롤랑이 있음에도 식판을 직접 코제트에게 가져다주었다. 샤말랭 레스토랑의 일은 점점 더 소홀히 했다. 손님들은 그를 불신했고, 특히 테나르디에는 제라르가 일을 안 한다며 싫어했다.

제라르 역시 경계했다. 만일 테나르디에가 코제트가 살아 있다는 사실을 알게 되면 제라르는 자신의 포부를 포기할 것이다. 상호 이익을 기대했던 그는 자신이 길을 잘못 들고 배신당했다는 생각이 들었다. 하지만 테나르디에가 샤말랭에 들를 때마다 제라르는 평소와 다름없는 태도를 보여주었고, 매출과 이익을 혼동하는 테나르디에에게 예상보다 많은 돈을 넘겨주었다. 다행히 제라르는 꼼꼼한 지배인으로 인정받고 있었다. 하지만 그는 방심하지 않았다. 그는 쫓겨날 날이 얼마 남지 않았다고 느꼈다.

어느 날 뷔르댕이 샤말랭에 왔다. 자기 몫의 수익금을 받기 위해서였다. 그는 제라르의 권고대로 탁자에서 혼자 저녁식사를 했다.

뷔르댕이 식사를 마치자 제라르가 말했다.

"봉투는 없습니다."

꼽추는 눈살을 찌푸리지 않았다.

두 사람은 레스토랑 문을 닫고 함께 나왔다. 생드니가에 도착하자 제라르는 교활하게 뷔르댕을 속이려 했다. 그는 뷔르댕과 테나르디에의 관계가 악화된 것을 눈치 채고 둘 사이를 이간질하기로 했다. 그는 테나르디에가 더 이상 식당의 이익금을 나누지 않기로 결정했다고 전했다.

뷔르댕이 대답했다.

"상관없어. 나는 편지를 입수하면 즉각 떠날 거야. 아무튼 되마르무세의 화재 이후 이곳에서 고약한 냄새가 나고 있어."

"그럼 당신 아들은요?"

"아들이라니? 나는 그를 귀족, 진짜 귀족으로 만들려 했지만 실패했어.

그 바보 같은 녀석은 사라졌지. 그러니 내 것을 되찾는 것은 당연해."

"그럼 나는요?"

"각자 자기 몫을 갖는 거지. 오스트리아에서처럼."

"오스트리아에서 당신이 임신시킨 후 관계를 끊기 위해 독살했던 불쌍한 아가씨가 기억나요……."

"가엾은 아가씨라고? 자네에게 그토록 동정심이 많다니 놀랍구먼."

"사람은 변하는 법이에요."

"하지만 나는 아니야. 전시에는 전시에 맞도록! 내게 이 말을 알려준 사람은 바로 자네가 아닌가?"

"위험에 처하면 비겁한 자는 도망치죠……."

뷔르댕은 삯마차를 찾기 위해 발걸음을 멈추면서 말했다.

"그래서? 자네는 자네 몫을 챙겼고 나는 내 몫을 챙겼어. 우리는 각자 적절한 조치를 취했지."

"당신과 타르디에는 내게 음모를 알려주지 않고 나를 샤말랭에 붙잡아 두었어요. 당신들은 내 도움이 필요했던 거죠. 독, 황산, 깡패들."

뷔르댕이 웃음을 터뜨렸다.

"제라르, 자네는 어른이야! 자네는 디아블블랑에 틀어박혀서 상류층 인사들과 함께 실컷 즐겼잖아. 무엇을 더 요구하는가?"

제라르는 살인적인 시선으로 노려보았다. 두 가지 가능성이 제기되었다. 뷔르댕의 손발을 묶어서 테나르디에에게 넘겨주거나 코제트의 요청을 들어주는 것. 두 가지는 양립할 수 있었다. 두 번째가 구미 당겼다. 아무튼 뷔르댕을 유인해야 했다.

꼽추가 삯마차에 오르기 전에 제라르는 중요한 사람을 데리고 있다고 알려주었다.

"누군데?"

"당신들 계획을 방해할 수 있는 사람이지. 특히 그 편지에 관련된 사람이죠."

뷔르댕은 삯마차 문을 열면서 화를 냈다.

"제기랄!"

"왜 내가 이 이야기를 꺼냈을까요? 당신은 나를 바보로 취급했어요. 하지만 나는 너그러운 모습을 보여주겠어요. 만일 당신이 토요일 저녁 디아블블랑에 온다면 불쾌한 일은 피할 수 있을 겁니다. 롤랑이 당신을 맞이할 거예요. 그리고 부하들이 당신을 내 사무실로 데려다줄 겁니다. 그때 공평한 분배에 대해 다시 얘기합시다."

뷔르댕은 삯마차에 오른 후 능욕당한 공주처럼 힘없이 소매 없는 외투를 걸쳤다. 그리고 마차 문에 팔꿈치를 괴고 말했다.

"좋아, 그곳으로 가겠네. 하지만 내가 그런 장소를 끔찍이 싫어한다는 사실을 모르지 않겠지?"

"루이데지레, 당신은 그런 일을 아주 싫어하죠."

마부가 말에 채찍을 휘둘렀다.

* * *

제라르는 부랴부랴 콜베르가로 돌아갔다. 그는 뷔르댕과 다투느라 코제트에게 식사를 가져다주지 못했다. 하지만 훨씬 그녀를 더 배부르게 만들 수 있는 양질의 음식을 가져다주었다. 두 사람은 경사를 축하하기 위해 샴페인을 마시기로 했다.

제라르가 롤랑에게 지시했다.

"디아블블랑에 가서 술 한 병을 가져오게."

코제트는 승리를 음미했다. 하지만 은밀히. 그녀는 뷔르댕의 과거와 현재의 활동에 대해, 자신의 아들을 납치했던 사람에 대해 좀 더 자세히 알고 싶었다. 그녀는 제라르에게 자신이 납치된 아이의 어머니임을 털어놓지 않았기 때문에 쉽게 물어볼 수 없었다. 그래도 테나르디에가 제거하고자 하는 정체불명의 사내에 대해 넌지시 물었다.

제라르가 물었다.

"모로 말인가요? 나는 그 사람을 알아요. 그는 샤말랭에 자주 왔어요. 하지만 두려워하지 않아도 돼요. 비록 그는 루제와 가깝게 지냈지만 위험하지 않은 부르주아였어요. 그는 한때 케케묵은 문제로 협박을 하긴 했지만……."

코제트가 놀라 물었다.

"협박을 했다고요?"

제라르는 예수의 죽음과 예수의 이름으로 도형장에 보내진 사람을 암시했다.

"내 정보원에 따르면 그의 이름은 마리우스 퐁메르시예요."

롤랑이 샴페인이 담긴 얼음 상자를 가지고 돌아오는 순간 코제트는 목이 메었다.

"모로는 어떤 사람이죠?"

제라르는 롤랑과 시선을 교환했다. 그는 롤랑에게 입구의 작은 장롱에서 두 개의 잔을 꺼내라고 지시했다.

마침내 제라르가 대답했다.

"중요한 일인가요?"

"그가 어디에 있는지 알아야 해요. 만일 모로가 갑자기 다시 나타난다면?"

머리를 길게 땋은 제라르는 롤랑에게 샴페인 병을 따르고 지시했다. 그리고 코제트 옆에 앉아 심사숙고하는 척했다.

"모로는 예의 바르고 다정한 사람이었어요. 그는 자주 야릇한 표정을 지었어요. 특이한 것은 그가 항상 오렌지 냄새와 낡은 미사경본 냄새를 풍기고 다녔다는 점이에요."

코제트의 눈이 빛났다. 그녀는 롤랑이 내민 잔을 잡고 입을 다물었다.

제라르가 말을 이었다.

"모로에 대해서는 조금도 걱정할 필요 없어요. 테나르디에는 의심하고 있지만 나는 잘못 미행한 거라고 확신해요. 더구나 나는 여러 차례 그의 뒤를 밟았어요. 알아낸 게 뭐냐고요? 그는 생쉴피스 성당에서 학생들에게 법률을 가르쳤고 본당 신부와 매우 긴밀한 관계를 유지했어요."

제라르는 전문가의 눈으로 잔의 기포를 응시했다. 그리고 덧붙였다.

"하지만 모로를 미행하기로 했던 사람들과 연락이 끊긴 것도 사실이에요. 모로는 부르고뉴 지방 파레르모니알에 있는 것 같아요."

그리고 단숨에 잔을 비우고 말을 이었다.

"이런 건 모두 나와는 관계없어요. 지금 모로는 신앙심이 깊은 여자들과 함께 기도하고 영성체를 하고 있을 거예요!"

그리고 웃음을 터뜨렸다.

코제트는 샴페인을 마시고 미소를 지으면서 머리를 흔들었다. 몇 가지 좋은 소식을 알게 되었던 것이다. 베르자가 어린 장을 보호하고 있었다.

코제트는 머리를 숙여 제라르의 두 뺨에 입을 맞추었다. 감격한 제라르는 롤랑을 쫓아낼 뻔했다. 그는 되마르무세에서 그녀를 진찰했을 때 가슴을 언뜻 보았었다. 그때의 광경이 그의 마음을 애태우고 있었다.

젊은 여인은 유혹적이면서도 고집스러운 모습으로 말했다.

"나는 외출하고 싶어요."

"이 시간에요?"

"샴페인을 마셨더니 머리가 어지러워요. 바람을 쐬고 싶어요. 사륜마차를 타고 산책하고 싶어요."

제라르가 롤랑에게 돌아서서 지시했다.

"가서 사륜마차를 찾아봐. 저 아래에 사용하지 않는 마차가 있을 거야."

거인이 곧 나갔다. 제라르는 회색 머리를 가다듬고 말했다.

"나 없이 가세요. 나는 피곤해요. 롤랑이 당신을 모실 겁니다."

코제트는 가볍게 입술을 내밀면서 거짓말했다.

"당신 없이요? 유감이에요. 하지만 내가 돌아올 때까지 여기에 있어요. 우리는 아직 할 얘기가 있어요. 샴페인을 마시면서 나를 기다려요!"

코제트는 은밀한 유혹의 자태로 오른쪽 어깨를 보여주면서 머리를 숙였다. 그녀는 온몸으로 뜨거운 사랑을 기대하라는 것 같았다. 제라르는 열에 들뜬 나머지 튀어나온 광대뼈 부위가 붉게 물들었다.

제라르가 속삭였다.

"기다리겠어요."

\* \* \*

시원한 바람이 코제트의 얼굴을 간질였다. 진정한 행복. 옆에 롤랑이 있었지만 상관없었다. 아니 반대였다. 그녀는 보호받고 있다고 느꼈다. 조금 전 그녀는 콜베르가에서 마부에게 퐁토샹주 다리로 가자고 부탁했었다.

그렇다, 코제트는 다시 살아났다. 어린 장이 살아 있을 뿐만 아니라 베르자가 돌보고 있지 않은가. 어쩌면 마들렌도 함께 있을 것이다. 그들은 어디에 있을까? 그들은 어떻게 먹고 지낼까? 베르자는 아이를 건강하게 잘 돌보고 있을까? 8개월이 된 장은 많이 컸을 것이다. 아이는 금발일까? 갈색 머리일까? 그 나이에는 순식간에 모습이 바뀌는 법이다.

코제트는 이런저런 생각으로 몹시 들떠 있었다. 마음속으로 발버둥치고 있었다. 오늘 밤 그녀는 잠을 이루지 못할 것이다. 사륜마차가 달리는 동안 다른 생각들이 스쳐 지나갔다. 덜 유쾌한 생각들. 테나르디에의 흉측한 얼굴이 떠올랐다. 유년 시절이 주마등처럼 스쳐 지나갔다. 그녀는 자문했다. '슬픈 유년 시절에 땅을 비옥하게 하는 게 아니라 데이지나 수정 원석을 만들기 위해 눈물을 흘리는 사람이 있을까?' 그녀는 천연 수정을 가지고 있지 않은 게 후회스러웠다. 어린 라파엘을 생각했다. 그리고 어린 장도 생각했다. 그녀는 유년 시절에 겪었던 고통을 생각하고 아들은 절대로 그런 시련을 겪지 않게 하겠다고 맹세했다. 증오심이 그녀를 살아남게 했다면 사랑은 그녀가 살 수 있도록 도와줄 것이다.

코제트는 지상에서 우리에게 속하는 것은 하나도 없다는 사실을 알고 있었다. 특히 아이들이 그렇다. 누군가를 소유한다는 것은 무모한 짓이 아닌가. 그녀는 멀리 있는 앵발리드 병원을 보고는 플뤼메가를 생각했다. 작은 정원에 있는 부서진 두 조각상을 떠올렸다. 그녀는 약간 시무룩해졌다. 늦은 시간에도 불구하고 루브르 궁과 프랑스 학사원 근처에 많은 시민들이 있었다. 파리는 반짝거렸다. 코제트는 갑자기 샘솟는 삶의 의욕을 주체하기 힘들었다. 슬픈 생각은 더 이상 그녀의 마음속에 머물지 않았다. 초조감이 모든 것을 뒤집어놓았다. 마리우스는 지금 어디에 있

을까? 미국에 프랑스나 유럽 어딘가에 숨어 있을까? 마리우스 없이 산다
는 것은 상상할 수 없는 일이었다. 그는 너무 강해서 죽을 수 없고 너무
자존심이 강해서 항복할 수 없는 사람이었다. 그 역시 엄청난 시련을 겪
었을 것이다. 끝난 것은 하나도 없었다. 분명 수사를 재개하고 재판을 다
시 열어 사건의 전모를 해명해야 할 것이다.

문득 코제트는 자신이 마치 마리우스가 옆에 있는 것처럼 생각하고 있
다는 사실을 깨달았다. 그녀는 자신도 모르게 몸을 떨었다. 만일 마리우
스가 외국에서 다른 여자와 살림을 차렸다면?

코제트는 길게 한숨을 내쉬었다. 추억은 끔찍한 것이다. 눈을 감고 그
리운 사람을 떠올려보라. 하지만 그리운 사람을 만질 수 없다. 그의 부재
는 명백한 사실이다. 코제트는 눈을 감고 마리우스를 생각했다. 뤽상부
르 공원에서 처음으로 시선을 교환했을 때처럼. 그녀는 낱낱이 떠올렸
다. 날씨는 쾌청했고 참새들이 잔디밭에서 지저귀고 있었다. 라벤더 향
이 공중에 떠다녔다. 코제트는 눈을 들고 젊은이를 바라보았다……. 그
때부터 그녀는 오직 마리우스만을 바라보았다. 그 무엇도 두 사람을 떼어
놓지 못했다. 하지만 지금 두 사람은 떨어져 있었다. 그는 어디에 있을까?

사륜마차는 경쾌하게 달렸다. 알아들을 수 없는 몇 마디의 말이 코제트
의 입술에서 빠져나왔다……. 갈색 머리와 높은 이마를 가진 멋진 마리우
스……. 오만하면서도 순수한 모습……. 공기 속에 떠다니는 라벤더 향
기……. 머리가 빙글빙글 돌았다. 이 향기는 마리우스의 향기였다. 약간
의 라벤더, 송악, 바닐라 향기. 코제트는 두 손을 모아 가슴을 쓰다듬었
다. 그녀는 마리우스의 향기를 맡고 영원히 간직하고 싶었다.

마차가 멈추었다.

코제트가 말했다.

"나는 내리겠어요."

롤랑이 제안했다.

"제가 모실까요?"

"괜찮아요. 다리 근처에서 센 강을 바라볼 거예요. 이곳은 나에게 소중한 추억을 간직한 곳이에요."

마차에서 강둑까지는 오십 보밖에 되지 않았다.

롤랑은 마차에 남아 코제트를 지켜보았다. 만일의 경우를 대비해서 권총 한 자루와 칼 한 자루를 준비해두었다. 마부도 함께 있었다.

코제트는 난간까지 갔다. 그녀는 강변을 살며시 내려다보았다. 그리고 올빼미 울음을 흉내 냈다. 어렸을 때 장 발장이 가르쳐주었다. 그녀는 혹시 동물을 숨겨두었는지 보기 위해 양아버지의 두 손을 펴보았었다.

코제트는 마른기침을 하면서 불렀다.

"게일!"

다리 밑에서 아이들이 모닥불 주위를 돌고 있었다. 커다란 턱을 가진 청년이 아케이드 아래 나타났다. 그는 모자를 비스듬히 쓰고 고개를 들었다.

"거기서 뭐하세요?"

"우리는 친구이지 않아? 나는 네가 필요해."

"우리 모두요?"

"아니, 너만. 내 뒤에 회색 마차가 한 대 있어. 마차 뒤에 달라붙어 있다가 내 지시를 기다려. 나는 갈 데가 있어."

게일이 고개를 끄덕이고 투덜거렸다.

"좋은 마차군요."

하지만 게일은 즉각 지시를 따랐다. 그는 벽을 타고 난간 위로 올라왔다. 그리고 사륜마차에 탄 코제트를 보고는 머리를 숙이고 마차 뒤로 달려갔다. 마차는 반회전한 다음 움직이기 시작했다. 그는 마차 뒤로 뛰어올랐다. 일단 몸을 쭈그리고 앉은 그는 더 이상 움직이지 않았다. 무슨 일이 일어날까?

* * *

콜베르가에 도착하자 코제트는 롤랑에게 제라르와 단둘이만 있고 싶다고 말했다. 거인은 아버지처럼 너그럽고 온순한 미소를 지었다. 그는 코제트를 대문까지 안내한 다음 잠시 기다렸다. 이윽고 그는 디아블블랑 안으로 들어갔다.

게일은 두 대의 삯마차 뒤에 숨어 있었다. 그는 기다렸다. 문이 다시 열리고 코제트가 나타나자 그는 두 필의 말 사이로 들어갔다.

"서둘러!"

청년은 대문 안으로 들어서서 코제트와 함께 사라졌다. 코제트는 어두운 복도에서 게일의 어깨에 손을 얹었다. 그는 두려움으로 떨고 있었다. 코제트는 그의 두 눈을 똑바로 바라보며 말했다.

"나는 두 가지 문제로 네 도움이 필요해. 내가 살고 있는 아파트에 들어가 귀를 바짝 기울이고 제라르가 하는 말을 잘 들어."

게일이 놀라 물었다.

"제라르라고요? 하지만 그는 꼽추의 친구잖아요. 나는 그를 알아요. 그는 샤말랭 레스토랑의 지배인이에요."

"바로 그거야. 더 많은 것을 알게 될 거야. 토요일 저녁 너의 무리를 이끌고 이곳에 와야 해. 받아, 이 돈으로 삯마차 한 대를 빌려. 자루가 하나 있을 거야."

게일이 늘어지는 목소리로 놀렸다.

"무슨 자루인데요? 시체?"

"어리석은 소리 하지 마. 바로 꼽추야. 그는 잠들어 있을 거야."

"어디로 데려가죠?"

"생피아크르가."

코제트는 지하실로 내려가더니 디아블블랑과 연결되는 문을 가리켰다.

"너는 저곳으로 나가면 돼."

"만일 문제가 생기면 어떻게 하죠?"

"마치 아무 일도 아닌 듯 도망쳐. 아무튼 아무 일도 없을 거야."

게일이 투덜댔다.

"나도 그랬으면 좋겠어요."

그들은 2층으로 올라갔다. 코제트는 게일에게 약간 물러가 있으라고 했다. 그녀는 문을 살짝 열어놓을 것이다. 5분 후 그는 아파트에 들어가 엿듣기만 하면 된다. 아무튼 그녀는 올빼미 소리로 신호를 보낼 것이다.

"또 할 일은 없어요?"

"나머지는 내가 알아서 할게."

코제트가 눈짓을 보내자 게일은 복도 구석에 숨었다. 그녀는 초인종을 눌렀다.

제라르가 문을 열면서 말했다.

"벌써 돌아왔어요? 나를 빨리 만나려고 산책을 서둘러 끝냈어요?"

그리고 미안해하며 덧붙였다.

"깜박 잠이 들었어요."

제라르는 조끼 차림에 셔츠 소매를 걷어올리고 있었다.

코제트가 실크해트를 벗으면서 대답했다.

"날씨가 약간 답답해요. 그리고 당신 충고대로 했어요. 나는 위험한 짓은 하지 않았어요."

"롤랑은요?"

"나를 대문 앞에 내려주고 곧장 디아블블랑으로 갔어요."

"그건 위험한 짓이에요."

"확인해봐요. 그는 아래층에 있어요."

코제트는 제라르가 샴페인을 비웠다는 사실을 알아챘다. 술을 마신 걸로 보아 그가 더욱 대담하게 행동할 위험이 있었다. 그가 문을 닫으려 하자 그녀는 문을 열어놓자고 했다.

코제트는 제자리에서 한 바퀴 돌면서 핑계를 댔다.

"시원한 바람이 불 거예요. 방에 가서 얘기 좀 할까요?"

제라르는 코제트의 허리를 잡고 끌어안지 않도록 초인적인 노력을 했다. 샴페인이 그를 대담하게 만들었다. 그는 이제 코제트가 자신에게 너무 젊다고 생각하지 않았다. 그는 곧 쉰다섯 살이었다. 그런데 이상하게도 온갖 악덕과 방탕에 물든 이 타락한 인간은 그녀를 너무 존중한 나머지 함부로 굴 수 없었다. 그는 간절히 그녀를 갖고 싶었다. 그는 그녀를 우러러 받들었다. 그녀는 감히 만질 수 없는 왕비, 공주, 여신이었다. 그는 취기를 애써 가누며 의젓한 자세로 의자에 앉았다.

코제트는 제라르 옆에 앉아 두 손으로 입을 가리고 올빼미 소리를 냈다.

"뭐하는 거예요?"

"뷔르댕이 우리 구역에 들어오면 당신에게 이 신호를 보낼게요. 또 내 조상들이 올빼미 당원이었고 내가 싸울 준비가 되어 있음을 보여드리죠. 발자크 씨의 『마지막 올빼미 당원』을 읽어보았나요?"

"책을 읽을 시간이 없어요."

"책을 읽어야 해요. 당신 친구 뷔르댕에게 책을 읽을 시간이 있다고 생각하세요?"

"분명히 없을 거예요. 이유를 설명해드리죠."

제라르는 코제트의 손을 살짝 만지면서 말을 이었다.

"뷔르댕을 내 친구라고 말하지 마세요."

제라르는 두 손을 무릎에 얹고 사뭇 진지한 표정으로 뷔르댕에 대해 알고 있는 모든 것을 털어놓았다. 전쟁, 오스트리아, 독살당한 부상병들, 귀족으로 만들어주었던 그의 아들……

"그의 아들이라니요?"

"아메데 디그랑드 후작 말이에요! 당신과 나처럼 그는 후작이 아니에요! 루이데지레는 아들을 위해 모든 것을 희생했어요. 처음에 그에게 돈이 있었죠. 그는 아메데를 자신보다 무서운 주인, 영주, 무뢰한으로 만들려 했어요. 작위와 재산을 가진 무뢰한. 건드릴 수 없고 인정받는 무뢰한. 보잘것없고 가난한 꼽추였던 뷔르댕은 사회적 인정과 명망을 갈구했어요. 그는 제국시대 말기에 디그랑드라는 귀족의 성(姓)을 샀어요. 그는 허영심이 많고 타락한 자식을 위해 온갖 희생을 치렀죠."

코제트는 의자에 앉아 있기 힘들었다. 이 새로운 사실들을 듣고 있자니 현기증이 일었다. 중상모략이 아닐까.

입심이 대단한 제라르는 손짓을 해가며 상세하게 털어놓았다. 그는 사업에서 자신을 따돌린 뷔르댕을 원망하고 있었다. 뷔르댕은 타르디에의 입장을 고려해서 제라르에게 조금도 알려주지 않았던 것이다. 그러면서도 마약, 독, 황산 따위가 필요하면 그에게 도움을 요청했다. 제라르는 번번이 속아 넘어갔다. 그는 하수인 역할을 톡톡히 해냈다.

"그들은 내게 대가를 치러야 해요. 나는 테나르디에에게 황산을 주었어요. 타르디에는 그 황산을 클랑 데스탱의 옛 주인의 부인에게 주었죠. 그는 음모를 꾸몄어요. 그는 클랑 데스탱의 주인과 그의 정부를 제거하려 했어요. 주인은·도형장에 끌려갔고, 그의 부인은 살해되었고, 그의 정부는 얼굴이 흉측하게 변했죠. 결국 타르디에와 뷔르댕이 그 술집을 차지했어요."

코제트는 이 모든 이야기를 기억해두었다. 게일도 들었을 것이다. 심판의 날에 이 고백은 중요한 증언이 될 것이다.

제라르가 코제트의 손을 잡았다. 그녀는 가만히 있었다. 그가 추행하려 하자 그녀는 삿대질을 하며 위협했다.

"제라르, 우리는 토요일에 약속했잖아요."

제라르가 중얼거렸다.

"나는 당신을 무척 사랑해요."

제라르는 다시 이야기를 시작했다. 타르디에에게 마취제를 건네준 장본인이 바로 제라르였다. 의료 행위를 할 권리가 없는 돌팔이 의사 제라르.

"나는 마취제의 용도를 몰랐어요. 돈을 받고 마취제를 넘겨주었어요."

어느 날 제라르는 뷔르댕에게 넘긴 강력한 마취제를 어느 부인의 집을 방문한 젊은이에게 먹였다는 사실을 알게 되었다. 그 젊은이의 이름은 마리우스 퐁메르시였다. 그는 아메데의 친구였다.

코제트는 소스라치게 놀랐다. 누군가가 그녀의 가슴을 찢는 듯했다.

제라르는 젊은 여인의 동요를 눈치 채지 못하고 말을 이었다.

"타르디에의 하수인인 루제가 전부 말해주었어요. 루제의 시체는 목이 잘린 채 센 강에서 발견되었죠. 루제는 예수라는 사람을 죽이는 일을 맡았어요. 그런데 예수는 마리우스 퐁메르시와 약간 닮았어요. 내가 무슨 말을 하는지 알겠어요?"

코제트의 두 눈이 반짝거렸다.

"완전히요."

"마리우스 퐁메르시가 찾아갔던 부인은 트랑스농냉가에 살고 있었어요. 내가 무슨 말을 하려는지 아시겠죠?"

코제트가 대답했다.

"알아요."

"당신은 그래도 토요일 저녁 뷔르댕을 이곳으로 데려오는 일에 찬성하겠죠?"

"물론이에요."

제라르가 머리를 흔들었다.

"뷔르댕은 전갈보다 더 위험한 인간이에요. 당신만 괜찮다면 나는 그를 타르디에에게 넘겨줄 수 있어요. 두 사람 사이에 전쟁은 터지지 않았어요. 하지만 조만간에 터질 거예요. 두 사람은 서로 제거하고 싶어해요. 그들은 이 기회에 나도 제거할 생각이에요. 하지만 우리는 둘이잖아요. 나는 당신을 보호하겠어요. 당신에게 고통을 주려는 자들에게 불행이 있기를!"

제라르는 다시 코제트의 손을 잡고 말을 이었다.

"나는 당신의 성도 이름도 몰라요."

코제트는 손을 빼면서 장난꾸러기처럼 미소를 지었다.

"의사 선생님, 나는 신비의 여자예요. 나는 이름을 잊어버린 모양이에요. 아무튼 당신은 토요일에 모든 것을 알게 될 거예요. 또 어쩌면 당신이 원하는 모든 것을 얻게 될 거예요."

코제트가 이 마지막 말을 내뱉으면서 어쩌나 가까이 다가갔는지 제라르는 젊은 여인의 숨결을 느낄 수 있었다. 그는 희열을 느끼고 두 눈을 감았다. 코제트는 그를 쏘아보았다. 그리고 얼빠진 듯한 모습으로 말했다.

"들어봐요……. 발소리가 들리는 것 같았어요……."

대화가 시작될 때부터 옆방 소리에 귀를 기울이고 있었던 코제트는 게일이 떠난 사실을 눈치 챘다. 제라르는 험상궂은 눈빛으로 벌떡 일어났다. 그리고 프록코트의 호주머니에서 곤봉을 꺼내며 속삭였다.

"당신의 외출을 허락해서는 안 됐는데. 누군가가 당신 뒤를 밟았어요. 게다가 문도 열려 있었어요."

제라르는 고함을 지르면서 그녀 쪽으로 돌진했다. 코제트는 깜짝 놀라며 의자에서 벌떡 일어났다.

고함을 지르고 나니 두려움이 사라졌다. 뷔르댕과 타르디에와 관련된 일은 언제나 최악을 예상해야 했다. 제라르는 계단 곳에 몸을 숙이고 관찰했다. 도망치는 그림자가 보였다.

제라르는 허세를 부리면서 외쳤다.

"달아나봤자 소용 없다!"

제라르는 아파트로 돌아갔다. 코제트는 짐짓 진지한 표정을 짓고 그를 기다렸다. 그녀는 거짓으로 안도의 한숨을 내쉬었다.

제라르가 말했다.

"놈이 도망쳤어요."

코제트가 대답했다.

"당신 같은 사람과 함께 있으면 누구라도 안심할 거예요."

그리고 쫓기는 암사슴처럼 머리를 돌렸다.

제라르가 으스댔다.

"즉시 내려가서 수상쩍은 자가 있는지 확인하겠어요. 롤랑이 밤새도록 보초를 설 거예요."

그리고 후회하는 모습으로 덧붙였다.

"미안해요. 아무래도 당신을 감금해야겠어요. 내일 새벽에 올게요. 누구에게도 문을 열어주지 마세요. 그리고 빗장을 잠그세요. 문을 세 번 두드리겠어요."

그리고 나가면서 수줍은 모습으로 덧붙였다.

"잘 자요, 나의 천사여."

# 8
# 코제트의 복수

깃털을 뽑는 오리가 있는가 하면 뽑히는 오리도 있다. 좋은 오리와 나쁜 오리가 있는 것처럼 착한 공증인도 있고 고약한 공증인도 있다. 샹플롱 공증인은 첫 번째 범주에 속했다. 그는 남의 물건을 담보로 잡거나 죄인들의 불법 행위를 눈감아주는 공증인이 아니었다. 키가 작은 그는 청렴하고 꼼꼼했기 때문에 재산을 모을 수 없었다. 그는 10년 전부터 디그랑드 후작과 그의 집사의 일을 맡아왔다. 그의 사무실은 쇼세당탱가의 근처, 정확히 말해서 빅투아르가의 은행 밀집 구역에 있었다.

'빅투아르(승리)'라는 이름은 길조처럼 여겨졌다. 루이데지레 뷔르댕은 그 점을 중요시했다. 그날 아침, 샹플롱 공증인 사무실에 갔을 때 그는 성공을 확신했다. 어젯밤 그는 생피아크르가를 떠나 프로방스가에 있는 무세 호텔에 묵었다. 그는 중대한 일을 처리할 각오가 되어 있었다.

이틀 전 뷔르댕은 코제트의 아파트에 있는 몇 가지 가구를 팔아먹기 위해 생탕투안 구역에 사는 한 상인에게 수레를 끌고 오라고 했다. '이 하찮은 가구들과 내가 저축한 20만 프랑을 빼놓고도 이 유언장과 50만 프랑이 남는군.' 그는 벽난로 위에 놓인 은촛대까지도 훔쳤다. 비앙브뉘 주교가 장 발장에게 주었던 은촛대였다.

샹플롱 공증인은 안락의자에 앉아 오른쪽 다리를 왼쪽 다리에 얹으면서 물었다.

"디그랑드 씨는 없습니까?"

뷔르댕은 맞은편에 앉은 채 모자를 무릎 위에 올려놓았다.

"이 편지는 내가 후작으로부터 위임을 받았다는 사실을 입증합니다. 문제의 서류를 내게 돌려주세요. 디그랑드 씨는 지금 여행 중입니다. 그는 돌아오는 즉시 당신을 만나러 올 겁니다."

공증인은 헛기침을 하고 금고를 열러 갔다. 그는 서류를 들고 돌아와 책상 앞에 앉았다. 그는 집사가 반환을 요청하는 이유를 설명할 거라고 기대하면서 서류를 훑어보기 시작했다.

뷔르댕은 한마디도 내뱉지 않고 가만히 있었다. 만일 샹플롱 공증인이 그를 바라보았다면 증오심으로 일그러진 꼽추의 얼굴을 보고 소스라치게 놀랐을 것이다.

"먼저, 50만 프랑은 결코 적은 액수가 아닙니다. 생피아크르가의 아파트도 있군요. 퐁메르시 남작과 그의 부인은 분명히 사라졌습니다. 하지만……."

뷔르댕이 공증인의 말을 끊었다.

"후작님은 인내심이 강하고 관대한 분입니다. 퐁메르시 남작이 사망하면 즉각 이 편지를 활용할 수 있었지만 후작님은 우정을 생각해서 그렇게 하지 않았습니다. 나는 후작님의 심부름꾼이자 대변인에 불과합니다. 후작님은 떠나기 전에 이 고통스러운 임무를 내게 맡겼습니다. 당신도 잘 알겠지만 자고 있는 돈은 죽은 돈입니다. 돈은 효율적으로 굴리든지, 아니면 분배해야 합니다. 내가 알기론 후작님은 이 돈의 일부를 자선사업과 가장 불우한 사람들을 위해 사용할 겁니다. 당신도 이 숭고한 뜻에 동의 하실 겁니다. 아무튼 후작님은 파리로 돌아오는 대로 직접 당신에게 말씀 드릴 겁니다. 또 후작부인의 아파트도 있지 않습니까?"

공증인은 눈을 들지 않고 고개를 끄덕였다.

"그렇습니다. 자, 편지는 돌려드리겠습니다. 유동자산은 기다려야 합니다. 후작님은 퐁메르시 남작부인의 동의하에 저에게 이 돈을 맡겼습니다."

뷔르댕은 편지를 받아 어깨끈 달린 가방 안에 넣었다. 가방이 그를 부유하고 진지해 보이게 했다. 그의 어설픈 동작에는 조급함이 배어 있었다. 만일 남작에게 유산이 없다면 이 편지는 무슨 소용이 있겠는가. 오늘은 금요일이었다. 내일 뷔르댕은 예정대로 디아블블랑에 갈 것이다. 제라르가 데리고 있다는 사람이 누군지 궁금했다. 마리우스 퐁메르시? 불가능한 일이었다. 모로? 전혀 관심 없는 인물이었다. 코제트의 아들? 그것은 뜻밖의 일이다. 만일 그렇다면 그는 완전히 승리하게 될 것이다. 돈과 평화가 보장될 것이다.

공증인이 말을 이었다.

"어떻게 할까요?"

"월요일까지 그처럼 막대한 돈을 모을 수 있습니까?"

"할 수 있습니다. 제 심부름꾼이 오늘 오후부터 이 일을 맡을 겁니다. 하지만 월요일 아침까지 기다려야 합니다."

뷔르댕이 양보했다.

"그럼 월요일 오후에 얘기합시다."

뷔르댕은 일어나 흡족한 미소를 지었다. 급히 서두를 이유는 하나도 없었다. 그는 출발을 월요일 저녁으로 늦추었다. 덕분에 마차를 예약할 여유도 생겼다.

뷔르댕은 한참 동안 침묵을 지켰다. 이윽고 그는 발로 바닥을 치면서 느닷없이 케케묵은 서류를 요청했다.

"나는 또한 10년 전에 당신에게 맡겼던 서류를 되찾고 싶습니다."

공증인은 흠칫 놀라며 물었다.

"후작과 관련된 서류 말인가요?"

"그렇습니다. 그것은 내 겁니다."

뷔르댕은 희희낙락했다. 목소리의 음색조차 바뀌었다.

"뷔르댕 씨, 그 서류는 물론 당신의 것입니다. 하지만……."

이번에는 뷔르댕이 짜증을 냈다.

"서류는 봉인되어 있겠죠?"

"그렇습니다, 뷔르댕 씨."

"그럼 서류를 돌려주세요. 이제 후작님이 이 서류에 대해 알 때가 되었어요."

공증인은 마지못해 동의했다. 이 서류는 유언장의 효력을 가지고 있었다. 뷔르댕은 자신이 죽으면 후작에게 넘겨주라면서 이 서류를 공증인에게 맡겼었다. 그런데 왜 갑자기 마음을 바꿨을까?

공증인이 두 개의 큼직한 봉투를 건네면서 물었다.

"유언장을 바꾸고 싶으세요?"

뷔르댕은 봉투를 가방 안에 넣으면서 대답했다.

"나는 디그랑드 후작을 친아들처럼 길렀어요."

그리고 의기양양한 모습으로 덧붙였다.

"후작님은 내가 가진 몇 가지 장점을 활용할 수 있을 거예요. 하지만 이 일은 당신과 상관이 없습니다. 귀족들은 변덕스럽습니다. 월요일에 봅시다."

뷔르댕은 모자를 쓰고 가방을 겨드랑이 밑에 끼고 떠났다.

* * *

인생에서 때때로 우연의 일치는 운명과 함께 장난을 친다. 샹플롱 공증인은 디그랑드 후작이 비가 오는 금요일 오후 사무실에 나타난 것을 보고서 그렇게 생각했다.

"후작님, 안녕하세요."

"공증인 선생, 안녕하세요. 날씨가 정말 고약합니다."

공증인은 사무실의 유일한 창문을 바라보았다. 비가 유리창을 두드리는 소리와 나뭇가지 사이로 돌풍이 부는 소리가 들렸다. 5월에 센 강의 수위가 5미터 62센티미터에 달했다. 비가 줄기차게 내렸던 것이다. 정말로 고약한 날씨였다.

샹플롱 공증인이 털털하게 웃으며 말했다.

"저는 더 이상 날씨에 신경 쓰지 않습니다."

공증인은 아메데에게 자리를 권하고 신속한 방문을 칭찬해주었다. 약간 현학적인 기품이 있는 아메데는 그의 말에 놀랐다.

"뭐라고요?"

"집사가 후작님이 곧 파리에 돌아오실 거라고 말했지만 이처럼 빨리 오실 줄은 몰랐습니다."

아메데는 자신의 손가락을 비틀었다. 표정이 몽상에서 짜증으로 바뀌었다.

"뷔르댕 씨가 방문했다고요?"

"바로 오늘 아침입니다. 남작의 편지 문제로 왔었습니다. 정말 모르고 오셨습니까?"

아메데의 얼굴이 창백해졌다. 그는 분노가 치솟았지만 꾹 참았다. 우연의 일치는 때마침 일어났다.

아메데가 즉각 물었다.

"그럼 돈은요?"

"월요일 오후에 돈을 돌려주기로 했습니다. 하지만 당신이 왔기 때문에……."

아메데는 단호하게 공증인의 말을 중단시켰다.

"아니에요. 그대로 진행하세요.' 집사를 만나면 내가 왔었다는 말은 하지 마세요."

그리고 탐욕스러운 눈길로 덧붙였다.

"뷔르댕 씨는 생피아크르가로 돌아갔나요?"

"모릅니다, 후작님. 이런 말씀을 드려도 될지 모르겠지만 집사는 몹시 흥분해 있었습니다."

아메데가 중얼거렸다.

"그럴 겁니다."

"뭐라고요?"

"아무것도 아닙니다."

공증인은 되묻지 않고 말을 이었다.

"또 한 가지 말씀드릴 게 있습니다. 집사에게 그의 유언장에 관련된 서류와 당신 부친께서 물려주신 서류를 돌려주었습니다."

아메데는 믿을 수 없다는 듯이 반문했다.

"내 아버지가 물려준 거라고요? 에슬링 전투에서 전사한 디그랑드 후작의 서류 말인가요?"

샹플롱 공증인은 약간 충격을 받은 모습으로 대답했다.

"그럴 겁니다. 두 편지는 봉인되어 있었습니다. 저는 서류의 주인을 모릅니다."

아메데는 씁쓸하게 머리를 흔들었다. 수년 동안 루이데지레는 후작에게 극도로 정중한 태도와 헌신을 보여주었다. 그는 자신처럼 후작을 파렴치하고 경박하고 탐욕스러운 사람으로 만들려 했다. 아메데는 기적적으로 마리우스와 코제트를 만났다. 그가 루이데지레에게서 예감하고 있던 모든 것, 즉 원한, 좌절, 불행의 세계가 명백히 드러났다. 집사의 마음속에 불결한 스튜처럼 발효해서 부글부글 끓고 있던 누룩이 터진 것이다. 하지만 심판의 날이 다가왔다. 자베르는 클레망스를 만나기 위해 푸아투 지방에 있는 비본으로 떠났기 때문에 아메데는 다음 날 혼자 디아블블랑에 갔다. 그는 제라르의 발톱에서 코제트를 구하고 뷔르댕을 처리할 것이다. 만일 태어날 때부터 귀족 칭호를 사용한 것이라면 그는 싸움에서 뷔르댕을 이길 수 있을 것이다.

* * *

그날 저녁 제라르는 샤말랭 레스토랑에 가지 않았다. 그것은 현명한 행동이었다. 테나르디에가 루푀르에게 제라르를 제거하라고 지시했기 때문이다.

테나르디에는 레스토랑 문을 닫기 직전 샤말랭에 들어서면서 후회했다.

"더 일찍 제라르를 제거해야 했는데."

루푀르가 그를 안심시켰다.

"당장 부하들을 풀겠습니다. 곧 잡힐 겁니다."

테나르디에가 종업원들에게 지배인이 없는 이유를 물었지만 아무도 대답하지 못했다. 그는 그날 저녁의 이익금을 챙기면서 한 형사가 모로를 체포했다고 알려준 카리뇰 특무상사와 점점 더 눈에 띄지 않는 뷔르댕을 생각했다. 꼽추는 무슨 짓을 꾸미고 있는 걸까? 루푀르는 제라르를 제거하면 즉각 뷔르댕을 처리할 것이다. 하지만 시간이 촉박했다. 뷔르댕은 이미 퐁메르시의 돈을 손에 넣고 도망칠 수도 있었다. 테나르디에는 격분했다. 뷔르댕은 약속을 해놓고도 돈을 주지 않았다. 며칠 전 테나르디에는 페가스를 생피아크르가에 보냈다. 꼽추는 집에 없었다.

페가스가 물었다.

"어떻게 할까요? 문을 부수고 훔칠까요?"

"아직 아니야. 조금 기다려."

테나르디에는 불길한 예감을 느꼈다. 후작은 대체 어디 있을까? 테나르디에는 나쁜 소식에 대비하기 위해 숨겨둔 돈을 끌어모아 금고에 넣어두었다.

레스토랑을 떠나려는 순간 적갈색 머리의 여종업원이 다가오더니 그를 한쪽으로 끌고 갔다. 그녀의 시선에 이상한 빛이 서려 있었다. 테나르디에는 샤말랭에 오래 머무르지 않았기 때문에 그녀의 이름이 프로제르핀이라는 것만 알고 있었다.

"다브 데 그레프, 잠깐 말씀드려도 될까요?"

"말해봐."

테나르디에가 부하에게 지시했다.

"밖에서 기다리게."

.루피르가 밖으로 나가자 테나르디에와 프로제르핀이 카운터에 팔꿈치를 기댔다.

"말해봐."

"다브 데 그레프, 민감한 문제예요. 나는 오래전부터 제라르를 알아왔어요. 요즘 같은 모습은 본 적이 없어요."

"무슨 얘기야?"

"제라르는 자주 레스토랑을 비워요. 그는 금발 아가씨에게 미친 이후로 늘 안절부절못했어요."

다른 사람들의 애정 문제에 전혀 관심이 없는 테나르디에는 눈 위까지 모자를 푹 눌러썼다. 이 동작은 절망의 시작을 알리는 것이었다.

테나르디에가 내뱉었다.

"있을 수 있는 일이야. 하소연을 하기 위해 나를 찾았다면 번지를 잘못 찾은 거야. 내게 중요한 것은 제라르가 제대로 일을 하는 거야. 그런데 이곳에 없군."

"제라르가 다른 일에 너무 신경을 쓰기 때문이에요. 짧은 금발 머리를 가진 여자. 어느 날 저녁 그녀는 쫓기는 모습으로 찾아왔어요."

테나르디에의 눈이 반짝이기 시작했다.

"어디로?"

"디아블블랑."

"너는 다른 곳에서도 일을 하니? 그리고 디아블블랑이 뭐지?"

프로제르핀은 죄인이라도 되는 듯 몸을 움츠리고 말했다.

"다브 데 그레프, 퇴폐적인 유흥업소예요……. 부자들이 애용하는 곳이죠. 충격적인 장면을 목격할 수 있어요. 지하실에 있어요."

"금발 여자는?"

"제라르가 그 업소 위에 있는 아파트에 가둬두고 있어요. 사내 같은 여자예요. 제라르는 그녀만 떠받들고 있어요……."

테나르디에의 얼굴이 침울해졌다. 사내처럼 보이는 금발 여자? 제라르가 되마르무세에서 코제트를 진찰했던 일이 떠올랐다. 종달새가 화염에서 빠져나온 걸까? 제라르는 반쯤 그을린 젊은 여인의 시체가 센 강에서 발견되었다고 하지 않았는가.

"금발 여인의 이름이 뭐지?"

"제라르가 말해주지 않았어요."

데니르디에는 충격을 받았다. 만일 뷔르댕이 이 비밀을 알고 있다면? 그는 진상을 명백히 밝히고 싶었다.

"네가 원한다면 그 여자를 제거할 수 있어. 칼 한 방이면 돼. 다시는 그 여자에 대한 얘기가 나오지 않을 거야."

프로제르핀은 무거운 눈꺼풀을 하고 이 구세주에게 몸을 비볐다. 그녀는 하소연하는 목소리로 이제 안심했다고 털어놓았다. 그리고 눈을 내리깔고 덧붙였다.

"디아블블랑은 콜베르가에 있어요."

테나르디에는 주소를 메모한 뒤 은밀하게 물었다.

"그곳에 어둡고 구석진 방이 있지?"

"많이 있어요."

"좋아. 네게 페가스를 보내주지. 언제가 좋겠어?"

프로제르핀은 다음 날 저녁 악마의식이 부자 손님들을 위해 거행될 거라고 알려주었다. 그녀는 디아블블랑 입구에서 기다렸다가 페가스가 오면 업소 안으로 안내할 것이다. 아무도 눈치 채지 못하게.

테나르디에가 거듭 말했다.

"좋아. 너는 착한 사람이야."

테나르디에는 밖으로 나가서 기다리고 있던 루푀르를 만났다. 그는 지팡이로 바닥을 치면서 말했다.

"다시 일을 시작해야겠어. 우리는 페가스와 카리뇰이 필요할 거야."

* * *

코제트는 제라르의 사무실에서 초조하게 의식의 시작을 기다렸다. 몇 달 전 자신을 함정에 빠뜨렸던 작자에게 덫을 놓았다고 생각하니 흥분이 되고 얼굴이 화끈거렸다. 그녀는 끊임없이 주머니칼을 만지작거렸다.

제라르가 주의를 주었다.

"이곳에 있으면 안 돼요. 뷔르댕이 이곳으로 올 거예요."

"그럼 어떻게 하죠?"

"제단에서 멀지 않은 곳에 서 있겠어요?"

코제트가 눈살을 찌푸렸다.

"그 해괴한 의식에 참가하라고요?"

"눈을 감고 있으면 됩니다. 아무튼 당신은 내 뒤에 있어요. 또한 롤랑이 당신을 지켜볼 거예요. 무슨 일이 일어날지 모르잖아요."

그리고 코제트에게 하얀 드레스와 가면을 건네주면서 덧붙였다.

"이렇게 하면 아무도 당신을 알아보지 못할 거예요. 나는 모든 것과 모든 사람들을 경계해요. 나를 믿으세요."

코제트는 누구도 신뢰하지 않았다. 하지만 그녀는 드레스를 걸치고 가면을 자세히 관찰했다. 그것은 인상을 찌푸린 하피를 은빛 아칸더스 잎으로 두른 가면이었다.

코제트가 투덜거렸다.

"보기 흉해요."

제라르가 인정했다.

"알아요. 하지만 그렇게 하지 않으면 위험에 빠질 수 있어요. 모든 게 정상처럼 보여야 해요."

그때 프로제르핀이 빨간 벽걸이 천의 한쪽 끝에서 은밀히 두 사람을 염탐하고 있었다. 그녀는 집요하게 코제트를 관찰했다. 아무도 그녀를 보지 못했다. 그녀는 곧장 지하실로 내려가 디아블블랑의 중앙 홀로 향했다. 오늘 저녁은 애꾸눈이 니나가 제단에서 제라르를 보좌할 것이다. 프로제르핀은 홀 입구에 도착하자 코제트를 생각하고 중얼거렸다.

"너는 이곳에서 빠져나가지 못할 거야."

그러는 사이 코제트는 가면을 썼다가 곧 흥미 없다는 듯 가면을 벗었다. 롤랑은 팔짱을 낀 채 지켜보고 있었다. 제라르는 뷔르댕이 오게 될 사무실 옆에서 옷을 입었다. 그가 조용히 움직이자 낙낙한 옷이 베르가모트 향과 백단향 그리고 식초 냄새가 혼합된 고리타분한 냄새를 발산하면서 펄럭거렸다.

제라르가 시계를 보면서 말했다.

"뷔르댕은 한 시간 후에 올 거예요. 롤랑이 그를 맞이하고 프로제르핀이 마실 것을 줄 겁니다. (그는 은으로 만든 물병을 가리키며 덧붙였다.) 나도 음료수를 준비했어요. 황소를 죽일 수 있을 만큼 강력한 것이죠."

코제트는 거울을 보고 경악했다. 그녀의 모습은 변해 있었다. 장 발장과 함께 수도원에서 살았던 아이의 얼굴이 아니었다. 불행을 거부한다는 단순한 각오로 명랑한 삶을 사랑했던 젊은 여인의 얼굴이 아니었다. 되마르무세의 골방에 갇히고 쇠사슬에 묶였던 불행한 여인의 초췌하고 병적인 얼굴도 아니었다. 그것은 눈에서 복수의 불꽃이 타오르는 냉혹하고 단호한 얼굴이었다. 코제트는 의연한 여인이 되었다. 감금된 몸이지만 끝까지 싸울 것이다. 불우한 사람들을 옹호하는 투쟁을 부각시키는 것도 중요한 일이지만 이 투쟁에 참여하는 것은 또 다른 차원이다. 설명하는 것과 시범을 보여주는 것, 생각하는 것과 행동하는 것의 끊임없는 역설. 이제 코제트는 두 번째 범주에 속했다. 그녀는 다른 사람들이 간접적으로만 느끼는 비참한 생활, 무지, 증오, 탐욕, 사랑, 보복, 부끄러운 악행을 온몸으로 체험했다. 그녀는 일련의 실망을 직접 겪었다. 하지만 자유의 소중함도 절실히 느꼈다.

코제트는 불쑥 떠오르는 유년 시절 덕분에 슬픈 현실을 더욱 절실히 느꼈다. 행복과 영광으로부터 소외된 사람들의 비참한 현실. 사람은 개인의 야망에 따라 안락이나 품위를 쟁취하려고 노력한다. 코제트는 혼자 몸부림치면서 과거를 되찾았다. 어릴 때는 별로 화를 내지 않는다. 불행할 때는 다른 것이 눈에 들어오지 않기 때문이다. 코제트는 테나르디에 가족에게 결코 분개하지 않았다. 그녀에게 일어난 모든 일은 당연한 일이었다. 하지만 행복이 무엇인지 알게 되면 행복이 유일하게 정상적인 것이라고 생각한다. 코제트는 장 발장에게서 행복을 배웠다.

지난 여덟 달 동안 코제트는 프레데릭 리볼리에의 중요한 견해를 회상했다. "여자들은 모든 것을 장악하려 한다. 남편, 애인, 아이, 집, 돈. 여자들은 언제나 남자들보다 먼저 두 가지를 생각한다. 돈을 모으는 것과 쓰는 것. 거짓말하는 것과 진실을 얘기하는 것. 여자들은 스스로 가정이라는 감옥에 들어가거나 도망친다. 중간의 길은 없다. 경박한 여자들은 현실적이다. 그녀들은 다른 행성에서 온 것이다."

프레데릭이 틀렸다. 코제트는 '장 발장'이라는 행성에서 왔을 뿐이다.

그리고 이 행성은 그녀의 마음속에 거대한 자리를 차지하고 있었다. 추억은 너무 일찍 떠난 사람들을 영원히 기억하는 게 아닌가.

지금 코제트는 거울 앞에서 신비로운 열정을 느끼고 있었다. 싸움의 순간이 다가옴에 따라 고조된 감정일 것이다. 이제 누구에 맞서 싸우는 것인지 알 순간이 왔다.

제라르가 알렸다.

"시간이 됐어요."

제라르는 롤랑에게 돌아섰다.

"주위를 잘 감시해. 오늘 저녁 나는 의식을 단축할 거야. 예정된 시각에 뷔르댕을 찾아서 내 사무실로 데려와. 프로제르핀이 사무실에 있을 거야. 그런 다음에 지하실로 돌아가."

그리고 코제트에게 말했다.

"롤랑이 뷔르댕을 찾으러 가면 제단 옆으로 오세요. 당신이 예상대로 한다면 모든 일이 잘될 거예요. 준비되었어요?"

"그럼요."

코제트는 턱을 들어올리고 이를 악물었다. 그녀는 실수하지 않을 것이다. 그녀는 두 주먹을 불끈 쥐었다. 그녀가 후회하는 것은 하나뿐이었다. 천연 수정을 갖고 있지 않은 것. 라파엘이 수정을 마리우스에게 주었다면 얼마나 좋을까?

\* \* \*

롤랑은 빈틈없는 모습을 보여주었다. 그는 제라르의 지시에 따라 디아블블랑의 입구에서 뷔르댕을 맞이했다. 그는 뷔르댕을 중앙 홀로 안내하는 대신에 지하 계단을 통해 사무실로 데려왔다. 그리고 말없이 그를 프로제르핀에게 맡겼다. 그녀는 그를 사무실 의자에 앉혔다. 롤랑은 지하 홀로 들어가 코제트를 지켜보았다.

꼽추는 방심하지 않았다. 데카르트 철학의 신봉자인 그는 지나치게 숙고하지 않고 목표를 단념하지 않는 한 정신은 삶에 잘 적응한다고 생각했다. 아무튼 그는 제라르가 자신을 위해 무슨 일을 마련해놓았는지 궁금했다. 그의 입에서 어떤 소리도 나오지 않았다. 그는 위치를 확인하고 프로제르핀을 관찰하면서 고개를 끄덕이기만 했다. 그의 호주머니에는 칼이 있었다.

프로제르핀은 예상했던 것과는 달리 그에게 물을 권하지 않았다. 그녀는 꼽추에게 다가가서 속삭였다.

"조심하세요. 제라르가 야비한 간계를 꾸몄어요."

"누가 당신을 보냈소?"

"다브 데 그레프."

뷔르댕이 놀라 물었다.

"다브 데 그레프가요? 나를 위해?"

"아니에요. 우리의 모든 근심의 원인인 어떤 새침한 여자를 끝장내기 위해서죠."

뷔르댕은 당황하지 않았다. 새침한 여자라니? 어떤 함정이 그를 기다리고 있는 것일까? 일어나 나가려는 그를 프로제르핀이 붙잡았다.

"그 여자의 죽음을 보고 싶지 않으세요?"

"누구를 말하는 건지 모르겠군요."

"금발 여자가 느닷없이 나타났는데 다브 데 그레프는 이 여자한테 신경을 쓰는 것 같아요."

뷔르댕은 의자에서 안절부절못했다. 코제트일까? 그는 물병을 가리키면서 물었다.

"저건 뭐죠?"

"당신에게 줄 수면제예요."

뷔르댕은 살며시 고개를 끄덕였다.

"그 금발 여자는 어디에 있죠?"

프로제르핀이 빨간 벽걸이 천을 가리키면서 일어났다.

"바로 건너편에 있어요. 하지만 잠시 후면 저 여자는 나쁜 추억에 지나지 않게 될 거예요."

그리고 은밀히 속삭였다.

"지금 나는 저 여자를 처리할 사람을 만나야 해요. 당신은 가장 좋은 자리를 잡게 될 거예요."

"여기서 기다리면 되나요?"

"나는 지하 홀로 돌아가서 당신이 이곳에 있다고 제라르에게 알려줘야 해요. 아우성이 들리면 그게 신호예요. 우리는 그 금발 여자를 제거할 거예요. 나중에 봐요."

뷔르댕은 어떻게 해야 할지 몰라 망설였다. 프로제르핀이 벽걸이 천사이로 사라지는 것을 보면서 결과를 예상했다. 일석이조. 코제트를 저승으로 보내고 테나르디에게 책임을 전가할 것. 그는 일어나 벽걸이 천에 바짝 붙었다. 프로제르핀이 말한 대로 그는 가장 좋은 곳에 자리를 잡았다.

* * *

가면을 쓴 코제트는 숨이 막혔다. 몇 분 전부터 그녀는 제라르와 벽걸이 천 사이에서 뻣뻣이 서서 눈을 감고 홀에 번진 향초의 향을 맡고 있었다. 조금 전 프로제르핀이 제라르에게 신호를 보냈다.

제라르의 주문이 끝나자 통음난무가 시작되었다. 굉장한 소란. 고함소리, 탬버린과 트럼펫 소리.

코제트는 다시 눈을 떴다. 그녀는 잎이 그려진 푸르스름한 점토 가면에 흰색의 긴 옷을 걸친 남자와 옥신각신하는 프로제르핀을 발견했다. 두 사람이 자신을 보고 있는 것 같았다. 그녀는 걱정하지 않았다. 그녀는 뷔르댕만을 생각하고 있었다. 꼽추는 벽걸이 천 건너편에 있는 제라르의 사무실에서 잠들어 있을 것이다. 그녀는 그렇게 생각하고 안심했다. 코린토스 양식의 두 기둥 사이에 있는 키 큰 청년이 그녀의 관심을 끌었다. 그는 노란 저고리와 초록빛 물색 반바지 그리고 계급장을 단 외투를 입었다. 두 개의 커다란 분홍색 뿔이 튀어나온 가면은 당나귀 귀를 가진 개의 얼굴과 비슷했다. 돌상 가면을 쓴 시종(侍從)이 검은 암탉 한 마리를 안은 채 그와 함께 있었다. 개 머리 가면을 쓴 남자가 암탉의 두 다리를 모아 잡고는 단칼에 머리를 잘랐다. 그녀는 소스라치게 놀랐다. 온몸이 전율했다. 그녀는 혐오감에도 불구하고 계속 바라보았다. 개 머리 가면을 쓴 남자는 닭을 손님들에게 던졌다. 엄청난 혼란이 일어났다. 몇몇 열광적인 손님들이 제단으로 몰려가더니 제라르를 떼밀고 누워 있던 애꾸눈이 여자를 움켜잡았다. 그리고 항아리에 가득 담긴 불투명한 음료를 마시기 위해 은으로 도금한 국자를 놓고 다투었다. 제라르는 욕설을 참으면서 뒤로 물러났다. 그리고 소리쳤다.

"물러가시오! (그는 개 머리 가면을 쓴 남자를 가리키면서 덧붙였다.) 저 괴짜는 누구야?"

그리고 뒤에 있는 코제트에게 말했다.

"뷔르댕이 내 사무실에 있어요. 잠들어 있을 거예요."

"그럼 가도 돼요?"

"조금 기다려요. 롤랑은 어디로 갔죠? 이 느닷없는 광란은 도대체……."

제라르는 광란에 빠진 손님들과 거리를 두고 서 있기 힘들었다. 그들 가운데 한 명이 그의 제의를 붙잡았고 다른 한 명이 팔꿈치로 그를 치는 바람에 제라르는 코제트에게 쓰러졌다. 코제트는 쓰러지면서 가면이 벗겨졌다.

제라르는 손님들이 애꾸눈이 여자를 유린하는 것을 보고 무기력하게 외쳤다.

"물러서시오!"

수많은 손들이 니나를 들어올렸다. 제라르는 롤랑을 찾아보았다. 이런 난봉은 처음 있는 일이었다. 그는 코제트를 보호하려 애쓰면서 한 발로 돌면서 공격자들을 잡아당기고 동시에 밀어냈다. 그는 푸르스름한 가면을 쓴 남자가 제단에 접근하는 것을 보지 못했다. 페가스가 뒤엉킨 사람들을 헤치고 길을 트고 있었다. 그는 곧장 코제트에게 돌진했다. 그녀는 혼란의 와중에 균형을 잃고 벽걸이 천을 붙잡았다. 벽걸이 천이 벌어지면서 코제트는 뷔르댕과 맞닥뜨렸다. 깜짝 놀란 꼽추는 흠칫 놀라며 뒤로 물러났다. 코제트는 비틀거렸다. 그녀는 주머니칼을 꺼내며 외쳤다.

"놈이 여기 있다!"

집사에게 돌진하려는 순간 코제트는 벽걸이 천 자락에 발이 걸려 옆으로 넘어졌다. 이 추락이 그녀의 목숨을 구했다. 페가스가 하얀 옷 속에서 칼을 꺼내 그녀를 향해 날렸던 것이다. 빗나간 칼은 제단에 부딪치면서 부러졌다. 코제트는 벌떡 일어났다. 페가스는 고함을 내지르고 그녀에게 돌아섰다.

"너는 내 손에서 빠져나갈 수 없어!"

코제트는 주머니칼을 들고 그에게 맞섰다. 페가스는 부러진 칼을 들고 그녀에게 달려들면서 외쳤다.

"죽어! 뱅트되의 복수다!"

제라르는 코제트가 위험에 빠진 것을 보고 몸을 날려 페가스와 부딪쳤다. 그는 충격으로 비틀거리고 숨이 끊어질 듯했다. 하지만 그는 여전히 공격자를 노려보았다.

페가스가 그를 위협했다.

"당신은 꺼져. 그렇지 않으면 당신도 죽게 될 거야!"

그것이 페가스의 마지막 말이었다. 그는 무기를 놓고 가면을 벗더니 고개를 숙이고 믿을 수 없다는 듯 배를 뚫고 나온 차가운 날을 응시했다. 뒤쪽에서 칼이 복부를 관통했던 것이다. 창자가 찢어지는 듯한 고통. 빨간 줄무늬가 하얀 옷에 조금씩 배어들었다. 그는 최후의 힘을 다해 두 손으로 날을 쥐려 했다. 하지만 날이 사라졌다. 그를 찔렀던 사람이 단숨에 검을 뺐던 것이다. 페가스는 피를 토하고 제단 밑에서 고꾸라졌다.

페가스를 공격했던 사람은 다름 아닌 뿔 가면을 쓴 사람이었다. 그가 말했다.

"한 사람이 줄었군."

그리고 급히 코제트에게 다가와서 물었다.

"괜찮습니까, 남작부인?"

제라르는 기절할 뻔했다. 남작부인이라고? 그는 비틀거리지 않기 위해 두 손으로 제단을 움켜잡고 온힘을 모았다. 그리고 아무것도 눈치 채지 못한 손님들을 둘러보았다. 얼마나 비현실적인 광경인가! 한쪽에선 사람이 죽어가고 있는데도 흥분한 손님들은 아랑곳하지 않고 술을 퍼마시고 있다니!

개 머리 가면을 쓴 남자가 얼굴을 드러냈다. 코제트는 자신의 눈을 믿을 수 없었다.

"당신이 어떻게?"

아메데는 가면을 바닥에 던지고 의기양양하게 말했다.

"루이가 알려주었어요. 지난번 의식 때 그는 당신을 알아보았어요."

코제트는 아메데를 따라온 남자를 바라보았다. 그는 가면을 벗고 시종 장처럼 인사를 했다.

"분부만 내려주십시오, 남작부인."

그리고 아직도 충격에서 헤어나오지 못한 제라르에게 말했다.

"이봐요, 악마주의 신봉자 씨, 나는 당신이 나를 문밖으로 내던졌던 일을 잊지 않았소."

제라르는 몸을 돌려 그들을 보았다. 맥이 빠졌다. 그는 코제트에게 중얼거렸다.

"당신은 나를 속였군……. 나는 당신을 위해 모든 것을 했는데……."

코제트가 그를 노려보았다.

"나는 성을 알려주겠다고 당신에게 약속했어요. 약속을 지키겠어요. 내 성은 당신이 도형장에 보내는 데 일조했던 젊은이의 성과 같은 퐁메르시예요. 코제트 퐁메르시. 그래도 내가 당신을 속였다고 말할 수 있나요? 나를 속인 것은 당신이에요. 당신과 당신 친구들. 제라르 씨, 우리는 같은 부류가 아니에요. 당신들은 진창과 암흑의 세계에 속해요. 하지만 나는 당신에게 빚을 졌어요. 당신과 당신 친구들이 2년 동안 나를 얼마나 처참하게 망가뜨렸는지 잘 알 거예요. 이제 우리는 서로 빚진 게 없어요."

제라르는 씁쓸한 미소를 짓고 아메데를 바라보았다.

"사생아인 자네는 철저히 속았어. 자네의 등에 혹이 있었다면 두 사람은 완벽하게 닮은꼴이 되었을 텐데."

아메데는 따귀를 때리고 싶었지만 참았다. 그러기는커녕 오히려 충격으로 몸을 가누지 못하는 제라르를 부축했다.

"이 사생아는 당신이 죽게 내버려두지 않을 거야. 나중에 얘기합시다. 우선 뷔르댕 씨를 찾는 데 당신 도움이 필요해."

코제트가 원통해하며 말했다.

"뷔르댕은 저곳에 있었어요. 하지만 그는 도망쳤어요."

아메데가 몸을 움찔하며 반문했다.

"뷔르댕이 이곳에 있었다고요?"

코제트는 후작에게 다가가서 집사의 배신을 알고 있느냐고 물었다.

"코제트, 조금 전에야 알았어요. 이 모든 일이 부끄러워요. 하지만……."

아메데는 롤랑을 보고 말을 끊었다. 롤랑은 곤봉을 들고 제단으로 달려왔다. 그가 곤봉을 휘두르자 제라르가 손짓으로 말렸다.

"안 돼, 모든 게 끝났어……. 내가 일어날 수 있게 도와줘……."

제라르는 롤랑의 어깨에 몸을 기대고 벽걸이 천을 가리켰다.

"저쪽으로 갑시다."

아메데가 경계하면서 물었다.

"나쁜 짓을 하려는 건 아니겠죠?"

제라르는 쳐다보지도 않고 대답했다.

"나는 더 이상 그럴 마음이 없네. 지금 나한테 중요한 것은 루이데지레 씨의 운명이야."

그들은 흔들거리는 횃불 아래서 제라르의 사무실로 갔다. 제라르는 롤랑의 도움을 받아 옷을 갈아입었다. 연립주택의 1층과 연결된 계단을 올라가는 순간 호각 소리가 들렸다.

"헌병이다!"

카리뇰은 테나르디에의 지시에 복종했다. 하지만 그는 여느 때처럼 싸움이 끝난 후에 도착했다.

아메데 일행은 잠시 기다렸다. 루이가 상황을 살펴보기 위해 정문까지 갔다. 코제트를 제외하고 모두 옷을 갈아입었다. 코제트는 피가 묻은 옷 위에 조르주 상드가 준 검은 프록코트를 걸쳤다.

헌병은 보이지 않았다. 말과 마차만이 널려 있었다.

루이가 동료들을 부르자 아메데 일행은 황급히 거리로 나갔다. 비스듬히 세워진 삯마차 옆에 한 무리의 아이들이 모여 있었다. 선두에는 게일이 있었다.

"종달새, 당신의 작전은 실패했어요. 꼽추는 무사히 사륜마차를 타고 떠났어요."

"어디로 갔는지 알아?"

"내 부하 두 명이 그 마차에 탔어요. 두 시간 후면 그 악당이 사는 곳을 알 수 있을 거예요."

"잘했어, 게일."

그리고 아메데에게 물었다.

"후작님, 만족하세요?"

"코제트, 당신은 나를 기절초풍하게 하는군요."

제라르는 많은 피를 흘렸다. 그는 게일을 알아보고는 간신히 입을 열었다.

"너도 살아 있었어?"

"보다시피. 나는 음흉한 인간들과는 사이가 좋지 않아. 하지만 내가 노리고 있는 사람은 다브 데 그레프야."

코제트가 말했다.

"너는 혼자가 아니야."

그리고 아메데에게 물었다.

"괜찮아요?"

갑자기 헌병 한 명이 디아블블랑의 출입구에 나타났다. 아이들은 그를 보고는 흩어졌다. 헌병은 곧장 코제트에게 다가왔다. 그녀는 잽싸게 프록코트를 열어젖혔다.

"나는 다쳤어요……."

헌병은 핏자국을 발견하고는 아메데에게 돌아섰다.

"당신이 데려갈 겁니까?"

"우리가 이 부인을 책임지겠소."

헌병은 어떻게 해야 할지 몰라 당황하며 고개를 끄덕였다. 그는 아무 말도 덧붙이지 않고 디아블블랑으로 돌아갔다.

아메데가 하늘을 쳐다보면서 말했다.

"조금 떨어진 곳에 마차를 세워두었어요. 루이의 집에 가서 생각해봅시다."

게일이 물었다.

"저는요?"

루이 드 베르뉴가 명함을 건네면서 말했다.

"뷔르댕의 소식이 들리면 즉시 이 주소로 오게. 우리는 마차에서 자네를 기다리겠네."

30분 후 게일이 플랑슈가에 세워진 마차에 나타났다. 아메데는 기대했던 정보를 입수했다. 집사는 프로방스가의 무세 호텔에 묵고 있었다. 게일이 보낸 두 아이에 따르면 뷔르댕은 3층에 있는 방을 사용하고 있었다. 그는 월요일 오후 늦게 호텔을 떠날 것이다. 아메데는 생각했다. '샹플롱 공중인 사무실에서 현금을 찾은 후 떠나겠지. 좋아, 그를 깜짝 놀라게 해주지.'

제라르 옆에 앉아 있던 코제트는 초조했다. 사람들은 그녀에게 아무 말도 해주지 않았다. 그녀는 자베르가 클레망스 드 라블리를 찾기 위해 이틀 전 푸아트 지방에 있는 비본으로 떠났다는 사실도 모르고 있었다.

아메데는 마차에서 내리고는 게일에게 외젠 쉬를 찾아오라고 부탁했다.

게일이 길게 끄는 목소리로 물었다.

"외젠 쉬? 어디에 있죠?"

"페피니에르가."

"왜죠?"

"제라르를 치료하기 위해."

"왜 저자를 죽게 내버려두지 않죠?"

"아직 저 사람이 필요하거든."

아메데는 허리춤에서 권총을 꺼내 방금 롤랑의 부축을 받으며 마차에서 내린 제라르에게 들이댔다. 전직 의사는 빈정대는 눈길로 무기를 쳐다보았다.

"후작, 그럴 필요 없네. 만일 신이 내게 생명을 주셨다면 나를 친구로 받아주게. 나는 배신자가 된 친구들과 적이 된 협력자들을 위해 더 이상 싸우고 싶지 않네."

아메데는 총을 거두었다.

"좋습니다. 당신을 믿어도 되겠죠?"

제라르는 절망적인 시선으로 코제트를 바라보았다. 그리고 롤랑을 가리키며 말했다.

"설령 별로 탐탁지 않을지라도 이 사람을 쓰세요. 롤랑은 당신을 잘 보좌할 겁니다. 당신에게 한 가지 부탁을 해도 될까요?"

"어떤 부탁 말인가요?"

"당신이 뷔르뎅에게 따지러 갈 때 나도 함께 가고 싶어요."

"생각해보겠어요."

아메데 일행은 루이 드 베르뉴의 저택으로 들어갔다. 즉시 부상자를 자베르의 방에 눕혔다. 코제트는 오렌지 향을 맡았다. 초췌한 얼굴이 미소로 환해졌다. 그녀는 오렌지 향을 따라 베르자를 찾아갈 수도 있을 것이다.

아메데는 제라르와 롤랑을 함께 있도록 배려했다. 그는 코제트의 손을 잡고 넓은 응접실로 안내했다. 연달아 일어난 사건으로 기진맥진하고 오렌지 냄새에 동요된 코제트는 후작이 하는 대로 내버려두었다. 그녀가 자신의 몸을 생각했다면 푹 쓰러져 모처럼 단잠에 빠졌을 것이다. 이제 그녀는 시련의 여파를 겪고 있을 뿐이었다. 그녀는 아들, 마들렌, 베르자 씨를 만나지 못해 실망했다. 하지만 아메데나 루이에게 물어볼 기력도 없었다.

"들어오십시오."

코제트는 지나치게 정중한 태도로 기쁜 표정을 짓는 루이 드 베르뉴를 보고 의아해했다. 그는 단춧구멍 장식 끈이 달린 실내복을 입었다. 노란 색조는 너무 오래된 머랭그(설탕과 달걀 흰자위로 만든 크림 과자—옮긴이)를 떠올리게 했다. 코제트는 그를 보고 웃음을 참을 수 없었다. 그녀는 다소 쓸쓸한 응접실을 둘러보았다. 카라라산의 흰 대리석에 베이지색의 둥그스름한 보석이 박힌 바닥이 천장의 무거운 색조를 완화시켜주었다. 부드러운 오렌지색 불빛이 방의 네 구석을 비추고 있었다. 마들렌이 청소를 한 덕분에 집 안이 한결 깨끗해졌다. 대형 도자기 화분에 하얀 꽃이 피어 있었다. 아치형 창에는 노란색과 밤색 벌집 모양의 사각형 유리가 끼워져 있었다. 코제트는 낮에는 빛이 쏟아져 들어올 거라고 생각했다. 하지만 지금은 어두웠다.

아메데는 여전히 그녀의 손을 잡고 있었다. 코제트는 응접실 한가운데서 멈추었다. 숨을 죽인 작은 소리가 들리는 것 같았다. 그녀는 획 돌아서서 방금 들어온 문을 탐색했다. 문이 살짝 열려 있었고 오른쪽 문은 닫혀 있었다. 문틀 위에 로마 양식으로 조각한 기둥머리가 놓여 있었다. 벽난로가 문이 있는 벽면을 거의 차지했다. 둥근 돌을 쌓아 만든 아궁이를 중간 높이에서 밝은 회색 돌로 둘렀다. 코제트는 생각했다. '지금이 6월이니까 우리 어린 장은 곧 21개월이 될 거야. 거의 1년 동안 보지 못했어. 걸음마를 배웠을까? 말을 할까? 엄마를 알아볼까?'

코제트는 아메데와 루이가 한마디도 하지 않는 게 이상했다. 왜 그녀를 애태우는 걸까? 그때 후작의 친구가 얼음 상자가 놓여 있는 작은 원탁으로 걸어갔다.

코제트가 물었다.

"왜 불빛이 약하죠? 그리고 웬 샴페인인가요?"

아메데는 가볍게 몸을 숙이고 물러나면서 말했다.

"뜻있는 행사를 축하하기 위해서예요. 중대한 행사지요."

젊은 여인의 심장이 더욱 빨리 뛰었다. 그녀는 상황을 판단하려 했다.

아메데가 손뼉을 치자 문이 열리면서 눈부신 불빛이 쏟아졌다. 한 여인이 아이를 안고 나타났다. 그녀는 코제트를 알아보고는 움직이지 못했다. 마침내 그녀가 외쳤다.

"마님!"

코제트는 환영을 본 게 아닌지 자문했다. 현실이 된 꿈만큼 시간을 단축시키는 것도 없다. 지나간 삶은 수면과 같았다. 수면 중에 꿈은 현실이다. 시간은 측정할 수 없고 공간은 거리가 없다. 코제트는 모든 것을 혼동했다. 그녀의 두 눈에 눈물이 고였다. 감지할 수 없는 전율이 온몸을 스쳐지나갔다.

이번에는 코제트가 외쳤다.

"마들렌!"

그리고 충직한 하녀에게 달려갔다. 하지만 코제트는 그녀를 포옹하는 대신 아기를 자세히 뜯어보았다. 그녀는 눈물을 흘리며 아이에게 뽀뽀를 퍼부었다. 감동이 복받쳐 터져 나온 말은 눈물과 신음소리에 가까웠다. 마들렌이 장을 그녀의 두 팔에 올려놓았다. 흥분한 코제트는 헐떡거리면서 아메데와 루이를 번갈아 바라보면서 이렇게 말하는 것 같았다. '이 행복이 정말인가요?' 그녀는 통통한 볼에 갈색이 도는 금발머리를 가진 어린아이를 가슴에 꼭 안았다. 아기는 아무 일도 없었다는 듯 옹알거렸다. 코제트는 울먹이는 소리로 반복했다.

"오, 내 아기, 내 아기……."

코제트는 웃어야 할지 울어야 할지 알 수 없었다. 그녀는 팔을 흔들고 아이의 이마에 뽀뽀하고 입술을 스치면서 아메데에게 말했다.

"어떻게 감사드려야 할지 모르겠어요……."

아메데는 술잔을 들고 미소를 지으면서 대답했다.

"코제트, 고마워해야 할 사람은 내가 아니에요. 당신 행복을 망친 죄인을 찾고 싶다면 자베르 씨에게 물어봐야 할 거예요."

젊은 여인이 놀라며 물었다.

"자베르?"

"베르자 씨 말이에요. 내 계산이 정확하다면 자베르 씨는 이틀 후 이곳으로 돌아올 거예요."

코제트는 어린 장을 바닥에 내려놓으면서 물었다.

"그는 떠났어요?"

코제트는 아기의 두 손을 잡고 걸음마를 시켰다.

"어머, 이것 보세요! 장이 걸어요!"

그녀는 방금 전에 했던 질문을 되풀이했다.

"베르자 씨는 어디로 떠났어요? 그가 이곳에 있었단 말이죠? 나는 그의 오렌지 냄새와 미사경본 냄새를 맡았어요. 왜 그는 나를 기다리지 않았나요?"

"코제트, 그는 진실을 추적하기 위해 떠났어요."

"후작님, 어려운 일인가요?"

젊은 여인은 안락의자에 털썩 주저앉더니 장을 무릎에 앉혔다. 마들렌은 살짝 물러나 앞치마에 두 손을 모으고 눈물을 글썽거렸다. 아메데는 코제트에게 잔을 내밀면서 대답했다.

"자베르 혹은 베르자 씨는……."

초인종이 울리자 아메데는 말을 중단했다. 루이는 황급히 출입문으로 달려갔다. 게일이 외젠 쉬를 데려왔던 것이다.

외젠 쉬는 약간 목소리를 높여 소리쳤다.

"모두 내 문학적 자질을 논하는데 당신들은 나를 의사로 취급하는군요! 어쨌든 당신들의 부탁이니 거절할 수가 없군요!"

외젠 쉬는 처음 보는 코제트에게 인사를 한 다음 다정하게 아메데의 어깨를 톡 쳤다.

"후작, 오랜만이에요! 우리의 친애하는 루이가 의리가 있고 친절한 사람이라서 정말 다행이에요!"

그는 탐색하는 듯한 눈빛으로 벽난로 앞에 작은 가방을 놓고 말을 이었다.

"당신들은 추호도 짐작하지 못할 겁니다. 내 인생은 한 편의 드라마입니다. 내가 문학계를 자극하는 모양입니다. 「르뷔데되몽드」의 편집장인 발자크와 뷜로즈가 내게 불평하고 있습니다."

그리고 즉각 정정했다.

"나를 믿어주세요. 나는 그들에게 앙갚음을 할 겁니다. 다시 말하지만 내 인생은 한 편의 드라마입니다. 아니, 내 인생은 드라마가 아니라 비극입니다!"

아메데는 술잔을 건네면서 말했다.

"내가 예상했던 대로입니다."

\* \* \*

1836년 6월, 정부와 시민들 사이에는 긴장감이 감돌았다. 국왕은 티에르를, 티에르는 기조를, 기조는 몰레를, 몰레는 공화주의자들을, 공화주의자들은 민중을 경계하고 있었다. 테나르디에는 모든 사람을 경계했다.

페가스가 죽은 다음 날 테나르디에는 집에 틀어박혀 지냈다. 다시 꿈틀거리는 격동의 시기에 외출하는 것은 좋지 않았다. 도처에서 경찰과 헌병 순찰대가 거리를 누비고 다녔다.

그날 오후 카리뇰은 테나르디에를 찾아갔다. 헌병 반장은 거만하게 말을 걸었다. 그는 자베르의 이름을 거론하지 않았다. 그리고 자베르의 권고대로 모로가 여전히 활보하고 있다고 알려주었다.

"모로가 퐁메르시의 아이와 하녀와 함께 파리에 나타났다는 소문이 있어요."

테나르디에는 식탁에 앉아 카리뇰을 노려보았다. 헌병 반장은 서성거리다가 태연자약하게 말을 이었다.

"어제 사건은 당신 문제를 해결하지 못했어요. 내 정보에 따르면 어떤 꼽추가 디아블블랑 근처에서 배회하는 것을 보았답니다."

이 정보는 정확했다. 예상한 대로 어제 사건은 자베르가 일으킨 것이 아니라 우발적인 것이었다. 테나르디에가 더욱 불안에 떠는 것은 디그랑드 후작이 뷔르댕의 아들이라는 사실을 알았기 때문이다.

테나르디에가 목덜미를 움직이며 물었다.

"확실한가?"

"물론입니다."

테나르디에는 생각했다. '그 점을 예상했어야 했는데. 그래서 뷔르댕이 요리조리 피하고 음모를 꾸미며 타협을 거부했던 거군. 라파엘은 마리우스를 함정에 빠뜨렸던 여자와 후작 사이에 태어난 아들이 분명해.'

테나르디에가 큰 소리로 물었다.

"자네는 그걸 어떻게 알았지?"

"다브 데 그레프, 내게도 정보망이 있어요."

그리고 수상쩍은 눈길로 덧붙였다.

"다른 것도 알고 있어요……."

테나르디에가 벌떡 일어났다. 그는 이 상놈의 암시에 격분했다. 그는 이자의 생활수준을 높여주지 않았는가.

테나르디에는 헌병 반장 앞에서 걸음을 멈추고 물었다.

"대체 뭐야?"

"당신 이름이 테나르디에이고, 내 정보에 따르면 당신은 이 이름으로 사법당국과 어려움을 겪었어요. 혹시 복역한 적은 없나요?"

테나르디에는 위협적인 태도를 보였다.

"카리뇰, 자네 정보가 단숨에 말라버리지 않도록 조심하게. 자네가 내 과거를 안다면 나는 자네의 현재를 알고 있지. 우리는 공범죄로 피고인석에 같이 앉을 수도 있어."

카리뇰이 시선을 돌렸다. 비겁하고 무기력하며 소심하긴 해도 법의 대리인이 아닌가. 그는 이미 테나르디에와 자베르 중에서 한 사람을 선택했다. 법정에 설 경우 자베르의 고소가 테나르디에의 것보다 더 무거울 것이다. 모든 비굴한 사람들처럼 그는 새 주인의 뜻에 따를 것이다. 새 주인을 모시면 고소를 면할 수 있을 뿐만 아니라 승진할 수도 있지 않은가. 그는 시간을 잃지 않았다. 페가스 살인 사건을 맡은 형사에게 테나르디에에 관한 수사도 요청해놓았다. 그는 추가 정보를 입수하면 냉혹한 태도를 보일 것이다.

카리뇰은 테나르디에가 자신의 제안을 따르지 않기를 기대하면서 충고했다.

"당신은 파리를 떠나는 게 좋을 거예요. 나는 언제까지고 당신을 보호할 수는 없습니다."

의지가 약한 카리뇰은 귀족처럼 으스대며 테나르디에게 강한 인상을 심어주려 했다.

테나르디에가 말했다.

"나를 보호했다고? 무슨 말인지 알겠네."

노인은 발길을 돌려 금고로 향했다. 하지만 생각을 고쳐먹고 창가로 가더니 커튼 뒤로 살며시 들어갔다.

카리뇰은 잔뜩 긴장했다.

"뭐하는 거예요?"

"내 빚을 갚으려고."

카리뇰은 권총을 쥐었다. 여차하면 1층에 있는 부하들을 부를 것이다.

그는 무뚝뚝한 목소리로 물었다.

"당신 빚이라니요?"

테나르디에는 미치지 않았다. 카리뇰이 긴장한 것과는 달리 그는 헌병 반장을 공격할 생각이 없었다. 방금 들은 소식에 흥분했을 뿐이다. 뷔르댕에게 당하고 모로에게 당한 그는 이 애송이 카리뇰에게는 당하고 싶지 않았다. 그는 목걸이에 달고 다니는 금고 열쇠를 잡고 힘껏 커튼을 젖혔다. 그리고 열쇠를 흔들면서 곡예사 같은 모습으로 말했다.

"이게 뭔지 알지?"

"열쇠죠."

"잘했어, 카리뇰. 그런데 왜 당황하는 거지?"

"다브 데 그레프, 무슨 생각을 하고 있는 거죠? 나는 당황하지 않았어요. 내가 우리 관계를 끊으려 했다니 당치도 않습니다. 나는 명예를 중시할 뿐만 아니라 배은망덕한 사람이 아닙니다."

"나도 마찬가지야. 나는 자네에게 그 점을 입증하겠네."

테나르디에는 금고 자물쇠에 열쇠를 밀어넣었다. 그는 회한을 곱씹으면서 어떻게 이 훼방꾼을 제거하고 후작에게 비밀을 알려줄 것인지 곰곰이 생각했다.

테나르디에는 거리낌 없이 물었다.

"후작은 뷔르댕이 자신의 아버지라는 사실을 알고 있나?"

카리뇰은 이각모를 벗고 머리를 긁적였다. 이 질문은 너무 까다로웠다. 그는 마콩의 젊은이와 디그랑드 후작의 관계만을 생각했을까? 그렇지도 않았다. 그는 모든 것을 자베르에게 맡겼다. 그 젊은이의 이름은 모로였다. 그게 전부였다.

카리뇰이 깃을 올리면서 대답했다.

"모를 거예요."

카리뇰은 테나르디에의 수작을 지켜보았다. 그는 노인이 금고에서 무기를 꺼낼 거라고 생각하고는 권총을 꺼내 겨냥했다. 노인을 죽이고 정당방위를 주장하는 것은 식은 죽 먹기였다.

테나르디에가 빈정대는 쉰 목소리로 물었다.

"등을 쏠 텐가?"

그리고 돌아섰다. 그는 무릎을 꿇으면서 달콤한 목소리로 말했다.

"자, 보게. 아름다운 다이아몬드이지 않아? 어떻게 생각해?"

"다브 데 그레프, 나는 그런 빵은 먹지 않아요."

카리뇰은 자신의 행동을 사과하려는 듯 미소를 짓고 권총을 넣었다.

테나르디에가 말을 이었다.

"나는 자네를 매수할 생각은 없네. 자네는 이미 매수되었으니까. 내가 말했지. 나는 배은망덕한 사람이 아니야. 모든 문제를 없었던 걸로 하세. 나는 빚을 갚겠네. 자네에게 많은 도움을 받았으니 마땅히 몫을 나눠줘야지. 물론 자네가 괜찮다면 말이야."

헌병 반장은 문득 판돈을 전부 먹을 수 있다고 생각했다. 자기 몫을 챙기고 테나르디에를 자베르에게 넘겨주면 되지 않겠는가. 그렇게 되면 이 영감은 넋이 나갈 테지.

카리놀이 고개를 흔들었다.

"아니에요."

테나르디에는 잘 알고 있다는 듯한 미소를 지었다.

"그래, 오늘은 아니야."

테나르디에는 다이아몬드를 금고에 넣고 열쇠로 잠갔다. 그리고 공평하게 이익금을 나눠야 한다고 설명했다. 그는 위선적인 태도로 덧붙였다.

"자네가 정직하고 양심적인 방법으로 돈을 벌었는지 생각해보게. 한 번만으로는 관례가 될 수 없지. 나는 관대한 태도를 취할 의도가 있네. 나는 은퇴할 것이기 때문에 계산을 해야 하네. 내가 무척 사랑하고 나에게 도움을 준 아이들과 푸이에 아줌마 그리고 수족들이 있네. 나는 반드시 대가를 지불할 생각이네."

그리고 침통한 표정을 짓고 덧붙였다.

"나는 불쌍한 페가스의 죽음과 전혀 관련이 없어. 그는 시테 섬의 술집에서 자신을 위해 일했어. 혼자 일하는 것은 때때로 위험하지."

카리놀은 의자를 끌어당겨 테나르디에에게 앉으라고 권하면서 말했다.

"다브 데 그레프, 나도 의심하지 않아요."

테나르디에는 두 팔을 뻗으면서 자리를 잡았다. 그리고 살짝 탁자를 치면서 말했다.

"우리가 모든 일에 동의한 이상 이익 분배를 위해 날짜를 정해야 하네."

헌병 반장은 지나칠 정도로 정중하게 대답했다.

"당신 좋을 대로 하세요. 하지만 내 구역 밖에서 만납시다."

"알겠네. 7월 초로 하지. 지금부터 나는 모든 것을 정리할 것이네."

카리뇰은 생각했다. '나도 마찬가지야. 너는 다시는 일어나지 못할 거야.'

카리뇰은 테나르디에와 악수를 나누었다. 그리고 문을 열면서 루푀르와 맞닥뜨렸다. 만일 조금 전 이 노인에게 총을 쏘았다면? 그는 생각하고 싶지 않았다.

루푀르는 팔짱을 끼고 헌병이 떠나는 모습을 바라보았다. 테나르디에가 그에게 손짓을 했다. 루푀르는 아파트 안으로 들어가 문을 닫았다.

"루푀르, 보름 후 카리뇰을 위해 '만찬'을 준비해. 저놈이 사사건건 트집을 잡고 있으니 언젠가는 꼬투리를 잡고 말 거야. 부하들이 필요해."

"몇 명이나요?"

"열 명 정도. 그리고 믿을 만한 친구들도 필요해. 일급 칼잡이들을 데려와."

"나만 믿으세요."

테나르디에는 시계를 보았다. 공장을 순찰할 시간이었다. 그리고 저녁이 끝날 무렵 샤말랭에 갈 것이다. 그는 이 레스토랑을 매물로 내놓았다. 매수자가 있는 것 같았다.

테나르디에는 계단에서 손가락으로 소리를 내고는 우뚝 멈추었다. 그는 난간에 기대고 루푀르의 팔뚝에 손을 얹었다.

"샤말랭에서 일하는 프로제르핀이 생각나네. 그녀의 입을 열게 해봐. 나는 제라르와 뷔르댕에게 결정적인 말을 하지 않았어. 그녀는 그들이 어디에 숨어 있는지 알 거야. 정보를 입수하면 그녀를 시궁창에 던져버려."

그러고는 계단을 내려갔다.

* * *

코제트는 아기를 돌보는 행복을 되찾았다. 그녀는 아기를 애지중지했다. 마들렌은 온종일 아파트를 문질러 닦았다. 루이는 당황했다. 저택의 케케묵은 때는 먼지와 함께 사라졌다.

코제트는 마들렌을 보면서 되마르무세에서 일했던 자신의 모습을 떠올렸다. 그녀는 여덟 달 동안 바닥을 쓸고 설거지를 하고 가구의 때를 벗겼다. 그때는 이렇게 생각했다. '청결은 비참함을 잊게 해주지.' 아무튼 그녀는 그렇게 믿으려 애썼다. 불안에 사로잡힌 지금은 감히 슬픔을 일깨우고 싶지 않았다. 그녀는 자신의 모습 속에 비친 불행을 응시하면서 그녀가 쏟지 않았던 모든 눈물이 어떻게 되었는지 궁금했다. 그녀는 '엄마'라고 어름거리는 아기를 보고 무척 기뻐했고 자신이 엄마라는 사실에 감격한 채 아파트에서 서성거렸다. 하지만 아무런 환상도 품지 못할까 두려워서 지혜에 대한 사랑보다 정열에 대한 사랑을 선호하지 않았던 것을 후회했다. 인생은 그녀에게 무지가 없다면 충분히 행복할 수 없다는 사실을 일깨워주었다. 베르자는 때때로 이렇게 말했다.

"안다는 것은 때때로 끔찍한 일입니다."

그녀는 큰 희생을 치르고 그 사실을 깨달았다. 배신, 절망 그리고 치욕을 겪으면서 절실히 깨달았다. 그녀는 여전히 자문했다. 빛은 언제쯤 찾아올까? 사랑하는 사람들과 함께 나누는 감미로운 생활은 언제나 가능할까? 그녀에게 그럴 권리가 있을까?

월요일 아침, 자베르는 여전히 돌아오지 않았다. 코제트가 걱정하자 아메데가 그녀를 안심시키려 했다.

"걱정하지 마세요. 그는 꼭 돌아올 겁니다."

아메데는 현관에서 안절부절못했다. 그는 머리에서 발끝까지 완전히 의관을 갖추었다. 그는 상자에서 두 자루의 권총을 꺼내 솔로 소제하고 총알을 장전한 다음 호주머니에 넣었다. 제라르는 지팡이에 기댄 채 말없이 그를 지켜보았다. 루이와 롤랑은 현관 구석에서 팔짱을 낀 채 서 있었다.

아메데는 모자를 고쳐쓰고 프록코트의 단추를 채웠다. 그리고 침울한 시선으로 마지막 부탁을 했다.

"루이와 롤랑, 두 분은 이곳에 있어요. 나는 두 분이 코제트, 마들렌 그리고 어린 장을 보호해줄 거라고 믿어요. 나는……."

갑자기 코제트가 현관으로 달려와서 매몰차게 그의 말을 끊었다.

"내가 이곳에 남아 있는 것은 말도 안 돼요! 나는 당신과 함께 가겠어요."

코제트는 아메데에게 조르주 상드가 준 옷, 눈 위까지 내려쓴 모자, 전투용 프록코트를 보여주었다.

제라르가 디아블블랑에서 넌지시 암시했음에도 불구하고 아메데는 뷔르댕이 자신의 아버지임을 조금도 드러내지 않고 말했다.

"절대로 안 돼요."

아메데는 제라르를 제외하고 이 끔찍한 사실을 아는 사람은 없다고 생각했다. '하지만 자베르가 마콩에서 말한 것처럼 이 모든 것은 어쩌면 악몽에 지나지 않을 거야.'

코제트가 항의했다.

"그 사람이 내 육신을 고통스럽게 했어요."

"내 명예도 더럽혔어요."

"후작님, 육신의 고통이 훨씬 더 깊어요."

아메데는 승낙하지 않을 수 없었다. 그는 지독한 딜레마에 빠졌다. 코제트의 간청은 합당했다. 다만 그녀가 같이 간다면 위험에 빠질 수 있고 또 진실을 알게 될 것이다. 이 진실은 아메데에게 치욕이었다. 과거의 행동을 미루어 보아 코제트는 그에게 더욱 가혹한 태도를 보일 것이다. 하지만 어떻게 코제트의 고집을 꺾겠는가.

아메데는 결국 양보했다.

"당신 고집이 나의 신중함을 이겼어요. 자베르가 나를 원망할 거예요."

"자베르 씨가 어디에 있든 내버려두세요."

아메데는 고개를 흔들고 코제트를 부엌으로 데려갔다. 그는 코제트에게 몸을 숙이고 나지막하게 말했다.

"우리가 무엇을 하든, 당신이 어떤 말을 듣게 되든 나에 대한 우정을 거두지 않겠다고 약속해요."

코제트는 눈살을 찌푸렸다. 아메데의 어조가 그녀를 두렵게 했다. 그녀는 떨리는 목소리로 대답했다.

"약속할게요."

코제트는 최악을 예상하고 싶지 않았다. 아메데는 자신을 배신하기 위해 집사와 은밀히 공모했을까? 그럴 리가 없다. 그럼 대체 뭘까?


* * *


뷔르댕은 디아블블랑에서 무슨 일이 일어났는지 알게 되었다. 코제트는 살아 있을까? 그는 개의치 않았다. 처음 계획과는 달리 그는 생피아크르가로 돌아가지 않을 것이다. 팔아치울 가구가 남아 있을까? 어쩔 수 없었다. 왜 위험을 자초하겠는가. 만일 테나르디에나 모로의 부하들 혹은 경찰이 매복하고 있다면 그들의 임무를 도와주는 꼴이 되지 않겠는가. 게다가 붙잡힐 것이다. 아무튼 그는 체포되면 사형을 면치 못할 것이다.

뷔르댕은 호텔 방에서 은촛대를 보면서 두 손을 비볐다. 그의 새 거처를 아는 사람은 아무도 없었다. 샹플롱 공증인조차. 이미 축적한 것, 저축한 것, 훔친 것, 판 것, 되판 것에다가 공증인 사무실에서 찾게 될 돈을 합하면 그는 상당한 재산가가 될 것이다. 여생을 조용히 보낼 수 있는 재산이었다. 노동자 가장이 하루 2프랑으로 살고 있지 않은가. 물론 그는 자신의 야망, 특히 아메데에게 품었던 야망을 포기했다. 시간이 있었다면 아메데의 마음을 돌릴 수 있었을 것이다. 하지만 시간이 없었다. 마리우스는 갑자기 돌아올 수 있고 코제트는 살아 있으며 테나르디에는 자신을 제거하려 했다. 조금 전 마차 한 대가 프로방스가에 와서 그를 찾았다. 그는 혹독한 대가를 치렀다. 하지만 자유를 되찾으려면 어쩔 수 없지 않은가. 그는 콜마르에 도착하면 다음 행선지를 숙고할 것이다. 프로이센이나 오스트리아가 될 것이다.

뷔르댕은 검은 모자에 잘 어울리는 외투를 걸쳤다. 그는 외출하기 전 한 뭉치의 편지, 아메데의 서류 그리고 유언장이 담긴 어깨끈 달린 가방을 들었다. 두리번거리면서 가방을 숨길 만한 곳을 찾아보았다. 얼굴에 미소가 번졌다. 가장 잘 보이는 곳이 때로는 가장 좋은 곳이다. 그는 침대의 매트리스를 들어올리고 가방을 밀어넣었다. 그리고 호텔을 떠났다.

공증인과의 일은 신속히 처리되었다. 샹플롱 공증인은 아메데와 합의한 대로 50만 프랑을 내주었다. 생피아크르가의 아파트, 고가의 가구와 물건은 디그랑드 후작의 서명 없이는 건드릴 수 없었다.

집사는 환한 미소를 지으며 고개를 끄덕였다.

"당연합니다."

뷔르댕은 50만 프랑을 호주머니에 넣었다. 나머지는 기꺼이 아메데와 그의 친구들에게 넘겨주었다.

뷔르댕은 호텔에 도착하자 황급히 방으로 올라갔다. 그는 계산을 했다. 그동안 모은 것을 더하면 80만 프랑에 달했다. 그는 모자를 던지고 환호성을 질렀다.

한편 코제트, 아메데 그리고 제라르는 '오디에와 오팅게르' 은행 앞에 세워진 삯마차 안에서 뷔르댕이 호텔 안으로 들어가는 것을 보았다. 아메데의 심장이 두방망이질하기 시작했다. 긴장한 그는 아버지와의 대면을 두려워하고 있었다. 검은 옷을 입은 죄인, 도둑, 사악하고 위험한 사람이 자신의 아버지가 아닌가.

아메데는 마차에서 내리기 전 다시 한 번 권총을 살폈다. 하나는 프록코트에, 다른 하나는 혁대에 넣었다.

코제트가 물었다.

"권총이 필요하다고 생각하세요?"

"그럼요."

아메데가 제라르에게 눈짓을 하면서 말했다.

"이제 당신이 활약할 차례예요."

제라르는 몹시 허약해진 상태였다. 창백한 얼굴에 불안정한 미소가 어렸다. 그는 어떻게 해야 하는지 알고 있었다. 그는 일어나더니 나긋나긋하고 정중하게 머리를 숙였다. 그리고 고통스러운 시선으로 코제트와 아메데를 바라보며 효과적으로 일을 처리하라고 부탁했다.

"나는 인생길의 막바지에 도달했네. 하지만 이 기회를 놓치고 싶지 않네."

제라르는 호텔로 들어가면서 코제트, 아니 외프라지를 생각했다. 이 여자는 인생을 다시 시작할 수 있다는 생각을 품게 했다. 하지만 살인자는 살인자일 뿐이다. 누구도 그의 인생을 바꿀 수 없다. 정의는 언젠가 죗값을 치르게 할 것이다. 위안이 되는 것은 뷔르댕 역시 자신의 죗값을 치르게 될 거라는 사실이었다. 그는 혼자만 희생되지 않을 것이다. 아무튼 그는 더 잃을 게 없었다.

제라르는 호텔 현관에 들어서자 안경을 쓴 사람이 앉아 있는 카운터까지 절뚝거리면서 걸어갔다. 출입구 맞은편 계단이 천장이 한 층 더 높은 홀과 연결되어 있었다.

안경을 쓴 사내는 팔짱을 낀 채 상체를 약간 숙이고 호리병박 모양의 코 밑에 있는 입술로 쩝쩝 소리를 내며 졸고 있었다. 턱은 출렁거리는 기름진 목덜미 속에 파묻혀 보이지 않았다. 사내는 눈썹을 치켜세우면서 물었다.

"무슨 일입니까?"

제라르는 상냥한 표정을 지었지만 떨리는 목소리로 말했다.

"이틀간 방 하나를 쓰려고 합니다. 사업상 파리에 들렀는데 이 호텔을 선택했습니다."

직원이 후다닥 일어났다.

"잘하셨습니다, 선생님. 제가 방으로 안내해드리겠습니다."

제라르가 말을 이었다.

"가능하다면 3층 거리 쪽 방을 부탁합니다. 요란하고 번쩍이는 파리에서 일어나는 광경을 보고 싶군요."

434

"쇼세당탱가는 그다지 요란하지 않습니다. 이곳은 오페라 극장이나 벨빌과는 다릅니다."

"보주의 생디에에서 은행가 노릇을 하는 나에게는 이 거리가 상당히 소란스럽게 느껴지는군요."

안경을 쓴 사내는 두 손을 비볐다. 그의 손님들은 엘리트들이었다. 재력가, 배우, 문인……. 조금 멀리 떨어진 오텔 드 프랑스에 자크 라피트, 마리 도르발, 프란츠 리스트, 조르주 상드 등이 숙박했었다.

종업원이 제라르의 작은 가방을 들고 계단을 올라가면서 말했다.

"저를 따라오십시오."

종업원은 계단을 오르면서 4시까지는 일손이 달린다고 말했다. 제라르는 그의 뒤를 바싹 따라갔다. 그는 한쪽 눈으로 코제트와 아메데가 출입구에 나타난 것을 확인했다.

코제트가 돌진하려 하자 아메데가 그녀의 소매를 붙잡았다.

"조금 더 참으세요. 나는 제라르에게 3층 방을 잡으라고 부탁했어요. 가능하면 루이데지레 옆방을."

잠시 후 두 사람은 발걸음을 재촉하여 현관을 가로질렀다. 안경 쓴 사내가 말한 것처럼 짐꾼도 하녀도 보이지 않았다. 그들은 계단을 엉금엉금 기어올랐다. 3층에 도착한 두 사람은 왼쪽으로 비스듬히 돌아갔다. 소음을 줄여주는 두꺼운 양탄자가 있었지만 그들은 까치발로 걸었다. 갑자기 아메데가 발걸음을 멈추고 귀를 기울였다. 그리고 불안한 표정으로 고개를 끄덕이면서 다시 걸었다.

복도 끝에 이르자 두 사람은 백합과 꿀벌이 그려진 병풍 뒤에 숨었다. 병풍은 벽감을 가려주고 직원실의 접근을 막아주었다.

코제트가 속삭였다.

"저쪽으로 도망쳐야 할 거예요."

몇 분 후 안경 쓴 사내가 제라르의 방에서 나왔다. 아메데와 코제트는 그를 분명히 보았다.

직원이 몇 번이나 머리를 숙이면서 말했다.

"방이 마음에 드셨으면 좋겠습니다."

아메데가 속삭였다.

"제라르에게 가도 될 것 같아요."

"당신은 정말로 나와 함께 가고 싶지 않아요?"

아메데는 두 손으로 코제트의 어깨를 붙잡고 한참 동안 바라보았다.

"조만간에 설명할 기회가 있을 거예요. 혼자 가게 해줘요. 부탁이에요. 계획대로 제라르에게 가세요. 그의 방에 있으면 모든 소리를 들을 수 있을 거예요."

* * *

뷔르댕은 문을 열고는 가만히 있었다. 그는 안경 쓴 사내가 문을 두드렸다고 생각했다. 그의 오른손에서 칼이 번득였다.

아메데는 짐짓 명랑한 목소리로 물었다.

"이게 주인을 맞이하는 방식이오?"

집사는 부들부들 몸을 떨었다.

"후작님이 어떻게?"

집사는 아메데를 방으로 안내했다. 그리고 고개를 내밀고 복도에 누가 없는지 살폈다. 안심한 그는 문을 닫고 칼을 혁대에 넣었다.

아메데는 창가로 가면서 놀란 척하며 물었다.

"칼? 루이데지레, 그건 살상무기야."

"후작님, 위험한 때는 무기를 소지하는 게 상책이에요. 아무튼 앉으세요. 그런데 어떻게 저를 찾아냈어요?"

만일 아메데가 모르고 있다면 신중하게 처신해야 했다. 특히 정면으로 대응하지 않아야 했다.

후작이 자연스러운 모습으로 대답했다.

"파리에서는 모두가 서로를 알잖소. 한두 명의 첩자만 있으면 식은 죽 먹기지."

아메데가 침대에 털썩 주저앉자 매트리스가 몇 번 출렁거렸다. 그는 모서리에 자리를 잡았다.

뷔르댕이 뒷짐을 지면서 말했다.

"후작님의 제안은 안심할 수 없습니다."

"왜지?"

"후작님도 알다시피 나는 당신을 보호하고 있어요."

"좋아! 그럼 전부 털어놔."

뷔르댕은 의자를 끌어다 주인 앞에서 세 걸음 떨어진 곳에 앉았다.

아메데가 말을 이었다.

"당신은 내 행세를 하면서 퐁메르시 남작의 편지를 가로채고 50만 프랑을 인출했으면서도 내 이권을 보호한다고?"

뷔르댕은 눈썹 하나 까딱하지 않았다.

"제가 이렇게 하지 않았으면 위험한 악당들이 이 돈을 가로챘을 겁니다. 그들의 우두머리는 우리를 곤경에 빠뜨린 장본인입니다. 그의 이름은 타르디에 또는 다브 데 그레프라고 해요. 진짜 이름은 테나르디에죠. 후작님도 그를 잘 알잖아요. 그는 매일 저녁 클랑 데스탱이라는 술집에서 도둑질을 했어요. 퐁메르시 남작을 불행에 빠뜨린 사람은 바로 그 작자예요. 가엾은 남작부인의 이야기는 차마 말씀드릴 수도 없어요……."

아메데는 진지한 표정을 지었다. 이 사내의 파렴치한 술수에 치가 떨렸다. 이 사내는 자신의 목숨을 구하기 위해 공모자들을 고발하고 자신이 파멸시킨 사람들을 탓하며 최악의 계략을 사용할 준비가 되어 있었다.

아메데는 집사를 자기 방식대로 처리하기로 결심하고 우울하게 고개를 저으면서 말했다.

"아무튼 그 가엾은 코제트는 고난을 증언할 수 있을 만큼 오래 살지 못할 거야."

"후작님, 무슨 말입니까?"

"그녀는 디아블블랑이라는 끔찍한 업소에서 죽을 뻔했지. 그녀는 제라르라는 사람에게 붙잡혀 본의 아니게 수면제를 복용하고 있었어. 제라르라는 이름을 듣고 뭔가 생각나는 게 없소?"

"전혀요, 후작님."

아메데는 두 팔을 두 다리 사이에 늘어뜨렸다.

"할 수 없지. 중요한 문제는 아니야. 제라르 역시 더 이상 말을 할 수 없을 거야. 그는 코제트를 보호하려다 치명상을 입었어. 살인자는 틀림없이 테나르디에의 수하일 거야. 그놈도 죽었지. 테나르디에, 분명하지 않소?"

뷔르댕이 느닷없이 좋아하면서 대답했다.

"맞습니다."

아메데가 말을 이었다.

"자네가 옳았어. 나는 좀 더 일찍 마리우스의 재산을 이용했어야 했어. 하지만 지금도 늦지는 않았겠지?"

뷔르댕이 박수를 쳤다. 그리고 진지한 표정을 짓더니 불안하고 당혹한 모습으로 외쳤다.

"아, 후작님! 물론 늦지 않았어요! 우리는 가엾은 남작부인의 원수를 갚아줄 수 있습니다. 테나르디에가 그 끔찍한 중죄를 사주했기 때문에 우리는 그를 응징할 수 있어요. 제가 직접 그의 은신처로 후작님을 안내할 수 있어요. 가장 좋은 방법은 결투입니다."

아메데가 다리를 꼬고 겉멋을 부리며 말했다.

"뷔르댕 씨, 나는 당신이나 나 같은 평민과 결투하지 않을 거야. 그의 목을 찌르는 게 더 낫지 않을까?"

집사의 미소는 순식간에 굳어졌다. 후작이 '당신이나 나 같은 평민'이라고 말하지 않았는가.

아메데는 뷔르댕에게 대답할 시간을 주지 않고 말을 이었다.

"내가 알아야 할 게 있어요……. 아버지, 당신은 나보다 앞섰어요……. 내가 당신처럼 파렴치한 사람이 될 수 있도록 당신은 내게 도둑질, 거짓말, 허영심, 파렴치, 타인에 대한 경멸을 가르쳤어요……. 내 사냥 목록에서 살인과 암살만이 빠져 있죠. 어떻게 생각해요, 아버지?"

아메데는 '아버지'라는 단어에서 멈칫거렸다. 감정이 북받쳐 군데군데 끊어진 거친 말이 뷔르댕을 밑바닥 없는 구렁 속으로 몰아넣는 것 같았다.

뷔르댕은 가슴에 손을 얹고 중얼거렸다.

"그렇게 말하면 안 돼요……. 후작님, 누군가가 거짓말을 한 겁니다……. 저를 보세요, 저를 보세요……. 우리가 이렇게 닮지 않았는데 같은 피를 나눌 리가 없어요……."

"그럼 당신 유언장을 주세요."

"없애버렸어요……."

뷔르댕은 하체의 격통을 완화하기 위해 의자 밑에 두 손을 기댔다. 그의 두 눈이 뒤집어졌다. 얼굴은 시체처럼 창백하고 눈동자는 불면으로 충혈되어 있었다. 그는 류머티즘 관절염으로 몸이 마비된 듯 비틀거리면서 일어났다.

갑자기 아메데가 권총을 쥐고 벌떡 일어나면서 말했다.

"개처럼 당신을 쓰러뜨리지 않도록 조심해요."

뷔르댕은 가슴에 손을 얹고 옆으로 한 걸음 내딛으면서 중얼거렸다.

"갑자기 통증이……."

"아버지, 조금도 움직이지 마세요."

꼽추는 무기력하게 머리를 흔들었다.

"저는 당신 아버지가 아닙니다……. 모든 사람들의 눈에도 제가 당신의 아버지인 적이 없어요……. 당신은 내가 기대했던 대로 되지 않았어요……. 그게 나의 유일한 실수입니다……."

아메데가 뷔르댕을 겨누고 외쳤다.

"나의 어머니 때문일 거예요! 비록 그녀는 창녀였지만 당신보다는 훌륭한 사람이었을 거예요! 그녀는 나쁜 짓은 하지 않았어요!"

"네가 어떻게 그걸 알지?"

뷔르댕은 아들임을 부인했던 아메데에게 얼떨결에 말을 놓았다.

아메데가 말을 이었다.

"나도 알아요. 충분히. 나는 나름대로 조사했어요. 당신이 모로라고 부르는 전직 경찰인 자베르 씨의 도움으로 부르고뉴에서 당신의 흔적을 되찾았어요. 이그랑드는 당신이 태어난 마을 이름이죠. 그 이름을 가진 가족은 어디에도 없었어요. 불안하죠? 당신이 모든 걸 꾸몄어요. 나는 생토

440

샹 대령을 만났어요. 그 이름을 듣고 생각나는 게 없나요? 제르맹 라구트라는 이름도 들어보았겠죠? 그리고 로바우 섬을 알죠? 에슬링 전투에 참가했죠? 이틀 만에 4만 3천 명이 전사했나요? 당신에게는 돈을 벌 수 있는 절호의 기회였겠죠? 그리고 바그람 전투 때는 어떻게 했나요? 당신은 동업자였던 제라르와 함께 부상병들을 독살하고 전사자들의 호주머니를 뒤졌죠? 또 당신은 테나르디에와 공모해서 마리우스를 배신했죠? 또 코제트를 죽게 했죠? 그리고 내 아기는? 당신이 라블리 부인에게서 빼앗아 간 내 아들은 어떻게 됐죠?"

"클레망스 드 라블리는 무일푼이었어……. 나는 너를 위해 최선을 다했을 뿐이야……. 나는 그 아기의 목숨을 살려줌으로써 다른 실수를 저질렀지……. 왜 그 아이를 살려주었는지 나도 모르겠어……."

아메데가 비난했다.

"또 다른 범죄를 저지르지 않은 것을 후회한다고요? 그 아이의 이름이 뭐죠?"

꼽추는 머리를 끄덕이고 다시 한 번 가슴을 문질렀다.

"라파엘이야. 나는 그 아이를 일급 살인청부업자로 만들 생각이었지……. 필요한 경우에는 그 아이를 이용해서 너에게 맞설 생각이었지. 하지만 너는 다시는 그 아이를 볼 수 없을 거야……."

아메데는 뷔르댕을 노려보았다. 그는 소름이 돋을 만큼 냉정하게 권총을 꺼내 총열을 잡고 뷔르댕에게 주면서 말했다.

"당신에게 약간의 품위라도 남아 있다면 보여줘요. 용기 있게 인생을 끝내세요."

뷔르댕은 단호하게 권총을 잡았다. 이렇게 된 이상 그는 아무것도 바라지 않았다. 하지만 마지막 순간 그는 아메데를 겨누었다.

"바보! 너는 세상에서 둘도 없는 바보야. 내가 스스로 목숨을 끊을 거라고 생각했나?"

아메데는 막연한 죄의식을 떨쳐버리고 차분하게 대꾸했다.

"당신은 품위라고는 눈곱만큼도 없군요."

뷔르댕은 뱀처럼 휘파람을 불었다.

"너는 품위가 뭔지 몰라. 품위는 가난한 사람들에게는 위로이고 부자들에게는 보상이지. 네가 어디에서 왔는지 알아? 진창이야. 나는 네게 모든 것을 주었어. 너의 보잘것없는 작위와 노란 장갑의 예절도 나 덕분이지. 충고 하나 해줄까? 인생살이에서 작위만으로는 충분치 않아."

그리고 아메데의 배에 총구를 박으면서 명령했다.

"물러서!"

아메데는 복종했다. 뷔르댕은 절뚝거리면서 걸어가서 돈이 들어 있는 전대를 집어 겨드랑이 밑에 꼈다. 그리고 외쳤다.

"문을 열어!"

아메데가 문을 열어주자 뷔르댕은 뒷걸음으로 나갔다. 그는 복도로 나가자마자 뭔가에 부딪치고는 돌아섰다. 코제트였다.

"당신이 어떻게?"

뷔르댕은 교대로 코제트와 아메데에게 총을 겨누면서 고개를 돌렸다. 이번에는 제라르와 마주쳤다.

"아니, 자네가?"

코제트와 제라르가 복도 양쪽에서 길을 막았다. 아메데가 문 앞으로 나왔다.

뷔르댕은 권총을 코제트에게 겨누었다. 그의 떨리는 입술, 창백한 얼굴, 당황해하는 표정은 절체절명의 순간이 다가왔음을 나타냈다.

"새침데기, 너는 다른 사람들 대신에 대가를 치르게 될 거야!"

뷔르댕은 방아쇠를 당겼다. 하지만 총알은 비어 있었다. 아메데는 이런 비열한 짓을 예상하고 총알을 장전하지 않았던 것이다. 반대로 그가 호주머니에서 꺼낸 권총에는 총알이 있었다. 그는 즉각 뷔르댕에게 총을 겨누었다.

"내가 총을 쏘지 않도록 행동해요."

뷔르댕은 얼이 빠졌다. 아메데가 전대를 빼앗았지만 그는 저항하지 않았다. 젊은이는 총구로 뷔르댕에게 옆방을 가리켰다.

"이 방으로 들어가시오."

뷔르댕이 지시대로 하자 제라르가 따라 들어갔다. 두 사람은 제라르가 미리 열어놓았던 창문까지 나아갔다.

제라르가 빈정댔다.

"이곳에 고약한 냄새가 나는 물건을 들여놓은 모양이야. 나는 맑은 공기를 좋아하지."

그리고 옛 공범에게 말했다.

"자네는 끝까지 나를 배신하는군."

뷔르댕은 대답하지 않았다. 조금도 뉘우치는 빛이 없었다. 그는 경멸하는 시선과 씁쓸한 표정을 짓고 두 다리로 단단히 버티고 서 있었다.

여전히 복도에 있는 코제트와 아메데는 마치 새로운 사실이 두 사람의 관계를 변화시킬 것처럼 조금은 괴롭고 고통스러운 시선으로 서로를 탐색하고 있었다.

아메데가 중얼거렸다.

"당신은 약속을 잊지 않았겠죠? 당신은 여전히 내 친구인가요?"

코제트는 그의 손을 살짝 쓰다듬으면서 대답했다.

"모든 것을 용서해드리겠어요."

제라르는 이 장면을 하나도 놓치지 않았다. 갑자기 그는 두 팔로 뷔르댕을 껴안았다. 그리고 코제트를 향해 외쳤다.

"나도 용서해줄 거죠?"

제라르는 한껏 허리의 힘을 이용해서 뷔르댕을 창가로 끌고 가더니 함께 뛰어내렸다.

* * *

코제트의 차분함은 경탄할 만했다. 그녀는 얼이 빠진 아메데를 흔들고 복도로 밀었다. 그녀는 병풍 뒤의 벽감을 가리키면서 말했다.

"이 비밀 계단을 타고 내려가세요. 나는 곧 따라가겠어요."

"뭐할 거예요?"

"빨리 가세요."

코제트는 뷔르댕의 방으로 들어가 바닥부터 천장까지 샅샅이 뒤졌다. 장롱, 책상, 서랍장. 아무것도 없었다. 갑자기 그녀는 벽난로의 상인방에 놓인 은촛대 앞에 우뚝 멈추었다. 은촛대를 보지 못할 뻔했다. 아버지의 은촛대가 아닌가. 뷔르댕이 감히 이 은촛대에 손을 대다니! 그녀는 은촛대를 집어 가슴에 안았다. 그리고 자루 안에 넣었다. 그녀는 하늘에 감사했다. 하지만 그녀가 정말로 찾고 있는 것은 은촛대가 아니었다. 시간이 촉박했다. 안경 쓴 사내가 곧 올라올 것이다. 경찰도 도착할 것이다. 문득 침대가 생각났다. 코제트는 매트리스를 들어올리고 마침내 그녀가 바라던 것을 찾았다. 뷔르댕은 거짓말했다. 샹플롱 공증인이 돌려준 서류는 파기되지 않았다. 그것은 집사의 유언과 아메데에 관한 것이었다. 서류

속에는 한 묶음의 편지도 들어 있었다. 그녀는 더 지체할 수 없어 서류 전부를 은촛대가 들어 있는 자루 속에 넣었다.

코제트는 복도에 나오자마자 1층에서 기마대의 소리를 들었다. 밖에서 사람들이 고함을 치며 도움을 요청했다.

"둘 다 죽었어요! 3층에서 떨어졌어요!"

코제트는 즉각 아메데에게 다가갔다. 혼미한 상태에서 벗어난 아메데는 코제트를 기다리면서 상황을 파악했다. 비밀 계단이 직원실과 연결되어 있었다. 포석을 깐 바닥에 놓인 나무의자 위쪽에 여닫는 작은 창이 지붕 쪽으로 나 있었다.

아메데가 먼저 나무의자 위로 올라갔다. 그는 작은 창을 밀었다. 그리고 코제트의 자루를 보고 물었다.

"그게 뭐예요?"

"당신 집사가 내 아버지의 촛대를 훔쳤어요."

아메데가 중얼거렸다.

"흉악한 인간."

아메데는 열린 창문으로 들어갔다.

코제트는 지붕 위로 올라간 후 조심스레 창을 닫았다. 운을 하늘에 맡길 수만은 없었다.

일단 용마루에 오르자 아메데는 몸을 숙이고 두 시체를 바라보면서 투덜거렸다.

"정의가 실현된 거야."

코제트가 맞장구쳤다. 그녀는 뒤엉킨 시체를 보고 생각했다. '이제 테나르디에의 차례야. 그는 내 계략에서 빠져나갈 수 없을 거야.'

아메데는 벌써 지붕 끝에 있었다. 비가 많이 내리는 계절이었기 때문에 시야는 상당히 나빴고 지붕은 미끄러웠다. 젊은이는 옆 건물의 지붕에 설치된 천창을 가리켰다.

"저게 유일한 탈출구예요. 뛰어내려야 해요."

두 코니스의 간격은 1.6미터였다. 그 아래는 허공이었다. 쓰레기가 잔뜩 널려 있는 어두운 골목길.

코제트는 망설이지 않았다. 조르주 상드가 준 옷 덕분에 활동이 자유로웠다. 그녀는 아메데에게 자루를 맡기고 껑충 뛰었다. 그녀는 고양이처럼 두 다리와 두 팔로 지붕의 경사부에 착지했다. 기왓장 하나가 발밑에서 미끄러져 골목길에서 박살났다. 아메데와 그녀는 숨을 죽였다.

이윽고 코제트는 천창의 가장자리를 붙잡고 아메데에게 자루를 던지라고 부탁했다. 후작이 자루를 던졌다.

"후작님, 이제 당신 차례예요."

아메데는 실망한 듯한 모습으로 고개를 저었다.

"당신은 아직도 나를 후작이라고 부르는군요."

"지금은 말꼬리를 잡을 때가 아니에요. 자, 어서요!"

아메데는 돈이 들어 있는 전대를 꼭 껴안고 날렵하게 뛰었다. 마지막 순간 그는 미끄러지면서 기왓장이 빠져나갔던 자리에 착지했다. 그는 발목을 삐고 균형을 잃었다. 몸이 뻣뻣해진 그는 코니스까지 굴러 떨어졌다. 다행히 코니스를 붙잡을 수 있었다. 하지만 한 손으로. 그의 몸과 두 다리는 허공에 매달려 있었다.

코제트는 자루를 천창 안에 내던지고 다리를 벌렸다. 그녀는 몸을 숙이고 손을 내밀었다.

코제트가 간청했다.

"전대를 놓으세요."

"안 돼요!"

"놓아버리세요!"

"차라리 죽겠어요!"

아메데는 팔을 돌려 전대를 천창 쪽으로 던졌다. 전대는 지붕에 부딪치면서 열렸다. 지폐들이 바람에 날렸다. 코제트는 여전히 팔을 뻗은 채 지폐들이 골목길 위에서 나부끼다가 살며시 포석 위에 내려앉는 것을 보았다.

"아메데, 손을 줘요!"

아메데는 젊은 여인의 손을 붙잡고 지붕 위로 올라갔다. 그는 헐떡거리면서 코제트를 바라보고 속삭였다.

"마리우스가 당신을 홀대한 것을 생각하면……."

"그가 나를 어떻게 다루었는데요?"

"아무것도 아니에요……."

아메데는 다시 일어나 골목길을 힐끗 내려다보았다. 기왓장이 부서지는 소리 때문이었을까? 아니면 프로방스가의 보건소에서 울리는 종소리 때문이었을까? 별안간 거친 아이들이 유령처럼 나타나더니 웃음을 터뜨리며 길바닥을 샅샅이 뒤졌다. 하늘에서 떨어진 돈? 아이들은 자신의 눈을 믿을 수 없었다.

# 9
# 마리우스와 아메데의 결투

    마리우스, 파르페타무르, 라파엘이 타고 있는 배는 두 개의 돛을 가진 범선이었다. 육중한 배는 오후가 끝날 무렵 조용히 부두에 닿았다. 승객들은 관례적인 검색을 받은 후 육지를 밟을 수 있었다. 해군 장교 한 명이 마리우스의 권총 앞에서 입을 크게 벌리고 서 있었다. 그는 여권을 보는 둥 마는 둥 했다.

    "미국 무기입니까?"

    마리우스가 대답했다.

    "그렇습니다. 새뮤얼 콜트가 만든 기발한 권총이죠."

    장교가 말했다.

    "우리의 신임 전쟁 장관이신 메종 원수께서 이 총에 관심을 가질 겁니다."

    그리고 마리우스에게 여권을 돌려주면서 말했다.

    "멋진 체류가 되길 빕니다, 스미스 선장님. 하선하시면 놀라운 소식이 기다리고 있습니다."

    마리우스는 뜻밖의 소식을 좋아하지 않았다. 아무튼 그는 원수의 이름을 기억해두었다. 언젠가는 도움이 될 것이다.

마리우스는 하선하는 동안 생말로, 그리고 켈트족이 망자들을 매장했던 프티베와 그랑베를 두르고 있는 바위 띠를 바라보았다. 요새는 보석 기둥처럼 반짝거렸다. 코트데메로드 해안은 별것 아니었다.

마리우스는 부두에 가방을 내려놓으면서 말했다.

"마침내 프랑스에 도착했군요."

마리우스는 군도의 날밑을 어루만지고 챙 달린 모자를 고쳐 썼다. 몇 걸음 앞에 한 무리의 사람들이 그를 뚫어지게 쳐다보았다. 장교가 말한 놀라운 소식인 듯했다.

마리우스는 파르페타무르를 힐끗 쳐다보고 투덜거렸다.

"우리는 분명 프랑스에 도착한 겁니다."

파르페타무르는 권총 손잡이를 만지면서 중얼거렸다.

"벌써부터 걱정이야."

환영 대표단 중의 한 사람이 물었다.

"스미스 선장님이세요? 당신을 생말로에서 맞이하게 되어 영광입니다!"

파르페타무르는 권총을 집어넣었다. 오늘 저녁은 심심하지 않을 것이다.

대표단은 통역 한 명, 시장 보좌관, 수비대 지휘관 그리고 병사 네 명으로 구성되었다. 그들은 세 명의 여행자들에게 따라오라고 부탁했다. 리셉션이 마련되어 있었다. 마리우스는 만족감을 숨길 수 없었다. 생말로 시 당국은 스미스 선장 일행에게 환영의 선물로 아랍산 말과 영국 말의 혼혈인 아름다운 세 필의 암말을 선사했다. 밤색 암말.

주루(主樓)에 붙어 있는 키캉그로뉴 탑 꼭대기에서 삼색기가 펄럭이고 있었다. 일행은 성벽 길을 천천히 걸으면서 뒤게트루앵과 쉬르쿠프를 추모했다. 시장 보좌관은 발음이 정확하지 않았다. 야생 영양처럼 겁에 질려 있는 그는 생소한 모든 것에 적대적인 태도를 보였다. 그는 마리우스에게 공손하게 말을 걸었다.

"스미스 선장님은 쉬르쿠프와 뒤게트루앵(둘 다 사나포선의 선장으로 활약했다—옮긴이) 같은 분입니다."

성(城)에서 서른 명가량의 사람들이 스미스 선장을 기다리고 있었다. 그들 가운데는 시장, 해군 관구사령관, 포함대 대령도 있었다. 명사들은 미국에서 일어난 사건들을 얘기하면서 샴페인을 마시고 사프란 가루를 넣은 대구 튀김을 먹었다. 휴스턴 장군은 산하신토 전투에서 산타안나 장군을 포로로 잡았다.

자만심의 환상에서 깨어난 마리우스는 방심하지 않았다. 왜 이처럼 극진히 환대하는 걸까?

편지 한 통이 생말로의 행정당국과 사법당국에 마리우스의 도착을 알렸다고 했다. 그는 깜짝 놀랐다.

해군 관구사령관이 마리우스의 손을 잡고 그의 건강을 위해 건배하면서 말했다.

"카리브 해와 멕시코 만에서 횡행하던 해적의 난동에 종지부를 찍은 사람을 영웅으로 대접하는 것은 당연합니다."

관구사령관은 부드러우면서도 날카로운 목소리, 상냥하면서도 빈정대는 모습으로 말을 이었다.

"그렇습니다, 스미스 선장. 이 파티는 당신을 위한 겁니다. 프랑스는 당신처럼 역량 있는 인재들이 필요합니다."

마리우스는 가볍게 머리를 숙이고 술잔에 입술을 적셨다. 주위의 젊은 여인들이 탐욕스럽게 그를 쳐다보았다. 어깨까지 내려온 머리, 고불거리고 무성한 구레나룻과 만난 콧수염, 그을린 피부, 검은 눈동자, 파란 제복, 금빛 견장, 하얀 셔츠, 검은 넥타이. 그는 정말로 매력적이었다.

사람들은 젊은 선장이 노련한 뱃사람처럼 보인다고 소곤거렸다. 하지만 마리우스는 멋진 겉모습 속에 20년 강제노동형을 선고받고 툴롱에서 수인 번호 9430번으로 복역한 사실을 감추고 있었다. 누가 그를 도형수였다고 상상할 수 있겠는가.

세관원들과 해경은 미국 시민권자인 하워드 스미스 선장의 신분을 확인하고 흠 잡을 만한 점은 조금도 찾아볼 수 없었다. 도망쳤다가 영웅이 되어 돌아온 마리우스! 얼마나 짜릿한 역전인가!

예전의 순진하고 격정적인 모습과는 전혀 다른 마리우스는 생말로 사람들이 부르는 '사이렌(아름다운 노래로 선원들을 유혹하여 바다에 뛰어들어 죽게 한다는 바다의 요정-옮긴이)의 노래에 도취되지 않았다. 그는 농담을 던지면서도 진심 어린 모습, 빈정대면서도 방심한 모습, 영광에 도취되었으면서도 심술궂은 모습을 나타냈다. 파르페타무르는 신중하게 처신했다. 완고한 근위기병, 사자의 심장과 흰 수염을 가진 용감한 헤라클레스 같은 이 외팔이는 눈에 띄지 않게 조용히 있었다. 뉴올리언스에서 출발할 때 중위로 승진한 그는 딥스라는 앵글로색슨식 이름을 차용하고 번쩍이는 제복을 입었다. 전투 중에 손을 잃은 것처럼 보이는, 프로이센식 푸른 셔츠의 왼쪽 소매는 그의 명예에 위엄을 더해주었다. 그는 손짓이나 눈짓으로 마리우스의 태도를 부드럽게 하거나 바꿀 수 있었다. 그의 늘어진 옷자락을 잡으면서 웃고 있는 귀여운 금발 아이는 사람들의 귀여움을 독차지했다. 아이의 등에 고정된 군도가 사람들에게 호기심을 불러일으켰다.

파르페타무르가 우렁찬 목소리로 설명했다.

"청룡도보다 무서운 것입니다. 카타나! 사무라이들과 아시아 해적들의 무기입니다!"

파르페타무르와 마리우스는 억양에 신경을 썼다.

사람들이 떨리는 목소리로 물었다.

"아이는 누굽니까?"

파르페타무르는 진지하고 동시에 신비스러운 모습을 취했다. 그는 하나뿐인 손을 라파엘의 머리에 얹고 대답했다.

"이 아이 말인가요? 산티아고 출신의 포르토리코 노예상인들의 손에서 빼낸 프랑스인 노예입니다. 우리가 없었다면 이 아이는 죽었을 겁니다. 생각만 해도 끔찍한 일이었습니다."

진실에서 별로 벗어나지 않은 설명이었지만 사람들은 멋대로 전설을 지어냈다. 세 사람은 배를 타고 돌아오는 동안 각본을 짜고 연습했다. 조금은 즐겨야 하지 않겠는가.

해군 관구사령관이 마리우스를 별도로 불렀다. 이 60대 노인은 정중한 예의를 방패로 삼았다. 이 예의의 밑바닥에는 냉정한 빈정거림이 숨어 있었다.

"우리는 물론 프랑스 사람, 브르타뉴 사람이지만 무엇보다도 생말로 사람입니다."

마리우스는 원래 모래톱으로 육지와 연결된 섬에 지나지 않았던 이 도시의 표어에 동감했다.

관구사령관은 생말로의 탁월한 위상은 시민들의 자주성과 승부욕 덕분이라고 덧붙였다.

"스미스 선장, 당신이 프랑스 사람이라면 생말로 시민이 될 자격이 있습니다."

마리우스는 억양을 조금도 드러내지 않고 대답했다.

"과찬의 말씀입니다."

관구사령관은 눈살을 찡그렸다. 이 미국인은 프랑스어를 유창하게 구사하고 있지 않은가.

"프랑스에 오래 머무르실 겁니까?"

마리우스는 입술을 깨물었다. 아젤마의 편지가 떠올랐다. 그녀는 자신을 고발했을까?

마리우스는 거짓말했다.

"사업상 프랑스에 왔습니다. 저는 존 라플린 회사를 대표해서 왔습니다. 이 무기를 전쟁장관인 메종 원수께 드리고 싶습니다."

"원수 각하를 아세요?"

마리우스는 그를 잘 알고 있는 듯이 말했다.

"제정 시절, 미국인 지원병이자 기병대 장교였던 아버지는 러시아 원정 때 원수 각하 옆에서 싸웠습니다. 아버지는 1815년까지 프랑스에 머물렀습니다. 그리고 워털루 전쟁 후 미국으로 돌아갔습니다. 어머니는 프랑스 사람입니다. 왜 제가 프랑스어를 잘하는지 아시겠지요?"

마리우스는 패터슨 콜트 권총을 빼서 어리둥절해하는 관구사령관에게 건넸다. 사령관은 고개를 갸우뚱하면서 무게를 가늠했다. 그가 탄창과 총열에 흥미를 보이며 말했다.

"무겁군요."

그리고 겸연쩍은 표정을 짓고 덧붙였다.

"메종 원수 각하는 워털루에 있지 않았습니다. 그는 루이 18세를 지지했습니다."

마리우스는 당황했다. 그는 환하게 미소를 짓고 정정했다.

"메종 원수께서 워털루에 있었다고 말씀드리지 않았습니다. 아무튼 아버지는 그곳에 계셨습니다. 누구나 착각할 수 있지요."

관구사령관이 넌지시 말했다.

"편을 바꾸지 않겠습니까?"

마리우스가 미소를 지으며 정정했다.

"국적을 말씀하시는 거겠지요."

마리우스는 권총의 구조를 설명해주었다.

"이 권총의 구조는 간단하면서 기발합니다. 탄창은 총열에 붙어 있는 굴대를 중심으로 회전합니다. 공이치기를 당긴 후 방아쇠를 당기면 됩니다. 방아쇠를 당기면 총알이 발사되면서 다음 약실이 자동적으로 이동합니다. 약실은 총열과 연결되어 있습니다."

마리우스는 무기의 각 부위를 보여주면서 설명했다.

관구사령관이 물었다.

"그럼 어떻게 장전합니까?"

"총대의 뒤끝에서 장전합니다. 자, 보세요. 공이치기를 홈에 넣으면 실린더가 자유롭게 돌아갑니다. 각 약실에 약간의 화약을 붓습니다. 그런 다음 약실의 입구에 총알 하나를 넣습니다. 그리고 총열 밑에 고정된 이쐐기를 사용해서 밀어넣습니다. 그리고 뇌관을 놓기만 하면 됩니다. 그러면 사격 준비가 끝납니다."

관구사령관은 이 무기에 매료된 것 같았다.

마리우스가 결론을 지었다.

"이 권총은 다섯 발을 연달아 쏠 수 있습니다. 하지만 제 억양처럼 변덕을 부릴 수도 있습니다."

마리우스는 콜트 권총을 케이스에 넣었다. 사령관이 살짝 웃었다. 오해는 사라지지 않았다.

두 사람은 한참 더 얘기를 나누었다. 긴장이 풀린 마리우스는 어떻게 엘 디아블로와 싸웠고 해적선을 나포했는지 들려주었다. 잠시 사령관이 사라졌다. 그가 돌아오자 마리우스는 라파엘을 부르고 일본도를 꺼내 사람들에게 보여주었다. 그의 주위에 사람들이 둥글게 모였다. 사람들은 군도의 날밑, 손잡이, 날을 보고 경탄했다.

마리우스가 설명했다.

"면도날처럼 예리합니다. 이 무기의 주인은 다름 아닌 엘 디아블로였습니다. 그는 이 칼로 사람들의 배를 찌르고 목을 베었습니다."

청중은 몸을 부르르 떨었다. 이 이야기는 사람들의 마음을 사로잡았다.

리셉션이 끝나자 관구사령관이 마리우스 일행을 저녁식사에 초대했다. 무장한 군인들이 생루이 성문 근처의 레스토랑까지 수행했다. 마침 잘된 일이었다. 마리우스 일행은 생말로의 한 선주가 운영하는 마공 드 라 랑드 호텔에 묵고 있었기 때문이다. 호텔은 화강암으로 지은 오래된 건물이었다.

레스토랑의 이름은 보르뉴페스였다. 해산물, 훈제한 고기, 열대과일이 풍부했다. 진수성찬이었다. 레스토랑은 어둠 속에서 반짝반짝 빛났고 계피 향이 진동했다.

식사가 끝나자 관구사령관은 경찰이 와 있다고 귀띔해주었다. 마리우스의 얼굴이 창백해졌다. 그는 배신을 당했다고 생각했다. 하지만 관구사령관이 안심시켰다.

"스미스 선장, 당신은 내 손님입니다. 비록 내가 임무를 수행하고 있지만 단지 정보를 얻기 위한 것뿐입니다. 옛날 얘기입니다."

"저는 옛날 얘기는 좋아하지 않습니다, 사령관님."

마리우스는 일어나 레스토랑을 빠져나왔다. 해병대 병사들 속에 검은 옷을 입은 두 사람이 있었다. 한 사람이 그에게 다가와서 형사 신분증을 보여주었다. 매부리코를 가진 이 형사는 조금도 무례하지 않았다. 오히려 상냥하고 알쏭달쏭한 태도를 보였다.

스미스 선장이 물었다.

"간단한 질문을 해도 될까요? 누가 당신을 보냈습니까?"

"레이노 경찰서장입니다."

마리우스는 피가 얼어붙는 듯했다.

"레이노 서장은 여기에 오지 않았습니까?"

"내일 아침에 올 겁니다. 레이노 서장을 아십니까?"

"아니, 모릅니다."

"레이노 서장은 당신을 알고 있는 듯했습니다."

마리우스는 뼈저리게 후회했다. 미국 친구들의 충고를 들었어야 했다. 왜 이 저주받은 나라에 왔단 말인가. 어떻게 나를 알아보았을까? 그는 다시 아젤마를 생각했다. 문득 그는 자신이 죄인의 입장에 놓인 것을 느끼고 물었다.

"내게 원하는 게 뭡니까?"

"우리는 당신과 관련된 몇 가지 사실을 확인해야 합니다. 하지만 저는 당신의 시간을 빼앗고 싶지 않습니다. 내일 아침 헌병대로 와주시겠습니까?"

"헌병대요?"

"무기와 관련된 문제입니다."

"알았습니다. 그렇게 하지요."

마리우스는 사교계의 인사처럼 변신한 이 형사의 상냥한 태도에 깜짝 놀랐다. 왜 그는 수갑을 채우지 않는 걸까?

"부관과 함께 갈까요?"

형사는 침통한 미소를 지었다. 그리고 약간 상스럽게 말했다.

"안타까운 일이지만 그는 훨씬 더 난처한 일에 봉착해 있습니다."

"무슨 뜻입니까?"

"이상입니다, 스미스 선장님. 레이노 경찰서장은 디낭에 들르면서 당신에게 이 소환장을 전하라고 요청했을 뿐입니다. 제가 알기론 선장님과 함께 있는 남자는 법정에서 몇 가지 문제를 해명해야 합니다."

이제 마리우스는 확신했다. 아젤마는 레이노 경찰서장과 생말로의 관구사령관에게 편지를 썼던 것이다. 그녀는 뭐라고 썼을까? 그는 그녀를 저주하면서도 그녀를 지극히 사랑했다. 그녀의 고약한 솔직함은 핵심을 찔렀던 것이다. 그것도 죽은 후에 말이다. 과연 어떤 결과를 초래할 것인가.

마리우스는 자문을 멈추고 형사와 헤어졌다. 내일은 내일. 그는 선물로 받은 말을 타고 생말로를 떠날 것이다.

\* \* \*

마리우스는 생각했다. '도망자는 도망자일 뿐이다.' 프랑스 법정은 아무것도 잊지 않았고, 특히 그의 실수를 잊지 않았을 것이다. 법정은 무고한 사람에게 고통을 겪게 한 일을 피해자의 탓으로 돌릴 것이다. 하지만 마리우스는 이번에는 미국행 첫 배를 타지 않고 끝까지 싸우기로 다짐했다. 그는 지지 않을 것이다.

마공 드 라 랑드 호텔로 돌아온 마리우스는 파르페타무르에게 형사를 만난 일을 얘기하지 않았다. 다만 상황을 고려해서 계획을 바꾸었다고 말했다.

"오늘 밤에 떠날 겁니다."

"경계하는 거야?"

"나는 빨리 파리에 가야 해요."

뉴올리언스를 떠난 것을 후회하는 파르페타무르가 농담했다.

"끝은 또 다른 시작이지."

세 사람은 새벽 2시쯤 생말로를 떠났다. 감시자가 있는지 주의해야 했다. 당국은 호텔 정문에 병사를 배치하지 않았다.

잠시 후 마리우스는 파르페타무르와 라파엘이 나란히 말을 타고 가는 모습을 보면서 기운이 빠지는 것을 느꼈다. 이 도주를 주도할 권리가 있을까? 형사가 파르페타무르에 대해 얘기하는 태도가 마음에 걸렸다. "안타까운 일이지만 그는 훨씬 난처한 일에 봉착해 있습니다." 그것은 마리우스 퐁메르시가 더 이상 추적을 당하지 않는다는 뜻일까? 그는 믿지 않았다. 아무튼 그는 라파엘과 파르페타무르를 끝까지 보호할 것이다. 장 발장을 결코 잊지 않을 것이다. 무분별한 사법체계의 희생자였던 장 발장. 정의로운 사람 중의 정의로운 사람. 위대한 속죄자.

* * *

날씨는 상당히 포근했다. 1년 전처럼 세 명의 기사는 도시, 대간선도로, 민가를 피했다. 그들은 밤에 여행하고 새벽에 쉬었다.

마리우스 일행은 처음으로 총총한 별이 보이는 사과밭에서 야영했다. 그들은 말을 매어두었다. 공기는 따뜻하고 바람은 불지 않았다. 느릿느

릿 움직이는 구름이 밤의 생기를 불어넣었다. 그림자와 빛의 부채가 사과나무에서 펼쳐졌다가 닫히곤 했다. 마리우스는 간간이 잠들었다. 망자들의 추억이 줄곧 떠올랐다. 툴롱, 엘 디아블로, 아젤마 그리고 알라모에서 전사한 모든 사람들이 떠올랐다. 그는 몸을 뒤척이면서 생각했다. '추억은 쓸데없는 잡념에 지나지 않아. 행복해지려면 추억에서 벗어나야 할 거야.'

마리우스는 밤에 공포로 떨었다. 인기척이 들린 것 같아 여러 번 일어났다. '만일 레이노 경찰서장이 우리를 추적하고 있다면?' 베개로 사용하는 어깨끈 달린 가방 밑에는 패터슨 콜트 권총이 있었다. 필요한 경우 망설이지 않고 권총을 사용할 것이다. 도형장으로 돌아가느니 차라리 죽을 것이다. 가방 속에는 40만 프랑이 있었다. 한 줌의 에메랄드, 루비, 다이몬드를 제외하고. 그는 끊임없이 되뇌었다. '이렇게 많은 돈을 가지고 있으니 도망칠 수밖에 없어.' 두 눈을 감자 코제트, 아메데, 뷔르댕, 테나르디에가 보였다. 희미하게. 그는 미래를 생각하고 싶지 않았다. 어떤 계획도 무르익지 않았다. 사변이 모든 행동과 모든 시도를 가로막지 않는가. 그는 직감을 믿었다.

라파엘이 그의 몸에 바짝 붙었다. 죄인의 품에 안긴 순진무구한 아이.

아이가 속삭였다.

"당신이 내 아버지였으면 좋겠어요. 파르페타무르 아저씨도요."

"꼬마야, 우리는 네 아빠야."

마리우스는 한숨을 내쉬고 아이의 머리를 쓰다듬었다. 그는 이 어린 아이가 겪었던 수많은 역경을 생각했다. 어떻게 이 아이는 신뢰하고 웃고 자연스러워질 수 있는 힘을 되찾았을까? 하느님이 분명 관여하셨을 것이다.

마리우스는 아이의 볼을 어루만졌다. 그는 죽은 사람들을 줄곧 생각하고 있음에도 불구하고, 살아 있는 코제트를 다시는 만날 수 없을까 봐 안절부절못하고 있음에도 불구하고, 부조리한 결정론에도 불구하고 누군가에게 꼭 필요한 사람이 되었다. 일어날 법하지 않은 일을 해낸 멋진 승리가 아닌가! 적어도 긍정적인 점이었다.

마리우스는 갈라진 목소리로 중얼거렸다.

"얘야, 자렴. 나는 언제나 네 곁에 있을 거야."

아이는 그의 품에서 잠들었다. 몇 분 후 마리우스는 고개를 돌렸다. 파르페타무르는 오래전부터 달콤한 잠에 빠져 있었다. 마리우스는 하늘을 바라보았다. 평온하고 고요한 하늘에 검은 구름 몇 조각이 천천히 흘러갔다. 말들이 콧구멍을 벌름거리면서 미미한 소리를 내고, 올빼미 한 마리가 노래를 부르고, 들쥐들이 마른풀 사이로 쪼르르 달아났다. 마리우스는 파르페타무르와 아이 사이에 전 재산을 놓았다.

* * *

이틀 후 세 사람은 파리에 도착했다. 마리우스는 생메리 구역에서 한 여관에 들었다. 페르루주 여관. 고급 주택가와는 달리 눈에 띄지 않는 소박한 곳이었다. 특히 그의 모든 불행이 시작되었던 트랑송농냉가와 타르디에의 공장에서 멀지 않았다. 근사한 방을 빌려준 여관은 마리우스가 클레망스를 만나기 전에, 망각과 도형장의 영역으로 사라지기 전에 말을 맡겼던 곳이었다. 마리우스는 고삐를 내밀면서 2년 전 말을 맡겼던 마구간지기를 알아보았다. 소년은 그를 알아보지 못했다. 마리우스는 다행이라고 생각했다. 아무튼 그는 순서대로 일을 처리하기로 결심했다. 모든 일에는 때가 있는 법이다. 파리의 공기는 채무자들을 떠올리게 했다. 하지만 그는 장 발장처럼 용서해주기로 결심했다. 이 여행은 코제트를 위한 것이었다. 그리고 자신의 문제를 깨끗이 정리하기 위해서.

지금까지 얼마나 약속을 지켰을까? 마리우스는 참을성 있는 사람이 되겠다고 다짐했지만 그렇지 못했다. 신중한 사람이 되겠다고 맹세했지만 경솔한 모습만 보여주었다. 그는 영웅적인 스미스 선장과 같은 사람이 될 수 있을까?

하지만 왜 마리우스는 그날 저녁 파르페타무르와 라파엘 없이 생드니가, 생마르탱가 그리고 클랑 데스탱에 갔을까? 그는 생각했다. '만일 코제트와 마주친다면?'

마리우스는 코제트와 마주치지 않았다. 그는 군중 속에 파묻히기는커녕 마주치는 사람들의 관심을 끌려는 듯 제복을 입었다.

오브리르부셰가는 모든 것이 예전과 똑같았다. 클랑 데스탱의 간판을 제외하고. 술집 이름이 샤말랭으로 바뀌어 있었다. 마리우스는 시계를 봤다. 8시. 레스토랑 문은 닫혀 있었다. 다시 문을 두드렸다. 갑자기 누군가가 그의 어깨를 잡았다. 그는 획 돌아섰다. 정면에 있는 사람은 키가 크고 수달 모피 모자에 검은 옷을 입었다. 매부리코, 비뚤어진 입.

사내가 건방진 말투로 말했다.

"레스토랑은 닫혔습니다."

"완전히 말인가요?"

"그렇게 될까 걱정입니다. 나는 이 레스토랑의 지배인이었습니다. 주인이 팔기로 결심했지요."

"얼마에 내놓았나요?"

루피르는 머리부터 발끝까지 마리우스를 훑어보았다.

"우리는 외국인에게는 팔지 않습니다. 당신 옷차림을 보니 식당을 운영할 사람이 아닙니다."

마리우스는 환하게 웃으면서 무슨 말인지 모르겠다는 손짓을 했다.

"뭐라고 했나요?"

루푀르가 거만하게 물었다.

"당신은 영국인이요?"

마리우스가 대답했다.

"미국인입니다. 솔직히 말해서 나는 이곳에 투자하고 싶습니다. 나는 상선 선장입니다. 모아둔 돈이 좀 있어요. 내가 아주 좋아하는 이 도시에 한 발을 담그고 싶어요. 무슨 말인지 알겠습니까?"

루푀르가 대답했다.

"알겠습니다."

음흉한 테나르디에의 하수인은 이 거래에서 챙길 수 있는 이익을 생각했다. 다브 데 그레프는 그의 일처리에 만족할 것이다. 더구나 다른 구입 희망자가 제안을 거절하지 않았는가. 극단적인 경우에 샤말랭을 이중으로 매도할 수도 있을 것이다. 누구도 항의하지 못할 것이다. 이 미국인 선장은 자신의 배로 돌아갈 테고 그에게 가짜 계약서를 보내면 작전은 끝날 것이다.

"주인에게 물어봐야 합니다. 내일 이 시각에 다시 오세요. 주인이 허락하면 레스토랑을 보여주겠습니다."

마리우스는 루푀르에게 손을 내밀면서 외쳤다.

"좋습니다!"

루푀르가 대답했다.

"죄송합니다. 나는 모르는 사람과는 악수하지 않습니다."

마리우스는 유감의 손짓을 하고 발길을 돌렸다. 그는 일을 서둘렀다. 과거로 거슬러 올라가기로 결심했던 것이다. 비록 그 사내가 주인의 이름을 언급하지는 않았지만 약간의 운이 따라준다면 알 수도 있지 않겠는가. 타르디에가 샤말랭의 주인일까?

마리우스가 생마르탱가의 모퉁이에서 사라지자마자 한 그림자가 불쑥 나타나서 루푀르에게 달려들었다.

"저 장교는 누구지?"

"레스토랑 매입 희망자입니다. 파리에 투자하려는 미국인이죠. 그래서 저는……."

테나르디에가 그의 말을 중단시켰다.

"말을 너무 많이 하지 마. 오늘 저녁 할 일이 있어."

"다브 데 그레프, 저는 잊지 않았습니다."

"잘됐어. 카리뇰이 한 시간 후에 나타날 거야. 그가 우리 집에 오면 샤말랭으로 데려와. 부하들은 준비되었겠지?"

"만반의 준비를 끝냈어요, 다브 데 그레프. 그들은 제 신호만을 기다리고 있습니다."

"몇 명이지?"

"일곱 명."

테나르디에가 중얼거렸다.

"우리 둘까지 합치면 아홉 명이군. 고르보 누옥에서 저주받은 장 발장을 죽이려 했던 시절이 떠오르는군……."

루푀르가 귀를 기울였다.

"뭐라고 하셨어요?"

"작전이 잘 진행되고 있다고 했지. 카리뇰을 죽이면 다음은 꼽추 차례야. 그런데 꼽추는 아직 소식이 없어?"

"특별한 것은 없습니다. 난쟁이는 생피아크르가에서 꼽추가 마차에서 내리는 것을 보았대요. 난쟁이는 예상대로 꼽추에게 메모를 전해주었어요. 그는 약속을 받아들였습니다."

테나르디에가 벌떡 일어났다.

"잘했어! 아, 결국 놈을 궁지에 몰아넣게 되었군! 하지만 네 끄나풀은 스물네 시간 현장에 있어야 해. 난쟁이라고 했지?"

루피르가 으스댔다.

"그 난쟁이는 싸움에 일가견이 있습니다. 오금을 자르고 발뒤꿈치를 공격하는 일에서 녀석에 견줄 만한 사람이 없습니다."

"좋아. 7월 초면 모든 게 해결될 거야."

테나르디에는 하수인에게 샤말랭의 열쇠를 건넸다.

"한 시간 후 깨끗이 처리하게. 카리뇰의 시체는 한 조각도 남기지 말게."

테나르디에는 루피르의 미소를 보고 섬뜩했다.

"다브 데 그레프, 저를 믿으십시오. 토막 살인은 제 전공입니다."

그리고 더욱 진지하게 물었다.

"그 미국인은 어떻게 할까요?"

"내일 생각해보자고. 그를 벗겨먹을 수 있다면 기회를 놓칠 수 없지. 우선 그를 안달나게 만들어. 내 이름을 들먹이지는 말고."


* * *


다음 날 마리우스는 한 바퀴 돌기 위해 말에 올라탔다. 때는 6월 25일.

파르페타무르와 라파엘은 남아 있기로 했다.

"만일 자네에게 무슨 일이 생긴다면?"

"아무 일도 일어나지 않을 거예요. 저녁에 봐요."

마리우스는 우선 클레망스 드 라블리의 집에 가보고 싶었다. 클레망스를 만나 자신이 생각하는 바를 그대로 말할 작정이었다. 초인종을 누르면서 가슴이 더욱 두근거렸다. 아무도 대답하지 않았다. 클레망스는 이사했을 것이다. 그는 화가 났지만 발길을 돌렸다.

잠시 후 생드니 구역에 들어서자 기이한 느낌이 들었다. 칙칙한 간선도로를 들이다니면서 물건을 옮기거나 손을 내미는 불쌍한 사람들을 보니마치 시간이 정지된 것 같았다. 2년 이상이 흘렀지만 아무것도 변하지 않았다. 그는 수시로 말에서 내려 공장, 구멍가게, 숙소를 훔쳐보고 사람들에게 질문을 던지며 노동자, 장인, 세탁부와 대화를 나누었다. 복종의 말투. 분노의 말투. 신중한 말투. 어디에서나 똑같은 얘기였다. 숨 쉬는 것조차 힘들어했다. 장 라피트의 말이 떠올랐다. '세상에 푹 빠져 살다 보면 반항을 하거나 개인주의에 빠질 수밖에 없다.' 격렬한 폭동의 원인은 새로운 무산계급의 지독한 비탄이었다. 1831년 리옹 견직물 공장 노동자들의 봉기 때부터 무산계급은 루이 필리프의 통치를 피로 물들이고 있었다. 1832년 트랑스농냉가에서 피에스키의 국왕 테러 사건이 발생했다. 사람들은 충격에 빠졌다.

기조의 이름이 사람들의 입에 오르내렸다. 명예를 잃고 저주와 멸시를 당하는 이름. 기조의 지침에 충실한 부르주아 사업가들은 권력을 단단히 움켜쥐고 비참한 생활을 하는 노동자들의 처지는 아랑곳하지 않고 오직 자신들만 부유해지기 위해 수단 방법을 가리지 않았다. 마리우스가 하루 근로 시간을 묻자 노동자들은 13~16시간이라고 대답했다. 평균 임금—

프랑스 역사상 가장 낮은 임금—은 독신자가 간신히 최저생계를 유지할 수 있는 정도였다. 부부는 맞벌이를 해야만 생계를 꾸릴 수 있었다. 아이들은 여덟 살이 되면 작업장이나 공장에 보내졌다. 변한 것은 없었다.

마리우스는 다시 말에 올라타면서 괴테의 마지막 말을 떠올렸다.

"빛! 좀 더 많은 빛을!"

이 초라한 구역에서 새들만이 여전히 빛을 바라보고 있었다. 새 몇 마리가 생드니가를 따라 늘어선 정원에서 소리를 내질렀다. 나머지는 암흑에 지나지 않았다. 자연의 욕설.

마리우스는 좌안까지 나아갔다. 그는 생쉴피스 성당의 광장에서 목까지 단추를 채운 프록코트를 입고 모자를 푹 눌러쓴 사내와 대화를 나누고 있는 신부를 주시했다. 그들은 제복을 입은 기사의 집요한 시선을 느끼고는 서둘러 성당 안으로 들어갔다.

마리우스는 몹시 흥분했다. 의심과 원한으로 초라해진 이 도시에서는 모든 것이 음모란 말인가. 이상한 점은 눈 위까지 모자를 눌러쓴 사내가 어떤 기억을 자극한다는 것이었다. 하지만 누구인지는 알 수 없었다. 호기심에 이끌린 그는 말에서 내려 신부와 커다란 모자를 쓴 사내가 대화를 나누었던 광장까지 걸어갔다. 오렌지와 미사경본의 냄새가 떠다녔다. 냄새는 곧 흐려졌다. 마리우스는 관광객처럼 눈을 들고 상당히 다른 두 탑을 바라보았다. 하나는 1749년 마클로랭이 개조했고 다른 하나는 1777년 샬그랭이 바꾸었다. 그는 대성당 안으로 들어갈 뻔했다. 하지만 무슨 소용이 있겠는가. 코제트가 이곳에 자주 올지라도 그녀의 소식을 신부가 알 리 없었다.

마리우스는 다시 말을 타고 플뤼메가로 갔다. 그는 희망에 부푼 채 시계를 보았다. 정오였다. '만일 3년 전으로 돌아갈 수 있다면?' 자신을 찾고 있는 남자, 자신을 잃고 있는 여자……. 상처를 주는 마리우스, 상처를 받은 코제트. 분노로 가득한 마리우스. 그는 결국 가장 가까운 사람들과 자신을 파괴하고 말았다. '나는 얼마나 바보였는가!'

마리우스는 철책 앞을 지나갔다. 갑자기 그의 얼굴이 빛났다. 집에 사람이 살고 있었다. 하얀 드레스를 입은 여자도 보였다. 정원은 완벽하게 복원되었다. 벚나무는 있을까? 그는 머리를 기울였다. 두 그루의 칠엽수와 산사나무가 있었다. 하얀 나비들이 나무 사이를 날아다녔다. 식물들이 촘촘히 자랐기 때문에 마리우스는 작은 벤치와 두 조각상을 볼 수 없었다. 여전히 제자리에 있을까?

플뤼메가의 끝에 이르자 마리우스는 돌아서서 다시 말을 몰았다. 옛집 앞에 멈춘 그는 등자에서 일어났다. 하얀 드레스를 입은 여인의 모습이 보였다. 갈색 머리에 얼굴이 몹시 붉었고, 한 무리의 아이들과 파이프 담배를 피우는 한 부르주아에게 둘러싸여 있었다. 이 집의 주인이 바뀐 것이다.

마리우스는 고삐를 놓고 호주머니를 뒤졌다. 그는 천연 수정을 간직하고 있었다. 그런데 코제트의 예언과는 반대로 이 수정은 두 사람의 사랑을 지켜주지 못했다.

마리우스는 돌아섰다. 말에 박차를 가하려는 순간 뒤에서 말발굽 소리가 들렸다. 그는 2인승 2륜 경마차 옆으로 비켜섰다. 기사는 턱을 들어올리고 어깨를 움츠린 채 지나갔다. 마리우스는 미소를 지었다. 그는 건방진 시선과 세련된 머리 모양을 한 이 기사와의 마지막 만남을 떠올리면서 중얼거렸다. '두 번 일어난 일은 반드시 세 번째도 터지는 법이지.' 기사는 앙리 드 라 로슈드라공이었다. 마리우스는 그를 따라갔다.

＊  ＊  ＊

그럴 거라고 예상했다. 라 로슈드라공은 으스대면서 토르토니 카페와 카페 드 파리를 지나 우안으로 갔다. 그는 자키클럽에서 우회했다. 영국 제 장화와 채찍 그리고 파란 모닝코트를 갖춘 그는 거드름을 피우며 거세 된 멋진 잿빛 말을 마구간지기에게 맡기고 카페 드 파리의 한 탁자에 앉 았다.

마리우스는 이 기회를 놓치고 싶지 않았다. 자신의 새로운 신분을 시험 해볼 참이었다. 그래서 호주머니에서 검은 머플러를 꺼내 애꾸눈이처럼 왼쪽 눈에 감았다.

마리우스는 이 세련된 멋쟁이 옆 탁자를 선택했다. 라 로슈드라공은 속 으로 놀라면서도 그를 못 본 척했다. 자신의 감정을 숨기는 것은 댄디즘 의 확실한 증거가 아닌가. 하지만 마리우스가 럼주를 주문하자 앙리 드 라 로슈드라공이 그에게 고개를 돌리고 물었다.

"당신은 영국인입니까?"

"아니요, 미국인입니다."

그렇게 대화는 시작되었다.

두 사람은 이 매혹적인 구역에 대한 느낌을 교환했다. 흥이 난 마리우 스가 상대에게 자신의 탁자에 앉으라고 권했다. 젊은 멋쟁이는 기꺼이 받 아들였다.

앙리 드 라 로슈드라공은 때때로 자신의 신분을 초월한 공상에 빠지는 젊은이였다. 아직 수염이 없는 그는 러시아 농민처럼 털이 많이 난 자신 의 모습을 상상하고 대단히 흡족해했다. 또한 그는 자신의 말, 여자들, 결 투에 대해 얘기했다. 그의 조끼는 풍자, 넥타이는 독설, 양복은 사고방식을 나타냈다.

앙리 드 라 로슈드라공이 제안했다.

"점심을 함께 하면 어떨까요?"

마리우스가 받아들였다. 두 사람은 송로를 넣은 꿩고기, 멧도요, 클로 드부조산 포도주로 식사했다.

식사가 끝나자 앙리 드 라 로슈드라공은 질문을 하고 싶어 입이 근질근질했다.

"당신은 인디언들과 싸워본 적이 있습니까?"

마리우스는 웃으면서 그를 바라보았다. 두 가지 유형의 사람이 있다. 종군하는 사람과 결투를 하는 사람.

마리우스가 대답했다.

"별로 싸우지 않았습니다."

"그럼 영국인들과 싸웠나요?"

"한 번도 싸우지 않았습니다."

"그럼 누구와?"

"해적하고 멕시코 군인들과 싸웠죠. 그들과 싸우다가 한쪽 눈을 잃었습니다."

"넬슨 제독처럼? 멋진 일입니다."

마리우스의 미소가 굳어졌다. 이 젊은 바보는 아메데처럼 우스꽝스러운 말버릇을 갖고 있었다.

앙리 드 라 로슈드라공이 목을 내밀면서 제안했다.

"우리 검술 시합을 하면 어떨까요?"

"그럽시다. 괜찮다면 늦은 오후가 좋겠습니다."

상대는 기뻐서 어쩔 줄 몰랐다.

"좋습니다!"

앙리 드 라 로슈드라공이 일어나더니 계산을 하겠다고 우겼다. 그는 해적과 멕시코인 군인들과 싸웠던 사람과 함께 있다는 것을 자랑스럽게 여기고 지팡이를 든 채 식탁 사이에서 으스댔다. 그는 지나가는 손님마다 붙잡고 인사를 하면서 미국에서 온 애꾸눈이를 소개했다.

"여러분, 이분은 영웅입니다. 진짜 영웅입니다!"

마침 외젠 쉬가 식탁에 앉아 있었다. 또 시험해볼 기회였다. 아는 사람들을 만나자 과거가 주마등처럼 눈앞을 스쳐갔다. 외젠 쉬는 그를 알아보지 못했다.

앙리 드 라 로슈드라공이 외젠 쉬에게 물었다.

"시모어 경의 검술 도장에 가지 않겠어요?"

외젠 쉬는 숙고하는 척했다.

"나는 에밀 드 지라르댕(보수파의 기관지 「라프레스」를 창간한 언론인—옮긴이)과 알렉상드르 뒤마를 기다리고 있어요. 우리는 공동 출판을 계획하고 있어요."

앙리 드 라 로슈드라공이 말했다.

"쳇! 대여섯 시 이후가 될 겁니다. 프랑스 귀족이 어떻게 싸우는지 이 젊은이에게 보여줄 시간은 있잖아요."

"좋아요. 괜찮다면 한 친구를 데리고 가겠습니다. 그 친구 역시 이곳으로 오기로 했어요. 무슨 용건인지는 모릅니다. 그는 파리에서 나를 문인이 아니라 의사 취급을 하는 유일한 친구지요. 나는 그 친구를 아주 좋아합니다."

"대체 누굽니까?"

"디그랑드 후작입니다."

* * *

코제트는 편지 꾸러미를 열었다. 그녀는 흘러내리는 눈물을 참을 수 없었다. 마리우스의 편지였다. 툴롱에서 보낸 편지들. 뷔르댕이 중간에서 가로챘던 것이다. 아메데와 관련된 서류를 자세히 살펴본 후 일부를 파기했다. 한 가지 생각이 떠올랐다.

아메데가 뷔르댕의 방에서 무엇을 찾았느냐고 묻자 코제트는 시큰둥하게 대답했다.

"테나르디에와 관련된 서류예요……. 차용증이나 채권이 있는지 살펴보았어요……. 아무것도 없었어요……. 은촛대라도 찾게 되어 다행이에요……."

코제트는 서류를 읽으면서 에슬링 전투가 있었던 1809년 같은 몇 가지 중요한 날짜를 외워두었다. 아메데가 태어난 해였다.

아메데가 거듭 물었다.

"내 아버지가 남긴 유언장은 없나요?"

"루이데지레 뷔르댕 씨 말인가요? 방을 뒤졌지만 아무것도 없었어요. 경찰 역시 아무것도 찾아내지 못할 거예요."

"차라리 잘됐어요……."

오후가 끝날 무렵, 코제트는 벽난로 앞의 책상에 앉아 글을 쓰고 있었다. 한참 후 그녀는 종이를 구기고 벽난로 안에 던져버렸다. 장은 책상 밑에서 빌보케(공받이와 공이 매달린 장난감−옮긴이)를 갖고 놀고 있었다.

아메데는 어깨 너머로 코제트가 무엇을 쓰고 있는지 보고 싶었지만 꾹 참고 물었다.

"뭐하는 거예요?"

"초안을 작성하고 있어요."

"무슨 초안이죠?"

"나한테 일어난 일."

아메데는 더 이상 묻지 않고 물러났다.

무세 호텔에 침입한 다음 날 저녁 루이 드 베르뉴의 부엌에서 작전회의가 열렸다. 아메데, 롤랑, 루이, 코제트는 식탁 주위에 자리를 잡았다. 코제트가 계획을 제안했다. 테나르디에를 속이기만 하면 성공할 수 있는 계획이었다.

"어떻게요?"

"다시 생피아크르가로 갑시다. 나는 테나르디에를 알아요. 그는 먹이를 놓칠 사람이 아니에요. 우리는 그에게 손해배상을 해주겠다고 제안해야 해요."

아메데가 주먹으로 탁자를 쳤다.

"뷔르댕과 테나르디에에게 돈을 주겠다고요? 당신의 돈을요? 말도 안 됩니다! 어떻게 해야 할지 내가 말씀드리죠! 그를 경찰에 고소합시다! 최대한 빨리!"

코제트가 반박했다.

"그를 고소할 증거가 전혀 없어요."

"어떤 증거요? 빵 하나를 훔쳤다는 이유로 3년의 강제노동형을 선고한 나라에서 그 흉악한 사기꾼을 고소할 증거를 하나도 찾을 수 없다고요? 코제트, 그럼 당신이 겪은 고초는요?"

"그는 전부 부인할 거예요. 그는 본인의 이름으로 되마르무세, 소모공장, 샤말랭의 주인으로 등록하지 않았을 거예요. 그는 수시로 가명을 사용해요. 당신도 알다시피 페가스와 뱅트되는 더 이상 증언할 수 없어요."

"그럼 어떻게 할까요?"

"나한테 가장 중요한 것은 마리우스를 되찾는 일이에요. 처음에 나는 남편이 죽었다고 생각했어요. 그런데 소모공장에서 그를 보았어요. 그후 나는 남편이 외국으로 가서 새로운 인생을 시작했을 거라고 생각했어요. 하지만 나는 라파엘이라는 아이를 안고 있는 그의 모습을 잊을 수가 없어요……."

아메데가 벌떡 일어나면서 그녀의 말을 중단시켰다.

"아이의 이름이 뭐라고 했죠?"

"라파엘. 왜죠?"

"아무것도 아니에요……."

문득 뷔르댕의 말이 코제트의 머릿속에 떠올랐다. 희미한 희망의 빛이 스쳐 지나갔다. 하지만 그녀는 한마디도 덧붙이지 않았다. 그녀는 아메데가 떨고 있음을 알아챘다. 그는 창백한 얼굴로 몸을 떨면서 두 손을 잡고 입을 꾹 다물었다.

코제트가 말을 이었다.

"생피아크르가에 갈 때 조심해야 해요. 테나르디에의 부하들이 깔려 있어요. 우리의 이점은 테나르디에가 뷔르댕의 죽음을 모른다는 사실이에요. 그는 탐욕스러운 사람이기 때문에 자기 몫의 이익금을 챙기려 할 거예요. 그는 뷔르댕을 필요로 해요."

롤랑이 반박했다.

"하지만 뷔르댕은 죽었습니다."

"그럼 그를 소생시켜야죠. 그러려면 생피아크르가로 돌아가야 합니다."

그리고 루이 드 베르뉴에게 말했다.

"루이, 또 한 번 당신에게 부탁해야겠어요. 이 사건이 해결될 때까지 마들렌과 장을 맡아줄 수 있겠어요?"

"코제트, 물론입니다."

마침내 아메데는 무기력한 상태에서 벗어났다.

"어떻게 할 겁니까?"

"당신 집사가 집으로 돌아온 것처럼 꾸미세요. 가장 좋은 것은 당신이 집으로 돌아가는 겁니다."

아메데는 코제트의 배려(그녀는 그의 아버지라고 하지 않고 집사라고 했다!)에 감동하면서 지적했다.

"그건 위험해요."

코제트가 대답했다.

"위험한 면이 없는 것은 아니에요. 하지만 테나르디에가 내게 용서해 달라고 애원하는 꼴을 보고 싶어요. 그가 몰락하고 배신당하고 버림받은 꼴을 보고 싶어요. 그를 엄중히 감시해야 해요. 당신도 이 속담을 아시죠? '악을 원하는 자에게 악이 닥칠 것이다.' 아메데, 내 명예도 마찬가지예요. 이해하시겠어요?"

"네, 이해해요."

잠시 후 마들렌이 저녁식사를 준비하는데 초인종이 울렸다. 롤랑이 몽둥이를 들고 문을 열러 갔다. 아메데도 따라갔다.

자베르였다.

아메데가 속삭였다.

"코제트는 여기에 있습니다."

자베르는 임무를 완수했다는 표정을 짓고 짧게 말했다.

"잘했습니다."

그는 지팡이와 모자를 놓고 물었다.

"아기는요?"

"잠들었어요."

그의 눈에서 자애의 빛이 반짝였다. 그는 현관에서 움직이지 않고 말했다.

"라블리 부인은 생쉴피스 호텔에 있어요. 그녀는 전부 털어놓았어요. 그녀의 증언은 퐁메르시 남작의 소송을 재심하는 데 결정적으로 작용할 거예요. 내일부터 나는 전략을 짜기 위해 리에 신부님을 만날 겁니다. 신부님은 영향력 있는 인사들, 특히 지스케 경찰총장에게 도움을 청할 겁니다. 나는 여세를 몰아 다른 증인을 찾기 위해 살페트리에르 병원에 갈 겁니다."

아메데는 고개를 끄덕였다. 그리고 어떻게 코제트를 찾았는지 간략히 설명해주었다. 그는 상세한 설명은 접어두고 결론을 지었다.

"뷔르댕과 제라르는 죽었어요."

자베르가 말했다.

"이젠 테나르디에 차례군."

그때 코제트가 현관으로 나왔다. 낯익은 목소리를 들었던 것이다. 오렌지와 미사경본의 냄새가 떠다녔다.

코제트는 수많은 신세를 진 베르자의 품에 뛰어들었다. 그리고 머리를 그의 어깨에 대면서 말했다.

"오, 베르자 씨, 알고 계셨어요?"

"그럼요, 알고 있어요."

베르자는 커다란 두 손으로 젊은 여인의 얼굴을 잡고 한참 동안 바라본 다음 속삭였다.

"당신은 변하지 않았어요."

"아니에요, 제 머리를 보세요……."

"당신은 여전히 매혹적이에요. 그리고 이 남자 옷은 당신에게 잘 어울려요."

코제트도 자베르를 관찰했다.

"당신은 구레나룻을 잘랐군요."

"말하자면 옛날 모습을 되찾은 거죠."

두 사람은 식당까지 걸어갔다. 자베르는 서둘러 루이 드 베르뉴와 마들렌에게 인사했다. 감동에 북받친 마들렌은 울음을 참지 못했다.

자베르가 코제트에게 머리를 숙이고 수줍게 물었다.

"아이를 볼 수 있을까요?"

자베르는 두 여인을 따라 어린 장이 사용하는 방으로 들어갔다. 아기는 평화롭게 자고 있었다. 자베르가 다가갔다. 그리고 한 손으로 이불에서 빠져나온 작은 손을 쓰다듬었다. 아이가 그의 집게손가락을 움켜쥐었다.

자베르가 코제트에게 속삭였다.

"아이가 나를 알아봐요."

코제트는 피부가 꺼칠꺼칠하고 두 눈이 젖어 있는 자베르의 팔을 잡으면서 말했다.

"생명의 은인인데 어떻게 몰라보겠어요?"

그들은 다시 넓은 응접실로 나왔다. 여름의 온도에도 불구하고 소박하고 커다란 벽난로에서 장작이 타고 있었다. 모두 불가에 모였다.

코제트는 자베르에게 자신의 계획을 알려주었다. 전직 형사는 탐색하는 듯한 눈길로 롤랑, 루이, 아메데를 살폈다. 이 계획은 매우 무모한 것처럼 보였다. 하지만 코제트의 결심이 어찌나 단호했는지 도무지 막을 수 없었다.

자베르가 진지한 표정으로 입을 열었다.

"두고 봅시다."

루이 드 베르뉴가 약간 불안한 모습으로 물었다.

"당신은 우리 곁에 있겠지요?"

"물론입니다."

아메데는 안락의자의 팔걸이를 잡으면서 외쳤다.

"그걸 질문이라고 하는가! 자베르 씨는 우리보다 먼저 생각했을 것이네!"

아메데는 루이와 롤랑에게 힐끗 곁눈질을 하며 코제트와 자베르를 위해 자리를 비켜주자고 했다. 그는 다소 쾌활하게 말했다.

"우리는 내일 할 일이 많습니다. 푹 자둬야 할 겁니다!"

아메데는 자리에서 일어나면서 루이에게 내일 오후 카페 드 파리에서 외젠 쉬를 만날 수 있게 해달라고 부탁했다.

"이미 그렇게 했네."

* * *

그들이 사라지자 코제트는 안락의자를 끌고 자베르에게 다가갔다.

"마리우스가 돌아올 거라고 생각하세요?"

"확신해요."

코제트는 긴 한숨을 내쉬었다.

"당신의 낙관적인 견해를 들으니 기분이 좋아요."

"항상 그렇지는 않았어요."

코제트는 자베르의 손을 잡으면서 말을 이었다.

"이제 걱정하지 마세요. 당신이 없었더라면 저 역시 살아 있을 수 없어요. 장도 마찬가지고요."

자베르는 허공을 바라보았다. 자신의 손을 잡고 있는 이 싱싱한 손이 무척 좋았다. 자베르가 말했다.

"테나르디에와 그의 살인자들은 만만한 놈들이 아니에요. 내일 나와 함께 가는 게 어때요?"

"아니에요, 베르자 씨. 당신은 리예 신부님께 가셔야 해요."

자베르는 씁쓸하게 고개를 저었다. 왠지 따돌림을 당한 느낌이 들었다.

자베르가 거듭 물었다.

"정말로요?"

"정말이에요, 베르자 씨. 테나르디에와 저 사이에는 해묵은 문제가 있어요. 제가 해결해야 해요."

베르자는 코제트를 걱정했다. 하지만 그녀가 대견스러웠다. 그녀는 아버지 장 발장처럼 용기와 신중함 그리고 위엄이 있었다.

마침내 자베르가 말했다.

"코제트, 결코 변하면 안 돼요. 사회가 서서히 고통을 주면서 우리를 죽이고 있다는 사실을 깨달았을 거예요. 정열적으로 활동해야 해요. 나는 감히 아니라고 대꾸하거나 무기력한 생활을 받아들이지 않는 사람들을 꾸짖으며 인생을 보냈어요. 하지만 내가 잘못 생각했어요. 게다가 나는 영혼 없는 꼭두각시처럼 처신했어요. 한쪽은 선이고 다른 쪽은 악이라고 생각했죠. 당신의 청춘은 아름다워요. 손상되지 않게 간직하세요."

자베르는 둔탁한 신음소리를 내고 일어났다.

코제트가 물었다.

"어디 가세요?"

"리예 신부님 댁으로요. 나는 이곳에 있고 싶지 않아요. 나는 당신 아이를 보호하고 보살피면서 나 자신을 짓누르고 있는 모든 부족함을 헤아려보았어요. 오래전부터 나는 평범한 인생을 꾸리고 자녀를 갖는 것이 죽음의 운명을 만든다고 생각했어요. 당신 말처럼 나는 비관적이에요. 하지만 나에게 속하지 않는 것에 매달리는 것은 옳지 않아요. 장이 내 아이라고 생각한 적도 있어요. 하지만 장은 내 아이가 아니죠. 나는 불평할 권리가 없어요. 나는 내 운명을 선택했으니까요. 게다가……."

자베르는 준엄하게 자아비판을 한 후 말을 중단했다. 코제트는 눈물을 글썽이며 현관까지 배웅했다. 우리는 타인의 고통을 보고도 아무것도 할 수 없다. 그는 모자를 쓰고 회색 프록코트의 단추를 목까지 채웠다.

베르자의 충격적인 고백을 듣고 상심한 코제트가 물었다.

"베르자 씨, 우리를 도와주실 거죠?"

자베르는 젊은 여인의 손을 잡고 부드럽게 키스했다.

"코제트, 자베르가 당신을 도와드릴 겁니다."

"자베르라니요?"

"조만간에 알게 될 겁니다."

\* \* \*

아메데 일행은 삯마차에서 내리자 즉각 마차를 돌려보냈다. 검은색의 낙낙한 외투를 걸치고 눈 위까지 모자를 푹 눌러쓴 아메데가 앞장을 섰다. 등에 고정시킨 쿠션이 혹처럼 보였다. 코제트는 코밑에 가짜 수염을 붙이고 아메데의 프록코트를 걸친 후 모자를 썼다. 롤랑은 행렬의 후미에 섰다. 세 사람은 음모자의 모습이었다. 그들은 생피아크르가의 건물 안으로 몰려가 코제트의 아파트까지 올라갔다. 그들은 자리를 잡고 움직이지 않았다. 아메데는 몇몇 가구가 없어진 사실을 눈치 챘다.

아메데가 코제트에게 말했다.

"나의 집사는 당신의 물건까지 훔쳤군요. 그는 정말로 천박한 사람이었어요. 당신에게 보상하겠어요."

오후가 되자 초인종 소리가 들렸다. 롤랑이 문을 열어주었다.

한 난쟁이가 편지를 들고 콧소리로 말했다.

"뷔르댕 씨에게 전할 전갈이 있습니다."

"그는 디그랑드 후작과 얘기 중이야."

난쟁이가 거듭 말했다.

"급한 일입니다. 답장이 필요합니다."

"잠시 기다려."

롤랑은 편지를 받아 옆방에 있던 아메데에게 전달했다. 아메데는 봉투를 열고 코제트와 함께 읽었다. 그것은 다음 주 테나르디에의 집에서 만나자는 제안이었다. 편지 내용은 명확했다.

"7월 1일 18시가 어떤가? 우리의 몇 가지 사소한 문제들을 해결하자고. 나한테 빚진 것을 가지고 오게. 나는 자네가 더 이상 기대하지 않았던 것을 돌려주겠네. 자네를 믿겠네."

코제트가 아메데에게 물었다.

"무엇을 돌려준다는 거죠? 테나르디에는 정말이지 협박하는 데 일가견이 있군요. 아무튼 그는 우리를 믿을 거예요. 우리는 작전을 짤 여유가 충분히 있어요. 게일에게도 알리겠어요."

아메데가 덧붙였다.

"자베르는 테나르디에의 주소를 알고 있어요."

아메데는 롤랑에게 승인의 신호를 보내자 롤랑이 난쟁이에게 가서 전했다.

"뷔르댕 씨는 약속 시간에 도착할 거야."

난쟁이는 손으로 작별 인사를 하고는 서둘러 계단을 내려갔다.

* * *

다음 날은 6월 25일이었다. 마리우스가 생쉴피스 성당의 광장에서 자베르와 리에 신부를 보았던 날, 그리고 그가 앙리 드 라 로슈드라공을 쫓아가서 대화를 나누었던 날이었다.

점심시간, 아메데는 꼽추로 변장하고 외출 준비를 했다. 아메데는 돈을 갖고 있지 않으면 테나르디에가 아무 짓도 하지 않을 거라는 사실을 알고 있었다. 아무튼 아메데는 외투 속에 생토샹 대령이 준 군도와 두 자루의 권총을 숨겼다. 그는 함께 나가려는 코제트를 보고 나무랐다. 그녀는 콧수염이 제대로 붙어 있는지 확인하면서 대꾸했다.

"나도 뭔가 할 일이 있어요. 나는 롤랑과 함께 갈 거예요. 내가 갈 곳은 조금도 위험하지 않아요."

"코제트, 나는 찬성할 수 없어요."

"그럼 당신이 카페 드 파리에 가서 옛 친구들 앞에서 으스대는 것이 신중한 처신인가요?"

"나는 으스대지 않을 거예요. 외젠 쉬를 만나 도움을 요청할 거예요. 그는 클랑 데스탱을 알아요. 더구나 그는 외과용 메스만큼이나 검을 잘

481

다루어요."

그러더니 과도하게 몸을 숙이고 쉰 목소리로 말했다.

"남작부인, 어디로 가십니까?"

코제트가 미소를 짓고 대답했다.

"좌안으로 가네."

"소인이 모셔다 드릴까요?"

"기꺼이."

거리로 나온 세 사람은 기다리고 있던 삯마차에 올라탔다. 난쟁이는 쓰레기 더미 뒤에 숨어서 그들이 떠나는 것을 보았다. 그는 루푀르에게 이 사실을 보고할 것이다.

15분 후, 코제트와 롤랑은 말라케 강변도로에서 내렸다.

아메데가 코제트에게 말했다.

"웃음이 모든 것을 지킬 수 있어요."

"하느님께서 후작님의 소원을 들어주시길!"

용기는 시각의 문제다. 불행하게도 각자는 다른 사람의 시각에서 보지 못한다. 코제트의 용기는 모든 것을 망가뜨리는 게 아니라 잘 해결하겠다는 결의에서 비롯되었다.

코제트는 롤랑에게 말라케 강변도로 19번지 아래에서 기다리라고 부탁한 후 어려움에 처했을 때 자신을 도와주었던 여인의 집으로 갔다. 그녀의 호주머니에는 아메데가 호기심을 보였던 초안이 있었다. 이 은밀한 시도를 아는 사람은 아무도 없었다.

4층에 도착한 코제트는 콧수염을 떼고 조르주 상드가 살고 있는 아파트의 초인종을 눌렀다.

조르주 상드는 고통스럽고 기나긴 소송 끝에 남편 카지미르 뒤드방 남작과 막 이혼한 상태였다. 노앙 부인에게는 혹독한 시련이었다. 남작은 서슴없이 아내를 가장 비열한 창녀로 소개하기도 했다.

여자 목소리가 물었다.

"누구세요?"

"외프라지."

"외프라지가 누군데요?"

코제트는 조용한 발소리를 들었다. 문이 열리면서 조르주 상드의 창백하고 놀란 얼굴이 나타났다.

코제트가 물었다.

"제가 방해하는 건가요?"

"전혀요. 남편과 몇 차례 소동을 겪은 후 반갑지 않은 사람들이 내 가구를 뺏으러 오지 않을까 걱정했어요. 솔직히 말해서 나는 누구도 만나고 싶지 않아요. 물론 당신은 예외고요. 자, 어서 들어와요."

숨을 죽인 목소리가 들렸다.

조르주 상드가 설명했다.

"잠시 들른 친구들이에요. 우리는 샴페인을 마시고 있어요. 곧 떠날 거예요. 나는 라샤트르(상드가 어린 시절을 보냈던 곳—옮긴이)로 가고 저 친구들은 집으로 돌아갈 거예요. 그런데 무슨 일로 오셨나요?"

코제트는 용감하게 머리를 들었다.

"당신 도움이 필요해요. 이번에는 위조하는 거예요."

"위조라고요? 편지 말인가요?"

"맞아요. 한 친구를 도와주고 싶어요."

"긴 편지인가요?"

"아니요, 아주 짧아요. 일종의 유언장이에요."

조르주 상드는 젊은 여인의 팔을 붙잡으면서 외쳤다.

"아주 재미있겠어요."

코제트가 말을 이었다.

"당신에게 이런 부탁을 하는 것은 당신이 프랑스어를 완벽하게 구사하기 때문이에요. 저는 그렇지 못해요. 이 편지를 잘 다듬어주시겠어요?"

"알았어요. 더구나 마침 문학에 정통한 친구들이 와 있어요. 말해봐요, 어떻게 궁지에서 벗어났죠?"

"적당히 꾀를 썼어요."

"당신은 여전히 말수가 적군요. 남자들 때문이겠죠? 말하지 마세요. 그 문제라면 지긋지긋해요. 이쪽으로 오세요. 소개시켜드릴게요."

여송연과 밀랍 냄새가 나는 내장재를 두른 응접실에서 세 명의 남자가 큼직한 소파에서 빈둥거리고 있었다. 「르뷔데되몽드」에 시를 기고하는 샤를 디디에, 공화주의 사상으로 가득한 열정적인 청년 엠마뉘엘 아라고, 아름다운 문체와 몇 편의 소설로 유명인사가 되었고 언젠가 마주친 적이 있는 알렉상드르 뒤마가 있었다.

조르주 상드는 코제트를 소개한 후 말했다.

"신사 여러분, 우리는 이 젊은 부인을 돕기 위해 글을 써야 합니다. 하지만 인용된 이름들은 비밀에 부쳐야 합니다. 나는 여러분의 신중함을 믿겠어요."

뒤마가 여느 때처럼 열광적으로 외쳤다.

"당연히 그래야지요! 아마존의 여왕 히폴리테에 견줄 만한 이 아름다운 여인을 위해 무슨 일인들 못하겠습니까?"

코제트는 안락의자에 앉아 호주머니에서 초안을 꺼내 한 자도 빠뜨리지 않고 읽었다.

조르주 상드의 마음을 기쁘게 해주기 위해서는 무슨 일이든 할 준비가 되어 있는 샤를 디디에가 말했다.

"디그랑드 후작? 듣기 좋고 영감을 주는 이름이군요!"

세 신사는 각자 펜을 들고 코제트가 요구한 방향으로 글을 작성했다. 조르주 상드는 세 장의 종이를 읽은 후 종합하자고 제안했다. 그녀는 종합하고 교정을 한 다음 뒤마에게 새 글을 주었다.

"친애하는 뒤마, 구두점도 잊지 마세요!"

엠마뉘엘 아라고는 이 서류를 완벽한 진본으로 꾸미기 위해 걸레질을 하고 먼지를 묻히고 촛불에 그을리자고 제안했다.

샤를 디디에가 찬성했다.

"멋진 생각입니다. 그리고 디그랑드 씨가 아내를 전쟁터에 데리고 갔다고 씁시다. 프랑스 제국시대에는 흔한 일입니다."

한 시간 후 코제트는 새로운 글을 읽었다. 그것은 진본처럼 보일 만큼 완벽했다. 그녀의 첫 번째 계획이 완성되었다.

* * *

마리우스는 앙리 드 라 로슈드라공과 검술을 겨루기 전에 라파엘과 파르페타무르를 찾으러 페르루주 여관에 갔다. 그는 극도로 흥분했다. 아메데를 만난다는 생각이 그를 비정상적인 상태로 몰아넣었다. 그는 어떻게 해야 좋을지 몰랐다.

3시 반, 마리우스는 이탈리아 대로를 거닐고 있었다. 마리우스와 파르페타무르 그리고 라파엘은 삯마차로 왔다. 마부 옆에 앉은 파르페타무르 덕분에 검은 옷을 입은 조심성 없는 보행자와의 충돌을 피할 수 있었다.

파르페타무르가 고삐를 당기면서 외쳤다.

"멍청한 놈, 조금 더……."

테부가와 오스망 대로의 모퉁이에서 마리우스는 팔다리가 저리는 것을 느꼈다. 멋쟁이처럼 다니던 시절이 떠올랐다. 시모어 경의 저택은 여전히 번쩍거렸다.

마리우스는 라파엘과 파르페타무르를 데리고 들어갔다. 앙리 드 라 로슈드라공이 그들을 기다리고 있었다.

그는 평소처럼 과장되게 외쳤다.

"미국인 신사, 약속 시간을 칼 같이 엄수하시는군요!"

라파엘과 파르페타무르는 출입구를 장식하는 은으로 세공한 두 마리의 백조 앞에서 경탄을 감출 수 없었다. 백조는 하얀 천을 안에 댄 연한 파란색 새틴 커튼과 기둥 사이에 놓여 있었다. 아무것도 변하지 않았다.

2층에 있는 세 개의 대형 도장과 사물함이 낯익었다. 아무도 없었다. 앙리 드 라 로슈드라공은 흉갑, 장갑, 손목 보호대를 착용했다. 그리고 마스크를 겨드랑이 밑에 끼고 입을 나팔처럼 만들어 말했다.

"스미스 선장, 당신을 기다리고 있었습니다."

마리우스는 살짝 미소를 짓고 파르페타무르에게 자신의 군도를 건넸다. 물론 그는 머리띠와 제복을 갖추었다. 하지만 흉갑과 손목 보호대는 없었다. 장갑과 마스크만 착용했다.

플뢰레는 분명 그가 선호하는 무기는 아니었다. 하지만 일단 싸움에 몰두하면 아이들 장난이나 마찬가지였다. 게다가 그의 검술은 규정에 맞지는 않았지만 무시무시한 효력을 발휘했다. 라 로슈드라공은 비싼 대가를 치르고 그 사실을 깨달았다. 그는 상대의 검을 잡고 제압하면서 계속 파고들었지만 전혀 공격하지 못했다. 그는 발레리나처럼 칼을 휘두르고 한

다리를 앞으로 내밀고 공격하며 분주히 움직였음에도 허공만을 찔러댔다. 결국 그는 세 번 다 졌다.

라 로슈드라공이 마스크를 벗으면서 말했다.

"당신은 강적이에요."

마리우스는 2년 반 전 같은 장소, 같은 상황에서 아메데에게 똑같은 말을 했었다.

누군가가 말했다.

"그럼 나와 겨루어보겠습니까?"

마리우스는 마스크를 벗지 않고 돌아섰다. 구식의 검은 옷을 입은 아메데를 알아보는 데 약간의 시간이 걸렸다. 그는 다시 한 번 미국식 억양으로 말했다.

"나와 겨루겠다고요?"

외젠 쉬와 함께 온 아메데는 도장의 구석에 앉아 있던 라파엘과 파르페타무르를 보지 못했다. 마침내 그는 파르페타무르를 보고는 소스라치게 놀랐다. 그는 파르페타무르에게 달려가 인사했다.

"선생님, 송구스럽습니다. 오늘 오후 이탈리아 대로에서 당신이 내 목숨을 구해주셨는데 고맙다는 인사도 드리지 못했습니다. 어떻게 감사를 표해야 할지 모르겠습니다."

마리우스가 한 걸음 앞으로 나아갔다. 그리고 플뢰레의 유연성을 점검하면서 소리쳤다.

"나와 한판 붙으면 됩니다!"

아메데는 얼굴을 드러내 자신을 소개하지 않는 무례한 미국인의 재촉에 약간 짜증을 내며 대꾸했다.

"알겠소."

그리고 파르페타무르에게 말했다.

"원하시는 게 있으면 무엇이든 말씀하세요……."

파르페타무르는 아메데가 조금 전의 신중하지 못했던 보행자임을 알아보고서 그의 말을 끊었다.

"나는 아무것도 바라지 않습니다."

"그럼 당신 아드님께 선물을 하면 어떨까요?"

"라파엘은 내 아들이 아니에요."

아메데는 두 다리에서 힘이 빠져나가는 것을 느꼈다. 이 아이는 자신의 아이와 같은 또래일 것이다. 그는 파르페타무르의 얼굴을 살펴보았다. 갑자기 어색해진 파르페타무르는 날렵하고 자신만만한 이 젊은이가 클랑 데스탱에서 자신을 제압했던 일을 떠올렸다. 현재는 보이지 않는 불길한 손으로 과거를 지워버린 듯했다. 그는 생각했다. '사람은 운명에서 벗어날 수 없는 법이야.'

아메데는 아이의 턱을 쓰다듬었다. 아이는 인상을 찌푸리면서 고개를 들었다. 아메데는 말없이 아이를 바라보았다. 비록 결점은 많으나 기억력은 부족하지 않은 그였다. 이 아이는 마리우스와 그가 어느 날 저녁 클랑 데스탱에 도착하기 전 넘어뜨렸던 아이와 닮았다. 거의 확실했다. 그의 불안이 가중되었다.

아메데는 마리우스에게 돌아섰다.

"나와 겨루고 싶다고요? 프랑스 대 미국으로?"

아메데는 마스크를 쓴 사내 쪽으로 다가와서 라 로슈드라공이 내민 플뢰레를 잡았다.

라 로슈드라공이 물었다.

"흉갑은?"

"필요 없네."

"그럼 군도만이라도 주게."

"아이쿠, 내 정신 좀 봐."

아메데는 군도를 치우고 프록코트와 가짜 혹을 그대로 단 채 마스크를 썼다.

마리우스가 몇 번 찌르기를 한 후 외쳤다.

"나는 하워드 스미스 선장이오!"

후작은 빈정대는 어조로 작위를 언급하지 않고 말했다.

"나는 아메데요!"

라 로슈드라공은 자신이 경탄해마지 않는 젊은이의 경박한 태도에 약간 당황했지만 관습을 지켜야 한다고 생각하고 스미스 선장에게 알렸다.

"이쪽은 디그랑드 후작입니다."

외젠 쉬는 조용히 시합을 지켜보았다. 그는 특히 마무리 중인 열 권짜리 책 『해군사』와 에밀 드 지라르댕의 솔깃한 제의를 생각하고 있었다. 에밀은 『해군사』의 판권을 사서 발자크와 뒤마가 협력하고 있는 「라프레스」에 게재할 생각이었다.

관례적인 인사가 끝나자 두 젊은이는 싸움을 시작했다. 마리우스는 아메데가 가드를 내릴 때 조심했다. 그의 예상은 틀리지 않았다. 그는 후퇴하여 살짝 피함으로써 날카로운 정면 공격을 막았다. 그는 즉각 공격에 나섰다. 파라드(칼을 받아 젖히는 것)와 반격은 신속했다. 그는 격렬하게 공격했다. 검이 부딪칠 때는 우박이 쏟아지는 소리가 울렸다. 갑자기 아메데가 검을 휘두르면서 한 발을 깊숙이 내밀고 공격했다. 그는 마리우스의 검이 목 아래와 어깨 사이에 닿는 것도 느끼지 못했다. 그의 검은 마리우스의 가슴에 부딪혀 휘어졌다.

마리우스는 예전에 자신을 매혹시켰던 어조로 말했다.

"당신은 죽었소."

이제 마리우스는 매혹되지 않았다. 그는 마스크를 벗는 상대를 바라보았다. 복수의 생각은 이미 사라졌다. 그는 승자였고 그것만으로 충분했다. 하지만 그는 상대를 자극하는 말을 내뱉었다.

"군도로 싸웠더라면 당신은 죽었을 거요."

아메데는 외젠 쉬와 앙리 드 라 로슈드라공에게 시선을 보내면서 응수했다.

"농담이지요?"

"전혀요. 다시 말하지만 군도로 싸웠더라면 당신은 죽었을 거요."

화가 머리끝까지 치민 아메데가 외쳤다.

"좋습니다. 그럼 진짜 검으로 싸웁시다! 이 두 사람이 내 증인이오! 미국인 신사, 당신의 거만한 태도를 꺾어주겠소!"

마리우스가 차가운 어조로 정정했다.

"나는 하워드 스미스 선장이오!"

아메데가 갑자기 웃었다.

"당신이 원하는 대로 하시구려, 선장! (그는 파르페타무르에게 인사를 하면서 덧붙였다.) 내 빚을 청산하기 위해 당신 목숨은 살려주겠소!"

친구들의 만류에도 불구하고 아메데는 단념하지 않았다. 그는 이 건방진 미국인에게 한 수 가르쳐주고 싶었다.

외젠 쉬가 그를 설득하려 했다.

"때와 장소가 맞지 않습니다. 당신 의무를 잊지 마세요. 게다가 이곳에서 추문을 일으키면 안 됩니다. 사람들은 당신을 용서하지 않을 거예요. 스미스 선장의 말이 맞습니다. 군도를 사용했더라면 그가 먼저 당신을 쓰러뜨렸을 겁니다."

아메데는 억지로 꾸민 듯한 목소리로 외쳤다.

"두고 보면 알겠지요!"

아메데는 생토샹 대령이 주었던 군도를 잡고 덧붙였다.

"미국인 신사, 마스크를 벗고 합시다!"

마리우스는 천천히 마스크를 벗었다. 두 사람은 상당히 떨어져 있었기 때문에 아메데는 집요하게 상대의 얼굴을 뜯어보았다. 콧수염, 긴 머리, 애꾸눈이, 미국인 억양을 가진 이 사내는 마리우스 퐁메르시가 아닌가. 그는 너무 놀라 시합을 포기할 뻔했다.

하지만 마리우스가 재촉했다. 그는 손가락으로 군도의 둥근 부분을 어루만지면서 재촉했다.

"자, 공격하시오!"

마리우스는 언젠가는 반드시 이기겠노라고 아메데에게 약속한 후 이런 결투가 부조리하다고 생각했다. 상대는 자신을 알아보지 못한 것 같았다. 그는 코제트가 소모공장에 포로로 잡혀 있었다는 사실을 알게 된 후 아메데는 그다지 잘못이 없다고 생각했다.

모두 두 사람이 화해하기를 바랐다. 하지만 아무 소용이 없었다. 두 남자는 공격 자세를 취했다. 군도는 위험한 무기였다.

"자, 덤비시오!"

군도는 플뢰레와 다르다. 마리우스는 레스트라드 상사 덕분에 그 차이를 배웠다. 접촉과 부딪히는 소리는 공격과 혈기로 변한다. 군도는 사람을 찌르고 벨 수 있다. 제3자세, 제4자세, 제5자세에서 군도를 받아 젖힐 수 있다. 탁월한 무기.

아메데는 여러 차례 손목 찌르기를 시도했다. 마리우스는 군도를 휘둘러서 물리쳤다. 아메데는 생각했다. '만일 이 사람이 마리우스라면 나는 죄의 대가를 치를 거야. 만일 마리우스가 아니라면?'

몇 차례 공격을 주고받았다. 두 날이 격렬하게 부딪쳤다. 한 사람이 전진하면 다른 사람은 후퇴했다. 이윽고 아메데는 플뢰레로 공격했을 때처럼 돌진해서 지나치게 군도를 휘두르고 한 발을 깊숙이 내밀며 공격했다.

그때 공기를 가르는 날카로운 소리가 들렸다. 레스트라드 상사가 알려주었던 일격은 피할 수 없는 것이었다.

아메데는 목 밑과 겨드랑이 위쪽에서 끔찍한 고통을 느끼면서 고꾸라졌다. 상처는 피로 덮였다. 그는 격렬한 경련을 일으켰다.

외젠 쉬와 라 로슈드라공이 바로 달려왔다.

외젠 쉬가 부상자를 굽어본 후 진단했다.

"출혈은 치명적일 수 있어요. 지혈을 하지 않으면 죽습니다."

라 로슈드라공은 옷을 벗고 셔츠를 찢었다. 외젠 쉬는 지혈을 하고 붕대를 감았다. 신속하게 처치를 해야 했다.

마리우스가 밖을 내려다보면서 말했다.

"아래에 삯마차 한 대가 있어요."

바닥은 피로 흥건히 젖었다. 아메데는 아직 의식을 잃지 않았다. 당황한 검술도장의 종업원들이 달려와 그를 들것에 옮겼다. 아메데는 상대자를 불러오라고 부탁했다.

외젠 쉬가 재촉했다.

"시간이 촉박해요!"

아메데가 중얼거렸다.

"1분이면 돼요……. 그리고 자리 좀 비켜줘요……."

마리우스가 다가가자 사람들이 물러났다. 피범벅이 된 아메데가 미소를 지으려 애썼다. 그는 승자에게 가까이 다가오라고 손짓했다.

"마리우스, 자네는 나를 이기겠다고 다짐했었지……. 자네는 결국 나를 이겼네……."

갑자기 창백해진 마리우스가 두 손으로 아메데의 얼굴을 잡고 물었다.

"왜 자네는 아무 말도 하지 않았지? 무엇을 입증하고 싶었지? 그리고 코제트는 어디에 있지?"

그의 두 손 사이에 있는 얼굴에는 생기가 없었다. 아메데는 기절하고 말았다.

* * *

오후가 끝날 무렵, 마리우스는 튈르리 공원의 어두운 오솔길을 성큼성큼 걷고 있었다. 그는 기분을 전환하고 싶었다. 르 노트르가 설계한 이 공원은 퓌양 레스토랑의 테라스와 오랑제가까지 뻗어 있었다. 공원에는 칠엽수와 보리수, 화단과 덤불 그리고 작은 연못이 있었다.

파르페타무르가 물었다.

"아메데가 자네에게 뭐라고 했지?"

"아무것도 아니에요……. 횡설수설해서 무슨 말인지 이해할 수 없었어요."

마리우스는 아메데가 자신을 알아보았고 스스로 정체를 밝혔다는 사실을 숨겼다.

파르페타무르가 거듭 물었다.

"정말이야?"

라파엘이 끼어들었다.

"그 아저씨는 친절한 분이에요."

마리우스는 입을 꼭 다물었다. 그는 희생자에서 죄인의 신분으로 바뀐 것이다. 그는 망연자실했다.

저녁 6시 무렵, 마리우스는 시계를 보았다. 두 시간 후 샤말랭 레스토 랑에서 약속이 있었다. 주위를 둘러보았다. 군중이 튈르리 궁으로 몰려 들고 있었다. 사람들은 국왕이 외출할 거라고 하면서 뛰어다니고 박수치 고 있었다.

마리우스가 라파엘에게 말했다.

"이리 오렴, 국왕을 볼 수 있을 거야."

파르페타무르와 마리우스는 아이를 데리고 맨 앞줄로 나아갔다. 파르 페타무르가 라파엘을 목말 태웠다. 마리우스 앞에 긴 지팡이를 가진 젊은 이가 있었다. 루이 필리프가 국왕의 고문이자 누이인 아델라이드 부인과 왕비와 함께 마차를 타고 궁전에서 나왔을 때 그 젊은이는 국왕의 마차를 향해 돌진했다.

그때 마리우스가 라파엘에게 마차를 가리키며 말했다.

"저기를 봐, 국왕이야!"

바로 그 순간 총성이 울렸다. 국왕의 마차가 연기로 가득할 정도로 가 까운 곳에서 발사되었다. 몇몇 사람들은 총알이 국왕의 머리를 스쳤다고 주장했다. 하지만 다친 사람은 아무도 없는 것 같았다.

사람들은 잠시 망연자실해 있다가 우왕좌왕했다. 젊은이는 뒤로 물러 나더니 도망치기 시작했다. 그는 군중을 헤치고 길을 트려 했다. 지팡이 를 마구 휘두르고 있었다. 마리우스는 라파엘이 지팡이에 맞을까 걱정되 어 도망치는 젊은이의 허리를 붙잡고 쓰러뜨렸다.

사람들이 외쳤다.

"저놈이다! 바로 저놈이야!"

사복경찰들과 국왕 경호원들이 젊은이에게 돌진했다. 경호원들이 젊은이를 거칠게 일으켜 세웠다. 군인들은 마리우스를 칭찬했다. 마리우스는 무슨 일이 일어났는지 영문을 몰랐다. 젊은이가 마리우스를 노려보았다. 군인들은 젊은이에게서 '지팡이 총'을 압수한 후 사정없이 폭행했다. 젊은이는 저항하지 않았다. 갑자기 그가 소리쳤다.

"나는 전직 하사관 루이 알리보요! 나는 폭군을 죽이고 싶었소!"

경호대 대령이 국왕과 몇 마디를 나눈 후 즉각 돌아와서 마리우스에게 이름을 물었다.

"미국인 하워드 선장입니다."

대령이 말했다.

"당신은 용감한 분입니다. 국왕 전하께서 내일 2시에 집무실에서 당신을 만날 겁니다."

대령은 그에게 간단하게 인사를 한 후 죄수에게 물었다.

"네 공범들은 어디에 있지?"

루이 알리보가 자랑스럽게 대답했다.

"음모를 꾸민 우두머리는 내 머리이고 공모자들은 내 손이오!"

"언제부터 음모를 꾸몄지?"

젊은이가 대꾸했다.

"국왕이 파리에 계엄령을 선포했을 때부터요. 국왕이 군림하지 않고 통치를 했을 때부터요. 국왕이 리옹의 거리와 생메리 수도원의 거리에서 시민들을 학살했을 때부터요. 그의 통치는 피의 통치요. 추악한 통치요."

대령이 엄하게 말했다.

"할 말이 있으면 재판정에서 해라."

대령은 군인들에게 죄수를 끌고 가라고 지시한 후 마리우스에게 국왕의 초청을 환기시켰다.

"스미스 선장, 내일 2시입니다! 잊지 마세요!"

마리우스는 고개를 끄덕이고는 멀어지는 군인들과 젊은이의 뒷모습을 보았다. 그 역시 그 젊은이처럼 될 수도 있었다. 그는 우연히 시역자를 체포하는 일에 일조했다. 절대 자유주의자인 그가, 예전에 공화주의자였던 그가.

보름 후 마리우스는 루이 알리보가 사형 선고를 받았다는 소식을 듣고 자책감에 사로잡혔다. 파리 최고법정에 출두한 젊은이는 당당하게 단두대에서 외쳤다.

"나는 자유를 위해, 인류의 복지를 위해, 추악한 군주제의 폐지를 위해 죽습니다!"

마리우스는 고개를 숙였다. 단 한나절 동안에 많은 일이 일어났다.

파르페타무르가 그를 위로하려 애썼다.

"자네 잘못이 아니야. 자네는 아무런 책임도 없어……."

마리우스는 라파엘의 볼을 꼬집었다.

"우리의 잘못이 아니라고 우겨서는 안 돼……."

* * *

마리우스는 약속 시간에 샤말랭 레스토랑에 도착했다. 루피르 역시 제시간에 나타났다. 레스토랑의 매매와 관련된 서류를 가지고.

"당신이 원한다면 서류를 보셔도 됩니다. 아무튼 공증인의 허락 없이는 아무것도 할 수 없습니다."

루푀르는 공증인의 이름이 종드레 씨이고 이 분야의 매매 계약에 전문이라고 말했다. 종드레 공증인은 테나르디에가 아메데에게 자신을 소개하고 집사의 음모를 폭로하기 위해 차용한 이름이었다. 마리우스는 살짝 미소를 지었다. 테나르디에는 고르보 누옥에서 종드레트라는 이름을 사용하지 않았는가. 매매, 서류, 공증인 등 전부 가짜였다.

"구경 좀 할 수 있을까요?"

루푀르는 샤말랭의 문을 열고 마리우스를 들여보냈다. 마리우스는 레스토랑에 들어서는 순간 탁한 공기를 느꼈다. 자극적인 냄새가 가득했다. 모든 게 음침했고 혼란스러웠다. 루푀르는 두 개의 양초에 불을 켰다. 하나는 마리우스에게 주었고 하나는 자신이 가졌다. 마리우스는 자신을 몰락시키는 데 일조했던 이 장소를 둘러보고는 감회가 새로웠다. 장식은 바뀌었지만 배치는 예전과 동일했다. 가구와 도료는 투박한 가짜 고색(古色)이었고 벽에는 각종 농기구, 밀단, 호랑가시나무의 가지가 매달려 있었다. 그는 예전에 클레망스와 함께 올라갔던 폐쇄된 2층을 가리켰다.

루푀르가 퉁명하게 대답했다.

"잡동사니를 넣어둔 다락방입니다. 손님들은 목수용 사다리를 무척 좋아합니다."

마리우스는 잠시 루푀르를 쳐다보았다. 매부리코를 가진 이 사내는 조금도 신뢰감을 주지 못했다. 그는 촛불로 바닥을 비추었다. 예전 클랑 데스탱의 맨바닥을 대신한 타일에 톱밥이 깔려 있었다. 루푀르는 신경질적으로 손짓을 하며 마리우스가 질문을 하기 전에 대답했다.

"타일을 보호하기 위해서죠."

마리우스는 고개를 끄덕이고 홀을 돌아다녔다. 미욜뢰즈라고 불리는 선정적인 여자와 함께 비틀거리면서 춤을 추었던 일이 떠올랐다. 미욜뢰즈는 파르페타무르의 정부였다. 질투에 광분한 파르페타무르는 두 손으로 그의 목을 졸라 죽일 뻔했다. 그때 아메데가 개입했었다. 그는 파르페타무르를 실컷 두들겨 팼다. 그날 저녁 마리우스는 클레망스의 집에서 밤을 보냈다. 또 그의 친구 프레데릭 리볼리에가 친구들과 함께 이 수상쩍은 술집에 난입해서 아메데의 따귀를 때리고 결투를 유발했던 그 저주받은 날 저녁이 떠올랐다. 그날 저녁 그는 아메데와 프레데릭 중에서 한 명을 선택해야 하는 상황에서 애매한 태도를 취했었다.

마리우스가 살짝 비틀거렸다.

루푀르가 물었다.

"무슨 문제라도 있습니까?"

마리우스는 거짓말을 했다.

"가벼운 현기증입니다. 다친 눈에서 비롯된 두통입니다."

마리우스는 카운터에 기대어 고개를 흔들었다. 그러는 사이 루푀르는 홀 뒤쪽의 밀짚과 호랑가시나무로 뒤덮인 사다리 옆에서 성큼성큼 걸었다. 그는 레스토랑의 매력과 안락한 분위기를 자랑하면서 그답지 않게 부드럽게 말을 이었다.

"이곳에 들어오려는 손님이 너무 많아요. 저녁마다 미어터졌죠. 샤말랭의 요리는 맛 좋기로 유명했어요."

마리우스는 한쪽 귀로만 들었다. 그는 머리를 내밀고 흔들던 중 카운터 뒤쪽의 바닥에서 뭔가를 보았다. 촛불을 가까이 비추었다. 그는 소스라치게 놀랐다. 어둠 속에서 두 개의 하얀 눈이 그를 노려보고 있지 않은가. 공포에 질려 뒤로 물러나지 않으려면 냉정을 유지해야 했다. 사람의 머리통이었다. 피로 더럽혀진 하얀 천에 반쯤 덮인 머리통.

마리우스는 벌떡 일어났다. 불길한 생각이 스쳐 지나갔다. 저 사내가 이 끔찍한 짓을 했을까?

마리우스는 두 다리로 서려고 애쓰면서 억지로 말했다.

"이 레스토랑이 맘에 들어요. 언제 주인을 만날 수 있을까요?"

루푀르가 카운터로 돌아오면서 대답했다.

"서명하는 날. 신용의 표시로 선금을 내야 합니다."

"얼마나요?"

"3만 프랑."

마리우스는 과장된 억양으로 외쳤다.

"거액이군요!"

"맞습니다. 하지만 실망하지 않을 겁니다. 주방을 보셨나요?"

"그럴 필요 없습니다. 당신을 믿겠습니다. 언제 결론을 낼 수 있을까요?"

"주인이 7월 1일로 예정하고 있다고 했습니다."

"주인이 누굽니까?"

"타르디에 씨."

루푀르는 곧 이름을 말한 것을 후회했다.

마리우스는 어깨를 으쓱했다. 분명 타르디에였다. 만일 코제트가 카운터 뒤쪽에 머리통이 나뒹굴고 있는 불쌍한 사람과 똑같은 운명을 겪었다면? 그는 바짝 경계했다.

마리우스는 심호흡을 하려고 애쓰면서 물었다.

"7월 1일 몇 시입니까?"

"저녁 9시."

7월 1일은 뷔르뎅에게 약속을 지정해준 날이었다. 테나르디에는 일을 신속히 처리하려 했다. 단번에 모든 일을 해결하고 도망칠 셈이었다.

마리우스가 대답했다.

"좋습니다."

마리우스는 잘린 머리통을 생각하면서 만일 타르디에가 코제트의 머리카락 한 올이라도 건드렸다면 백배로 갚아주겠다고 다짐했다. 그는 외투 속의 권총을 만지작거리면서 루푀르에게 촛불을 돌려주었다. 그리고 손을 내밀었다.

루푀르는 젊은이의 손을 잡으면서 말했다.

"이번에는 진심입니다."

마리우스가 빈정댔다.

"이제 내가 낯선 사람이 아니기 때문인가요?"

루푀르는 약간 머리를 숙이면서 대답했다.

"당신은 이제 이 집의 주인이나 마찬가지니까요."

마리우스는 레스토랑에서 나오면서 말했다.

"그럼 7월 1일에 봅시다."

마리우스는 거리로 나오자 안도의 한숨을 내쉬고 발길을 재촉했다. 일주일 후 신중하게 게임을 해야 할 것이다.

루푀르는 샤말랭에 남았다. 그는 생각에 잠긴 듯했다. 미국인이 톱밥을 언급했을 때 불편한 감정을 느꼈다. 만일 미국인이 바닥을 살펴보았다면 응고된 피를 발견했을 것이다. 어제 저녁 같은 시각에 그는 낫으로 카리뇰의 목을 벤 후 그를 공모자들에게 넘겨주었다. 금은 세공사처럼 정묘한 작업. 체계적이고 외과적인 작업. 그들은 가련한 헌병의 몸통과 사지를 자르고 토막을 냈다. 자정 무렵 루푀르의 부하들은 각자 겨드랑이 밑에 한 보따리씩 끼고 레스토랑을 떠났다. 천과 종이로 싼 두 발, 넓적다리, 장딴지, 두 팔, 두 손, 두 부분으로 톱질한 상체. 일부는 센 강에 던졌

고 일부는 몽마르트르 공동묘지에 버렸다. 내장은 떠도는 개와 고양이에
게 던져주었다. 머리통을 뺀 전부를.

# 10
# 마리우스와 국왕


자베르는 플랑슈가에서 다음 날에야 결투 소식을 들었다. 외젠 쉬―그의 대부는 외젠 왕자였다―는 퉁명스럽게 루이 드 베르뉴와 자베르에게 결투 사건을 알려주었다. 그는 염소 젖을 먹고 자랐다. 일부 사람들은 그 사실을 빌미로 악의적인 농담을 늘어놓았다. 그는 쉽게 흥분하고 깡충깡충 뛰는 염소의 기질을 타고난 듯했다.

외젠 쉬가 투덜거렸다.

"나는 격분했어요! 그 결투는 아주 몰상식한 짓이었어요. 왜 아메데는 그렇게 억지를 부렸을까요? 그건 자살 행위나 마찬가지였죠! 내가 힘을 쓴 덕분에 그는 앵발리드 병원에 입원해서 즉시 수술을 받을 수 있었어요. 군의관은 그의 생존 가능성에 대해 아직 언급하지 않았어요. 새로운 소식이 들어오는 대로 여러분에게 알려드리겠습니다."

외젠 쉬는 큰 키와 큰 걸음걸이를 가진 결투 상대자가 강한 미국식 억양을 갖고 있었다고 덧붙였다.

"무슨 선장이라고 했는데 잘 모르겠습니다."

외젠 쉬가 떠나자 자베르는 코제트를 걱정했다. 그녀는 이 사건을 알고 있을까? 자베르가 루이에게 말했다.

"나는 생피아크르가로 돌아가야 합니다. 혹시 검은 외투와 검은 모자를 갖고 있습니까?"

루이는 즉시 그가 요구한 것을 내주었다. 자베르는 떠나기 전 어린 장의 이마에 뽀뽀했다. 그는 삯마차를 타고 마부에게 빨리 달리라고 재촉했다.

자베르는 가는 도중에 코제트와 아메데를 더욱 세심하게 배려해야 했다고 자책했다. 그가 현장에 있었더라면! 하지만 성과도 있었다. 그는 한나절 만에 살페트리에르 요양원에 가서 미욜뢰즈를 만났고 그녀를 리에 신부에게 맡겼다. 그는 클레망스를 설득하여 이미 두 명의 중인을 확보했다. 그에게는 중요한 점이었다.

자베르는 생피아크르가에 도착해 정문 아래서 파이프 담배를 피우고 있는 난쟁이를 보았다. 그는 등을 구부리고 건물 안으로 들어갔다.

자베르는 2층에 있는 아메데의 아파트로 올라가서 초인종을 눌렀다. 롤랑이 몽둥이를 든 채 문을 열어주었다.

코제트가 현관으로 달려오면서 물었다.

"아메데?"

자베르가 머리를 들어올렸다.

코제트가 놀라 물었다.

"당신이 어떻게?"

"나쁜 소식이 있어요. 아메데가 어느 미국인과 결투해서 중상을 입었어요."

코제트는 어찌할 바를 몰랐다. 짓궂은 운명이 그녀와 그녀의 친구들을 악착스레 괴롭히는 것 같았다.

"미국인이라고요? 아메데는 어디 있어요?"

"앵발리드 병원에요."

자베르는 젊은 여인의 얼굴에서 낙담을 읽고는 왜 플랑슈가로 돌아오지 않았느냐고 물었다.

"저는 아메데를 기다리고 있었어요. 걱정이 되어 미칠 지경이었어요……. 저는 기분을 전환하기 위해 위층에 있는 우리 집에 올라갔어요……. 믿기지가 않아요……. 많은 가구들이 사라졌어요……. 다행히 아버지의 은촛대는 되찾았어요……."

자베르가 중얼거렸다.

"비앵브뉘 주교님의 은촛대."

"뭐라고 하셨어요?"

"아무것도 아니에요."

코제트는 안락의자에 앉아 두 팔을 흔들었다.

"목적지에 거의 다다랐는데……. 자베르 씨, 정말 유감스러운 일이에요. 우리는 어떻게 될까요?"

"테나르디에와 약속한 날이 며칠 남았어요. 아메데가 맡기로 한 역할은 내가 할 거예요."

"불가능해요. 당신은 너무……."

자베르가 그녀의 말을 끊었다.

"너무 늙었다고요? 내가 어떻게 마들렌과 당신 아들을 보호했는지 잊지 마세요."

자베르의 이마에서 분노의 별을 볼 수 있었다. 코제트는 절망과 동시에 영원한 감사의 의미로 두 손을 모으고 말했다.

"자베르 씨, 당신이 원하기 때문에 이 이름으로 부르겠어요. 어떻게 그렇게 생각하실 수 있어요? 제가 당신을 너무 늙었다고 생각하다니 당치도 않아요. 그건 단지 당신이 저에게 남아 있는 유일한 친구이기 때문이에요. 테나르디에는 목적을 달성하기 위해서는 물불 안 가리는 천민이에요. 저는 당신에게 어떤 불행한 일도 일어나지 않기를 원해요."

자베르는 무거운 지팡이에 체중을 실었다. 낮은 이마에 찌푸린 얼굴은 잔인하고 매섭게 보였다. 하지만 그는 코제트의 말을 들으면서 자부심을 느끼며 뿌듯해했다. 코제트가 자신에게도 애착을 갖고 있단 말인가.

자베르는 어설프게 약간 머리를 내밀면서 말했다.

"농담하지 마세요. 테나르디에가 천민이라고 했나요? 그는 살인자예요. 내가 무슨 말을 하는지 아시죠?"

코제트는 미소를 되찾았다. 그리고 농담했다.

"말하는 습관은 여전하군요."

"이건 진실이에요. 몇 년 전 종드레트라는 이름을 쓰는 테나르디에를 체포한 적이 있어요. 그는 내가 집요하게 추격하고 있던 사람, 나중에 내가 진심으로 존경하게 된 분을 살해하려 했어요."

코제트가 벌떡 일어났다.

"테나르디에를 체포하셨다고요?"

"코제트, 나는 경찰이었어요. 자베르 경감."

코제트가 중얼거렸다.

"기억나요……. 당신은 제 아버지가 자베르라는 사람을 아신다고 말했었죠?"

"바로 나예요, 코제트."

"그게 언제 얘긴가요?"

"나중에 설명할게요. 지금은 나와 함께 플랑슈가로 돌아가야 해요. 이곳에 머무르면 안 돼요. 내일부터 우리는 아메데의 머리맡으로 돌아갈 거예요. 그가 목숨을 잃지 않게 해달라고 하느님께 간청합시다."

* * *

미국인이라고? 분명히 그렇게 들었다. 자베르는 뭔가 짚이는 게 있었지만 그는 이 예감을 코제트에게 알리지 않기로 했다. 두고 보면 알게 될 것이다.

코제트는 앵발리드 병원에 가기 위해 남장을 했다. 정오가 다가오고 있었다. 삯마차 안에서 그녀는 입을 열지 않았다. 그녀는 옆에 앉은 자베르를 유심히 지켜보았다. 대체 자베르는 어떤 사람이었을까? 법 자체? 명예의 화신? 권력의 화신? 왜 그는 사서 고생을 하는걸까? 커다란 모자를 쓰고 목까지 단추를 잠근 프록코트를 입은 그는 위압감을 주었다. 몇 년 전이 실루엣과 마주쳤던 일이 희미하게 떠올랐다. 어떤 상황이었더라? 당시에 그는 위압적이고 선량했을까? 아무튼 그가 다른 사람이 된 것은 분명해 보였다. 오렌지와 낡은 미사경본의 냄새만이 베르자 씨와 비슷한 사람이었다는 사실을 입증해주었다. 수염도 콧수염도 없는 엄격한 얼굴은 다른 느낌을 주었다. 희끗희끗하고 무성한 구레나룻 탓에 그의 얼굴은 고양이의 피가 섞인 잡종 불도그의 머리를 닮았다. 그가 나의 아버지를 알고 있었다고? 왜 이처럼 오래 기다렸다가 이제야 고백하는 걸까? 뭔가를 감추고 있는 걸까?

코제트는 몹시 혼란스러웠다. 전직 형사 자베르가 장 발장을 잘 알고 있었다면 무엇이 두 사람을 이렇게 가깝게 만들었을까? 그녀는 최악의 상황을 두려워했다.

삯마차가 플뤼메가 근처를 지나가는 순간 코제트는 몹시 긴장했다. 마리우스를 되찾을 수 있을까? '가까운 시일 내에 그를 만날 수 있다면 우리는 언제든지 인생을 아주 감미롭게 만들 수 있을 거야. 모든 일을 함께하는 환희가 있을 거야. 욕망의 잉걸불과 육신의 모닥불이 있을 거야. 수많은 생각을 함께할 거야. 하지만 언제 만날 수 있을까?'

코제트는 몽상에서 벗어났다. 삯마차는 병원 앞에 도착했다. 그녀는 뷔르댕이 묵었던 무세 호텔에서 훔친 작은 가방을 가지고 왔다.

아메데는 원래 루이 14세의 지시로 부상병들을 수용하고 보살피기 위해 지어진 앵발리드 병원의 두 별관 중 한 곳에 입원해 있었다. 그는 끼니를 거른 날처럼 쓸쓸해 보이는 긴 공동 병실에 있었다. 코제트와 자베르가 도착했을 때 그는 두 눈을 감고 있었다. 코제트는 목 아래부터 몸통 아래까지 붕대를 감고 있는 아메데의 모습을 보고 깜짝 놀랐다. 코안경을 쓴 외과의가 젊은 부인에게 다가왔다.

"국왕 국군병원의 옛 수석외과의의 아들인 외젠 쉬라는 친구가 아니었더라면 팔을 잘라야 했을 겁니다. 아주 깊게 베였습니다. 상처가 썩지 않기를 바랄 뿐입니다. 아무튼 후작은 고비를 넘겼습니다."

코제트와 자베르는 안도했다. 그날 처음으로 접한 좋은 소식이었다.

의사가 말했다.

"나는 물러가겠습니다."

15분 후 아메데가 눈을 떴다. 초췌한 얼굴에서 고통을 읽을 수 있었다. 피부는 물렁물렁해졌고 생기를 잃었다. 그는 두 사람을 보고는 몸을 일으키려 했다. 하지만 근육이 수축하는 고통으로 인해 얼굴을 찡그리며 다시 누웠다. 그는 두 손으로 시트를 움켜쥐었다. 보랏빛 입술에서 신음소리가 새어나왔다.

코제트가 속삭였다.

"움직이지 마세요."

아메데의 창백한 얼굴에 희미한 미소가 번졌다. 그는 많은 피를 흘렸다. 손을 내밀려 했으나 곧 얼굴을 찡그렸다. 조금만 움직여도 끔찍한 고통이 뒤따랐다. 군도의 날이 팔 근육의 신경을 다치게 했던 것이다. 의사는 왼쪽 팔이 완전히 회복되는 것은 불가능할 거라고 알려주었다.

코제트가 속삭였다.

"당신에게 보여줄 게 있어요."

젊은이의 눈썹이 미세하게 떨렸다. 그는 살며시 가방을 보았다.

코제트가 말을 이었다.

"며칠 전 당신은 내가 집사의 방에서 무엇을 찾았냐고 물었죠? 바로 이거예요. 몇몇 개의 서류는 당신과 관련이 있어요. 당신에게 조금도 숨기지 않기로 결심했어요. 과거의 상처를 헤집는 것은 쓸데없는 짓이잖아요. 당신 집사의 유언장과 당신 아버지의 유언이 있어요."

아메데가 눈썹을 찌푸렸다.

"나의 아버지라니요?"

"나를 믿지 못하겠어요? 당신이 직접 읽어보세요. 뷔르댕이 거짓말했어요. 우리는 모두 속았어요."

코제트는 오래된 양피지를 꺼내 아메데 앞에 펼쳤다. 그리고 젊은이가 읽을 수 있도록 두 손으로 잡아주었다.


유언장을 대신하는 이 서류를 통해 에스파뉴 장군의 흉갑기병 3사단의 중령인 본인 샤를-엠마뉘엘-알렉상드르 디그랑드는 내 아들에게 내가 소유하는 나의 명예, 내 이름 등 모든 것을 물려주는 바이다. 사랑하는 아내를 전장에 데려온 나의 실수로 인해 아내는 부데 사단의 공격 때 에슬링 대로에서 사망했다. 나는 이그랑드 마을—이것은 우연의 일치이자 틀림없이 운명적인 만남이다—에서 태어났고 현재 로바우 보건소에서 근무하는 루이데지레 뷔르댕을 3개월 된 내 아들의 후원자로 지정한다. 그는 아이가 성년이 될 때까지 맡아 기르고 그 후 모든 권리를 아들에게 돌려준다. 루이데지레는 내 재산의 전부인 5만 프랑을 관리할 것이다. 나는 평화롭게 죽는다.

1809년 5월 22일 에슬링에서
샤를-엠마뉘엘-알렉상드르 디그랑드

아메데는 눈물을 흘릴 정도로 감동했다. 그는 가볍게 머리를 끄덕였다. 코제트는 놀라운 비밀을 숨긴다면 우정이 유지될 수 없다는 사실을 알고 있었다. 특히 자존심에 관련된 비밀이라면 더욱 그렇다. 그녀는 양피지를 접고 가방에 넣었다.

"이건 당신 거예요. 내가 마음대로 서류를 정리했다고 나를 원망하지 않았으면 좋겠어요."

자베르는 사려 깊은 시선으로 코제트를 바라보았다. 그는 충분히 이해한다는 표정으로 말했다.

"후작은 당신을 원망하지 않을 거예요."

자베르의 얼굴에 힘과 이해, 감동과 미소가 어려 있었다. 그 역시 이 유언장을 읽었다. 그는 코제트의 고결한 영혼 속에서 장 발장의 위대한 영혼을 읽을 수 있었다.

자베르가 아메데의 귀에 대고 속삭였다.

"그녀는 마음이 순수한 사람이에요."

코제트는 조르주 상드의 친구들이 지어낸 이름을 보고 미소를 지었다. 그들은 그다지 고민하지 않았다. 디디에, 아라고 그리고 뒤마의 이름들을 가져다 붙인 것이었다. 아메데는 이로써 명예를 되찾지 않았을까?

아메데가 흐느끼는 목소리로 말했다.

"나도 당신에게 할 말이 있어요."

코제트는 그의 이마에 손을 얹고 더 이상 말하지 말라고 부탁했다.

"나중에요. 몸이 회복될 때까지 기다려요."

아메데는 고집을 부렸다. 그는 몹시 헐떡거리면서 말했다.

"기다릴 수 없는 거예요."

자베르는 개입하는 게 좋겠다고 판단했다. 갑자기 아메데가 흥분했기 때문이다. 그는 가장 덜 고통스러운 자세를 취하고 말을 하려 했다.

"아닙니다, 자베르 씨. 코제트에게 꼭 전할 말이 있어요. 내 인생에서 이번만은 좋은 일을 하고 싶어요."

아메데는 숨을 가다듬고 자신의 이마에 놓인 코제트의 손을 잡았다.

"마리우스가 돌아왔어요."

젊은 여인은 즉시 손을 뺐다.

"아메데, 만일 농담이라면 나쁜 취미예요."

깊은 침묵이 이어졌다. 자베르가 모자를 눌러쓰고 꼿꼿하게 서서 차분한 모습으로 지팡이를 번갈아 잡는 동안, 코제트는 침대 옆의 작은 의자에 앉았다. 그녀는 두 손으로 얼굴을 감쌌다. 왜 아메데는 이렇게 그녀를 괴롭히는 걸까? 그녀는 온갖 시련을 겪은 후 더 이상은 마음이 부서지지 않을 거라고 생각했다. 하지만 아메데의 고백으로 그녀의 마음은 산산조각이 났다.

절망에 빠진 아메데는 머리를 들기 위해 초인적인 노력을 기울였다. 그의 입에서 다시 고통의 신음소리가 빠져나왔다.

"코제트⋯⋯. 나를 다치게 한 사람은 마리우스예요⋯⋯. 그는 스미스 선장이라는 이름을 사용하고 있어요⋯⋯."

아메데의 머리는 다시 베개에 떨어졌다. 이마에서 땀이 났고 입술이 떨렸다. 코제트는 두 손으로 가슴을 감싸고 비명을 억눌렀다. 그녀의 온몸이 떨리고 있었다.

"마리우스라고요? 그는 어디에 있어요?"

아메데가 중얼거렸다.

"그건 몰라요."

자베르가 끼어들었다.

"아메데의 말은 사실일 거예요. 아메데가 정체불명의 미국인과 몇 차례 공격을 주고받다가 그게 터무니없는 결투로 변했다고 외젠 쉬가 알려 주었어요. 나는 바로 마리우스를 떠올렸어요."

아메데가 중얼거렸다.

"마리우스를 그렇게 몰아붙인 것은 나예요."

코제트가 일어나면서 물었다.

"왜요?"

그녀의 심장이 너무도 격렬하게 뛰어서 터질 것만 같았다. 그녀는 웃어야 할지 울어야 할지 알 수 없었다. 단어들이 목구멍에서 서로 떼밀고 있었지만 빠져나오지 못했다.

아메데가 단번에 말했다.

"그에게 복수할 기회를 주고 싶었어요. 내가 그를 알아볼 수 있었던 것은 함께 있던 파르페타무르라는 거인 때문이었죠. 아이도 있었어요……."

"라파엘?"

"그 아이를 기억하고 있어요?"

"나는 그 아이를 결코 잊을 수 없어요. 내가 마지막으로 마리우스를 본 것은 소모공장에서였어요. 나는 공장의 중이층에서 마리우스가 그 꼬마를 안고 떠나는 모습을 보았어요."

아메데는 비난의 시선으로 코제트를 바라보았다.

"왜 진작 얘기해주지 않았죠? 당신은 내 집사의 이야기를 듣지 않았나요? 어린 라파엘은 내 아들이에요. 나와 클레망스 사이에 태어난 아이."

코제트는 비로소 이 사건의 전모를 이해했다. 그녀는 머리를 숙이고 아메데를 포용했다.

"아메데, 마리우스가 당신 아들을 구했어요."

코제트는 방금 천국을 지나온 것처럼 녹차와 베르가모트의 향기를 느꼈다. 아메데는 감동으로 몸을 떨었다. 가벼운 전율이 그의 콧날을 스쳤다. 하늘의 경고였을까? 그는 죽을 것인가?

법의 집행자였던 자베르는 반사적으로 지팡이를 들고 바닥을 쳤다. 그는 이 행동을 통해 아메데와 코제트를 안심시키고 싶었다. 그는 코제트의 팔을 잡으면서 외쳤다.

"우리는 당장 작전을 실행할 수 있어요! 젊은이, 힘내게! 우리는 예정대로 할 겁니다!"

두 사람은 아메데에게 가능하면 빨리 돌아와서 사건의 추이를 알려주겠다고 약속하고 작별 인사를 했다.

코제트는 밖으로 나오자 자베르의 팔에 기댔다. 그녀의 얼굴에는 슬픔과 불안이 서려 있었다. 그녀는 말을 하려 했지만 목소리가 입술에서 사라졌다. 얼굴이 더욱 창백해졌다. 그녀는 마치 몽상에서 빠져나온 듯이 주위를 둘러보았다. 그녀는 행인들의 눈을 피하고 싶은 듯했다. 그리고 마치 자신의 신분을 확인하려는 듯 한 손을 가슴에 얹고 자신의 머리부터 발까지 바라보았다. 뜻밖에 밝혀진 고결한 모든 일이 반짝반짝 빛났다.

자베르는 마치 상대방의 생각을 간파한 듯이 코제트를 보지 않고 말했다.

"당신은 마리우스를 되찾게 될 거예요."

코제트는 미소를 지었다. 그녀는 발길을 멈추고 자베르와 조금 떨어진 거리에서 강렬한 시선으로 그를 바라보며 물었다.

"정말로 그렇게 생각하세요?"

"코제트, 확신해요. 하지만 신속하고 정확하게 행동해야 해요. 마리우스가 이곳에 왔다면 복수하기 위해서일테니까요."

* * *

오후 1시가 다 되어갔다. 마리우스는 국왕을 알현하기 위해 가장 멋진 제복을 입었다. 그는 라파엘을 여관의 하녀에게 맡겼다. 식당에 꽃을 장식하며 시간을 보내는 젊고 상냥한 여자였다.

파르페타무르가 항의했다.

"내가 라파엘을 보살피면 안 돼?"

"당신은 나와 함께 가야 해요."

"나도 간다고? 하지만 나 같은 미천한 사람이 프랑스 국왕 앞에 나설 순 없지."

"당신이 어때서요?"

"나는 말도 어눌하고 격식도 몰라……. 마리우스, 나는 서민이야…….
모든 게 끝나면 우리는 각자의 위치로 돌아가게 될 거야."

"어리석은 말은 그만두세요. 진심에서 우러나오는 말을 하세요. 나는
그것으로 족해요. 그는 모든 프랑스 국민들의 왕이에요."

마리우스는 두 손으로 친구의 어깨를 만졌다. 불행은 지칠 줄 모르고
그들을 괴롭혔다. 하지만 이제는 운명을 바꿀 때였다.

두 사람은 마구간에 가서 말에 안장을 얹고 밖으로 나갔다. 하늘은 맑
았고 구름 몇 조각이 흘러갔다. 두 사람은 빠른 속도로 달렸다. 합승마차
한 대가 바퀴 아래서 하얀 깃털을 날리고 씽씽 소리를 내며 두 사람을 쫓
고 있었다. 거리에는 이미 많은 사람들이 있었다. 파리는 찬란한 태양 아
래 반짝반짝 빛나고 시민들로 붐볐다.

두 사람은 생드니가 근처에 있는 뮈쟁 카페를 지나갔다. 마리우스는
1832년 이 카페에서 혁명 동지들을 만났었다. 그들은 베르리가에서 우회
했다. 그는 바리케이드의 동료였던 쿠르페락의 집에서 숙식한 적이 있었
다. 그의 인생에서 특기할 만한 사실들이 주마등처럼 스쳐 지나갔다. 죽
는 순간이 오면 지나간 날들이 떠오른다고 하지 않는가.

마리우스는 죽고 싶지 않았다. 그는 가볍게 박차를 가했다. 아직 시간
적인 여유가 있었기 때문에 센 강을 건너서 잠시 메지스리 강변도로 밑에
있는 하수구의 종착점을 보고 싶었다. 파르페타무르와 그는 추격자들을
따돌리기 위해 이 하수구로 들어갔었다. 네모 돛을 단 너벅선은 여전히
그 자리에 있었다.

두 사람은 전속력으로 다리를 건넜다. 오데옹 극장에 도착하자 마리우
스는 자기 탓에 희생된 친구 프레데릭 리볼리에를 생각하며 깊은 회한에
빠졌다. 그는 복수를 하지 않았는가. 마리우스는 더 생각하고 싶지 않았

다. 그는 시모어 경의 검술 도장에서 들것에 누운 아메데를 보면서 자신이 잘못 생각하지 않았는지 자문했다. '아메데는 지금 상처의 고통에 짓눌려 있을 거야. 그는 내게 코제트에 대한 최소한의 정보조차 줄 수 없었단 말인가! 아무튼 나는 7월 1일 끝장을 볼 거야!'

마리우스는 파르페타무르 옆에서 천천히 말을 몰면서 상념에 젖었다. 그 때문에 거리를 유지한 채 그들을 쫓아오고 있는 마차를 보지 못했다. 하얀 말 한 필이 끄는 검은 마차였다. 마차 안에서 한 사내가 기회를 기다리고 있었다. 작은 키에 원숭이를 닮았고 온통 검은 옷을 입은 사내는 동행하는 두 형사에게 눈길 한 번 주지 않았다. '저자는 나를 따돌릴 거야. 하지만 다른 놈은 잡을 수 있을 거야.'

검은 옷을 입은 사내는 얼마 전에 파리로 전근한 레이노 경찰서장이었다. 그는 툴롱을 떠나는 순간 레디 아라는 사람한테서 편지 한 통을 받았다. 그의 확신이 흔들렸다. 이 편지는 알렉상드르 틱시에라는 사람의 무죄를 주장했다. 하지만 레이노는 마리우스 퐁메르시의 유죄를 입증하는 일을 단념하지 않았다. 분명히 마리우스 퐁메르시는 알렉상드르 틱시에가 아니었다. 그래도 확실한 증거를 입수할 때까지 수사할 필요가 있었다. 아무튼 마리우스는 도형장에서 도망치지 않았는가. 또 생말로 헌병대의 소환에 불응하지 않았는가. 법망을 빠져나가고 사법당국을 우롱한 자가 어떻게 무죄를 입증할 수 있겠는가. 미국에서 스미스 선장은 영웅으로 대우받았을 것이다. 하지만 프랑스에서 그는 탈옥수일 뿐이었다. 레이노는 나름대로 수사를 진행했다. 그는 경시청에 마련된 새 사무실로 아무도 소환하지 않았다. 사망 진단을 받고 페르라셰즈 공동묘지에 묻힌 마리우스 퐁메르시의 부인도, 도망자를 잘 아는 것처럼 보이는 디그랑드 후작도 소환하지 않았다. 그는 모든 증거를 입수할 때까지 기다리고 있었다.

레이노는 꼼꼼한 사람이었다. 그는 스미스 선장과 그의 일행의 흔적을 찾아내지 않았는가. 그는 낄낄 웃었다. 마리우스 퐁메르시는 어쩌면 사람들이 주장하는 것처럼 무고하고 미국 영웅일 것이다. 하지만 여전히 잠재적인 죄인이고 어리석거나 경솔한 인간이었다. 파리의 거리에서 돌아다닐 생각을 하다니! 그것도 눈에 잘 띄는 제복에 머리띠를 묶고서! 이틀 전 레이노의 부하들은 카페 드 파리에서 마리우스를 발견했다. 하지만 그를 놓쳤다. 그리고 방금 생드니에서 그를 다시 발견했다. 레이노는 의기양양했다. '살인범은 범죄 현장으로 돌아오는 버릇이 있지.' 부하 중 하나가 마리우스를 발견했다고 보고하자 그는 즉각 달려왔다. '놈들이 말에서 내리면 당장 체포해야지.'

하지만 두 기사는 말에서 내릴 기미가 보이지 않았다. 그들은 위니베르시테가를 떠나 오른쪽으로 비스듬히 돌더니 박가에서 루아얄 다리 쪽으로 말을 몰았다. 마차는 여전히 거리를 유지한 채 두 사람을 따라갔다. 마리우스는 조금도 눈치 채지 못했다. 그의 머릿속은 다른 생각으로 꽉 차 있었다. 국왕이 날마다 일반인을 맞이하는 것은 아니지 않은가!

레이노는 가끔 마차에서 머리를 내밀었다. 두 기사가 튈르리 공원으로 가는 것을 확인하고는 만족스러운 모습이 불쾌한 표정으로 바뀌었다. 그는 마부에게 속도를 내라고 재촉했다. 두 형사는 레이노에게 눈짓으로 물었다. 그는 부하들을 무시했다.

정각 2시, 마리우스는 튈르리 궁의 경호대 본부에 도착했다. 카트린 드 메디시스가 세운 이 궁전은 보나파르트 시절부터 행정부의 본부였다. 중앙 건물과 두 개의 본관이 있었는데 프랑스 대혁명 때 플로르 별관에 공안위원회가 입주했었다. 건축가들은 내부를 수리하고 계단, 접대실, 아파트를 바꾸고 옛 기계실 별관에 있는 소성당을 개조했다. 튈르리 궁전의 정원사였던 장 르 노트르는 이탈리아의 자료를 참고해서 궁전을 둘러싸고 있는 정원에 고전주의의 걸작이 된 산책로를 만들었다.

궁전에서 통행증을 주지 않기 때문에 마리우스는 화려한 제복을 입은 국왕 경호대의 대령과 마주치게 되어 무척 기뻤다.

"선장님, 당신은 약속 시간을 정확하게 지키는군요. 저를 따라오십시오. 전하께서 집무실에서 기다리고 계십니다."

마리우스는 고개를 끄덕였다. 그리고 단호한 어조로 말했다.

"내 부관인 디브 중위를 데려가도 될까요? 그는 나를 도와 그 젊은 광인을 저지했습니다."

대령은 머리부터 발끝까지 파르페타무르를 훑어보고 말했다.

"좋습니다, 선장님. 이쪽으로 오십시오."

그때 레이노의 마차가 궁전 앞에 멈추었다. 마차 밖으로 머리를 내민 그는 자기 눈을 믿을 수 없었다. 국왕 경호대 대령이 두 도형수를 맞이하는 게 아닌가.

형사 중의 한 명이 물었다.

"어떻게 할까요?"

"경호대 본부에 가서 용의자들이 어디로 갔는지 물어봐!"

형사는 지시대로 했다. 대답은 오래 걸리지 않았다. 레이노는 형사의 보고를 듣고 모자를 떨어뜨릴 뻔했다.

"국왕을 알현한다고? 제기랄! 내막을 알아봐야겠어!"

의무감이 강한 레이노는 더 자세히 알아보기로 결심했다. 그는 삯마차와 두 형사를 돌려보냈다. 그리고 뒷짐을 지고 튈르리 궁 앞의 포석에서 성큼성큼 걸으면서 투덜거렸다. '올 때까지 기다리겠어. 여기에서 자는 일이 있더라도.'

그러는 사이 마리우스와 파르페타무르는 대령을 바싹 따라갔다. 안뜰과 복도에서 사람들이 분주하게 움직였다. 병사들이 용기병들과 기마 헌병대와 엇갈리면서 분대별로 행진하고 있었다. 수비대 규모였다.

대령이 설명했다.

"국왕은 이런 소란을 싫어합니다. 하지만 우리는 경계를 늦추지 않고 있습니다. 우리는 암살 시도를 걱정하고 있습니다."

집무실 입구에 두 명의 연락병이 서 있었다. 조금 멀리 떨어진 곳에서 장교들이 낮은 목소리로 한담하고 있었다. 내각의 수장이 나타났다. 총리 기조와 하원의장 앙드레 뒤팽과 면담을 끝낸 국왕은 스미스 선장을 맞이했다.

마리우스는 당번병에게 군도와 권총을 맡겼다. 파르페타무르는 마리우스를 따라했다. 대령이 두 사람을 집무실로 안내했다. 제복을 입은 두 명의 경호원이 웅장한 집무실 입구에 서 있었다. 대령이 국왕 앞으로 나아갔다.

"전하, 6월 25일 암살자를 쓰러뜨린 두 남자입니다."

국왕이 대답했다.

"아, 그래. 두 분을 만나게 되어 매우 기쁘네."

마리우스와 파르페타무르는 공손하게 머리를 숙였다. 격식을 좋아하지 않는 루이 필리프는 두 사람에게 악수를 하고 앉으라고 권했다. 대령이 살며시 사라지자 국왕은 두 젊은이의 용기를 칭찬하고 암살 시도자의 과격한 행동을 통탄했다. 명확하고 정확한 연설이었다. 루이 필리프는 부르주아의 습관을 가지고 있지만 태도는 여전히 귀족적이었다. 비만으로 동작이 약간 둔한 예순네 살의 국왕은 솔직한 모습, 날카롭고 영적인 눈, 유쾌한 목소리, 상냥한 말씨를 지녔다.

국왕은 호텐토트족의 엉덩이를 닮은, 붉은 반점이 많이 있고 구레나룻이 무성한 뺨을 떨면서 박식하게 의견을 개진한 다음 결론을 지었다.

"우리 미국인 친구들의 부탁이 있다면 들어주겠소. 그런데 내 친구 잭슨 대통령의 나라에서 무슨 일을 하고 있소?"

그때까지 말이 없던 마리우스와 파르페타무르는 일부러 미국식 억양을 돋보이게 하면서 항해와 모험 얘기를 꺼내기 시작했다. 주로 엘 디아블로를 잡은 일과 알라모 전투에 관한 이야기였다.

국왕은 끝까지 경청했다. 이야기가 끝나자 국왕은 만족스럽고 어진 눈길로 마리우스의 눈을 바라보았다. 그리고 미소를 지으면서 칭찬했다.

"스미스 선장, 짐은 그대의 무훈에 탄복하는 바이오. 주목할 만한 점은 그대의 용감한 행동이 진솔한 이상과 모순되지 않는 것이네."

그러자 마리우스는 조금도 억양을 사용하지 않고 대답했다.

"전하, 프랑스와 전하의 하잘것없는 하인에게 너무 과분한 칭찬이옵니다."

네르빈덴 전투에서 패한 후 1793년 뒤무리에 장군과 함께 오스트리아로 달아나기 전 발미 전투와 제마프 전투 때 두드러지게 나타났던 혁명사상의 열렬한 지지자였던 국왕은 갑자기 미소를 멈췄다. 착각을 한 것일까? 그는 일단 놀라움이 진정되자 웃음을 터뜨렸다.

"당신은 내가 좋아하는 미국인이오!"

마리우스는 이전에는 민주주의를 옹호했지만 즉위식이 끝나자 왕당파보다 공화주의자들에게 더욱 엄격한 태도를 보이고 있는 국왕을 뚫어지게 바라보았다. 마리우스의 얼굴에 공손한 미소가 번졌다. 그는 머리띠를 풀고 말했다.

"전하, 실은 한 가지 간청이 있습니다. 제가 미국에서 인생을 다시 시작했던 것은 프랑스가 저를 버렸기 때문입니다. 몇 년 전 저는 끔찍한 오심의 희생자였습니다."

국왕은 인상을 찌푸렸다. 그는 이미 티에르, 기조, 그의 장관들, 야당, 국민 등 모든 사람들과 문제가 있었다. 그런데 생명의 은인인 이 사람 역시 그에게 문제를 제기하고 있었다.

"말해보게, 선장."

당혹감으로 얼굴이 빨개진 파르페타무르가 마리우스를 바라보았다. 마리우스는 또 어느 도형장으로 자신을 끌고 갈 것인가?

마리우스는 핵심만 요약해서 간청했다.

"전하, 저는 특사를 요청하는 게 아닙니다. 사람들이 비난하고 있는 이 사건에서 저는 무고합니다. 가장 명백한 증거는 제가 다른 사람의 이름으로 도형장에 끌려갔던 사실입니다."

국왕은 특별비서관을 불렀다. 그는 말없이 책상 뒤로 가더니 종이와 펜을 잡았다.

"적게."

그리고 마리우스에게 말했다.

"수감되었을 때 이름이 뭐였소?"

"알렉상드르 틱시에. 수인 번호 9430번입니다."

비서가 메모했다.

국왕이 물었다.

"당신의 진짜 이름은?"

"마리우스 퐁메르시 남작입니다."

비서는 또 메모했다. 국왕이 일어나 어깨 너머로 읽었다.

국왕은 진지한 목소리로 말했다.

"만일 의도적으로 일어난 불상사였다면 있을 수 없는 일이오. 짐은 경찰청장과 법무부장관에게 필요한 조치를 취하라고 지시하겠소."

그리고 마리우스와 파르페타무르를 번갈아 보면서 말했다.

"국왕의 직무는 어렵네. 지금 같은 광란의 시대에서는 더욱 힘들지. 어떤 때는 너무 단호하다고 비난하고 또 어떤 때는 너무 약하다고 나무라는 사람들에게 짐이 발전을 구속하는 게 아니라 이끌고 있다는 사실을 이해시키기가 쉽지 않네. 발전은 잘 관리된 혁명이라네. 만일 반란이 연달아 일어난다면 정부는 계획을 완성시킬 수 없지. 국민공회시대(1792~1795. 군주제를 폐지하고 공화정이 선포되었다－옮긴이), 총재정부시대(1795~1799. 프랑스 혁명력 제3년 헌법으로 설립된 프랑스 혁명기의 정부－옮긴이), 제1제정시대(1804~1815. 나폴레옹 1세의 군사독재 정권－옮긴이)에 제대로 꺼지지 않은 자코뱅주의는 공포정치의 불씨를 되살리려고 애쓰고 있네. 짐은 자유와 민주주의 국가라고 불리는 나라에서 온 당신들에게 솔직히 말하겠네. 프랑스는 앞으로 어떤 혁명도 용납할 수 없네. 혁명은 더 이상 일어나지 않을 것이네."

국왕은 혁명을 진압했다고 자랑하고 있지만 훗날 1848년 2월에 일어난 혁명이 루이 필리프를 옥좌에서 쫓아내게 될 것이다. 마리우스와 파르페타무르는 자리에서 일어났다. 국왕은 책상에 있는 종이를 집어 옥쇄를 찍은 후 마리우스에게 내밀었다.

"스미스 선장, 일주일 후 다시 와서 내 비서를 만나게. 당신을 퐁메르시 남작으로 부르게 되기를 바라네. 우선 이 통행증이 모든 근심거리를 막아 줄 것이네."

마리우스와 파르페타무르는 루이 필리프에게 감사를 표했다. 국왕은 친절하게도 문까지 배웅했다. 그는 스스로 부르주아이자 시민이라고 주장하고 있지 않은가.

국왕이 나타나자 경호대 대령과 장교들이 일제히 차려 자세를 취했다.

몇 분 후 마리우스와 파르페타무르는 통행증을 가지고 튈르리 궁전에서 나왔다.

파르페타무르가 말했다.

"자네는 정말로 바보야."

마리우스가 반박했다.

"당신은 죽을 때까지 도망자 신세로 살고 싶어요? 나는 오랫동안 다른 사람들을 너무 믿었어요. 2년 전부터는 오직 나 자신만을 믿는 법을 배웠어요."

그들이 말을 찾으려는 순간 검은 옷을 입은 사내가 다가와 소리쳤다.

"나를 알아보겠소?"

파르페타무르의 얼굴이 창백해졌다. 마리우스는 수갑을 채우라는 듯이 두 손을 내밀었다.

레이노 경찰서장은 분통을 억누르려고 애쓰면서 투덜거렸다.

"아직은 아니네. 나는 생말로에서 당신을 만날 운이 없었지. 당신과 관련된 편지 내용을 알려주고 싶었는데 말이오. 아무튼 새로운 사실이 드러났기 때문에 수사를 재검토하지 않을 수 없네. 하지만 승리는 장담하지 말게! 어림도 없지!"

세 사람은 궁전을 따라 리볼리가로 향했다. 레이노는 호주머니에서 편지 한 통을 꺼내 마리우스에게 내용을 요약해주었다. 서명자는 예전부터 마리우스 퐁메르시를 알고 있다고 주장했다. 또 서명자는 미국에서 마리우스와 가까이 지낸 사실을 상세히 밝혔다. 분명히 아젤마가 보낸 편지였다.

레이노는 지나치게 공손한 어조로 말했다.

"따라서 나는 당신이 알렉상드르 틱시에가 아니라는 결론을 내렸습니다."

그리고 빈정대는 어조로 계속했다.

"스미스 선장, 그렇다고 당신이 무고하다는 것은 아니지. 당신은 법의 심판을 받아야 하는 이 사람과 함께 툴롱 도형장에서 도망치지 않았는가? 물론 당신은 미국 국적을 갖고 있지. 외교 문제를 일으키는 것은 나도 원치 않아. 미국은 당신을 영웅으로 대접하고 있으니까. 당신에게나, 우리에게나 가장 좋은 해결책은 당신이 왔던 곳으로 돌아가는 거야. 미국은 도형수 출신의 나라이지 않은가? 반대로 당신이 프랑스에 머무른다면 나는 수사를 진행하지 않을 수 없어."

레이노의 마지막 말은 많은 것을 암시했다. 마리우스는 순종하는 어조로 말했다.

"경찰서장님, 나는 당신의 의무감과 정의감에 경의를 표합니다. 다만 다시 말씀드리지만 나와 내 친구는 무고합니다. 일주일의 여유를 주신다면 우리의 무죄를 입증하겠습니다."

경찰서장은 발걸음을 멈추고 악의에 찬 시선으로 두 사람을 바라보았다. 즉석에서 이들을 체포하지 않은 것만으로도 이미 법을 위반한 느낌이 들었다. 모든 일이 그가 생각하는 것과 정반대로 흘러갔다. 두 사람은 국왕을 알현하지 않았는가.

경찰서장은 교활한 얼굴로 물었다.

"일주일의 여유를 달라는 이유는 뭐요?"

마리우스는 국왕의 통행증을 서장의 코에 들이대면서 대답했다.

"이것 때문이죠."

레이노는 이를 악물고 대답했다.

"좋아, 일주일을 주지. 하지만 그때까지 새로운 증거를 대지 못하면 당신들은 법의 보호를 받을 수 없어. 나는 세 명의 상관에게 당신들에 관한 보고서를 올릴 거야. 하나는 지스케 경찰총장에게, 또 하나는 폴 장 피에르 소제 법무부장관에게, 마지막은 장피에르 드 몽탈리베 내무부장관에게 보낼 거야. 당신들은 결국 툴롱으로 보내질 거야!"

마리우스가 하인처럼 대답했다.

"고맙습니다, 서장 나리."

경찰서장은 뒷짐을 지고 머리를 갸우뚱하면서 소리쳤다.

"나는 당신들을 놓치지 않을 거야. 도망칠 생각은 하지 마. 나는 당신들이 머물고 있는 곳을 알아. 프랑스 경찰은 당신들이 생각하는 것만큼 멍청하지 않아!"

경찰서장은 리볼리가를 지나 카스티글리온가로 들어갔다.

* * *

다음 날 정오, 레이노 경찰서장은 경시청으로부터 전갈을 받았다. 중대한 특명이 떨어졌다. 그는 신속히 수사에 착수해야 했다.

지스케 경찰총장은 카지미르 페리에 내무부장관에 의해 임명된 이후 가장 난처한 상황에 빠졌다. 마리우스 퐁메르시라는 사람에 대한 수사를 재개하라는 국왕의 지시를 받았던 것이다. 의무감이 강하고 강압적인 지스케(그는 1831년부터 온갖 반란과 혁명의 기도를 제압했다)는 카지미르 페리에가 권장하는 지침을 충실히 이행했다. "국내적으로는 자유를 위해 희생 없이 질서를 유지하고, 대외적으로는 어떠한 희생을 치르더라도 명예를 잃지 않고 평화를 유지할 것."

그날 오후 지스케는 리예 신부를 맞이했다. 사실 두 사람은 친교를 맺을 만한 사이는 아니었다. 상호 존중하는 태도가 두 사람을 결합시켰다. 리예 신부의 요청에 따라 지스케는 많은 사람들의 목숨을 살려주었다. 1832년 콜레라가 발생했을 때 지스케는 입에 침이 마르도록 리예 신부를 칭찬했다. 그 무렵 리예 신부는 경찰청장의 한 친구가 마지막 숨을 거둘 때까지 보살폈다. 지스케는 진심으로 감사를 표했다.

두 사람은 악수를 나누었다. 리예 신부는 지스케 앞에 앉았다.

"신부님, 무슨 일로 오셨습니까?"

리예 신부는 자베르의 동의하에 철저히 계획을 준비했다. 그는 언제든지 클로틸드 르프티(미율뢰즈)와 클레망스 드 라블리를 증인으로 내세울 수 있었다.

"청장님, 저는 한 소송 사건의 재심을 청구하고 싶습니다. 확실한 증거가 있습니다."

"어떤 사건을 말합니까?"

"알렉상드르 틱시에 사건입니다."

"알렉상드르 틱시에?"

경찰청장은 안락의자에서 벌떡 일어났다.

"마리우스 퐁메르시 말인가요?"

이번에는 리예 신부가 깜짝 놀랐다.

"청장님, 당신의 통찰력에 대해선 감탄하지 않을 수 없군요."

사법기관의 기밀에 대해 모르는 게 없는 사람으로 인정받은 것 같아 무척 기분이 좋아진 지스케는 국왕의 편지를 언급할 필요성을 느끼지 않았다. 피고인에게 호의적인 첫 번째 구명운동은 하나의 상황 증거가 되었다. 같은 피고인에게 호의적인 두 번째 구명운동은 거의 무죄 석방에 버금가는 가치를 지녔다. 지스케는 성직자의 말을 경청하고 메모했다. 리예 신부는 자베르의 요구대로 그의 이름은 언급하지 않았다. 하지만 자베르의 능숙한 일 처리가 청장의 관심을 끌었다.

신부가 덧붙였다.

"그는 용기와 헌신을 보여주었고 진실을 밝히기 위해 모든 방법을 썼습니다."

"그의 이름은요?"

신부는 허공을 보면서 거짓말했다.

"이름은 모릅니다."

"그럼 마리우스 퐁메르시는 어디에 있습니까?"

신부는 반쯤 거짓말했다.

"그것도 모릅니다."

"제가 이렇게 유령 같은 사람들만 찾아내야 한다면 어떻게 수사를 진척시킬 수 있겠습니까?"

"청장님, 이 사건 자체가 유령들의 얘기입니다. 하느님이 증인이십니다. 저는 이 유령들 가운데 몇 명을 찾아냈습니다. 중요한 증인들입니다. 우선 행정적인 절차를 밟아야 하지 않을까요?"

"신부님 말씀이 옳습니다. 신속하게 이 사건을 파헤치고 관련자들을 소환하겠습니다. 우리끼리 하는 이야기이지만 진짜 범인이 누굴까요?"

"그건 당신이 밝혀내야 할 일입니다,"

신부는 이번에도 뷔르댕이나 테나르디에의 이름을 언급하지 않았다. 그는 자베르의 권고를 따랐다.

경찰청장이 일어나면서 결론을 지었다.

"우리는 이 사건을 해결할 겁니다. 일주일 후면 좀 더 자세한 내용을 알게 되겠죠. 새로운 소식이 들어오면 즉시 신부님께 알려드리겠습니다."

"하느님께서 보상해주실 겁니다."

신부가 떠나자 지스케는 즉각 레이노 경찰서장을 소환했다. 어조는 단호했고 지시는 명확했다. 레이노는 자신이 이루고자 했던 공훈이 물거품이 된 것을 깨닫고는 한마디도 내뱉지 않았다.

"레이노 서장, 신속하게 처리해줄 거라고 믿소. 이 사건을 즉각 밝혀야 하네."

당황하고 낙심한 레이노는 사표를 낼 뻔했다. 하지만 신중한 성격 덕분에 그는 마리우스 퐁메르시를 만난 일에 대해 한마디도 언급하지 않았다. 기분이 몹시 상했다. 설령 남작이 무고할지라도 그는 위험을 포기하고 싶지 않았다. 그는 마리우스가 머물고 있는 곳을 알고 있지 않은가. 그는 처음에 생각했던 공훈을 세울 수는 없을 것이다. 그래도 추격을 멈추지 않을 것이다.

레이노는 사무실로 돌아오자마자 형사들에게 페르루주 여관에 가서 스미스 선장을 경시청으로 소환하라고 지시했다.

하지만 그는 곧 정정했다.

"아니야, 지금은 안 돼. 초저녁이 될 때까지 기다리게. 서두를 필요는 없어."

레이노는 이렇게 여유를 부리면서 자신이 사건의 열쇠를 쥐고 있다고 생각했다. 하지만 그는 아무것도 손에 쥐지 못했다.

*　*　*

마리우스는 페르루주 여관에 돌아오자마자 계산서를 요청했다. 그는 파르페타무르의 반대에도 불구하고 다시 한 번 도망치기로 결심했다. 감시를 받으며 지낼 수는 없다고 판단했다. 그는 국왕의 통행증이 모든 문제를 해결할 수 있는 것은 아니라고 설명한 후 덧붙였다.

"오데옹 호텔이 안성맞춤이야. 살아 있는 코제트를 만날 가능성이 천분의 1이라도 있다면 레이노의 부하들이 그녀를 체포하는 것을 원치 않아요."

파르페타무르가 다시 소리치자 그는 자루 속에 들어 있던 잘린 머리통을 상기시켰다.

"그런 식으로 끝나고 싶어요?"

라파엘은 아무 말 없이 시키는 대로 했다. 그는 마리우스와 파르페타무르, 두 사람과 함께 있는 것만으로도 행복했다.

그날 저녁 마리우스는 콧수염과 머리를 깎았다. 파르페타무르도 그렇게 했다. 두 사람은 10년은 젊어 보였다.

파르페타무르가 외쳤다.

"클랑 데스탱에서 처음으로 자네를 보았던 날이 생각나는군."

마리우스가 대답했다.

"우리는 곧 그곳에서 우리를 불행에 빠뜨린 놈들을 찾아낼 거예요."

두 사람은 옷도 바꾸었다. 며칠 동안 제복을 입고 으스대는 것은 어리석은 짓이었다. 그들은 프록코트와 회색 모자를 썼다.

라파엘이 칭찬했다.

"두 분 다 멋져요."

오데옹 호텔은 근사했다. 마리우스는 저녁식사 후 호텔 지배인에게 하루 저녁 아이를 보살펴줄 사람이 있는지 물었다.

"제 아내가 돌볼 수 있습니다."

잠시 후 방으로 돌아온 마리우스는 파르페타무르에게 외출은 삼가는 게 좋겠다고 말했다. 조용히 있는 게 상책이었다. 그리고 당연하다는 듯이 물었다.

"여전히 문을 부술 수 있죠?"

"물론이지."

"그럼 조금 일찍 샤말랭으로 갑시다."

\* \* \*

루이 드 베르뉘의 응접실에 편히 앉은 자베르는 코제트의 계획이 무모하다고 생각했다. 그녀는 많은 정신적 변화를 겪었다. 그녀는 자베르에게 테나르디에의 집에 함께 가야 한다고 고집을 부렸다.

"그자가 궁지에 몰렸다고 느끼게 해야 해요. 모든 것을 잃게 되면 결국 항복하게 마련이에요."

자베르는 그 점에는 동의했지만 그 방식에 대해서는 선뜻 내키지 않았다. 경찰에 신고하는 게 낫지 않을까?

코제트가 반박했다.

"경찰이나 당국의 개입 없이 우리가 해결해야 할 문제예요. 당신도 아시겠지만 테나르디에는 제가 아주 어렸을 때부터 저를 불행에 빠뜨렸어요. 저도 그가 벌벌 떠는 모습을 보고 싶어요."

"그가 죽는 순간에 떠는 모습을요?"

코제트는 잠시 숙고했다.

"사실 저는 그를 죽이고 싶었어요. 지금은 단지 그가 참회하는 것을 들고 싶을 뿐이에요. 그런 다음 법정에 넘길 거예요."

자베르가 어깨를 으쓱했다.

"코제트, 당신은 순진해요. 롤랑과 내가 함께 있을지라도 테나르디에
는 당신이 요구하는 것을 들어주는 척할 거예요. 당신은 오만의 실수를
저지를 수 있어요."

자베르는 심사숙고했다. 왜 코제트는 자신을 줄곧 괴롭혔던 사람에게
도전하려는 걸까? 그의 눈에 여자들은 언제나 수수께끼 같은 존재였다.
어떤 여자들은 인생에 대한 무의식적인 경멸의 방식인 무관심을 통해, 또
어떤 여자들은 자신을 속이거나 모욕한 것에 대한 이성적인 경멸인 증오
를 통해 난관에서 벗어난다. 그런데 코제트는? 연약한 사람들은 때때로
여자의 기질에 남자의 야심을 갖고 있다. 그것은 분명 남자들의 경우다.
코제트는 남자의 기질에 여자의 야심을 갖고 있다. 안드로마케(테베의 왕
에에티온의 딸이자 헥토르의 아내—옮긴이)의 불굴의 의지와 아킬레우스의 체
력. 자베르는 그 점을 모르지 않았다. 코제트는 장 발장과의 인연을 통해,
자신의 변신을 통해 자베르를 감동시켰다. 그는 자신이 그녀의 뜻에 달려
있다고 느꼈다. 그는 예전에 연민은 정신의 퇴화와 비슷하다고 생각했
다. 하지만 그는 예전의 자베르가 아니었다. 자살의 실패는 많은 것을 바
꾸었다. 이제 흠이 없는 그는 더 이상 과거의 잘못을 숨기지 않았다. 그는
완전히 새로운 사람으로 탈바꿈했다. 그는 장 발장의 무덤 앞에서 모든
악인들로부터 코제트를 보호하겠다고 맹세했다. 물론 그는 테나르디에
를 경찰에 고발하고 자신의 정체를 드러낼 수도 있었다. 테나르디에는 감
옥을 탈출한 후 1832년 결석재판에서 사형 선고를 받지 않았는가. 경찰
에 신고하면 일은 간단하게 해결될 것이다. 하지만 자베르는 코제트를 잃
을 위험이 있었다. 영원히. 그가 아끼는 유일한 여인. 코제트를 잃으면 그

의 인생도 잃는 것이다. 따라서 그는 코제트의 의견에 따르기로 했다.

"자베르 씨, 저는 테나르디에를 용서함으로써 복수하는 거예요. 저는 아버지한테서 용서하는 법을 배웠어요."

"그렇게 하세요."

코제트는 보호자의 어깨에 머리를 기댔다.

불도그의 미소에 호랑이의 웃음을 가진 자베르는 개과천선하지 않았다면 영벌을 받았을 것이다. 그는 젊은 여인의 머리를 쓰다듬어주면서 더지체할 수 없다고 말했다.

코제트가 자신 있게 말했다.

"자베르 씨, 롤랑이 당신을 보좌할 거예요. 그리고 게일과 그의 친구들도 있어요."

자베르는 고개를 저었다. 분명 롤랑은 방해가 되지 않을 것이다. 하지만 젊은 여인과 누더기를 입은 아이들이 어떻게 살인자들을 이길 수 있겠는가.

그때까지 조용히 의자에 앉아 있던 루이 드 베르뉴가 도와주겠다고나섰다. 코제트는 거절했다. 그가 없다면 마들렌과 어린 장은 어찌 될것인가.

"루이, 당신은 두 사람의 안전을 책임져야 해요."

자베르는 오렌지 하나를 집어 껍질을 벗기고 네 조각으로 나눠 먹었다. 롤랑이 그를 바라보았다. 자베르가 요청한 대로 그는 칼과 곤봉을 준비해두었다. 자베르는 자신의 지팡이와 아메데의 권총을 믿고 있었다.

자베르는 벌써 일어나서 옷가지를 고르고 있는 코제트에게 물었다.

"그럼 게일은요?"

"게일은 한 시간 후 소모공장을 포위하고 아이들을 해방시킬 거예요."

자베르는 일어나 루이의 귀에 대고 속삭였다. 아무도 듣지 못했다. 그는 외투를 걸치고 모자를 썼다. 뷔르댕처럼 보였다. 그리고 곱사등을 만들기 위해 등에 작은 베개를 묶었다. 진짜 꼽추처럼 보였다.

그러는 동안 코제트는 변장을 다듬었다. 챙 달린 모자를 쓰고 벨벳 바지와 갈색의 짧은 외투를 입은 다음 검댕으로 얼굴을 까맣게 칠했다.

자베르가 물었다.

"내 모습이 어때요?"

"영락없는 기둥서방 같아요."

자베르는 출발하기 전 카리뇰 특무상사를 생각했다. 이 헌병은 죽었는지 살았는지 연락이 없었다. 그가 있으면 적어도 퇴로를 마련할 수 있을 텐데. 이제는 너무 늦었다.

* * *

날씨는 우중충했고 뇌우가 쏟아질 것 같았다. 소모공장의 대문 앞에서 망을 보고 있던 세 사람은 걸으면서 하늘을 곁눈질했다. 공장에 두 사람이 있고 아파트에 루퓌르와 테나르디에 말고도 두 사람이 더 있었다. 난쟁이는 길모퉁이에서 어린이용 헝겊 모자를 쓰고 담요를 두르고 있었다.

테나르디에가 루퓌르에게 말했다.

"내가 꼽추와 몇 가지 문제를 해결하면 그를 샤말랭으로 데려가서 카리뇰에게 했던 것처럼 처리하게."

"만일 꼽추가 누군가와 함께 온다면 어떻게 하죠?"

"분명히 그럴 거야. 틀림없이 제라르와 뚱보 롤랑과 함께 올 거야. 모두 똑같이 처리해버려."

"그럼 미국인은요?"

"마찬가지야. 신속하게 처리해야 할 거야. 몇 시에 약속했지?"

"9시."

"아직 여유가 있군."

그때 문을 두드리는 소리가 들렸다. 테나르디에는 두 살인청부업자에게 커튼 뒤에 숨으라는 신호를 보냈다. 그리고 루피르에게 지시했다.

"가서 문을 열게."

루피르가 문을 열자 몸을 숙인 사내가 서 있었다. 검은 모자로 얼굴을 가리고 있었다. 그 옆에는 챙 달린 모자를 쓰고 얼굴에 검댕을 칠한 채 두 손을 호주머니에 찔러넣은 젊은이가 있었다. 한편 롤랑은 망을 보기 위해 길에 남아 있었다.

테나르디에가 책상에 앉은 채 소리쳤다.

"아, 뷔르댕! 어서 오게. 우리는 자네를 기다리고 있었네. 그리고 자네도 들어오게!"

루피르는 문을 닫으면서 이상한 생각이 들었다. 오렌지 냄새와 낡은 미사경본 냄새가 떠다니고 있었다. 그는 이 냄새를 맡은 적이 있었다. 루제와 함께 있던 모로를 만났던 날과 종달새의 아기를 유괴했던 신부에게 두들겨 맞았던 날 저녁. 그는 소리 없이 검은 옷을 입은 사내에게 달려들어 허리를 붙잡고 외쳤다.

"모로입니다!"

자베르는 몸을 꼿꼿이 세우고 허리의 반동을 이용해서 루피르에게서 벗어났다. 그는 지팡이를 꺼내 둥그스름한 끝으로 루피르의 머리를 내리쳤다. 루피르는 뒤로 벌렁 나자빠지면서 문에 부딪쳤다.

갑작스러운 소동에 놀란 테나르디에가 까치발로 서서 외쳤다.

"나한테 덤벼!"

두 살인청부업자가 커튼 뒤에서 뛰쳐나왔다. 하지만 그들은 즉각 멈추었다. 자베르가 권총을 꺼내 그들을 겨냥했기 때문이다.

"움직이면 쏘겠다!"

테나르디에는 사지를 떨었다. 그는 웬만한 깡패는 다 알고 있었다. 그런데 처음 보는 얼굴이었다. 자베르는 모자로 얼굴 반쪽을 가렸다. 코제트는 입을 열지 않고 때를 기다리고 있었다.

자베르는 굵고 낮은 목소리로 말했다.

"앉아, 테나르디에!"

그리고 두 살인청부업자에게 명령했다.

"방구석으로 물러나. 누구든 허튼 수작을 부리면 너희들 주인의 머리통을 날려버리겠어."

테나르디에는 침을 삼키면서 천천히 의자에 앉더니 중얼거렸다.

"만일 뷔르댕이 당신을 보냈다면 대화로……."

입을 열 때마다 불결하고 천박한 말이 튀어나왔다. 자베르는 마음 같아서는 테나르디에를 개처럼 때려죽이고 싶었다. 그는 한쪽 눈으로 루푀르를 쏘아보았다. 그리고 테나르디에게 권총을 겨누면서 외쳤다.

"네놈은 의자에 앉을 자격이 없어. 바닥에 무릎을 꿇어. 이게 네 자리야!"

테나르디에는 의자에서 웅크렸다. 그는 자신을 위협하는 이 정체불명의 사내를 무력화할 수 있는 방법을 궁리했다. 하지만 떠오르지 않았다. 그는 공포에 사로잡혔다.

테나르디에가 날카로운 소리를 내질렀다.

"말로 합시다. 무엇이든 협상으로 해결합시다……."

자베르가 단호하게 잘라 말했다.

"협상할 게 전혀 없소!"

테나르디에가 응수했다.

"하지만 나는 정직한 노동자입니다. 경찰을 부르겠소."

자베르는 테나르디에의 코에 총구를 들이대면서 말했다.

"경찰? 경찰은 여기 있지!"

자베르는 모자를 벗어 방에 던졌다.

"테나르디에, 나를 기억하나? 뭐라고 불러줄까? 종드레트? 타르디에? 디브 데 그레프?"

테나르디에는 두 눈을 들었다. 그는 자베르의 시선과 마주치고 입을 다물지 못했다. 책상 위에 두 손을 얹고 자신이 환영을 보고 있는 건 아닌지 자문했다. 잿빛 입술이 떨리면서 일관성 없는 단어들을 내뱉었다. 온 갖 악덕과 결점으로 똘똘 뭉친 이 노인은 적어도 한 가지 자질은 갖고 있었다. 정확한 기억력. 얼굴과 숫자에 대한 탁월한 기억력. 앞에 서 있는 남자, 돌처럼 차가운 시선, 해골 같은 머리, 관자놀이에 붙은 머리카락, 오렌지와 나프탈렌 냄새를 풍기는 이 흡혈귀는 유령임이 틀림없었다. 그는 이 유령을 보고 공포에 사로잡혔다. 자베르가 소름 끼치게 웃으면서 외투를 벗자 테나르디에는 소스라치게 놀랐다. 그는 두 눈을 믿을 수 없었다. 자베르 경감은 예전처럼 목까지 단추를 채운 회색 프록코트를 입고 있었다. 그의 모습은 변하지 않았다. 대체 어떤 밉살스러운 기적이 일어났단 말인가.

테나르디에가 더듬거렸다.

"그럼 센 강에서 익사한 사람은 누굽니까?"

"센 강은 나를 원하지 않았지."

테나르디에는 자베르와 함께 온 젊은이의 시선과 마주쳤다. 코제트는 눈썹 하나 까딱하지 않았다. 그녀의 목소리는 우렁찼다.

"테나르디에, 당신의 죽음이 임박했어. 당신이 저지른 모든 죄에 대해 용서를 구해."

코제트는 호주머니에서 손수건을 꺼내 얼굴을 닦아내고 챙 달린 모자를 벗었다.

테나르디에가 중얼거렸다.

"코제트?"

테나르디에는 증오의 시선으로 젊은 여인을 쳐다보았다.

코제트가 말을 이었다.

"당신은 이제 떠나면 다시는 돌아올 수 없어. 하지만 그전에 무릎을 꿇고 참회의 기도를 바쳐."

자베르가 더욱 압박하기 위해 덧붙였다.

"잠시 후 경찰이 올 거야. 테나르디에, 당신은 생자크 시문 근처에서 인생을 마감하게 될 거야. 네 목숨은 내 손에 달려 있지……"

자베르는 말을 멈추고 권총을 휘둘렀다. 테나르디에는 의자에서 내려와 무릎을 꿇었다. 그리고 회개자처럼 두 손을 모으고 고백 기도를 암송하기 시작했다.

"제 탓이요, 제 탓이요, 저의 큰 탓이옵니다. 그러므로 간절히 바라오니……"

갑자기 테나르디에가 기도를 멈췄다. 밖에서 천둥이 으르렁거렸다. 번개가 방을 훤히 밝혔다. 테나르디에는 어렵사리 숨을 쉬면서 불쌍한 표정을 짓고 열렬히 외쳤다.

"저는 이 도형수의 딸에게 저를 조금도 용서해주지 말라고 간청하옵니다!"

그리고 하이에나처럼 비웃었다.

깜짝 놀란 코제트가 자베르에게 돌아서서 물었다.

"뭐라고 하는 거죠?"

자베르는 떨면서 중얼거렸다.

"아무것도……. 저놈은 언제나 그랬듯이 거짓말하는 거예요."

지붕을 때리는 요란한 우박 소리에도 불구하고 테나르디에는 자베르의 말을 들었다. 그는 여전히 무릎을 꿇은 채 번득이는 눈과 비뚤어진 입술로 기칠게 내뱉었다.

"자베르 경감, 내가 거짓말한다고? 아, 종달새가 진실을 모르고 있군! 종달새, 자베르 경감이 전부 말하지 않았겠지? 그가 20년 동안 장 발장, 마들렌 혹은 포슈르방을 추적했다고 말하지 않았겠지? 그가 뭐라고 말했지? 전적으로 내게 책임이 있다고? 장 발장이 19년 동안 도형장에서 보냈다고 말했나? 내가 사람들에게 지독한 악취를 풍기는 숫염소라고 말했나? 테나르디에 하사라고 말했나? 워털루의 영웅이라고 말했나?"

테나르디에는 책상다리를 움켜쥐고 코제트에게 무서운 얼굴을 들이댔다.

"종달새, 너는 아무것도 몰랐지? 제기랄! 내가 알려주지! 너는 남작부인 행세를 하고 있지? 사실 너는 쓰레기 같은 여자야. 알겠어? 너는 아무것도 아니야! 네 어미 팡틴처럼! 네 어미는 거리의 매춘부였지! 네 남편 마리우스 남작은 바보 중의 바보야! 그리고 네 옆에 있는 남자는 괴물이야. 20년 동안 네 아버지를 괴롭히고 추적했던 경찰이지. 너는 분명 고르보 누옥을 기억하고 있겠지? 너는 도둑인 아버지와 함께 우리에게 몇 푼을 적선하기 위해, 또 우리의 가난을 비웃기 위해 그 집에 왔었잖아? 특히 자베르 경감이 체포하려 했던 것은 네 아버지야! 네 아버지는 마들렌 아니면 포슈르방이라는 이름을 사용했어! 나를 체포하려 했던 게 아니야! 빌어먹을! 그건 중요하지 않아! 자베르의 몸속엔 남을 학대하는 잔인한 피가 흐르고 있어!"

허탈해진 자베르는 총구를 내렸다. 그는 직접 코제트에게 이 진실을 말해주고 싶었다. 그는 비밀을 탈취당하고 깊은 상처를 입은 것처럼 느꼈다. 그는 제자리에서 비틀거렸다. 모두 그의 입술을 바라보았다. 장 발장이 그를 죽이기는커녕 도망치게 내버려두었던 그 저주받은 날처럼 그의 정체가 낱낱이 폭로되었다. 그의 비탄, 결점, 광적인 집착······. 그는 스스로 약속했던 것에 개의치 않고 천천히 일어나 자신의 관자놀이에 총구를 댔다. 그 순간 코제트가 전력을 다해 그를 밀쳤다.

"안 돼요!"

균형을 잃은 자베르는 권총과 지팡이를 놓치고 간신히 추락을 면했다. 그 기회를 이용해서 두 살인청부업자가 자베르에게 달려들었다. 루푀르는 벌떡 일어나 코제트의 허리를 붙잡았다.

상황이 역전됐다. 자베르와 코제트는 눈 깜짝할 사이에 끈으로 묶이고 입에 재갈이 물렸다. 두 사람은 더 이상 말을 할 수 없었다. 하지만 시선으로 많은 대화를 나누었다. 누구의 잘못일까? 자베르는 좀 더 일찍 고백하지 않은 것을, 코제트는 좀 더 일찍 묻지 않은 것을 후회했다. 그들의 시선은 이제 하나의 상처에 지나지 않았다. 이 상처는 과거의 모든 상처를 헤집는 것처럼 보였.

테나르디에는 두 손을 허리에 얹은 채 포로를 노려보면서 주위를 돌았다. 그는 발작적으로 냉소를 터뜨렸다.

"가족이 상봉한 것 같군. 근데 누가 더 영악하지? 자베르? 코제트? 자베르 경감은 결코 떠나서는 안 됐을 센 강 바닥으로 돌아가게 될 거야. 그리고 코제트, 너는 더 이상 쓸모가 없어. 너의 마리우스는 낯짝을 내밀기만 하면 쇠사슬에 묶일 거야. 당신들은 끝장이야."

그리고 루푀르에게 지시했다.

"우스꽝스러운 일이 생각나는군. 불쌍한 카리뇰에게 일어났던 일 말이야."

루푀르는 조용히 고개를 끄덕였다. 테나르디에는 허리를 구부리고 시계를 보았다.

"미국인과의 약속에 늦지 않으려면 서둘러야 해."

재갈을 물려 숨이 막힌 자베르는 눈썹을 치켜세웠다. 미국인이라고? 잃은 것은 아직 하나도 없었다.

* * *

밖에는 소나기가 내리고 있었다. 잿빛 거리는 한적했다. 처마 밑으로 피신한 롤랑은 움직이지 않았다. 그는 네 명의 사내가 자베르와 코제트를 에워싼 채 나오는 것을 보고는 작전이 실패했다고 판단했다. 세 명의 보초와 공장에서 대기하고 있던 한 사내가 테나르디에 일행과 합류했다. 롤랑은 어깨를 늘어뜨리고 숨어 있던 곳에서 나와 천천히 물러났다.

테나르디에가 자베르의 지팡이를 휘두르며 외쳤다.

"롤랑이야!"

루푀르가 말했다.

"난쟁이가 놈을 맡을 겁니다."

테나르디에가 물었다.

"누가 소모공장을 지키고 있지?"

루푀르가 대답했다.

"한 사람뿐입니다. 하지만 한 사람을 보충했습니다. 그는 샤말랭 앞에서 기다리고 있습니다. 다브 데 그레프, 우리는 아홉 명입니다."

테나르디에의 얼굴은 분노로 빨개졌다.

"잘했어. 하지만 자네가 롤랑을 맡아. 난쟁이는 못 믿겠어. 다윗과 골리앗의 싸움은 전설일 뿐이야!"

롤랑은 냅다 도망치기 시작했다. 루푀르가 그를 추적했다.

골목 끝에서 롤랑은 앞으로 넘어졌다. 비 때문에 땅이 미끄러웠다. 다시 일어나려고 했을 때 무릎이 깨진 듯 아팠다. 그는 주위를 둘러보고 곤봉을 꺼냈다. 그는 어느 대문 뒤에 숨어 있던 난쟁이 때문에 쓰러졌던 것이다. 난쟁이가 느닷없이 나타나 긴 칼을 들고 롤랑에게 달려들었다. 롤랑은 손으로 얼굴의 빗물을 닦았다. 굵은 빗줄기 속에서 상대의 얼굴을 보았다. 통통한 얼굴, 들창코, 부어오른 광대뼈 탓에 관자놀이 쪽으로 올라간 것처럼 보이는 눈. 피가 얼어붙었다. 생피아크르가의 아메데 집으로 편지를 가져왔던 난쟁이가 아닌가. 이 난쟁이가 그의 오금을 칼로 찔렀던 것이다. 롤랑은 쉽게 포기할 사람이 아니었다. 그는 사력을 다해 난쟁이의 얼굴에 일격을 가했다. 난쟁이는 머리가 깨지면서 끽소리도 내지 못하고 쓰러졌다.

롤랑은 담까지 기어갔다. 등을 기대고 일어나려 애썼다. 헛된 일이었다. 비의 장막 사이로 펠트 모자를 쓴 사내가 보였다. 그의 손에서 번쩍이는 물건도 보였다. 그게 그가 마지막으로 본 모습이었다. 낫이 휘파람 소리를 냈다. 그리고 아무 소리도 들리지 않았다. 도랑 속으로 흘러 들어가는 물이 빨갛게 물들었다. 루푀르는 낫을 빗물에 헹궜다. 어느 때처럼 그는 희열을 즐겼다. 그는 여유를 부렸다. 하지만 시간이 부족했다. 주위를 둘러보고는 몸을 구부려 거인의 두 발을 잡았다. 시체를 대문 아래로 잡아당기고 내버려두었다. 그는 난쟁이에게도 똑같은 짓을 했다. 그리고 테나르디에와 합류하기 위해 서둘러 떠났다.

* * *

"나는 어둠을 좋아해. 종달새, 너는 아니겠지?"

코제트는 대답할 수 없었다. 테나르디에는 그녀의 입을 봉한 채 부엌으로 밀었다. 커튼이 내려져 있었다.

테나르디에는 문을 긁는 소리를 듣고는 자베르의 지팡이를 카운터에 세워놓았다. 그는 부하들을 사다리 주위에 배치했다. 그리고 자베르의 권총을 쥐고 직접 문을 열러 갔다.

루피르가 빗물에 흠뻑 젖은 채 말했다.

"지시대로 했습니다."

"자루는 준비됐지?"

루피르는 눈빛으로 부하들에게 물었다. 그들 가운데 한 명이 카운터를 가리켰다.

"자루는 저기에 있습니다."

테나르디에는 양초에 불을 켜고 카운터 뒤로 갔다. 열여덟 개의 자루, 한 무더기의 헝겊, 한 통의 톱밥.

테나르디에는 코를 틀어막으면서 말했다.

"구석에서 지독한 냄새가 나는군."

루피르가 대답했다.

"이 바보들이 카리뇰의 머리통을 치우는 것을 깜박했습니다. 어제 들렀을 때 냄새가 지독했어요. 제가 직접 머리통을 하수도에 버렸습니다."

테나르디에는 불길해 보이는 냉소를 지었다.

"카리뇰은 괜히 우리 일에 참견하다가 결국 머리통을 잃고 말았지!"

그리고 더욱 진지하게 말했다.

"자루가 열여덟 개면 충분할까?"

루푀르는 숙고하는 척했다. 그는 테나르디에의 비위를 맞추기 위해 자신 있게 말했다.

"제 계산이 정확하다면 네 개의 다리, 네 개의 팔, 두 개의 머리통, 두 개의 몸통이 있습니다. 내장을 담을 두 개 이상의 자루가 필요합니다. 하지만 내장은 동네 고양이들에게 줄 겁니다."

"자루 하나에 한 덩어리씩 넣을 거야?"

"다브 데 그레프, 더욱 신중하게 처리해야 합니다. 시체 조각을 다시 맞추지 못하도록 여러 장소에 분산시켜 버려야 해요. 따라서 열여섯 개의 자루가 필요해요. 또 피를 흡수할 톱밥과 깨끗이 쓸어담을 두 개의 자루, 그리고 마지막으로 냄새를 없애기 위해 약간의 향도 필요합니다."

테나르디에는 발을 구르면서 외쳤다.

"계산이 정확하군!"

그리고 벽에 기댄 자베르에게 돌아서서 말했다.

"이봐, 저승의 유령! 아니 모로 씨라고 부르는 게 좋겠군. 어떻게 생각해?"

자베르는 위험 앞에서도 의연했다. 귀족처럼 위엄 있는 태도로 그는 홀에 흩어져 있는 악당들에게 경멸의 시선을 던졌다. 아홉 명. 혼자 감당하기에는 너무 많았다. 후회에 사무친 그는 코제트를 생각했다. 그는 간신히 그녀를 볼 수 있었다. 테나르디에가 그를 죽이는 광경을 보고 그녀는 경악할 것이다. 그는 포승줄을 느슨하게 만들기 위해 줄을 잡아당기고 가슴에 공기를 가득 채웠다. 그리고 숨을 내쉬었다. 죽음을 앞둔 사람은 인생의 대차대조표를 작성하게 되는 법이지만 자베르는 이 절박한 순간에도 그런 것에 신경 쓰지 않았다. 그는 자신에게 분노했다. 머리에 총을 쏴 자살할 것을 생각했던 것에 대한 분노, 모든 것을 망쳤다는 것에 대한 분노. 오직 코제트만을 걱정했다. 그는 최근 3년 동안 장 발장에게 진 빚을 갚기 위해 페넬로페(오디세우스의 아내로 20년간 정절을 지켰다—옮긴이)의 역힐을 자임히고 코제트에게 애정과 헌신을 바치지 않았는가. 이런 식으로 끝낼 수는 없었다. 그는 다시 힘을 모아 가슴을 부풀렸다. 포승줄이 약간 느슨해졌다. 루이 드 베르뉴가 고정시킨 작은 베개를 떨어뜨릴 수만 있다면! 끈이 풀리기만 하면 그는 도망칠 수 있을 것이다.

테나르디에는 그의 코에 권총을 들이대면서 말을 이었다.

"나는 방아쇠를 당겨 너를 끝장낼 수 있어. 하지만 내 손에 피를 묻힐 필요는 없지. 왜 내가 이 비굴한 인간들의 동네를 혼란 상태로 몰아넣겠는가. 아니지. 나는 자네의 신분에 어울리는 죽음을 맞게 해줄 거야. 그리스 비극 배우의 죽음처럼. 돼지처럼 피를 흘리게 해서. 저기에 있는 내 친구 루푀르는 이 분야의 전문가야. 아주 능숙한 전문가야."

테나르디에는 자베르의 어깨가 미세하게 움직이는 것을 눈치 채지 못했다. 자베르는 포승줄을 벽의 초석에 문질렀다. 작은 베개가 움직이는 듯했다.

테나르디에가 유쾌하게 물었다.

"칼은 잘 갈았겠지?"

"보병의 총검처럼 날카롭습니다."

"해부학 실습은 몇 시간이나 걸리지?"

"길어야 한 시간입니다."

"좋아. 미국인을 맞이할 시간이 충분히 있군."

한편 코제트는 부엌 구석에서 호주머니에서 주머니칼을 꺼내는 데 성공했다. 날이 접혀 있고 손가락 끝을 사용해야 했기 때문에 포승줄을 자르는 데 시간이 걸렸다.

테나르디에가 다시 자베르에게 말했다.

"빨리 죽고 싶다면 호의를 베풀어줄 수도 있지. 한 가지 조건이 있어. 꼽추와 제라르가 어디에 있는지 말해. 동의하면 고개를 끄덕여."

자베르가 고개를 끄덕였다.

테나르디에가 거칠게 재갈을 뽑으면서 재촉했다.

"어디야?"

"그들은 비밀 장소에 함께 있어. 뷔르댕이 당신에게 줄 거금을 갖고 있다고 말하더군. 하지만 그는 이곳에 오는 것을 두려워했어."

"무슨 얘기를 하는 거야?"

자베르가 최대한 신뢰감을 주도록 노력하면서 대답했다.

"정말이야. 코제트에게 물어보라고. 돈은 9시 정각에 소모공장에 도착할 거야."

"그럼 왜 당신은 이곳에 왔지?"

"우리는 뷔르댕과 당신을 범행 현장에서 잡으려 했지."

"당신이 잘못 짚은 거야. 감히 나에게 죄를 고백시키려고 하다니!"

그때 사다리 위쪽 2층에서 소리가 났다. 예전에 마리우스와 클레망스 드 라블리처럼 클랑 데스탱의 손님들이 사랑을 나누었지만 지금은 폐쇄된 지저분한 방.

테나르디에가 불쑥 돌아섰다.

"저 위에 누가 있지?"

사다리에 말린 꽃, 호랑가시나무, 밀단이 걸려 있었다. 소박한 장식. 그곳에 마리우스와 파르페타무르가 있었다. 어둠 속에 웅크린 채. 코제트의 이름이 들리자 마리우스는 놀라움을 억누를 수 없었다. 그 바람에 그의 군도가 마루에 부딪쳤던 것이다. 조금 전 파르페타무르는 쉽게 문을 열었다. 열쇠를 잘 아는 소목장이에게 문을 따는 일은 식은 죽 먹기였다. 마리우스는 파르페타무르에게 잘린 머리통을 보여주려 했다. 하지만 머리통은 사라지고 없었다. 그리고 식당 문이 열리는 소리가 나자 급히 2층으로 몸을 피했던 것이다.

루푀르가 말했다.

"틀림없이 쥐일 겁니다."

테나르디에가 지시했다.

"두 사람이 올라가서 확인해. 확실한 게 좋아."

그리고 다시 자베르에게 말했다.

"모로, 정의는 실패할 거야. 내가 물러가면 좋겠지? 나는 물러갈 거야. 하지만 가득 찬 전대를 갖고. 상당한 거금이야!"

테나르디에가 이 말을 마치자마자 다시 소리가 들렸다. 마리우스의 군도가 첫 번째 악당의 머리를 벤 것이다. 파르페타무르는 두 번째 강도의 배를 찔렀다. 놈은 쓰러지기는커녕 두 손으로 찔린 배를 움켜쥐고 상체를 약간 숙인 채 뒷걸음으로 물러났다. 그는 사다리에 이르자 벌렁 자빠지면서 굴러 떨어졌다.

그때 목소리가 울렸다.

"다브 데 그레프? 테나르디에?"

해군 모자와 장교 작업복을 걸친 사람이 사다리 위에 서서 한 손으로 군도를, 다른 손으로 권총을 휘두르고 있었다.

루피르가 소리쳤다.

"미국인이다!"

마리우스는 높이에 개의치 않고 껑충 뛰어내려 탁자 위에 착지했다. 파르페타무르는 사다리를 타고 내려왔다. 그는 내려오자마자 의자를 집어 머리 위에서 빙빙 돌렸다.

테나르디에가 권총으로 겨누고 쏘았다. 하지만 총을 쏘는 것보다 음모를 꾸미는 데 능숙한 이 사내는 표적을 맞히지 못했다. 하늘에서 떨어진 두 악마를 보고 깜짝 놀란 악당들은 칼을 꺼냈다. 파르페타무르는 의자를 던지고 돌진했다. 그는 한 팔로 한 악당의 턱을 잡고 벽에 밀어붙이고는 목을 부러뜨렸다. 이어서 다른 악당도 때려눕혔다. 모자를 쓴 털보가 달려들어 그의 허벅지에 칼을 꽂았다. 파르페타무르는 비명을 내지르며 한쪽 무릎을 꿇었다.

마리우스는 즉각 바닥으로 뛰어내려 단칼에 털보의 손을 잘라버렸다. 털보는 믿을 수 없다는 표정으로 피를 흘리는 자신의 팔을 바라보더니 벌렁 자빠졌다. 파르페타무르는 털보의 목을 잡고 조르기 시작했다. 하지만 그때 의자가 날아와 그의 팔을 부러뜨렸다. 그는 손을 놓고 의식을 잃었다. 털보는 그 틈을 이용해 붕대로 팔을 감고 다시 칼을 집었다.

그러는 사이 또 다른 악당이 마리우스에게 돌진했다. 마리우스는 아주 가까이에서 권총을 쏘았다. 격분한 그는 말없이 발로 악당을 차고 목덜미에 총을 쏴 숨통을 끊어버렸다. 순식간에 벌어진 일이었다. 이미 다섯 명의 강도가 죽었다. 이제 테나르디에와 그의 하수인을 포함해서 네 명밖에 남지 않았다.

그때 테나르디에가 외쳤다.

"자베르! 자베르를 죽여라!"

그 이름을 들은 마리우스는 동작을 멈추었다. 어둠 속이라 코제트를 볼 수 없었다. 그녀는 어디에 있을까? 그는 테나르디에 앞에서 모자를 벗어 그의 얼굴에 던졌다.

"당신은 당신이 저지른 악행에 대한 대가를 치러야 해!"

경악한 테나르디에는 입술을 늘어뜨렸다.

"마리우스 퐁메르시……."

테나르디에는 뒤로 물러나 카운터에 등을 기댔다. 그리고 중얼거렸다.

"내가 워털루에서 자네 아버지의 목숨을 구한 사실을 잊지 마."

"거짓말이야!"

마리우스는 군도를 테나르디에의 목에 겨누는 순간 뒤로 나자빠졌다. 이가 빠진 적갈색 머리의 사내가 도리깨처럼 생긴 무기를 들고 그에게 달려들었던 것이다. 두 사람은 바닥에서 뒹굴면서 식탁과 의자를 쓰러뜨렸다. 치열한 몸싸움이 벌어졌다.

그러는 사이 자베르는 포승줄을 풀었다. 하지만 테나르디에의 지시를 받은 루피르와 모자를 쓴 털보가 그에게 달려들었다. 자베르는 로마 사자처럼 날렵하게 루피르를 피하면서 그를 벽에 밀어붙였다. 그리고 털보에게 돌아섰다. 코제트는 여전히 재갈이 물린 채 발버둥을 쳤다. 그녀는 주머니칼로 자신의 피부에 상처를 냈다. 그녀는 마리우스의 이름을 부르짖고 싶었다. 테나르디에는 영벌을 받은 사람처럼 고래고래 소리를 질렀다.

"죽여버려! 전부 죽여버려!"

정신이 얼얼해진 루피르는 다시 일어나 자베르에게 돌진했다. 자베르는 무릎으로 털보의 허리를 공격하고 머리를 벽에 밀어붙였다. 루피르는 뒤에서 자베르를 공격했다. 그는 자베르의 아래쪽 등을 격렬하게 때렸다. 하지만 자베르는 털보를 놓지 않았다. 베개가 공격의 충격을 완화시켰다. 그는 털보가 힘이 빠졌다는 것을 느끼고는 옆으로 물러났다. 그리고 손을 등 뒤로 넣어 베개를 뺐다. 그는 숨을 몰아쉬었다. 쓰러진 털보는 슬그머니 탁자 밑으로 들어갔다. 고개를 든 자베르는 몸서리쳤다. 루푀르가 음산한 미소를 지으며 낫을 든 채 앞에 서 있지 않은가.

루푀르가 외쳤다.

"움직이지 마!"

자베르는 지시에 응하기는커녕 돌아서서 옆으로 피했다. 마리우스는 적갈색 머리의 사내에게 주먹을 날린 후 총을 겨누었다. 총알은 빗나갔다. 이제 그에게는 두 발이 남았다. 그는 칼을 들고 자베르 쪽으로 기어가는 털보를 겨누었다. 그리고 거침없이 방아쇠를 당겼다. 털보는 이마 한가운데를 맞고 잉어처럼 팔딱 뛰었다.

루푀르는 난생처음으로 도망칠 수 없었다. 그는 쓰러진 탁자 뒤에서 대체 어떤 무기가 연속으로 총알을 발사할 수 있는지 놀라워했다. 그는 즉각 권총을 알아보았다. 마리우스는 요란한 소리를 내며 적갈색 머리의 사내를 공격했다. 패터슨 권총이 죽음의 씨를 뿌렸다. 마리우스는 싸움을 빨리 끝내기 위해 군도로 사정없이 적갈색 머리의 사내를 찔렀다. 그는 찌를 때마다 짐승처럼 포효하고 제자리에서 깡충깡충 뛰었다. 화약과 피 냄새가 진동했다. 젊은이는 홀을 둘러보았다. 여전히 먹이를 찾고 있다는 듯이. 그는 탁자 뒤에 숨은 루푀르를 보지 못했다. 그가 카운터에서 돌아서는 순간 테나르디에가 적갈색 사내의 도리깨 모양의 무기를 집어들고 마리우스를 공격했다. 마리우스는 무릎을 꿇고 식탁과 시체들 사이에 쓰러지면서 군도와 권총을 놓쳤다. 루푀르는 이 기회를 놓치지 않았다.

그는 숨은 곳에서 뛰쳐나와 권총을 집어 마리우스의 목을 겨누었다.

루푀르가 의기양양하게 외쳤다.

"끝났어!"

탄창은 비어 있었다. 루푀르는 돌아서서 자베르에게 달려들었다. 자베르는 테나르디에를 카운터 쪽으로 밀어붙인 후 칼로 위협하고 있었다. 그는 루푀르가 던진 권총을 피했다. 그러자 놈이 낫을 휘두르며 소리쳤다.

"모로 혹은 자베르, 내가 네놈을 죽일 거라고 말했지!"

루푀르는 자베르의 옷깃을 붙잡고 등에 낫을 꽂았다. 자베르의 등에는 공격을 완화시킬 수 있는 베개가 없었다. 그는 인상을 찌푸리고 몇 발자국 내딛더니 푹 쓰러졌다.

"안 돼!"

코제트가 내지른 비명이었다. 마침내 포승줄을 풀고 달려온 그녀는 바닥에 널려 있는 시체들을 보고 기절할 뻔했다. 하지만 루푀르가 자베르를 공격하는 것을 보고는 주머니칼을 갖고 돌진했다. 테나르디에가 그녀의 발을 걸었다. 코제트는 비틀거리면서도 루푀르에게 달려들어 그의 배에 칼을 꽂았다. 루푀르는 날카로운 비명을 내질렀다. 격분한 그는 젊은 여인의 목을 잡고 사력을 다해 조였다. 테나르디에는 출구 쪽으로 도망치며 지시했다.

"그만 끝내고 나를 따라와!"

루푀르는 주인의 말을 들었지만 자신의 낫을 찾아보았다. 즉석에서 코제트를 베고 싶었다. 마침 탁자에 칼이 있었다. 그는 혀를 내밀고 헐떡거리면서 힘없이 발버둥치는 코제트를 놓지 않은 채 칼을 줍기 위해 발을 뻗었다. 하지만 너무 멀리 있었다.

"네놈이 찾는 게 이거냐?"

루푀르는 코제트를 놓고 돌아섰다. 유령처럼 창백한 자베르가 한 손을 등 뒤에 감춘 채 서 있었다. 루푀르는 자베르가 무엇을 숨기고 있는지 궁금한 모양이었다. 자베르는 피가 낭자한 작은 낫을 꺼냈다.

　"어떻게 생각해?"

　루푀르는 공격을 피할 만큼 신속하지 못했다. 낫이 공기를 가르고 섬광을 발하면서 두개골에 박혔다. 그의 입에서 어떤 소리도 나오지 않았다. 그의 두 눈에 베일이 씌워졌다. 자베르는 어떻게 포승줄을 풀었을까? 그는 악마처럼 지독한 사람이었다. 그는 제자리에서 빙 돌더니 게걸음으로 문까지 걸어갔다.

　코제트는 말없이 자베르를 따라갔다. 자베르는 비틀거리면서 한 몸뚱이를 가리키며 중얼거렸다.

　"저 사람이 마리우스예요."

　코제트는 무릎을 꿇고 최악을 두려워하면서 얼굴을 처박고 쓰러진 사람의 몸을 돌렸다. 분명히 마리우스였다. 그녀는 두 손으로 남편의 얼굴을 잡고 천천히 들어올렸다.

　"마리우스, 대답해요……."

　그때 밖에서 총소리가 들렸다. 마리우스가 눈을 떴다. 그는 짧은 머리, 거리의 소년 같은 누더기에도 불구하고 코제트를 알아보았다. 그는 환영을 본 것 같았다.

　"나는……."

　젊은 여인이 오열 때문에 끊기는 목소리로 속삭였다.

　"아무 말도 하지 말아요. 두 팔로 나를 안아줘요. 아주 세게. 그렇지 않으면 나는 죽을 거예요……."

코제트와 마리우스는 무릎을 꿇고 포옹한 채 한참 동안 가만히 있었다. 두 사람은 입을 맞추지 않았다. 두 사람의 손이 가볍게 스쳤다. 지금 코제트는 자신에게 기대고 있는 마리우스의 머리가 주는 무게감 이외는 아무것도 생각하지 않았다. 그들은 플뤼메가의 조각상 같았다. 코제트가 깨뜨렸던 조각상. 이제 그 조각상은 다시 육신으로 태어났다. 똑같은 모습으로.

두 사람은 주위를 둘러보았다. 기이한 전율이 홀을 뒤덮었다. 그리고 정적. 음산한 정적. 두 사람의 얼굴에 흘러내린 눈물이 별처럼 빛났다. 이 학살의 현장에서 이야기를 나눈다는 것은 불가능했다. 그들은 피, 죽음, 독기 속에 있었다.

마리우스는 머리를 흔들고 코제트의 이마에 입을 맞추었다. 그는 코제트를 부축해서 일어났다. 그리고 자베르의 시선과 마주쳤다.

"선생님, 몇 년 사이에 젊어지신 것 같습니다."

"나는 내가 너무 일찍 늙었다고 생각하는데……."

그때 신음소리가 들렸다. 파르페타무르는 간신히 의자에 앉는 데 성공했다. 그의 발치에 루뢰르의 부하가 있었다.

파르페타무르가 중얼거렸다.

"이놈은 아직도 살아 있어요. 하지만 시력은 잃었어요."

자베르는 균형을 잃을 뻔하면서 말했다.

"경찰이 처리할 겁니다."

코제트는 카운터로 달려가 지팡이를 갖고 돌아왔다.

"코제트, 고마워요……. 나 같은 늙은 짐승은 기력이 달려요……."

그리고 마리우스에게 말했다.

"테나르디에를 붙잡아야 하네……. 그는 공장으로 돌아갔네……."

"제가 책임지겠습니다. 코제트와 제 친구를 부탁합니다."

코제트가 반박했다.

"나는 더 이상 당신을 내버려두지 않겠어요."

갑자기 문이 열렸다. 루이 드 베르뉴였다. 그는 끔찍한 현장을 보고 말을 더듬었다.

"밖으로 나갑시다. 마차가 기다리고 있어요."

코제트가 놀라며 물었다.

"당신은 어떻게 알고 오셨죠?"

루이는 자베르에게 눈짓을 보내면서 대답했다.

"우연입니다."

마리우스는 군도와 권총을 되찾은 후 파르페타무르를 부축하여 마차까지 데려갔다. 자베르는 허리 주위를 세게 동여맸음에도 불구하고 이동하기가 몹시 힘들었다. 코제트는 베르자의 부상을 보고 소스라치게 놀랐다.

"빨리 치료해야 해요!"

"찰과상에 지나지 않아요……."

그의 등은 피로 흥건히 젖어 있었다.

마리우스가 권총을 재장전하는 동안 얼굴이 창백한 금발 사내가 마차 문으로 머리를 내밀었다. 그는 회백색 담요로 팔과 어깨를 감싸고 있었다. 그의 손에는 아직도 연기가 나는 권총이 들려 있었다.

금발 사내는 권총을 흔들면서 또박또박 말했다.

"다행히도 자베르 씨가 저에게 이 권총을 놓고 갔어요. 열다섯 보 거리에서 한 놈을 쓰러뜨렸어요."

건물을 따라 열다섯 보쯤 떨어진 곳에 머리에 낫이 꽂힌 시체 한 구가 있었다.

코제트가 소리쳤다.

"당신 미쳤어요! 누가 당신더러 병원을 떠나라고 했어요?"

아메데가 살짝 미소를 지으면서 농담했다.

"걱정하지 마세요. 이 길로 병원으로 돌아갈 겁니다. 하지만 나는 마리우스에게 빚이 있어요. 내가 배신하지 않았다는 사실을 그에게 알려주고 싶었어요. 이제 서두릅시다. 경찰이 오고 있어요."

마리우스는 마차 문으로 다가가 자신이 죽이겠다고 다짐했던 친구의 손을 잡았다.

"아메데, 당신을 의심했던 나를 용서해주게. 게다가 나는 당신을 죽일 뻔했네."

마리우스는 자베르가 마차에 오르도록 도와주었다.

자베르가 항의했다.

"나는 자네와 함께 가고 싶네."

"경감님, 당신은 지금 그럴 상태가 아닙니다. 오늘만큼은 제가 지시합니다."

루이 드 베르뉴가 마리우스에게 말했다.

"사람들이 플랑슈가의 내 집에서 당신을 기다리고 있습니다."

"찾아가겠습니다."

코제트가 자신도 마차에서 내리고 싶어하며 외쳤다.

"마리우스!"

마리우스는 다정하게 아내를 바라보며 말했다.

"내리지 마……."

코제트는 체념했다. 마리우스는 손으로 인사를 전했다. 마차가 흔들리자 그는 공장 쪽으로 달렸다.

* * *

테나르디에는 서둘러 다락방에 올라가 금고에 있는 것을 죄다 배낭에 담았다. 집을 포기한다는 것은 가슴이 찢어지는 일이었다. 그는 이곳에서 수익이 짭짤한 일을 많이 했다. 하지만 상황이 좋지 않았다. 아무튼 이 지폐와 다이아몬드가 있으니 궁핍하지 않게 살 수 있었다. 루푀르가 죽었기 때문에 그에게 줄 몫이 고스란히 남았다. 이것만 해도 큰 이득이다. 공장에서 그를 기다리는 몫까지 합치면 상당한 재산이 될 것이다.

테나르디에가 들어섰을 때 공장 안은 어두컴컴했다. 아무 소리도 들리지 않았다. 아이들은 작업을 하고 있을까? 푸이예 아줌마가 한 줌의 모래로 냄비를 닦고 있었다.

테나르디에가 속삭였다.

"아이들은 일하고 있겠지?"

루푀르가 남겨놓은 사내는 그곳에 없었다. 사실 잘 보이지 않았다. 촛불이 죄다 꺼져 있었다.

테나르디에가 부드러운 어조로 말했다.

"나를 찾아온 사람이 없어? (그는 어조를 높여서 덧붙였다.) 왜 이렇게 어둡지?"

그때 테나르디에는 인기척을 듣고 소스라치게 놀랐다. 경찰일까? 그는 몸을 움츠렸다. 비늘로 덮인 피부, 기운이 없어 보이는 얼굴, 당나귀 등 같은 두개골. 그는 바보처럼 보였다. 그는 푸이예 아줌마가 보는 앞에서 고양이 머리통을 버리는 데 사용하는 낡은 자루를 뒤집어썼다. 그리고 창문 앞에 웅크렸다. 그는 그렇게 기다렸다. 자루의 구멍으로 빛을 구분할 수 있었다. 사물이 점점 더 또렷이 보였다.

그때 쉰 목소리가 들렸다.

"그는 어디 있어요? 그를 보았어요? 문을 이중으로 잠그세요. 그리고 열쇠를 간직하세요!"

끊임없이 들리는 둔탁한 발소리, 박수 소리가 뒤섞인 아이들의 아우성. 테나르디에는 두려움에 휩싸였다. 늙은 하녀의 그림자가 보였다.

쉰 목소리가 말했다.

"공장을 전부 뒤져!"

불빛이 어둠 속에서 춤을 췄다. 개똥벌레가 날아다니는 것 같았다. 푸이예 아줌마는 테나르디에가 숨어 있는 자루를 단호한 손짓으로 가리켰다.

여전히 같은 목소리가 말했다.

"저런, 저런!"

이 목소리는 테나르디에에게 나쁜 추억을 떠올리게 했다. 그는 사시나무처럼 떨었다. 얼굴 전체에서 시큼하고 차가운 땀이 났다. 그는 방금 귀머거리 노파의 단호한 손짓을 보지 않았는가.

게일이 천천히 자루를 잡아당겼다. 그리고 아이들에게 소리쳤다.

"얘들아, 여기에 누가 있는지 봐라!"

아이들은 열다섯 명이 아니라 서른 명, 마흔 명, 아니 그 이상이었다. 게일의 무리는 어린 노동자들과 뒤섞였다. 지저분하고 헐벗고 챙 달린 모자, 고양이 가죽 모자, 구멍 난 오페라해트를 쓴 아이들은 의자에 앉아 있거나 방적기에 걸터앉은 채 커다란 얼레빗과 칼을 휘두르고 있었다. 어린이 혁명가들의 법정이나 공안위원회와 같은 모습이었다.

테나르디에는 간신히 일어나 낄낄거렸다. 아이들은 잔인하고 거만해 보였으며 조롱하는 것 같았다.

테나르디에가 게일에게 말했다.

"게일, 너구나. 아, 잘됐어. 내가 너와 네 친구들을 위해 무엇을 준비해 두었는지 봐……."

테나르디에는 자루를 열고 한 줌의 동전을 꺼내 흔들면서 외쳤다.

"얘들아, 이건 너희들을 위한 거야! 다브 데 그레프는 정의롭고 관대한 사람이야! 나는 떠나기 전에 너희들에게 꼭 한턱내고 싶었어!"

그리고 동전을 던지기 시작했다. 하지만 놀랍게도 아무도 움직이지 않았다.

테나르디에가 더듬거렸다.

"너희들…… 너희들은 돈을 원하지 않니?"

게일이 테나르디에에게 칼을 들이댔다.

"다브 데 그레프, 혹은 테나르디에, 너는 무슨 말로 너를 변호할 거야?"

피의자는 공포에 사로잡혔다. 그에게 집중된 아이들의 시선은 예리한 송곳 같았다.

테나르디에가 여전히 고집을 피웠다.

"내 새끼들……. 나는 너희들을 자식처럼 사랑해……."

게일이 날카로운 웃음을 터뜨렸다.

"당신이 우리를 위해 좋은 일을 하는 타르디에 영감이라고?"

게일은 검사장처럼 서 있는 아이들을 증인으로 삼고 말을 이었다.

"얘들아, 들었니? 다브 데 그레프가 무죄라고 주장하는구나. 너희들 생각은 어때?"

아이들은 휘파람과 야유의 함성으로 대답했다. 게일은 단호한 손짓으로 침묵을 요구했다. 그는 테나르디에의 범행, 희생자들의 이름, 실종자들, 고초를 당한 사람들을 열거했다. 그리고 아이들에게 재차 의견을 물었다.

"자, 어떻게 할까?"

아이들은 원형경기장의 로마인들처럼 엄지손가락을 올렸다가 아래로 내렸다.

게일이 검사의 목소리로 선언했다.

"당신은 유죄야! 사형을 선고한다."

그러자 아이들이 이구동성으로 외쳤다.

"죽여라!"

아이들은 커다란 얼레빗, 칼, 노루발, 몽둥이 등 온갖 무기를 흔들면서 발을 굴렀다.

테나르디에는 두 손을 벽에 기댔다. 이 조무래기들의 손에 죽기 위해 자베르의 일당으로부터 빠져나왔단 말인가. 교활한 자신이? 나폴레옹 제국의 옛 용사가? 있을 수 없는 일이었다. 생각조차 할 수 없는 일이었다.

테나르디에는 칸막이 벽에 기대고 머리를 좌우로 흔들면서 외쳤다.

"내게 다이아몬드가 있어!"

갑자기 누군가가 문을 두드렸다.

테나르디에가 외쳤다.

"사람 살려! 이놈들이 군인을 죽이려 해! 워털루의 하사를!"

게일은 손가락으로 노인의 고양이 가죽 모자를 떨어뜨렸다. 테나르디에는 힘을 모아 앞으로 나아갔다. 그는 푸이예 아줌마를 밀고 국자를 빼앗았다. 누군가가 몽둥이로 치자 그는 국자를 떨어뜨리고 공포의 비명을 내질렀다. 아이들이 그를 에워싼 채 그의 프록코트를 벗기고 팽이처럼 빙

빙 돌렸다. 그는 비틀거리다가 방적기 위로 펄쩍 뛰어올랐다가 바닥에 쓰러졌다. 아이들이 그의 옷을 벗기고 야유하고 발로 차다가 그를 공장 구석으로 끌고 갔다. 노인은 다른 몸뚱이와 부딪쳤다. 루피르가 남겨두었던 부하의 시체였다. 눈이 파이고 배가 열려 있었다.

테나르디에가 소리쳤다.

"나는 나폴레옹 황제의 군인이야! 나는 존경을 받을 권리가 있어!"

아이들은 우박이 내리듯 그를 두들겨 팼다. 그의 몸이 부어올랐고 피부가 찢어졌다. 아이들은 두 다리에 반바지만 걸친 노인의 두 팔을 십자가 모양으로 벌려서 판자에 묶고 의자와 방적기를 쌓아놓은 곳으로 밀어붙였다. 누군가가 요란하게 문을 두드렸다. 아이들은 못 들은 척했다. 아이들은 십자가형을 받는 노인의 주위를 돌면서 칼과 얼레빗으로 공격했다. 어떤 아이들은 이 기회를 이용해 동전을 주워 호주머니에 넣었다. 테나르디에는 끔찍한 비명을 내질렀다. 아이들은 그의 팔, 넓적다리, 배를 찌르고 벴다. 그는 몸을 비틀고 침을 흘리며 끓는 기름처럼 벌벌 떨었다. 그의 얼굴만이 그나마 멀쩡했다. 고양이 가죽을 벗기는 데 능숙한 아이들은 이런 가혹행위가 어떤 효과를 발휘하는지 보고 싶었다.

아이들이 날카로운 목소리로 외쳤다.

"죽여! 죽여버려!"

테나르디에의 비명소리는 점점 잦아들었다. 땀으로 뒤덮인 납빛 얼굴에 눈물이 주르륵 흘러내렸다. 그는 힘없이 발버둥치고 있었다. 모든 것이 떨리는 것처럼 보이는 공장에서 매캐한 먼지가 날아다녔다. 고약한 피 냄새가 진동했다. 테나르디에는 살갗이 벗겨진 살아 있는 물체에 지나지 않았다. 골고다에 세워져 있는 악마.

테나르디에가 애원했다.

"내 목숨을 끝내줘……."

그의 고난에 종지부를 찍어준 사람은 게일이었다. 그는 긴 칼로 배꼽까지 배를 벴다. 테나르디에의 몸뚱이가 벌떡 솟구쳤다. 게일은 고개를 돌렸다. 테나르디에는 최후의 경련을 일으키고 뻣뻣해졌다. 마침내 그가 움직이지 않자 아이들이 환호성을 질렀다.

게일이 중얼거렸다.

"정의가 이루어진 거야."

그때 총소리가 들리고 문의 자물쇠가 부서졌다. 하얀 셔츠를 입은 사내가 권총과 군도를 갖고 문턱에 나타났다. 그는 피투성이였다. 사내는 공장을 둘러보고 무기를 넣었다. 인간의 상상력을 넘어선 테나르디에의 끔찍한 모습.

아이들은 깜짝 놀랐다. 이 침입자는 누굴까?

아우성이 사라지고 정적이 감돌았다. 아이들의 시선이 일제히 사내에게 쏠렸다. 그는 두려움을 자아냈고 지옥의 천사처럼 보였다. 마리우스가 두 걸음을 내딛자 아이들은 소리를 내지르면서 출구로 도망쳤다. 푸이예 아줌마도 뒤따랐다. 마리우스는 간신히 몸을 피했다.

게일만이 공장에 남았다. 마리우스는 고개를 들고 처형당한 사람을 바라보았다. 아젤마의 아버지는 난자당한 닭처럼 처참한 모습이었다.

게일이 나가면서 말했다.

"당신은 원수를 갚았습니다."

마리우스가 중얼거렸다.

"연민이 없으면 살 권리도 없어."

"남작님, 그런 말은 부자들에게 해야 할 겁니다. 우리처럼 비참한 사람들은 연민이 무엇인지 잘 압니다. 연민은 우리의 유일한 부(富)입니다."

그리고 테나르디에를 가리키면서 덧붙였다.

"저게 증거입니다."

게일은 다브 데 그레프의 어깨끈 달린 가방을 주운 다음 마리우스에게 인사하고 어두운 복도 속으로 사라졌다.

마리우스는 돌처럼 굳어졌다. 호흡을 가다듬기 힘들었다. 호각 소리가 울렸다. 틀림없이 경찰일 것이다. 그는 장 발장과 가까운 사람들과 자신을 집요하게 괴롭혔던 인간을 마지막으로 바라보았다. 그의 끔찍한 죽음은 수년 동안 일어난 온갖 고통에 종지부를 찍는 것을 의미했다. 하지만 마리우스는 어떤 기쁨도, 안도감도 느끼지 못했다. 잔혹하게 살해된 이 살덩어리는 아젤마의 아버지가 아닌가. 자존심이 강하고 관대한 아젤마.

마리우스는 복도를 지나 거리로 나갔다. 샤말랭 레스토랑 앞에 경찰과 헌병이 모여 있었다. 그는 공장의 정문 아래 가만히 있었다. 여전히 비가 내리고 있었다. 그는 자문했다. '무엇이 나를 이 소동 속으로 이끌었을까? 나는 예전의 나로 돌아갈 수 있을까?' 그는 형사들과 이야기를 나누고 있는 레이노 경찰서장을 알아보았다. 그는 반대 방향으로 사라졌다. 다시 도망쳤다. 예전의 장 발장처럼.

# 11
# 자베르의 최후

마리우스는 루이 드 베르뉴의 집으로 돌아가기 전에 오데옹 호텔에 들렀다. 옷을 갈아입고 라파엘을 데리고 가야 했다. 그는 숙박비를 지불하고 삯마차를 불렀다.

마차에 오른 마리우스는 맞은편에 얌전히 앉아 일본도를 쥐고 있는 아이를 바라보았다. 그는 두 손으로 아이를 잡고 말했다.

"누구도 너를 아프게 하지 않을 거야."

"저도 다른 아이들처럼 될 수 있을까요?"

"그럼, 되고말고. 게다가 학교에도 가고 집도 갖게 될 거야."

"아빠와 엄마는요?"

마리우스는 난처한 듯 입을 비죽거렸다. 그때 마차가 멈췄다. 플랑슈가에 도착한 것이다. 마리우스는 아이의 손을 잡고 마차에서 내렸다. 마부가 자루를 건네주었다. 그들은 루이 드 베르뉴의 저택 안으로 들어갔다.

2층에 도착한 마리우스와 라파엘은 서로 바라보았다. 마침내 라파엘이 작은 목소리로 물었다.

"당신은 나를 떠날 건가요?"

마리우스는 자루를 내려놓으면서 대답했다.

"나는 결코 네 곁을 떠나지 않을 거야."

그리고 두 팔로 아이를 안았다.

"네가 아빠와 엄마를 되찾는다 해도 나는 언제나 네 곁에 있을 거야. 파르페타무르도. 우리는 네 큰형이 될 거야."

라파엘의 얼굴이 환해졌다. 큰형이라고? 정말 멋진 일이었다. 라파엘은 마리우스의 목을 껴안고 이마에 뽀뽀했다. 젊은이는 아이를 바닥에 내려놓고 눈짓을 했다.

"알았지, 동생?"

"알았어요."

마리우스가 문을 두드렸다.

문을 열어준 사람은 코제트였다. 그녀는 마리우스를 보고서 그의 품에 뛰어들었다. 그리고 머리를 숙여 라파엘을 안았다.

"나를 기억하니?"

라파엘은 깜짝 놀라 입이 벌어지고 일본도까지 떨어뜨렸다.

"당신이 부인이셨어요?"

아이는 주머니에서 수정을 꺼내 그녀에게 내밀었다.

"이 수정을 돌려드리겠어요."

"아니야, 네가 가지렴."

아이는 의견을 듣기 위해 마리우스에게 돌아섰다.

마리우스가 말했다.

"이 수정은 영웅들을 위한 거야. 네 군도처럼."

라파엘은 행복해했다. 마들렌이 아이의 손을 잡고 부엌으로 데려갔다. 그녀는 꿀을 넣은 달걀을 준비해두었다.

마리우스와 코제트는 다시 얼싸안았다. 그녀가 속삭였다.

"몹시 걱정했어요."

두 사람은 그렇게 한참 동안 있었다. 부서졌다가 되돌아오고 사랑의 경계선에서 물러가는 것처럼 보이는 파도 같은 충격을 느낄 수 있었다. 파도에 밀려난 조약돌처럼 그들은 넋을 잃었다. 잠시 후 두 사람은 상대방의 몸, 따뜻한 혈색을 느끼고 현실감을 되찾았다. 이윽고 코제트는 포옹에서 벗어나 마리우스를 바라보며 다친 데는 없는지 살펴보았다. 그녀는 너무 감격한 나머지 기쁨과 사랑을 표현할 수 없었다.

마침내 코제트가 물었다.

"테나르디에는 어떻게 되었죠?"

"죽었어."

짧은 호흡, 박동하는 심장. 코제트는 두 손으로 마리우스의 얼굴을 잡고 입술에 키스했다. 두 사람의 가슴이 뜨겁게 타올랐다. 첫 키스를 했을 때처럼. 마리우스는 천천히 복도와 부엌으로 갔다. 코제트는 마리우스의 어깨에 머리를 기댄 채 간신히 걸음마를 배운 사람처럼 약간 망설이고 불안한 발걸음을 내디뎠다. 마리우스는 호주머니에서 수정을 꺼냈다. 그는 수정을 코제트에게 보여주면서 말했다.

"이게 나에게 행운을 가져다주었어."

코제트가 대답했다.

"이 모든 게 어리석은 짓이야. 중요한 것은 우리가 서로 사랑한다는 거야."

코제트는 마리우스에게서 언제나 사랑을 느꼈다. 때로는 넘쳐흐르고 때로는 어떤 강력한 힘에 이끌리는 사랑. 그녀는 지금 덧없이 떨어지는 햇빛 속에서 사랑을 만끽했다. 그녀는 복도를 지나가면서 부엌을 보았다. 라파엘이 의자에 앉아 접시에 코를 박고 있었다. 이 행복한 모습이 낯설다는 듯이. 식탁에는 꿀을 넣은 달걀 옆에 수정이 놓여 있었다. 코제트는 아이에게 다가가서 머리를 들어올렸다.

"라파엘, 왜 그래?"

아이의 눈에 눈물이 고여 있었다. 아이는 코제트의 금빛 머리와 파란 눈을 보고서 살짝 인상을 찌푸렸다. 코제트는 자신의 턱을 아이의 목덜미에 대고 수정을 만졌다.

라파엘이 자신감을 얻고 말했다.

"언젠가 제가 이 수정을 마리우스에게 보여주었을 때 마리우스는 이게 어디에서 났느냐고 물었어요……."

코제트가 무릎을 꿇으면서 말했다.

"네 덕분에 나는 마리우스를 되찾은 거야."

"그러니까 이게 부적이란 말인가요?"

코제트가 대답했다.

"행운의 마스코트야. 이 수정은 네게도 행운을 가져다주었어. 네 아빠가 이곳에 계셔. 조만간에 엄마도 만나게 될 거야."

마리우스의 눈이 휘둥그레졌다.

코제트는 두 사람의 손을 잡고 말했다.

"이쪽으로 오세요."

루이 드 베르뉘의 아파트는 의무실 같은 모습이었다. 외젠 쉬는 마들렌의 도움을 받으며 아메데와 파르페타무르에게 응급처치를 해주었다. 자베르의 상처는 생각보다 심각했다. 앵발리드 병원의 구급 마차가 그를 실으러 왔다. 자베르는 의식을 잃기 전에 코제트와 그녀의 아들을 만나게 해달라고 부탁했다.

자베르는 숨을 몰아쉬며 말했다.

"나의 귀여운 장……."

그러고는 기절해버렸다.

파르페타무르는 팔이 부러지고 뼈에 금이 갔지만 고비를 넘겼다. 아메데는 거실의 커다란 소파에서 앵발리드 병원으로 돌아가기 위해 기다리고 있었다. 상처가 덧난 것이다. 외젠 쉬는 그에게 움직이지 말라고 지시했다. 다행히 목숨은 위태롭지 않았다. 몇 분 전 그는 초인종 소리를 들었다. 그 역시 마리우스를 걱정하고 있었다. 마리우스가 라파엘, 코제트와 함께 들어오는 것을 보고 몸을 일으켰으나 한 줄기 비명이 새어나왔다. 그는 간신히 손을 내밀었다.

"내 아들……."

라파엘은 망설이면서 아메데에게 다가갔다.

"당신이 내 아빠예요?"

"그래……."

"그런데 왜 마리우스와 싸웠어요?"

아메데는 대답할 힘이 없었다. 그는 아이를 끌어안고 알아들을 수 없는 말을 중얼거렸다.

조금 떨어져 있던 코제트가 마리우스에게 상황을 설명했다. 그는 놀란 척했다. 하지만 그는 트랑스농냉가의 클레망스 집에서 들었던 이야기를 떠올렸다. 그는 최악의 적이었던 아메데의 아들을 구했단 말인가.

"마리우스, 당신의 최악의 적이 내 생명을 구했어."

코제트는 되마르무세와 디아블블랑에서 일어났던 일을 얘기해주었다. 반대로 뷔르댕과 아메데의 관계에 대해서는 침묵을 지켰다. 그 비밀을 폭로할 필요가 있을까? 공식 유언장은 아메데가 에슬링 전투에서 전사한 디그랑드 후작의 아들이라고 언급하지 않았는가.

마리우스가 중얼거렸다.

"내가 그를 죽일 뻔했다니……."

놀라움은 그게 끝이 아니었다. 코제트는 마리우스를 파르페타무르가 누워 있는 방으로 데려갔다. 갈비뼈 모양의 구레나룻은 얼굴을 넓게 보이게 했다. 파르페타무르는 마리우스를 보고는 머리를 들어올렸다.

"어떻게 됐어?"

"테나르디에는 죗값을 치렀어요. 그는 자신이 고용한 아이들에게 징벌을 받았어요."

마리우스는 늙은 친구에게 다가가서 머리를 숙이고 털로 뒤덮인 통통한 다리에 손을 얹었다.

"지금은 푹 쉬세요."

파르페타무르는 머리를 들고 있었다. 그는 광대뼈에 찢어진 눈으로 실실 웃었다. 그리고 이제 모든 게 끝났고 각자 자기 세계를 되찾을 때라고 암시하는 어조로 말했다.

"우리는 한바탕 멋지게 살았지?"

마리우스는 걱정을 떨치지 못한 모습으로 대답했다.

"다시는 그러지 마세요. 당신은 내 친구예요. 절대 나를 의심하지 마세요."

파르페타무르는 다시 누웠다. 그는 이제 조용히 잘 수 있었다.

마리우스와 코제트는 방에서 나왔다. 코제트는 응접실로 돌아가 마리우스에게 브랜디 한 잔을 권했다. 그리고 파르페타무르에 대해 얘기하면서 그를 닫혀 있는 작은 문 앞으로 데려갔다.

"당신이 테나르디에를 쫓아갔을 때 파르페타무르는 줄곧 나를 안심시켜주었어. 그는 당신이 돌아올 때까지 자지 않겠다고 고집을 부렸어. 루이가 그에게 일어나지 말라고 말려야만 했어."

마리우스는 잔을 비우고 목이 메어 말했다.

"나는 그를 의심한 적이 없어."

두 사람은 어슴푸레한 빛 속에 있었다. 마리우스는 술잔을 작은 원탁 위에 내려놓았다.

코제트가 말했다.

"당신에게 꼭 할 얘기가 있어. 당신이 나를 의심했던 일을 기억해?"

마리우스는 고개를 끄덕였다. 그는 아메데의 칼을 맞고 쓰러진 프레데릭 리볼리에를 떠올렸다……. 마리우스는 프레데릭이 코제트에게 치근거렸고 두 사람이 은밀한 관계를 맺고 있다고 오해했었다…….

코제트가 말을 이었다.

"프레데릭은 나를 두 번 그가 아는 의사에게 데려갔어. 당신은 우리가 함께 있는 것을 두 번 보았어. 마리우스, 그때 나는 아팠어. 자주 의식을 잃고 구토를 했지. 사람들은 내가 콜레라에 걸리지 않았나 하고 걱정했어. 당신은 아무것도 몰랐고, 나에게 관심도 없었어. 당신에게는 신문에 기고하는 글, 화려한 의상, 외출만이 중요했지. 기억나?"

물론 마리우스는 기억하고 있었다. 칼로 상처를 후비는 것은 쓸데없는 짓이다. 그는 간신히 숨을 들이마셨다. 기억은 후회를 동반했다.

"그리고 우리가 마지막으로 저녁식사를 했던 것을 기억해?"

"그럼, 아르디 카페였지……."

"마리우스, 나는 당신에게 알려주려 했어. 하지만 용기가 나지 않았어. 당신은 준비가 되어 있지 않았다고 생각한 게 잘못이었을 거야. 아이의 이름은 장이야."

마리우스의 입이 처지더니 크게 벌어졌다.

코제트가 말을 이었다.

"장 발장처럼 장이야. 내 도형수 아버지처럼. 자베르가 오랫동안 쫓아다녔던 장 발장처럼. 나는 이 이름이 좋아. 그리스도께서 가장 사랑하셨던 사도의 이름이잖아."

코제트는 방문을 열고 오렌지빛 촛불이 비추고 있는 작은 침대를 가리켰다.

"마리우스, 당신 아들이야."

마리우스는 비틀거리면서 침대에 다가갔다. 그는 작은 침대 옆에 웅크리고 두 손으로 머리를 감쌌다. 코제트는 문지방에서 시선을 돌렸다. 마리우스는 울고 있었다.

* * *

사건은 일주일 만에 해결되었다. 소송은 재심이 아니라 복권이었다. 지스케 경찰총장은 루이 필리프의 지시에 따라 이 사건을 직접 처리했다. 그는 수명법관(受命法官)이자 검사장의 자격으로 재판에 참석했다. 샤말랭에서 체포된 악당, 코제트, 클레망스 드 라블리, 게일, 리예 신부, 파르페타무르, 클로틸드 르프티의 증언은 테나르디에에게는 굉장히 불리한 것이었다. 마리우스를 알렉상드르 틱시에라는 이름으로 고발했던 테나르디에의 범행이 인정되었다. 아무도 그의 잔혹한 죽음에 대해서 왈가왈부하지 않았다. 경찰은 곧 수사를 종결했다. 특히 자베르 경감의 증언이 결정적이었다.

검사장, 재심을 맡은 판사, 리예 신부, 레이노 서장, 지스케 총장이 자베르를 문병했다. 일주일 전부터 방문객이 끊겼다. 옆 병실에 입원한 아메데만이 그를 보러 왔다. 마리우스와 코제트는 소식을 들었지만 소송과 생 피아크르가로 이사하는 문제로 너무 바빴다. 그들은 단 한 번 잠시 들렀을 뿐이었다. 자베르는 어떤 쓰라린 감정도 품지 않았다. 그는 고독을 각오하고 있었다.

지스케 총장이 물었다.

"왜 좀 더 일찍 신분을 밝히지 않았소?"

자베르는 알쏭달쏭한 말을 했다.

"우리는 살아남지 못한 사람들을 생각하기 위해 살아 있을 뿐입니다."

사법관들은 눈짓을 교환했다. 자베르가 미쳤단 말인가? 리예 신부가 자초지종을 설명했다. 어떻게 센 강에서 경감을 구했고, 콜레라로 사망했던 사람과 신분을 바꿨으며, 자베르가 익명으로 남고자 했던 이유를 말이다. 인정할 수는 없을지라도 그의 태도를 존중할 수밖에 없었다. 자베르의 떨리는 손에서 반짝이는 물체가 그들의 시선을 끌었다. 에메랄드빛 눈을 가진 뱀이 새겨진 금반지.

레이노 경찰서장이 놀라 물었다.

"반지인가요?"

리예 신부가 성호를 그으면서 자베르 대신에 대답했다.

"이런 얘기를 해서는 안 되겠지만 어쩔 수 없군요."

신부는 페르라셰즈 공동묘지에 손가락이 잘린 채 매장된 시체에 관한 얘기를 털어놓았다.

"자베르 씨가 이 반지를 테나르디에의 집에서 발견했어요. 이건 확실한 물증입니다."

얼굴이 반쯤 문드러진 클로틸드 르프티와 주걱턱을 가진 게일의 증언이 신부의 주장을 뒷받침해주었다. 알렉상드르 틱시에를 잘 알고 있었던 두 중인은 그가 언제나 이 반지를 끼고 있었다고 증언했다.

경찰청장이 자베르에게 말했다.

"만일 당신이 사법당국에 좀 더 빨리 알렸더라면 이 모든 비극을 피할 수 있었을 텐데요."

자베르가 중얼거렸다.

"사법당국이라……. 경찰청장님, 재심 요구가 기각되었습니다."

경찰청장이 눈살을 찌푸렸다. 그는 레이노를 노려보았다.

자베르가 헐떡거리면서 말을 이었다.

"이 반지를 퐁메르시 남작에게 끼어보라고 하십시오. 아마 헐렁헐렁할 겁니다……."

그리고 경찰청장에게 혼자 있게 해달라고 부탁했다.

같은 날 판사는 마리우스를 최고법정으로 소환했다. 마리우스는 코제트와 함께 출두했다. 반지는 그의 손가락에 맞지 않았다. 반지는 추가 물중이었다. 아무튼 모든 사람들이 그가 마리우스 퐁메르시 남작임이 틀림없다고 인정했다.

그날 오후 마리우스와 코제트는 경시청에 갔다. 지스케는 자신이 사법당국에 이 사건의 종료를 요청했다고 알려주었다. 마리우스가 국왕을 다시 만나기로 했다고 말하자 지스케는 이 결말을 기뻐했다.

마리우스와 코제트가 떠난 후 레이노 경찰서장은 경찰청장에게 파르페타무르와 관련된 사건은 해결되지 않았다고 보고했다.

"레이노 서장, 그럼 당신이 툴롱에 가서 밝히시오."

"농담이겠지요?"

경찰청장이 화를 내며 말했다.

"당신은 내가 무슨 말을 했는지 잘 알고 있소. 마리우스 퐁메르시와 파르페타무르가 미국에서 영웅으로 대우를 받는다는 사실을 제외하고도 국왕의 목숨을 노렸던 자를 체포하는 데 일조했다는 사실을 환기시켜야 하겠소?"

"하지만……."

"닥치시오! 레이노 씨, 당신의 파리 체류는 아주 짧을 것이오."

경찰서장은 군말 없이 모욕을 참았다. 그는 닭의 눈처럼 동그랗고 고정된 눈으로 지스케를 바라보았다. 책상 너머에서 지스케가 말을 이었다.

"레이노 씨, 하룻밤 사이에 자베르가 될 수는 없소. 자베르는 최고의 베테랑이었네. 비독(외젠 프랑수아 비독. 문서위조 혐의로 강제노동형을 선고받았으나 도형장을 탈출했고, 후에 파리 공안부 형사로 활약했다—옮긴이)조차 그에게 경탄했네."

경찰청장은 잠시 말을 끊었다가 눈에 불을 켜고 말을 이었다.

"자베르 경감은 자네가 수감된 사람들의 하소연에 귀를 기울이는 특별한 방식에 대해 얘기해주었네. 자네에게 솔직히 말하겠네. 프랑스 사법 당국이 예리하지 못하고 불공평하게 처리하면 안 되네. 모든 죄인이 무고를 주장한다는 사실을 모르는 게 아니야. 하지만 철저하게 수사를 해야 하네. 특히 피고인이 다른 사람의 이름으로 감금되었다고 주장할 때는. 자베르 경감은 자네가 툴롱 도형장을 방문한 성직자를 얼마나 거칠고 무례하게 대했는지 털어놓았네. 그것은 법의 대표자답지 않은 처신이야. 파면되지 않은 것을 다행으로 여기게."

레이노는 주눅이 들었고 충격에 사로잡힌 듯했다. 그는 발길을 돌려 경찰총장의 집무실에서 나왔다.

레이노는 몇 걸음을 옮기다가 툴롱에 왔던 신부를 생각했다. 그는 분명히 기억하고 있었다. 신부는 알렉상드르 틱시에의 문제를 꺼냈다. '자베르 경감과 닮은 미친놈이었어.' 그는 고개를 끄덕이고 계속 걸었다. 경시청의 복도는 어두웠다. 그의 기분도 우울했다. 하지만 임무가 먼저였다. 당국이 그를 툴롱으로 좌천한다면 기꺼이 갈 것이다. 언제나 프랑스와 사법당국을 위해. 다만 툴롱의 도형수들은 똑바로 걷는 것이 좋을 것이다!

* * *

마리우스와 코제트는 생피아크르가로 이사했다. 클레망스 드 라블리는 아메데의 요청에 따라 당분간 호텔에서 머물기로 했다. 그녀는 마리우스와 코제트와 같은 지붕 아래 사는 것을 꺼려했다. 그녀는 날마다 앵발리드 병원에 갔다. 아메데는 그녀에게 결혼 얘기를 꺼내지 않았을까? 그녀는 마침내 운명이 돌려준 라파엘과 결코 헤어지지 않을 것이다. 그녀는 감격해서 몸을 떨었다. 라파엘은 즉각 그녀를 엄마로 받아들였다. 백합과 인동덩굴 향기가 나는 갈색 머리 엄마가 얼마나 착하고 예쁘던지! 클레망스는 다시 태어났다. 그녀의 사랑스러운 얼굴은 천상의 기쁨이 배어 있었고 씁쓸한 주름은 사라졌다. 이 젊은 여인은 완전히 변신했다.

생피아크르가를 떠나는 날, 클레망스는 계단에서 마리우스와 마주쳤다. 라파엘이 마리우스의 목에 매달렸다. 마리우스는 아이를 어깨 위로 끌어올렸다. 그리고 더 무거워졌다고 농담하면서 외쳤다.

"이제 다 컸구나!"

라파엘이 클레망스를 바라보면서 대답했다.

"아니에요. 나는 당신 동생이에요. 그렇죠, 엄마?"

어떤 불안도 그녀의 얼굴을 찡그리게 할 수 없었다. 엄마……. 그녀는 이 단어를 들을 때마다 가슴이 뭉클했다. 마리우스는 오랫동안 그녀의 얼굴을 훑어보았다. 클레망스는 여전히 아름다웠다. 재심 때 두 사람은 몇마디를 나누었다. 그녀는 재판관에게 해야 할 말을 다 했다. 그녀의 비열한 행위와 뷔르댕의 이중적인 음모를. 품위 있고 진솔하게. 마리우스와클레망스는 더 이상 과거 얘기를 꺼내지 않기로 약속했다.

"이 기쁨은 당신 덕분이에요, 마리우스."

"당신은 내게 빚진 게 없어요. 우리는 당연히 가져야 할 것을 갖게 되었을 뿐이에요."

"나는 자주 당신을 생각했어요……. 당신이 죽은 줄 알고 누구에게도내 마음을 드러내지 않았어요. 당신이 얼마나 힘들었을지……."

그리고 목덜미가 비치는 검은 비단 외투를 매만지면서 덧붙였다.

"나는 트랑스농냉가의 아파트를 팔았어요. 아메데와 결혼할 거예요.앵발리드 병원에 가는 길에 부르고뉴가에서 아파트 하나를 점찍어두었어요."

마리우스의 품에 안겨 있던 라파엘이 파르페타무르 아저씨는 어디에서 사느냐고 물었다.

"클로틸드가 파르페타무르 아저씨를 보살필 거야."

그리고 목멘 소리로 덧붙였다.

"그들이 어디에 있는지 묻지 마. 나도 그들이 어디에 있는지, 어디에 사는지는 몰라……."

아이가 물었다.

"외젠 쉬의 파티에 오실 거죠?"

"물론이지……."

마리우스는 라파엘을 바닥에 내려놓았다.

클레망스는 마리우스의 당황해하는 기색을 눈치 채고 말을 이었다.

"자베르 씨는 몹시 약해졌어요."

마리우스는 슬프게 고개를 끄덕였다.

"코제트와 나는 엊저녁 병문안을 다녀왔어요. 허약한 것은 사실이지만 상태는 호전되고 있는 것 같아요. 다만 의사들은 그의 호흡을 걱정하고 있어요. 특별히 이상이 없다면 7월 24일에 퇴원할 거예요."

잠시 침묵이 흘렀다. 코제트가 리본으로 장식한 모자를 쓰고 계단에 나타났다. 그녀는 라파엘에게 뽀뽀를 해주고 강렬한 시선으로 클레망스를 바라보았다.

"자베르 씨에 대한 얘기인가요?"

마리우스는 그녀의 손을 잡고 키스했다.

"자베르 씨가 아마도 7월 24일에 퇴원할 거라고 얘기했어."

코제트는 클레망스와 짧은 시선을 교환했다. 그녀가 걱정스레 물었다.

"아마도?"

마리우스가 선수를 쳤다.

"우리는 자베르를 위해 깜짝 선물을 준비하고 있잖아. (그는 약간 과장된 억양으로 덧붙였다.) 우리만 알고 있는 비밀이야!"

코제트는 라파엘, 클레망스의 짐, 아메데의 아파트를 바라보았다. 그녀는 갈라지는 목소리로 덧붙였다.

"맞아, 비밀이야."

코제트는 자베르를 위해 뷔르댕이 썼던 방과 마들렌의 방을 하나로 트는 공사를 맡겼다.

클레망스는 아무에게도 얘기하지 않겠다고 약속했다. 그녀는 라파엘의 손을 잡고 계단을 내려갔다. 아이는 생명의 은인에게 손으로 작별 인사를 보낸 후 눈물을 훔쳤다. 마리우스는 가슴이 미어지는 것을 느꼈다. 그는 시련을 겪는 동안 용기가 절망의 가장 상냥한 형태라는 것을 확신했다. 하지만 더 이상 확신하지 않았다. 그는 아들을 잃은 듯한 느낌이 들었다.

\* \* \*

7월 24일, 하루일과가 좋지 않은 소식으로 시작되었다. 아르망 카렐이 사망했다는 소식이 들려왔다. 마리우스를 그토록 많이 도와주고 충고해주었던 「르나시오날」의 기자는 에밀 드 지라르댕과 결투를 했던 것이다. 권총 결투. 지라르댕은 다리에 맞았고 카렐은 서혜부에 맞았다. 그의 단말마는 이틀 동안 지속되었다. 마리우스는 그의 죽음에 충격을 받았다. 그는 불화를 초래하는 것은 우리가 하는 일이 아니라 바로 우리 자신이라고 생각했다. 과거 그의 경박함은 불안에 지나지 않았다.

오전이 끝날 무렵 코제트와 마리우스는 특별한 사업과 관련된 서류에 서명했다. 가난한 사람들, 고아들, 무직자들에게 돈을 빌려주는 은행을 설립하는 일이었다. 이 은행에서 대출을 받으려면 자신의 명예를 걸고 서약하기만 하면 되었다. 결혼한 노동자들에게 이자 없이 30~50프랑을 대출해줄 것이다. 대출금은 12개월로 나누어서 상환하도록 했다. 장 라피트의 교훈이 열매를 맺은 것이다. 마리우스는 잊지 않았다.

국왕이 파견한 은행가가 고문 역할을 맡을 것이다. 루이 필리프는 두 번째 알현 때 이 계획에 동의했다. 20만 프랑이 이 은행의 자본금으로 마련되었다. 상업장관 이폴리트 파시, 그리고 오디에와 오팅게르 같은 몇몇 은행가들이 이 사업에 참여했다. 국왕은 이 사업을 주도한 마리우스를 칭찬했다.

"퐁메르시 남작, 당신은 미국의 영웅이었고 이제 곧 프랑스에서도 영웅이 될 겁니다!"

마리우스는 국왕의 칭찬에 별로 신경쓰지 않았다. 국왕은 그에게 어떤 공감도 불러일으키지 못했다. 마리우스에게 중요한 것은 이 새로운 은행을 운영할 수 있는 기금을 모으는 일이었다.

오후가 되자 마리우스와 코제트는 생피아크르가로 돌아갔다. 자베르에게 줄 아파트의 공사가 끝났고, 마들렌은 어린 장의 방과 가까운 방을 쓰기로 했다. 잠시 후 우체부가 편지 한 통을 가져왔다. 아메데의 서명이 있었다. 월말에 결혼식을 치를 예정이며 부르고뉴가에 새 보금자리를 마련했다는 내용이었다. 좋은 소식에도 불구하고 왠지 쓸쓸하고 우울함이 편지에 묻어났다.

"이미 준비된 운명을 예감하게 되면 향수(鄕愁)에 이끌려 항해할 뿐입니다."

하지만 아메데는 낙관적인 말투로 편지를 마감했다. 그는 외젠 쉬의 집에서 자베르를 포함해서 친구들을 되찾게 되어 기쁘다고 했다.

코제트와 마리우스는 즉각 앵발리드 병원에 갔다. 두 사람은 마차를 타고 이동하는 내내 손을 잡았다. 서로 말이 없었다. 젊은 여인의 무릎 위에 오렌지 바구니가 놓여 있었다. 20년 동안 아버지를 괴롭혔던 사람에게 줄 것이었다.

마리우스가 먼저 침묵을 깼다.

"당신, 뭘 생각해?"

"아버지. 장 발장이라고 부르는 아버지. 당신은 알고 있었어?"

마리우스는 조심스러웠지만 떨지 않고 말했다.

"3년 전 당신 아버지가 돌아가시기 직전에 테나르디에가 나를 찾아와서 비밀을 지킨다는 조건으로 돈을 갈취하려 했어. 그는 당신 아버지가 죄인이라고 말했어. 그는 장 발장이 나를 어깨에 둘러메고 파리 하수구를 돌아다니며 내 목숨을 구해주었다는 사실을 몰랐던 거지. 그는 장 발장을 비난함으로써 나를 모욕한 거야. 또 장 발장의 신분을 폭로했어. 나는 회한에 사로잡혔어. 당신 아버지가 돌아가신 후 나는 더욱 힘들었지."

마리우스는 잠시 쉰 다음 말을 이었다.

"코제트, 나는 후회하고 있어. 이 악당은 3년 전부터 모든 일을 꾸몄던 거야. 우리의 불안, 의심, 무지가 사태를 악화시켰지. 장인어른은 자신의 과거에 대해 직접 말씀하셨어. 나는 바보처럼 충격을 받았어. 내 장래의 장인이 도형수였다니……. 생각해봐. 우리는 장 발장을 돌보지 않았어……. 그는 슬픔으로 죽었어……. 약간은 내 탓이야. 나는 몹시 후회했어……. 내가 도형장에 갔을 때 장 발장의 힘은 나의 힘이 되었어. 나는 장 발장 덕분에 살아남았던 거야……. 그는 19년간 갇혀 있었지만 나는 짧은 기간 동안 도형 생활을 했을 뿐이야."

코제트는 마리우스의 손을 힘주어 잡고 강렬한 눈길로 바라보았다. 마리우스의 파란 눈은 거의 투명했다.

"마리우스, 장 발장은 나와 당신에게 힘을 물려주었어. 당신은 앞으로는 내게 아무것도 숨기지 않을 거죠?"

"절대로."

두 사람은 앵발리드 병원에 도착했다. 자베르는 핏기 없는 얼굴로 병상에 앉아 있었다. 목소리가 갈라졌고 호흡이 자주 끊겼다. 숨을 쉬는 게 어려운 것 같았다. 약물 과다 복용으로 초췌해진 그의 얼굴에서 죽음의 그림자가 엿보였다.

코제트는 자베르 옆에 있는 작은 의자에 앉았다. 마리우스는 서 있었다. 그녀는 머리맡 탁자에 오렌지 바구니를 내려놓았다.

"이 오렌지는 오늘 저녁 당신에게 힘을 줄 거예요."

자베르가 희미하게 미소를 지었다. 병실에서 신음 소리, 기침 소리, 헐떡이는 소리, 조금도 반향이 없는 말소리가 들렸다.

코제트는 가까이 다가가면서 말을 이었다.

"8시에 당신을 데리러 마차가 올 거예요. 저녁식사는 페피니에르가 83번지 외젠 쉬의 집에서 준비되어 있어요. 주소를 적은 이 종이를 두고 갈게요."

자베르는 코제트를 지그시 바라보다가 머리를 끄덕여 동의를 표시했다. 그는 극도로 쇠약해졌음에도 불구하고 오늘만이라도 젊고 건강해 보이고 싶었다.

자베르가 속삭였다.

"아무튼 당신은 다시 나를 찾아주었군요. 내가 당신 아버지한테 그토록 못된 짓을 했는데도……."

자베르는 잊지 않았다. 어떻게 회한을 떨쳐버릴 수 있겠는가. 그는 자신의 몸, 이름, 행동이 부끄러웠다. 하지만 4년 전 인생과 작별하고 센 강에 뛰어들기로 결심했던 자베르는 그 야만적인 세례를 통해 구원과 정의로운 사람들의 세상을 얻지 않았는가? 더 이상 입증할 필요가 있을까?

코제트가 말했다.

"당신은 제 아버지와 같은 분이에요."

전직 형사는 가볍게 기침을 했다. 눈이 떨리고 목이 메었다.

"지금까지 내가 들었던 칭찬 중에서 가장 아름다운 말이군요……."

그리고 진지한 얼굴로 물었다.

"코제트, 나를 용서해주겠어요?"

"그럼요, 당신을 용서해요."

허리가 끊어질 듯한 고통에도 불구하고 자베르는 코제트의 손을 잡고 키스했다. 그는 병상에서 명상할 시간이 많았다. 만일 그가 코제트에게 품은 애정이 사랑과 흡사하다면 그에게서 어떤 고백도 끌어낼 수 없을 것이다. 그는 품위를 드높이고 삶의 기쁨을 더해주는 존경, 우정, 연민에 대해 이야기하는 편을 선호했다. 다만 어린 장의 아빠 노릇을 하면서 자신이 약간은 코제트의 남편이 된 것처럼 느껴지기도 했다. 이 엉뚱한 생각이 그를 괴롭혔다. 그는 이전에 그토록 자신만만하게 답변했던 수많은 질문에 더 이상 흔쾌히 대답할 수 없을 거라고 느꼈다. 영혼? 그는 영혼이 부패에 대한 강박관념 탓에 육신이 만들어낸 것이라고 더 이상 주장하지 않았다. 우울증? 우울증이 허무에 대한 열정이라고 더 이상 주장하지 않았다. 그럼 그는 무엇을 주장할까? 아무것도. 단 하나만 빼놓고. 코제트는 공주, 부드러운 마음과 강한 영혼을 가진 여인, 여자의 우아함과 남자의 꿋꿋함을 가진 여인이었다. 그는 잘난 체하고 불행한 척하며 편협한 낭만주의자들처럼 여자들에게는 영혼이 없다는 말은 절대로 하지 않을 것이다. 코제트는 그를 행복하게 해주었다. 그는 코제트에게 이를 어떻게 고백해야 좋을지 몰랐다. 언제나 이 망할 놈의 수줍음 탓에. 어느 날 그는 젊은 군인들이 끔찍한 고통 속에 숨을 거둔 어느 노병을 데려가는 것을 보면서 소스라치게 놀라며 생각했다. '아무리 늙어도 언제나 너무 일찍 죽는 법이지.'

리예 신부가 몇 권의 책을 가져왔다. 그는 파스칼의 『팡세』와 디드로의 『운명론자 자크』를 읽으면서 고통을 잊었다. 한번은 면도하기 위해 가져다준 거울을 보고 두려워보이는 표정을 억제하기로 했다. 자신의 얼굴을 보고 깜짝 놀랐던 것이다. 코제트는 어떻게 두려움 없이 자신의 얼굴을 바라볼 수 있었을까? '얼굴 안에 있는 두개골처럼 죽음은 생명의 내부에 웅크리고 있는 걸까?' 한 가지 사실이 그를 기쁘게 했다. 그는 다시 장 발장의 꿈을 꿨다. 이번에는 장 발장이 계단 위에서 그의 손을 붙잡았다. 부재는 마침내 실존했다.

코제트는 긴 베개를 가볍게 두드려서 다시 놓았다.

"우리가 당신을 모시러 오는 게 좋겠어요?"

"아니에요……."

마리우스가 살짝 앞으로 다가갔다.

"자베르 씨, 당신은 예전보다 더 저에게 위압감을 주시는군요. 당신이 아니었더라면 우리는 지금 존재할 수 없어요."

자베르가 시선을 들어 정정했다.

"내가 없었더라면 당신들은 운이 더욱 좋았을 겁니다. 죽음을 두려워하면 삶을 싫어하게 되는 법이지요. 문제는 우리가 항상 그것을 의식할 수 없다는 거예요. 코제트와 당신은 내게 인생을 사랑하는 법을 가르쳐주었어요."

그리고 자신의 외출을 위해 옷을 준비하는 것을 보고 덧붙였다.

"그럴 필요 없어요. 내 회색 프록코트, 큰 모자, 지팡이가 있잖아요. 오늘 저녁 자베르는 마지막으로 자베르가 될 거예요."

코제트가 물었다.

"무슨 말씀이세요?"

자베르는 장 발장의 꿈을 꾼 것을 생각하면서 대답했다.

"나는 나를 알아요."

코제트가 수녀에게 자베르의 요구를 존중해달라고 부탁하러 가느라 잠시 자리를 비웠을 때 자베르는 속삭였다.

"나의 어린 장……."

마리우스가 그에게 몸을 숙이고 물었다.

"죄송합니다. 잘 듣지 못했어요."

자베르는 부채질을 하는 척했다.

"너무 덥네………."

그리고 진지한 모습으로 덧붙였다.

"자네에게는 말할 수 있네. 뒤따라가지도 말고 이끌지도 말게. 항상 조심하라는 뜻이네. 절대로 이 점을 잊지 말게."

마리우스와 코제트가 떠날 때 그는 베개에 머리를 대고 반듯하게 누운채 손을 들어 작별 인사를 했다. 두 사람이 나간 후 그는 손을 가슴에 얹고 입을 크게 벌려 심호흡을 했다. 그다지 덥지 않았다. 숨이 차올랐다.

생루이 성당은 햇살 아래서 아른거렸다. 한 사물이 사라지면 반드시 다른 사물이 춤을 추는 법이다. 그게 인생이다.

\* \* \*

외젠 쉬는 페피니에르가에서 정원과 덩굴식물로 둘러싸인 아름다운 집에 살고 있었다. 방은 창문을 타고 올라간 송악과 꽃에 가려 어두웠다. 한여름 저녁 7시, 어둠은 전혀 문제되지 않았다. 가구, 청동제품, 세브르산자기로 만든 샹들리에, 고딕식 난간의 불룩한 지지대, 구식 오르간 등에서 보헤미아풍의 근사한 매력이 풍겼다. 그림의 주제는 말, 개, 사냥복을 입은 신사들이었다. 외젠 쉬는 사냥꾼이자 열정적인 스포츠맨이 아닌가. 현관에는 박제된 늑대와 말똥가리가 있었다. 응접실에 성대한 뷔페가 준비되어 있었다. 은식기는 런던의 유명한 금은세공사인 모르티에의 집에서 구입했다. 아테네풍의 옷을 입은 네 명의 젊은 여인들이 수정 잔에 샴페인을 따라 손님들에게 내놓았다. 예고했던 소박한 만찬과는 거리가 멀었다.

손님은 예순 명쯤 되었다. 무늬를 넣어 짠 얇은 비단, 자코나 면직, 여기저기에 작은 꽃다발이 새겨진 푸드수아 비단, 작은 줄무늬가 있는 나폴리천이 유행하고 있었기 때문에 부인들은 너도나도 아름다운 의상을 자랑했다. 여자들은 하얀 모슬린 치마, 색이 짙은 비단 프록코트, 넓고 부풀린 소매에 혁대까지 열어젖힌 블라우스를 입었다. 여자들보다 신중한 남자들은 금빛 단추 달린 올리브색 나사로 만든 프랑스식 복장을 과시했다. 이 모든 것이 가소롭게 보였다. 젊은 낭만주의자들은 녹차색과 떡갈나무오배자색의 저고리를 입고 날씬한 몸매를 자랑했다. 마리 다구는 스위스에서 함께 살고 있는 리스트를 감시하고 있었고, 뮈세는 라샤트르에서 쉬고 있는 조르주 상드의 부재를 즐겼다. 집과 정원에 흩어진 손님들 중에 생트뵈브, 들라크루아, 발자크, 술리에, 비니, 노디에, 라마르틴, 뒤마 그리고 위고가 있었다. 파리의 명사들이 다 모인 것이었다. 이들 대부분은 조심스레 서로 피했다. 위고는 생트뵈브에게 토라져 있었고, 생트뵈브는 발자크에게 말을 걸지 않았으며, 발자크는 외젠 쉬를 질투하고 있었다. 잔디밭의 잉어처럼 흥분한 여자들은 요령껏 사교 생활을 즐기고 있었다. 가식적인 감동과 난해한 형용사를 동원해서.

클레망스와 라파엘을 데리고 도착한 아메데는 인상을 찌푸렸다. 루이드 베르뉴는 그를 안심시키려 애썼다.

"외젠은 당신을 즐겁고 기쁘게 해줄 목적으로 이 파티를 준비했네."

아메데가 반박했다.

"루이, 이런 즐거움은 더 이상 내 것이 아니네. 진정한 삶은 다른 곳에 있어. 나는 그것을 깨달았지."

아메데는 금빛 못이 박힌 빨간 가구가 있는 작은 방에서 마리우스, 코제트, 리예 신부 그리고 파르페타무르를 알아보고는 미소를 되찾았다.

아메데는 즉각 친구들에게 안부를 물었다.

"자베르 씨는요?"

코제트가 장담했다.

"8시에 올 거예요. 자베르 씨는 몸이 안 좋아 오래 머물지는 못할 거예요. 마리우스와 내가 생피아크르가로 데려갈 거예요."

이런 장소에 불편함을 느낀 리예 신부는 조심스레 고개를 저었다. 그는 자베르가 이런 부류의 파티를 좋아하지 않는다는 사실을 알고 있었다.

잠시 후 아메데는 마리우스와 단둘이 있게 되었다.

아메데가 물었다.

"자네는 다시 기자 생활을 할 생각인가?"

"모르겠네. 우선은 해결할 문제가 몇 가지 있네."

"가난한 사람들을 위한 은행 말인가?"

"그것 말고도 더 있네."

붕대로 감은 팔을 어깨에 매고 있는 아메데가 마리우스의 눈을 똑바로 바라보며 물었다.

"자네는 아직도 나를 원망하는가?"

"나는 나 자신을 원망하네. 오늘 저녁의 파티는 예전에 저질렀던 과오를 고통스럽게 떠올리게 하네."

"마리우스, 자신을 탓하지 말게. 죄인이 있다면 바로 나일세. 나는 자신을 속이는 것만으로도 다른 사람을 괴롭힌다는 사실을 알고 있네. 불행하게도 우리는 자신의 실수를 고칠 수 없지. 내가 지금 가지게 된 모든 것은 자네 덕분이네. 자네와 코제트 그리고 자베르 덕분이네."

그리고 슬픔에 잠긴 태도로 덧붙였다.

"우리가 부르고뉴가로 이사해도 만날 수 있는 거지? 라파엘이 있지 않은가?"

"그래, 라파엘……."

마리우스는 라파엘을 바라보았다. 아이는 리예 신부와 클레망스 사이에서 신기하다는 표정으로 한 번도 보지 못한 이 상류사회를 구경하고 있었다. 라파엘의 세계는 빈민들의 사회에 한정되어 있었다. 이 아이는 과거를 잊을 수 있을까? 마리우스는 자신의 유년기를 생각하고 코제트의 유년기를 회상했다. 세상은 순수한 사람들의 불행을 먹고살도록 만들어졌을까? 라파엘이 마리우스와 시선이 마주치자 살짝 미소를 지었다. 마리우스는 손을 흔들어주었다.

아메데가 말을 이었다.

"라파엘은 자네를 아빠처럼 좋아하네. 이 아이를 모르는 체하면 안 돼. 자네는 라파엘에게 생명의 은인이 아닌가."

마리우스는 그 말에 감동을 받았다.

"자네가 허락한다면 나는 라파엘을 뤽상부르 공원에 데려가겠네. 자네가 내 아들의 대부라고 코제트가 말해주었네. 나는 자네 아들의 큰형 같은 사람이 될 걸세……."

마리우스는 시간을 확인했다. 7시 30분. 코제트와 마리우스는 샴페인을 약간 마시고 구제르(치즈를 넣은 파이—옮긴이)를 먹었다. 이 부부는 만인의 경탄을 불러일으켰다. 그는 체력의 화신, 그녀는 의지의 화신이었다. 그들은 잊을 수 없는 매력을 발산했다. 하지만 그들은 환멸을 느꼈다. 파티는 추억과 즉흥시로 이루어진 놀이일 뿐이었다.

장식 촛대의 불빛으로 환하게 빛나는 정원에서 외젠 쉬는 마리우스와 코제트에게 빅토르 위고를 소개해주겠다고 고집을 부렸다. 그는 이미 위고에게 그들에 대해서 얘기했던 것이다. 이 위대한 작가는 정의에 관련된 모든 것에 열광했다.

"친애하는 빅토르, 이쪽은 퐁메르시 남작 부부라네."

친구 뒤마를 만나기 위해 달려온 빅토르 위고는 마리우스와 대화를 나누었다. 뒤마는 코제트를 알아보았다. 그는 이 여인을 위해 문서를 위조해주지 않았는가. 조르주 상드의 친구 외프라지. 관대하고 의리 있는 뒤마는 비밀을 지킬 줄 알았다. 그는 마치 코제트를 처음 만난 것처럼 처신했다. 한편 마리우스의 이름은 뭔가를 떠올리게 했다. 이 젊은이는 「르나시오날」의 비평가가 아닌가.

마리우스가 대답했다.

"예전 일입니다."

더욱 침울하고 과묵해진 빅토르 위고는 처음 만난 사람에게 속내 얘기를 털어놓는 부류가 아니었다. 하지만 그는 소개가 끝나자 마리우스와 코제트에게 수많은 질문을 퍼부었다. 그는 그들의 얘기에 매혹되었다. 외젠 쉬와 뒤마가 그의 이야기를 전설적인 영웅담이라고 생각한 반면에 위고는 사회적 비극을 간파했다.

뒤마가 비웃었다.

"발자크를 놀려주지 않겠습니까?"

빅토르 위고는 입술을 깨물었다. 그리고 마리우스에게 조언했다.

"퐁메르시 씨, 당신에게 일어났던 일을 기록해야 합니다. 우리 시대는 혹독한 현실을 파악할 수 있는 자료가 필요합니다. 증언을 통해서 우리는 어떻게 힘과 열정을 가진 존재에 절망이 스며들 수 있는지 알아야 합니다."

마리우스가 대답했다.

"저에게 일어난 일은 아무것도 아닙니다. 가장 장엄하고 가장 감동적인 것은 우리 장인어른의 운명입니다. 그분은 19년 동안 도형 생활을 했습니다. 이유가 뭔지 아십니까? 빵 한 조각을 훔쳤기 때문입니다."

위고가 코제트에게 물었다.

"당신 아버님은 어떤 분이었습니까?"

"오심으로 강제노동형을 선고받았습니다. 세상에서 가장 훌륭한 분이었습니다."

외젠 쉬가 끼어들었다.

"사람들은 이런 이야기를 무척 좋아하지요."

코제트는 외젠 쉬의 눈을 똑바로 노려보았다. 외젠 쉬가 그녀에게 호감을 불러일으켰음에도 불구하고 코제트는 다소 매몰차게 대답했다.

"나는 그다지 좋아하지 않아요."

약간 난처해진 빅토르 위고는 연민으로 가득한 미소를 짓고 코제트에게 말했다.

"이해합니다, 부인. 고통스러운 일을 들춰내고 싶지 않은 게 당연합니다. 하지만 이야기를 함으로써 늙은 악마들을 쫓아낼 수도 있습니다. 언젠가 마음이 내키면 저를 찾아오세요. 당신 부친이 세상에서 가장 훌륭한 분이라고 하셨죠? 가장 훌륭한 분의 판단력은 가장 강력한 것입니다."

외젠 쉬는 친구들에게 동의를 구하는 시선으로 바라본 후 잠깐 들어가 샴페인을 마시자고 제안했다. 그는 쾌활한 말투로 분위기가 뜨거울 때는 차게 마셔야 한다고 덧붙였다.

뒤마가 농담했다.

"썰렁한 분위기에서는 미지근하게 마시는 게 낫습니다."

마리우스와 코제트는 웃으려고 애썼다. 그들은 뒤마의 능변에 매료되었다. 그들은 시간조차 잊었다.

8시 정각, 문지기가 주인에게 달려왔다.

"퐁메르시 남작 부부에게 온 전갈입니다."

외젠 쉬는 쪽지를 받아 마리우스에게 내밀었다. 마리우스는 쪽지를 펴고 읽었다. 그의 시선이 어두워졌다. 축제 중에 흔히 찾아오는 느닷없는 불행은 우리 인간의 나약함을 상기시킨다. 마리우스가 코제트의 손을 잡고 말했다.

"자베르 씨는 오지 않을 거야. 그분은 돌아가셨어."

\* \* \*

장례식은 티에르가 주재한 에투알 개선문의 준공식 이틀 전인 1836년 7월 27일에 거행되었다. 병원에서 자베르는 마리우스와 코제트에게 몇 마디를 적었다. 봉투 안에는 오렌지 껍질이 있었다. 그는 죽음이 임박한 사실을 알고 페르라셰즈 공동묘지에 묻히기를 원했다.

자베르는 큼직하고 떨리는 필체로 적었다.

"좋은 동행이 되기 위해서. 무슨 말인지 알겠지?"

마지막 핑계. 이 고독한 사람은 외롭게 죽었다. 그는 장 발장 옆, 알렉상드르 틱시에의 자리에 묻혔다. 참석자는 많지 않았다. 마리우스, 코제트, 아메데, 파르페타무르, 마들렌, 어린 장 그리고 리예 신부뿐이었다. 코제트는 빅토르 위고의 말을 떠올렸다.

"가장 훌륭한 사람의 판단력은 가장 강력한 것입니다."

그녀는 언젠가는 장 발장의 이야기를 위고에게 털어놓을 것이다.

# 입문적 모험과 승화

이원복(원광대학교 유럽문화학부 겸임교수)

『코제트』는 마리우스의 툴롱 도형장 탈출과 코제트의 납치 그리고 어린 장을 구출한 자베르의 도주로 끝난다. 『마리우스』에서는 코제트의 참혹한 노예생활, 미국에서 마리우스의 영웅적인 활약, 코제트와 어린 장에 대한 자베르의 헌신적 희생과 사랑 그리고 테나르디에와 뷔르댕의 끔찍한 음모가 펼쳐진다. 세 주인공들은 사회에 입문하기 위한 한 과정으로 혹독한 모험과 시련을 통해 철저히 변신하고 새로운 인물로 탄생한다.

이 작품을 읽을 때, 한 개인의 고유성을 대표하고 총체를 담고 있는 이름, 한 사람의 특징적인 성격이나 외모를 풍자하고 미래의 운명을 암시하는 별명 그리고 주인공들이 주로 활동하는 곳의 지명과 상황을 연결해서 음미하며 읽으면 더 재미있을 것이다.

코제트의 남편 마리우스 퐁메르시(Marius Pontmercy)는 고대 로마의 전쟁 신 마르스(Mars)와 일곱 차례나 로마의 집정관에 당선된 정치가이자 킴브리족과 튜턴족의 침입으로부터 로마를 구한 용감한 장군이었던 가이우스 마리우스를 떠올리게 한다. Marius의 어원은 확실하지 않으나 '바다'를 뜻하는 'Mer'로 추정된다. 실제로 마리우스는 멕시코 만의 잔인한 해적 엘 디아블로와 용감하게 싸워 물리치는 등 전쟁, 바다와 인연이 많다. '완벽한 사랑'을 의미하는 파르페타무르(Parfait-Amour)는 두 명의 부인 미욜뢰즈와 베키유를 거느리는 여복 많은 사내이나 역설적이게도 두 부인의 갈등으로 베키유를 죽이고 도형장으로 끌려간다. 베키유(Bequille)는 '목발' 혹은 '구부러진 손잡이'를 뜻하는 프랑스어로, 파르페타무르의 늙은 부인 베키유는 다리를 심하게 절기 때문에 이런 별명이 붙여졌다. 미욜뢰즈(Miauleuse)는 '고양이 울음소리를 내는 여자'를 의미하는 프랑스어로, 흑단 구슬을 닮은 짙은 검정색의 아름다운 두 눈동자를 가진 젊은 미욜뢰즈는 고양이 울음소리 같은 목소리로 베키유를 구박한다.

마리우스에게는 도형장 생활에 이어 산속에서의 원시적인 은둔 생활, 파리 하수구에서의 통과 의식, 대서양 횡단 중에 겪은 격렬한 폭풍우, 해적들과의 치열한 전투, 알라모 전투 등 혹독한 시련이 기다린다.

도형장에서 탈출하여 도망자 신세가 된 마리우스와 파르페타무르는 숲에서 토끼와 자고새를 사냥하고 나물과 과일을 먹으며 두 달 동안 숨어 산다. 머리털이 충분히 자라고 파르페타무르의 상처가 아물자 두 사람은 아비뇽, 발랑스, 리옹, 디종, 트루아를 걸쳐 파리로 이동한다. 길고 험난한 여행. 주로 걷고 가끔 농부의 마차를 얻어 탄다. 경찰이 두 사람의 인상착의를 알고 있기에 주요 도로와 마을은 피해 다닌다.

7월 28일, 마리우스와 파르페타무르는 바리케이드 전투 1주년을 기념하는 국왕의 열병식을 목격한다. 공교롭게도 국왕 시해 테러사건이 발생하고 마리우스와 파르페타무르는 그들에게 시비를 거는 경찰을 폭행하다가 쫓기게 된다. 두 사람은 마차를 탈취한 후, 도로에서 뛰어내려 강물에 숨는다. 하수구를 발견한 두 사람은 창살을 뜯어내고 파리의 내장인 하수도 속으로 들어간다. 자유와 빛의 세계로 가기 전에 진창과 암흑의 세계로 내려가야 한다. 세상의 모든 분비액과 인간의 체액이 모이는 곳. 쥐, 시체, 악취의 진수. 두 사람은 배설물로 가득한 흙탕물 속에서 넘어지고 다치며 나아간다. 마리우스는 자신을 어깨에 둘러메고 이 역겨운 긴 미로를 통과했던 장 발장을 떠올린다.

베르자가 어린 장을 데리고 파리를 떠난 다음 날, 마리우스는 파르페타무르와 함께 플뤼메가의 옛 집에 도착하지만 코제트는 흔적도 없이 사라졌고 집은 황폐해진 채 텅 비어 있다. 마리우스는 장롱에서 수정을 발견해 간직한다. 그는 테나르디에의 소모공장에서 라파엘을 데리고 나온다. 레이노 서장과 헌병들은 집요하게 그들을 추적한다.

두 도망자는 자유의 나라 미국으로 떠나기로 결심한다. 마리우스는 생말로의 항구에 정박한 미국 상선 서배너 호의 프레몽 선장을 찾아가 승선시켜 달라고 부탁하고 다음 날 마리우스 일행은 마침내 미국으로 떠난다.

서배너 호는 오랜 기간 항해 후 멕시코 만에서 격렬한 태풍을 만난다. 마리우스는 다시 한 번 혹독한 시련을 겪는다. 어둠, 끔찍하게 요동치는 선박, 물세례, 무너진 돛대, 찢어진 돛, 선장의 다리 부상, 선원들의 실종. 하지만 시련은 이것으로 끝나지 않는다. 엘 디아블로의 잔인한 해적들이 습격한 것이다. 해적은 오십 명에 달하지만 서배너 호의 선원은 열 명밖에 없다. 서배너 호는 만신창이가 되고 일부 선원은 목숨을 잃는다. 그래도 마리우스의 재치 덕분에 서배너 호는 무사히 뉴올리언스에 도착한다.

프레몽은 마리우스를 뉴올리언스에서 가장 유명한 카페 피유 뒤 세르장에 데려가 카페의 주인인 정열적이고 아름다운 '레이디 아'를 소개한다. 이 여인은 악랄한 테나르디에의 딸 아젤마였지만 두 사람은 첫눈에 서로에게 반하고 만다. 그는 코제트와 아젤마 사이에서 갈등하면서도 아젤마에게 매료된다. 무역업자이자 선주인 존 라플린(장 라피트)는 그에게 하워드 스미스라는 이름의 신분증을 주며 스쿠너선 한 척을 맡긴다. 한편 부두교의 마녀 쿠나 할멈은 아젤마에게 불길한 예언을 한다. 자신을 희생함으로써 인생의 반려자를 구한다는 예언.

스쿠너선 펠리시타 호의 선장이 된 마리우스는 멕시코 만과 카리브 해를 누비고 다니며 싣고 간 상품을 설탕과 담배와 교환한다. 두 달 후 돌아가는 길에 쿠바 해안에서 네덜란드 상선을 약탈 중인 해적선을 만나 엘 디아블로를 생포한 후 의기양양하게 뉴올리언스에 도착한다. 이에 미국 정부는 마리우스에게 뉴올리언스의 명예시민증과 훈장을 수여하고 막대한 포상금을 지급한다.

아젤마는 마리우스가 프랑스로 돌아가려는 것을 알고 그를 붙잡아두기 위해 음모를 꾸민다. 아젤마는 텍사스 민병대 대장과 짜고 마리우스에게 강력한 수면제를 탄 술을 먹인 후 합승마차에 태워 버밀리언, 벡사르로 향한다. 1836년 1월 19일. 보위와 마리우스 일행은 알라모 요새에 도착한다. 1835년 6월부터 이곳에서는 텍사스 독립 운동이 벌어지고 있었다. 초라한 요새. 소총, 칼, 도끼로 무장한 104명의 수비대. 보병, 기병, 포병을 갖춘 멕시코 군대에 맞서는 것은 자살행위이다. 2월 28일, 알라모 요새는 4천 명의 멕시코 군에 포위당하고 지원을 약속했던 패닝 대령의 부대는 패배하고 전멸하고 만다. 마리우스 일행은 휴스턴에게 지원을 요청하는 밀사를 자청한다. 하지만 휴스턴은 어떤 지원도 할 수 없는 상태였다.

마리우스는 밀사 임무가 실패했다는 것을 보고하기 위해 다시 요새로 향하던 도중에 피난 중인 농부들을 만나 184명의 수비대 병사들이 몰살되었다는 비보를 듣는다. 마리우스 일행은 마타고르다를 향해 달리던 도중 네 명의 멕시코 군인들을 만난다. 아젤마는 마리우스에게 권총을 겨냥한 멕시코인을 보고 뛰어들어 마리우스 대신에 총을 맞고 마녀의 예언처럼 죽고 만다.

한 달 후, 마리우스 일행은 프랑스 행 배에 승선한다. 그들은 생말로에서 대대적인 환영을 받는다. 마리우스는 카리브 해와 멕시코 만에서 해적의 난동에 종지부를 찍은 영웅으로 대접을 받는다. 생말로 해군 관구사령관이 마리우스 일행을 저녁식사에 초대한다. 식사 후 마리우스는 레이노 경찰서장이 보낸 소환장을 받고 깜짝 놀란다. 다시 도망자 신세가 된 마리우스 일행은 새벽에 생말로를 떠나 이틀 후 파리에 도착한다. 그는 코제트를 찾기 위해 사방팔방을 돌아다닌다. 그리고 시간이 정지된 것처럼 조금도 변하지 않은 민중의 비참한 생활을 목격한다. 그는 변장을 하고 카페 드 파리에서 앙리 드 라 로슈드라공을 만나 식사한다. 앙리는 그에게 시모어 경의 검술 도장에서 검술 시합을 제안한다. 마리우스는 가볍게 앙리를 제압한 후 아메데와 시합을 벌인다. 예전에 맹세한 대로 마침내 아메데를 꺾은 마리우스는 아메데에게 군도로 결투를 하자고 제안한다. 마리우스를 알아본 아메데는 마리우스의 군도에 찔려 중상을 입고 병원에 입원한다.

6월 25일 오후 6시 마리우스, 파르페타무르, 라파엘은 궁전 앞에서 루이 필리프 국왕이 외출하는 모습을 구경하게 된다. 그 때. 지팡이를 든 사내가 국왕의 마차에 총격을 가한 후 지팡이를 휘두르며 도망치고, 마리우스는 이 젊은이를 쓰러뜨린다. 경호대 대령은 마리우스에게 다음 날 2시 국왕 집무실로 오라고 전한다. 다음 날, 마리우스는 국왕을 알현하고 자신의 억울한 사정을 털어놓는다. 국왕은 즉각 수사를 재개할 것을 명한다.

마리우스는 프레몽, 장 라피트, 보위 등 지도자들의 지도로 더욱 강건해지고 충실해진다. 나약하고 쉽게 흥분하고 충동적이며 허세를 부리고 오만했던 그는 의연하고 관대한 사람이 된다. 장 라피트의 말처럼 인생은 주어지는 것이 아니라 자신이 만들어가는 것이다. "가난한 사람들은 고통을 겪고 있지. 하지만 바뀔 거야. 언젠가 그들이 인생을 방관하는 게 아니라 스스로 개척해야 한다는 사실을 깨닫게 되면 모든 게 바뀔 거야. 그들은 결국에는 행동할 거야. 만일 그들이 아무런 행동도 하지 않는다면 어떻게 그들의 무위를 정당화할 수 있겠는가?"

코제트 Cosette는 'Chose'의 옛 형태인 'Cose'의 변이형으로, 'petite chose, 즉 사소한 것(사람), 별 볼일 없는 것(사람)'을 의미한다. 실제로 빅토르 위고의 『레미제라블』에서 사생아로 태어난 코제트는 지독한 구두쇠인 테나르디에에게 맡겨져 '어른들에게 착취당하고 학대 받는 소녀'로 자란다. 테나르디에는 어린 코제트를 '종달새'라고 놀린다. 코제트 이름이 'causer 코제('수다를 떨다'를 뜻하는 프랑스어)'를 연상시키기 때문이다. 하지만 속편에서 코제트는 '연약하지만 용기 있고 절조를 지키는 여성'의 화신이 된다. 어린 코제트를 학대했던 교활하고 흉악한 모사꾼 테나르디에는 테나르, 타르디에, 종드레, 종드레트, 다브 데 그레프 등의 가명을 사용하며 성년이 된 코제트를 감금한 후 더욱 끔찍하게 괴롭힌다.

작가는 마리우스 못지않게 코제트에게도 혹독한 고난의 길을 걷게 한다. 나약하고 낭만적이고 순종적이었던 코제트는 비참한 노예 생활을 통해서 증오, 탐욕, 사랑, 보복, 악행 그리고 자유의 소중함을 직접 체험한다. 장 발장처럼 행복과 영광으로부터 소외된 사람들의 혹독한 현실을 몸소 체험한 코제트는 비참한 민중을 배려하고 사랑과 용서를 실천하는 강인하고 정열적이고 의연한 여인으로 다시 태어난다.

테나르디에 일당은 코제트를 납치하고 루퍼르의 누추한 방에 가둔다.

그리고 강제로 머리를 깎고 다량의 수면제를 먹인 후 빵과 물만 준다. 남자 옷을 입은 코제트는 여성성을 상실하고 자유와 존엄성을 박탈당한다. 일주일 후 테나르디에는 코제트를 소모공장으로 데려가 감금한다. 테나르디에의 두 하수인 뱅트되와 페가스가 과도하게 수면제를 먹인 탓에 코제트는 밤낮으로 잠만 자고 깨어 있을 때도 정신이 몽롱하다. 그녀는 제대로 걸을 수도 말을 할 수도 없다. 자신이 누구이고 어디에 있는지도 모르게 된다. 의식의 상실은 안락한 생활을 영유하던 코제트의 죽음을 상징한다.

어느 날 코제트는 마리우스가 소모공장에 왔을 때 남편을 알아보지만 수면제 탓에 몸을 움직일 수도 소리를 낼 수도 없다. 마리우스는 라파엘을 데리고 공장을 떠난다. 일주일 후 코제트는 한밤중에 되마르무세 술집으로 끌려간다. 그녀는 감옥이나 다름없는 부엌에 갇힌 채 주방 일과 홀 청소를 해야 한다. 마리우스처럼 쇠사슬에 묶인 채 일을 하고 두 지배인 뱅트되와 페가스가 수시로 짓궂게 괴롭히지만 그녀는 아들 장과 남편 마리우스가 살아 있다는 사실을 알고 희망을 품고 탈출 계획을 꾸민다.

코제트는 단지에 비계 조각을 모아 날짜를 헤아린다. 그런데 어느 날 비계 조각이 사라진다. 범인은 쥐다. 쥐는 더러운 하수구에서 서식하면서 전염병을 퍼뜨리고 곡식을 탈취하는 부정적인 이미지를 갖고 있다. 하지만 코제트는 곧 쥐들과 친구가 된다. 동병상련. 코제트의 부스럼을 보고 페스트에 걸린 것으로 오해한 뱅트되와 페가스는 두려워하며 술집을 버리고 떠난다. 코제트는 아무도 없는 것을 확인하고 술집을 나선다. 마침내 자유의 몸이 된 것이다. 눈부신 바깥세상. 마침 지나가던 마차를 불러 올라타지만 마리우스가 도형장 탈출에 실패한 것처럼 코제트의 탈출은 성공하지 못한다. 마차에는 하필이면 교활한 뷔르댕이 타고 있었고 그는 코제트를 속이고 다시 되마르무세로 데려간다. 테나르디에는 제라르를 불러 코제트를 진찰하게 한다. 코제트는 제라르의 처방에 따라 더 이상 수면제를 먹지 않게 되고 족쇄도 더 이상 차지 않게 된다. 그녀는 다시 탈출 계획을 세운다. 아주 독특한 방식으로.

어느 날 저녁, 코제트는 수백 마리의 쥐떼를 유인해서 뱅트되와 페가스를 공격하게 한다. 뱅트되는 쥐에게 물어 뜯겨 죽고 페가스는 화상을 입고 간신히 탈출한다. 코제트는 다시 되마르무세를 탈출한다. 8개월 동안 술집에서의 비참한 감옥생활은 끝난 것이다! 그녀는 퐁토상주 교 밑으로 간다. 빈민의 비참한 생활은 조금도 변하지 않았다. 그곳에서 우연히, 라파엘을 보호해주었고 부랑아들의 두목 노릇을 하는 게일을 만난다. 테나르디에를 증오하고 있던 게일은 코제트를 도와주기로 한다. 코제트는 뷔르댕과 테나르디에에 관한 정보를 입수하기 위해 제라르에게 간다. 제라르는 코제트에게 매혹되어 그녀를 위해 무엇이든 할 각오를 한다. 코제트는 음란한 마법의식이 벌어지는 디아블블랑을 보고 경악한다. 그녀는 제라르를 이용하고 게일의 도움을 받아 테나르디에의 자백을 받아내고 베르자와 아들을 찾은 다음 미국행 배를 타고 마리우스를 찾는다는 계획을 세운다. 코제트는 아들이 베르자와 함께 파레르모니알에 있다는 소식을 듣고 기뻐한다. 또 뷔르댕과 테나르디에의 음모를 알게 된다. 제라르는 뷔르댕을 만나 다음 악마의식 때 디아블블랑으로 유인하기로 약속한다.

디아블블랑에서 악마의식이 거행되는 날 저녁, 아메데와 루이가 가면을 쓰고 잠입해서 코제트를 구해준다. 코제트와 제라르 그리고 아메데는 뷔르댕이 머물고 있던 호텔에 간다. 뷔르댕은 공증인 사무실에서 50만 프랑을 찾아 파리를 떠날 참이었다. 아메데는 뷔르댕에게 자초지종을 따지고 권총을 주며 품위 있게 자살하라고 권하지만 뷔르댕은 이를 거절한다. 제라르는 자신의 죗값은 물론이고 사악한 동료의 죗값을 치르게 하기 위해 뷔르댕을 껴안고 3층 창문으로 뛰어내려 함께 생을 마감한다. 코제트는 뷔르댕이 숨겨놓은 뷔르댕의 유언장과 마리우스가 보냈던 편지 묶음 그리고 아버지의 은촛대를 찾아낸다.

한편 베르자는 루푀르가 납치해 고아원에 버리려던 장을 구출한 후 생 쉴피스 성당의 비밀 방에서 아기를 보살핀다. 하지만 얼마 후 카리놀이 모로를 찾기 위해 성당을 수색한다. 베르자는 아기를 안전한 곳으로 옮기기 위해 신부로 변장한 후 한밤중에 마차를 타고 부르고뉴 지방 파레르모니알로 떠난다. 그는 추격을 피해 이 마을에서 저 마을로 도망 다니다가 면장의 도움으로 마이 마을의 어귀에 있는 사제의 저택으로 피신한다. 베르자는 헌병들이 찾아오자 집을 폭파시키고 우물 밑으로 뚫려 있는 비밀 통로를 통해 도망친다. 그는 농부의 모습으로 변장하고 면장이 추천해준 생토샹 백작이자 대령의 집을 찾아간다. 백작은 베르자 일행을 극진히 맞이하고 숙식을 제공한다. 여기서 베르자는 뷔르댕의 비밀을 알게 된다. 뷔르댕은 시체 강도, 살인자, 탈영병이었고, 아메데는 로바우 섬에서 알게 된 한 창녀와 뷔르댕 사이에 태어난 자식이 아닌가.

자베르는 아메데 디그랑드 후작에게 편지를 보내자 아메데는 즉시 달려온다. 자신의 과거를 알게 된 아메데는 충격으로 기절한다. 카리놀이 찾아온다. 베르자는 더 이상 도망치지 않고 자신의 본명을 되찾고 예전의 모습으로 나타나 카리놀의 부정을 협박해서 함께 파리로 올라간다. 자베르 일행은 아메데의 제안에 따라 루이 드 베르뉴의 집에 들어가 숙식을 해결하기로 한다. 마침내 코제트는 아들 장과 재회한다. 그녀는 조르주 상드를 찾아가 아메데가 진짜 귀족임을 입증할 수 있도록 뷔르댕의 유언장을 수정해달라고 부탁한다. 그것은 아메데의 상처 난 영혼을 치료해줄 수 있는 숭고한 해결책이었다.

아메데는 미국인 선장과의 결투에서 입은 부상으로 앵발리드 병원에 입원한다. 코제트가 새 유언장을 보여주자 아메데는 감격한다. 그는 마리우스가 자신의 아들 라파엘의 목숨을 구하고 보살펴주었다는 사실을 알게 된다. 이제 테나르디에를 만나 복수할 차례이다. 코제트와 자베르는 테나르디에를 찾아가 회개를 요청한다. 장 발장으로부터 용서하는 법을 배운 코제트는 용서로써 복수할 생각이다. 교활한 영감은 회개하는 척하다가 코제트 앞에서 자베르의 가장 슬픈 비밀, 즉 그가 20년 동안 장 발장을 괴롭히고 추적한 형사라고 밝힌다. 이에 자베르가 권총으로 자살을 하려는 순간 코제트는 자베르를 밀친다. 그 순간을 이용해 테나르디에 일당이 두 사람을 포박한다. 루뢰르가 자베르를 죽이려는 순간 위층에 숨어 있던 마리우스와 파르페타무르가 내려와 테나르디에 일당을 제압한다.

코제트와 마리우스는 학살의 공간에서 극적으로 상봉한다. 마리우스가 테나르디에의 소모공장에 도착했을 때 게일의 무리는 이미 칼과 얼레빗으로 테나르디에를 잔혹하게 징벌한 직후였다. 경찰이 다가오자 마리우스는 다시 도망치고 그는 라파엘을 데리고 루이 드 베르뉴의 집으로 간다. 라파엘은 아버지 아메데와 어머니 클레망스를 만난다. 아메데와 클레망스는 결혼하기로 하고 클로틸드는 파르페타무르를 보살피기로 한다. 마리우스와 아메데는 화해한다. 감동적인 장면은 계속된다. 코제트는 마리우스에게 아들 장을 보여준다. 마리우스는 회한으로 울면서 아들을 바라본다.

지스케 총장은 테나르디에의 음모를 밝혀내고 마리우스의 명예는 복권된다. 마리우스와 코제트는 빈민들, 가난한 노동자들, 무직자들, 고아들에게 무담보, 무보증으로 자금을 대출해주는 은행을 설립한다. 자베르는 코제트에게 용서를 빌고 코제트는 흔쾌히 용서해준다. 7월 24일 외젠 쉬가 파티를 열고 60여 명의 명사를 초대한다. 그날 저녁 자베르는 사망한다. 자베르는 1836년 7월 27일 페르라셰즈 공동묘지에 묻힌 장 발장 옆에 묻힌다.

『레미제라블』(1862)은 위고의 낭만주의 사회소설의 대표작이다. 이 명작은 왕정복고와 워털루 전쟁의 혼란을 그린 역사소설이자 비참한 민중의 계몽, 행복, 영광을 희원하는 인도주의적 소설이며 비속하고 저급한 풍속, 방탕한 사교계, 비열한 정계, 왜곡된 법과 정의, 사회의 불평등과 불공정을 폭로한 사실주의 소설이다.

플롱 출판사의 올리비에 오르방 대표는 빅토르 위고의 탄생 200주년(2002년)에 맞춰 『레미제라블』의 후속편을 기획하고 공모한 후 프랑수아 세레자에게 이 엄청난 임무를 맡긴다. 세레자는 탁월한 상상력과 치밀한 구성으로 루이 필리프 시대를 재현하면서 센 강에서 익사한 자베르 경감을 되살려내고 마리우스와 코제트의 혹독한 모험을 그려낸다.

세레자는 위고의 숭고한 정의와 박애정신을 계승하여 프랑스 국가이념이자 국민정신인 자유, 평등, 박애는 물론이고 어린이, 노인, 여자 등 약자의 권리를 옹호하고 불의에 항거하며 정의를 실천하는 기사도 정신, 그리고 법의 기계적인 해석을 뛰어넘어 인정과 자비와 연민으로 남의 잘못을 너그럽게 용서하고 포용해주는 관용 정신을 일깨워준다. 이 작품은 시대를 초월해서 진정한 사랑, 용서, 화해, 존경, 인생의 의미 그리고 국가, 법, 사회제도의 역할을 성찰하게 하는 또 하나의 기념비적인 명작이다.